U0134634

終結
一九八四

——俄羅斯的罪與罰

艾倫 著

好書俱樂部

J 普羅米修斯下凡

　　一頭怪獸，二十世紀初闖入人類家園，學人命名為極權怪獸。

　　以人民的名義，集人類三千年之野蠻、暴力和假、惡、醜，攝取公共權力，并將權力觸角嵌入社會每一個細胞，渾名斧頭幫。

　　政權、法權、軍權、警權，土地、天空、工廠、銀行，生靈、僵屍、歷史、未來，無一逃不脫斧頭幫的手心。

　　包括希特勒的納粹，控制、使用權力，都趕不上斧頭幫登峰造極。

《戈巴契夫的一生和時代》一書封面

　　禍害歐亞大陸、禍害人類幾近三分之二世紀，天降大任於斯人，頭頂胎記的戈巴契夫騎上怪獸脊樑。

　　對內推行「新思維」，「公開性」，改革經濟體制，放棄絕對權力，還社會大眾民主、自由、分權和法治。

　　從社會基礎、社會結構、意識形態和法律構架，逐一瓦解用謊言和暴力砌成的神話，將斧頭幫馴化成歐式社會民主黨。

　　對外停止軍備競賽，撤軍阿富汗，放棄強加於東歐「兄弟黨」、「兄

弟國」的「有限主權」，摧生東歐和歐亞大陸成千上萬生靈獲得自由。

社會大眾付出的所有成本，只有抵抗借屍還魂政變犧牲的三條生命，而戰勝納粹極權，人類付出的生命堆積如山、血流成河。

儘管因為「戰鬥民族」沒有「五月花」號傳人那樣的智慧理性，歐美政客缺乏羅斯福、杜魯門和馬歇爾那樣的遠見卓識，導致全功未竟、帝國解體、威權統治捲土重來。

不親歷極權、威權統治的苦難黑暗、血腥風雨，不明瞭人類爭取自由、民主和公正的夢想多麼痛苦熬煎、任重道遠。

人類歷史上，沒有任何一位實行極權、威權統治的帝國主宰，像戈巴契夫那樣，馴化、玩斃極權怪獸、威權恐龍，將自己一人擁有的絕對權力慷慨讓渡給成千上萬生靈，將自由、民主之火、將分權、法治之靈，欣然分享給飽受奴役的社會大眾。

就像盜火之神普羅米修斯，將光明和文明送給人間，將自己懸掛在高加索山崖上。

本書不僅全景再現人間版普羅米修斯玩斃極權怪獸的驚心動魄和吸睛傳奇，而且全程透視每一套路、第一招式的疼點、拉扯、高下和得失，進而還原交代積非成是的「初心」、「理論」、歷史、文化，以及國際社會的淺薄、自私及其付出的代價……

古往今來，絕對權力的每一個毛孔都與生俱來陰謀、無恥和血腥，只有戈爾比玩出風姿、玩出高尚、玩出絕唱，玩到叢生心馳神往……

著　者
二零二二年四月

目錄 J.

神話人物 J

一九八九元旦，美國東海岸的紐約，一架銀灰色的波音七四七騰空而起，橫穿大西洋，直抵莫斯科。

這架飛機的使命，專運一個世界之最。

這是一張賀年片，十五米長，四米寬，相當於一個羽毛球場的面積。賀年片上油畫、照片、題詞和簽名琳琅滿目，兩萬多個簽名中有美國第四十一屆總統民主黨候選人杜卡基斯、十三個州長、數十名國會議員及社會活動家、文學藝術家和企業家。賀年片贈語寫道：

「親愛的戈巴契夫，我們美國公民非常感謝您和蘇聯人民在和平事業中表現出來的勇氣。」

同一天，戈巴契夫在他的辦公室向美國人簽發了新年賀詞，其中一句是：

「你們不禁會想到，在這個星球上的所有人，我們和你們，無論怎樣不同，但實際上，我們是一家」。

戈巴契夫在執政不到四年的時候，儼然成為公認的世界和平締造

者。

再過十個月，一九九〇年十月十五日，諾貝爾基金會在挪威奧斯陸宣佈，一九九〇年度諾貝爾和平獎得主為蘇聯時任總統米・謝・戈巴契夫。

和平獎證書上寫著：

戈巴契夫帶給蘇聯社會的更大的公開性促進了國際間的信任，使和平進程已成爲當今國際社會生活中的重要特徵，這種進程給國際社會跨越意識形態、宗教、歷史和文化的界線，解決國際社會面臨的許多緊迫問題提供了新的可能性，而戈巴契夫爲之作出了許多具有決定意義的貢獻。

世界文明邦國的首腦、外交部長、以及輿論，異口同聲：戈巴契夫榮膺和平獎「當之無愧」。

二零零六年六月，戈巴契夫下臺已經十五年，英國、法國、德國、義大利、西班牙 59% 的民眾認為，戈巴契夫是偉大政治領袖。

文明世界對米哈依爾的讚美，從一九八四年十二月開始，伴隨其整個執政生涯、甚至伴隨一生。

一個乍暖還寒的季節，五十四歲的戈巴契夫登上克里姆林宮權力之巔的時候，幾乎世界各地都發自內心地送去了各種各樣讚語、祝福和希望。

東西方歷史上，從未有一位政治家登臺之初，就贏得如此關注和好感、就帶來春天的氣息、美好的希望。

挑剔、刻薄的傳媒觀察到的克里姆林宮新主人，與以往的斧頭幫首腦截然不同：

迄今爲止，以往的蘇聯領導人出現在公眾場合，總是表情不快、愁眉不展。

戈巴契夫英俊漂亮，態度和藹，具有幽默感，英國人尤其滿意。

他能説會道，足智多謀，顯得比幾位前任智力敏捷。當然，這並不是説他的思想同他們完全不同。

他以非常自然的動作往上扶扶臉寵的金邊眼鏡，目光像一架辨證法的指示器，掃視著他的對話者。

他誘人地微笑著，非常自信地一撇嘴。交談時，慢騰騰地吐著字，不時地稍微停頓，以獲得對方的贊同。

這人不是一位正在謀求重新當選的西方政客，而是克里姆林宮的新主人戈巴契夫。

他很自信，精力充沛，態度堅定。

有人説：「當他進入房間時，好像佔據了整個房間，他們一行中的其他人似乎都不存在了。」

戈巴契夫在西方式的、不講情面的記者招待

會上，同記者們較量的場面説明蘇聯領導人終於進入了電視時代。

自從二十五年前赫魯雪夫同西方記者高談闊論、談笑風生以來，蘇聯還沒有一位最高領導人表現得如此自信。

他能言善辯，幽默風趣，有時大喊大叫，有時敷衍塞責，比起西方人在記者招待會上的一貫表現來，真是有過之而無不及。

他鎮定而又穩重，是一位相信自己的能力和輕鬆自如地掌握權柄的人物。他突出的特點是富有魄力，辦事果斷。

戈巴契夫既有列寧那種頑強不屈的自信心，又有赫魯雪夫那種農民式的精明的頭腦。

這年冬天，戈巴契夫千呼萬喚，把西方世界最出色、最出彩的舞

臺政治家、美國總統雷根約到冰島的雷克雅維克，唇槍舌劍、談判軍備控制。

展示他那非蘇聯式的開誠佈公、和藹可親和「新思維」，以及一位打扮時尚、舉止優雅、談吐得體的夫人：

俄國第一夫人美麗、修長、高貴。

落落大方，氣度不凡，灑脫精明，聰穎過人。

無與倫比的妻子，看見她，就能想像出她的丈夫，一個新時代真的開始了。

請各位掰起手指數一數，在世界如此眾多的第一夫人中，有幾位得過博士學位，尤其是哲學博士？

又有幾位能走上大學的講臺，教授高深的理論課？

只有一位，那就是俄國第一夫人。

文字、畫面、聲音，繪聲繪色，合力描繪出集維納斯和雅典娜為一身的人間女神。

「賴莎看上去要比她的丈夫更年輕，她身材苗條，時髦漂亮，眼睛是藍色的，頭髮是紅棕色的，在閃爍的鎂光燈下和歡迎聲中，她以優雅的姿態向人群揮手，臉上露出迷人的微笑。戈巴契夫精明幹練，衣冠楚楚，像一個西歐議員一樣平靜而自在。他身材高大，臉上總是掛著微笑，顯示出政治家的風度。他們夫婦二人交相輝映。」

大權在握的戈巴契夫，很快又將莫斯科改變成媒體人蜂擁而至的聖地，最吸睛的報導、文章和節目連篇累牘：

最近幾個月，一位著名人物儼然成了西方聯盟議事日程的制定者。

他的名字叫戈巴契夫。

這位蘇聯領導人的軍備控制建議使北大西洋公約組織處於守勢。他那時機得當的講話在聯邦德國、法國和英國引起混亂，使他們產生相互抵觸的希望。

上周在義大利威尼斯舉行的首腦經濟會議上，美國想討論波斯灣局勢，但因歐洲國家念念不忘戈巴契夫未能實現。

一個法國外交官說：「戈巴契夫撥對了弦，整個問題都解決了，幹得真棒！」

戈巴契夫執政五年，報導裏的戈巴契夫成為超級當紅大明星。

米 · 戈巴契夫是溫斯頓 · 邱吉爾以來走上這個世界更大舞臺的第一位真正的國務活動家。

他有三種素質：首先他對正在到來的事物具有想像力，對正在變化的世界有一種直覺；

其次，他對於必須走哪條路有合乎理性的分析能力，並且有走這條路的勇氣。

最後，他有爲此而動員起追隨者的才能。」

另一位專欄作家則更加直截了當地寫道：「他也許是歷史上最偉大的歐洲人」。

「戈巴契夫是一個講實際的出類拔萃的人。」一個蘇聯問題專家也感嘆。

作爲一個政治家，戈巴契夫在他的愛妒嫉的同行那裡同樣留下了一連串神話。他們對他讚不絕口，從而使戈巴契夫頭上又多了幾道光圈。

最早和戈巴契夫打交道的政治家戴卓爾夫人對他一見傾心：「我很喜歡他，他是一個可以一起共事的人，可能成爲你的談判對手」。她的首席閣僚、外交大臣傑弗裏 · 豪說：「他知道他要往何處去，

並且決心很大。我對他的勇氣表示欽佩。」

戴卓爾夫人的影子內閣、工黨秘書鄧尼斯‧希利幾乎用抒情的筆調讚美他：

他是一個極其有魅力的人，具有無拘無束的、自嘲的幽默感。感情流露在極其敏感的臉上，就像夏天的微風吹在池塘裏一樣。在討論時，他坦率，靈活，鎮定自若，具有充分的內在力量。他在爭論問題時十分激烈，但很有禮貌，每當我們向他提出人權問題時，他就立即提出北愛爾蘭問題。

他還不無杞人憂天地感嘆：「一個如此有教養的人、有人性的人怎麼能夠管理蘇聯制度？」

戈巴契夫在國際舞臺上的第一號對手、美國前總統雷根評價：

他同蘇聯其他領導人迥然不同，他勝任他的職務。他確實很堅定，也很坦率。瑪格麗特‧戴卓爾是第一位與他會面的西方領導人，談起他時，評價很高，認爲是一位能與之打交道的人物。

雷根轉彎抹角，不想用他自己的話把對手捧得太高，以免有損他自己作爲政治家在世界舞臺上的生動形象，但是，歐洲的民意測驗表明百分之六十一的人認爲戈巴契夫勝任其領導職務，而只有百分之三十二的人認爲雷根勝任他的職務。

事實是，自從戈巴契夫登上世界舞臺，雷根壓倒群芳的政治演技漸漸被戈巴契夫奪走一半光輝，單人舞變成了雙人舞。

一九八七年，聯邦德國總理科爾這樣描述戈巴契夫：「他是一位擁有權威、消息靈通和強有力的人，他擁有真正的權力，並堅定無情地維護自己的利益。」

聯邦德國前總理、著名國務活動家勃蘭特說：

「戈巴契夫是一位意志堅強的人，他的行動不受傳統思想的束縛……如果允許他繼續推行他的計劃，他是能對國際關係的改善作出重大貢獻的。」

一九八七年七月，美國前總統卡特會見戈巴契夫，事後發表評論：「戈巴契夫是一位獨一無二的世界領導人，他在過去兩年裏表現出一位少見的世界領袖的風範，他有見識、知識淵博、比他的任何前任都善於與西方的報界和領導人打交道。全世界都對他寄予很大的希望。」

美國當時的總統布殊則不止一次地連聲讚嘆：「戈巴契夫先生的確是一個了不起的人」。

所有這些讚美，使得國際戰略家、美國前總統尼克森妒火中燒，他寫道：

「所有這一切都是愚蠢的、毫無意義的。...... 如果我們接受戈巴契夫的崇拜者對戈巴契夫的看法，我們會使自己在這個控制世界上最強大的武裝部隊的人面前在心理上解除武裝。」

然而，幾行文字之後，他也情不自禁地歌頌戈巴契夫：

「過去四十年，我會見過一些偉大的領導人——邱吉爾、戴高樂、阿登納、加斯貝利、吉田茂、毛澤東和周恩來，戈巴契夫屬於這一類人。」

當時，尼克森至少保持著兩項世界記錄，與二十世紀世界性偉人打交道最多，本人也因為紅色中國的破冰之旅

和水門事件聞名世界。

尼克森尚且把主政不滿四年、年齡不過五十八歲的戈巴契夫列入世界性偉人之列，不承認戈巴契夫偉大的人們，只剩奧威爾《動物莊園》裏拿破侖式的「英雄領袖」。

全靠尼克森走紅的亨利‧季辛吉與尼克森的醋意不相上下，不過，我們先看看義大利女記者法拉奇筆下的季辛吉：

這個人太著名，太重要，太幸運了：他被人們稱為超人，超級明星，超級德國佬，他拼湊自相矛盾的聯盟，簽訂無法實現的協議，使世界像他在哈佛大學的學生那樣為之屏息。這是個不可思議的、難以理解的、實際上是荒唐可笑的人物。

他可以在他想見毛澤東時就能見到；在他想去克里姆林宮時就能進去；在他認為合適的時候叫醒美國總統並進入總統的房間。在這個五十歲、戴著黑邊眼鏡的人面前，吉姆斯‧邦德的那一手黯然失色。此人不像吉姆斯‧邦德那樣會開槍、鬥毆或躍上奔馳著的汽車，可是他能建議發動戰爭或結束戰爭；他自認為能改變甚至已經改變了我們的命運。

一言蔽之，故作高深，自命不凡。

就是這個自命不凡的政客，與戈巴契夫面晤並鬥智之後，寫出如下頌詞：

「當我和一批來自美國前四屆政府的高級官員對戈巴契夫進行一次私人訪問時，戈巴契夫時而談笑風生，時而諷刺挖苦，時而聲色俱厲，時而和顏悅色，他向我們代表團的各位成員分別講話，使人感到他對話題非常瞭解和對每位交談者有一種敏銳的直覺感。」

「蘇聯現在正是由這樣一位強有力的人領導著。」

「戈巴契夫及其同伴似乎不那麼受制於過去，他們比較敢於運用蘇聯的力量，具有很強的智力，可以實行一項比他們的前任們的政策富有多得多的活力的對外政策。這些素質還使他們成為難以對付得多

的對手。

從蘇聯本土到東歐兄弟國，從西歐公眾到美國眾生，戈巴契夫受歡迎的程度不亞於搖滾樂歌星。

東到西伯利亞，西至加裏寧格勒，南達烏茲別克，北臨北冰洋沿岸，戈巴契夫執政時期，歐亞大陸公眾祖祖輩輩第一次能夠自發走上街頭今天遊行、明天示威。

遊行、示威的口號不是抗議戈巴契夫，而是無一例外地高喊「米哈伊爾，我們支持你！」。

紅色帝國另一位諾貝爾獎得主、物理學家、前政治犯薩哈羅夫告訴記者，蘇聯七十多年的歷史，沒有一個人像戈巴契夫這樣受到公眾發自內心的擁護，儘管他們也抱怨改革進展緩慢，消費品短缺。

在東德、波蘭、匈牙利、捷克斯洛伐克、甚至羅馬尼亞，凡遊行示威，人們必喊：「戈巴契夫，我們要戈巴契夫！」

一九八七年七月，東德青年聚集柏林墻下，分享在西柏林舉行的搖滾樂音樂會，遇到員警阻攔，青年們喊出的時代最強音也是「我們要戈巴契夫」、「推倒柏林牆」。

到了一九八九年秋天，「戈爾比」成東歐天鵝絨革命的《馬賽曲》。

在西歐，許多人認爲，戈巴契夫比雷根更富有建設性思想，更愛好和平，更值得信賴。

一位負責民意測驗的專家說：「最令人吃驚的是，不管是支持哪一黨派的人，相信戈巴契夫的比率總是一樣。」

一位法國人爲戈巴契夫祝酒：「因爲你，一個新的時代正在開始，一個對話的時代、更爲開放的時代正在開始」。

聯邦德國駐莫斯科記者克·施密特·霍伊爾描述：「千百萬不問政治的蘇聯公民和越來越多的資產階級政治家、銀行家，許多國家的無產者和國會議員，都對戈巴契夫有一致的看法：他使人神往」。

生活在數百年前的莎士比亞曾寫道：「有人生來偉大，有人變得偉大，有的人偉大是強加的。」戈巴契夫的偉大來自文明世界的人心。

戈巴契夫執政六年九個月零十四天，到一九九一年十二月二十五日黯然下臺，其所作所爲如下：。

——在世界第一個紅色帝國發起了一場全面改革，拋棄了神聖不可侵犯的馬列主義教條，結束了斧頭幫的統治，把權力和自由還給公眾。

——初步建立起議會、行政和司法三權分立的制度框架，以多黨共存、競選權力取代一黨專政、槍桿子裏面出政權，基本上和平完成極權政體到自由民主的轉型。

——結束七十年通往奴役之路的黨有制和計劃經濟，確立個人私有、由看不見的手調節投資、市場和價格的市場經濟。

——倡導推行公開性，公眾言論、遊行、集會、結社、示威的自

由真正得到保障。

——放棄槍桿子裏面出「兄弟」的帝國傳統，放任、促使東歐開始天鵝絨革命，並和平完成向多黨民主制和市場經濟過渡的轉型。

——推動裁減軍備，結束東西方一觸即發的軍事對峙和軍備競賽，人類歷史上第一次銷毀核武器。

——擁抱歐美文明，結束第二次世界大戰以來近半個世紀的冷戰，大幅改寫世界格局和人類文明史。

——單方面裁軍六十五萬，撤走駐東歐及蒙古大批軍隊，結束對阿富汗長達九年的軍事干涉，支持以美國為首的盟國懲罰薩達姆，促動兩伊戰爭、中東紛爭、柬埔寨和安哥拉戰爭走上和平解決的道路。

戈巴契夫就像一個走鋼絲的演員，腳下的路本來就窄得可怕，步子又邁得極快極大，所有觀眾替他捏著一把汗，生怕他摔將下來。

早在一九八七年，季辛吉的驚人之語就是：「如果在兩年之內看到戈巴契夫下臺，我是不會吃驚的。」

後來的事實證明，季辛吉的驚人之語，只驚到自己。

四年過去，季辛吉的擔心好象應驗，一九九一年八月十九日，戈巴契夫執政六年多的時候，果然被囚避暑勝地克里米亞。

戈巴契夫一手提拔的「改革派」戰友和接班人，串通一氣，發動軍事政變，拯救紅色極權。

不過七十二小時，戈巴契夫一手釋放出來的自由民主力量，以葉爾辛為代表，登高一呼，聚集民心、軍心，勇敢抵抗政變頭目借屍還魂。

戈巴契夫又回到政治舞臺的鎂光燈下。

人類歷史上，沒有人像戈巴契夫那樣，大刀闊斧自我革命，對極權怪獸實施傷筋動骨的大手術，推動其轉變為曾經殊死反對的另一種截然不同的社會形態。

沒有人像戈巴契夫那樣，在拋棄僵死失敗的教條之路上走得如

此之快、如此之遠，主動而堅定不移地還公眾思想、表達和選舉的自由。

沒有人像他那樣，領導一個權力高度集中的怪獸，集合著近一百個民族，橫跨歐亞大陸，面積全球第一，艱難險阻無邦能出其右。

他失去了權力，蘇俄和東歐千千萬萬公眾贏得了權力、尊嚴和自由。

政客們眼裡只有權力，都視失去權力為失敗，權力以國家的名義，極權帝國的解體更是大失敗。

極權及其帝國的大失敗，恰恰是公眾和自由的大勝利。

所有對戈巴契夫失去權力和帝國的咒罵抨擊，正是對其還以公眾權力和自由的讚美歌頌。

包括戈巴契夫的同胞，無視戈巴契夫的偉大和恩典，不是基於權力和私心，就是來自無知和腦殘。

總書記死了　總書記萬歲

一九八五年三月，廣袤的蘇聯帝國，嚴寒仍籠罩著大地。

橫跨歐亞大陸的超級強權，絕大部分地區依然是冰天雪地，早春的氣息彷彿不曾來過。

三月十日，星期日，入夜，休息了一天的人們仍沉浸在輕鬆愉悅之中，讀書，看電視，料理家務。

莫斯科寬敞的大街上，見不到幾個人影，只有克里姆林宮樓頂的洋蔥頭和尖塔，放射著紅寶石般的光芒，在冬夜中構成神話般的迷人景色。

洋蔥頭和尖塔的下方，龐大帝國的心臟，宮內主樓的政治局會議室，氣氛格外凝重。

最有權力的七名政治局委員，正圍坐在會議桌前，決定帝國的命運。

事實上的二號人物戈巴契夫，面色冷峻的葛羅米柯，年老多病的吉洪諾夫，毫無表情的索洛緬采夫，雄心勃勃的阿利耶夫，強硬刻板的羅曼諾夫，溫文爾雅的格里申。

兩名委員出訪遠在國外，一是沃羅特尼科夫，蘇聯最大的聯邦——俄羅斯聯邦共和國部長會議主席，正在南斯拉夫訪問，一個是謝爾比茨基，烏克蘭共和國黨中央第一書記，正在美國訪問。

一位委員遠在哈薩克的阿拉木圖擔任黨的第一書記，飛往莫斯科需要五小時，姓氏是庫納耶夫。

黨的總書記契爾年科，三小時以前，呼出最後一口氣，再一次造成巨大的權力真空。

死亡領袖的後事，嫁接著新領袖的前戲，會議要決定誰出任死亡領袖治喪委員會的主席，誰出任新的總書記。

一年前，安德羅波夫去世，契爾年科接班，戈巴契夫已經由普通的政治局委員脫穎而出，上升為沒有名份的老二，成為「王儲」。

再一年前，布里茲尼夫上西天，安德羅波夫接班，契爾年科由普通政治局委員上位到無名份的老二，最後接班，形成潛規則。

然而，契爾年科坐上第一把交椅，儘管病魔纏身，自身難保，無力治國理政，卻並不想把權力交給戈巴契夫。

權力金字塔頂端是總書記，總書記以下，是九位政治局委員。

政治局委員的權力，一人之下，萬人之上，相當於東方另一兄弟黨的常委，有時七名、有時九名、有時五名。

只有排名和實際上的權重、地位之分，沒有形式上的大小之別。

每人都有自己的權力基地，也有自己的密切同夥，更有爭取大位的小小野心。

每一次最高權力出現真空，每一位政治局委員都有可能成為接班

人。

才駕崩的總書記，布里茲尼夫時期只是打雜侍候總書記的大內總管，接安德羅波夫班的時候已經老之已至、病入膏肓、行將就木。

他老人家都能上位，其他委員，有啥理由，不能上位？

斧頭幫的接班人本來就沒有標準，誰拳頭硬、誰會弄權，誰就是大爺。

當年列寧掛了，幾個政治局委員，個個都比史達林有權力、有威望，尤其是托洛茨基，不光掌握著槍桿子，又有紅軍之父的美譽。

最後皇袍加身的，是最不起眼的約瑟夫大叔。

托洛茨基等一班列寧最信賴的戰友、天才的革命家、軍事家、理論家，不光成了「反黨分子」，而且成了個個乖乖認罪的階下囚、刀下鬼。

就像東方鄰邦最著名的辛酉政變，一位二十七歲的小寡婦慈禧，聯合小叔子恭王，一舉粉碎、誅殺掌握軍政大權的肅順、端華等「六凶」。

史達林死後，最有權勢的是事實上的老二馬林科夫和秘密警察頭子貝利亞。

最後奪取大權的是莫斯科第一書記、土包子赫魯雪夫。

斧頭幫和尚打傘、無法無天，誰有權誰就是規矩，就是王法。

所謂的政治局會議，就算有議事規矩，也不實行。

既沒有法定人數之說，更沒有真正的表決程式。

所有決定，基本都是附和、贊成、擁護總書記的所好和主張。

緊急情況下，能夠到會的政治局委員，哪怕只有三、四個，也會形成決議，作出決定。

列寧創建的政治局，有五位委員，托洛茨基和史達林經常因軍務不在莫斯科，克列斯廷斯基，基本是列寧的反對派。

只剩加米涅夫，跟列寧一唱一和。

所謂政治局的決定、黨的決定、布爾什維克的決定，大多是列寧和加米涅夫兩個人的決定、實際是列寧一個人的決定。

總書記死了，在政治局委員中產生新的總書記，又由政治局委員集體同意、認可、確認新的總書記。

程式上，無論誰問鼎總書記寶座，都必須取得其他同僚支持。

戈巴契夫已經佔據「王儲」位置，並主持政治局日常工作，但要依此前的潛規則，明規則，正式皇袍加身，沒有在坐其他六個政治局委員的支持，就沒戲。

政治局委員中，戈巴契夫又是最年輕的一位，並且分管農業。

而農業，因為史達林的集體化、就像東方近鄰的人民公社，早已將歐洲的糧倉（按：俄羅斯幅員遼闊、土地肥沃，尤其烏克蘭，有歐洲的糧倉之稱）成功打造成連年歉收的人間地獄。

哪位政治局委員分管農業，哪位政治局委員倒楣。

戈巴契夫之前，分管農業的政治局委員，個個都是糧食歉收的替罪羊，沒有一個好下場。

戈巴契夫「時來運轉」，不但要擺脫惡咒，而且要更上層樓，越過其他所有老資格的同僚，逆襲總書記寶座？！

怎一個難字了得！

再一個險字了得！

再再一個懸字了得！

其他六個老大哥，會答應嗎？

小兄弟唯一的優勢，已經佔據沒名份的老二位置。

跟史達林當年主持書記處工作、打理黨務一樣，手握召集會議、主持會議、設置議題的權力。

按慣例，當下的會議需要選出治喪委員會主席人選。

而潛規則正是，前任總書記的治喪委員會主席，就是新的總書記。

大家經驗豐富、各懷鬼胎、都不輕易開口。

過早暴露自己的意圖，好處是先聲奪人，爭取主動，壞處是出頭的椽子遭雨淋，單兵出擊，易受攻擊，將主動弄成被動，甚至斷送自己的前程。

一如兩軍對壘、敵情不明，誰放第一槍，誰暴露目標，誰成為眾矢之的。

黨和人民的利益高於一切，都是騙人的鬼話，自己上位，至少推送同夥上位，才是心照不宣的秘密。

思維與思維，意志與意志，「同志」與「同志」，都在緊張地博擊，都在估量力量對比，佔據表態的最有利地形。

沉默，長時間的沉默。

「我已說不清這種緊張的、明顯而不正常的沉默持續了多長時間，我覺得似乎是無限漫長」。

以書記處書記列席會議的利加喬夫追憶。

「空氣中顯然瀰漫著反戈巴契夫的氣氛」。

在場的利加喬夫回憶。

事過五年，戈巴契夫自己承認：「當時有可能作出完全不同的決定」。

沉默之後是環顧左右而言他，沒有人在關鍵問題上表態。

嘴巴裏吐出來的都是「含糊其辭的意見」。

利加喬夫在回憶錄中描述。

戈巴契夫的回憶比較簡略，只說，莫斯科市委書記格里申態度非常鮮明。

「治喪委員會主席的事幹嗎要拖延呢？

明擺著的事情，就選米哈伊爾‧謝爾蓋耶維奇擔任好啦。」（《戈巴契夫回憶錄》）

「我提出不必著急，中央全會定於第二天下午 5 點開會，而政治局的會是在下午兩點。大家都有時整整一夜外加半個白天全面考慮，仔細斟酌。

到時候我們先在政治局定下來，再把意見帶到全會去。」（《戈巴契夫回憶錄》）

完全可能，戈巴契夫的拖延戰術滿足了所有人的願望，只要決定還沒做出，每個有野心的人就都有機會。

布里茲尼夫（左三）是玩弄權力的大師，安德羅波夫（左四）
與契爾年科（右一）都百依百順

戈巴契夫自己也一樣，可以以時間換空間，利用次日下午兩點前的十八個小時，鴨子划水，私下努力。

東方人愛說，民不可一日無君，其實沒有任何根據。

對尋常百姓來說，別說一日無君，就是十日、一百日無君，地球照轉，日子照過，毛影響都沒有，也許反而過得更好。

蘇俄帝國，「戰鬥民族」，也是一樣。

第二天，三月十一日，一如既往，人們該工作的工作，該上學的上學，該養娃的養娃，該戀愛的戀愛。

一點兒不知道，他們的頭號「公僕」、十幾天前在電視裡見到的領導、「黨和人民」的最高領袖，已經上了西天。

「當家做主」的人民，與家犬野狗一樣，都沒資格知道黨和國家機密，也沒有權力選擇黨和國家領導人。

中午，莫斯科時間十三點五十七分，蘇聯廣播電臺傳出哀樂，宣佈契爾年科升天，距契爾年科告別人世十八小時。

三年裡，人民第三次被代表悼念「黨和國家最高領導人」，但一次也沒有被問過，大家真想悼念，還是很想慶祝。

人民也沒有哀嚎，沒有總書記的日子，他們活不成。

黨和國家領導人偷著樂，老大哥走了，壓迫自己的那個力量消失了，自己不光輕鬆自在更有權力，而且又有機會展示、問鼎更大的權力。

政治局頭天晚上決定，下午五點召開非常中央全會。

戈巴契夫下午兩點，召集所有政治局委員、政治局候補委員、中央書記，在頭前晚上開會的房間再次開會，決定總書記人選，交中央全會認可。

與頭前晚上一樣，他坐在自己老二的位置主持會議，表示自己雖不是總書記，但在所有政治局委員中地位最高。

頭天晚上的政治局會議之後，各種陰謀活動就密集展開。

少壯派們，利加喬夫、切布里科夫等，都擁戴年輕的戈巴契夫，他身上寄託著他們的希望和職志。

雖然他們在政治局裡沒有表決權，但作為主管人事的書記和主管安全的克格勃主席，實權在握。

戈巴契夫自己，頭天晚上一接到契爾年科去世的電話，第一個就打電話給葛羅米柯，約定在開會前二十二分鐘私下見面。

戈巴契夫自己回憶：

「安德列‧安德列耶維奇，我們應當共同努力，這個時刻責任重大呀。」

「我想，事情是明擺著的。」

「我考慮，我和您現在必須相互配合才好。」（《戈巴契夫回憶錄》）

如何配合，有什麼交易，戈巴契夫沒有透露，葛羅米柯也沒有透露。

「烏斯季諾夫已經不在了，不然就可以指靠他的支援了，葛羅米柯對我的態度有一些嫉妒性的成分，尤其是在我的英國之行以後。」

因為「葛羅米柯的兒子阿納托利、克留奇科夫（後來的克格勃主席——引者注）、以及一度同克留奇科夫關係密切的亞歷山大‧雅科夫列夫在其中做工作……葛羅米柯改變了對某些事情的看法。」（《戈巴契夫回憶錄》）

葛羅米柯到底都給誰打過電話，與哪些人結成了同盟，隨著他的去世，內幕和細節也帶到了天國，成了永遠的秘密。

元老派們，有的傾向於格里申，如羅曼諾夫，有的自己也躍躍欲試。

尤其是吉洪諾夫總理、對政治局最年輕的戈巴契夫委員一向看不順眼，安德羅波夫時代，就當面明確阻止政治局正式委任戈巴契夫主持書記處工作。

「又橫加指責，千方百計削弱書記處的工作，給我們的工作潑污水。」（《戈巴契夫回憶錄》

「總書記逝世前不久，當時掌管克格勃的切布里科夫有一次向我透露了他同吉洪諾夫談話的內容，吉洪諾夫企圖說服他不要支持選我擔任總書記。使切布里科夫頗為驚訝的是，除我之外沒有再提到任何人。」（戈巴契夫回憶錄》）

因此，有志於王位的老同志之間或探聽口風，或分析形勢，或比較優劣，或分派任務，或當仁不讓、充當造王領頭羊。

各自私下達成交易，支援誰，不支持誰，支持誰符合自己的利益和願望，不支持誰會給自己帶來什麼後果。

一系列的陰謀、串聯和活動，同樣緊鑼密鼓。

已經公開並證實了的秘密是，經過十六個小時幕後評估、算計、密謀、串聯、分化、組合，有發言表決權的政治局委員已經準備就緒。

"不先生"葛羅米柯

「各地第一書記的決心越來越堅定，不容許政治局再次將一個老邁多病或軟弱無能的人推上最高崗位。

「州委第一書記中的幾批人前來見我，要我採取堅定的態度，擔當起總書記的責任。其中一批人還聲稱，他們已經形成了一個組織核心，他們不準備繼續允許政治局在解決這類問題時無視他們的意見。」

「直覺告訴我，一宿加上半天會使事情朝著需要的方向發展的，黨中央得到的資訊也證實了這一點。」

戈巴契夫回憶。

因此，主持人的開場白簡明扼要：「現在，我們需要討論新的總書記人選，五點鐘中央全體會議將開始，因此，審議這個問題的時間只有兩小時……」。

與頭天晚上的氣氛截然相反，戈巴契夫一說完，世界聞名的不倒翁外長、「不先生」安德列・葛羅米柯立刻站起來發言。

史達林還活著，「不先生」就先後擔任駐美大使、聯合國代表、駐英大使，一九五七年，以四十八歲英年，出任外交部長。

多年苦心經營，歷史達林、馬林科夫、赫魯雪夫、布里茲尼夫、安德羅波夫、契爾年科六任總書記，官越做越大，權越聚越多。

不是只會跑腿執行的外交部長，而是具有決策權的首席外交首腦，對外政策的半壁江山，幾乎都是「六朝元老」說了算。

政治局委員以外，同時擔任部長會議第一副主席，與總書記是直接領導關係，中間無人分管或者主管。

包括坐在身旁的吉洪諾夫總理，都只管經濟，對外交事務幾乎沒有發言權，在政治局，不比外交部長的影響力大。

反而是外交部長，資格最老，威望最高，在病魔纏身、腐敗無能的政治局同事面前，說話分量最重。

由他搶得先機，大家只有洗耳恭聽。

「……我認真想過，勝任蘇共中央總書記職務的人只有一個，那就是米哈依爾・謝爾蓋耶維奇，我建議，現在就討論他作為候選人的問題……」

以往總是說「不」，突然間說出「是」，而且一改以往的嚴謹刻板，發言充滿激情感染力。

只提到一個人的名字，一個小他二十歲、能做他兒子的、最年輕的政治局委員的名字。

又不厭其煩，歷數戈巴契夫的從政之路和成績，以及自己的印象和評價，論證自己的創議是正確的、唯一的。

接著葛羅米柯的提議，吉洪諾夫第一個表態，贊成葛羅米柯的提名，支持戈巴契夫作為總書記人選。

吉洪諾夫為什麼一反往常，積極支持戈巴契夫。

《戈巴契夫回憶錄》解釋得非常合理。

「在類似的場合表示「反對」，不符合這個政治局的傳統。」

就像一年前安德羅波夫去世，吉洪諾夫第一個建議，由契爾年科接任，「大家都投了「贊成」票，其中包括我自己。」

「理由也是現成的：「最重要的是別出現分裂」。」

兩位最有份量的人物亮出自己的旗幟，一言九鼎，兩言遠遠超過十八鼎，推舉的又是事實上的二號人物，等於三巨頭已經站在同一陣線。

決定乾坤的砝碼，代表了權力體系的主要陣容，穩占上風和優勢，其他人一個接一個接力表態，都成了戈巴契夫的擁護者。

歌頌新王的獨唱異曲同工，沒有任何雜音和不和諧音調。

當時的槍桿子，掌握在國防部長索科洛夫手上，刀把子掌握在克格勃主席切布里科夫手上。

前者上任才三個月，在政治局、書記處都沒位置，後者上任才兩年，只擔任中央書記，在政治局沒有發言權。

兩位實力人物的前任烏斯季諾夫和安德羅波夫，都與戈巴契夫關係格外密切，正是安德羅波夫將戈巴契夫扶上事實上老二的地位，而烏斯季諾夫，是戈巴契夫在政治局最強大、最有力的靠山。

索科洛夫和切布里科夫又是烏斯季諾夫和安德羅波夫分別親自欽點的接班人，不管事實上兩位是否支持戈巴契夫，外界的觀感，他們的喜好和態度，至少繼承前任和恩師的喜好和態度。

兩人又都是少壯派的一員，而少壯派總體上旗幟鮮明擁立戈巴契夫。

「中央委員們的意見對我的當選極為有利，這種人心所向的情形使得任何爭論都已經絕無可能，任何別的方案都毫無希望。」

「全會 5 點鐘開始，我立即感受到了全場支持我的氣氛，在葛羅米柯講話之後這種氣氛更為強烈，」

戈巴契夫回憶。

斧頭幫的家法，中央委員會是黨的代表大會閉會期間的最高權力機關，總書記和政治局委員都由中央委員會「選舉產生」。

通常情況下，中央委員們的權力只停留在黨章裏，事實上行使的，只有支持、擁護總書記和政治局的權力。

但出現權力真空、權力鬥爭、或者面臨重大危機，中央委員們手中的一票，絕不吃素，完全可以扭轉乾坤。

一九五七年，赫魯雪夫已經當了四年總書記，政治局裡以莫洛托夫、馬林科夫和卡岡諾維奇爲首，就串通其他政治局委員作出決定，把赫魯雪夫踢下總書記寶座。

中央委員們聽到風聲，乘飛機直奔莫斯科，一位中央委員揪著政治局委員伏羅希羅夫的衣領，逼著政治局作出決定，召開中央委員會，決定赫魯雪夫去留。

全會召開，擁戴赫魯雪夫的中委占大多數，否決了政治局先前的決定，總書記還是赫魯雪夫。

莫洛托夫、馬林科夫和卡岡諾維奇偷雞不成，反蝕一把米，成了「反黨集團」頭子，隱居養老。

赫魯雪夫又擔任了七年總書記，直到勃列日涅夫、蘇斯洛夫等發動宮廷政變，再將他攆下臺。

一切極權制度，都是樹倒猢猻散，只要掌握最高權力的「大

赫魯雪夫（左），布里茲尼夫（右）

哥」無力控制權力體系，權力就會落到「二哥」、「三哥」手中。

「大哥」掛了，「二哥」行使手中權力，推出新的「大哥」填補最高權力真空，「三哥」也不妨一試難得的權力，表達自己的願望。

不到五點，「三哥」們已經在克里姆林宮大會議廳落坐就緒，個個心知肚明，此前開過的所有大會小會，都沒有今天的會重要。

布里茲尼夫、安德羅波夫、契爾年科之間的權力傳承，「二哥」們的小圈子第一時間就達成一致，新「大哥」很資深、很有權力基礎，沒人敢於挑戰。

三老三年駕崩，下任「大哥」人選年長還是年輕，權力基礎雄厚還是薄弱，「二哥」們一心一意還是三心二意，都是懸念，都是未知數。

戈巴契夫雖是契爾年科治喪委員會的主席，但契爾年科最後兩次在電視裡出現，都是莫斯科第一書記格里申陪同。

選舉人民代表，原定總書記通過電視，向莫斯科古比雪夫選民代表發表演說，因為健康狀況極差，不能出現在鏡頭面前，代表他宣讀講稿的是由格里申。

投票時，電視畫面的投票室不在克里姆林宮，而是在醫院的病房裡，總書記不光病入膏肓、又是格里申陪伴。

按照斧頭幫的潛規則，總書記投票選舉人民代表，屬於普通選民行使公民權利的個人行為，不是職務行為，表演其與人民群眾打成一片的形象，除非家人，無需任何其他官人陪同。

「格里申突然插手此事，單獨跑去同契爾年科談話。」

「之後又給我打電話，說他受契爾年科之托，準備組織集會並代為宣讀講話稿。」（《戈巴契夫回憶錄》）。

共同給公眾製造一種印象——總書記喜歡格里申，格里申是總書記最信任的人。

而赫魯雪夫就是在莫斯科第一書記任上，越過總理馬林科夫和克格勃主席貝利亞，直接上位總書記寶座。

因此，格里申已經不僅僅是偷窺接班人寶座，而是公開跟潛在的接班人戈巴契夫叫板。

當時沒手機，沒有 FB，人們只有到達某個地方，才能通過電話、電報等手段，獲得消息。

所以，會議開始之前，「三哥」們沒有任何消息，哪位元「二哥」將出任新一任「大哥」。

「二哥」們在主席臺陸續坐定，戈巴契夫仍坐自己原來的位置，仍以老二的身份主持會議。

第一項儀程，爲已故總書記短暫致哀。

致哀結束，葛羅米柯出現在主席臺上，代表政治局發表講話。

長期以來，大家聽慣他枯燥乏味的講話，這個節骨眼上，一定不討論什麼外交事務，由他出場主講，本身就不尋常。

而且，重要講話都離不開講稿，這次，老外長也一反常態，兩手空空，一張紙都沒拿。

會場一片寂靜，大家不由自主地伸長脖子、瞪大眼睛、洗耳恭聽。

沒有一個人交頭接耳、胡思亂想，更沒有一個人打哈欠、打瞌睡。

大家的耳朵裡傳進最關鍵的一句話：「政治局決定推舉戈巴契夫爲新的總書記。」

「戈巴契夫的能力、人品非常出色。才思敏捷，信念堅定，原則性強，在契爾年科病重期間出色地主持了政治局和書記處的工作。」

「他看上去和藹可親，卻有一副鐵嘴鋼牙，能正確及時地把握國際事態發展的本質。我常常對他能如此迅速無誤地判斷事件的實質並能根據黨的利益得出正確的結論而感到驚訝」。

「他是當之無愧的總書記人選。」

這個時候，「敵人總想在蘇聯領導中找到一些裂縫，我們不能仇者快、親者恨，不顧大局自己分裂，而只有團結一致，支持新總書記

領導我們黨、我們國家。」

人類歷史上，提名演說多如牛毛，葛羅米柯的演說談不上最好，但一定是共產主義世界的最好。

當時的蘇共，中央委員會至少一百多人，其中一半委員，年齡長於戈巴契夫，資格老於戈巴契夫。

戈巴契夫才五十四歲，大學畢業參加工作的時候，在座不少領導已經聞名全國。

七年前才從最小的邊疆區之一的斯塔夫羅波爾區委第一書記晉升為中央書記，主管誰管誰倒楣的農業。

因爲運氣，他才沒在這個崗位上栽跟頭，坐順車進入政治局，一路混到沒有名份的政治局老二。

風度優雅、舉止靈活、性格開朗、精明強幹，更多地像一個西方政客，而不像一個正統嚴肅、僵硬刻板、粗俗土氣、沉默寡言的斧頭幫領導幹部。

大約半個月以前，選舉最高蘇維埃人民代表，也就是契爾年科最後一次出現在電視畫面裡那一次。

戈巴契夫也發表了「競選」演說，演說精彩歸精彩，但不是已經形成的傳統的精彩，至少在形式上，有嚴重的「西方資產階級自由化」的傾向。

選舉日那一天，他居然帶著老婆賴莎、女兒伊蓮娜和七歲的外孫女奧克莎娜一起，出現在輝煌的蘇維埃建築者大廳。

由七歲的外孫女替他把票放進票箱。

攝影師要求戈巴契夫再表演一次，以便將這一別開生面、溫馨祥和的場景攝入鏡頭，宣傳出去。

戈巴契夫笑容滿面，含蓄婉拒：「可惜，我只有一次投票權。」

輕鬆隨意，落落大方、富於人情味的作派，與大家司空見慣的黨和國家領導人，形成鮮明對照，與共產黨官場文化格格不入。

列寧激情澎湃，史達林陰鷙嚴厲，赫魯雪夫莽撞衝動，布里茲尼夫僵硬做作，安德羅波夫文質彬彬但不苟言笑，契爾年科老態龍鍾，活似植物人，毫無特點可言。

唯有戈巴契夫，修養風度、言談舉止、個性格調，完全是西方政客那一套。

日後他將大力拉拔的同齡人和青年才俊，沒有一個超過他的才幹、境界、修養等綜合素質。

利加喬夫、雷日科夫、葉爾辛、普裡馬科夫、亞納耶夫、帕夫洛夫，包括他的同窗盧基揚諾夫，各個方面，差得都不止一個數量級，只有葉爾辛的政治直覺超過他。

謝瓦爾德納澤看上去樣樣都強，與戈巴契夫難分伯仲，後來回到格魯吉亞的作為證明，他的見識、能力和手腕還是稍遜一籌。

一百多個中央委員，類似戈巴契夫的人才一定還有，可惜沒有湧現出來，戈巴契夫也沒有發現。

而今，正是這些群雞，要給他們當中的丹頂鶴投票，給他皇袍加身，送上斧頭幫幫主大位。

他們的內心深處，沒有任何羨慕、嫉妒、恨——憑啥？

很難說多少人自覺自願、發自內心認同葛羅米柯的提名，多少人出於慣性和紀律，就算不認同、不認可、不同意，也只能跟政治局保持一致。

但至少要大多數中央委員跟著葛羅米柯說「是」，戈巴契夫才能「笑在最後」。

好在斧頭幫的投票方式，完全是裝門面，做樣子，眾目睽睽之下舉手、畫圈，不是真正的無記名秘密投票。

僅僅心理學裡的羊群效應，許多人就沒有勇氣，當著政治局領導的面、當著眾多群僚的面，舉手反對。

只要政治局的「二哥」們無一例外地舉手贊成，由各部部長、各州委書記和加盟共和國第一書記作為主要力量組成的「三哥」，基本上沒有膽量舉手反對。

贊成的後果很明確，不支出任何成本，官照當，權照用，繼續吃香喝辣、榮華富貴。

反對的後果很悲摧，不知道哪些人、多少人跟自己有志一同，如果占不了多數，不能按自己願望改變事情結果，就是不想混了，自己給自己挖坑，準備埋葬自己。

「沒有人再發言，一致選舉戈巴契夫爲總書記」，利加喬夫回憶。

「一致同意」是極權文化的典型塗抹之一，大而化之，藉以掩蓋其中的分歧和不同意。

就算「全體一致同意」，也並不意味著個個人真正同意，而完全可能是虛假的、違心的同意。

只要持不同意見者的安全和前程得不到保障，就沒有真誠可言、沒有「全體一致」可言。

一致、不一致不重要，真同意、假同意也不重要，重要的是，中央委員會「一致」贊同戈巴契夫擔任總書記。

總書記發表講話，表示黨的最高權力後繼有人，就像一艘巨輪，老船長倒在崗位上，新船長開始新航程。

他就是新船長。

中央全會與政治局會議後腳跟前腳，新船長沒有時間、也沒有條件精心準備演講，只有臨場發揮，客套老套，陳詞濫調。

鐵幕以外的觀察家，憑著這些片言隻語，認定戈巴契夫不會有甚

麼驚人之舉，只會老調重彈、舊譜新用，慘澹經營極權怪獸。

僵化的制度，腐敗的官僚，渙散的民眾，遼闊的國土，龐大的軍隊，停滯不前的經濟，形象不佳的外交，與美國激烈的軍事對抗。

要麼蕭規曹隨，被這個龐然大物所吞噬，要麼標新立異，改造這個外強中乾的龐然大物。

無論選擇那一條道路，都困難重重、險象環生，七十年的極權歷史乃至更長的威權統治，包袱太過沉重。

尤其權力不是來自公眾授予，而是少數人操縱決定，少數人今天能操縱決定給予，明天也能操縱決定收回，而且說收回就收回。

已故總書記契尔年科

對付權力怪獸，就需要勇氣，也需要智慧。

十七點五十七分，全會開始不到一個小時，莫斯科蘇聯廣播電臺中斷莊重的音樂，報導戈巴契夫「當選」蘇共中央總書記。

從晚間開始到第二天，頭頂胎記的戈巴契夫標準照，以及簡單的傳記鋪天蓋地，通過電視臺和報紙、傳遍全世界。

人們眼前一亮，難以置信，北極熊迎來新派掌門人？！

包括蘇俄公眾，也前所未有地好奇，關心爆冷的黑馬。

一位婦女表達自己的心聲：「我們都很高興，他年紀輕，又代表我們的意願，除此以外，我們還需要甚麼？」

美、英、法、日的領導人不但熱烈祝賀，還把許多不常使用的溢美之詞送給戈巴契夫。

「富有魅力」、「富有想像力」、「富有幽默感」、「精明、靈活」，不一而足。

就連互掐二十多年的東方某兄弟黨和國家領導人，也在賀詞中稱戈巴契夫為「同志」。

戈巴契夫的所有前任，不但當政初期沒有享受如此殊榮，即便功成名就、告別人世，也沒有這麼多不同國家、不同民族、不同政治觀點的人發自內心地祝賀和讚頌。

J 魅力初綻

戈巴契夫的權柄到手太快，使人在許多方面聯想起二百三十三年前政變登基的俄國風流女皇葉卡特琳娜二世。

當時，這位在俄國歷史上可以與彼得大帝相提並論的女皇，兩天功夫就奪得了皇位，而她才三十三歲。

戈巴契夫在契爾年科死後二十小時當選，不僅比契爾年科在安德羅波夫死後三天才取得權力時間短，也比安德羅波夫在布里茲尼夫死後兩天才取得權力時間短。

三月二日剛過了五十四歲生日，在權力大會中年紀最輕、形象最好、能力最強。

躍上權力金字塔的頂端，能在最短時間內，鞏固夯實權力基礎，按照自己的意志使用權力嗎？

無論東方觀察家還是西方輿論界，他們透過蘇聯社會制度和戈巴契夫的成長經歷，幾乎一致認為，戈巴契夫是集體領導中的一員，他

將不得不按老一代人的意志辦事。

西方克里姆林宮問題專家告誡人們，不要設想戈巴契夫會對蘇維埃國家的基本理論或實踐提出疑問。

一九七八年叛逃西方的蘇聯高級外交官、前聯合國副秘書長阿爾卡季·舍甫琴柯寫道：「政治局中仍有一半是老一輩的領導人，在蘇聯事務的一些關鍵領域，特別是外交政策方面，至少在相當長的一段時間內，他們將繼續左右莫斯科的決策」。

權威的路透社播發消息：「克里姆林宮新任領導人戈巴契夫明確表明，他急於使蘇聯恢復元氣，但是由於面臨一些上了年紀的政府官員的抵抗，變革將是緩慢的。」

戈巴契夫當選總書記的當天，他與其他領導人一起前往工會大廈圓柱大廳向契爾年科的遺體告別，並為契爾年科守靈。

翌日，即三月十三日，契爾年科的葬禮在莫斯科舉行。戈巴契夫與葛羅米柯等黨政領導人及死者的親屬跟在後面護送。

頭戴深灰針織軟帽，身著黑色呢子大衣，配一條深紅色帶格的圍巾，沉著自信，堅強有力。

靈車到達列寧墓前，靈柩移到一個臺座上。

戈巴契夫走在最前面，其他領導人魚貫跟隨，拾級而上列寧墓上方的檢閱台，在新總書記左右站成一排亮相。

吉洪諾夫、葛羅米柯、謝爾比茨基、庫納耶夫、索洛緬采夫、阿利耶夫、沃羅特尼科夫依次站在戈巴契夫左側，格里申和羅曼諾夫依次站在戈巴契夫右側。

十三時整，戈巴契夫宣佈葬禮開始，並致悼詞。

紅場上空響徹富有活力、生氣勃勃的聲音。

以往的葬禮，政治局委員們會按照其地位的重要排成兩行來抬棺木，這既是對死者表示敬意，也是活人權力、地位的象徵。

這一回，戈巴契夫和政治局委員們沒有抬那隻用紅、黑兩色布裝飾成的棺柩，而是排成四行跟在後面。

觀察家們立即小題大做，認為新總書記有意改變傳統。

從列寧墓回到克里姆林宮，總書記一口氣會見了二十七位國家和政黨的領導人。

三月二十一日，主持上任後的第一次蘇共中央政治局例會。

四月的一天，新任總書記出現在莫斯科街頭。

在利哈喬夫汽車製造廠，他請工人們「暢所欲言」。

工人們拿出一本厚厚的檔案，反映他們同主管部門之間的爭論多不勝數。

戈巴契夫向他們保證：政治局將研究這些事。

他宣佈要視察某家醫院，卻出人意料地去了另一家醫院。

他詢問一位女護士的月收入，護士回答說每月一百一十盧布，這還算是偏高的。

「這些夠嗎？」戈巴契夫問。

「當然不夠。」護士回答。

「但她可以加班。」陪同的莫斯科市委書記低聲插話。

戈巴契夫又轉身問一個醫生：「食堂伙食好嗎？」

「四十一戈比一份怎麼會好？」醫生回答。

⋯⋯

他不見地方官員事先組織好的群眾演員，他要見真正的人民群眾、要見準備訴苦的消費者。

五月十五日，新任總書記與夫人出現在莫斯科機場，在莫斯科的政治局委員與他們一一握手告別。

幾小時以後，夫婦兩人出現在列寧格勒。

列寧格勒原名聖彼得堡，最早叫格爾曼蘭，位於波羅的海芬蘭灣涅瓦河的出海口，最初只是一片沼澤地，為瑞典王國所擁有。

彼得大帝垂涎這裡的不凍港，1700 年發動戰爭，1703 年 5 月，從瑞典人手裡奪為俄羅斯所有。

兩周之後，同月 27 日，立即開始在距離海灣約 5 公里的入海口、一個叫做兔子島的小島上興建彼得保羅要塞。

十年之後，彼得大帝乾脆把首都從莫斯科搬到聖彼得堡，將聖彼得堡作為俄羅斯帝國的心臟。

歷經凱薩琳大帝、亞歷山大一世直至尼古拉二世的接力建設，聖彼得堡取代莫斯科，成為帝國的政治、經濟和文化的中心。

普希金稱其為俄羅斯「面向西方的視窗」，也演變成雙頭鷹學習歐洲、認同歐洲、偷窺歐洲、以歐洲成員自居的象徵。

最喜歡、最享受的時光

帝國三次大革命——第一次俄國革命、俄國二月革命、十月革命都發生在這裏。

列寧將蘇俄首都遷回莫斯科，政治中心東移，但文化、經濟和科學仍獨佔鰲頭，成為與莫斯科並駕齊驅的兩大重要城市之一。

與莫斯科一樣，市委第一書記在政治局同樣有一席之地。

1991年蘇俄解體，民選市長索布恰克舉行公投，列寧格勒恢復使用聖彼得堡原名。

斧頭幫口口聲聲代表人民，是人民的政黨，但黨的中、高級領導人從來不敢面對人民群眾。

縣委書記以上，公開場合表演親民秀，基本都是演戲，所見人民群眾不是早早經過佈置、演練，按寫好的腳本裝真賣萌，就是下級公務員、黨員、員警裝扮。

包括來訪的外邦元首和領導。

列寧、赫魯雪夫和史達林偶然會來一次真的，赫魯雪夫之後，別說真的，就是假的，都很少演出。

從機場到準備下榻的深宮高院，車隊行駛到鬧市區涅瓦大街，負責接待及陪同的人員突然聽到總書記發話：請讓車停下，我跟街上的行人聊聊。

大家都是一愣，接待日程清楚明瞭，時間掐分奪秒，沒有計劃中途停車，安全保密首要原則，哪能說停就停。

戈巴契夫看出他們的疑慮，再次重複自己的要求，在街頭人多的地方停車，他要見見人民群眾。

總書記的話就是最高指示，沒有人再問個究竟，哪怕滿腹疑慮。

涅瓦大街的行人，長久以來的經驗，都知道車隊是達官貴人作威作福，影響交通秩序、幹擾正常生活，惹人討厭鄙視，沒人喜歡見到、喜歡遇到。

沒人關心車裡是什麼人，從哪裡來，到哪裡去，只希望他們趕快過去、趕快離開，離自己越遠越好，少影響自己出行和辦事。

　　誰都沒想到，突然，車隊停了下來，車門紛紛打開，人們一個個鑽出，簇擁著總書記、戈巴契夫。

　　沒有員警驅趕路人、設置隔離區，沒有保鏢兇神惡煞、紮勢唬人，更沒有訪民攔路喊冤，一擁上前。

　　人們反應過來、回過神來，已經看到新沙皇笑容可掬，滿面春風，向大家走來。

　　身著淺灰夾大衣，領襯方塊花格圍巾，頭戴圓頂禮帽，身旁是同樣穿著入時的賴莎・戈爾巴喬娃、他的夫人。

　　「大家有甚麼苦惱的問題嗎？」新沙皇一邊走一邊高聲招呼。

　　首先回應的是一位婦女，其他人隨後紛紛圍攏過來，一睹新沙皇的風采。

　　人們從市政建設到日常生活，從國家大事到世界形勢，人們平時議論、不忿的問題，總算找到了對象。

　　新沙皇時而壓低嗓門強調某個重點，時而加重語氣增加話語的節奏感，自始至終談笑風生，從頭到尾對答如流，沒有半點裝腔作勢，沒有一句官話套話，完全像鄉親鄰裡拉家常。

　　第二天，新沙皇頭戴安全帽、身穿工作服，出現在電子工廠，與工人、工長、工程技術人員交談。

　　又出現在加裡寧工業大學的教室、試驗室和會議室，與學生、教師座談。

　　第三天下午，再次出現在列寧格勒斯摩爾尼宮典禮大廳，同黨的積極分子和勞動者代表座談。

　　站在列寧的巨幅畫像前，依靠著典雅的白色欄杆，身著藏青色西裝，右手微微地打著手勢。

一會兒，像一位行政官員，掰著手指頭計算一個盧布用於保護資源或開發能源帶來的價值；一會兒，面色嚴峻、手指直指前方；一會兒，又彎著手臂，揮動拳頭，描述他的希望；一會兒，又聲調柔和，語氣親切，如同演員朗誦臺詞。

　　「我們所有的人，從工人到部長，從中央書記到政府領導人，都必須改變觀念，我們會給每一個幹部以機會，但任何不準備這樣做的人將被徹底清除，決不允許他們妨礙我們的事業」。

　　一九一七年十月，布爾什維克的軍事指揮部就設在這裡，列寧宣佈革命勝利也是在這裡。

　　快七十年過去，新沙皇發出「變革」動員令。

三歲時與外公外婆合影

　　公眾沒有看到的一幕，新沙皇抵達機場時，列寧格勒的權貴按往常慣例，安排年輕漂亮的美女，獻上一束鮮花。

　　新沙皇一反常態，表示他不喜歡花架子，工作中不應當有這類禮儀。

　　官員們滿臉尷尬，姑娘們不知所措。

　　新沙皇轉而和藹可親地讓姑娘們自己留下鮮花。

　　從此，獻花的禮節在官方活動中消失了。

　　次日晚間電視節目的黃金時段，戈巴契夫迷人

的風姿、精彩的演說出現在蘇聯的千家萬戶，旋即傳遍全球。

記者們的報導落成一句話：「戈巴契夫拋棄蘇聯領導人過去一向『深居克里姆林宮、高高在上』的僵硬傳統，以一種同群眾在一起的新領導人的形象出現在民眾面前」。

以往的「人民領袖」，個個害怕人民，新總書記不是作騷秀，而是真誠地擁抱人民。

他那美麗優雅的夫人也同歐美領袖們的夫人一樣，落落大方地同公眾交流、真心實意地與大家互動，一出場就成萬人迷。

與極權國度一切美好現象一樣，第一夫人的風采也是出口轉內銷。

早在戈巴契夫作為蘇聯二號人物訪問英國的時候，身著華麗哥薩克裘皮大衣的賴莎就令記者們緊追不捨。

在倫敦的希思羅機場一露面，立即成為一道亮麗的風景。

與東道主談論文化或女式服裝，恰到好處地引用莎士比亞的名言表達自己的想法。

在參觀著名的倫敦畫廊時，一架班機亮著翼燈從屋頂掠過，她眼睛一眨，故作驚訝地轉身詢問身邊的英國官員：「是導彈嗎？」

經驗豐富的外交官員們聞聲暗暗叫絕，難以作答，只好一笑了之。

因為此時此刻，在唐寧街十號，戈巴契夫正就導彈問題與「鐵女人」戴卓爾夫人唇槍舌劍。

跟東道主告別，她竟笑著說：「再見吧，鱷魚！」

她那迷人的微笑、敏捷的反應，超人的魅力，她的衣著、購買習慣，甚至所戴的耳環，都成了記者們報導的對象。

她是新沙皇的大學同學，畢業於莫斯科大學，不僅像沙皇時代的公主一樣受過良好教育，而且擁有教授頭銜和哲學博士學位。

她的博士論文是蘇聯第一篇從社會學角度分析農村現狀的專著。

托戈巴契夫的福，成千上萬蘇俄公眾現在有機會親眼目睹第一夫人的風韻和魅力。

第一夫人的風采和麗姿，又給戈巴契夫錦上添花、

受夠了六十多年粗鄙殘暴、醜陋可笑的「死魂靈」裝模作樣、自鳴得意，終於迎來一位朝氣勃勃、富有人情味的最高領袖，公眾興奮不已，期盼這一嶄新的變化帶來更美好的生活。

成千上萬封來信，雪片似地飛向克里姆林宮，祝賀、建議、請求、抱怨、申訴，希望，不一而足，應有盡有。

戈巴契夫沒有辜負公眾的期待，從此以後，每隔一段時間，就與賴莎出現在群眾中。

烏克蘭、哈薩克、西伯利亞、海參崴……

一會兒他身穿農場工作服傾聽別人講話，一會兒他身著短衫待在少先隊員的夏令營。

與國際舞臺並駕齊驅，新沙皇以自己的鮮明的風格，很快刮起一股旋風。

據傳，有一天，《真理報》總編輯阿法納西耶夫的電話鈴響了，他拿起聽筒，裡面傳來戈巴契夫的聲音：「維克托.格裏高裏耶維奇，你辦公室裡有列寧著作嗎？」

「當然有。」阿法納西耶夫回答。

「那麼，今後最好引用列寧的話，而不是我的。」

傳說是不是真的無從考證，就算假的，也是有人編造出來，美化他們心目當中的新沙皇。

除了重大國務活動，戈巴契夫每天早晨七點早餐，約七點一刻，步出克里姆林宮分給他的公寓，然後乘坐一輛吉爾牌黑色轎車穿過大街去克里姆林宮，一直工作到晚上十點。

午餐通常在辦公室單獨享用，偶爾也去「莫斯科餐廳」享受一個

普通顧客的招待。

去劇院觀看演出也不用留給總書記的專門包廂，而是和賴莎一起坐在前排座位上。

在任何場合、面對任何人交流，他都能應付裕如，給對方和聽眾留下美好深刻印象。

他不用講稿就能滔滔不絕講上兩三個小時，那怕是非常正式的場合，也只需要偶爾瞄一眼放在面前的講稿。

那怕會見外賓，也信口說來，而不求助於他的助手。

包括兩年多以後，他赴華盛頓訪問，重演列寧格勒那一幕，中途下車與美國公眾交談，害得雷根在白宮多等了一個多小時。

他利用現代化媒介的能力，更像一位歐美政壇上的政客，而不是極權制度的掌門人，廣播、電視和報紙，很快都成了他的天然盟友和粉絲，吹捧、讚美不遺餘力。

除了列寧和托洛茨基，蘇共所有領導人，都沒有他的演說才能。

「我擔任蘇共總書記時，擁有的權力可以和專制帝王相媲美。」新沙皇在《回憶錄》中記述。

事實上，他掌握著超過帝王的權力，他享有的是共產極權。

想要誰的小命，就要誰的小命，想幹什麼，就幹什麼，只需要一個念頭。

只要他願意，只要還喘口氣，權力座椅下的廣袤帝國就是他的。

世界上最龐大的土地、軍隊、員警，無孔不入的斧頭幫、人們使用的每一張盧布，甚至包括每一個人，都是他的。

「制度具有超穩定性，再維持幾十年完全可能。」「我完全可以不改革。」戈巴契夫回憶。

他的前任，列寧、史達林、布里茲尼夫、安德羅波夫、契爾年科，

都是老車不倒只管推，一直推到見上帝。

東方小兄弟金家王朝的存活，和古巴的苟延殘喘，都證明他所言不虛。

老裝家季辛吉，一副高深莫測、憂心忡忡的模樣：「他才五十四歲，瞧瞧他的形象和道行，牛Ｘ之至，至少領導蘇俄三十年，美國至少要陪三位總統！」

蒼生誠可貴，江山價更高，若為權力故，二者皆可拋。

江山誠可貴，權力價更高，若為蒼生故，二者皆可拋。

彼得大帝憑一己之力，將野蠻落後的俄羅斯帶向文明、先進的歐洲，擁抱西方而不是東方。

戈巴契夫大器早成，青雲直上，飽嘗權力搖頭丸的神奇和消魂，僅僅是風格、語言和個性煥然一新、裝裝門面、新瓶裝舊酒，還是天降大任於自己，步彼得大帝的後塵，大刀闊斧，改造依然野蠻、落後的極權制度和他領導的國度？

全世界都在注視。

伏特加　見鬼去 J

　　就在全世界都驚嘆、讚嘆新沙皇風度和魅力的時候，新沙皇自己並不得意，反而內心充滿失意和沉重。

　　出生成長於普羅米修斯的聖化之地南高加索，青春年少就親身經歷史達林農業集體化帶給農民的貧窮、苦難和血淚，更目睹第二次世界大戰在家鄉一帶的破壞和殘忍。

　　開拖拉機耕耘田野的辛勞和收穫，念大學遨遊智慧海洋的發現和醒悟，在權力的階梯上領導一個機關、治理一個城市、一個地區，進入中央一人之下、萬人之上主管一個領域、分管一些部門。

　　對人生的認知、社會的體驗、權力的妙用，都形成自己一套別有洞天的知識積累和價值判斷。

　　「我的妻子在這方面堅定了我的信心，她有這種觀點比我還早……當我親自認識了西方，我的決定就成了不可更改的了。」

　　1999 年，他在土耳其首都安卡拉一個研討會上回憶他世界觀、人生觀的形成。

　　登上權力金字塔的頂峰，俯瞰帝國真實的圖景：幅員遼闊的疆土，不可捉摸的生靈，運轉不靈的國家機器，貪婪而又無能的官僚。

　　「極權制度已經讓社會進入窒息狀態，疲於意識形態和軍備競賽，造成慘重負擔」。

　　他後來在回憶錄裡描述當時的內心世界。

西元九世紀，東西方兩大文明已經創造出兩次文明的高潮，斯拉夫人不過處於後原始社會狀態。

十五世紀文藝復興席捲西歐，俄羅斯人才有了他們家園的雛形——莫斯科大公國。

彼得大帝在十七世紀末、十八世紀初睜開眼睛看世界，奮力學習、追趕歐洲近代文明，像後來東方的洋務派領袖一樣，辦工業、造戰艦、發展貿易、改革軍制。

不知疲倦地奔走於歐亞大陸，視察一輪接著一輪，諭旨一個接著一個，馬車、馬背、雪橇、船艦充當他的臨時行宮。

正人君子利加喬夫

甚至莫斯科發生大火，他也親臨現場組織搶救，奮不顧身自己爬上屋頂，走到最危險的地方。

功夫不負有心人，經過數十年的努力，俄羅斯一躍而成為歐洲強權的一員，並匯入歐洲近代文明。

多年以後，彼得大帝的外孫媳婦、德意志公主葉卡特琳娜當上俄國女皇，老沙皇未竟的事業得以再次大放光彩。

葉卡捷琳娜身材矮小、野心遠大，權欲、色欲登峰造極，遠超埃及女王克里奧佩特拉。

風流女皇1762年至1796年在位，執政三十四年，與東方韃子的「乾隆盛世」、法蘭西的啟蒙運動、大革命，以及北美亞當斯、華盛頓領導的獨立革命同處一時代。

德意志的基因，俄羅斯的皇位，都沒有決定風流女皇的腦袋，倒是法蘭西文化俘虜了女皇的思想。

狄德羅、伏爾泰等啓蒙運動的主張、巴黎的建築風格和公共衛生制度，女皇都積極倡揚、照單全收，甚至比法蘭西人還狂熱。

基於約翰・洛克的思想親自撰寫兒童教育手冊，詔令每一個省府必須擁有一所高級小學，並建立俄國第一所醫科大學。

建立俄羅斯第一家平民醫院，招募、資助歐洲科學家研究，引進歐洲文化和藝術。

牛痘疫苗剛剛發明，牛痘疫苗故鄉有教養的階級還在普遍抵制，女皇已經專程請來英倫的醫生，伸出自己白嫩的胳膊，帶頭接種。

運用戰爭、宗教、金錢等各種手段，東西南北四面擴張，將俄羅斯版圖擴張為世界第一，比世界第二和第三版圖的總和還要多。

十月革命一聲炮響，兩個德夷猶太佬的幽靈借屍還魂，將彼得大帝和葉卡捷琳娜擴張而成的超級大帝國血洗成人間地獄。

屠殺、清洗、肅反、鎮壓、戰爭、恐怖，「戰鬥民族」遭受的苦難殘暴血債累累、罄竹難書，只有東方另一兄弟大國相媲慘。

與希特勒秘密勾結瓜分波蘭，與歐洲政客勾心鬥角養虎為患，釀成第二次世界大戰，又利用二戰過程中美帝的天真和信任，得寸進尺、要脅訛詐，以武力為後盾，奪取、掌握「兄弟國」的權力，奴役佔領區屁民，把佔領區當墊背的。

正如邱吉爾描繪的，從亞德裡亞海，到切什青，降下一道鐵幕。

「老大哥」不僅成為歐亞大陸的極權怪獸，也擴展成為整個東歐和東亞的邪惡陣營。

代表共產主義與以歐美為代表的民主文明世界分庭抗禮、妄圖將極權統治輸出到全球。

美帝杜魯門、馬歇爾以世界和平為最高目標，制定「冷戰」遏制

政策以自保，寄希望於資本主義的優越性，不戰而勝共產主義。

四十年過去，不光蘇俄，而且東歐，而且一切「兄弟國」，個個貧窮落後，與冷戰開始時同樣水準的民主文明世界形成強烈對比，一邊天上，一邊地下。

克格勃調查的保密數據令人震驚：1982年蘇聯經濟成長率是零，工業生產率不到西方先進國家的1/3；農業生產率是西方的1/5。勞動人民一日三餐必不可少的麵包都供不應求。

窮兵黷武，要大炮不要黃油，發展核武器，入侵阿富汗，雞的屁的百分之二十五用於軍備競賽。

老裡根只提高美帝軍事預算的一個百分點，揚言「星球大戰」，是騾子是馬拉出來蹓蹓，新沙皇再多拿出一兩銀子都沒有。

《消息報》無消息，《真理報》無真理，文字獄、鉗口術徹底把公眾的思想國有化、黨有化。

萬馬齊暗，冰封雪凍，全社會只剩兩種人大行其道——裝家和腦殘。

好酒、愛酒、酗酒，成為斧頭幫統治下「戰鬥民族」唯一縱情縱欲的志趣、唯一超過、勝過沙皇統治的偉大業績。

酒比媽還親，酒比美人還美，今朝有酒今朝醉，明朝無酒飲涼水，買醉麻痺神志，難得糊塗，混世度日。

「在慶祝會上，他開懷暢飲，直到酒足飯飽，醉得語無倫次，才返回兵營。一路上跌跌撞撞，東倒西歪，不省人事，但他還裝出沒甚麼事似的，想逞一下能，讓別人敬畏他」。

著名作家陀思陀耶夫斯基的《死者之屋》，描繪出整個「戰鬥民族」精神狀態。

葉卡特琳娜發動推翻丈夫彼得三世的政變，激勵士兵衝鋒陷陣的精神原子彈就是政變成功後，每人一桶酒。

葉女皇說話算數，士兵們如願以償，齊聲歡呼：「葉卡特琳娜，我們的小母親！」

史達林騎在所有人頭上濫施淫威，樂趣之一，就是邀請政治局委員們到他的別墅喝酒，看大家戰戰兢兢、爛醉如泥的醜態。

一九八〇年，蘇聯酒類消費超過那些「愛喝酒」國家的一·五倍。一九八三年，蘇聯人均年消費伏特加酒三十升。

酗酒造成犯罪率居高不下，生產率大為降低，曠工成為家常便飯，交通事故時常發生，

夫妻感情破裂，孩子遭到遺棄，人們健康受到損害，人口壽命大大縮短。

有勞動能力的成年人一半是酒鬼，每出生六個孩子就有一個是弱智兒童。連軍官們有時也喝完酒駕汽車開飛機，造成重大事故。

國家售酒利潤不及酗酒後果的花費，對全社會造成災難性影響，

雷日科夫務實而本份

葉女皇把酗酒歸罪於斯拉夫人的古怪性格，因為她是德國人。

孟德斯鳩將酗酒歸結於地理環境，因為他是地理決定論大師。

卡爾·馬克思強調社會環境對人的行為的決定作用，因為他是唯我主義者。

戈巴契夫要是真地信仰馬克思，他一定會得出結論，酗酒的熱情固然有寒冷氣候的原因，斧頭幫極權統治對人的事無巨細的壓迫和限制才是罪魁禍首。

「以往的統治模式公眾已經忍無可忍……我只有身居最高權位，

才能大有作為⋯⋯當我親自認識了西方，我的選擇就毫不動搖。」

戈巴契夫回憶。

最高權力寶座還沒捂熱，制度和權力體系還是鐵板一塊，茫然四顧，有所作為，政治上最為安全的牛刀小試，就是對酗酒開刀。

坊間盛傳，反酗酒是新任總書記和利加喬夫、雷日科夫等中生代共同的心聲。

安德羅波夫擔任沙皇期間，雄心勃勃，著手振興帝國的活力和熱情，提拔了好幾位清正廉明，精明能幹的革命事業幹事人。

其中的利加喬夫，無論政績威望，還是品德能力，都無可挑剔。

年齡比戈巴契夫長十歲，三十七歲就獲赫魯雪夫賞識，而出任新興的蘇聯科學院分院所在的學院城區委第一書記。

四十三歲出任黨中央組織部副部長，因為布里茲尼夫排擠赫魯雪夫提拔的幹部，利加喬夫在西伯利亞托木斯克州當了長達十八年的州委第一書記。

一九八三年躋身中央書記時已經六十二歲，而戈巴契夫已經是安德羅波夫一心栽培的「王儲」。

儘管進入最高權力機關時間不長，又只是沒有表決權的中央書記，但極其資深的州委第一書記崗位和正直剛毅的秉性，都加重了其話語權和政治份量。

戈巴契夫回憶，在他妾身未明、主持書記處工作的微妙時刻，利加喬夫全力支持他的工作。

特殊時期，特殊背景，天降大任，志同道合，兩人因此成為天然政治盟友。

利加喬夫又相信嚴刑峻法是治理社會最好的良藥，早在西伯利亞就開展過反酗酒運動，並且取得成功。

整治盛行於俄羅斯社會的酗酒惡習，推動文明風氣，減少經濟損

失，給權力機關和全社會注入活力，點燃新沙皇上任的頭把火，殺雞儆猴，一箭數雕。

上臺一個月，戈巴契夫就提交政治局備忘錄一份，提議在全蘇開展反酗酒運動，獲得政治局所有老大哥們熱烈贊同。

再經過一個月的緊張準備，五月十七日，蘇共中央委員會、蘇聯部長會議和最高蘇維埃同時頒布三個決議，宣佈反酗酒措施以及對酗酒者的懲罰辦法。

宣示此次禁酒，不是以往的倡議和運動，而是社會治理的一部分，不單是行政措施，而且納入「法治」軌道，以「法」禁酒。

不會虎頭蛇尾、雷聲大雨點小。

整個運動的旗幟和口號──「爲了一個更清醒的領導和更清醒的人民」。

蘇共中央理論刊物《共產黨人》文章宣稱，反酗酒運動和現代化能否成功息息相關！

《真理報》、《消息報》、塔斯社更是開足馬力，連篇累牘，宣傳禁酒令的偉大作用和重要意義。

新沙皇的開篇之作，一如既往，充滿著布爾什維克的意識形態和陳詞濫調。

禁酒令規定,蘇聯公民飲酒的最小年齡從十八歲提高到二十一歲。

官員參加或允許酗酒者撤職，在工作場所、正式宴會和招待會，以及其他公共場所酗酒者，處以五十到一百盧布的罰款或拘留，向青年人供酒的罪犯要負刑事責任。

釀酒由國家專辦，私自生產者受到懲處。商店、飯館不准在下午二點前出售或供應任何酒類。

配合禁酒令，又大漲酒價，用經濟手段阻止消費者買酒。

伏特加和白蘭地價格上漲百分之三十，汽酒上漲百分之十五。

一個非熟練工人要花大約十分之一的月薪，才能買到一升最便宜的伏特加。

以往，反對酗酒只是一個空洞的口號，既不控制伏特加的生產和銷售，相關措施也無人認真執行，上有政策，下有對策。

新沙皇的禁酒措施一刀切，禁酒法令面前，人人平等。

即使招待外國元首，也是果汁和礦泉水。

六月，新沙皇視察烏克蘭塞瓦斯托波爾一所軍隊醫院，發現許多高級軍官因酗酒而住院，怒火中燒，當即下令，讓他們退休。

極權制度一大特色，任何一項政策，要麼走過場，要麼一刀切，缺乏分權制度因地制宜、因對象不同而採取不同措施的靈活和彈性。

黨務官僚出身的克格勃主席切布里科夫

一劑猛藥灌下去，瞄準的症狀消失了，但其他的問題來了，副作用可能大於正作用。

嚴厲的措施很快使大街上和員警一樣多的酒鬼不見了，酒後犯罪及鬥毆數量下降了，按時上班的人數增多了，母親、廠長、員警都歡呼這一勝利。

尤其是婦女，受夠了酒鬼丈夫的各種醜行，盛讚新沙皇的禁酒革命。

可是，千百年來，喝酒已經成為人類生活不可缺少的組成部分。

如同食欲和性欲，可以少喝少飲，不能不喝不飲，可以禁止酗酒，不可以禁止喝酒。

公眾婚喪嫁娶、生日遠行、各類聚會、慶祝，都離不開酒類飲品

助興開懷。

許多喝酒成癮的普通百姓，唯一的樂趣和喜好，也寄託於喝酒的刺激和酒後的飄飄欲仙。

人們正常的消費和需要，無法制止，也制止不了。

任何強制行為，只能迫使原來的行為轉入地下，變為其他方式，不可能杜絕和根治。

官方專營，減少供應，第一個現像是買酒的長蛇陣更長了，本來購物排隊就夠討厭了，現在買酒又要排隊！

第二個現像是正常管道限制難買，非正常管道立即補充開通，不光官酒走後門流入私賣通道，地下釀酒者也出現了。

第三個現像是劣質伏特加和葡萄酒源源不斷進入黑市，進入好酒者的酒囊腸胃，造成的社會問題更嚴重了。

後果是稅收大幅減少，兩年半之後，戈巴契夫承認，酒稅至少損失五百億盧布。

政府開設的酒廠破產，商店營業額下降，工人和店員的收入大大減少。

加上正常消費得不到滿足，公眾輿論由積極擁護，變成怨聲載道。

抱怨是不滿和抵制的表達，新沙皇上臺後「第一把火」，不但沒有燒到目標，反而引火燒身。

男神般的完美形象，因此美中不足，多少留下急進毛躁的疤痕。

蜜月期的全球迷粉，因此小打折扣，新沙皇的治國理政，仍然是大哄大嗡那一套？！

好在，新沙皇自信十足，知錯就改，不會一條道走到黑，見到棺材就掉淚。

嚴厲執行反酗酒規定以後一年多，瞭解到經濟損失、公眾抱怨，

立即改弦更張，做出讓步。

只要求黨和各級政府的領導人和工作人員飲用礦泉水和果汁，不反對社會大眾適量飲酒。

售酒的規定也放鬆了，在莫斯科，有四百多家「酒店」又重新開業了，除了烈性酒，一般酒也能比較容易地買到。

跟列寧當年與帝國主義簽訂城下之盟的布列斯特和約一樣，戈巴契夫也在戰術上向傳統、習俗和社會大眾讓步了。

向公眾讓步，是大權在握的極權、威權獨夫罕有的行為和品質。

反酗酒的讓步，只是第一次，以後還會有多次，尤其是在公共權力領域的讓步！

別出心裁換寡頭 J

戈巴契夫是政治神童。

一個農夫的兒子，全靠自己，以五十四歲的年齡，攀上教條僵化極權金字塔的頂端，完全是奇跡。

一路拉拔他、擁立他的前輩、上級和權力大佬，都是按照斧頭幫的標準喜歡他、欣賞他、信任他、扶植他。

隨著皇袍加身，大權在握，他，戈巴契夫的所喜所好、所棄所惡，成了斧頭幫的標準，成了每個人、尤其是權力大佬價值尺度。

他要按照自己的世界觀、價值觀掌權、用權，按照自己理想把帝國帶向新的航道，直接與拉拔他、擁立他的前輩、上級和權力大佬相衝突。

這些大佬組成的政治局，仍然是他權力基礎最重要的基石。

於感情、與道德、與利益，投桃報李，墨守成規，是大佬們的期待，也是他最明智的選擇。

斧頭幫的權力結構，即使史達林一手提拔所有政治局委員，都不敢掉以輕心，時時刻刻、處處防範陰謀家們的暗算和顛覆。

赫魯雪夫更是前車之鑒，好端端地，突然間就被自己不放在眼裡的布里茲尼夫取而代之。

戈巴契夫不僅沒有史達林的絕對權威，也沒有赫魯雪夫長達十年擔任總書記的苦心經營。

更沒有足夠的背景、資望和年長優勢，既要委員們支持他，又要委員們服從他。

多難處境，順昌逆亡，玩得好，權力大佬們亡，玩不好，他自己亡。

全世界觀察家普遍預料，戈巴契夫至少需要兩三年功夫，才能鞏固自己的權力基礎。

四月中旬，上臺剛滿一個月，新沙皇就近到莫斯科的幾家工廠、超級市場、醫院和學校視察。

表面上表演親民秀，是一個月之後列寧格勒之行的預演，事實上，他是以實際行動告訴所有人，他通過視察，親身瞭解到莫斯科公眾生活存在不少問題。

而且動用宣傳機器，公開批評莫斯科的一些不良現象，《真理報》甚至發表文章，大造輿論，撤換不稱職的領導幹部。

利加喬夫主管的中央組織部迅速跟進，擬定一份名單，撤換三個部門和一批地方領導人。

赫魯雪夫揭露史達林的秘密報告震驚世界

這個級別換蝗負責人不需要通過政治局會議決定，屬於總書記直接領導的書記處的權限。

向所有領導人、尤其是向莫斯科第一書記格里申發出政治訊號，首都工作存在不小問題，格里申最好把精力集中在處理莫斯科事務上，而不是操心政治局的權力。

在進攻中擴大自己的權力空間，壓縮對手的權力慾望，為政治局調整第一波人事製造聲勢和氛圍。

一九八二年以來短短的三年裡，原來的政治局委員就有六位去世，以補齊空缺的名義增加總書記中意的新人名正言順。

按照慣例，政治局委員由政治局候補委員遞補，而候補委員主要來源於中央書記。

現任政治局候補委員有四位，一個是克格勃主席切布里科夫，一個是格魯吉亞黨的第一書記謝瓦爾德納澤，一個是主管國際關係的波諾馬廖夫，還有一位主管工業的多爾基赫。

前兩位是總書記的熱情支持者，後兩位鐵定跟總書記是兩股道上跑的車。

如果將四個人都轉成有表決權的委員，對改變政治局委員力量對比沒有什麼意義。

如果轉正前兩位而不轉正後兩位元，則需要拿出充分的理由。

而如果越過後兩位，將總書記亟需拉進政治局的中央書記利加喬夫和雷日科夫弄成有具有表決權的正式委員，就需要更特殊的理由。

關鍵是，按照斧頭幫規矩，無論是新進政治局委員，還是解除原政治局委員，都需要全體政治局委員一致同意。

莫斯科第一書記格里申、列寧格勒第一書記羅曼諾夫等資深政治局委員要是不支持戈巴契夫的人事案，新沙皇就大傷元氣，一籌莫展，只有蹉跎歲月。

戈巴契夫思量再三，決定不按慣例出牌。

現有政治局修補委員，只轉正秘密員警頭子切布裏科夫，其他三人暫時不動。

將主管人事的中央書記利加喬夫和主管經濟的雷日科夫直接晉升為政治局委員。

將國防部長索科洛夫晉升為政治局候補委員，將俄羅斯聯邦農業部長尼科諾夫晉升爲中央書記。

所有提拔的大員，無一例外，都已經手握中央關鍵領域、關鍵部門大權，他們的前任，在政治局本來就有一席之地。

填補其前任留下的真空，不可能轉任現有政治局委員，更不可能提拔其他人越過他們進入政治局。

戈巴契夫以「工作需要」概括人事案的主題，順理成章、冠冕堂皇，政治局也好，中央全會也好，任何人提不出任何反對意見。

四月二十三日，戈巴契夫召開蘇共中央全會，討論當前工作和推遲召開蘇共第二十七次代表大會以後，將政治局已經通過的人事案交由大會表決通過。

戈巴契夫旗開得勝，一舉在政治局增加三位手握大權的鐵桿支持者。

切布里科夫六十二歲，表情呆板，不善言談，鬱鬱寡歡，一副角質架的眼鏡又增加了幾分陰冷，加上克格勃主席的頭銜，常使人望而生畏。

安德羅波夫離開克格勃升任總書記後，指定時任克格勃副主席的切氏接班，鐵定博得安德羅波夫的極度好感信賴。

契爾年科死後，在決定新總書記人選的政治局會議上，據說作爲候補委員的切布里科夫曾亮出格里申經濟不大乾淨的黑材料，迫使格里申知難而退，打消爭奪總書記的念頭和企圖，間接爲戈巴契夫登上

大位掃平道路。

只要戈巴契夫一直是一九八五年的戈巴契夫，切布里科夫一定是戈巴契夫的支持者，戈巴契夫要是與傳統決裂，背離斧頭幫的教條和邪惡，切氏大概率不會支持戈巴契夫。

葉戈爾‧利加喬夫六十五歲，身材和臉型都更多地像東方人，一頭白髮，言語不多，聲音沙啞而生硬，能力出眾，政績斐然。

早在赫魯雪夫執政年代，就已獲得賞識，步步高升，但不為布里茲尼夫所喜，被打發到西伯利亞當州委第一書記，一當就是十八年。

正是在州委書記任上，與同是邊疆區委書記的戈巴契夫相識、相熟，並志同道合、過從甚密。

戈巴契夫擔任邊疆區委書記九年，就進入書記處、政治局，不但成為冉冉升起的一顆新星，而且與安德羅波夫、烏斯季諾夫等大佬私交甚篤，成為安氏跟前的紅人和忘年交。

一九八三年安德羅波夫當上總書記，戈巴契夫力薦提拔利加喬夫出任蘇共中央組織黨務部長，掌管幹部調配大權，並晉升為中央書記，主管幹部、意識形態和內政事務。

戈巴契夫將其拉拔進政治局，又賦予二號人物的地位和權力，不僅有回報關鍵時刻獲得利加喬夫鼎力支持的用意，更重要的是，看重並信賴利加喬夫的能力和作用。

第三位進入政治局的是尼古拉‧雷日科夫，是已任所有中央領導人中年齡唯一接近戈巴契夫的後起之秀，比戈巴契夫只大兩歲。

高鼻樑，深眼眶，文質彬彬，不苟言笑，管理過蘇聯最大的烏拉爾機器製造廠，並在五年時間裡把它變成了從生產汽輪機到導彈部件的重要重工業中心。

他的成績為他換來了蘇聯重型和運輸機器製造部第一副部長、國家計委第一副主席之職。

在製造業領域，沒人比他更出類拔萃，清楚地瞭解蘇聯工業的長處和短處，熟悉存在的問題、懂得解決之道。

一九八二年晉升爲中央書記，是歐美觀察家發明的所謂專家治國的典型代表，只關心業務，不偷窺權力。

戈巴契夫拉拔第一批支持者，就看中雷日科夫，日後在所有人眼裡，雷日科夫已經遠遠不適應、不給力、而且妨礙經濟改革的進程和需要，戈巴契夫仍然久久不願意讓他騰出總理寶座。說明戈巴契夫在感情、能力和政見方面，都對雷日科夫深信不疑，是他所有改革戰友當中最放心的戰友之一。

當年最有權勢的國防部長烏斯季諾夫也與戈俪巴契夫私交甚深

一舉將雷日科夫拉進政治局，不顯山，不露水，比任何人看起來都確實像是「工作需要」，既令原有的政治局委員不疑有他，同意放行，又成功掩護了新的重要權力佈局和分配。

原來只剩十位政治局委員，戈巴契夫真正的支持者只有外交部長葛羅米柯、總理吉洪諾夫，俄羅斯聯邦總理沃羅特尼科夫，其他六名委員，都是潛在的反對者。

三位新人的進入，基本改變了力量對比，不只是數人頭旗鼓相當，更重要的是，戈巴契夫陣營的每個人，都握有中央每個方面的實際權力。

上臺只有一個月，權力未穩，弱勢強攻，一舉將自己的最高權力寶座，安放於不敗之地。

東方兄弟國權謀老手毛澤東說，路線決定之後，幹部就是關鍵因素。

戈巴契夫相反，先準備幹部，再開始新的路線。

毛澤東指定的接班人華國鋒也是，在毛死後一個月，弱勢逆襲，一舉捉拿最有權勢的「四人幫」，將自己置於無可爭議的領袖地位，開啟背離毛路線的「改革開放」的春天。

但華缺乏新沙皇的政治視野和必要警惕，過份信賴「石頭」的作用，「摸著石頭過河」，最終被「石頭」拉下馬。

新沙皇胸有成竹，用意深遠，戰略戰術環環相扣，步步為營。

人事佈局，鞏固權力基礎，「到群眾中去」，贏得公眾力量。

莫斯科，列寧格勒，烏克蘭，第聶伯羅彼得羅夫斯克，哈薩克，涅瓦大街與公眾互動交流的演出一個接著一個，針對當地最高領導人的壓力一波接著一波。

一個個抱著布里茲尼夫大腿發跡上位、榮華富貴的重臣好友、親信裙帶，列寧格勒的羅曼諾夫、哈薩克的庫納耶夫、烏克蘭的謝爾比茨基，都在政治局擁有一席之地，都騎在人民頭上作威作福、吃香喝辣。

新沙皇一路走，一路瞭解這些地方存在的問題，實際上是警告這些達官貴人，好日子不多了，要準備下臺了。

六月十一日，趁著科學和特別技術會議召開，直接點名批評勃列日涅夫時代任命的四個政府部長：「自上而下都必須改變思想面貌和精神狀態。」

七月一日，又一次召開中央全會，解除列寧格勒第一書記羅曼諾夫政治局委員職務，為反酗酒運動祭旗。

此公貪杯，常常醉醺醺地出現在公眾場合，為新沙皇提供了口實，也成為新沙皇第一個開鍘的老同僚和保守勢力。

一出一進，將格魯吉亞第一書記謝瓦爾德納澤從政治局候補委員

轉正爲正式委員。

提拔在斯維爾德洛夫斯克州做出政績的第一書記葉爾辛出任蘇共中央建築部長和中央書記，提拔列寧格勒州第一書記紮伊科夫爲中央書記。

七月二日上午九點三十分，蘇聯最高蘇維埃代表大會的一千五百名代表集中在克里姆林宮召開夏季會議。

恢弘的會議大廳裡，來自烏茲別克和吉爾吉斯的婦女代表一排排擠坐在一起，又粗又長的髮辮露在色彩鮮艷的頭巾下麵。

華沙條約國最高軍事統帥庫利科夫元帥坐在她們面前，以吻頰禮歡迎相識的代表。

滿頭銀髮、方臉膛的奧爾加科夫元帥，與坐在他前面的美國加拿大研究所所長阿爾巴托夫熱烈交談。

主席臺上，戈巴契夫、吉洪諾夫、葛羅米柯坐在左側第一排位子上，他們後面依次坐著其他政治局委員。

正中一片座位是角色相同、名稱各異的「全國人民代表大會」主席團副主席們的座位。

主席團主席由蘇共總書記兼任，契爾年科歸西，戈巴契夫不感興趣，因此空缺。

狹窄的長廊和通道是外交官和新聞記者聚集的地方，也是斧頭幫慣常黑箱作業、偶然給外界公開表演「代表人民行使權力」預留的唯一視窗。

因為新沙皇蜜月期太多的出人意料和不按傳統出牌，讓人們大跌眼鏡、驚奇不止。

沒準這個往日完全純屬表演的橡皮圖章，又爆出什麼大冷門、衝出哪匹大黑馬。

包括產生新的最高蘇維埃主席團主席，新沙皇會不會再戴皇冠。

老牌傳媒路透社頭天已經爆料，戈巴契夫將不戴這頂有名無實的皇冠，改為葛羅米柯加冕。

底牌就要掀開，觀眾引頸以待。

庫茲涅佐夫宣佈大會開始，報告議事內容，並「請蘇共中央總書記戈巴契夫提議最高蘇維埃主席團主席候選人」。

一名南斯拉夫記者倒吸一口氣，咕噥道：「這麼說終究不會是戈巴契夫了！」

靴子落地了，新沙皇又標新立異玩花招了！

「提議選舉安德列 · 葛羅米柯代表爲蘇聯最高蘇維埃主席團主席。」

歷經六位總書記，一幹就是二十八年，已經七十六歲的首席外交首腦要離開他的老窩了。

二十八年的國際舞臺生涯，造就世界史上任期最長的外交部長，他的表情，就是斧頭幫外交事務的縮寫，他的身板，就是雙頭鷹帝國外交立場的造型。

THE PRESIDENT OF GEORGIA

謝瓦爾德納澤是
傳奇人物

堅定自如，冷酷無情，生硬粗暴，厚顏無恥，以一黨之私，綁架歐亞成千上萬生靈擁抱文明的向望和追求，以虛無飄渺的烏托邦，與民主、自由世界為敵，輸出革命，窮兵黷武，破壞世界安寧，在東西方冷戰對壘中，扮演了頭號演員的角色。

但是，外交部長，縱有實權，畢竟是部長，在權貴序列裡，不但位居最高蘇維埃主席之下，也位居總理之下。

年事已高，一生奔波，加冕本該總書記頭戴的皇冠，既是戈巴契夫獎賞「不先生」業績的榮耀，也是回報不倒翁擁立新沙皇的頭功。

更大的一步棋，騰出外交部長的坐椅，安排新沙皇的親信，準備改弦更張，制定執行新的外交路線！

人人好奇，新任外交部長會是誰呢？

資本主義與社會主義的冷戰，文明民主與野蠻極權的對峙，東方跟西方的叫板，斧頭幫是始作俑者、是龍頭老大。

西方的老大美帝，老裡根已經一改四十年的守勢，代之以咄咄逼人的攻勢。

斧頭幫老大哥的外交將墨守陳規，還是另闢蹊徑？

新外長是外交老手，還是行外新丁？

新沙皇會挑選一位唯唯諾諾的「是先生」，還是會推出一個志同道合的老夥計？

葛羅米柯致完簡短答詞，八十歲高齡的吉洪諾夫總理走到麥克風跟前。

「我受蘇共中央委託，提議任命謝瓦爾德納澤代表爲蘇聯外交部長」。

聲音尖細、嘶啞，但明白無誤。

是愛德華‧謝瓦爾德納澤！

格魯吉亞共產黨第一書記，中央政治局追補（候補？）委員。

比戈巴契夫長三歲，與戈巴契夫的家鄉斯塔夫羅波爾毗鄰。

十足的高富帥美男，臉上每個部件都棱角分明，搭配勻稱，大眼睛、長睫毛、雙眼皮、一頭銀髮，靜止不動的時候，宛如一座希臘雕像。

與戈巴契夫一樣，二十歲入黨，都是各自家鄉共青團的首腦，戈巴契夫在斯塔夫羅波爾擔任共青團第一書記時，謝瓦爾德納澤在格魯

尼亞共和國擔任團中央第一書記。

兩人都擔任各自家鄉的「一把手」，都有豐富的從政經驗和突出的管理才能。

都精明練達，風度翩翩，雄心勃勃，也都對他們所處制度的病症瞭如指掌，嚮往變革，志同道合，關係密切。

戈巴契夫沿著農業專家和黨的官員進入中央委員會、書記處，而謝瓦爾德納澤則沿著治安專家和黨的官員進入中央委員會、政治局。

戈巴契夫進入中央書記處後三次訪問第比利斯，與謝氏私定終身，暗中結盟，多年以後，「供認不諱」。

謝瓦爾德納澤在國內政壇負有盛名，對外交事務毫無獵涉，選擇政治家而不是外交家掌管外交，大家再跌眼鏡！

很多人以為自己聽錯了，誰？謝瓦爾德納澤？

有的發出驚訝的詢問，發出嗡嗡的聲響，有的大惑不解，大腦在高速運轉。

尤其是旁聽席上的外交官們，一臉茫然，記憶停擺，搜索不出這個陌生的名字何方神聖，來自哪裡。

代表們舉手通過，完全是羊群效應，聽「黨」的話走過場，假裝自己在投神聖的一票。

會議結束，人們散場。

謝瓦爾德納澤從自己座位所在的右側，走到戈巴契夫面前表示感謝，戈巴喬笑容滿面回報以祝賀。

兩只大手緊緊握在一起，興奮、會意地對視良久。

選擇政治家，而不是所謂的外交家、實際是只會外語的翻譯家，彰顯新沙皇對外交實質的精準把握——外交是內政的延續。

會說、會聽外語不是重點，把握政治藝術，通過良好溝通互動，

找到自己國家的正確位置，維護國際間的公平正義才是根本。

往後的作為證明，新沙皇早就設想好棋局，外交部長非謝瓦爾德納澤莫屬。

包括未來的二號人物利加喬夫、總理雷日科夫，都沒有出眾的能力和共同的理念，結束冷戰格局、重建全新的對外關係和國際秩序。

一言蔽之，對新沙皇的改革事業來說，外交部長比斧頭幫的二號人物和總理都重要。

更重要的是，利用外交部長的角色，將謝瓦爾德納澤轉為政治局正式委員，神不知、鬼不覺，為總書記權力寶座奠定最重要、最可靠的基石。

所有當時和後來的政治局委員，謝氏是唯一一個，最具份量、最與新沙皇肝膽相照的「同志」。

以謝瓦爾德納澤掌管外交部為標誌，新沙皇入主克里姆林宮不到四個月，以每月平均一個新人的速度，將政治局接近三分之一的委員，倒騰成自己的班底。

中央關鍵部門基本牢牢控制，只剩總理，還是吉洪諾夫老漢。

老人家 1905 年出生於烏克蘭一個工人家庭，最初在地方工業部門任職，1963 年晉升為蘇聯國家計劃委員會副主席。

一九八零年，柯西金辭去總理，布里茲尼夫將老漢直接提拔為總理，時年七十五歲。

斧頭邦治國理政就一招，什麼事重要，什麼事擺不平，就設置什麼機構、提高「管理」級別，增加「幹部隊伍」。

社會主義經濟是「計劃經濟」，黨因此在政府設置計劃委員會，計劃全國人民的經濟，計委當然重要，通常都是副總理把持、並在政治局有一席之地。

斧頭幫又堅決要大炮，不要黃油，寧可餓死當家作主的勞動人民，

絕不能讓武裝力量委屈半分，因此大把大把的銀子花在軍工上，軍工又是重中之中，主管軍工的首腦又在政治局有一席之地。

社會主義要證明自己的優越性，發展工業，趕上和超過世界先進水準，殺雞取卵，犧牲農業，將沙俄時代歐洲的糧倉，「成功發展」成不毛之地，糧食連年歉收，所謂的農業國，其實是貨真價實的農孽廓，因此，專門設置一個政治局委員分管農業。

總理頭銜聽起來是總書記以下的老二，實際上啥權都沒有，啥都不負責，在政治局的權重完全因人而異，跟總書記關係鐵，說話有份量，跟總書記關係疏，誰都不尿他。

吉洪諾夫的才能、政績、年齡，本與總理無緣，全靠布里茲尼夫情有獨鐘，大力拉拔烏克蘭幫得以上位。

老勃不勃，撒手人寰，吉老漢失去靠山，又成為政治局老人當中的老大，小戈上臺，新把戲眼花繚亂、節奏快得目不暇接。

雖有擁立之功，小戈不至於攛他下臺，但年齡不饒人、體力不支、精力不濟，就算繼續戀棧，也戀不了多久。

改革初期的團隊，葉爾辛的地位

識時務者為俊傑，與其有一天被踢下臺，不如主動求去，頤養天年，皆大歡喜。

老人家後來活到九十二，直到一九九七去世，成為斧頭幫當中罕見的人瑞，說明達觀明智，與世無爭，非一般的情商。

兩個月之後的九月下旬，老漢自己遞交給戈巴契夫一份辭呈，請求辭去部長會議主席，唯一的理由，「健康狀況明顯下降，醫療委員會明確要求我暫停履行我的職責。」

九月二十七日，葛羅米柯在最高蘇維埃主席團會議上宣佈，吉洪諾夫總理辭職，戈巴契夫代表政治局提名雷日科夫接替任。

大會最後感謝吉洪諾夫「為國家經濟、社會和文化的發展做出巨大貢獻」，體體面面為新沙皇搬走又一塊礙手礙腳的大石頭。

不勞新沙皇費心勞力，不戰而屈人之兵，只需物色中意的人選，進一步夯牢權力基石。

可供選擇的人特有兩位，一位是俄羅斯聯邦部長會議主席沃羅特尼科夫，一位是前不久新提拔的政治局新銳雷日科夫。

他們都很年輕，都是經濟專家，都支持新沙皇，但沃羅特尼科夫是老資格政治局委員，沒有新提拔的雷日科夫德才兼備、精明練達。

沃羅特尼科夫出局，雷日科夫中選。

與謝瓦爾德納澤一樣，雷日科夫以黑馬姿態躍出，也是新沙皇早就盤算好的棋局。

越過所有政治局候補委員，無視其他中央書記，第一次增加政治局的中堅力量，三匹黑馬之一，就有雷日科夫。

說明新沙皇上臺僅僅半年，政治局和中央最重要人事煥然一新，數十年毫無生氣的老面孔全部出局，新沙皇一經皇袍加身，就已經沙盤推演，胸有成竹。

利加喬夫出任有實無名的斧頭第二號人物，掌管日常工作和意識

形態，葛羅米柯德高望重，充當國家元首例行公事，謝瓦爾德納澤掌握對外事務，開創外交新格局，雷日科夫擔任總理，振興早已病入膏肓的經濟。

新沙皇小兵新傳，權力寶座完全鞏固，帝國統帥無可爭辯，穩坐中軍帳，再續彼得大帝新篇章。

最顯赫的權力佈局和節奏令所有人眼花暸亂、目不暇接，次一級的人事調整、暗布奇兵又不動聲色，次第推進，騙過所有人的眼睛。

七月底、八月初，打發斧頭幫宣傳部長斯圖卡林往匈牙利當大使，任命國際關係和世界經濟研究所所長亞歷山大 · 雅可夫列夫接任，打發國家計劃委員會主席巴伊巴科夫退休，安排部長會議副主席尼古拉 · 塔雷津上位。

其中的雅可夫列夫，將成為政治局第二個謝瓦爾德納澤，以其深厚的學養和足智多謀輔佐新沙皇的改革大業，為新沙皇徹底拋棄斧頭意識形態衝鋒陷陣、砥柱中流，

十一月初，新沙皇知恩圖報、任人唯親，將自己初涉政壇的恩公、斯塔夫羅波爾前黨的第一書記弗穆拉霍夫斯基任命為第一副總理，主管農業。

到一九八五年底，十四名國家級部長，二十五名州委第一書記及中央委員會的八個部長換了新人。

極權怪獸稀裡糊塗將小戈托上自己的脊樑，小戈輕而易舉將胯下怪獸馴化得服服帖帖。

J 來吧 雷根

戈巴契夫接過一個嗜血成性、恐怖邪惡的政權，也接過一個僵硬好鬥、張牙舞爪的帝國。

一部蘇俄近、現代史，就是一部擴張、霸權的歷史。

十四世紀初，莫斯科公國僅佔地二萬平方公里，相當於台灣島的三分之二。

彼得大帝一七二五年駕崩，四百多年間，沙俄的版圖已擴展成世界之冠。

風流女皇葉卡特琳娜女皇攫取面積等於法國大小的領土，葉卡特琳娜的孫子亞歷山大二世又奪取二百五十萬平方公里的土地。

第二次世界大戰硝煙未散，史達林指揮蘇軍再祭擴張大旗。

利用以美帝為首的民主文明世界的善意好意，不光把蘇軍所過之處，改造成自己的勢力範圍，而且把英美從中歐佔領區後撤的四百多公里至一千多公里區域，當成自己的佔利品。

「從亞德裡亞海，到切什青，編織一道鐵幕。」（邱吉爾在美國國會的演說）

一九四八年封鎖柏林，一九五六年，出兵匈牙利，一九六八年，入侵捷克斯洛伐克。

從東北亞的蒙古朝鮮，到東南亞的印度支那，從美州的古巴，到

非洲的安哥拉，斧頭幫將戰火燃遍全球。

一九七九年，再派十萬大軍入侵阿富汗，擴大中亞和歐亞大陸的戰亂。

斧頭幫所到之處，全世界不得安寧。

「北極熊」窮兇極惡，核戰爭陰影籠罩全球。

文明世界普遍歡迎戈巴契夫上臺，都是期待戈巴契夫能夠擁抱人類文明，改變雙頭鷹帝國對外政策。

日本首相中曾根康弘就說：「再沒有像戈巴契夫那樣在希望和祝福聲中就任的人了。」

一九八四年十二月，戈巴契夫作為蘇聯沒有名份的二號人物、名義上的最高蘇維埃外交委員會主席出訪英國。

當他從機艙走出來的時候，形象、風度和著裝瞬間秒殺英國外交官和各國新聞記者。

身著細條紋西裝，頭戴軟氈帽，衣冠楚楚，鎮定自若，偕一位漂亮迷人的夫人，更多地像一位西方政客夫婦二人參觀大英博物館的時候，一群示威者高喊：「戈巴契夫，薩哈羅夫在哪兒？」

戈巴契夫扭頭看了一下，沒有像斧頭幫的同僚那樣大光其火，也沒有向東道主表達抗議，而是面帶微笑，不發一言。

在大英博物館，當他看到馬克思的書桌及《共產黨宣言》第一版、《資本論》第二版時，自己打趣：「唉，你們要是不喜歡馬克思主義，就罵你們的大英博物館啊」。

訪問本來是禮儀性的，討論控制核武器問題，也是沒話找話，為訪問找個冠冕堂皇的表面文章。

自從一九八三年十一月，以美國為首的北大西洋公約組織在西歐部署巡航導彈和潘興2式導彈，兩大陣營中斷控制核武器談判以來，

雙方領導人第一次接觸、第一次討論這一問題。

訪問結果出乎人們意料，核控問題就像不存在，戈巴契夫夫婦倒成了政客和媒體談論的熱門話題。

享譽世界的鐵娘子戴卓爾夫人聲明：我很喜歡他，他是一個能和我們討論問題的人。

戴卓爾夫人領導的保守黨欣喜若狂，似乎克里姆林宮把愛情首先獻給他們，工黨影子內閣外交秘書鄧尼斯‧希利用抒情的語調描繪戈巴契夫：

「他是一個極其有魅力的人，具有無拘無束、自嘲的幽默感。感情流露在極其敏感的臉上，就像夏天的微風吹進池塘裡一樣。在討論時，他坦率、靈活、鎮定自若，具有充分的內在力量。他在爭論問題時十分激烈，但很有禮貌，每當我們向他提出人權問題時，他就立即提出北愛爾蘭問題。」

只要見過戈巴契夫、與戈巴契夫打過交道，不分身份，無論立場，所有人，無一例外，都發出由衷地讚歎。

戈巴契夫成為斧頭幫幫主，更令他們興奮不已，他們希冀意中人的內心世界和政治抱負就像他的言談舉止和迷人魅力，改變俄羅斯、改變世界。

戈巴契夫在國內舞臺上展示的新氣象、新風貌和政治魅力、權力遊戲，又讓他們驚嘆不已，他們期待心上人不僅僅是做表面文章和權力傾軋，而是帶來政策和制度上的變化，並延伸到對外政策、國際舞臺。

五月四日，西方最大的七個民主、文明、發達國家，實際包括了東方的日本，在西德波恩舉行一年一度的首腦和外交部長峰會，會議的熱門話題，也成了新沙皇戈巴契夫。

七大國首腦和外交界都急於知道戈巴契夫是怎樣一個人，可能會幹些甚麼事，智慧、能力、品行、世界觀、價值觀到底是什麼？

來自英吉利的戴卓爾夫人團隊成了整個會議的香餑餑，其他六國的首腦及其外交團隊爭相從英國同行嘴裏瞭解克里姆林宮的新主人。

人們得到的傳說，戈巴契夫是邱吉爾傳人心目中的超級明星、政治男神，戴卓爾夫人概括成於一句話，「是一位能打交道的對手」。

媒體、情報、傳說中的戈巴契夫，越發激起人們的好奇心，百聞不如一見，不只西方公眾，包括所有西方領導人，也都懷著極大的憧憬，期待戈巴契夫真正外秀慧中，不負眾望。

早在四月份，雷根總統就委託眾議員代表團給戈巴契夫捎去一封信，表明他願意舉行首腦會晤。

代表團回到美國除了把戈巴契夫描繪成一個各種「大師」外，沒有帶回其他明確的資訊。

從波恩回到華盛頓，雷根告訴記者，他仍然希望同戈巴契夫會晤，儘管戈氏發表了措詞強硬的講話。

八月初，雷根再度作出姿態，邀請蘇聯派專家監督美國在內華達的核試驗。

美國原來希望戈巴契夫在九月訪問聯合國時會晤雷根總統，也似乎成了泡影。

身陷國內事務的戈巴契夫，後院還沒安頓好，還顧不得接招，還要等等才出牌。

上臺一個月，戈巴契夫宣佈單方面凍結部署中程導彈，同時希望

美國也能如法炮製，為停止軍備競賽準備條件。

幾乎同時，又遠赴華沙，與華沙條約組織國領導人簽署延長軍事聯盟二十年的協議，加強對抗以美國為首的北大西洋公約組織的法碼。

宣稱「如果美國繼續進行『星球大戰』計劃的研究，蘇聯將加強和改進核武庫。」

七月一日，謝瓦爾德納澤取代葛羅米柯接管外交部，與雷根過招的前提和基礎基本具備。

八月六日，一個月之後，選擇美國向廣島投擲原子彈四十周年紀念日，戈巴契夫發起輿論攻勢，宣佈從這一天開始，蘇聯單方面暫停所有核試驗五個月。

八月底，戈巴契夫突然宣佈，可以在十一月份舉行蘇美首腦會晤。

雙方聾子的對話，終於相互理解，達成一致。

自一九七九年卡特與布里茲尼夫會晤以來，東西方兩大陣營首腦六年間第一次可望能夠坐在一起。

杜魯門以後美國政壇的當紅明星雷根大叔，將與亞歷山大二世以後俄羅斯新上任的政治神童一較高下。

籠罩在核打擊陰影下的華約、北約成員國，終於在烏雲壓頂的沉悶氣氛中見到一絲陽光，希望兩人的會晤緩和劍拔弩張的緊張關係。

九月十二日，根據叛逃的克格勃上校奧列格 · 戈爾季耶夫斯基出賣的線索，英國破獲蘇聯在英國的間諜網，要求 31 名蘇聯間諜三周內離開英國。

間諜活動在國際舞臺上是不可缺少的驚險劇，彼此都心知肚明，英國因此特別希望，驅逐歸驅逐，不要讓驅逐間諜事件影響兩國的整體關係。

兩天之後，九月十四日，蘇聯外交部召見英國駐蘇聯大使，告訴

他從即日起有二十五名英國人必須在三周內離開蘇聯，說完遞出一份名單。

以往莫斯科的報復措施，都是象徵性的，驅逐的西方「間諜」人數，都比西方驅逐蘇聯的間諜少。

這一次，在戈巴契夫領導下，蘇聯人以牙還牙，湊出多達二十五位英國人。

英國外交大臣傑弗裡・豪強烈譴責蘇聯這一做法，因爲斧頭幫自己心明如鏡，英國人驅逐的間諜全都貨真價實，而蘇俄驅逐的英國人絕大部分不是間諜。

傑弗裏・豪警告蘇聯的行爲將損害兩國關係，並進一步作出反應，再次驅逐六名蘇聯人出境。

蘇聯人照此辦理，一邊抗議一邊也驅逐六名英國人回敬。

「鐵女人」碰上「鋼牙齒」（葛羅米柯稱戈巴契夫語），有理講不清。

斧頭幫早就吃定文明世界的底牌，不敢跟他們徹底鬧翻，鬧到最後，總是文明世界收手。

紳士遇到流氓，瞻前顧後，自我設限，放不下身段，穿鞋的害怕光腳的，在類似角鬥場上，基本上占不了上風。

流氓本性，潑皮無賴，光腳的不怕穿鞋的，歪門邪道一起上，死纏爛打沒底線，總是勝利而歸。

不光英國，就是美國，也在所謂的「外交對待」下，常吃啞巴虧。

十月初，戈巴契夫赴法國訪問，承蘇聯對外政策的一貫做法，離間美國與西歐的聯盟。

提出削減百分之五十戰略核武器，單獨與法國、英國進行談判，還裝出一副善解人意的樣子告訴法國議員：

「我們畢竟是現實主義者。我們完全知道把西歐和美國聯結在一起的歷史的、經濟的和政治的紐帶是多麼牢固。我們不是在實踐梅特涅的『均勢』政治，而是在實施全球緩和政策」。

又告訴密特朗總統，他與雷根總統在十一月份舉行的首腦會晤，主要是集中力量創造相互諒解的氣氛，爲以後舉行首腦會晤創造條件。

至於控制軍備談判，將留給專家們討論推進。

一些白左議員和淺薄的政治評論員，立即對戈氏的立場表示出極大「興趣」，與新沙皇一唱一和，批評雷根總統的「星球大戰」給世界帶來危險。

克格勃裏無好人，千真萬確

好在密特朗總統頭腦清醒，一眼看穿新沙皇玩的把戲，當即拒絕戈氏的「倡議」。

戈巴契夫不死心，以攻爲守，再度對雷根的「星球大戰」叫板，把蘇俄玩不起、玩不過的軍備競賽，佯裝成愛好和平的天使、憐憫人類的菩薩。

只要美國人提出軍備控制協議，斧頭幫一定拿雷根的「星球大戰」計劃說事。

戈巴契夫專門會見西方記者，爭取西方輿論站在斧頭幫一邊：「我們已停止了核試驗，美國說我們這是宣傳，那麼美國爲甚麼不以牙還牙，用同樣的方式來報復呢？美國可以給我們一個另外的宣傳打擊，比如暫停一種新式戰略導彈的發展……」

邏輯無懈可擊，新沙皇用立即停止核試驗，逼使雷根停止「星球

大戰」計劃。

雷根被逼無奈，一再強調，「星球大戰」計劃主要用於防禦而不是進攻，如果兩國在如何消滅所有進攻性武器問題上走到一起，他們開發的防禦系統會提供給所有國家使用。

雙方針鋒相對，僅僅商定一個都能接受的首腦會談地點，華盛頓，還是莫斯科，維也納，還是日內瓦，就你來我往、反復出牌、充滿算計。

在北極熊的堅持下，山姆大叔最終讓步，同意日內瓦作為會談地點。

舒爾茨國務卿又不遠萬裡，抱著限制核武器的建議，專門飛往莫斯科,企圖說服蘇聯人,雷根與戈巴契夫會談結束,最好達成一項協議。

一口氣同謝瓦爾德納澤談了八小時，第二天又同戈巴契夫及其他蘇聯官員談了十四小時，結果一無所獲。

舒爾茨悲觀地告訴記者，蘇聯人在武器控制問題上毫無鬆動，雙方在限制核武器問題上仍存在巨大分歧。

舒爾茨唯一的收穫，深入虎穴，面對虎子，直接交鋒，觀察掌握斧頭幫新沙皇和外交首腦的智商、情商和立場，為雷根提供第一手資料。

「戈巴契夫自信但不傲慢，務實而且聰明，富於幽默感，能夠控制自己的情緒，並做出決斷。」

「與他的前任們十分不一樣，具有與生俱來的領導力」。

戈巴契夫的種種傳聞和神話，雷根的政治智慧和表演天才，都為東西方集團對峙增加了更加吸睛的戲劇色彩。

輿論圈和全世界公眾，都引頸以待兩位強人和對手的第一次交手和交鋒。

就像拳擊比賽，兩個拳擊手的實力、背景、形象、風格，甚至舉

止言談和穿著姿態，都成為人們關注的焦點。

聽取舒爾茨的莫斯科之行彙報之後，雷根全力以赴，開始認真準備會談時如何對付戈巴契夫。

不光閉門讀書，惡補有關蘇聯經濟、政治、歷史、貿易、軍隊、克格勃以及國內外問題的各種材料和書籍。

又全面搜集關於戈巴契夫的背景材料、他人描述以及錄像帶、錄音帶，甚至專門派遣中央情報局局長凱西親赴倫敦，向前不久叛逃的克格勃上校奧列格‧戈爾季耶夫斯基瞭解戈巴契夫的特點和性格。

戈巴契夫訪問英國和法國的錄像，成了雷根反復觀看研究的活教材。

隨著會晤日期臨近，日內瓦一天比一天熱鬧，很快成為全球焦點。

瑞士政府則派遣二千名軍人協助日內瓦市的一千名員警和四百五十名警官保衛安全。

歐洲最好的反恐怖組織之一的日內瓦反恐怖行動隊嚴陣以待，隨時準備出動，各項準備工作消耗納稅人至少一百萬美元。

兩國首腦的先遣隊也紛紛抵達，雷根的先遣隊有五批之多。

十一月十八日，兩位首腦的專機先後到達日內瓦日阿瓦機場，兩位第一夫人賴莎‧戈爾巴喬娃和南茜‧雷根完全吸引了人們的注意力，成為媒體爭相追捧的主角。

賴莎頭戴名貴的俄羅斯宮廷式裘皮帽，身穿翻領對襯皮呢灰大衣，雍容華貴。而雷根夫人穿的是一件飾有毛邊的紫紅色大衣，頭戴同色的帽子，足登皮靴。

一位專程湊熱鬧採訪兩位第一夫人服飾的華盛頓時裝雜誌社記者的評價，代表了主流輿論：「南茜穿的那件大衣太俗氣了，遠遠望去就像塊塑膠檯布。」

雷根夫人不甘雌伏，在隨後舉行的歡迎儀式上亮出鮮艷奪目的紅色長裙和光燦燦的金首飾。而賴莎則著淺藍提花絲質恤衫和緊身褲，淡雅中顯出秀逸，自有一番風韻。

緊接著的茶會、拜會、宴會，兩位夫人使盡渾身解數，別出心裁，爭奇鬥艷，亮出一套又一套精心剪裁的時裝，互比高低，讓全世界大飽眼福。

十一月十九日上午十點，雷根和新沙皇在日內瓦萊芒湖畔一所十九世紀古老別墅——水中花宮臺階前會面，握手，問候。

為數很少的美、蘇記者才能得到特許，通過三道崗哨的嚴密盤查，進入四周架起鐵絲網的舊古堡，拍攝這一歷史性的時刻。

歷史意義在於，兩人的會面是卡特和布里茲尼夫一九七九年維也納峰會以來美蘇首腦的第一次會面，是當時兩個最偉大的政治領袖的首次會面，是真正徹底結束核軍備競賽的首次會晤，是結束資本主義與共產主義冷戰的首次會晤，是瓦解、埋葬人類超級極權制度的首次會晤。

兩人並肩進入大廳，相互介紹各自代表團的主要成員，然後按事先確定的日程，各帶一名翻譯進入大廳旁邊一間小屋單對單交換意見，雙方代表團其他成員在大廳等候。

關上屋門，兩人落座，相互對視，誰也沒有開口講話。

兩人都有千言萬語急於告訴對方，都企圖使對方接受自己的一套說詞，都知道對方是信仰各自意識形態的花崗巖腦袋。

正應了東方一句諺語，千頭萬緒，不知從何說起。

雷根為贏得政治神童，不光在白宮做足功課，一到日內瓦，就偕同夫人先行到達水中花宮熟悉環境。

戈巴契夫為壓倒政壇老手，不光與外交專家多次開會沙盤推演談

判內容，又隨身帶來最重量級的理論家、思想家雅科夫列夫作顧問，甚至調看了幾十年前雷根拍攝的一些電影。

好在雙方早就商定，第一天的會談由美方主持。

雷根率先打破沉默，關切詢問戈巴契夫身體是否適應新的環境。

然後，就神色莊重地說：「你出身卑微，我也一樣。我們都有妻兒老小。我們走在一起舉世矚目！」

翻譯迅速把雷根的話翻譯成俄語，戈巴契夫聽了，點頭表示贊同。

雷根繼續他的開場白，侃侃回顧美蘇關係的歷史、性質和現狀。

戈巴契夫表示同意，簡明扼要闡述蘇美關係應當改變、有所突破。

計劃中的十五分鐘，一再拉長，兩人走出密室時已過了六十四分鐘。

謝天謝地，氣氛尚算友好。

十一點十分，雙方代表分坐在一張特地從美國運來的橢圓形大桌旁，開始第一輪會談。

按原訂議程，雙方會談內容是就國際局勢和兩國關係的一般性問題交換意見，卻不料雷根一提到蘇聯謀求軍事優勢，就忍不住指責斧頭幫向尼加拉瓜派遣大量顧問，破壞世界和平和穩定。

戈巴契夫不願示弱，更不願彬彬有禮，等待雷根結束講話，自己再從容反駁，而是極其好鬥地打斷雷根的講話，竭力為斧頭幫辯護。

跟一班教養不良的下裏巴人一樣，跑題偏題、把原定主題拋到九霄雲外，在地區性衝突問題上吵得不亦樂乎。

十二點會談結束時，仍吵成一團。

下午二點三十分，雙方在老地方繼續正式會談。

輪到戈巴契夫首先發言，他接著上午關於地區性衝突的話題繼續辯解：

「蘇聯人介入阿富汗的唯一原因是一個友好政府要求給予幫助。我們想撤軍，我們不想去印度洋，沒有想從側翼包圍伊朗。總統先生，您說錯了。」

「我們想撤軍」！

斧頭幫要從阿富汗撤軍！

不是雷根要求的，是新沙皇自己脫口而出的！

不是新沙皇的即興之說，而是斧頭幫的正式決定？！

是斧頭幫幫主帶來的聖誕禮物，跟雷根會談的時候給大家一個驚喜？！

雷根不惜星球大戰，
玩完"邪惡帝國

美國外交官立即引以為重大訊號，新聞輿論亦驚呼是解決地區衝突的重大利好。

至於雙方會談的主題——軍備控制和戰略防禦計劃，雷根一口氣講了近半小時，恨不得掏出自己的心肝讓斧頭幫代表看。

「我非常清楚地知道，你肯定擔心防禦計劃只是發展第一次打擊能力的藉口，事實決非如此。如果你不相信我的話，美蘇各自開放實驗室，以使對方瞭解是否在研究進攻性太空武器。美國沒有部署戰略防禦系統的計劃。美國只是在研究，研究成果你們也可以分享」。

戈巴契夫又按捺不住，急於辯駁，幾次試圖打斷雷根的發言，雷

根連連擺手：「不，不，等我講完。」

雷根講完，新沙皇長達幾分鐘不開口，兩眼盯著雷根，以沉默抗議雷根阻止他插話。

一開口說話，就裝腔作勢，神情激動，分貝拉大，以小人之心度君子之腹：「花費數百億美元研究一個系統不打算用來進攻？這裡的動機正在第一次打擊。你的計劃明顯是要謀求軍事優勢，這樣做必然會使軍備競賽發展到太空。」

雷根的回答有氣無力，「我已經說過，我們不會使用核力量進攻，你爲甚麼不相信我？」而不是一針見血，指出民主文明國家與斧頭幫的區別就在於，前者的信用有制度保證，後者的失信是制度造成。君子之言，小人永遠不信。小人之言，自己也不信，只是自欺欺人。

戈巴契夫得寸進尺：「假如我說蘇聯不會進攻美國，你會相信我嗎？作爲一個領導人，我不能靠口頭許諾行事。我們不要回避，你回答這個問題。」

雷根還要想說甚麼，戈巴契夫用手指著雷根連連逼問：「請回答我這個簡單的問題：你相信蘇聯不會進攻美國嗎？」

雷根思索了一下說：「光口頭說說，怎麼能相信。」

戈巴契夫霍地站了起來：「是呀，光說能信嗎！我接受你開放實驗室的建議。美國就是要取得軍事優勢，就是想在太空保持優勢，難道不是嗎？禁止一切太空武器！禁止它們！」

雷根沒來得及回答，戈巴契夫坐下來說：「你可以看到，我非常激動。」

雷根靠在座椅上，沉默不語。

戈巴契夫悻悻然說：「看來我們好像僵持不下了。」

又是長時間沉默。

天色陰沉，寒風陣陣。天氣也似乎感受到了室內的氣氛。

最後，雷根站起來說：「何必這麼僵著，出去走走，呼吸點新鮮空氣不好嗎？.」

戈巴契夫立即響應：「好主意，新鮮空氣能產生新鮮主意。噢，外面冷，您得穿大衣。」

爭論歸爭論，新沙皇的人情味瞬間打動雷根，不光臉上露出笑容，而且動手幫戈巴契夫穿上大衣。

兩人並肩走出大廳，沿著一條林間小道慢慢前行。

雷根突然說：「順便說一句，告訴阿爾巴托夫先生，我們那裡不全是二流電影，也不全是二流演員，我本人就拍過幾部好電影。」

戈巴契夫先是一愣，瞬間恍然大悟，原來頭天蘇聯的美國通阿爾巴托夫在記者面前攻擊雷根是二流演員。

連忙半真心、半恭維地迎合雷根：「當然不是，我就看過總統先生演過的一部很好的影片，片名忘了，講的是一個青年被截去雙腿的故事。」

雷根得意地承認：「這是我演過的最好的一部電影，叫《金石盟》。」

走著走著，來到了水中花宮花園內游泳池邊上一座雅致的小房子。

雷根說：「外面冷，我們是不是進去談談？」

兩人推門而入，裡面爐火熊熊，一切早已準備就緒，他倆加上彼此的翻譯，圍坐在爐前，開始了雷根後來所說的「爐邊會談」。

雷根坐在壁爐右側的沙發上，輕鬆自在。他搓了搓手說：「關於武器控制談判，我們要不要給參加談判的人一些建設性的指導方針？」

他邊說邊從上衣口袋中取出一個白色信封，從信封中抽出薄薄的幾頁紙交給戈巴契夫。

戈巴契夫戴上眼鏡，背靠沙發，靜靜地看了起來，偶爾同翻譯嘀咕幾句。

雷根提出的指導方針已譯成俄文，共九點：

各方削減百分之五十核武器；單獨就歐洲的中程導彈達成臨時協議；雙方正式探索美國從進攻性武器向防禦性武器過渡的觀念；採取措施促進信任；全球性禁止化學武器；進一步限制核擴散；改進熱線聯繫防止突發事件；建立「減少風險中心」等等。

雷根等戈巴契夫看得差不多了就說：「這幾條是一個整體，要麼全同意，要麼全不同意。」

戈巴契夫很乾脆地回答：「我沒法同意。您這個建議意思很清楚，就是讓美國繼續搞戰略防禦計劃。」

雷根答：「是這樣。戰略防禦計劃工作必須繼續進行。」

接著，雷根又滔滔不絕地對他的戰略防禦計劃作了詳細說明。其間，戈巴契夫幾次用手指指譯員，意思要讓他快譯。

雷根事後說，當時他講得有點忘形，失去自製，好像戈巴契夫能聽懂英語似的。事實證明，戈巴契夫的英語聽力不好，私下會晤他講笑話時，戈巴契夫基本都不笑，直到翻譯用俄語講給戈巴契夫，他才會笑。

戈巴契夫聽完雷根的陳述，最後說：「這個問題看來暫時無法解決，不談了吧！」

第二次私下會晤歷時四十九分鐘。

暮色蒼茫，他們返回會議大廳，臉上都是陰沉沉的。

雷根送戈巴契夫上車途中，再度竊竊私語。

雷根：「我認為我們一致同意會晤是有益的。」

戈巴契夫：「是這樣。」

雷根：「我們必須再會晤。我邀請你訪問美國，怎麼樣？」

戈巴契夫：「我接受。我邀請你去蘇聯。」

雷根：「我接受。」

雷根後來告訴公眾，邀請戈巴契夫二度單獨會談早就預謀在先，不管會談情況好壞、有沒有成果，他都準備約請戈巴契夫避開眾人，舉行私下會晤。

而且由南茜親自踏勘兩人會談的小屋，認為幽靜安全，是私下會晤的好場所，並事先佈置工作人員燒旺爐火。

當天晚上，戈巴契夫夫婦在蘇聯駐日內瓦聯合國代表處設宴招待雷根夫婦，晚宴氣氛親切融洽，兩國首腦多次祝酒，似老友重逢一般談笑風生。

第二天，會談也挪至這裡舉行。

史達林同志为人民掌舵

雷根一到蘇聯代表處就徵求戈巴契夫意見，是否能再次私下會晤，戈巴契夫表示同意，兩人便徑自進入一間小會客室。

戈巴契夫以主人身分請雷根同他並肩坐在一張長沙發上，雷根表示面對面談話方便，請戈巴契夫坐在安樂椅上，自己和兩名翻譯擠在長沙發上。

雷根從口袋裡拿出一張紙，掃了一眼，開始談蘇聯擴充軍備的意

見。

雷根指出，蘇聯在不斷增加進攻性戰略武器，企圖保持軍事優勢；但保證美國決不首先發動進攻。

戈巴契夫反唇相譏：「你們不信任我們，爲甚麼我們要信任你們呢？」

「美國以爲靠技術上的優勢就能贏得太空武器競賽，那就大錯特錯了，我們不是傻瓜，我們也會照辦。」

隨後，話題轉向人權。

雷根強調，如果蘇聯眞誠希望改善同美國的關係，在人身自由問題上必須認眞考慮。只要蘇聯人不能自由地離境，蘇聯的猶太人和持不同政見者受到監禁，美國領導人就無法同蘇聯做交易，因爲他們有政治壓力。因此，美國希望蘇聯切實在人權問題上採取措施。

戈巴契夫掩耳盜鈴，王顧左右而言他：蘇聯沒有失業，沒有挨餓，退休養老，公費醫療等等。

又睜著眼睛說瞎話，以攻爲守，指責美國種族歧視、失業、吸毒，等等。

一個多小時過去，雞同鴨講，再次不歡而散。

當晚，又是雷根夫婦做東，在下榻處索敍爾堡宴請戈巴契夫夫婦。

會客廳裡燈火輝煌，美食美酒沒有資本主義、社會主義之分，兩國首腦連同隨行人員的味蕾也沒有意識形態之爭。

觥籌交錯，熱烈互動，似乎兩天來沒有過任何爭論。

宴會結束後，戈巴契夫和雷根並肩坐在壁爐旁邊的一張沙發上喝咖啡，代表團成員站在四周有說有笑。

一位蘇聯外交官走過來報告，爲次日簽字儀式準備的聯合聲明基

本完成。

雷根邀請戈巴契夫：「我們一塊兒露面。我們需要站在一起說，全世界應抱有希望，因為我們將繼續舉行會談。」

戈巴契夫思索片刻表示同意：「好吧，大家都講，不過每人只講一到三分鐘。」

雷根笑道：「好，短點好。這對我太好了。」

接著商量舉行儀式的時間。

蘇聯方面希望上午九點，雷根說，他二十一日的活動日程排得很緊，去布魯塞爾向西歐國家首腦通報情況後，還要趕回美國，早上想多休息一會，所以儀式最好晚一點。

後來商定，早上十點進行，地點在日內瓦國際會議中心。

大家閒聊正歡，突然電話鈴響了，是聯合聲明起草小組美方負責人裡奇韋給舒爾茨打來的，他報告，起草報告又遇到困難，蘇聯製造了新的障礙。

舒爾茨撂下電話氣沖沖地奔到戈巴契夫面前，用手指著蘇聯第一副外長科爾尼延科說：「你，你，我們無法同你打交道。」

又對戈巴契夫吼道：「總書記先生，我們無法同這個人打交道，他沒有照你的吩咐去做。他不聽你的話。」

在場的美國官員事後說，素以穩重著稱的舒爾茨大動肝火，氣得說話都結巴，還是第一次。

原來，二十日下午全體會議快結束時，雷根問，這次會晤怎麼了結，舒爾茨隨著回答有五種方案。

發表聯合聲明；兩位首腦單獨發表聲明；最後舉行一次會議；舉行簽字儀式；甚麼都不要，就此結束。

戈巴契夫表示希望能有一個聯合聲明，謝瓦爾德納澤說舒爾茨兩周前在莫斯科已經拒絕了發表聯合聲名的方式。

　　雷根趕忙糾正：「不是舒爾茨，而是我堅持不要先搞聯合聲明的。我向舒爾茨強調過，如果事先起草好公報或聲明之類，首腦會議勢必會花很多時間在字句上爭論不休，這會影響真正的會談。等會談結束，如能搞個聯合聲明，我是贊成的。」

　　按照安排，起草小組幾易其稿，只剩軍備控制雙方僵持不下，蘇聯堅持在聲明中寫進防止太空軍備競賽和結束地面軍備競賽的內容，如果沒有這些措詞，他們就不簽署協議。

　　美方則揚言，蘇聯若堅持詆毀美國的戰略防禦計劃，他們就不準備發表聯合聲明而寧願空手而回。

　　舒爾茨拿出一頁紙交給戈巴契夫說：「這是我們雙方對核和太空

通往“天堂”之路

會談的立場。」

等譯員翻譯完畢，戈巴契夫說，「這正是我希望要說的。」

他又迅速口授幾句，作為補充。

舒爾茨和謝瓦爾德納澤等趁機退出，繼續找各自的專家協商起草聲明，傍晚，雙方終於達成折衷方案。

雷根和戈巴契夫又在蘇聯代表處會客室，天南海北，東拉西扯，單獨閑聊九十分鐘。

二十一日九點四十五分，雙方代表團已經在日內瓦國際會議中心做好一切準備工作，兩位首腦一到，雷根就把戈巴契夫拉到貴賓休息室，導演兩人一起向全世界亮相的場面。

十時整，兩人從主席臺上的幕布兩邊走出，然後走到主席臺中央高懸的巨幅美蘇國旗下站定。

兩人面帶微笑，面對台下熱烈握手。

世界各國趕來採訪會晤的五千多名記者連忙按下快門。

十點二十一分，宣佈美蘇峰會結束。

會晤沒有什麼具體成果，只是相互試探、瞭解對方，為兩年後的進一步談判、最終削減中程導彈建立了良好開端。

J. 我們要改革

從日內瓦返回莫斯科，戈巴契夫的頭等大事，準備召開斧頭幫第二十七次代表大會。

所謂代表大會，名義上，取得所有黨員的授權，「制定」往後幾年的政治目標和國家發展方向，「選舉」新一屆「黨和國家領導人」。

事實上，總書記總攬一切、包辦一切，基本是總書記個人治國理政的想法和預期，總書記精力旺盛，願意折騰，就會提出「新願景」、「新任務」、「新使命」，總書記貪圖安逸，得過且過，就維持現狀，今朝有酒今朝醉，你好我好大家好。

前者以赫魯雪夫為代表，有「解凍」壯舉，冒斧頭幫之大韙，將自己的前任、一代暴君史達林拉下神壇；後者以布里茲尼夫為典型，只管斧頭幫吃香喝辣、醉生夢死，不管勞動人民水深火熱、怨聲載道，坐江山十年，以「停滯」冠名。

總書記指定政治局委員、圈定中央委員、決定各部部長和州委、加盟共和國第一書記，州委書記、各加盟共和國任何下一級黨的書記，下一級書記又任命下一級書記，最下級的書記按照上一級書記意圖「選出」黨代會「代表」，報上一級黨的書記批准、審查資格。

所謂黨代表，實際上是下級書記代表上級書記、按上級書記的意圖選定的上級書記的代表，黨代表的構成，絕大多數，由黨的中、高級書記組成。

所以，所謂的黨代表，實際上是總書記的代表，黨的代表大會，其實是總書記的代表大會。

按史達林死後的規定，蘇俄斧頭幫每五年舉行一次代表大會，特殊情況下，可以在兩次大會之間舉行特別代表大會。

第二十六次代表大會於一九八一年二月召開，第二十七次代表大會應該在一九八六年召開。

因為入主克里姆林宮才九個月，戈巴契夫還沒有足夠的權威和成熟的思想，把代表大會開成具有「改革」、「新思維」的大會。

二十七大帶來的唯一好處，利用代表大會理論上的權威和人多勢眾的特點，變更政治儀程，進行權力洗牌，確定新的政治路線和內外政策。

加強總書記的權力基礎，增加總書記的勢力範圍，壯大總書記的權威和聲勢。

通往 "天堂" 之路

除了在政治報告中塞進現實且可能的「新思維」、「新目標」，在重新選舉中央委員時大洗牌，踢出他所不喜歡的中央委員，安排他看中的意中人取而代之。

又可以利用修改黨綱和黨章的機會，在遊戲規則和斧頭幫使命上打上戈氏烙印。

按照蘇共慣例，黨綱的任務是要闡明當前國內國際形勢，提出長期和短期解決辦法，類似於《共產黨宣言》的作用。

當時的黨綱是一九六一年制定的，還是赫魯雪夫時代的裂裳，基

本上由自誇和許諾拼湊而成。

不僅有從基督教教義中抄襲的道德準則，又有整個七十年代和八十年代的具體的經濟和社會指標。

黨綱許諾，蘇聯人均產量和消費水準一九七〇年將達到美國的水準，一九八〇年將超過美國，此時，共產主義實現，人們按需分配。

事實上，只有軍事力量一九七〇年達到了美國的水準，其餘都開了空頭支票。

好在以往的生活經驗，早就教給公眾，斧頭幫所有美麗的藍圖，都不過自娛自樂，無人信以為真，也無人當真，就算當真，也找不著任何黨的領導，問個究竟。

一九八一年第二十六次代表大會之後，布里茲尼夫就打算重新起草一個黨綱，成立了起草委員會，並親任主席。

但是老人家沒來得及享受再開一次空頭支票的樂趣，就向馬克思和列寧報到去了。

安德羅波夫繼位、契爾年科接班，都沒有放過領導這個委員會的機會，起草的草案又按前後兩位總書記的口味修改。

天不假年，兩位老大哥都沒有等到二十七大，沒有把黨綱變成自己的作品，最終讓戈巴契夫得手。

給戈巴契夫準備的《黨綱》草案，十月份完成，十月十五日的中央全會已經預審過一次。

報告把原黨綱中「已經實現」的蘇聯共產主義天堂「拉向倒退」，告訴大家八十年代末期的蘇聯，才進入「發達社會主義」階段。

「有計劃地和全面完善社會主義、進而在加速國家社會經濟發展基礎上把蘇聯社會推向共產主義」。

戈巴契夫尚未正式提出「改革」，首先對斧頭幫的誘人口號上下

其手，把人間天堂「共產主義」，從意淫夢幻大笑話，拉回冷冰冰的現實。

就像已經反目成仇的東方兄弟大國，在一九八七年秋季，在改革派首領趙紫陽的堅持下，才把已經進入「社會主義」很多年的幸福生活，拉回「社會主義初級階段」。

在「經濟改革」已經進行到第九年，才小心翼翼，在「社會主義」旗幟上輕描淡寫，改變一點點顏色。

說明戈巴契夫尚未「改革」，已經對改革對象有明確認識，改革不只改革經濟，而是改革整個共產主義，包括共產主義旗幟本身。

一開始就打破最不能觸碰的禁區，為全面改革開闢出空間。

尤其是把消滅資本主義、與資本義義不共戴天的「初心」和立場，大大方方修改為，社會主義與資本主義和平共處！

不光間接承認資本主義還活得好好的、還有強大的生命力，而且不再跟資本主義你死我活、鬥爭到底，而要息事寧人、相安無事。

為結束社會主義與資本主義之間的冷戰，為打破東西方集團長達四十年的對抗，剝掉意識形態的神聖外衣。

東方模仿者花了九年才敢面對的 G 點，新沙皇掌握最高權力才九個月就動手動腳、遊龍戲鳳。

為大會準備的新黨章草案於十一月底公開發表，比較舊黨章，沒有什麼新東西。

從前的黨章，對於總書記的產生和職權，都沒有明確規定。

列寧的尊稱是「領袖」，總書記相當於秘書長。

史達林擔任總書記，通過操縱斧頭幫，奪取最高權力，將總書記作為斧頭幫最高幫主的頭銜（東方兄弟黨將黨主席最大，改成總書記最大，也是某人當過總書記，將總書記弄成老大）。

二次世界大戰以後，史達林用「第一書記」取而代之，赫魯雪夫也沿用第一書記。

布里茲尼夫上臺，一九六六年又回總書記名下，但沒修改黨章。

新黨章白紙黑字，專列條文，正式載明，將總書記作為黨的領導人。

正是在這個意義上，「草案」使總書記一職「合法化」，戈巴契夫也成為第一任「合法」總書記。

與後來某些甚囂塵上的說法大相逕庭──戈巴契夫從政治改革入手，沒有進行經濟改革。

事實恰恰相反，戈巴契夫一入主克里姆林宮，關注的首要問題，關注的重中之重，就是經濟。

三月份皇袍加身，用以顯示他與前任領導人不同的首要問題就是，生活消費品的生產。

歷時半年橫穿全國的大旅行，基本上都圍繞這一問題展開，並且直接不客氣地批評地方官員忽視了人民的生活。

排隊習麵包、習伏特加成為一景

他視察列寧格勒時的談話和講話，是最為引人注目的證明。

四月初，又挑選一批工廠廠長、集體農莊主席和科學家開會，瞭解生產情況，鼓勵全國工人階級、農場工人、管理人員和科學家努力工作，生產優質產品。

六月十一日至十二日，召開蘇共中央關於加速科學技術進步問題的會議，直言不諱經濟領域各種消極現象，並指名道姓批評關鍵部委的負責人。

幾個星期後，又給科學家、工程師等其他科技人員增加百分之五十的工資！

與東方兄弟黨一樣，把科技進步作為「加快經濟和社會發展」的經濟戰略。

又與一些著名的經濟學家商討對策，建立調查當前各種緊迫問題的專門委員會，深入瞭解經濟衰退、短缺貧困的癥結所在。

戈巴契夫沒有機會閱讀海耶克的名著《通往奴役之路》，不知道先知早於四十年前就給斧頭幫頂禮膜拜的計劃經濟判了死刑。

當政府的中央計劃開始延伸到一些人們無法一致看法的領域，例如「要生產多少麵包」或「要生產什麼風格的服飾」時，衝突便不可避免。

隨著政府計劃的越來越多，經濟也越來越混亂，越來越缺乏效率。

因為「計畫者」永遠無法獲得足夠資訊，正確分配各種資源。

被賦予了強大經濟控制權力的政府，必然延伸控制個人社會生活的權力。

最後導致獨裁和極權政府產生，奴役社會大眾。

而奴隸造不出精美的金字塔，當每個個體、包括掌握計劃分配大權的個體，都處在壓迫奴役的狀態和氛圍之中，人的積極性、創造性、

責任心都會喪失，因而無人努力工作。

極權制度所有算計都首先服務於自己掌握絕對權力，因此於對內施行恐怖主義統治，對外自卑虛弱，好勇狠鬥，要大炮，不要黃油。

首先將現有資源調動於重工業和軍事工業，其次是輕工業和消費品生產工業，最後是農業。

所以，生活在共產主義天堂的勞動人民，最缺的就是食品和日常消費品。

隨著對各種經濟狀況的深入瞭解，戈巴契夫發現，經濟問題又遠遠不是消費品生產短缺的問題，而是各個領域都存在著怵目驚心的問題：資源浪費，投資重複，產品質量低劣，經濟增長緩慢。

不單是自己腳下的廣袤帝國千瘡百孔、死氣沉沉，鐵幕以東所有的「兄弟」國家，無論東方西方、古巴朝鮮，都一天天爛下去，成為共產主義天堂的難兄難弟。

早在八十年代初，「兄弟國」匈牙利的經濟學家科爾內已經撰寫出版《短缺經濟學》。

冷戰四十年，資本主義一天天爛下去的詛咒並沒有實現，放眼西望，反而是欣欣向榮、蒸蒸日上，充滿活力。

現實是最好的鏡子，意淫自慰沒有任何意義。

無論口頭行動多麼重視，解決問題談何容易。

尤其用行政手段管理經濟運轉的體制，往往是越重視越強調，越沒有人願意生產，只要不是每個人當下的需要，人們沒有積極性。

等不及第二十七次代表大會舉行，早在當年九月，戈巴契夫就要求專門制定一份五年計劃綱要，解決一九八六至二○○○年間的消費品產量和服務問題。

主管經濟工作的雷日科夫負責，老譜新用，召集國家計劃等部門，

煞有介事，鄭重其事，拿出一紙文件。

　　包括布匹、電器、娛樂場所等幾百種消費品和服務業的發展指標。

　　要求在一九九○年增長達百分之三十，二○○○年增長百分之八十至九十。

　　在二十七大的報告中，戈巴契夫最大限度地吸收了經濟學家們的主張。

　　包括阿甘別吉揚完善計劃、改善管理的主張，社會經濟學家們提出的改革價格和工資體制的主張，運用經濟手段管理經濟的主張。

　　將一九八五年四月中央全會上提出的「加速經濟發展戰略」作為主要目標，指出「實現這個目標的主要手段」和出路在於「對國民經濟進行深刻的改革」，「改革經濟機制和管理體制」。

　　號召斧頭幫和整個「戰鬥民族」：「目前需要的不是對經濟機製

權力決定人們吃什麼穿什麼

作細小的局部的改善，而是要綜合地、全面地改革經濟機制」，而且要進行「根本改革」。

上臺還不到一年，第一次打出「改革」旗幟，就指出是改革「經濟機制」，而且是「綜合地、全面地」、「根本的」。

改革實行了近七十年的社會主義經濟體制，改革第一個將馬克思學說變成社會現實的經濟體制。

改革赫魯雪夫當年宣佈、布里茲尼夫當年自誇，蘇聯在七十年代已進入共產主義樂園的經濟體制。

改革二十世紀上葉、中葉，所有「兄弟黨」都模仿建立、視為比資本主主義優越的經濟體制。

大會結束，幾十天之後，戈巴契夫在一次視察中再次解釋他所說的改革。

改革就是革命！

革社會主義經濟體制的命！

不是摸著石頭過河，也沒有「公有制為主體」，更沒有「蘇聯特色社會主義」為前提。

一九一七年冬宮阿芙樂爾炮艦上一聲炮響，給東方送去馬克思主義，一九八六年克里姆林宮一聲改革，很快在東歐泛起漣漪。

波蘭、匈牙利等早已改革的「兄弟國」反響尤其熱烈。

特別是匈牙利，官員和公眾感到的震動和鼓舞，比三十年前赫魯雪夫批判史達林主義還要強烈。

「兄弟國」的改革成為不可阻擋的歷史潮流，成為「國際大氣候」（鄧小平語）。

正是在這個意義上，戈巴契夫發出的改革令，開啟了一個時代。

革命的目標是消滅資本主義，改革的方向是重回資本主義，社會

主義和資本主義的冷戰，以此為分水嶺，走向失敗和落幕。

許多觀察家和「磚家」不解風情，認為戈巴契夫的新黨綱沒有甚麼新路數，甚至斷言，斧頭幫的權力體系註定，具有新型思想的領導人不會出現。

長達七十年的封閉禁錮，寧要社會主義的草，不要資本主義的苗，不光人類的所有真知灼見、思想智慧風雨不入，海耶克們的光輝論斷照耀不到戈巴契夫們。

鐵幕後面的經濟學家、智慧達人，對所有現實、敏感問題，都不能自由思想、研究探索，只能在斧頭幫的語境裡，贊同支持、歌功頌德，阿甘別吉揚們也支不出甚麼有用的招數，開出對症的藥方。

只能在傳統的計劃經濟軌道上前行，把修補當改革，把治標當治本，把換湯當換藥。

連改良也夠不上，最多只算加強管理，使舊制度這架機器運轉得正常一些而已。

只有改革的口號和宣言，沒有改革的措施和實質。

短期的收穫，只限於政治層面，公眾報以極大的好感，官僚們被抓住短處，在政治上被動挨打。

長期的收穫等於零，甚至是負數，只要計劃經濟的大體系仍然運轉，一切修修補補、小打小鬧，都收效甚微、無濟於事。

全靠行政指令驅動的硬性指標，缺乏追求利潤的原始動力，不是完不成任務，就是敷衍塞責，質量低劣。

哪怕當局動用強制手段，幾乎當作法律規定的義務強制執行，公眾還是表面響應、內心不為所動，冷漠以對，消極怠工。

一些笑話，活靈活現工廠工作效率低下、市場投機倒把、黑市猖獗、貨物不足，社會貧富分化、人浮於事現象。

——在社會主義天堂，老闆給多少錢，咱給他幹多少活，在資本主義的地獄，咱能幹多少活，老闆就給多少錢。

——一位日本工人被派到蘇聯維修日本製的機械，每天工作 8 小時，不和別人說話，一月後工作期滿，準備返回日本，滿眼淚水告訴大家：「我道歉，我的好工人同志們，我知道工人們應該團結起來，但我有合同在身，不得不工作，因而沒有參與你們的長期罷工，我向你們深深地道歉！」

——布裡茲涅夫向工人們許諾：「很快我們就能生活得更好！」

台下傳來一個聲音：「那我們怎麼辦？」

傻瓜家庭車

——問：什麼長達兩公里並且總是吃白菜？

答：莫斯科肉店前排的長隊。

後來的事實證明，當時、包括後來開出的一系列藥方、服用的藥物，都不見療效，直到戈巴契夫下臺。

體制癱瘓，官僚抵制，投資、生產、分配，全線失靈，商店貨架空置，公眾怨聲沸鼎。

不是戈巴契夫沒有改革經濟，而是戈巴契夫改革的經濟體系已經病入膏肓、無藥可救。

一九八六年二月二十五日，莫斯科一派奇異的冬日景色。

在屋頂枝頭皚皚白雪的映襯下，彩旗招展，標語高懸，大街上的積雪打掃得乾乾淨淨。數千名身著制服的員警在各處站崗。

食品商店擺滿各種各樣的食品，外國遊人被打發回國，豪華飯店裡住進來自全蘇的五千名代表，各個劇院的門票發放一空，以供出席大會的代表觀賞演出。

上午十時，戈巴契夫宣佈蘇共第二十七次代表大會開始，克里姆林宮會議大廳裡近六千個座位人頭攢動，大家真誠而熱烈地歡迎戈巴契夫報告。

整整三十年前，一九五六年的這一天，尼基塔・赫魯雪夫在這裡作了秘密報告，譴責史達林的個人崇拜和大清洗，驚醒整整一代人，戈巴契夫就是其中之一。

今天，代表們期待戈巴契夫說出什麼驚人之語，不得而知，個個心知肚明，最高權力機關政治局和書記處大換血是一定的。

自從十一月初人事大調整，部長一級和地方領導人的更換幾乎成了日常工作，每隔兩三天就有人事變動。

十六個邊疆區和州委第一書記易人，七個加盟共和國黨中央的第

一書記易人，部長會議自主席以下三十三人刷新。

十二月二十四日，在莫斯科市委全體會議上，戈巴契夫代表政治局打發市委第一書記格里申退休，由中央書記、五十四歲的鮑裏斯‧葉爾辛接任。

大會開幕前夕，當了十五年政治局委員的格里申退出政治局，接替他的葉爾辛當選爲政治局候補委員。

大會產生新的領導機構，由十二名政治局委員、七名政治局候補委員和十一名中央書記組成。

原政治局候補委員庫兹湟佐夫、波諾馬廖夫退出政治局，前不久提升爲中央書記的縈伊科夫直升爲政治局委員。

國防部長索科洛夫、國家計委主任塔雷津從候補委員轉爲正式委員。

赫魯雪夫的改革以失敗告終

列寧格勒第一書記索洛維約夫、白俄羅斯第一書記斯柳尼科夫升任政治局候補委員。

意識形態專家雅科夫列夫、駐美大使多勃雷寧、蘇共中央科學和教育部長梅德韋傑夫、全蘇工會中央理事會副主席比留科娃四人晉升為中央書記。

中央委員有百分之四十四的新人，候補委員有百分之六十九的新人。

改組的數量和比例，再次震驚世人。

J 切脈問藥

　　戈巴契夫在斧頭幫二十七大的演出，猶如清晨天際露出的霞光，絢麗多姿，賞心悅目。

　　可惜好景不長，烏雲灰霾佈滿天空，迅速將霞光淹沒在無垠的灰暗之中。

　　看不見形，望不到邊，不緊不慢，悠然自得，人們的興奮，包括看客和演員，都瞬時即逝，轉入以往的沉重和壓抑。

　　二十七大結束不久，戈巴契夫前往伏爾加河畔的古比雪夫視察，他吃驚地發現，外甥打籠——照舅（舊），一切都一如既往，死氣沉沉。

　　他的改革宣言如同春雪一樣，已經融化得無影無蹤。

　　他不無失望地抱怨：「大家都說支援二十七大，贊成黨的決定，但在工作時卻仍繼續按老一套做法行事。」

　　新任莫斯科第一書記葉爾辛更直接了當：一些幹部「不履行黨的第二十七大的決議，對黨發起了一場地地道道的挑戰」。

　　四月二十六日淩晨，在第聶伯沿岸的切爾諾貝利，專家們小心翼翼地伺候著設在這裡的核電站，按計劃第四機組該停機了。

　　可是，反應堆功率突然加大，排出的大量蒸汽和隨之發生的反應形成了巨量的氫氣。

　　一聲巨響，反應堆機房瞬即濃煙滾滾，火舌亂竄，反應堆中的放射物四溢，一場沒有核武器的核戰爭瞬間發生。

當場兩人死亡，一次輻射浪席捲瑞典、芬蘭、丹麥和挪威，輻射物高出正常放射物的十倍。

二十八日，英國路透通訊社驚呼：蘇聯核電站可能發生洩漏。

美聯社引用專家的判斷：一定是核電站出了事故。

塔斯社當日播發消息，承認切爾諾貝利核電站出事。

在義大利，邊境巡邏隊攔住了從波蘭和奧地利開來的三十二節裝滿牛、羊、馬匹的貨車，從中檢查出了異常高的輻射物。

義大利政府宣佈，禁止從東歐大部分國家進口肉類、牲畜和蔬菜。

在加拿大，渥太華雨水中放射性碘的含量達飲用水中放射物數量的六倍。

官員們要求扣留從歐洲運來的一切水果、蔬菜和草藥進行檢驗。

日本人在全國各地都發現了放射性散落物，從雨水到鮮牛奶，於是奶粉的需求急劇增加。

斧頭幫沒有任何資訊第一時間向公眾和世界發佈，國際社會對突如其來的人禍措手不及，惱火萬分。

直到五月六日，斧頭幫首要喉舌《真理報》才詳細報導核電站事故經過。

五月十四日，事件發生近二十天，戈巴契夫才出現在電視屏幕中。

本來是斧頭幫各級欺上瞞下、報喜不報憂的制度性惡瘤，新沙皇居然借題發揮，轉移視線，把內政的人禍，倒騰成外交的和平主題。

痛心疾首大談核問題的可怕後果，建議與雷根去歐洲任何一個國家或日本的廣島舉行會晤，達成禁止核武器的協議。

就像歷史學家羅伊‧麥德維傑夫描述的：如果兩列火車相撞，交通部長會千方百計地將事故化小，只有到他壓不住的時候，他才會報告總理，然後總理再將事故向更高一級報告。

如果這事故發生在更邊遠更基層，那麼，又類似這個例子一樣經過好幾級才能報告給主管部門，然後又依次上報。

所有斧頭幫一丘之貉，概莫能外。

後來，蘇聯新聞社社長法林，在聯邦德國的漢堡告訴人們，事故發生兩天之後，戈巴契夫才得到「詳細而真實的報告」。

巨大的災難和代價，終於喚醒戈巴契夫的意識，一切都是制度惹的禍。

禁錮必然導致冷漠，人治一定出現隱瞞。

視察會見陶裏亞蒂的勞動者時，他不加掩飾地表達了自己的看法：「國家計劃委員會——社會主義國家的獨有機構——和其他部委不願意放權，一些企業的權利至今還是有限的。」

「蘇聯過去犯的一個主要錯誤便是企圖從莫斯科把產值一萬億盧布的蘇聯經濟統統管起來。」[1]

結果是，「社會主義的財產往往被主管部門和地方當局隨便浪費，並成了『不屬於任何人的』、免費使用的、沒有真正主人的、在許多場合下成了爭取非勞動所得的來源。」[2]

喜劇演員阿爾季 · 萊金演出的一場滑稽劇精巧地道出「社會主義的優越性」。

三個人在工作時間偷偷地溜進理髮店，他們想以理髮為名逃避幹活，恰恰理髮店的理髮師們一個要去買桔子，一個想去修理一樣東西，另一個要到牙醫那裡治牙痛。當這幾個理髮師都撲空而回時，才發現椅子上坐等他們的三位顧客正是商店售貨員、修理工和牙醫。

一些悟性極高的思想達人和理論家，早就得出同樣的結論，不幸而言中，可惜共產主義天堂沒有思想市場，只有思想黑市。

無論多麼具有洞察力、穿透力的真知灼見、偉大真理，都因為斧頭幫視為「異見」而消滅在腦袋裡。

東方「兄弟國」所謂的改革設計師，故作宏論，「殺出一條血路」，感動許多人視為「勇氣」和「魄力」的金句。

　　無人指出敵視改革、扼殺改革的花崗巖陣營，正是由設計師全力維護的團夥和制度所構成。

　　內心深處不容許任何與自己不同的「改革念頭」和行動，嘴裡喊叫「殺出一條血路」，叫誰去殺，又去殺誰，殺出「血路」？

　　戈巴契夫像《皇帝的新衣》中的孩童，道出斧頭幫及其計劃經濟要害所在，石破天驚，引火燒身。

　　與戈巴契夫有同感的人們，基本手裡沒有權力和影響力，沒有機會呼應戈巴契夫的「改革」主張。

　　手握權力和影響力的人們，基本沒有戈巴契夫的危機感、責任感，就算有戈巴契夫的見解和主張，也不敢見風就是雨，像葉爾辛那樣猛打猛衝。

切爾諾貝利核電事故廢墟紀念館

歷史的教訓沉重而血腥，斧頭幫裏所有挺身而出的人物都沒有好下場，有什麼能保證戈巴契夫今天說的話，明天不反悔，又有什麼能保證戈巴契夫本人，一定能穩坐權力金字塔頂端？

還在一九五六年，赫魯雪夫已經作過嘗試，下放權力，改變農業設施，揭露史達林罪行，爲無辜受害者平反。

儘管沒用「改革」口號，學人以「解凍」命名，收穫不光看到了，也感受到了。

人們的生活水準提高了，恐怖氣氛掃除了，已經「趕上和超過」美帝了，進入「共產主義」天堂了。

但斧頭幫的同志和戰友不喜歡他，不喜歡他標新立異、大權獨攬，我行我素，就像一群狼，發現自己的群主有點另類。

克格勃主席謝列平以秘密員警特有的專業管道和權力嗅覺，探知不少政治局同僚與自己一樣，心生不滿，另有他想。

又以秘密員警頭子特有的得天獨厚，暗中串連，果斷行動，將赫魯雪夫拉下馬。

換上以布里茲尼夫爲幫主的三駕馬車，其中的部長會議主席柯西金不甘寂寞、當家做主，從一九六五年開始，推出一系列措施，補充、擴大「社會主義優越性」。

吸收資本主義的管理方式，與西方發展貿易，減少黨對經濟工作的干預，提高政府機關和地方管理人員的權力、決策作用和獨立性，優先發展生活消費品，抑制重工業和軍事工業，等等。

「改革」的結果，科技、工業、農業、軍事，以及人民生活水準的提升，都有起色。

但布里茲尼夫喜歡的是權力、虛榮和享樂，經濟管好管不好不重要，由誰管才重要。

柯西金健康急轉直下，正好安排親信吉洪諾夫取而代之。

吉洪諾夫屬於總書記的烏克蘭幫，唯總書記的馬首是瞻，把政府領導成黨的辦事機關和手套。

　　計劃不切實際，產品質量低劣，剩餘和短缺並存，從上到下，所有的和尚都不撞鐘。

　　長達七十年形成的社會機制、思維方式、及其享有話語權的既得利益者和官僚集團，都是改革的天敵，都視改革為洪水猛獸。

　　一九八零年，「兄弟國」波蘭陷入經濟危機，「工人黨」替勞動人民「當家作主」，降低工資，上漲物價。

　　「領導階級」、佔人口三分之一的工人隊伍，以罷工討要斧頭幫一再許諾的共產主義天堂。

　　莫斯科老大哥秘密指令總理兼國防部長雅魯澤爾斯基以暴力解決，取締團結工聯，頒布戒嚴令，逮捕工會領袖華里沙等數千名骨幹。

　　一九六八年，「兄弟國」捷克斯洛伐克遭遇經濟困境，莫斯科扶植亞歷山大‧杜布切克上臺，「強調企業自身責任，引進市場機制，進行經濟改革」，帶來「布拉格」之春。

　　不到四個月，斧頭幫大哥動員 20 萬「華約成員國」軍隊和 5000 輛坦克武裝入侵，結束杜布切克的執政和「改革」，打發前「第一書記」到布拉提斯拉瓦附近的伐木所當工人。

　　1960 年，莫斯科扶植烏布利希為東德人民服務，「更好地運用社會主義經濟規律，提高勞動生產率，不斷改進管理方法，提高勞動人民的物質文化水準。」

　　「擴大企業許可權，實行以利潤為核心的經濟杠桿體製，更多地運用經濟方法管理經濟。」

　　十年間，從幫內到幫外，「改革」遭遇重重困難和反對，七十年代初，莫斯科老大哥扶植何内克上臺，取烏布利希而代之。

　　一九五三年，「兄弟國」匈牙利首先發生經濟危機，斧頭幫的「政

策已全面失敗」。

同樣是莫斯科扶上臺的總理納吉，「改革」老大哥的模式，「放慢農業合作化的速度，辦得不好的合作社將予以解散，農民可以退出合作社，富農可以收回上交給國家的土地。」

包括「經濟生活其他領域必要進行的改革」。

1955年3月，匈牙利勞動人民黨中央通過決議，指出「納吉是反黨、反馬克思主義的右傾機會主義者」，7月撤銷納吉黨內外的一切職務，11月又清除出黨。

1956年10月匈牙利革命後再度出任總理，試圖推動自由化並退出華約，東方」兄弟國「強烈要求莫斯科老大哥出兵，平息布達佩斯「反革命暴亂」。

納吉落入老大哥的武裝力量手裡，為」改革「付出生命的代價。

古往今來的改革，一種改革是社會跌入全面危機之中，不改革就沒出路，社會動亂和革命的威脅日益逼近，當權者不得不採取措施以延緩嚴重事態的發生，或當權者中的開明者站出來振臂一呼，喚醒人們使社會擺脫危機處境。

美國三十年代的新政，波蘭雅魯澤爾斯基的改革，中國王安石的變法，光緒帝的維新，國民黨遷臺以後的作為，東方兄弟國文化大革命後的轉折，都屬於這一類。

甚至二次大戰以後的聯邦德國、日本的改革也可作如是觀。

另一種改革是社會失去發展的活力，衰落的跡象開始顯露，或已經開始停滯，不改革就會越落後，或開始與發展較快的國家拉開差距，當權者中的有識之士洞察秋毫，喚起危機感，要求改革，給社會注入活力，使其振興。

中國歷史上的漢武帝、李世民，英國的戴卓爾夫人，美國的雷根，俄國歷史上的彼得大帝均為這一類改革家。

前一種改革通常以失敗而告終，後一種改革大都富有成果。

戈巴契夫發起的改革既不是前一種，也不是後一種，既不是處於危機當中的改革，也不是居安思危的改革，而是外強中幹、金玉其外、敗絮其中的改革。

命中註定比前人所有的改革都要艱難險峻百倍，尤其是斧頭幫，既有宗教般的狂熱，又有壟斷一切的極權，猶如殘暴狂躁、力大無比的人類恐龍。

只有怪獸殘害吞噬成百上千生靈，沒有生靈能夠馴服改造怪獸。

漢武帝、李世民、彼得大帝的權力勿庸置疑，雷根、戴卓爾夫人的權力也無人敢冒犯，戈巴契夫完全不同，屁股下面的權力怪獸分分鐘會反咬一口，將他吞噬。

他對問題認識得越透徹，意味著改革的工程越大，受改革影響的人越多，改革的阻力也越大。

首先，戈巴契夫關於「我們一切都落在後面」的論斷就曲高和寡，幾乎所有人都沉浸虛無飄渺的社會主義輝煌成就裏，尤其是構成權力

金字塔的各級斧頭幫成員。

在一個農奴制的國度，依靠鐵血政策，不問代價，短短二十年，建成完整的工業體系，產值歐洲第一，世界第二。

第二次世界大戰幾乎亡國，最終反敗為勝，成為戰後五強。

六十年代又以粗製濫造和犧牲人民生活為代價，爭得工農業產值和人均產值位居世界老二。

只有一位苛刻的美國佬道出秘密，帝國是發達國家中的發展中國家。

戈巴契夫把蘇聯經濟發展緩慢的根本原因歸咎於權力機關事無巨細掌管一切，更使絕大部分權貴如芒刺背。

高度集權的中央計劃經濟不僅是權貴們賴以生存的衣食父母，也是權貴們坐享其成、耀武揚威的本錢。

過慣了衣食無憂、懶懶散散、大家都是武大郎的心安理得，工人階級、平庸之輩以及享受社會主義優越性的人們，雖不滿現狀，但更茫然未來。

在一定意義上，戈巴契夫推行的改革，出力不討好。

尤其是戈氏下臺後多年，「戰鬥民族」又被普亭小醜拉回一人獨裁的威權統治，公眾仍忘恩負義戈巴契夫大帝親手還他們以自由和民主，對戈氏耿耿於懷。

通過起草新的五年計劃，戈巴契夫進一步感到那個計劃經濟的象徵——國家計劃委員會不能容忍。

儘管他已對這官僚機構進行了改組，用年輕的塔雷津代替了巴伊巴科夫，一個當了二十年計委主任的超級官僚。

戈巴契夫控訴：「對我們的國家計劃委員會來說，不存在權威，不存在總書記，也不存在中央委員會。他們為所欲為，他們最喜歡保持的一種情況是：所有的人都不得不找上門來請求他們撥給一百萬盧

布，或者二十輛拖拉機，人人都得向他們乞討」。

戈巴契夫也更瞭解了政治生活的問題。這在他半年以後的一九八七年中央一月全會上的講話中可以發現。在這裡，戈巴契夫的講話直截了當：「睜開眼睛看看吧。乍看，似乎一切進行得都正常。定期舉行全會、常會和其他經選舉產生的機關的會議。但它們的工作常常是形式，被提交會議討論的都是次要問題或者事先已經決定了的問題。結果，對執行機關及其領導幹部的活動沒有應有的監督。」

但是，戈巴契夫還沒有發現計劃經濟的致命傷——公有制。

斧頭幫的精神祖宗馬克思、恩格斯情緒綁架理性、經濟學說違背邏輯規則，以為資本主義條件下工人只是打工，不佔有生產資料，因而沒有勞動積極性、甚至仇恨機器和資本家。

從而推導出讓工人佔有生產資料的「通往天堂之路」公有制，在公有制的前提下，工人就當家作主、就每個小時「都在為自己而勞動」，因而會大大提高生產率。

其推導隱含的大前提是，工人佔有生產資料，才會是生產資料的主人，才會負責任地勞動，正好證明美夷《獨立宣言》揭示的真理——私有財產天經地義，神聖不可侵犯。

推導得出的結論公有制，形式上好象人人佔有生產資料，仍然是私有制的變種，實際上人人都佔有不了、支配不了生產資料，生產資料實際歸權力所有。

工人比私有制條件下的無產階級還不如，而資產階級搖身一變，正好披上權力的袈裟，成為比只佔有生產資料的資本家還寡頭的寡頭。

三十年的從政經驗、四十年的親身體會，從高加索那富饒而貧困的山村，到克里姆林宮那富麗而堂皇的宮殿，基層工作的苦惱，主管農業的不易，他都嘗過了，見過了。

他的夫人賴莎對蘇聯社會的調查和分析更深刻、更透徹地揭示出公有制、計劃經濟的問題和弊病，但要從哲學、經濟學的高度，像海

耶克那樣一針見血，擊中要害還有相當的距離。

他只是懷疑，只是思考，只是看到眼前的問題，得出基本結論，不能一條道走到黑，「伴隨著人的損失——不僅是精神損失或政治損失，同時還有肉體損失——那麼允許造成這種損失的制度就應受到懷疑。」

「真理總是具體的」，這是他的座右銘。

二十七大結束，戈巴契夫一反斧頭幫的幫規和傳統，破天荒跟斧頭幫「宣傳工作者」座談，徵詢他們的意見，提出改革條件下宣傳機器的任務。

「這裡的主要敵人是官僚主義，報刊應該經常抨擊它。」

改革道路上的障礙是權力，醫治的藥物是輿論。

不是嚴管強控輿論，而是釋放鼓勵輿論，把輿論魔鬼釋放出來，

消滅富農，土地"國有"，再也食不果腹

對付無處不在的權力。

六月全會開完後的第三天，又在克里姆林宮秘密會見三十位作家。

歷時四小時，聽取十九位作家發言，又推心置腹發表講話。

「我們沒有反對黨，在這種情況下我們如何能夠監督我們自己呢？」

「只有通過批評和自我批評。不實行公開原則，就不可能實現民主」。

「中央需要你們的幫助，你們無法想像我們是多麼需要作家群體的幫助！」

「我們必須讓這一過程不可逆轉。我們不幹，誰來幹呢！現在不幹，甚麼時候幹呢？」

一名劇作家抱怨他的改革計劃領導不喜歡，戈巴契夫插話：「平庸之輩並不一定歡迎自由，他們在受控制下過得更容易。」

半年以後，講話流傳到西方，人們對戈巴契夫的言論大爲驚訝，開始懷疑，新沙皇似乎要玩真的，而不是只說不練。

戈巴契夫的首席經濟顧問阿甘別吉揚也發現了一個「改革」典型，位於波羅的海沿岸的愛沙尼亞加盟共和國不理睬從莫斯科發來的指令和計劃，創辦家庭農場，允許消費品廠商直接零售產品，把獎勵與利潤掛鈎，從而使經濟迅速發展，人均收入達全國平均數的兩倍半，農民的平均收入超過工人。

戈巴契夫喜不自禁，向全蘇介紹愛沙尼亞的改革經驗。

七月底，他遠行太平洋岸邊的符拉迪沃斯托克，也就是滿州人原來的領土海參崴。

通過瞭解遠東地區的情況，特別是公衆對改革的態度，新沙皇對面臨的挑戰和問題又有了新認識、新高度。

他嘲笑以往的意識形態：「我們土生土長的繁瑣哲學家的永恆眞

理已成了妨礙改革的教條。」

「有些東西堵住了市和州報紙的嘴，中央報刊在大聲疾呼，市地新聞界卻保持沉默。」

宣稱正在進行的改革，是「整個社會關係體制的一場大革命」。

九月中，戈巴契夫在他的家鄉斯塔夫羅波爾休假，在與大街上的群眾交談時，再次疾呼公開性和民主化。

「沒有必要害怕民主進程……黨和黨的各級機關必須為更加民主化作出榜樣。」

「絕對不允許在官方的狹猛範圍內實行一種類型的開放，而對廣大人民則實行另一種類型的開放。」

「要知道，我們應當通過社會民主化使人民參加改革進程，我們應當將更多的真相公諸於眾。」

戈巴契夫比任何人都清楚，帝國的弊病和潛伏的危機只有極少數人知道，絕大多數公眾和官員都蒙在鼓裏。

而不暴露其中的弊病和真相，改革的合理性和必要性就大打折扣。

公開和民主，將喚起人們嚮往改革、投入改革的熱情和活力。

只有新沙皇的「第一推動」，改革就不能推向前進。

只有全社會都把改革作為自己的事業，改革才會深入、順利地推行。

微笑與鋼牙 J

昔日沙俄的國徽上，一隻雙頭鷹虎視東西兩個方向。

蘇俄繼承沙俄的版圖和擴展，橫跨歐亞大陸，偷窺垂涎所有鄰邦的土地和出海口。

新沙皇利用視察「符拉迪沃斯托克」的時機，又將這個太平洋的出海口當作臨時講臺，闡述帝國亞太地區的新外交、新構想。

在亞洲、在太平洋岸邊談論亞太地區的和平，向周邊鄰邦喊話，拉近同亞洲鄰邦的距離。

新沙皇的講話後來被稱為「符拉迪沃斯托克講話」，中國稱之為「海參崴講話」，主要內容有：

——從蒙古撤軍。

——在任何級別上同中國討論關係正常化。

——從阿富汗先撤出六個團的兵力。

修復中、蘇兩個兄弟黨、兄弟國的關係，結束六十年代以後兩黨、兩國的反目成仇和分道揚鑣。

「縫合流血傷口」，改正前任出兵阿富汗的錯誤。

放棄帝國世襲傳統和擴張野心，以實際行動改變輸出革命和影響力的斧頭幫對外政策。

不只是跟老美結束軍備競賽，而是在國際舞臺全面放棄以實力為

後盾的叢林法則。

與雷根日內瓦會晤以後半年，又隔三見五發表講話，逮著機會眉目傳情，約會雷根巫山雲雨。

一會兒提出全歐洲裁減常規部隊，一會兒提出同時解散華約和北約。

一會兒提出專門舉行一次首腦會議制定全面禁止核試驗的協議，一會兒又聲明帝國單方面再延長暫停核武器試驗。

甚至搬出太太賴莎走到前臺，發動柔情攻勢，撩雷根坐到談判桌前。

華盛頓多年來吃夠了斧頭幫口是心非、出爾反爾、說一套做一套的苦頭，鐵了心板起面孔、嚴防死守、不為所動。

甚至繼續唇槍舌劍，抨擊斧頭幫的惡劣行徑，對戈巴契夫的示愛無動於衷。

四月二十五日，雷根派出空軍轟炸利比亞，懲罰非洲狂人、政治奇葩卡紮菲上校針對美、英的一系列恐怖主義行徑。

卡紮菲緊急擁抱斧頭幫，以主動加入華沙條約組織為貢禮，換取莫斯科保護自家兄弟、出兵擋子彈。

戈巴契夫熱情洋溢，親自致函「卡紮菲同志」，我們向全體利比亞人民重申「我們的」積極「聲援」，強烈譴責美國戰爭販子。

就是只打雷不下雨，啥都不做，既不派出一兵一卒，也不吸收利比亞當華沙條約組織成員，跟雷根擠眉弄眼、暗送秋波。

又派出一批新全新面孔的外交官，悄悄前往亞洲、歐洲，遊說、推銷他們爭取和平的主張和誠意，從輿論和其他邦國入手，壓迫雷根就範。

美國最有影響的報紙驚呼，蘇俄日益在除美洲以外的地區得手。

八月二十三日，紐約街頭和往常一樣，滿街的汽車像漫出堤壩的

流水，擠擠挨挨、時停時走，緩慢蠕動。

下午五點多，一位西服革履的青年男子在昆斯地鐵站臺來回徘徊，等候約會的朋友。

一會兒，一位學生模樣的青年匆匆來到地鐵站，迎向青年男子。

兩人有說有笑，熟悉且友好，隨後，學生模樣的來人拿出一隻信封交給青年男子，青年男子接過信封，並從自己衣袋裡掏出一個紙包遞給那位學生。

那位學生打開口袋一看，只有一千美元，沉下臉來，嫌錢太少，邊說邊上前索要自己已經交給對方的那個信封。

兩人正爭執不休，一群早已等候多時的便衣一擁而上，將青年男子包圍起來、按倒在地、鎖上手銬。

人臟俱獲，當場驗明，信封袋裡裝的是絕密的美國軍用噴氣式飛機引擎和雷達設計圖，青年男子以間諜罪被捕。

接頭行動完全是一個圈套，便衣是美國聯邦調查局探員，青年學生是誘餌，青年男子是蘇俄物理學家根納季‧紮哈羅夫。

當時是聯合國秘書處科技發展中心的蘇聯籍僱員，時年三十九歲，一九七一年畢業於莫斯科大學，數學碩士。

先後在蘇聯駐聯合國代表團和聯合國秘書處工作，並經常到紐約的圖書館和資訊中心查閱資料，追蹤美國佬的科技發展。

紐約各大學裡，差不多都有他的熟人，給他信封的那個學生為其中之一，為圭亞那人，持有美國永久居住證。

聯邦調查局披露，青年學生是一家通用電器公司的僱員，而這家電器公司與一家國防裝備承包公司有聯繫。

從三月份開始，紮哈羅夫就要求這位學生偷拍絕密檔案，並以支付數千美元作籌碼。此前，這位學生已經收集過計算機和機器人等絕密資料。'

根據法律，美國可以以間諜罪判處縶哈羅夫無期徒刑，但縶哈羅夫的身份是聯合國僱員，享有外交豁免權。

美國法院宣佈，縶哈羅夫不得保釋，必須受審。

蘇聯駐美國大使杜比寧悄悄拜訪美國有關官員，要求釋放縶哈羅夫，也遭婉拒。

莫斯科前所未有默不作聲，好象沒有發生過任何事情。

一個星期過去，帝國官方仍然靜悄悄。

八月三十日上午，美國著名雜誌《美國新聞與世界報導》駐莫斯科記者尼古拉‧丹尼洛夫正打點行裝，準備卸任回國。

突然，電話鈴聲響了，聽筒裡傳來老熟人米薩的聲音，他是伏龍芝市的一位教師，四年前與丹尼洛夫邂逅相遇。

此後你來我往，處得相當稔熟。

今天，米薩邀約丹尼洛夫到莫斯科郊外的列寧山公園會面話別，丹尼洛夫欣然答應，放下電話駕車赴約。

丹尼洛夫趕到公園，米薩早已在那裡等候。

公園裡一切都同往常一樣，丹尼洛夫不疑有他。

兩人暢敘一番友誼之後，丹尼洛夫贈送米薩兩本他喜愛的美國名作家的小說作留念，米薩則從包裡拿出一個封著的信封袋遞給丹尼洛夫，說裡面是一些地方報刊剪報，供他寫作參考。

丹尼洛夫把信封袋放進背包裡，兩位老朋友緊握雙手，互致祝願，依依惜別。

突然，就在米薩消失的瞬間，八名克格勃便衣從天而降，截住丹尼洛夫的去路。

其中一人從丹尼洛夫的包裡搜出米薩送給他的信封袋，當場打開，裡面根本不是甚麼剪報，而是兩張標有「絕密」字樣的軍事地圖和幾

張蘇軍設施及裝備照片。

丹尼洛夫連呼上當，克格勃不容分說，掏出手銬給丹尼洛夫戴上，推上汽車，投進列福爾托沃軍事監獄。

丹尼洛夫本是蘇俄移民，本人出生在巴黎，曾先後駐莫斯科八九年之久，寫過大量關於蘇聯的報導和評論，是美國新聞界的小名人。

蘇聯方面守口如瓶，美國方面蒙在鼓裡。

只有丹尼洛夫的太太，下午五點三十分接到丈夫從拘留所打來的電話，才知道斧頭幫的卑劣和流氓。

消息傳到華盛頓，輿論一片譁然，美國國務院立即提出「強烈抗議」。

雷根總統、布殊副總統、舒爾茨國務卿、溫伯格國防部長、政府發言人以及參衆兩院議員，前所未有，異口同聲，譴責斧頭幫陷害無辜。

雷根甚至親自致函戈巴契夫，指出丹尼洛夫根本不是什麼間諜，斧頭幫明知故為，徹底暴露出其野蠻、專橫，離現代文明有多遠。

白宮發言人斯皮克斯接著在記者招待會上發出警告，總統正在考慮各種選擇辦法，包括經濟、科技和文化的報復措施。

參衆兩院分別通過決議，要求斧頭幫「立即、無條件」釋放丹尼洛夫。

美國新聞界也紛紛發表報導和評論，譴責斧頭幫指控丹尼洛夫從事間諜活動是「捏造罪名」，指出「誘捕」丹尼洛夫，完全是「報復」美國逮捕紮哈羅夫。

常駐蘇聯的二十九名美國記者也致信戈巴契夫，要求釋放他們的同事，如果繼續扣留丹尼洛夫，將危及美蘇關係。

斧頭幫以其一貫的強盜行徑，煞有介事，假戲真做，我是流氓我怕誰。

外交部召見美國駐莫斯科使館官員，「抗議」丹尼洛夫從事間諜

活動。

海關聲稱丹尼洛夫「走私珍寶」，前一周曾在丹尼洛夫夫婦托運的行李中搜到一批珠寶沒有報關。

其實是丹尼洛夫夫婦幾年前進入蘇聯時，隨身攜帶著一些珠寶首飾，其中一些向海關作了申報，一些不太值錢的則沒有。

回美國前托運行李，仍然只申報了價值比較昂貴的，比較一般的照例忽略不計，價值約二千多美元，海關當時查出並立即沒收，事情已經了結。

無中生有的「間諜」罪名招惹眾怒，斧頭幫又翻出來丹尼洛夫夫婦的這類小失誤小題大做，欲加之罪。

第三天，《美國新聞與世界報導》董事長兼總編輯朱克曼匆匆趕到莫斯科，爲營救丹尼洛夫展開幕後活動。

斧頭幫流氓嘴臉暴露無遺，告知朱克曼，問題很好解決，將丹尼洛夫同縈哈羅夫交換！

不打自招，他們的所作所為，完全是土匪行徑、是平白無故綁架一位美國人作人質！

用一名無辜受害的記者，交換一名貨真價實的間諜！

如意算盤打得很精，就是忘了無恥和不要臉！

美國朝野，同聲反對。

司法部第一個反對交換，法治政體有法治政體的程式和正義，不是斧頭幫的隨心所欲，明明欲加之罪、何患無詞，明明罪惡滔天，尊為慈父領袖。

雷根總統也明確反對交換，不受斧頭幫的要脅和訛詐。

只有美國國務院，歐美白左大本營之一放水，私下跟斧頭幫外交部勾兌，斧頭幫先釋放丹尼洛夫，並允許他離開蘇聯，美國隨後將縈哈羅夫放回蘇聯駐華盛頓使館看管待審判。

在監獄裡的丹尼洛夫也不堪忍受，在克格勃的啓發下，「願意」先到美國駐莫斯科使館滯留，紮哈羅夫也一樣，可以先到斧頭幫駐華盛頓使館等待審判。

國務卿舒爾茨兩度會晤蘇聯大使杜比寧，雙方同意，九月十二日紮哈羅夫和丹尼洛夫回到各自使館，由各自的外交官監護。

斧頭幫明知自己理虧，一方面多次送上笑臉，希望事件不會影響兩國關係，並通過各種管道要求美國大事化小，小事化了，為談判和交換製造氣氛。

一方面又毫不讓步，拉開架勢，在美國審訊紮哈羅夫的前三天，正式起訴丹尼洛夫「爲中央情報局收集蘇聯政治、經濟和軍事情報」，「參與爲中央情報局招募蘇聯公民以及其他間諜」。

意味著丹尼洛夫要被判處七至十五年徒刑。

就像舒爾茨指出的，「只要丹尼洛夫仍然在蘇聯」，「他就是蘇聯的人質」。

任何對等交換行為，不光等於間接承認丹尼洛夫也是間諜，而且助長斧頭幫一貫的流氓行徑。

雷根寢食難安、惱火至極，舒爾茨等一眾要員主張進一步施加壓力，要求蘇聯釋放丹尼洛夫。

九月十七日，美國國務院宣佈，限令蘇聯駐聯合國使團的二十五名官員必須在十月一日前離開美國。

削弱斧頭幫在美國的黨衛軍力量。

九月十九日，蘇聯外長謝瓦爾德納澤利用參加聯合國大會的時機與舒爾茨會晤，並給雷根帶來了戈巴契夫的親筆信。

舒爾茨喜出望外，立即打電話與白宮辦公廳主任裏甘聯繫，隨後與謝瓦爾德納澤前往白宮。

兩人像東方兄弟國樣板戲裡的地下黨，走小路，進北門，穿過玫

瑰園，溜進橢圓形辦公室。

雷根火很大，把謝瓦爾德納澤遞過來的信往桌上一扔，一眼都不瞅。

一口氣發洩四十五分鐘，長篇大論，譴責斧頭幫為非作歹，硬把間諜罪名按在丹尼洛夫頭上，平白無故是冤枉一個好人。

戈巴契夫在信裡寫了些什麼，雙方都沒有透露，戈巴契夫在構陷丹尼洛夫事件上扮演了什麼角色，事後所有當事人寫的回憶錄裡，也沒人披露。

參考斧頭幫類似事件的處理，大致可以肯定，克格勃派往美國的特工紮哈羅夫被捕，克格勃立即策劃「同等」報復手段。

但中情局的特工都是職業人士，會喬裝打扮成任何身份執行短期任務，絕不會以有名有姓的媒體記者名義長駐收集情報。

因為在斧頭幫控制的動物莊園裏，歐美派駐的記者本來就是特工們緊盯的對象，普羅大眾避之唯葟不及，採訪真實消息都難上加難，誰又敢給他們提供「國家機密」。

歐美的媒體又是政府的天敵，虎視耽耽一門心思找政府的麻煩，陪上自己的名聲給中情局打掩護，一旦身份暴露，媒體的公信力和市場就完了。

可是，事情緊迫，能夠利用的對象有限，給丹尼諾夫下套，條件最為成熟，一個克格勃最需要的「美國間諜」就這樣製造出來了。

給外交部通報，跟戈巴契夫彙報，一定都是賭咒發誓、信誓旦旦，丹尼諾夫是真間諜，不是他們製造的臨時間諜。

就算誰都知道克格勃在弄虛作假演戲，沒人有證據、有膽量戳破克格勃的把戲。

包括戈巴契夫，內心可能半信半疑，行動只能全盤接受，因為他沒有手段、沒有辦法證明克格勃是撒謊。

他看了雷根的來信作何感想也不得而知，他在信裡寫給雷根的建議讓雷根及其政府要員個個齊聲贊同。

國務卿舒爾茨、總統辦公室主任裡甘、以及新上任不久的國家安全顧問因德克斯特，都主張接受戈巴契夫的建議。

雷根聽取三人的意見後，也表示同意，但一定要蘇聯先釋放丹尼洛夫，美國再釋放紮哈羅夫。

九月二十八日晚，舒爾茨帶著白宮的決定，前往蘇聯駐聯合國代表團駐地，同參加聯大的謝瓦爾德納澤舉行了三小時的會談。

最終，蘇聯先宣佈釋放丹尼洛夫和著名人權活動家奧爾洛夫夫婦，美國則宣佈釋放紮哈羅夫，並把驅逐蘇聯駐聯合國二十五名外交官的下限時間，推遲兩個星期。

兩天之後，華盛頓和莫斯科同時宣佈，兩國首腦十月十一日將在冰島舉行預備性會晤，為正式首腦會晤作準備。

不僅雷根等突然一百八十度大轉彎，不再堅持原來要求，同意斧頭幫釋放假「間諜」，換取美國釋放真間諜。

白宮又完全改變議事日程，一改半年來的置之不理、拖延觀望，

同意十天後就跟戈巴契夫見面會談。

戈巴契夫的信件暗藏什麼魔咒，跟斧頭幫如何製造假間諜一樣，至今仍然是謎。

助理國務卿裡奇韋是知道信件內容的第五個人，她受命就預備性首腦會晤的日期和地點同蘇聯官員進行私下商討。

十天以後，雷根和戈巴契夫雙雙來到冰島、來到雷克雅維克。

離開華盛頓前，雷根在白宮南草坪的歡送儀式上聲稱，他將和戈巴契夫「坦誠討論兩國在削減武器、人權、地區衝突和雙邊關係等重大問題上的分歧」。

並在十月九日傍晚時分飛抵雷克雅維克郊區的凱夫拉機場。

冰島總統和總理在濛濛細雨中歡迎雷根總統。

戈巴契夫比雷根晚到一天，十日中午抵達凱夫拉機場，比預定時間又晚了二十分鐘。

冰島總統和總理正好需要出席同一時間開幕的冰島議會冬季會議開幕式，只有冰島外長馬西埃森偕夫人站在弦梯下迎候。

戈巴契夫簡短的聲明充滿假大空：「我們準備尋求解決涉及全世界人民的緊迫問題的方法。」這些問題「已經到了採取行動的時候了」。

與兩人第一次會談的瑞士不同，瑞士是中立國，沒有參加歐美同盟，冰島是北約組織成員國，是美國在歐洲的小兄弟之一，並設有美國的軍事基地。

冰島的人口只有二十四萬，雷克雅維克是世界上最靠北的城市。

常年受到北極風的影響，氣候複雜，變幻莫測，與即將舉行的峰會氣氛和前景非常吻合。

峰會第三個最受關注的人物是丹尼洛夫，他前腳被斧頭幫釋放回美，後腳就作為《美國新聞與世界報導》的記者赴峰會採訪。

《美國新聞與世界報導》是當時最有影響力的新聞雜誌之一，派丹尼洛夫前往採訪峰會，本身就是新聞，比任何廣告都引人注目。

他乘坐的班機，正好有斧頭幫駐美大使杜比寧及其隨員搭乘，冤家路窄，極富戲劇效果。

他所遭受的不白之冤，又是兩霸第二次峰會的鋪路石！

第一次會晤在霍夫迪賓館舉行，時間為十一日上午。

雙方約定雷根是東道主，所以比戈巴契夫早到賓館。

戈巴契夫比預定時間提前一分鐘到達，身著深色風雨衣，手拿圓頂禮帽，笑容可掬，意氣風發。

看到早早等候在門前的記者，遠遠招手，以示友好。

邁步跨上臺階，雷根從門內迎出握手，並擺好 Pose 留影存照。

彷彿老友重逢，兩人都在臉上堆滿笑容，也好象十天前的「間諜戰」、輿論戰發生在別的國家之間。

進入賓館大廳，兩人坐定，再一次擺 Pose，喂飽記者們的長短鏡頭。

廣泛流傳的多份攝影佳作，既是當時的新聞快照，出現在世界各地的電視、報紙和雜誌裡，又作為歷史記錄和攝影藝術定格成為後人反復琢磨欣賞的畫面。

袖手旁觀的東方兄弟國，甚至將這一畫面放大成巨大的攝影藝術，聳立在北京天安門廣場左側的中國歷史博物館門前，吸引絡繹不絕、成千上萬的觀眾一睹風采。

雷根代表著西方歐美文明世界，戈巴契夫代表著東方斧頭幫。

會談的姿態和表情，盡顯兩位首腦身後東西方的對峙和冷戰，與門口滿面笑容的禮貌性表演截然相反。

兩人都身板筆挺、正襟危坐在柚木扶手椅內，神色冷若冰霜，眼睛平視前方，每人身後坐一位翻譯。

拍照過場門走完，記者們退出。

戈巴契夫首先開口，「我看了我們在日內瓦會晤時的幾張照片，如果我們沒有去日內瓦，我們今天就不可能來這裡。」

雷根輕輕點頭，表示同意戈巴契夫的說法。

戈巴契夫言歸正傳，拿出早就準備好的一攬子「新建議」，主張全面停止軍備競賽，並削減核武庫裡已有的中程導彈、遠程導彈和太空武器。

完全徹底背離斧頭幫初心，不光不陪老美玩，而且一門心思，要把老美從軍備競賽場上拖下來。

經過近四十年的冷戰和較量，自由經濟、民主政治的活力和生命力，與計劃經濟、極權政治的致命傷和破壞力，已經猶如白晝和黑夜，優劣一目了然。

同一個德意志，西德繁榮先進，東德貧窮落後；同一個朝鮮，南韓繁榮先進，北韓貧窮落後；同一個華人社會，台灣繁榮先進，大陸貧窮落後……

二戰之前，捷克斯洛伐克 GDP 跟法國相當，四十年之後，法國的經濟、科技、文化、教育綜合實力位居世界第三，捷克連七小工業國的圈子都進不去，混成匈牙利、保加利亞的難兄難弟。

全社會所有的資源、生存和運行，都服務於斧頭幫打江山、坐江山，全社會所有大事小事，都聽命於斧頭幫總舵主及其大大小小的各級書記。

毀滅經濟基礎，毀滅社會精英，毀滅民族傳統，毀滅社會活力，唯一的本事，就是毀滅、再毀滅。

不改變斧頭幫的極權統治模式，經濟改革就沒有成功的希望，帝國就氣息奄奄、風燭殘年。

偉大的海耶克不幸而言中，通往天堂之路，血淋淋地證明，是一

條通往奴役和地獄之路。

雷根火眼金睛，憑直覺讓季辛吉、尼克森之流等歐美政客和國務院、中情局等外交、情報專家無地自容。

斧頭幫在通往天堂的「康莊大道」裸奔，早已浮腫虛脫，病入膏肓，風燭殘年，隨時倒斃。

美國只要將國防預算增加一個百分點,從雞的屁的百分之五點三,提高到百分之六點三，全力擴充軍備，準備「星球大戰」，跟斧頭幫一決雄雌。

就能拖垮斧頭幫、玩殘共產主義，「我們贏，他們輸」。

戈巴契夫與所有斧頭幫掌門人不同，不受意識形態教條和袈裟的束縛，深惡痛絕人民餓著肚子假裝繁榮富強，不走陽關道，偏走獨木橋，硬撐某某主義道路優越，拒絕事實已經充分證明的歐美文明，跟以美帝為代表的文明世界分庭抗禮。

一針見血描繪皇帝的新衣：「極權制度讓社會進入窒息狀態，疲於意識形態和軍備競賽，造成慘重負擔」。

飛往雷克雅維克之前，向政治局同僚道破天機：「國內的現狀告訴我們，現在的首要目標是發展經濟、是提高人民生活水準，美國發起的新一輪軍備競賽，正好與我們的目標背道而馳，嚴重違背我們的利益。如果我們重演過往的歷史，隨著美國的調子起舞，陪美國玩，我們就上了他們的當，影響我們的發展，我們一定會輸，所以，我們必須破壞美國的企圖。」

不光下大功夫琢磨哪種方案既能保全斧頭幫的面子和利益，又能取悅雷根，說服雷根團隊信以為真、回心轉意，放棄軍備競賽。

又開足馬力展開外交和宣傳攻勢，向國內外展示北極熊多麼愛好和平、多麼在乎核威脅和戰爭絞肉機。

爭取歐美公眾和政客的同情理解，爭取輿論煽風點火，瓦解雷根拖垮戰略的民意支持和後盾

雷根感嘆：「他們的準備太充分了，而我們什麼準備都沒做。」

雷根的如意算盤，本是做給國內外輿論看的姿態，根本沒有想與戈巴契夫達成什麼協議、限制什麼軍備，拆解自己的拖垮戰略。

個性率直，舉重若輕，憑直覺作出判斷和決定，對具體內容和細節不感興趣。

聽完戈巴契夫滔滔不絕的提議和論證，感覺其大概，是洗心革面、重新做人的苦心孤意之作，是誠心誠意、一心示弱的推心置腹之言。

但涉及的內容龐雜而繁多，總統基本不得要領。

因此，提議擴大兩國外長參加。

經過兩天的談判和專家們的辛勤工作，雙方在三個方面接近於達成協議：

一、不考慮英法的核力量，拆除美蘇兩國在歐洲的所有中程導彈。蘇聯在亞洲、美國在他的本土各保留一百個彈頭的中程導彈。

二、蘇美兩國三種戰略核武器（陸基導彈、潛射導彈和戰略轟炸

機攜帶的導彈）至少減少一半。

三、立即就進一步限制核試驗舉行談判。

第一天、第二天的會談結束，戈巴契夫和雷根都滿面春風離開賓館、坐進自己的座駕。

第二天上午會談結束時，兩位首腦還又說又笑走出會議室。

雷根主動告訴記者，下午還要繼續談。

一派樂觀情緒彌漫，會晤成功有望。

中午，戈巴契夫與雷根共進午餐，謝瓦爾德納澤和舒爾茨仍在賓館裡同專家們討論協議內容。

下午二點，戈巴契夫和雷根重新參加兩國外長仍在進行的談判。

當他們重新露面時，已是四小時以後，霍夫迪賓館籠罩在一片夜色之中。

兩位首腦臉上的笑容消失了，走到賓館門口，也沒有停下來按慣例握手告別，只是沖攝影機招了招。

戈巴契夫送雷根上車，說：「我想我們還有時間談。」

雷根回答說：「我認為你並不真想談。」

五分鐘後，戈巴契夫離開賓館，回到會晤期間臨時下榻的一艘蘇聯遊艇上。

當晚，戈巴契夫單獨給世界各地前來報導峰會的記者大灌迷魂湯，把自己打扮成和平天使，指責雷根是戰爭販子。

十三日上午啓程回莫斯科。

峰會不歡而散，「最後一分鐘破裂」。

破裂的焦點，仍是「星球大戰計劃」。

戈巴契夫太貪心，企圖一蹴而就，以在中程導彈、戰略核武器以

及核禁試等方面的讓步，換取雷根放棄星球大戰計畫。

而雷根的最後立場是，削減戰略核武器和中程導彈可以，但只能是臨時性協議，「星球大戰計劃」免談。

戈巴契夫拿不下雷根的星球大戰計劃，給斧頭幫交不了帳，會被罵成軟弱和只有讓步、沒有收穫。

雷根放棄星球大戰計劃，違背自己的競選綱領，等於自動繳械，放生邪惡帝國苟延殘喘。

戈巴契夫以攻為守，極力擴大自己的迴旋空間，雷根以守為攻，放長線，釣大魚。

一周之後，代表帝國全新外交形象的名片、外交部新聞局局長格拉西莫夫在記者吹風會上笑嘻嘻宣佈：

「五名美國外交人員從事了不符合其身分的活動，請他們十一月一曰前離開蘇聯。」

舊事重提，報復雷克雅維克會晤之前，美國驅逐二十五名蘇聯駐聯合國外交官行動。

雅科夫列夫

當時，斧頭幫「保留作出反應的權利」，為首腦會晤創造氣氛，換取雷根好感。

事過境遷，目的沒有達到，再施逮捕丹尼洛夫之類的流氓行徑，將「五名美國外交人員」當替罪羊，「以牙還牙」。

斧頭幫所謂的外交人員，都披著外交人員的外衣，從事黨衛軍的勾當，竊取情報，消除異己，收買粉絲，跟外交八桿子都打不著。

美國佬天真小白，底氣十足，睜隻眼、閉隻眼，只要鼠輩胡作非為不是非常過分，通常置之不理。

久而久之，斧頭幫自以為得意，得寸進尺，為所欲為，乾脆直接了當要求美國佬乃至全世界，做啥事、說啥話，都要跟斧頭幫保持一致。

美國佬哪裡咽得下這口氣，「嬸」可忍，「叔」不可忍。當即驅逐帝國駐華盛頓使館和舊金山領事館五十五名外交官滾回帝國，時限也是十一月一日之前。

拿出的理由，美蘇互駐對方的外交官數量應當相等。

雙方互逐外交官的熱戰再次升級。

第二天，戈巴契夫親自走上前臺，在帝國電視節目裏抨擊美國的行為，發誓「不打算饒恕這種不成體統的行為」。

格拉西莫夫隨後「吹風」，針對美國的「非常強硬」的報復措施，蘇聯已下令驅逐另外五名美國外交官。

根據美國大使館和領事館外交人員對等的理由，帝國自己主動撤出大約二百六十名本國在美國外交使團工作的工作人員，並限制臨時來蘇參加美國外交代表機構工作的人員數量。

斧頭幫使用權力，大多見不得人，最害怕外人知道其中的用心和秘密，就算帝國固若金湯，用舉國之力層層保護，保衛了再保衛，安全了再安全，仍然防所有人甚於防賊。

在其他邦國設置駐外機構、尤其是在把自由和民主當靈魂的天敵亞美利加派駐外交使團、設立工作機構，克格勃派出的特工都層層監視、個個緊盯，生怕有人叛逃。

在大使館、領事館裡雇傭當地人工作打雜，只有歐美發達、文明政府窮酸差錢、不能隨便花納稅人的銀子，也不怕克格勃的兄弟幫刺探機密，才傻不嘰嘰，丟人現眼。

因此，斧頭幫一聲令下，老美駐帝國外交使團雇傭的「戰鬥民族」僱員，沒有一個人敢去上班，美帝外交官措手不及，只好動員起來，有的接管速食部，有的做皮紮餅，有的做袋裝午餐。

大使夫人唐娜 · 哈特曼親自下廚，洗滌咖啡杯，招待諾貝爾和平獎獲得者威澤爾，亞瑟 · 哈特曼大使駕駛自己的奔馳豪車上班，因為慣常乘坐的公用轎車沒有司機，只好停泊在車庫。

一年前英吉利驅逐帝國外交官，戈巴契夫就是以「對等」原則一個不少還以顏色，迫使英國先聲求和。

老美清理混在帝國外交使團當中的克格勃、黨衛軍，同樣陷入困境，再蹈覆轍。

美國國務院發言人查爾斯 · 雷德曼放低身段，呼籲停止驅逐戰，爲其他領域的合作創造條件，君子遇流氓，穿鞋的一定輸給光腳的。

帝國再次發出勝利者的微笑。

哈囉　薩哈羅夫 J

隨著「加速」和改革的推進，經濟不振、公眾冷漠和官僚主義的形成原因逐漸暴露出來。

一切源於權力集中於一人之手，全社會只允許一種聲音。

每個地方的權力集中於斧頭幫首領一人之手，每個機關、企業、學校的權力也集中於一人之手。

包括掌握暴力的克格勃、武裝力量和員警，都由克格勃頭子、員警頭子和軍事首腦說了算。

直接服務於最高權力的事務衙門——總務部長，不光控制了總書記的時間、工作和後勤服務，也控制了通往總書記的所有資訊。

新沙皇無所不在的權力，只是授予或剝奪各個頭領和諸侯的權力，再要求其按自己的意圖治國理政。

不光經濟問題、社會問題來自權力集中於一人之手，外交事務、政治事務，更是權力集中於一人之手的直接派生物。

將美帝記者丹尼洛夫作為「間諜」逮捕，硬換自己的真間諜紮哈羅夫，驅逐美國外交官，都是新沙皇在極權權力構架下本能的反應。

全社會只允許斧頭幫首領一個人的腦袋和嘴巴發揮發揮作用，其他所有腦袋和嘴巴都只能迷信和學舌。

任何不迷信、不學舌的聲音，都是「敵對勢力」、都是反斧頭幫、反社會的「罪犯」。

歐美「敵對勢力」稱之為「持不同政見者」。

所以，新沙皇一方面全心全意推動社會公眾政治生活正常化、誠心誠意推動公開性和民主化，一方面，早就發出民主呼聲的蘇俄氫彈之父薩哈羅夫，仍然被秘密軟禁在高爾基城。

薩哈羅夫，全名安德列·德米特里耶維奇·薩哈羅夫，一九二一年生於一個知識分子家庭，父親是一位著名的作家和物理教師。

史達林恐怖時期，九位近親被捕，其中七人永遠「失蹤」。

一九四二年，薩哈羅夫從莫斯科大學物理系畢業，進了伏爾加河畔的一家軍工廠。一九四八年之後從事熱核武器研究，一九五三年八月二十二日使蘇聯得以成功地爆炸第一顆氫彈。

十一月，年僅三十二歲的薩哈羅夫秘密當選爲蘇聯科學院院士，故而他有蘇聯「氫彈之父」之稱。

薩哈羅夫與許多天眞的科學家一樣，以爲研製出來武器可以威懾那些擁有殺人武器的惡棍，等到大功告成，頻繁的核試驗沒完沒了，軍備競賽看不到盡頭。

年輕的物理學家轉而思考尖端武器對社會公眾的意義，思考斧頭幫大力發展尖端武器的目的和用途，思考斧頭幫的統治方式和公眾的生活方式、生存狀況。

秘密寫成《進步、共存和知識分子自由》一書，主張在蘇聯實行完全不同的治理模式。

· 開放新聞，特赦政治犯，實行廣泛的民主。

· 進行經濟改革，吸收資本主義的長處。

- 停止軍務競賽，緩和東西方關係。

- 蘇聯與西方攜手，拯救人類於戰爭、污染和飢餓之中。

口口聲聲有言論自由、出版自由的蘇聯，出版社、時報社成千上萬家，貴為「氫彈之父」的著作沒有任何一家出版機構出版。

直到一九六八年，才作為地下出版物出版。

一九七八年，挪威諾貝爾獎金委員會為表彰薩哈羅夫為和平而奮鬥的貢獻，授予他這個年度的諾貝爾和平獎。

十二年以後，戈巴契夫成為獲得這個榮譽的第二個蘇聯人，這是後話。

一九七九年十二月，蘇聯出兵阿富汗，薩哈羅夫不甘沉默，發表聲明予以譴責。

斧頭幫二號人物、意識形態主管蘇斯洛夫和首腦勃烈日涅夫龍顏大怒，簽署一紙法令，將薩哈羅夫流放高爾基城。

一九八〇年一月的一天，薩哈羅夫在莫斯科大街上被克格勃綁架，旋即秘密流放。

從此，薩哈羅夫只有妻子一人作伴，他們與外界隔絕，他們倆以外的世界靠一架半導體收音機作視窗。

克格勃指鹿為馬，混淆視聽，直到薩哈羅夫的妻子出國醫病，才戳穿騙局，將薩哈羅夫的處境公諸於世。

美國記者史密斯描繪薩哈羅夫的肖像：

「他是高個子，背有些駝，前額很高，禿頂，兩邊各有一團稀疏的灰髮。大手，沒有體力勞動的痕跡，眼睛深陷，憂鬱而富有同情心。他是一位內向的人，一位俄羅斯式的聰明人，地地道道的知識分子。

「薩哈羅夫的生活滲透了簡單樸實的精神。姿態、舉止、衣著、居住環境，處處樸實無華。他把積蓄下來的財富捐獻給防癌研究所，因為他感到這是製造大屠殺武器而得來的錢。

「他穿了一條寬鬆下垂的褲子，吊著兩根絕細的背帶，腳上穿雙長統襪子，真像一個下班的守夜人的那樣簡樸，客人來了也不忙去換衣服。為了表示對社會習慣的讓步，他上戲院時改穿一套黑灰西服，在白襯衫或勞動時穿的灰襯衫上，不倫不類地別上一個活結領帶。

「他是一個靦腆的樸素的毫不矜持的人，沒有好鬥的氣質和威嚴的個性，接待客人時，他寧願傾聽並細細品味別人的話，把頭'歪向一邊露出深思的表情，直到他感到同幾位新來的客人足夠熟稔了，才無拘無束地交談。」

薩哈羅夫後來發表的零零散散的「不同政見」有：

——改變只有一個候選人的選舉制度，取消斧頭幫對主要官員的任命。

——創辦不受黨和國家控制的報刊和出版社。

——分散經濟高度集中的管理，發展私營服務業，老實承認生活中的不足而加以改革。

他描述社會主義天堂：「我對整個社會主義抱懷疑態度。我看不出社會主義在理論上帶來了甚麼新東西，或者帶來了甚麼更好的社會秩序……我們和資本主義社會面臨同樣的問題：犯罪和變態心理。差別在於我們的社會是一個極端的典型，極度缺乏自由，思想上極度僵化，還有——最典型的——極度自負，自以為最好的社會，儘管它肯定不是這樣。」

就算薩哈羅夫為斧頭幫的核武庫做出巨大貢獻，讓斧頭幫實力自信、道路自信，斧頭幫仍不能原諒他發出的不同聲音。

假如他等戈巴契夫上臺以後再喊「皇帝一絲不掛」，他會發現，他遠遠比不上戈巴契夫的坦率和走得遠。

一九八六年二月八日，法國《人道報》記者採訪戈巴契夫，提出釋放薩哈羅夫的要求，戈巴契夫聲稱，薩哈羅夫有違法行為，當局根據法律對他採取了措施，但他現在仍然是蘇聯科學院院士，在高爾基城從事科學研究工作。

薩哈羅夫在高爾基城是事實，從事科學研究則純屬子虛烏有。戈巴契夫的話錯對各半。

一九八六年四月十二日，美國全國科學院致函蘇聯科學院，呼籲幫助薩哈羅夫，使他有良好的工作環境。

五月二十日，美國總統雷根發表聲明，命名五月二十一日為「安德列‧薩哈羅夫日」，以使全世界記住蘇聯踐踏人權的行徑。

五月下旬，薩哈羅夫的妻子埃琳娜‧波諾和女兒去歐洲逗留期間分別受到法國總理希拉克、總統密特朗、英國首相戴卓爾接見，密特朗表示，他要在執政期間盡一切努力使薩哈羅夫獲釋。

七月七日，法國十九名諾貝爾獎獲得者聯名寫信致戈巴契夫，

要求結束薩哈羅夫的流放生活。

倡導「新思維」，國際關係走向文明和人道，卻不能容忍一個說出真話和真理的科學家過上正常生活？

薩哈羅夫成為內政外交都繞不過去的釘子戶。

以往，戈巴契夫不是避而不答搪塞，就是怒而反唇相譏，攻擊歐美存在失業之類。

索贊尼辛的《布拉格群島》證實列寧所言不虛：蘇俄是各族人民的監獄

有兩句反駁雷根的話在整個西方世界流傳：「誰給了美國在人權問題上教師爺的架勢」，「我不是被告，你也不是原告。」

暴露出斧頭幫以一貫之嘴硬心虛、胡攪蠻纏的嘴臉。

據說，一九八五年薩哈羅夫爲使妻子獲准出國就醫而絕食，消息傳出，世界輿論大嘩。

許多西方國家首腦提出正式抗議，美國二十七名諾貝爾獎獲得者聯名致信戈巴契夫，要求對薩哈羅夫採取人道態度。

戈巴契夫責成克格勃落實這些要求，克格勃彙報：「沒有甚麼絕食鬥爭，一切正常。」

若說戈巴契夫不瞭解內情，真相信克格勃的彙報，以爲薩哈羅夫犯了斧頭幫的王法，不符合他本人的個性和當時提出的改革方向。

若說他上任之初，權力還不穩固，必須遷就克格勃和政治局，沒有能力和力量處理這類敏感問題，基本情有可緣、符合事實。

從雷克雅末克歸來，戈巴契夫乾綱獨斷，親自動手處理薩哈羅夫事件。

十二月的一天晚上，幾位電訊工人來到薩哈羅夫在高爾基城的住所，奉命安裝電話。

第二天，新裝的電話鈴響了，薩哈羅夫不習慣地拿起聽筒。

七年了，他再沒有摸過電話。

聽筒裡傳來女接線員的聲音：「安德列‧薩哈羅夫，戈巴契夫要跟你說話。」

聲音傳達的信息突如其來，長途電話的音量和音質都很差，薩哈羅夫半驚半疑，覺得自己聽錯了，急忙說他聽不清。

聽筒裡的聲音清晰起來，女話務員又說了一遍。

接著，一個低沉的男中音伴著沙沙的電流聲傳入耳朵：「安德列‧米特裏耶維奇，您好！我是米哈依爾‧謝爾蓋耶維奇‧戈巴契夫⋯⋯」

明確無誤，一切都發生在現實世界，既是遲到的聖誕節禮物，又是意外的自由之時。

不僅禁錮歲月熬到了頭，而且是新沙皇親自打電話通知。

其中的象徵意義和豐富內涵，都意味深長。

戈巴契夫告訴薩哈羅夫，中央委員會希望他回莫斯科工作，並儘快安排他的住房，他和他的妻子可以回到莫斯科居住了。

薩哈羅夫後來告訴記者，他同戈巴契夫通話的感覺是複雜的，他返回莫斯科排除的困難不簡單，有一點很明確，戈巴契夫沒有要求他放棄他的政治活動。

十二月二十三日，薩哈羅夫和他的妻子返回莫斯科。

在機場，薩哈羅夫告訴記者，他將繼續為爭取蘇聯的人權而奮鬥，大膽呼籲，永遠說自己認為是公平和真實的事情。

對於戈巴契夫正在進行的改革，他給了積極的評價，並表示擁護和支持。

隨後，蘇聯的持不同政見者二百多人陸續過上了自由的生活。

戈巴契夫與薩哈羅夫有多次會見，戈巴契夫非常尊敬這位「持不同政見者」。

一次，薩哈羅夫再次交給戈巴契夫一份名單，要求釋放一批持不同政見者，戈巴契夫隨手交給了秘書。

薩哈羅夫頓生疑竇，生怕他的名單進入廢紙簍，表情馬上變得憤怒起來，戈巴契夫見狀，立即微笑著解釋：「安德列‧德米特裏耶維奇，別擔心，他是我的私人秘書，他會把它保管好」。

又有傳說，薩哈羅夫曾交給戈巴契夫一份名單，要求釋放名單上的二百多名持不同政見者，戈巴契夫當時沒有說話，只默默地接過了

名單，後來，這些持不同政見者一個一個都獲釋了。

事實是，以釋放薩哈羅夫為標誌，「不同政見」和「持不同政見者」在蘇聯很快成了歷史名詞。

包括斧頭幫政府機關報《消息報》都刊載文章，呼籲實行多黨制，儘管戈巴契夫在一九八九年初的時候還不贊成這一主張。

一九八九年一月三日，國際人權監督組織赫爾辛基會議在考察了蘇聯在公民旅行、遷移、傳播和接受資訊、信仰、宗教等方面的自由程度以後，提交了一份協議，同意國際人權會議一九九一年十月在莫斯科召開，美國、英國和加拿大政府很快表示支持。

斧頭幫創建蘇俄七十年，歐美和國際組織第一次認可蘇俄的人權狀況。

一月雷聲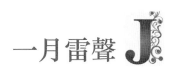

一月的俄羅斯，冰和雪的世界。

一九八六年歲末，世界五大通訊社之一的合眾國際社預言：「一九八七年，將是戈巴契夫成功或失敗的一年。」

一九八七年伊始，世界上影響最大的週刊《時代》宣稱：如果戈巴契夫還能在臺上幹滿一年，一九八七年將成為戈巴契夫年。

西歐的分析家、駐莫斯科的記者、乃至全世界在注視，戈巴契夫能否贏得新的一年，像依靠人民力量取得政權的菲律賓總統柯拉松‧阿基諾那樣，在一九八八年的《時代》首期封面上向人們微笑。

過去的兩年，戈巴契夫領導的帝國通過「改革」，大踏步「縮小共產主義與資本主義的差距」。

人們只要願意，就可以承包集體農莊的一塊土地或開一間小飯館，生產的糧食、黃油可以拿到集市上去出售。

商店裡水果、蔬菜全天候供應，來自中國的襯衣，捷克的地毯，人們想買就買，六十多年來讓人頭疼的排隊現在只用來買限時限量供應的伏特加了。

政治生活中推行公開性、民主化，取消了蘇俄長達七十年的書報政治檢查，釋放了一百五十多名政治犯，戈巴契夫親自打電話給持不同政見者、著名物理學家薩哈羅夫，通知終止他長達七年的流放。

切爾諾貝利核事故、黑海沉船、官員貪污腐化等「抹黑社會主義」的新聞都出現在斧頭幫一手把持的媒體和出版物上。

被禁映多年的《別了》、《崛起》、《悔悟》等電影公開上映，著名的《日瓦戈醫生》重見天日。

最深切的感受是，人們從來也沒有像現在這樣，能自由地呼吸了。

戈巴契夫的改革步伐又快又大，但斧頭幫的權力機構和暴力集團一如既往，沒有任何變化。

戈巴契夫當著群眾的面講的話，見報時常常被刪節。

總書記的主張和措施，到了各地、各部門，就像石頭落入水面，漣漪越擴散，越微弱。

總書記將哈薩克共和國第一書記庫納耶夫撤職，幾百名青年、學生手持木棒、鐵棍、磚頭、瓶子，喊著口號，在共和國首府阿拉木圖市中心廣場和街道上示威，毆打民警，焚燒食品店和小汽車，工人被打死，近二百人受傷。

一盤錄像帶也在莫斯科秘密流傳，錄像裡的總書記夫人賴莎穿著時髦，出入倫敦、巴黎貴重的時裝店，張口就要一千多盧布的裘皮大衣，活像菲律賓前總統馬可斯的夫人伊梅爾達。

尤其是，半年一次的中央全會已經推遲了三次。

年前十一月，戈巴契夫就透露要召開全會，兩個多月過去，還沒有動靜。

以往的全會，人們並不怎麼關心，除了陳詞爛調、豪言壯語，千篇一律，了無新意。

即使變更人事，也不關老百姓多少事。

自從戈巴契夫掌握總書記權柄以來，每次中央全會，都令人大吃一驚。

戈巴契夫的直言不諱，關於社會發展的方針，通過的改革的綱領，更換的新的領導人，都出乎意料，充滿刺激。

每一次全會，實際上都是強迫斧頭幫權勢集團贊同、認可、落實波及、侵蝕、剝奪權勢集團自己利益和權力的吊詭遊戲。

也就是強迫斧頭幫極權怪獸自殘、自宮。

一些大大小小的斧頭幫首領和活在馬列主義教條裏的花崗巖腦袋，早已在公開性的旗幟下，竊竊私語、牢騷滿腹，抱怨指責戈巴契夫正在背叛無產階級先鋒隊的「初心」，正在把共產主義天堂引向邪路、引往地獄。

戈巴契夫憑一人之力，趕著鴨子上架，硬銷自己的改革藍圖。

同政治局委員們交換了好幾次意見，都不了了之，形不成共識，贊同他主張的政治局委員不多。

爭論的焦點，集中在兩個問題上。

一是要不要對經濟機制缺乏活力的根源進行探討，指出黨和領導機關的責任及消極現象；

二是要不要進一步擴大民主和公開性，改革幹部制度。

莫斯科盛傳，斧頭幫二號人物利加喬夫反對戈巴契夫主張最烈，站在利加喬夫一邊的還有布里茲尼夫時代任命的政治局委員、副總理

中央委員會任憑總書記擺佈

阿利耶夫和烏克蘭加盟共和國第一書記謝爾比茨基。

包括戈巴契夫自己提拔的政治局委員，相當一部分也跟利加喬夫的思想形態接近，而離戈巴契夫的思想體系更遠。

總理雷日科夫、克格勃頭子切布里科夫、國防部長、列寧格勒每一任書記、都不過是技術官僚和只認權力的政客，既沒有對斧頭幫邪惡的清楚認知，也沒有改革舊制度、祛惡去邪的願望和追求。

不過是被動地、習慣性的跟總書記保持一致。

一月五日，戈巴契夫會見《第三次浪潮》的作者托夫勒等來自美國的十六位作家、學者，他們都是一個以推進言論自由爲宗旨的俱樂部的成員。

戈巴契夫與客人長談達六小時之久，內容包括核武器、新技術、未來學、文學等等。

興趣盎然，好奇心廣泛，更像一個學者，對甚麼新鮮玩意都想弄清究竟。

「蘇聯的改革將堅定不移地繼續下去，並創造更大的公開性。」他跟客人表示。

又以慣有的輕鬆自如打趣：「我能不能當你們這個俱樂部的成員？」

此前，新沙皇會見《百年孤獨》的作者托馬斯時，就表現出超強的領悟力和理解力，歐美文化界要人一致認定，新沙皇是智慧超人、知識淵博的政治領袖。

一月二十四日，戈巴契夫出現在蘇共中央公開的農業會議上，會議結束時，他宣佈蘇共中央全會三天後舉行，討論改革問題。

鑼聲終於響了，人們再次翹首以待，新沙皇會演出甚麼活話劇。

二十七日，三百多名中央委員聚集在克里姆林宮，聽取戈巴契夫的《改革和幹部政策的報告》。

他用三段文字概括講述蘇聯七十年的成就，然後單刀直入詳盡論

述改革的必要性：「社會主義的財產往往被主管部門和地方當局隨便浪費，並成了不『屬於任何人的』、『免費使用的、沒有真正主人的，在許多場合下成了牟取非勞動所得的來源』。

「對合作所有制的態度是不正確的，把它說成是『次要的』、沒有前途的。這一切在農業、社會政策中造成了嚴重的後果，對集體農莊採用了命令主義的管理方法，手工業合作社被取消。對私人副業和個體勞動的看法也有嚴重的錯誤，這在經濟、社會方面都造成了不小的損失。」

「計劃工作中也有不少嚴重錯誤。作為經濟政策的主要工具的計劃的威信，被主觀主義的態度、不平衡、不穩定、力圖包羅一切，以至於瑣碎的小事，除計劃之外通過的、大量的、而且往往是沒有考慮到實際可能性的部門和地區性的決定所破壞。」

改革之劍終於指向政治體制、指向斧頭幫視為洪水猛獸的民主，而且把民主提高到斧頭幫術語中最具哲學高度的範疇——本質。

「民主不是一個簡單的口號，而是改革的本質。」

「已經到了制定所有被選舉出來和被任命的負責人員經常向勞動集體和居民匯報工作的規定的時候了。」

「也已經到了制定保證公開性法案的時候了……」

言必信，行必果，已經準備制定十三部法律，以推進改革！

中央委員們從來沒有聽到過如此直率批評舊制度的言論，更難以置信，這些言論出自斧頭幫最高首領總書記之口。

包括此前的「不同政見」，也沒人敢如此肆無忌憚、直言不諱。

英夷的《泰晤士報》發表述評：標題是「戈巴契夫想搞熱月改變嗎？」

指出戈巴契夫關於改革選舉制度的建議大膽得令人吃驚！

美帝合眾社評論：「戈巴契夫對蘇聯社會所持的誠實態度前所未有，令人震驚。」

「他言詞尖刻的講話幾乎涉及蘇聯社會的各個方面。他不像過去那樣把陰暗面歸結為資本主義影響，而是說，『蘇聯黨和國家的領導機關應該對所有這些負責！』

東歐各兄弟國家，刊登戈巴契夫講話的報紙一大早被搶購一空。

新沙皇生在蘇維埃，長在紅旗下，所接受教育、所接觸思想，都是純粹的馬列主義意識形態。

新沙皇在斧頭幫的權力階梯青雲直上，一路登頂，只有對斧頭幫的感恩戴德、歌功頌德。

就算天真幼稚，以為斧頭幫可以改革，共產主義的枯枝惡瘤，可以嫁接資本主義的活力和文明，只要蘇體西用，小修小補，江山依舊紅，青史留美名。

一如皇帝新衣童話裏的孩童，直接撕掉舊制度的遮羞布，將斧頭幫的醜陋揭露得體無完膚，離他上臺不到兩年，距提出他「根本改革」不到一年。

新沙皇對現實世界的洞察力和批判力、為俄羅斯民族匯入歐美文明而忘我的真誠、勇氣和義無反顧，完全顛覆人們的經驗和認知，再次創造奇蹟、創造歷史。

此前，人們都懷疑戈巴契夫的改革姿態最多是換湯不換藥，不會觸及斧頭幫的意識形態和權力根基，至此，連最為冷眼旁觀、根本不看好戈氏改革的人們，都一改觀感，相信戈巴契夫要來真的了，要大刀闊斧對斧頭幫動大手術了，進而為他的改革能否成功、他的權力乃至生命會不會安全提心吊膽。

全會還解除前哈薩克共和國第一書記庫納耶夫的政治局委員職

務，解除齊米亞寧蘇共中央書記職務，兩人都是布里茲尼夫時代的官員，都過了七十歲。

同時晉升中央書記雅科夫列夫爲政治局候補委員，晉升中央內務部長盧基揚諾夫中央書記，委任政治局候補委員斯柳尼科夫兼任中央書記，

雅科夫列夫一九八六年三月被選爲中央書記，不久將升任政治局正式委員，爲戈巴契夫改革大業的首席智囊和忠實戰友。

盧基揚諾夫三十五年前曾與戈巴契夫同學，他們一起在莫斯科大學法律系就讀，戈巴契夫任總書記後提拔他爲中央總務部長，如今更上一層樓。

相比過往全會，人事變動規模和數量基本小打小鬧，看不出什麼名堂。

全會結束第二天，戈巴契夫同夫人賴莎出現在拉脫維亞共和國首府裡加街頭。

像在列寧格勒、海參威出現的盛況一樣，大街上的人們紛紛伸出手臂：「我們要同總書記握手。」

戈巴契夫一邊伸手摘下圓頂禮帽，一邊同面前如林的手臂挨個相握。

同時徵詢大家意見：你們對我們的政策有甚麼意見？」

「誰都認爲改革不能停止，但還有人在觀望。」一個工人搶著回答。

「我們老戰士支持改革。」一位參加過衛國戰爭的老戰士回答。

「總書記，改革究竟取得了甚麼成果？」有人舉手詢問。

「同志們，改革剛剛開始，這兩三年是最艱苦的歲月，不能用眼前的好處來衡量改革的意義。」

戈巴契夫跟大家解釋。

這時，一個胸前掛滿勛章的老人擠到戈巴契夫跟前，晃著拳頭說：

「我們要對美國強硬些」。

戈巴契夫按著老人的肩膀：「老同志，您可以放心，我們今天很強大。」

隨後，戈巴契夫又來到愛沙尼亞。

與拉脫維亞一樣，愛沙尼亞也是波羅的海三小國之一，另一個是立陶宛。

初春的陽光照在結了薄冰的積雪上，反射出五顏六色的光芒，海風不時送來一股寒氣。

居民們早已知道總書記要來視察的消息，早早來到大街上等候。

一些年輕姑娘則想一睹賴莎的風采。

戈巴契夫醉心於這種接近公眾的方式，希望能通過親身觀察和交流，瞭解到公眾的心願和想法。

可以直接把自己的想法告訴群眾，增加感情，爭取群眾的支援，也可以直接聽取公眾的想法，為制定政策收集第一手資訊。

通過拉脫維亞和愛沙尼亞之行，新沙皇實實在在感受到公眾對改革的熱情支持和期望，感受到改革喚起的公眾熱情和和期待。

三天以後，戈巴契夫回到莫斯科，開始新的航程。

連連出拳 J

　　改革的難處在於革斧頭幫自身的命，戈巴契夫縱有萬般熱情和決心，極權制度的盤根錯節和強大慣性尾大不掉。

　　改善邪惡帝國形象、與世界各國和睦相處的難處在於，斧頭幫的基因里，集中、變異了人類最邪惡的流氓本性，兩面三刀，輸打贏要，早已沒有信用可言，成為國際社會的超級大混混。

　　同雷根的兩次會談，沒有任何成果。

　　跟其他邦國眉來眼去，投懷送抱，收穫連連，喜訊不斷。

　　主流輿論和觀感，已經完全成為戈巴契夫的俘虜，認為戈巴契夫的新思維真誠可信，為世界走向和平奠定良好的基礎。

　　雷根大叔的「星球大戰」窮兵黷武，不得人心。

　　不得人心歸不得人心，雷根大叔的經濟政策非常成功，「星球大戰」防禦系統花幾個小錢，免受核戰爭威脅，也不失人心。

　　戈巴契夫企圖通過輿論壓迫雷根就範的如意算盤打不響，企圖通過其他邦國的不同立場分化瓦解、孤立雷根的策略也不湊效。

　　雷根認準，自己擴軍備戰，必將拖垮邪惡帝國。

　　戈巴契夫心知肚明，蘇俄外強中乾，奉陪只有死路一條，正中雷根的奸計。

　　無奈之下，找來雅科夫列夫、多勃雷寧以及核武器專家反覆商討

新的行動計劃，設想各種可能發生的事以及對付措施。

沙盤推演，精心算計，既要保持臉面，又要示弱讓步，換取雷根放棄「星球大戰」、裁減軍備。

經過兩個月的反復權衡、多方評估，二月二十八日，星期六，戈巴契夫親自上陣，通過無線電波，向全世界發表重要聲明：

「……蘇聯建議把歐洲中程導彈問題從一攬子問題中單獨列出來，就這一問題單獨締結一項協議，而且立即著手來做。」

「儘管存在著種種困難和人爲障礙，蘇聯再次表現出解決核裁軍問題的意向。」

人們清楚地記得，四個月之前，在冰島的雷克雅維克，戈巴契夫和雷根強顏歡笑、空手而歸，就卡在蘇聯的底線上。

「歐洲中程導彈、遠程導彈和太空武器不能分開來談，如果不達成『一攬子』協議，就不讓步。」

四個月之後，不讓步的一方，要「單獨」列出談其中的一部分了。

而且呼籲：「歷史的機會不應錯過，我們等待迅速而積極的回答。」

回到雷根的立場上，跟雷根叫板。

各國政壇的聚焦鏡，又一次對準了莫斯科。

猜測、分析、評價、展望……外交官們措手不及。

星期日，歐美各個媒體爭相報導莫斯科的聲明，評價聲明內容是

戈巴契夫的「歷史性讓步」。

美蘇限制核武器談判停停談談已有十幾年時光，蘇聯更換了布里茲尼夫、安德羅波夫、契爾年科三屆領導人，美國則經歷了尼克森、福特、卡特、雷根四任總統。

聯合國年年呼籲，日內瓦美蘇代表常駐。

導彈越談越多，軍備競賽越談越烈。

短程、中程、遠程，陸上、海上、空中，全球至少百分之九十以上的核武歸美、蘇兩家所有，毀滅人類幾十次稀鬆平常。

雷根智高一籌，提出「星球大戰」計劃，準備把核武器部署到太空。

戈巴契夫上任不到兩年，已同雷根總統舉行了兩次高級會談，謀求在限制核武器上有所突破，均告失敗。

一夜之間，戈巴契夫又讓步了。

如果讓步獲得美帝回應，東西方集團一千四百多枚導彈將面臨銷毀。

歐洲各國不明白戈巴契夫葫蘆裡賣的甚麼藥，開始只謹慎地表示「歡迎」。

美國官員表示：「必須在研究這一建議後，才能做出答覆。」

法國表示「持保留態度」。

只有聯邦德國、比利時、荷蘭、日本，承認莫斯科的建議邁出了「實質性一步。」

兩天以後，各國態度才開始明朗，認為戈的建議對於最終達成裁軍條約是適宜的。

聯邦德國外長根舍建議北約盟國聯合對此作出反應。

三月二日，戈巴契夫在克里姆林宮會見冰島總理赫爾曼松，有信心就中程導彈問題單獨達成協議。

三月四日，華盛頓，美國參、衆兩院許多議員要求雷根抓住機會，同蘇聯達成一項控制協議。

戈巴契夫以歐圍美、以興論壓雷根的戰術開始湊效。

但是，有觀察家們發現其中有詐——克里姆林宮玩的仍是以退爲進，是爲美國設下的陷阱。

想想看，如果達成一項拆除中程導彈的協議，中程導彈勢均力敵了，但短程導彈，蘇聯爲首的華約組織與以美國爲首的北約聯盟是九比一！

不光西歐因此全暴露在蘇聯的鼻子低下，而且常規武器華約仍占壓倒優勢。

在歐洲遭到襲擊的情況下，如果美國使不上勁，歐美聯盟將名存實亡。

法國總統密特朗和總理希拉克一唱一合：法國的核武器不在談判之列。

英國首相戴卓爾夫人悄悄地尋找藉口以駁回蘇聯的建議。

雷根急忙向法國保證，美國一定會充分考慮歐洲的安全。

整個三月，西歐對戈巴契夫建議的疑慮日益增長，中導單獨達成協議的前景暗淡。

三月二十八日，瑪格麗特・戴卓爾前往蘇聯訪問。

訪問蘇聯之前，已經往訪巴黎和波恩，與法國、西德領導人商討如何回應戈巴契夫的建議。

又公開告訴媒體，她和其他歐洲領導人，準備在蘇美控制核武器的談判中，「發揮重要作用。」

在克里姆林宮富麗堂皇的聖格皇爾基大廳門口，戈巴契夫身著深色西裝，等候戴卓爾夫人的到來，賴莎帶著迷人的微笑站在丈夫身旁。

兩年以前，在倫敦的唐寧街首相官邸，戴卓爾夫人和她的丈夫也同樣迎候作為克里姆林宮二號人物的戈巴契夫夫婦。

　　那是賴莎第一次在歐美露面，風度、學識和魅力光芒四射，贏得一片讚美之聲，微笑政治家的名聲送給她丈夫。

　　在莫斯科，戴卓爾夫人先同雷日科夫總理禮儀性會談，再到克里姆林宮與戈巴契夫唇槍舌劍。

　　戈巴契夫以守為攻：「我們已經作出讓步，指望你們支持，你們的支持在哪？你們不支持，豈不是你們喜歡核武器？」

　　戴太以攻為守：「只撤除中程導彈就叫讓步？短程導彈也會殺人啊。你很清楚，你們與我們的數量是九比一我們怎麼能放心？」

　　戈巴契夫避實就虛：「只有核威懾才能維護和平？可是，別人會不會把這叫做威脅和訛詐呢？照你的邏輯，沒有核武器的國家只好把命運交給你們，或者是他們再想辦法擁有核武器，這樣一來，你不會想像不到，人類的前景將會如何。」

　　戴太以戈巴契夫之矛攻戈巴契夫之盾：「不尊重人權的國家會關心人的命運嗎？如果一個國家堅持由於一些人在政治上和宗教上有自己的看法，就把他們投入監獄，這個國家對付其他國家的人民會介意使用核武器嗎？」

　　戈巴契夫東拉西扯、強詞奪理：「這種邏輯是無稽之談，如果我說你們那麼多失業工人和無家可歸的人都同核武器有聯繫，你是不是感到滑稽？」

　　……

　　話不投機，越扯越長，一扯就是九個小時。

　　又棋逢對手、惺惺相惜，相互佩服對方的機敏和才幹。

　　親密地坐在一張風格典雅的沙發上，戈巴契夫面帶謙恭的微笑，戴卓爾夫人一臉愉悅，目不轉睛注視著對方。

一個莫斯科人驚嘆道：「與其說他們兩位是幾乎在所有問題上持有不同意見的領導人，還不如說他們更像是一對在歡慶婚禮的新婚夫婦。」

離開莫斯科時，戴卓爾夫人留下一句話：我們分歧依舊，但可以繼續打交道。

戴卓爾夫人尚未離開，《華盛頓郵報》頭版頭條刊登新聞，正在修建的美國駐蘇新使館被克格勃裝了大量竊聽裝置。因為發生史上破壞性最大的使館間諜案，美國派駐莫斯科大使館的全部士兵將奉召回國。

輿論一片嘩然，信任危機進一步加深。

四月九日，戈巴契夫前往捷克斯洛伐克訪問。

三百多名記者早早飛抵布拉格等候採訪，生怕錯過可能發生的重大新聞。

一九六八年，當時的捷共領導人亞歷山大・杜布切克發起經濟、政治改革，通過《捷克斯洛伐克共產黨行動綱領》，分散共產黨高度集中的權力，恢復在大清洗中犧牲者的名譽，以聯邦制為原則解決捷克與斯洛伐克之間的關係，引進市場機制，企業經營自主，言論和藝術活動的自由化，在與蘇聯同盟的同時，引進科學技術強化與西方國家的聯繫。

然而，斧頭幫老大哥視其為洪水猛獸，認為捷共走邪路、入歧途，對蘇共領導地位構成挑戰，對華約同盟國政權的合法性構成威脅。

布裡茲涅夫發明「有限主權論」，宣示所有東歐斧頭幫國家的政府對該國的主權是相對的，其中一部分權力歸華約其他成員國所有，實際上是歸蘇聯老大哥所有。

並於當年八月二十日深夜，發動閃電戰，出動二十萬軍隊、五千輛坦克，武裝入侵，直抵首都布拉格。

次年四月，由老大哥支持的古斯塔夫・胡薩克接替杜布切克就

任第一書記，推行所謂的「正常化」，壓制國內黨內的自由化傾向，「布拉格之春」宣告失敗。

時過十九年，戈巴契夫在蘇聯推動的改革，正是當年杜布切克改革的繼續。

而時任領導人胡薩克，就像當年其他華約兄弟國，正在觀望戈巴契夫在蘇聯的改革。

黨中央機關報《紅色權利報》頭版以醒目標題報導戈巴契夫即將來訪，禮炮、擁抱、檢閱陸海空儀仗隊，歡迎國家元首的全套禮儀一樣不缺。

官方又組織起一千五百人組成的歡迎隊伍，等候戈巴契夫一行從他們身邊經過，總統府前聚集十五萬之眾，舉行盛大歡迎儀式，花束、彩旗伴隨著「戈巴契夫、戈巴契夫」響徹整個城市。

十時三十分，戈巴契夫夫婦出現在剛剛停穩的機艙門口，向等候在機場的人們揮手致意。

官方儀式完畢之後，又來到歡迎群眾跟前，同他們握手、聊天。

「感謝友誼，感謝歡迎，我們永遠在一起。」戈巴契夫夫婦熱情回應公眾。

下午的餘興未盡，傍晚休息時分，夫婦兩人又來到布拉格市中心的步行街，與街頭過客拉家

撒切尔首相是理解、看好戈巴契夫
的第一人

常。

一如此前在帝國的列寧格勒、莫斯科和遠東其他城市。

開始三五成群，繼而蜂湧而至，最後成千上萬，整個街道水洩不通，人們爭相目睹戈巴契夫夫婦的風采。

一些青年圍上前去同戈巴契夫討論問題，一些中年夫婦跟他探討改革路線和方向，一位大學生熱情洋溢：「我們捷克斯洛伐克的青年支持蘇聯的改革……」

後來去美國訪問，他也不顧雷根在白宮等他，自行其事在華盛頓大街上與「美國佬」侃大山九十分鐘。

跟公眾在一起，自得其樂，開心無比。

戈巴契夫開創的街頭互動，後來成為許多政客仿效的保留節目，其中不少政客煞費苦心，事先排演，完全成為作秀。

最先仿效的是雷根和老布殊，兩人一九八八年夏天分別訪問莫斯科、一九八九年春天布殊訪問北京，都如法炮製。

戈巴契夫利用在布拉格文化宮發表演講的機會，推銷蘇聯正在進行的改革，描述他的新思維和世界格局，把布拉格的春天，當成又一個即興演出的舞臺。

鄭重其事，提出兩項削減軍備建議：

「一、盡快就限制中程核武器達成協議，並就削減射程為五百至一千公里的戰術核武器舉行會談。」

「二、舉行三十五國外長會議，早日就削減歐洲常規武器和武裝部隊進行會談。」

戈巴契夫的話還沒有講完，

三百多人的記者席首先亂了起來。

文字記者顧不得聽完便爭先跑出去，奔向新聞發佈中心搶發消息。

攝影記者你拉我、我擠你，爭相拍照又一個歷史時刻。

僅僅幾小時，各國的反應就來了。

倫敦：「要停下來看一看是怎麼回事。」

巴黎：「感到高興，但需要研究。」

華盛頓：「感到高興，接著談判。」

從世界各地專程趕到布拉格的三百多媒體人不虛此行。

戈巴契夫又端出歐美政客難以下嚥之物，把球踢在對方的球門之前。

第一個難題，核武器消滅得越多，保持歐洲常規武器均勢就越來越成爲燃眉之急。

第二個難題，沒有了核保護傘，美國給西歐提供的安全空間還剩多少？

前總統尼克森儘管已成退休老人，仍然心系歐美和平安全的焦點：

「我們的建議常常只是手段，而戈巴契夫的建議既是目的又是手段，比我們的建議多了一個內容。」

「如果我們拒絕接受，則輿論損失太大；如果我們接受，他們達到了自己的目的。」

「在玩弄這個手法上，戈巴契夫已經證明是能手」。

事實是，早在一九八一年十一月，雷根就提出了「零點方案」——削減、銷毀所有核武器。

華盛頓政客的盤算，北極熊不會接受這一建議。

北極熊不接受，美國開展「星球大戰」計劃因此順理成章。

當時的布列茲涅夫一聽，果然本能地立即表示反對。

如今，六年之後，戈巴契夫悄悄接過了雷根的建議。

如果「雙零點方案」實現，美國從歐洲打擊蘇聯的能力不復存在，而蘇聯憑常規武器，隨時都能痛擊歐洲。

歐美的政體，決定了政客必須顧及民意和輿論，民意和輿論不接受，政客就玩完。

當時的雷根政府，因為試圖跟伊朗秘密交易，用武器換人質。

而美國的法律已經明確規定，不能給伊朗賣武器，美國政府的交易不光違反自己的法律，而且等於在伊朗的勒索面前低頭認慫。

輿論因此大嘩，民主黨借機窮追猛打，一樁以醜聞命名的「伊朗門」已成街頭巷尾議論的笑話。

雷根政府焦頭爛額、窮於應付，戈巴契夫的建議又給輿論火上澆油，如果美國不接受這麼大的讓步，等於自打嘴巴、窮兵黷武。

所有選擇當中，順坡下驢、得席就坐最為明智。

很快宣佈，馬上派舒爾茨國務卿赴莫斯科訪問，與莫斯科當局展開談判。

四天之後，舒爾茨已經坐在克里姆林宮裝飾華美的葉卡捷琳娜大廳，與戈巴契夫討論「雙零點方案」。

第五天，雷根就公開表示，準備同戈巴契夫舉行首腦會晤，以達成一項有歷史意義的東西方關係協議。

十多年的軍控談判，山重水復，柳暗花明，兩大陣營最激烈的軍事對抗化干戈為玉帛，準備握手言歡。

戈巴契夫硬是在無縫的雞蛋上叮出蛆，將雷根拉上控制、削減核武和軍備之路。

其中的奧妙，尼克森說出底細：「在這種情況下，雷根政府除了繼續走下去直到簽訂協議外別無選擇。儘管國防部某些部門，北約盟

軍前最高司令伯納德・羅傑斯和歐洲盟國都持有重大的保留意見。亨利・季辛吉和我及一些勉強地贊成簽訂協議的人為我們的立場辯解的一個主要理由是：如果美國拒絕這樣做，它在西歐公衆興論方面所受損失太大。」

戈巴契夫死纏爛打，老雷根半推半就。

J 動真格的

　　一九八七年五月二十七日，柏林，一架架飛機不時在上空盤旋、降落，機場戒備森嚴，軍警密佈，如臨大敵。

　　不時有成隊、成隊黑色轎車開進開出，直奔國賓館。

　　東道主首腦、德國統一工人党第一書記何内克，親自迎候貴賓、並與貴賓簡短會談。

　　傍晚，戈巴契夫的專機飛抵，與先他而到的領袖們會合。

　　第二天，華沙條約組織國首腦會議在何内克的總統府舉行，戈巴契夫向與會者介紹蘇聯的內外政策、特別是軍備控制與核武削減的原因和目的。

　　二戰後，老大哥利用佔領軍的武力，組織、驅使大大小小的斧頭幫接管公共權力，走社會主義道路，計劃經濟，一黨專政。

　　用邱吉爾的名言，「從切什青到亞得裡亞海，豎起一道無形的鐵幕。」

　　拒絕馬歇爾計劃，組織「經互會」，與「歐共體」分庭抗禮，建立「華沙條約組織」，與「北大西洋公約組織」打對臺。

　　老大哥的武裝力量、秘密員警、以及意識形態，都是小兄弟的「保護傘」，不允許資本主義的任何事物進入鐵幕以東，包括歐美世界的不同聲音、包括流行樂、口香糖。

千裡縱深，層層設障，尤其是老大哥的首都莫斯科，雷達、防空網密厚如織，就算一隻蒼蠅飛過鐵幕，都逃不過各種警惕的眼睛。

全能的上帝都難以置信，戈巴契夫正在東德分享老大哥的改革夢，分享老大哥的軍事力量和核武力量，一牆之隔的西德，一位十九歲的青年魯斯特，駕駛一架輕型運動飛機，穿越東德、波蘭的鐵幕、穿越蘇聯的領空，把飛機降落在克里姆林宮外的紅場上。

事後查明，沒有任何黑手操縱，也沒有任何敵對勢力支持，僅僅是小夥子玩心太重，駕機升空，突發奇想，不知能不能開到莫斯科玩玩，一不做，二不休，迎著上午的太陽，一路向東，如入無人之境。

到達莫斯科，就像回到自家後花園，在克里姆林宮辦公大樓上空盤旋多圈，試落幾次，才穩穩當當、不緊不慢，將飛機滑落在紅場的沃列茨基橋上。

又走下飛機，跟大街上的人打招呼，告訴自己是何方神聖，消息才層層傳到國防部和克格勃最高當局。

離奇、荒唐、奇葩、糗大了！

全球軍事專家大跌眼鏡，業餘發燒友個個笑尿褲子。

固若金湯、密不透風的鐵幕、防空，原來形同虛設，「毫不設防」！

歐美天天提心吊膽的唯一超級軍事強權，一架飛機大搖大擺進入首都都發現不了，成千上萬枚導彈從四面八方飛來，能先發制人、成功攔截，又能後發制人，回擊敵人？

四年前，南朝鮮一架客機誤入蘇聯領空，迅速遭到擊落，釀成震驚世界的人道災難。

表明超級軍事強權的防空系統、及其指揮和決策，既過度敏感又反應遲鈍，既識別粗疏，又缺乏精確判斷。

一葉而知秋，所謂壓倒歐美的軍事實力和核武庫，其實外強中乾，漏洞百出，真實的防禦能力和攻擊能力都大打折扣。

接獲彙報，斧頭幫核心人物、包括戈巴契夫，顏面丟盡，惱羞成怒，可想而知。

次日晚間，華約組織首腦會議甫結束，戈巴契夫立即同葛羅米柯、雷日科夫、索科洛夫（國防部長）返回莫斯科。

一抵達克里姆林宮，立即召開政治局緊急會議，討論魯斯特「炮製」的「國際玩笑」。

據透露，國防部長索科洛夫深知事態嚴重，臉色鐵青，一言不發坐在一邊。

葛羅米柯、利加喬夫、謝瓦爾德納澤等一一發言，批評國防部玩忽職守。

戈巴契夫雷霆大發，當即打發索科洛夫退休，摘掉國防部長的烏紗帽，國防部副部長、防空軍司令科爾杜諾夫一起陪葬。

同時任命國防部副部長德米特裡 · 亞佐夫接任國防部長。

國際玩笑開大了

亞佐夫，蘇聯大將，時年六十三歲，俄羅斯人，第二次世界大戰中參軍，從戰士到將軍。

戈巴契夫上臺時任遠東軍區司令，一九八七年初軍隊改組中升任主管幹部工作的國防部副部長，排位第七。

蘇軍中好些資望卓著、名聞遐遠邇的元帥，例如，謝爾蓋‧阿赫羅梅耶夫、亞歷山大‧別斯梅爾特內赫，都靠邊站，名不見經傳、平庸老實的亞佐夫上臺，無疑是任人為乖，而不是任人唯才。

處心積慮，不打算製造一個戰鬥民族的波拿巴‧拿破侖。

戰鬥民族的軍事力量一向令人望而生畏，當年拖垮拿破侖、二戰中再敗希特勒，成為戰後兩強之一。

但與絕大多數國家和民族的狀況不同，戰鬥民族的武裝力量雖然龐大，卻從不親政干政，而是從來都臣服於皇室。

不但沙皇的權威是絕對的，就是斧頭幫另起爐灶，紅軍之父托洛茨基不但臣服於列寧，而且敗於最沒出息的同僚史達林之手。沒有一點俄羅斯血統的風流女皇葉卡特琳娜二世上臺，二百多名士兵和一個炮兵軍需官和情夫就辦成大事，她的丈夫、彼得大帝的外孫彼得三世統領幾十萬軍隊幾乎不戰而敗成為階下囚。

即使美利堅、不列顛、法蘭西這類文明程度很高的民主國家，歷史上都有過軍人親政的時候，例如華盛頓、克倫威爾、拿破崙，但俄羅斯找不出一個例子。

戈巴契夫作為黨的官員一路升遷，與軍隊素無淵源，曾與文職的國防部長烏斯季諾夫個人關係十分親密，與其他將領沒有多少交情，也不瞭解軍隊。

上臺後推行的一整套政策，經濟改革、公開性、裁減軍備、削減核武，完全是要黃油不要大炮的路數。

因此，選擇、提拔將領首先著眼於控制和穩定。

入主克里姆林宮以後，已經先後令七十七歲的紅軍總政治部主任阿列克賽．葉皮謝夫退休，提拔駐東德蘇軍政委阿列克謝．利濟切夫接替，令七十一歲的戰略火箭部隊司令、炮兵元帥弗拉基米爾．托盧勃科退休，令比他年輕十歲的尤裏．馬克西莫夫接任，令七十五歲的海軍司令戈爾什科夫退休，令切爾納溫取而代之。

一九八六年，又調動和退休了二十多位將軍，並對軍區司令進行了大調換。

魯斯特的「國際玩笑」，又提供了一個理由，不僅更換高級將領，而且實施外科手術，於一年半以後，也就是一九八八年十二月，宣佈裁軍五十萬。

又接受國防部第一副部長兼蘇軍總參謀長阿赫羅梅耶夫元帥的辭職，改為總書記的軍事顧問，任命只有五十歲的少壯派米哈伊爾．莫伊謝耶夫接任。

莫伊謝耶夫當上遠東軍區司令才一年多，時任國防部長亞佐夫擔任軍區司令時曾擔任參謀長，蘇軍中至少可以找出幾十位才幹、聲望和資歷都超過他的將軍。

與戈巴契夫更談不上任何淵緣，唯一的解釋是與亞佐夫相互瞭解並相互信任，據說戈巴契夫至少劃掉了幾十個高級將領的名字，最終選擇了莫伊謝耶夫。

時間和事實都證明，這種選擇方式和結果極其危險，既不能用人唯才，又不能用人唯賢，盲目而輕率。

用人不疑，疑人不用，委託權力之大忌。

權力搖頭丸，本身就有巨大的腐蝕、腐敗基因，就算防權甚於防賊，都不能將權力老老實實關進籠子。

極權、威權體制，權力又是私相授受，沒有任何監督制衡。

所有人獲取權力、喪失權力，都取決於手握既有權力大佬的意念

之間。

迎合權力大佬的教條和所好，因此成為獲取權力的不二法門，也因此無法識別謀取權力者的才幹和忠奸。

戈巴契夫過於相信自己的眼力、人格魅力和權力的正當性，選人、用人尤其少疑、失察，隨著改革的推進，提拔、起用的關鍵人物，幾乎個個都抵觸改革、反對改革。

戈巴契夫受到左右兩股力量的夾擊，傳說一場「倒戈巴契夫的運動正在醞釀中」。

更有觀察家預言，「看到戈巴契夫下臺，我是不會吃驚的」。

戈巴契夫自己公開承認面臨的複雜局面和形勢。

「許多人反對我們的一攬子改革計劃」。

「有人懷疑我們是否有足夠的能力改革。」

「成千上萬官僚主義者在抵制改革計劃，有人試圖抽掉總體改革設想的主要內容」。

但是，總書記沒有停下來、等一等、看一看的意思，只把中央全會推遲半個月，就將他所謂的「一攬子計劃」提交大會討論並通過法律草案。

計劃多達十三項，計有：

——一九八八年一月一日起，企業

和聯合公司將按新的原則工作，一九八九年完成向新的經營條件的過渡。

——限制和改變國家計劃委員會等經濟機構的職能，計劃委員會僅對宏觀生產指引並確定投資優先順序。

——政府取消指令性計劃指標，改以國家訂貨與數字控制。

——企業成為自負盈虧的經濟個體,企業根據市場需求確定產量,根據合同價格確定採購價格,政府不再出資拯救虧損企業,虧損企業直面臨破產危險。

——由工人選舉產生的團體代替國家部委對企業實施管理。

——開放國外投資,合資股份比例最高可佔 49%,企業的主席與總經理由蘇方擔任(一年後就做了修訂,外國投資者可以佔有多數股份並控制經營,自列寧新經濟政策以來第一次允許製造業、服務業與外貿部門中的私營成分的出現。)

——打破外貿部在絕大多數外貿活動中的壟斷。允許各工農業分部根據自身責任與權限而不通過外貿部直接進行外貿活動,地方組織與個體、國營企業同時享有這項權利。

……

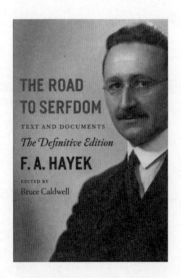

就算海耶克也拿不出走出
"奴役之路"的完美方案

距新沙皇一九八五年四月在蘇共中央全會上第一次提出加速經濟發展和進行改革的主張兩年零兩個月。

距新沙皇一九八六年二月在蘇共二十七大提出《加速社會經濟發展的戰略》,進行經濟改革一年零四個月。

經過兩天的秘密辯論,除了一項法律草案被否決,另外十二部法律和條例草案全部通過。

兩天以後,最高蘇維埃召開夏季會議,給法案蓋上橡皮圖章,經濟改革次第展開。

與此同時,兩部政治性法律也隨著會議通過而會而付諸實施。

一部是《全國討論國家生活重要問題法》。

一部是《對妨礙公民權利的公職人員違法行為起訴法》。

大會主席葛羅米柯特別指出，這兩個法律檔是保證公開性有法可依的第一批法律。

法律規定，蘇聯公民有權討論政治、經濟和社會發展的基本方針，有權討論有關公民的憲法權利、自由和義務。

每個公民都可以對公職人員進行法律起訴，十天內，法院必須審理這類申訴案。

「改革的目的是人，社會主義的一切都是為了人的幸福、自由，最大限度地發揮自己的創造力」。

戈巴契夫上臺後常常掛在嘴邊的主張，不光一個個成為社會生活的常態，又體現在法律的規範和保護方面

在保障人權和民主方面，開斧頭幫統治之先河。

可惜，由於經濟改革方案和權力核心的人事變動吸引了人們的注意力，民主和人權方面的巨大飛躍和進步，反而成了陪襯和餐後甜品。

人事變動包括：

改革計劃的主要制定者、政治局候補委員雅科夫列夫晉升為正式委員。

經濟專家斯柳尼科夫和農業專家尼科諾夫晉升為政治局委員。

新任國防部部長亞佐夫升任中央政治局候補委員。

全會同時決議，一九八八年召開蘇共第十九次代表會議，討論決定兩次正式代表大會之間發生的重大政治、組織、人事問題。

自從戈巴契夫上臺，斧頭幫的中央全會幾乎每次都讓人大跌眼鏡，每次都以險象環生開始，每次又都輕舟強渡結束。

七月一日，美國前總統卡特訪問莫斯科，親身感受戈巴契夫的魅力、領略改革、公開性的新氣象。

四個小時的長談領教之後，不顧自己的身份、身價，大贊戈巴契夫是「當今獨一無二的世界領袖。」

「過去兩年裡表現出一位少見的世界領袖的風範」。

「最引人注目，最有吸引力，最有創新精神。」

「在中東、非洲、香港和中國這些地方，人們都對戈巴契夫寄予很大希望」。

公開與多元 **J**

夏天是蘇聯一年中最好的季節，這個大部分地處北緯五十度以北的國家此時正百花盛開，陽光和煦，綠色遍野，一派生機。

六月全會對改革的設計和推進，使人們心花怒放，喜上眉梢。

兩年來，社會真可謂日新月異、五彩繽紛，人們面臨的最大問題是，時間嚴重不夠用。

以往只有上班幹活，下班閒聊，並不時地接受黨的教育。

人們喜歡讀書、熱愛文學、擁抱藝術，但是找不到幾本好書，好電影、好音樂也是奢侈品，偶然才會出現。

如今，光宣傳機器上的文章、節目就應接不暇。

中央電視臺的「問題、探索、解決」節目不能不看，這是聯盟部長們、主任們向人民報告工作和回答問題的亮相時刻，談的全是生活中的「熱點」。

播放的「世界各地」節目也不能放過，美國的「搖滾樂」、中國的改革、法國的盧浮宮，新鮮又親近。

「晚上好，莫斯科」則維護消費者的利益，對官僚主義提出責問，形式不拘，內容豐富。

每週的《莫斯科新聞》、《星火》，每天的《消息報》、《真理報》，比美帝資本主義社會的媒體還熱鬧。

《消息報》上無消息、《眞理報》上沒眞理，已經成為歷史的笑話。

斧頭幫的貪污腐化，計劃經濟的荒謬百出，社會百態的真實存在，酗酒、吸毒、賣淫，過去街談巷議卻又不見諸媒體的新聞、故事和「黑暗面」，如今堂而皇之，隨時飛入人們的眼簾。

電影院新上映的禁片，一個接著一個，《悔悟》、《紅色的沙漠》非看不可。

傳說許久的《阿爾巴特街的孩子們》禁書又在書店熱賣。

這些影片和書籍都被禁映禁出幾十年，都是史達林時代人們遭受逮捕、流放或槍斃的縮影和側面。

帝國七十年的歷史，六十八年都是在只有一個天窗的屋子裡度過，人們的思維、語言，人們所能見到的光明都靠這個天窗來規定。

如今這個屋子突然四面洞開，大家全暴露在光天化日之下，但是似乎誰也不覺得光線太刺眼，心裡承受不了，只覺得分身乏術、恨時光過得太快。

斧頭幫的創始人列寧，曾高調標榜：政務要「完全的公開性」，「沒有公開性而來談民主是很可笑的」。

但是，一旦奪得政權、入主克里姆林宮，最初所有漂亮的口號都只停留在紙面上、檔案裡。

「公開」什麼，不「公開」什麼，全由總書記領導的政治局決定。

所有政治局認為不能「公開」的秘密，都是「黨和國家機密」、都「威脅」、「危害」黨和國家的安全。

直到一九八四年十二月，戈巴契夫作為克里姆林宮事實上的二號

人物，在一次意識形態會議上，在滿篇陳詞濫調中，又提出「公開性」範疇。

「公開是社會主義民主的必要條件，是公共生活的準則。」——惜墨如金，滿打滿算兩句話、二十來個字。

而且，到底是時任總書記契爾年科的發明，還是戈巴契夫暗中偷建、臨時自作主張的加塞，沒有資料來源透露其中的秘密。

因為意識形態是斧頭幫的命根子，通常都由總書記出場定調，契爾年科因為病魔纏身見不得人，才由妾身未明的老二戈巴契夫臨時頂上。

戈巴契夫上臺第一年，公開性仍是一句空洞的口號，如同民主、自由、人性一樣，沒人在意，沒人當真。

任何人，膽敢發出不同於黨的聲音，「公開」只由黨定義的秘密，就是不想混了。

薩哈羅夫、索贊尼辛和所謂的歷史學家羅伊‧麥德維傑夫都是不想混的傑出代表。

戈巴契夫上臺時，索贊尼辛已於一九七四年被驅逐出境，薩哈羅夫被流放在高爾基城，羅伊‧麥德維傑夫被嚴密監視。

戈巴契夫上臺第二個月，拒絕會見官辦作協主席格‧馬爾科夫和《文學報》編輯亞‧恰科夫斯基，第五個月，又認命曾經的中央宣傳部副部長亞歷山大‧雅科夫列夫出任中央宣傳部長，為真真實實推行公開性做幹部人事準備。

雅科夫列夫當時已經六十二歲，比戈巴契夫年長八歲。

身材粗壯矮胖，頂一隻蘇格拉底式的腦袋，一對棕色金魚眼睛，配一副寬邊眼鏡，一腿二戰期間負傷落得殘疾，走路一瘸一拐。

畢業於雅羅斯拉夫爾教育學院，五十年代作為交流學生赴美國紐約哥倫比亞大學學習，擁有歷史學博士學位，著有關於美國外交政策

的專著。

早在六十年代初，就以四十多歲的年紀出任蘇共中央宣傳部副部長，但因為思想活躍，富有見地，一篇萬餘字的《與反歷史主義論戰》，背離了黨認可、確定的意識形態，當時的意識形態首腦、二號人物蘇斯洛夫將其撤職，打發到加拿大當大使。

一九八三年，戈巴契夫訪問加拿大，兩人一見如故，話逢知己，心心相印。

戈巴契夫一當上有實無名的二號人物，立即將雅科夫列夫調回國擔任久負盛名的美國加拿大研究所所長。

一九八六年初召開蘇共第二十七次代表大會，戈巴契夫第一次詳細闡述「公開性」「原則」：「擴大公開性對我們來講是一個原則性問題。不講公開原則，沒有也不可能有民主、群眾的政治創造性，群眾也不能參加管理」。

又拉大旗作虎皮，引用列寧的話增加權威性：「『共產黨人在任何時候和任何情況下要的是真理』。因此，我們必須使公開性成為行之有效的制度。」

二十七大召開後第三天，戈巴契夫就邀請報紙、廣播、電視、刊物等方面的負責人座談。

要求「經常抨擊官僚主義，坦率、尖銳、真誠、熱心地討論實際生活中最敏感的問題」。

又接見作家、藝術家，鼓勵他們暢所欲言，發表自己的見解。

整個一九八六年，戈巴契夫一有機會必談公開性，甚至在接見外國文化界人士和與街頭市民談話都忘不了這一主題。

《真理報》還專門發表署名文章「要實現公開性」，以督促人們參加這一進程。

四月五日，《蘇聯文化報》開闢「直言」專欄，發表著名詩人葉夫圖申科尊重個人、保護個人意見的文章，算是拉開「公開性」的序幕。

四月二十六淩晨，切爾諾貝利核電站發生洩露，清晨，消息彙報給雷日科夫，雷日科夫立即報告戈巴契夫。

戈巴契夫當即召集政治局會議，安排雷日科夫跟進事件，四月二十八日通過電視公告全世界。

不光蘇聯所有媒體立即跟進報導討論，五月中旬，包括各國駐莫斯科記者在內的新聞代表團也前往訪烏克蘭採訪報導。

五月份，全蘇六百名作家代表在莫斯科舉行第八次代表大會，詩人葉夫圖申科提議爲諾貝爾文學獎得主帕斯捷爾納克恢復名譽，並出版他的《日瓦戈醫生》和其他全部作品。

帕斯捷爾納克六十年代已經去世，死前曾是官方打壓的持不同政見者。

而《日瓦戈醫生》成為禁書、不能再版已長達三十年。

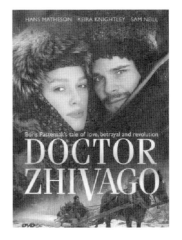

電影工作者協會也舉行會議，更換三分之二的協會領導人，尤其是選舉一向挨整的導演葉‧克利莫夫出任主席，代表們稱之爲「政變」。

並成立解決爭議問題電影委員會，重新審查此前被禁映的電影。

最引人注目的《悔悟》，由格魯吉亞電影製片廠攝製，呈現史達林時期的大逮捕及上百萬人失蹤的故事。

影片一九八四年攝製完成，由當時的格魯吉亞首腦謝瓦爾德納澤資助拍攝，但是，當他看完電影，在座位上沉默了三十分鐘才說出一句話：上映時機不成熟。

十月，《悔悟》解禁，公開放映。

「公開性」的潘朵拉盒子打開了。

「公開性」不光指當下的政治生活，也延伸到歷史領域。

總書記力排眾議：「歷史沒有空白點。」

只要是發生過的事件，無論集體記憶還是個體感受，無論成就還是罪惡，任人回顧，任人評說。

權力不再壟斷敘述歷史、解釋歷史，社會大眾、學人媒體，都可以摸摸歷史尼姑的小臉蛋。

從布里茲尼夫時期追溯到史達林時期，從列寧時期追溯到沙皇統治，所有的「敏感」事件、保密事件，都可以成為公眾話題。

歷史學家阿法納西耶夫發表長文，呼籲全面評價史達林，《莫斯科新聞》發表四名歷史學博士聯署的信件，譴責阿法納西耶夫的文章「不科學」、「聳人聽聞」。

薩姆索諾夫院士發表致工人的信，稱史達林固然是有功勛的，但把他說成「各族人民的天才領袖」和「偉大的統帥」是錯誤的。小說《戰爭》的作者發表文章攻擊薩姆索洛夫，認為他「粗暴歪曲歷史」。

諾貝爾文學獎得主肖洛霍夫在《莫斯科新聞》發表當年致史達林的一封信，信中揭露，農業合作化曾使五百萬人喪生，使蘇聯農業一蹶不振。

《星火》雜誌發表一名一九三七年叛逃的外交官給史達林的一封信，指責史達林：「在戰爭前夕，你毀掉了紅軍，你剝奪了作家、藝術家最低限度的創作自由，你的受害者的名單長得沒有頭。」

當年列寧的戰友、老布爾什維克拉斯科爾尼科夫一九三九年寫給史達林的公開信也再現在公眾視野，譴責史達林大批逮捕和殺害無辜的將領和作家。

歷史學家馬斯洛夫呼籲：「必須恢復無端被史達林毀掉的清白黨員的名譽」。

揭露出來的史達林的罪行觸目驚心，許多人為史達林的功過爭論

不休。

　　布哈林、托洛茨基的正面形象在戲劇中出現，為被史達林流放處決的十月革命領導人托洛茨基、加米涅夫、布哈林、季諾維也夫平反的呼聲一浪高過一浪。

　　已經雪藏冷凍多年的赫魯雪夫的名字，也成為人們談論的話題，並與改革兩個字相聯繫。

　　布里茲尼夫、契爾年科曾被宣傳成衛國戰爭的英雄，歷史學家波列雅科夫嘲笑，布里茲尼夫在二次世界大戰時期不過一名團政委，根本沒有什麼戰場功勞。

　　勃氏撰寫回憶錄，稱自己曾參加阻止納粹登陸黑海岸邊的一次戰鬥，榮獲蘇聯最高文學獎，宣傳機器大肆宣傳，稱這次戰鬥是第二次世界大戰的轉折點，與史達林格勒、列寧格勒保衛戰相提並論，許多作家寫文章吹捧這次戰鬥，莫斯科電臺反覆播送為這次戰鬥創造的一首歌曲。

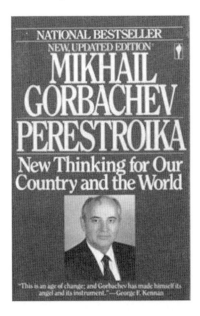

　　契爾年科上臺以後，一部名叫《青年前哨》的記錄片，敘述契爾年科的部隊怎樣追捕一幫外國偷牛者。

　　軍隊報紙《紅星報》稱契爾年科曾是一名優秀的步槍射擊手，「而且總能以扔手榴彈命中目標」。

　　波列雅科夫尖銳地指出，是戳穿這些神話的時候了。

　　《青年近衛軍》月刊點名批評《蘇維埃文化報》、《莫

戈巴契夫所著《改革與新思維》（英文版）

斯科新聞》、《文學報》、《星火》等活躍而《出格》的報刊，指責這些報刊效仿西方大眾文化那種精神空虛和消費主義宣傳。《蘇維埃文化報》則奮起反擊：「這種言論只有守舊派和不願改革的人，害怕新事物的人才能說出口。」

理論界走得更遠，《新世界》雜誌第六期發表經濟學家什梅廖夫的文章：「人類走過去的幾個世紀中發現了一個真理，這就是，工作措施不比利潤更有效」。「在蘇聯現行制度內，設想出來的任何辦法都不會使經濟有甚麼效果。」

《文學報》召開的圓桌討論會評論：「所有制時問題，今天不如昨天清楚。」

戈巴契夫的經濟顧問阿甘別吉揚在回答記者時更加直率：「反對改革蘇聯經濟體制的人有四類：部分部一級和司局級工作人員；一些能力差的廠長和農莊主席；拿錢多幹活少的工人和農莊莊員．，貪污國家財富者、受賄者和酗酒者等反社會主義分子。」

戈巴契夫器重的社會學家紮斯拉夫斯卡婭發表文章，主張減少補貼，發展企業和工人的主體意識，半年時間裏，上千封來信參與討論。

七月初，一群持不同政見者和被釋放的前政治犯創辦雜誌《公開性》，公告雜誌唯一的目的，就是「考驗」戈巴契夫的公開性是真是假、到底有多少。

一個月後，《莫斯科晚報》載文予以批評，指責它企圖歪曲歷史和現實，小題大作，顛倒黑白。

第二天一清早，《公開性》雜誌主編格裡戈良茨邀請二十多名外國記者到自己家裡，將《莫斯科晚報》的批評告知國際輿論界，「蘇聯官方報刊向可憐的非官方小報《公開性》發動進攻」的報導，當天就傳遍全世界。

又過了一天，美國五家最大的報紙和電臺的記者打電話要求會見《莫斯科晚報》文章的作者，這些記者向文章作者提了許多尖銳的問題。

九月五日，被認爲是改革先鋒的《莫斯科新聞》載文再次批判《公開性》，並指責《公開性》和庸俗小報是一丘之貉。

　　但是，《公開性》繼續出版，繼續「考驗」戈巴契夫的公開性：「蘇聯目前只是在莫斯科、在阿爾巴特街有一點自由……很快這一切都會結束。」

　　與此同時，各地成千上萬的非正式團體、俱樂部、雜誌湧現出來，各地的遊行示威活動此起彼伏。

　　七月五日，一個教派的五十名教徒在莫斯科中心公園示威，他們齊聲唱歌，高呼口號，施捨食品，呼籲公眾支持他們。

　　第二天，四十年代被遷往中亞地區的數千名克里米亞韃靼人的三十名代表在紅場靜坐示威，要求返回家園。

　　第三天，一群前政治犯在莫斯科組織「公開性」新俱樂部，要求修改刑法和廢除許多限制言論自由的法律。

　　八月二日，中亞共和國烏茲別克約五千名克里米亞韃靼人爲爭取返回家園示威。三日，二百多名韃靼人在莫斯科伊斯梅海公園舉行集會，抗擊當局阻止他們返回克里米亞。

　　二十三日，波羅的海沿岸三個共和國首都同時發生遊行示威。在立陶宛共和國首都，約三百人聚集在波蘭詩人密茨凱科支紀念碑前，高唱歌曲，高呼口號，並發表講話。在愛沙亞尼首都，二千多人參加集會。在拉脫維亞首都，遊行的人群阻塞了市內交通，他們在自由紀念碑前高呼「要祖國、要自由」的口號，譴責一九三九年蘇德把他們的國家並入蘇聯的條約。

　　一天早晨，離莫斯科七十公里的契可夫市公共汽車司機突然拒絕出車，要求領導提高他們的工資，街上沒有一輛汽車，人們不得不步行上班。

　　完全是「資產階級的民主和混亂」，出現在社會主義的淨土和「和諧社會」，不光以往七十年想不敢想、見未所見，而且有滑向否定整

個斧頭幫的領導、滑向社會動亂的危險。

斧頭幫內外，很多人已經憂心忡忡、公開發出不同聲音，許多花崗巖腦袋恐慌、憤怒、全力反擊。

總書記提拔的第一個「左膀右臂」、二號人物利加喬夫多次警告媒體，不要把蘇聯的歷史描繪成充滿著錯誤的歷史。

出席小兄弟匈牙利共產黨的一次活動時，利加喬夫甚至直截了當跟總書記的改革叫板。

智者、思想家雅科夫列夫

「至於資產階級的民主，我們在七十年前就作出了自己的選擇。」

因為戈巴契夫在一月全會上說過：改善國家社會狀況，除了改革，「誰還有別的選擇？」

利加喬夫等於回答戈巴契夫，選擇早已作出，而且在七十年前，不是什麼「資產階級的民主」和改革，而是馬克思設想、列寧實踐的計劃經濟、極權統治。

出席《莫斯科晚報》的會議時，直言不諱，指責很多作品背離了黨的思想原則，喪失階級性和現實性。

又親自登門《莫斯科新聞》，爲該報刊登一篇叛逃到西方的作家的訃告而大發雷霆：「任何人都不准對社會主義的前輩們採取無禮態度。」

克格勒主席切布裏科夫則警告知識界，不要熱衷於「提出批評，進行蠱惑人心的宣傳，搞虛無主義」。

「資產階級的民意測驗」又表明，帝國百分之五十以上的工人對經濟改革沒有帶來實惠表示不滿。

斧頭幫的統治史，就是一部血腥、骯髒、流氓的罪惡史、黑暗史，經不住任何光天化日之下的坦白和公開。

公開等於揭露，檢討等於批判，總結等於否定。

歷史不留死角，公開沒有禁忌，不光是對斧頭幫近七十年統治方式的挑戰，也是對斧頭幫原教旨主義意識形態的探險。

冰凍三尺，非一日之寒，溶化成水需要溫暖，也需要時間。

消解、削弱抵觸、抗拒、反撲的力量需要堅定的決心，也需要高超的政治藝術和手腕。

戈巴契夫將意識形態的管理權從利加喬夫的手裡分出來，交由剛晉升為政治局正式委員的雅科夫列夫負責。

這是他早已謀劃的權力佈局，將雅科夫列夫從美國加拿大研究所所長提拔為宣傳部長，又從宣傳部長晉升為書記處書記，再進一步晉升為政治局候補委員，終極目的就是安排此公分管意識形態。

利加喬夫、切布里科夫代表的勢力和聲音也容許存在，壓制其悶在肚子裏，不如鼓勵其說出來，說出來反而沒有威脅和隱患，戈巴契夫自信十足。

壓制、消除頑固保守勢力和聲音的最好辦法是迅速壯大公開、自由的力量，進一步鼓勵「多元化」和「多樣化」。

「讓我們言論多樣化一些吧，讓全社會都參加，讓社會主義的多元論充滿每一種出版物。」

他和雅科夫列夫再次與報刊主編、文藝家和作家座談，一談就是六小時，討論、探討如何深化公開性。

「如果批評和爭論有時走得過遠，我也沒有理由從政治上對其進行嚴厲譴責」。

「也許，有的同志已經要說甚麼，這意味著批評已經夠了。不，我覺得這種說法不對。我相信，不保持坦率性、公開性和批評的氣氛，不開展滲透著對人民的需求、對國家和社會命運關懷的擴泛而負責的討論，任何建設性的階段都不會到來。」

經過整整兩年的風風雨雨和反復較量，到一九八八年一月，戈巴契夫宣稱：「在蘇聯，社會主義多元化輿論已經開始形成。」

從禁閉走向公開，從一元走向多元，六十八年的堅冰，在兩年的時間裡溶化。

斧頭幫靠恐怖、謊言和禁錮表糊的牌位徹底倒塌，神話破產，迷信不再，遭到社會大眾、斧頭幫成員、包括其頑固堡壘克格勃、大權在握的達官貴人的徹底唾棄。

一九九一年八月，時任克格勃主席克留奇科夫主導、發動的大政變曇花一現，兩天玩完，根本原因，正是公開性、多元化形成的社會心理基礎。

葉爾辛大筆一揮，戈巴契夫一紙聲明，「戰無不勝」的斧頭幫頃刻瓦解、作鳥獸散，就是最有力的證明。

普亭小醜貪位戀棧，倒回威權統治，大打民族主義招牌，與斧頭幫意識形態及其餘孽一刀兩斷，又是最生動的證明。

羅納德・雷根會說一聲「阿門」J.

「黨的首腦戈巴契夫長時間休假的秘密被揭開了：他生了重病，病因是有生命危險的食物中毒。現在在克里米亞半島上的一家醫院。是事故還是謀殺——當局還要進行調查」。

一九八七年九月二十一日，聯邦德國《圖片報》報導。

「戈氏從八月七日起同他的夫人賴莎在黑海海濱的雅爾塔度假，他散步，訪問農業企業。三週後，突然感到身體不好，然後是腹瀉、劇烈頭痛、高燒、關節痛……」

「上星期五 (九月十八日) 大約十二時四十五分，他回到了莫斯科，他不像往常那樣乘飛機回來，而是坐火車。」

「由幾輛黑色大型豪華轎車組成的一支車隊去接戈巴契夫，皮膚變得略帶黑色的戈巴契夫上了第一輛轎車。」

同日，美國《華盛頓郵報》也發表類似的消息。

全世界各大報刊爭相轉載，記者向蘇聯外交部發言人打聽，發言人拒絕就戈氏的情況發表評論。

與一切極權、威權統治一樣，戈巴契夫入主克里姆林宮之前，斧頭幫頭領通常都深居簡出，公眾不知道他們的日常工作和生活狀態。

戈巴契夫與眾不同，三年來，只要他在莫斯科，每週一定會在克里姆林宮接待川流不息的來訪者，即使外出度假或視察，新聞機構也總是報導其動向和蹤跡。

只有最近的兩個月，戈巴契夫沒有公開露面。

猜測謠言滿天飛，幾乎每天，記者們都要問蘇聯外交部新聞發言人：戈巴契夫的狀況如何？

而回答總是千篇一律：「他很好」。

報導發表一個星期之後，戈巴契夫還未公開露面，一直到了九月二十九日晚，戈巴契夫才在電視新聞裡出現。

他與龐大的法國各界人士代表團會見交流。

沉溺於理論敘述是戈氏的誤區之一

看上去沒有甚麼變化，依然聲音洪亮，談笑風生，不停地打著手勢。

告訴客人近一個月他一直休假，同時寫了一本關於「改革和新思維」的書，總結了這幾年所深入思考的、決定的和準備做的一些事，又談論了未來的一些計劃。

他說，休假期間，他沒有離開住所一百米的地方，這是一次有成果的休假，許多事得以完成。

戈巴契夫的話不假，但不一定是全部。

媒體關於他生病的報導是真是假，他當時和事後都沒有肯定、或者否定。

他休假期間，莫斯科出現了第一家個體律師事務所。

九月份，蘇共中央政治局通過了一項旨在促進家庭農業和自留地

生產的決定，允許把小塊土地出租給農民。

在列寧格勒，一家造紙廠的工人拒絕政府任命的廠長人選，轉而在全國招標選聘廠長，北方城市科特拉斯一位四十五歲的工程師投標獲勝。

黨內二號人物利加喬夫繼續公開與戈巴契夫的「公開性」唱反調，不斷告誡人們，政治和意識形態的多元制將削弱黨的領導。

一名自稱「由上級任命的幹部」的妻子寫信給《莫斯科真理報》，宣稱「我們是社會的精華，你們要停止社會分化，辦不到 ⋯⋯我們將撕破你們改革的無力風帆，你們不會到達對岸」。

一位作家憂心忡忡：「我們大家都感到那些不希望改革的人在我們背後眯著狼一般的眼睛緊緊盯著我們。」

戈巴契夫處於權力的頂峰，感受不到常人的壓力，也不認為來自傳統、保守勢力的態度和言論會影響到改革進程。

泰然自若，波瀾不驚，難得度假期間有整塊的時間，任憑思想王國縱橫馳騁，神思暇想。

一門心思，集中精力，與助手一起撰寫他的《改革與新思維》。

還在戈巴契夫就任蘇共總書記之初，美國一位出版商貝希就動了要戈巴契夫著書的念頭。他找到蘇聯駐華盛頓使館的一位官員，要他轉告戈巴契夫。一年後，貝希收到消息，戈巴契夫答應考慮接受他建議。

利用休假機會，戈巴契夫將自己的許諾付諸實施，深思熟慮之後，寫下第一段文字：

「我寫這本書，是想同各國人民直接對話，同蘇聯人民、美國人民和其他國家的人民直接對話。」

接著寫道：「我寫這本書，是相信全世界的公民有健全的理智。我相信，他們也和我一樣，我們大家都為我們星球的命運感到擔心，而這是最主要的。」

經過列寧改造的馬克思的學說，人民群眾雖然是歷史和社會的主人，但只有代表先進生產力的工人階級會成為領導階級。

而工人階級只有接受其先鋒隊共產黨的領導和教育，才能從「自在」的階級，上升到「自為」的階級，從事無產階級革命。

因為共產黨比工人階級、乃至公眾，更瞭解歷史的進程，更有遠見。

一言蔽之，把人民群眾捧上「主人」的寶座，把工人階級捧上「領導」的尊位，再把斧頭幫自己安放在「主人」和「領導」的頭頂，由他們領導「領導」階級和「主人」。

戈巴契夫越過「階級」和「民族」的鴻溝，以蘇俄、美利堅、以及全世界的「公民」「都有健全的理智」為前提，與大家「對話」。

直接目的和作用是討好公眾、討好輿論，間接效果是改變斧頭幫從來不相信公眾、不相信人民群眾的「理論基礎」和意識形態。

論述改革的動機直言不諱：社會主義天堂經濟停頓，科技落後，原材料浪費，粗放經營，貪污成風，拍馬盛行。

「人們，尤其是青年，對社會事務漠不關心。」猶如「一部大機器的巨大飛輪在轉動，而與工作崗位相連接的傳動皮帶卻在空轉，或者轉得十分無力。」

「我們產生改革的思想，不僅是受實用的利益和想法的影響，而且是出於良心不安的召喚……」。

人、良心、實用，三個關鍵詞，道出戈巴契夫全部思維的基礎，道出戈巴契夫「新思維」的基本底色。

樸實無華，真實自然，一改斧頭幫的陳詞濫調和假大空泛。

戈巴契夫下臺三十年後，拉脫維亞戲劇家阿爾維斯・赫曼尼斯創作話劇《戈巴契夫》，並總結戈巴契夫「是一個人，不是一個政客」。

戈巴契夫自己在回憶錄中也有金句：「他與深愛的太太有婚約，他與他的國家——蘇俄，沒有婚約。」

入木三分，勾勒解釋了戈巴契夫愛江山、更愛美人和人類的內心世界。

權力在他手裡，是改變無良社會、走向文明幸福生活的槓桿，不像其他政客，把權力當作謀求榮華富貴的階梯。

正是從「實用」、「良心」和「人」的自然屬性出發，戈巴契夫總結改革的最終目的：「最充分地揭示我們的制度在經濟方面、社會政治方面和道德方面的人道主義性質。」「多一些民主、公開性和集體主義，在人與人之間的生產關係，社會關係和個人關係中多一些文明和人道主義，多一些人的尊嚴和自尊。」

Ein neuer Anfang? (1985)

一張精彩的漫畫勝過千言萬語

社會主義從理論到實踐，都證明是一條通往奴役之路，而不是通往天堂之門，但猶太大鬍子的初心確實很單純，為受苦受難的工人階級爭取平等、富裕和體面的生活。

戈巴契夫突出社會主義的人道主義成分，而忽略其路徑和設計，不提其錯誤推導和南轅北轍，一方面繼續高舉社會主義的大旗，一方面悄悄引進、靠攏資本主義的康莊大道。

七十年代價慘重的實驗，任何「理智健全」的腦袋都能看出，社會主義是一條死胡同，貧窮和戰爭伴隨始終。

他的童年，就因為沒有鞋穿而無法上學，在前線作戰的父親知道

這種情形後寫信給母親：變賣任何可以變賣的東西去買鞋子，「米謝（戈巴契夫的昵稱）一定要上學。」

一九五〇年，當他從自己家鄉出發，坐車北上前往莫斯科就讀大學時，他目睹了慘遭戰火破壞的情景，史達林格勒幾乎成為廢墟，羅斯托夫、卡科夫及伏洛尼茲等城市滿目瘡痍，數以千計的城鎮、工廠成為一片瓦礫。

「人類的政治歷史在很大程度上成了一部戰爭史。今天，這一傳統逕直通向核深淵。」戈巴契夫寫道。

幾個星期以前，他會見《百年孤獨》的作者加‧馬克斯，指出其作品「充滿對人、對人類的愛」。

「只有那些關注人民的命運和人民的疾苦的人，才是偉大的藝術家。」他說。

「眼前的世界，亟須現實主義的哲學指針把握思維，這就是國際政治新思維的客觀基礎。」

「人類將消滅許多次，這一從邏輯上講是不可能的事在技術上已是可能的了。現有的核武庫給地球儲備了能夠把每個居民周圍的大片土地燒為灰燼的彈藥。一般戰略核潛艇擁有的毀滅性力量就相當於幾個第二次世界大戰。而這樣的潛艇竟有許多艘！」「在全球性的核衝突中，既沒有勝利者，也沒有失敗者，但世界文明將不可避免地被摧毀。這甚至不是通常所理解的戰爭，而是自殺。」

「因此，幾百年乃至幾千年形成的世界政治中使用以武力為基礎思維方式和行為方式——它們成為一種幾乎不可動搖的公理——現在失去了所有的邏輯依據。過去曾作為一種經典公式的克勞塞維茨公式——戰爭是政治以另一種方式的繼續——已經過時了。它應藏在圖書館裡，在歷史上第一次迫切需要把社會的道德倫理標準作為國際政治的基礎，使國際關係人性化，人道主義化。」

戈巴契夫又一次超越了斧頭幫的意識形態。不但提議把馬克思讚賞的名言——戰爭是政治的繼續——藏在圖書館裡，還以無產階級從

來不承認的「人性論、人道主義」作爲國際政治的基礎。

又搬出斧頭幫祖師爺列寧，為自己的離經叛道披上紅色外衣，「列寧曾不止一次地闡述過全人類利益高於階級利益的思想」。

「曾在二十世紀，在這個緊張的世紀的末期，人類應當承認，迫切需要把全人類利益置於時代的至高無上的地位。」

「整個人類現在是同舟共濟，是沉是浮只能在一起。」

「因此，裁軍談判不是賭博。大家都應當贏，要不大家全都輸。」

「新思維的核心是承認全人類的價值高於一切，更確切地說，是承認人類的生存高於一切。」

唱高調、描繪美麗新世界是斧頭幫的發家神器和傳家寶，「解放全人類，然後解放自己」，全世界耳熟能詳。

提拔葉爾辛，成也韓信，敗也韓信

關鍵是行動，是如何做、怎樣做。

「每個人都應該承擔責任——無論你是在政治局、在地方上，還是在基層組織，大家都要純潔自身，誰要是不幹，就幫助他。主要的是做一切事都要憑良心。」

「我們的良心是純潔的。」

就算戈巴契夫的良心是純潔的，證明的根據仍然只有一個——行動。

而「我們」——斧頭幫，不但跟「良心」絕緣，而且生來專門毀滅「良心」和良知。說斧頭幫有「良心」，比說禽獸有良心還侮辱人的眼睛。

微妙之處在於，戈巴契夫沒有用「黨性」要求斧頭幫，要求政治局和各級官員，而是用「良心」這個最基本的道德準則，也許是空話一句、一句空話，仍然透露出其內心深處、其潛意識人性的光輝。

因此，當一位名叫托馬斯·H·內勒的美國專家讀了《改革與新思維》之後，認為戈巴契夫跟雷根，至少在社會經濟政策上有共同之處：

「他認為就業有保障和福利經濟是蘇聯的優越性，但也指出這使有些人成了寄生蟲。羅納德·雷根看到這話會說一聲：『阿門』」。

表明戈巴契夫不光脫胎換骨，從斧頭幫的「黨性」，回歸人性和良心，也具有出類拔萃的智慧，對福利社會、計劃經濟的弊病有著清醒的認知。

一個月的休假，是精神和思想之旅，也是整合、思考以往所有認知和理念的全心理活動。

即將到來的十月革命七十週年，不僅是斧頭面臨的祭祖和尋根，也是總書記表達政治理念的舞臺和窗口。

改革的方向和實質，是對十月革命的背離和否定。

十月革命的一系列慶祝活動，又要嫁接、宣示改革與革命的血脈相連和子承父業。

難為戈巴契夫，必須把改革的新酒，裝入革命的舊瓶，再表糊上社會主義醒目的標籤。

休假歸來，九月二十九日會見法國各界人士代表團後，旋即動身前往北部邊境城市摩爾曼斯克視察，十天以後，又前往列寧格勒向「革命戰士」墓獻花圈，拉開慶祝十月革命七十週年帷幕。

戈巴契夫式的街頭「閒聊」，已經成為其新思維、新作派的經典品牌，直接聽取街頭公眾的心聲和言論，不僅是他瞭解社會情緒、把握社會脈膊的最直接來源，也是他表達自己觀感、靈感和政策的重要場合。

「改革的關鍵性階段已經到來，成敗繫於政治經濟內行的領導和勞動人民的高度覺悟。」

「不支持改革的幹部必須讓位。當然，我不會發動一場像中國的文化大革命那樣的炮打司令部運動。」

第一次發出赤裸裸的威脅，掌握權力的斧頭幫，要麼換腦袋，要麼棄權位。

十月二十一日結束的蘇共中央全會，討論了總書記十月革命七十週年的報告，打發政治局委員、第一副總理阿利耶夫退休。

利加喬夫

蓋達爾・阿利耶維奇・阿利耶夫為阿塞拜疆人，曾任阿塞拜疆第一書記，1991 年 7 月，以退出蘇共抗議戈巴契夫的政策以及在納戈爾諾 - 卡拉巴赫產生的嚴重衝突。

1993 年後擔任獨立的阿塞拜疆總理、共和國最高議會主席、總統，一直到 2003 年 12 月。

一樁秘而不宣的爆炸性傳說同時不脛而走，「蘇聯領導集團中最直言不諱地支持政治改革的鮑裡斯・葉爾辛已表示願意辭去他在政

治局中的職務，並指責蘇聯第二號領導人利加喬夫對改革支持不夠。」

「葉爾辛聲稱，改革已進入死胡同，利加喬夫正在使社會、政治和經濟改革的速度減慢。」

「蘇聯統治集團前所未有，嚴重打擊對外塑造的團結形象。」

「更重要的是，葉爾辛是戈巴契夫改革路線的主要支持者之一，其行動點燃了一場政治危機。」

葉爾辛是戈巴契夫的同齡人，只比戈巴契夫大一個月，大學念建築專業，畢業於烏拉爾工業學院。跟雷日科夫總理是校友。

走上工作崗位，給工段長不做，要做建築工人，然後在建築業內一路高升，到了一九七六年（四十五歲），躍上蘇共斯維爾德洛夫斯克州委第一書記寶座。

當時，戈巴契夫出任斯塔夫羅波爾邊疆區委第一書記已經七年，屬於資深封疆大吏之列。

葉爾辛領導的工業大州，需要與戈巴契夫領導的農業小邊疆區互通有無，兩人因此很快從工作關係發展成要好同僚。

葉氏回憶戈巴契夫熱情洋溢，言必信、行必果，戈巴契夫回憶葉爾辛好強能幹、雷厲風行。

同為封疆大吏兩年，戈巴契夫進入中央，當上書記處書記，再七年，入主克里姆林宮，成為新沙皇。

正是出於同為封疆大吏期間的良好印象，當時最資深的封疆大吏、位於西伯利亞的托木斯克州委第一書記利加喬夫，如今戈巴契夫的左膀右臂，推薦提拔葉爾辛，與戈巴契夫一拍即合，一九八五年底，葉爾辛就當上擔任蘇共中央建設部長、書記處書記。

一九八六年蘇共二十七大之前，再委以重任，擔任莫斯科市委第一書記、並晉升為政治局候補委員。

葉爾辛屬於直覺型政治人物，敢作敢為，不拒小節，擠公共汽車，

到商店排隊購物，取消給「人民公僕」的特殊食品供應，整肅貪污腐化、違法亂紀的各級官員。

更換二十三個區委第一書記，把市中心的林蔭大街變爲蘇聯的海德公園，任由自由派藝術家、作家以及各種抗議者發洩不滿和各種觀點。

有一次，莫斯科一千多人遊行示威，高喊「我們要見戈巴契夫和葉爾辛」，葉爾辛聞訊，當即前往大街同示威者見面，聽取示威者的訴求，交談三小時，直到人們滿意散夥。

因此，人們普遍認爲葉爾辛是戈巴契夫改革事業最堅定有力、衝鋒在前的勇士和大將。

官場一致認爲，葉爾辛的地位和沉浮，反映著戈巴契夫改革的成敗和興衰，如果他在政治局正式委員中搶得一把交椅，表明改革力量

葉爾辛以攻爲守、馬失前蹄

在政治局佔上風。

反之，戈巴契夫凶多吉少。

如果葉爾辛不光沒有當上政治局委員，又要辭去莫斯科市委第一書記，意味著候補委員都當不成。

十一月二日，戈巴契夫在十月革命七十週年紀念大會發表演講，一方面批評「史達林及其隨從對黨和人民犯下的全面鎮壓和無法無天的罪行極其嚴重，不可寬恕」，一方面又評價人們關心的歷史人物布哈林、托洛茨基等人「企圖用假馬克思主義的辭藻取代革命真理。」一方面聲稱當前的形勢，「保守勢力的反抗在增強」，一方面又說「一些頑固堅持、毫無耐性的人埋怨改革的速度太慢。」

十一月七日，戈巴契夫與其他達官貴人出席帝國七十年慶典，雖然典禮還由莫斯科市委第一書記葉爾辛主持，但看上去情緒低落，臉色陰沉，心事重重。

從而進一步激起公眾和輿論對葉爾辛命運和戈巴契夫處境的擔憂和猜測。

事隔多年，傳說陸續得以證實，所有當事人的回憶錄、解密的會議文件，都繪製出當時的全景。

還在戈巴契夫休假期間，葉爾辛就寫信給總書記，抱怨兩位政治局委員，抱怨工作中遇到的阻力，提出辭去政治局候補委員和莫斯科市委第一書記。

休假歸來，戈巴契夫約葉爾辛通話，告訴葉爾辛現在不是討論這個問題的時候，十月革命節臨近，有許多工作要做，國慶節後展開討論所有問題。

葉爾辛同意了。

但是，在十月二十一日的中央全會上，葉爾辛超出會議議程，再三要求發言，並發表兩點看法、一個要求，引火燒身。

一個看法是，防止形成新的個人崇拜；另一個看法是，改革遇到巨大困難，達不到預期目標。

一個要求是，他的工作得不到利加喬夫支援，因而請求解除自己所擔任的政治局候補委員和莫斯科市委第一書記。

戈巴契夫回憶：「葉爾辛當時提出的問題……當然可以展開來認真討論，這對大家都有好處。但他那最後通牒式的做法和整個發言的口氣招致了激烈的反響，於是開始了並非事先安排的爭論。」

「發言都是自發的，事先沒有準備，說話帶情緒，很尖銳，可也真夠這位『反專制戰士』受的。」

「我從全會的主席團位置上觀察葉爾辛，看出他內心的變化。從他臉上也能讀到一種奇異的混合體：頑強固執、猶豫動搖、懊悔沮喪。這便是所有喜怒無常者獨具的性格特徵。」

「我拋給他一隻『救生圈』，建議他再作考慮並撤銷退休聲明。他不接受幫助，而且非常神經質地說：

『不，我仍然請求解除我的職務。』」

事後，葉爾辛在政治局會議主動檢討自己「出於自負，出於自尊心回避了同利加喬夫、拉祖莫夫斯基和雅科夫列夫的正常合作」。

同時表明，「市委的同志們沒有拋棄我，儘管他們也指摘我的做法，但還是請我留下來」。

後來，又寄給戈巴契夫一封信，說莫斯科市委形成意見，要求他撤回聲明，繼續擔任市委第一書記，他因此請求給他機會繼續工作。

「我把在莫斯科的政治局委員全都召集到一起，轉述了葉爾辛來信的內容，所有人一致表示：必須按全會決定辦。」

「隨後我打電話給葉爾辛，告訴他政治局委員的意見是把問題提到市委全會去。」

並且告訴葉，準備安排葉到「國家建設委員會擔任部長級的第一

副主任」。

戈巴契夫承認，許多人抱怨他沒有把葉打發得遠遠的、按慣例委派為駐外大使，使葉有了東山再起的機會。

但戈巴契夫認為那樣做，不符合他的價值理念。

「對於他，我一點也不反感，更談不上什麼仇恨之心。」

「即使到了他在政治鬥爭過程中開始用最低級的言詞指責我，侮辱我，他也沒能把我拖進這類叫罵爭吵中去。」

以當時的背景和傳統，戈巴契夫無疑已經做到最大限度的通情達理，理解葉、照顧葉，安排葉當部長級負責人，加上先前的提攜之恩，葉爾辛只有感激的份，沒有怨恨的理由。

葉爾辛在紅色權力體系摸爬滾打幾十年，能年紀輕輕衝上州委第一書記寶座，自然明白斧頭幫的遊戲規則，明白自己的選擇和決定，自己的演出完全失控，本來是挑戰利加喬夫，演變成挑戰整個政治局和中央委員會、挑戰整個遊戲規則，而且挑戰的方式極其笨拙魯莽，

完全咎由自取，不可能有更好的下場。

戈巴契夫的錯誤在於，雖然不遺餘力地推行所謂的「公開性」，仍然畫地為牢，沒有把最需要公開的權力機構的決策過程公開，仍然把黑箱作業捂得嚴嚴實實，導致社會大眾同情、支持葉爾辛，認為葉爾辛遭受以戈巴契夫為代表的體制和權貴的欺負，葉爾辛成為挑戰特權、挑戰體制的英雄，從而奠定雄厚的民望基礎。

以葉爾辛的個性，當然不會認為戈巴契夫已經做到最好、而且不能再好，理所當然耿耿於懷、念念不忘自己遭受的屈辱。

之後不久出版小冊子，宣傳自己的過去和當下，政績和政綱，不但把戈巴契夫的提攜之恩說成出於權力鬥爭，利用他的力量，而且把戈巴契夫對他的寬大處理、溫情安排，描繪成戈巴契夫故布棋局、有意製造改革所需要的反對派。

但是，葉爾辛的怨恨在兩個人的政爭、權爭過程中，又只是「微量元素」，不是後來一些書籍和文章，一葉障目，無限放大兩個自然人之間的恩怨，將葉爾辛描繪成復仇王子，描繪成復仇成為葉、戈爭鬥的主軸和主調。

包括最後逼退戈巴契夫，又臨門一腳葬送蘇聯。

事實上，對改革進程的判斷和理解，對權位的爭奪和志在必得，才是葉爾辛不容戈氏、報復戈氏、狠下「毒手」的最大元素和驅力。

蘇聯是權力的陪葬品，解體蘇聯，不過是奪取戈巴契夫權力最體面的方式、最直截了當的途徑。

是愛烏及屋，不是恨烏及屋。

十一月十二日，塔斯社發佈消息，蘇共莫斯科市委全體會議解除葉爾辛莫斯科市委第一書記，「選舉」蘇共中央政治局委員紮伊科夫接替。

傳言多日，一朝證實，再次證明，只要決策過程沒有公開、沒有陽光，通常謠言都謠出有據。

葉爾辛解職的第二天，莫斯科新成立的三個公民團體，公衆倡議俱樂部、改革俱樂部、地區俱樂部共四十人在莫斯科一家工廠舉行集會，抗議解除葉爾辛的職務，但被民兵衝散。

次日，他們又以支持改革爲名申請示威遊行，也遭拒絕。

全國各地，許多公衆，寫信函、發電報、安慰、聲援葉爾辛的，但每個郵局門口都貼著告示：「任何寄給葉爾辛的郵件概不發送。」

十二月六日，利加喬夫在巴黎告訴記者，他主持蘇共書記處的工作，戈巴契夫主持政治局的工作。

而在契爾年科任總書記期間，是戈巴契夫充當利加喬夫現在的角色。

人們有理由認為：「葉爾辛事件無疑是一個跡象，改革派和保守派的對抗以保守派取勝而告終，利加喬夫權力基礎的擴大更能證明這一點。」

「旣然戈巴契夫忍痛犧牲了他的盟友葉爾辛，他的日子也不會好過多少。」

戈巴契夫的改革進程遭遇重大阻力和挫折。

第一枚金蘋果 J

與葉爾辛辭職事件並行，十月二十二日，美國國務卿舒爾茨一行乘火車前往莫斯科。

這一年的春天，戈巴契夫宣佈接受雷根關於裁減核武器的「零點方案」，爾後又提出全球「雙零點方案」作為回應。

經過一番分析和猶豫，美國及北約一致表示接受戈氏的建議。

聯邦德國總理科爾尤其表示願意拆除部署在西德領土上的「潘興I—A」式導彈。

戈巴契夫休假期間，蘇聯外長謝瓦爾德納澤曾赴華盛頓，就削減中程導彈協議的主要原則同舒爾茨會談。

磋商之後，兩國達成「原則性協議」，並安排在秋季再一次舉行首腦會晤。

入主克里姆林宮兩年多，所有努力終於初見成效。

舒爾茨稍事休息，在列寧山外交部賓館與謝瓦爾德納澤舉行會晤，排除了中導原則協議的所有主要障礙。

剩下的問題就是首腦會晤日期，準備削減中程導彈的協議文本，都是技術活，非常好解決。

第二天下午，戈巴契夫在辦公室會見舒爾茨，就戰略核武器和中導協議提出指導性新建議，並再次提議，削減中程導彈和取消雷根的太空防禦計劃最好聯繫在一起考慮。

舒爾茨一如既往，拒絕戈巴契夫的建議，反對將兩件事「掛鈎」，美國的一貫立場沒有改變。

原計劃為一場短暫的禮節性會見，因為戈氏節外生枝，爭論持續三小時之久，仍相持不下。

戈巴契夫甚至表示，除非美國改變關於「星球大戰」的立場，他近期不可能訪問華盛頓，因為沒有成果的高峰會晤沒有意義。

爭論四小時之久，兩人誰也沒有說服誰。

舒爾茨訪問莫斯科又白跑一趟。

消息傳回華盛頓，雷根的「政治憂患和個人痛苦達到極致」。

因為黑色星期一的股票暴跌與「伊朗門」事件交織一起，沒有化解的良方，只有被動挨打，遭受國會和輿論的狂轟濫炸，成為入主白宮以來最狼狽不堪的時候。

戈巴契夫最後一分鐘改變主意所為何來，人們大惑不解。

利用雷根面臨的危難施加壓力，提高要價？

像婚禮前的落跑新娘，此前的熱戀、約定都是耍花招？

或者，人們一直擔心的事情發生，斧頭幫反對戈巴契夫的主張，逼使其改變主意？

　　四天之後，舒爾茨在華盛頓剛平靜下來，謝瓦爾德納澤又在莫斯科召見美國駐蘇大使馬特洛克。

　　告訴大使先生，戈巴契夫寫了封信給雷根，準備由他親自帶往華盛頓，面交雷根並跟雷根討論信件內容。

　　馬特洛克趕忙彙報舒爾茨，舒爾茨趕快彙報雷根，雷根聞訊，決定接過傳球，在華盛頓接待謝瓦爾德納澤。

　　第二天下午，莫斯科和華盛頓同時發佈新聞：謝瓦爾德納澤將攜戈巴契夫給雷根的親筆信赴華盛頓，進行短暫的工作訪問。

　　蘇聯外交部發言人皮亞德舍夫吹風，年內可能舉行首腦會晤。

　　克里姆林宮又改弦更張，重修舊好，從主場追往客場，再續前約。

　　十月三十日傍晚，也就是戈巴契夫在莫斯科會見舒爾茨之後七天，雷根、舒爾茨和來訪的謝瓦爾德納澤笑容滿面，一起出現在擠滿了記者的白宮新聞發佈室。

　　雷根喜笑顏開地說：經過他和舒爾茨與蘇聯外長的會談，已確定十二月七日同蘇聯領導人戈巴契夫在華盛頓舉行會晤，同時簽訂一項消除中程核武器的條約。

　　又不忘稱讚戈巴契夫給他的信是友善的、好商量的，戈巴契夫具有政治家的風度。

　　至於戈巴契夫為什麼不吃舒爾茨送到嘴邊的蘋果，又折騰謝瓦爾德納澤飛往華盛頓吃同一只蘋果，他的信裏沒有透露，事後各方都再無人提及。

　　十二月七日，戈巴契夫離開莫斯科前往華盛頓，順道訪問英國。

　　在陽光明媚的布萊茲諾頓皇家空軍基地，戈巴契夫像一個贏得關鍵一分的運動員，興高采烈，幾乎是跳下飛機的舷梯。

戈巴契夫與戴卓爾夫人相互傾訴衷腸，戈巴契夫太太賴莎參觀附近的一所小學。當她身穿時髦的黑白毛皮大衣出現在學生們面前時，一些學生把她當成了英國女王或王妃。

下午四點三十分，戈巴契夫的座機在華盛頓郊外的安德魯斯空軍基地降落。

自一九七三年布里茲尼夫訪美，相隔十四年，資本主義掘墓人的總代表又一次踏上他們準備埋葬的世界。

人類歷史上第一份削減核武器的條約又要簽訂。

當天上午的新聞發佈會上，蘇聯發言人格拉西莫夫故弄玄虛，戈巴契夫經常讓人們感到驚奇，說不定他在談判桌上又會提出什麼令人意想不到的建議。

因而，將近一千名新聞記者等候在機場，準備捕捉歷史性的一刻。

儘管是冬日，天氣出奇地暖和，午後的太陽，盡情地揮灑著它的

棋逢對手

熱量，機艙門打開，戈巴契夫身穿灰色呢絨大衣出現在艙口。

一時照相機快門聲大作，與接機人員的掌聲連成一片。戈巴契夫先與站在艙外的空姐握手，繼而走下舷梯。

賴莎身著銀灰色貂皮大衣，腳登長皮靴，緊跟丈夫身後。

在機場迎候多時的舒爾茨伸出右手開懷大笑，與戈巴契夫夫婦及其隨行人員謝瓦爾德納澤、雅科夫列夫、多勃雷寧等一一握手。

多勃雷寧身高一米九零，曾任駐美大使二十四年，如今是分管國際事務的書記處書記，因而與舒爾茨格外熱絡、談笑風生。

在眾人簇擁之下，戈巴契夫向等候在機場的記者發表演講，稱此行的目的是「希望能從美國那裡聽到新的東西。」

隨後告訴舒爾茨：「讓上帝幫助我們。」

舒爾茨說：「我們已經準備好了。」

「我們也是」，戈巴契夫滿面春風，並邀請舒爾茨到蘇聯大使館喝茶。

跟美邦總統外訪一樣，戈巴契夫一行乘坐、使用約大小二十五輛汽車等交通、生活設備，已經事先空運越洋而來。

加上美方的接待和安全護衛車輛，幾十輛大小車陣排成的長龍，前呼後擁著戈巴契夫帶裝甲的蘇製「吉爾」牌座駕，一路呼嘯，前往蘇聯駐美國大使館，訪問期間，戈巴契夫將下榻在這裏。

當車隊浩浩蕩蕩穿過華盛頓市區時，已暮色四合，萬家燈火，一株株五光十色的聖誕樹爭奇鬥妍。

「五月花號」新教徒在亞美利加形成的傳統，一系列的聖誕節慶祝活動從這一天晚上拉開帷幕。

因為戈巴契夫的來訪，華盛頓的聖誕節慶祝活動又增添了許多蘇聯調味品。

妝飾小商店出售有別針的列寧徽章和鐮刀錘子形耳環，服裝店裡出售印有戈巴契夫、列寧和史達林的頭像的 T 恤襯，臨時租用的新聞中心——馬裡奧特飯店在首腦會晤期間把餐廳改爲「公開性餐廳」。

兩天前，來自美國各地的和平組織成員三千多人冒著寒風，在白宮對面的拉斐特公園集合，手拉手組成一條「人鏈」，一直連接到四個街區之外的蘇聯駐美國大使館。

「人鏈」的兩端，各有一群兒童手捧鮮紅的玫瑰，分別送往白宮和蘇聯大使館。

希望放棄軍備競賽，共同維護世界和平。

當送花兒童在攝影機追蹤下走近白宮，要求將花獻給總統時，白宮警衛冷冷地要他們將花送到隔壁舊行政樓的郵件室。

失望的兒童只好將鮮花放在警衛間的門前，噘著小嘴巴離去。

不久，白宮園丁走來，又將孩子們的玫瑰花統統扔進了垃圾桶。

而「人鏈」的另一端，一群孩子手捧鮮花，走進蘇聯大使館，受到使館官員的熱情接待，又是糖果，又是飲料，蘇聯駐美國大使館的高級官員親自迎接，並將孩子們送出館外。

兩邊的場面分別攝進記者們的照相機，照片刊登在《華盛頓郵報》同一個版面上。

標題用了《孩子們發現「公開性」獲勝，白宮失策》。

白宮發言人菲茨沃特在記者招待會上忙不迭道歉：

「我們對所發生的事感到遺憾，我們沒有適當接待他們。」

電視臺則把這一消息傳遍千家萬戶，對比雙方的得分和失分。

第二天，華盛頓天氣陰沉，寒風颼颼。

上午十時，戈巴契夫乘坐插著蘇聯和美國國旗的轎車前往白宮，雷根總統夫婦在白宮南草坪前迎候。

戈巴契夫坐車抵達，雷根夫婦迎上前去熱烈握手歡迎。

南草坪上鼓樂齊鳴，軍樂隊高昂奏蘇聯國歌，禮炮二十一響後又奏起美國國歌。

雷根接著致歡迎詞，戈巴契夫致答詞。

這套歡迎儀式都來自古老的歐洲，兩個後起的超級大國都沿襲歐洲傳統。

之後，兩位領導人一道走進白宮舉行首次會談，他們身後只各跟一名翻譯和速記員。

經歷了日內瓦和雷克雅維克會晤，經歷了近三年的相互試探和攻防，經歷了兩國外交團隊具體的談判和努力，兩大陣營對抗、軍備競賽四十二年來，第一個削減軍備的協議即將誕生。

兩人這次的會晤，完全是沒有實質內容的走過場。

下午兩點，中導條約簽字儀式在白宮東廳舉行。

一張胡桃木製作的紫色的會議桌上，放著四本俄英兩種文本的條約，桌子後面掛著蘇美兩國國旗。

這張桌子已經走過一個多世紀的歷程、桌面上簽署過許多具有歷史意義的檔。

除了戈巴契夫和雷根，只有兩位工作人員在旁侍候，其他要人都坐在對面的觀禮席上。

兩位領袖先分別致詞，然後走到桌前坐下來簽字，每人總共需要簽八次自己的名字。

戈巴契夫簽完之後，舒心地對坐在觀禮席前排的夫人賴莎和外長謝瓦爾德納澤笑了笑，等候雷根簽完。

隨後，又拿起金桿的墨水筆做了一個交換的動作，雷根掏出筆來，兩人互相交給對方留作紀念。

最後一幕是兩人分別拿起簽過字的檔相互握手，再把檔交給對方。

觀禮席上，立即響起一片掌聲，賓主都滿臉堆笑，為這一歷史時刻而歡呼。

▲條約規定，條約經雙方國會批准後交換批准證書之日起生效。

▲條約規定，條約生效後，雙方都不再生產任何中程導彈（射程一○○○公里至五五○○公里）、中短程導彈（射程五○○至一○○○公里）及有關發射裝置。

▲條約規定，條約生效十八個月後，雙方都不再擁有中短程導彈及其發射裝置和設施。

▲條約規定，條約生效三年後，雙方都不再擁有中程和中短程導彈及其發射裝置和設施。

此後的三天裡，戈巴契夫又與雷根舉行三次會談，與布殊副總統舉行一次會談，參加歡迎歡送、簽署消除中導協議的兩個儀式，出席

雷根總統夫婦的歡迎宴會。

戈巴契夫自己又要邀請美方各界人士到蘇聯駐美大使館作客，與美國國會領導人會晤，爲雷根夫婦舉行答謝宴會，舉行馬拉松似的記者招待會。

日程琳瑯滿目，光發表長短不等的正式講話不下十次，又要隨時回答記者的提問。

離開美國的那一天，同布殊副總統共進完早餐去白宮的路上，戈巴契夫又使出在蘇聯經常玩弄的把戲，臨時讓座駕停在路邊，與行人握手、寒暄、聊天。

繁華的康涅狄格大街上突然出現戈爾比，熱情好客的路人都興高采烈地鼓掌回應。

到達白宮時，比預定時間晚了九十分鐘。雷根打趣：「我還以爲你回國了呢？」

戈巴契夫不無得意地顯擺：「我和一群美國人聊天來著，他們攔住了我們的汽車。」

白宮的宴會，也精心討好來賓，專門邀請曾獲柴可夫斯基大獎的著名鋼琴家克萊本演奏。

曲目包括舒伯特、勃拉姆斯和德彪西的作品，包括俄羅斯歌曲《莫斯科郊外的晚上》。

《莫斯科郊外的晚上》的旋律響起，鋼琴家、戈巴契夫、賴莎夫婦和代表團一行齊聲用俄語吟唱。

戈巴契夫致詞時，不忘推銷他的新思維。

他希望有一個無核的世界，雖然達到這個目標是困難的，「但是，有了新的思維，這一目標是能夠達到的」。

十二月十日晚上八時，戈巴契夫飛離華盛頓，結束美國之行。

他和藹可親，風趣幽默，善解人意，讓美國人親眼目睹了一個嶄

新的斧頭幫領導人的形象。

時隔四天，戈巴契夫在電視臺向蘇聯公眾匯報他的訪美成果。

這是他一九八六年以後玩的新花樣——凡有重大國務活動，他都會出現在電視節目裏，直接向公眾講話，把公眾放在主體地位，誘導公眾接受他的觀點，和公眾一道品嚐他的作品和成功。

他告訴公眾，他同美國總統簽署了消除中程導彈的條約，這是新思維的勝利。

「雖然人類總共只擺脫了百分之四的核武器，但是科學家說，百分之五的核武器就可以毀滅地球上所有的生物。」

「這個條約告訴大家，由軍備競賽轉向裁軍是可能的。」

通過裁減軍備，「整個世界如此重視我國的改革。你們可能和我們一樣都感覺到了，我們進行的改革越有成效，在國際舞臺上的事業就將進行得越順利」。

斧頭幫就像《動物莊園》的拿破侖，總是將莊園以外的社會描述

成不懷好意的「敵對勢力」，維護斧頭幫的統治和合法性。

戈巴契夫恰恰相反，用文明世界的認可、「關注」和尊重，激發公眾的認同和支持。

事實上，最能贏得公眾認同、支持和高呼「烏啦」的重大意義，戈巴契夫不好宣之於口，公之於眾，只能關起門來，在政治局會議上，跟其他同僚交底。

窮兵黷武、無事生非、挑戰文明世界，跟老美玩軍備競賽，死路一條，越玩越完蛋，通過限制軍備，就可以把製造軍備的人力、物力和財力用於國計民生、用於民用消費品生產，用於振興國內經濟。

從前是要大炮不要黃油，從這份條約開始，咱要黃油不要大炮！

這才是根本，才是蘇聯公眾需要的金蘋果，也是文明世界的期待和希望。

戈巴契夫和平使者的形象，因為這一歷史的轉折，更加深入人心。

法國前總統皮埃爾·莫魯瓦高舉酒杯讚頌戈巴契夫：「裁軍的時刻、和平的時刻到來了，多虧了你，總書記先生。」

芬蘭的大學生對蘇聯嗤之以鼻，但對戈巴契夫高度肯定，「五十六歲的戈巴契夫先生比起雷根總統來更富於建設性思想、更愛好和平、更值得信賴。」

J 鏈合「流血傷口」

是解決阿富汗問題的時候了。

由布里茲尼夫開創、安德羅波夫繼承、契爾年科維持而轉交給戈巴契夫的這份遺產，沒有帶來榮華富貴，卻演變成了欲留不能、欲去不靈的累贅。

當初的如意算盤，是在喀布爾重演一齣「布拉格之春」。

布里茲尼夫老謀失算，穆斯林不是斯洛伐克，阿富汗變成了當年美國的越南。

巨人陷入泥潭，除了賠上大把大把的盧布，送掉一條一條性命，還落得一個侵略者的名聲，招致各國群起而攻。

「新思維」招牌愈響，阿富汗問題愈昭。

戈巴契夫早有心解決，無奈回天乏力。

日內瓦與雷根首次會談，總書記衝口而出：「我們想撤軍」，一語道破天機。

翌年召開斧頭幫二十七大，總書記再次重申：「我們準備在最近的將來，把應阿富汗政府請求留駐在那裡的蘇聯軍隊撤回，也同阿富汗方面已經商定，只要政治解決就分階段撤軍。」

轉眼就是兩年，艱難無望的裁減軍備都變成現實，撤回自己的軍隊仍是一廂情願。

困難的方面，首先來自歷史。

阿富汗之於蘇俄不在於它的物產豐富，也不在於它的秀麗山色。

這個中亞山國任何東西都不值錢，唯一值錢的地方是距阿拉伯海不遠。

歐亞大陸中央，那顆手榴彈形狀的版圖，就像一條走廊，吸引著彼得大帝「南下印度洋奪取暖水港」的勃勃野心。

而四面出擊，把沙俄由內陸闊域，變為四面瀕海的海洋帝國，是戰鬥民族自老沙皇以後世世代代的追求。

一九七三年七月，蘇俄支持達烏德發動政變，趕走在位五十年的查希爾國王，建立起親蘇的阿富汗共和國。

此後五年，達烏德並不那麼馴順聽話，時有違背克里姆林宮意志的行動。

一九七八年四月，又是蘇俄暗中支持，阿富汗武裝力量用坦克摧毀總統府，殺死達烏德及其親屬和追隨者。

隨後，野心勃勃的阿明執掌實權。

阿明的原罪，曾經在美國接受教育，莫斯科實在放心不下。因此

執行斬首行動的特種部隊

決定扶持阿明的對手卡爾邁勒。

一九七九年十二月二十七日夜晚，興都庫什山間，白雪掩映著陽光，呼嘯的北風挾裹著蕭殺的氣氛。

時任總書記布里茲尼夫同蘇斯洛夫（二號人物兼首席理論家）烏斯季諾夫（國防部長）和葛羅米柯（外交部長）共同密謀並決定，將十一年前在布拉格演出的一幕，搬往喀布爾重複一遍。

晚七時許，電報局轟然爆炸，喀布爾與外界的通訊中斷。

隨之槍聲大作，馬達轟鳴，以運送援阿軍事裝備爲名的蘇軍一〇五師突然發難，早已打入各部門的克格勃人員與之緊密配合，喀布爾各要害部門迅速被佔領。

在達魯拉曼宮，阿富汗民主共和國總統哈菲祖拉・阿明率親信衛兵抵抗還擊。

六輛蘇軍坦克和裝甲車的一百毫米大炮把金色的宮殿打成一片瓦礫，阿明及其四個妻子、二十四個子女、二百五十名士兵和一些政府要員全部喪命於亂炮之中。

全程三個半小時，蘇軍以二百五十人傷亡的代價，順利控制喀布爾。

蘇聯地面部隊跨過邊境，從捷爾梅茲和庫什卡兩地開始，沿兩條戰略公路長下，對阿富汗全境實施高速度、大縱深的鉗形攻勢。

兩股突擊集團各含三個摩托化步兵師，以每天一百二十公里的速度，一路攻破各大城市和戰略要地。

七個師、八萬多現代化蘇軍無情碾壓束手無策的十萬阿軍。

一九八〇年一月二日，蘇軍兩股突擊集團在南部重鎮坎大哈會師。

一月三曰，各地面部隊多路出擊，控制整個阿富汗。

一月二十八日零點，蘇俄的塔什干電臺冒用「喀布爾電臺」名義宣佈：「政變成功」。

「帝國主義的走狗、聽命於美國中央情報局的『嗜血暴君』阿明已被處決」，並發表巴布拉克・卡爾邁勒事先錄好的講話。

宣佈以他爲首的「阿富汗最高革命委員會」成立，實施新政府綱領和計劃。

粗暴的干涉激發了穆斯林們強烈的反抗，數十萬人組成遊擊隊與政府軍，同蘇軍相對抗。

在民衆的支持下，蘇軍陷入毛澤東所說的「人民戰爭的汪洋大海之中，」

蘇軍計劃速勝凱旋的日子遙遙無期。

八年之後，隧道那一頭的亮光仍然被黑暗所籠罩。

而抵抗力量越戰越有組織，越戰越有力量。

一九八五年五月，經過各方妥協磋商，七個最有號召力和戰鬥力

執行斬首行動的特種部隊

的黨派成立「阿富汗聖戰者伊斯蘭聯盟」。

一九八七年，流亡在伊朗的難民組成八黨聯盟，作爲軍事——政治力量，任何人無法忽視他們的存在。

八年後的阿富汗，比當時蘇軍入侵時更複雜。

戈巴契夫被迫作尼克遜第二，但比尼克遜面臨的困難多多。

尼氏是靠選民投票上臺，而選民希望結束越戰，有選民授權，又順應民意，不存在撤不撤的問題，是如何撤的問題。

戈氏完全不同，撤，還是不撤，就面臨巨大的挑戰。

最大的挑戰來自決策集團，出兵決策者之一的葛羅米柯同意嗎？

執行決策、扮演主角的軍隊高級將領和影響力無所不在的軍工集團同意嗎？

當年出兵時，說得好好的，老大哥履行神聖的國際主義義務，幫阿富汗鄰居建設美好的社會主義，如今社會義主建成了嗎？

要是撤回人民子弟兵，社會主義的兄弟、卡爾邁勒政權能支撐下去嗎？

「老大哥」既然跟美帝平起平坐，在一群散兵游勇、烏合之眾面前高掛免戰牌，不戰而走，丟了新的「小兄弟」，臉往哪裡擱啊？

當年在越南，社會主義親兄弟齊上陣，玩得美帝灰頭土臉，一走了之。

如今「老大哥」要步當年美帝的後塵，美帝會收手給個臺階嗎？

不光美帝，站在美帝一邊的亞洲小兄弟、大兄弟巴基斯坦、東方某鄰，及其扶植的毛拉們會送順水人情嗎？

戈巴契夫因此遲遲打不開缺口。

一直拖到一九八六年五月，以蘇聯的選舉辦法，扶植原秘密員警首腦拉吉布拉取代卡爾邁勒，通過換馬，改「攝政」爲「垂簾」，「擴大政治基礎」，改善權力的力量和形象，緩和與抵抗力量的衝突。

與此同時，使出硬的一手，命令蘇軍「重創」抵抗力量，大傷其元氣，減輕拉吉布拉新政府的壓力，穩定阿富汗局勢，以空間換時間，為最後撤軍創造條件、保全面子。

先安外，再撫內。

但是，出拳結果，空忙一場。

戰場形勢，來自美國、巴基斯坦等槍支、導彈源源不斷送給遊擊隊，毛拉們一不怕苦、二不怕死，敵進我退，敵退我進。

一九八六年結束時，蘇軍僅損失飛機二百七十架，死傷人民子弟兵無算。

後來那個大名鼎鼎的將軍政治家列別德少將，當時駕駛戰鬥機參加戰鬥，就遭到「飛毛腿」導彈擊落，當了毛拉們的俘虜。

至於換馬把戲，換湯不換藥，換了白換。

儘管拉吉布拉按照「老大哥」編寫的腳本，發表聲明，提出「民族和解」，願意同各在野黨派商討組織聯合政府，並從一九八七年一月十五日起單方面停火六個月。

謝瓦爾德納澤又親臨阿富汗，考察戰場形勢，要求美國停止援助阿富汗遊擊隊。若要能實現停火，蘇聯將在十八個月內撤軍。

吸取過往打交道的經驗教訓，華盛頓根本不相信莫斯科的態度，一如裁減軍備、限制核武庫的擴充。

十八個月的撤軍時間太長，又沒有明確的撤軍時間表，對不起，撤軍無條件，援助不援助，撤軍以後再說。

聖戰遊擊隊一群亡命之徒，都想自己當老大，哪願意跟拉吉布拉分享權力。

戈巴契夫的如意算盤又告落空。

這些動作都表明，撤軍的「政治決定已經作出」，只是撤軍的「方式方法」，也就是蘇軍體面地撤出，蘇軍扶植的政權繼續存在。

很快又是一年過去，戈巴契夫訪問華盛頓期間，再一次請求美國予以支持，表示願意把撤軍時間減少到十二個月。

有了雙方簽訂中導條約的信任基礎，雷根立即允諾：「只要真心實意撤軍，並讓阿富汗人民自治，美國將在外交方面予以幫助」，撤軍的時間要進一步縮短。

一九八八年一月，美國再一次讓步，同意蘇聯支持的拉吉布拉政權在過渡政府中發揮作用，等於有保留地承認拉吉布拉政權。

戈巴契夫隨之將拉吉布拉請到克里姆林宮交底攤牌。

謝瓦爾德納澤比戈氏更徹底

「革命現在必須終於有能力自衛。」

「蘇聯國內在此問題上的壓力日益增加，我們幫助了你們，現在你們應當幫助我們，讓我們能撤走。」

謝瓦爾德納澤再一次到達喀布爾討論撤軍問題，並在喀布爾告訴記者：「我們希望，已經來到的一九八八年能成為蘇軍留在阿富汗的最後一年」。

他進一步透露，美國方面已同意，蘇聯一旦撤軍，美國將不再援助反抗力量。

二月八日，戈巴契夫發表關於阿富汗問題的聲明，聲稱帝國已和「阿富汗共和國政府」協商確定了撤軍日期，一九八八年五月十五日開始，十個月內撤完。

同時聲明，蘇聯撤軍後的阿富汗，「將是一個獨立、不結盟的國家。」，表明撤軍與在阿富汗建立一個新的聯合政府沒有關聯。

同時，給正在進行的巴基斯坦和阿富汗日內瓦談判施加壓力，談判的協議不應遲於三月十五日簽署，協議早簽早撤，晚簽晚撤。

後來，儘管巴基斯坦與阿富汗在日內瓦的會談三月十五日沒有達成協議，謝瓦爾德納澤仍表示，蘇聯與喀布爾將簽撤軍協議，蘇聯撤軍計劃不變。

四月六日，在謝瓦爾德納澤陪同下，戈巴契夫前往靠近阿富汗邊境的蘇聯中亞城市塔什干同拉吉布拉會談。

會談次日，雙方發表聲明，日內瓦協議的最後障礙已經消除，蘇軍將於五月十五日開始撤出阿富汗。

四月十四日，在瑞士日內瓦萬國宮內，由聯合國秘書長佩雷斯‧德奎利亞爾主持，由巴基斯坦、阿富汗、美國和蘇聯四方參加的簽字儀式正式舉行。

巴、阿作爲當事者，美、蘇作爲保證人，《關於政治解決阿富汗問題的協議》總算出籠。

協議核心內容有：阿、巴互不干涉內政；阿難民自願返回家園；美蘇作為國際保證；聯合國提供監督。

在最敏感的問題上，美蘇都打了馬虎眼。

美國不再堅持如何建立一個有廣泛基礎的臨時政府，蘇聯不再要求美國作出承諾何時停止援助反抗力量。

協議列出撤軍時間表：五月十五開始，九個月撤完，頭三個月撤出百分之五。

就像一夥強盜，光天化日之下闖入別人宅第，衆鄰居與宅第主人合力抵抗，終於逼使強盜退出，強盜居然理直氣壯，我出來，但不許任何人進去！

想當年，美國撤軍越南，那有這份風光。

社會主義親兄弟齊唱：「美國佬滾回去。」

「老大哥」一旁幸災樂禍：「還是美帝怕人民。」

美國一撒手，蘇聯支持越共節節進逼，不幾年越南淪為蘇聯的小兄弟。

五月十五日，第一批蘇軍一千五百人踏上歸途，拉開撤軍的序幕。

坦克戴著黑紗，為陣亡的兄弟哀悼，權力製造炮灰，炮灰哀自己不幸。

十八日，軍人們跨過邊境，回到「當家做主」的故土，回到親人懷抱。

八年多時間裡，他們的戰友死去一萬三千人，負傷三萬五千人，失蹤三百多人。

八月十五日，第一階段撤軍如期完成，十一萬五千人的一半回到蘇聯。

但是，戰場上的毛拉們不買帳。

俄羅斯人跟美帝保證、跟拉吉布拉攤牌，跟巴基斯坦簽約，都不關戰場上的對手毛拉什麼事。

毛拉們聲稱，他們跟四方談判毛關係都沒有，不受日內瓦協議約束。

蘇軍撤退，他們伏擊，蘇軍退，他們進。

蘇軍越退越多，毛拉們越戰越活躍。

喀布爾政權掌握的軍事力量招架都難，更談不上還手。

坎大哈、霍斯特、賈拉拉巴德和赫拉特一個個重鎮要塞接二連三被毛拉們圍困。

喀布爾不時遭到遊擊隊襲擊。

總部設在白河凡的「七黨聯盟」，乾脆自己組成一個過渡政府。

到十一月，局勢更加惡化。

一架民用飛機從喀布爾機場起飛時，遭到猛烈的導彈襲擊，十人死亡，十一人受傷。塔斯社承認「局勢複雜，帶有爆炸性危險」。

打，打不贏；撤，撤不走，不光是面子問題，又是你死我活的直接衝突。

不得已，十一月四日，蘇聯聲明，暫停撤軍。

副外長沃龍佐夫說：我們不能「坐視不理」。

跟著聲明，軍事行動立即升級。

「逆火式」轟炸機，性能先進的米格二十七型戰鬥機，「飛毛腿」導彈，所有手段用上，空中，地面，同時轉入進攻。

沃龍佐夫副外長降尊紆貴，出使喀布爾，直接與他們聲稱的「土匪」及其幕後黑手巴基斯坦和伊朗交手談判。

大人不計小人過，武鬥太累來文鬥。

向印度新德里公眾道別

一個回合下來，遊擊隊就發表聲明，同意允許蘇軍在次年二月中不受損害地完全撤離，條件是蘇軍不攻擊遊擊隊。

毛拉們通過戰爭，取得政治上的勝利和地位。

斧頭幫強龍不壓地頭蛇，打不贏就放下身段，要裏子放棄面子。

包括拉吉布拉政府的命運，也管不了那麼多，泥菩薩過河，先顧自身。

一九八九年新年伊始，謝瓦爾德納澤又一次前往喀布爾，向拉吉布拉保證：「只要戰爭不停，蘇聯就繼續提供援助。」

而沃龍佐夫在巴基斯坦的外交部大樓，繼續同毛拉們討價還價，使出渾身解數，為喀布爾政權爭得苟延殘喘的條件和機會。

二月十五日，蘇俄阿姆河畔的捷爾梅茲鎮，再一次成為歷史的見證。

九年以前，子弟兵從這裡出發，跨過邊境，「履行國際主義義務」，這一天，子弟兵從這裡全部返回，好不容易抽身，終於縫合戈巴契夫所說的「流血的傷口」。

九年前，斧頭幫稱之為「偉大勝利」，如今，戈巴契夫稱之為深重「罪孽」。

父親、母親、兄弟、姐妹、妻子，鮮花、紅旗、軍樂、麵包、食鹽，迎著寒風、陪著流水，等待著親人。

一輛插著紅旗的坦克駛過鐵橋，來到親人的面前，眼淚、擁抱、親吻、小夥子們激動之情不能自己……

邊境的另一邊，依然是槍林彈雨、炮火連天、鮮血成河、屍體成堆。

美國人預言，阿富汗將成為一個屠宰場。

權威受到挑戰 J

　　戈巴契夫訪問美國前夕，他最信任的二號人物利加喬夫曾赴法國訪問。

　　接受法國《世界報》記者採訪時，記者問：

　　「都說您是黨內二號人物，您都分管哪些工作？ .」

　　利加喬夫答：「在蘇共中央書記處中，每個書記各司其職。我召集他們開會，並根據中央政治局的要求主持會議。」

　　記者問：「不是總書記主持會議嗎？」

　　利加喬夫答：「戈巴契夫主持政治局會議。政治局委託我主持書記處的會議和工作，但戈巴契夫對書記處會議中討論的所有問題瞭如指掌。我經常向他請示工作。他十分瞭解情況。

　　「我要指出這樣一點：我與戈巴契夫工作得很好，我希望你們瞭解他，並讓大家知道，戈巴契夫與利加喬夫沒有分歧，他們的步調一致。」

　　記者問：「輿論盛傳你是『保守派』，你感到生氣嗎？據說你支持改革，但反對公開性。」

　　利加喬夫答：「支持改革，又反對公開性這是不可能的。說我支持改革，反對公開性，這是愚蠢的說法。」

　　「這是一種誤會，因為，如果要簡單地給調整下定義，那就是：調整是民主化加經濟改革，或更簡單地說，是使蘇聯人有更好的文化

和經濟生活。」

「按照我們的馬列主義理論，沒有民主化，經濟發展是不可能的；沒有公開性就不可能有民主化。沒有公開性的民主化簡直是瞎扯。」

利加喬夫的坦率描述和談話勾起人們極大的好奇心，對戈巴契夫的權力和地位更加猜測不休。

因為斧頭幫一出娘胎，就黑箱作業，權力劃分和邊界模糊不清，誰拳頭硬，集結了掌握關鍵權力的關鍵人物，誰就擁有最高權力。

就算同一個位置、同一個尊號，位置上、尊號下的那個活生生的人，才是決定其權力大小的關鍵和要害，而不是制度和法律條文。

列寧時期的政治局相當於董事會，書記處相當於執行團隊，總書記處相當於 CEO，決策權在董事長。

政治局沒有首腦，都叫委員——自己委任自己的超級大員，由列寧委員大權獨攬。

史達林就是列寧政治局的總書記，不過相當於後來秘書處、辦公廳和總務部的首腦，負責處理日常事務。

但史達林硬是用這個沒有多少關鍵權力的位置和機構，幹翻所有權力和名聲都超過他的顯要人物，進而掌握最高權力，將他此前擔任的總幹事角色——總書記，弄成政治局和整個斧頭幫的首腦。

政治局也好，書記處也好，政治局委員也好，書記處書記也好，開會也好，不開會也好，都徒有虛名，淪為擺設，約瑟夫大叔說什麼就是什麼，一切大叔說了算，權力遠超列寧。

赫魯雪夫時期稱第一書記，也是大權獨攬，其他委員和書記，發揮的作用和影響，都極其有限。

布里茲尼夫當政治局委員時，比史達林佔據的位置更寒磣、更不起眼，同時擔任橡皮圖章最高蘇維埃的主席。

在所有政治局委員中，最沒有權力，最無足輕重，恰恰是這位最

無權、最無足輕重的邊緣委員、對誰都構不成威脅的、任何時候都笑呵呵的好好先生，拉攏、勾手、密謀其他最有權力、最有份量的關鍵委員，幹翻赫魯雪夫，自己取而代之。

表面上笑口常開、和藹可親，尊重每個委員的權力和利益範圍，自己只當最後拍板的盟主，實際上老謀深算、外圓內方，將自己的意志悄悄施加於其他所有委員，將委員們都玩成總書記的附庸和跟班。

以戈巴契夫在權力階梯上竄的速度，在等級森嚴、老人當政、偏遠落後的小邊疆區，三十八歲當上州委第一書記，四十七歲進入最高權力機構，五十四歲坐上斧頭幫第一把交椅，EQ、IQ，對權力的認知謀取、掌握運用，綜合實力，一定遠在布里茲尼夫之上。

要是不大刀闊斧推行改革，無論大權獨攬，還是權力分散，都玩得如魚得水，遊刃有餘，玩幾十年、玩到死，都沒風險，沒人敢挑戰他的權力，後來普亭小醜那些把戲，太拙劣、太擺不上臺面。

精彩漫畫很傳神

戈氏的麻煩在於，他推行的改革，是改變斧頭幫的教條和傳統，是削弱斧頭幫的權力和至高無上，是離經叛道自我革命，而且步伐又快又大。

斧頭幫無論作為一個整體，還是作為其中的各個個體，都會因為改革而喪失手中的權力和利益，從而都成為改革的對象，都成為潛在的敵人。

就算所有政治局、書記處成員及其次一級的權貴，都有總書記的雄心壯志和崇高理想，每個人對改革的方向、路徑、進程、節奏，肯定各有判斷和主張，有多少人，就有多少主見和看法。

別說所有人，就是其中一個、兩個成員，思維、思想和境界，要跟總書記完全吻合、重合、高度一致，只能是幻想，不會是現實。

自然界沒有兩片樹葉長得完全相同，人類的大腦、智慧、眼界、追求更加千差萬別，就算雙胞胎，長得一樣，想得不一樣！

利加喬夫位高權重，對戈氏改革和公開性的認知和與態度明顯不同，會不會聯合其他掌握關鍵權力的人物，挑戰戈氏的權力寶座？

直到一九九零年利加喬夫退休，這一威脅和疑雲，始終籠罩在克里姆林宮上空。

以一九九零年為界，之前是葉戈爾（利加喬夫的名字）的威脅，之後是葉爾辛的威脅。

葉戈爾得勢，葉爾辛失勢；葉戈爾失勢，葉爾辛得勢。

戈巴契夫訪美歸來的一段時間裡，利加喬夫在公開場合和媒體出現的次數更多，有一個星期，幾乎每晚的電視新聞，都能聽到他的名字、看到他的形象，不是主持會議，就是發表講話。

一九八八年二月十八至十九日，召開例行的中央全會，戈巴契夫作改革形勢和要求的報告，利加喬夫作教育問題的報告，兩人幾乎平分秋色。

但戈巴契夫關於改革的進程又加快了：公開性「過於謹小慎微」。

「人活著更多地是為了真理和良心，公正和自由，道德和人道主義」。

「主要的事情是民主化，這是達到改革目的的具有決定性意義的手段。」

甚至提出要改革政治體制。

在此之前，戈巴契夫與新聞、文化界名流再次座談，預告一九八八年的改革廣度和深度。

「改革的第二個階段已經來臨」，要在全社會實行「最廣泛的改

革」。

「夏天將要召開的黨的代表大會，主題將是在黨政機構和國家機器中廣泛實行民主化。」

沒過幾天，戈巴契夫又主持政治局會議，為被史達林推上斷頭臺的布哈林平反，「啟」棺定論，布哈林是馬克思主義者和列寧的忠實戰友。

一個獨立於官方新聞記者協會的民間新聞記者協會在莫斯科成立。

作協理事會又宣佈解禁一批書籍，保證「公開性」和新聞自由的法律開始擬訂。

經濟領域，企業出售股票受到鼓勵，相應的法律已起草完畢，國營農場被允許租賃或個人合作經營，價格改革的方案也在醞釀。

尤其是，蘇共中央鄭重決定，關閉專供高級幹部使用的特種優惠商店，取消高幹醫院和度假設施。

二月二十三日到二十六日，連續四天，裡海沿岸的亞美尼亞共和國首都爆發數十萬人的遊行示威。

要求把毗鄰的阿塞拜疆共和國控制的一個州交還亞美尼亞共和國，原因是這個州絕大多數居民是亞美尼亞人，歷史上這個州屬於亞美尼亞，一九二三年，斧頭幫才把這個州劃歸阿塞拜疆。

一九八七年曾發生小規模遊行示威，並向蘇聯最高蘇維埃提出了要求，但戈巴契夫和他的政治局決定不予理睬，維持現狀。

隨著改革的深入，公民民主權利的解凍，獨立自主意識彙聚、演變成民族情緒，民族情緒扭曲、變形成民族主義。

民族主義訴求的遊行示威，不僅僅發生在亞美尼亞和阿塞拜疆，其他地區和民族蓄勢待發。

不光戈巴契夫及其智庫、顧問，就是人類頂尖的學問家、政治天

才，也沒有意識到民族主義的危害，沒理解民族主義是通往分離主義和奴役之路的另一道迷幻彩虹，更不知道如何應付、對付，消解、消化。

帝國傳統的處理方式七十年一貫，一方面由克格勃等權力機關定性、編造為「美國之音在煽動少數民族鬧事」，一方面動用武裝力量和國家機器野蠻鎮壓，將憲法裡公民「示威的權利」當放屁。

戈巴契夫要是任由斧頭幫和克格勃按傳統辦法處理解決，直接抵觸、否定改革和「新思維」的邏輯及其進程。

要是背離傳統，採取新的辦法和措施，又面臨徒勞無功、不能平息事態的巨大風險。

兩難之間，戈巴契夫再次力排眾議，展現出「新思維」、新魄力、新風範。

沒有用任何權力機構的名義，而是以個人名義，直接與「阿塞拜疆和亞美尼亞及各族人民」對話，呼籲「公民們表現出成熟性和耐心，許諾中央將專門開會討論這一問題」。

呼籲書不光通過塔斯社發出，又專門派主管民族事務的政治局候補委員、書記處書記多爾基赫前往埃裏溫市，在當地的有線廣播裡宣讀。

又在莫斯科會見亞美尼亞女詩人卡普季揚和作家巴拉揚，承認先前蘇共中央把示威說成是「極端主義分子鬧事」是錯誤的，許諾將「公正地解決」人們提出的問題。

甚至說：「這是你們的勝利。」

當然，也抱怨這種示威從背後捅了改革一刀！

押上自己的聲望和號召力，喚醒示威者的智力和良心。

女詩人卡普季揚在當地電視臺描述她與戈巴契夫的會見情形之後，示威者立即宣佈暫停抗議活動一個月，等待中央的處理結果。

但是，按下葫蘆又起瓢，事隔兩天，在阿塞拜疆的大蘇姆蓋特市，亞美尼亞人和阿塞拜疆人由衝突升級為騷亂

當地官方宣佈，三十二人死於非命，外國記者報導，死傷人數更多。

因為不是和平示威，而是騷亂和武裝衝突，戈巴契夫批準，派出武裝部隊解決，使出硬的一手。

不光全面徹底調查騷亂的前因後果、追究法律責任，而且在發生騷亂的城市實行宵禁。

三月九日，專門召開中央委員全會，討論民族問題。

責成中央書記處全面研究戈爾諾——卡拉巴赫州民族關係惡化的原因，提出建議交蘇共中央和蘇聯政府審議。

衝突暫時平息，問題沒有解決。

直到帝國解體，兩個加盟共和國之間的衝突，一直沒有解決，甚至演變成戰爭。

直到二十一世紀，戰爭、停火、衝突，時斷時續，製造難民數十

萬，爭議仍懸而未決。

問題本身就無解，要是維持原狀，亞美尼亞人不幹，要是改變現狀，阿塞拜疆人不幹。

阿塞拜疆人是穆斯林，亞美尼亞人是基督徒，多個世紀以來，宗教信仰又水火不容。

人類文明進化到二十一世紀，只要涉及領土和邊界，就是各個民族和群體高度敏感、不可觸碰的 G 點。

而歷史上的領土和邊界，本身就是一筆糊塗帳，常常今天歸你，明天歸我，後天又歸他，誰打敗誰，誰就說了算，爭執的各方，都有理由，都不肯讓步。

紅色帝國的民族和領土問題更為複雜，陸地面積占世界的六分之一，十五個加盟共和國，其中十四個是異族。

十五個加盟共和國中又有大小不等、多少各異的一百二十六個民族，帝國就是一個天然鮮活的原生態民族博物館。

從鎮到州，從自治共和國到加盟共和國，每一個民族差不多都有一個聚居地，單位大小不一，民族情緒相同。

每一個聚居地又都雜居著其他一個或數個民族，各個民族除了生活習慣不同、性格各異，宗教信仰形形色色。

東正教徒、天主教徒、伊斯蘭教徒、共產主義信徒，亞美尼亞人、阿塞拜疆人、哈薩克人、韃靼人，波羅的海三國、烏克蘭人，帝國的版圖和民族，絕大部分是最近幾百年沙皇俄羅斯血腥征服、巧取豪奪而來。

列寧、史達林不光繼承了歷代沙皇的遺產，又將沙皇的「光榮傳統」發揚光大。

僅利用二次世界大戰，史達林就縱橫捭闔，將民族成份和疆界擴展了許多。

又以民族自治為幌子，將徵服的地區和民眾分割稱之為加盟共和國，表示「民族平等」，俄羅斯人與其他民族是「兄弟」。

又以國家安全為理由，強迫這個民族遷往那個地方，命令那個民族遷往這個地點，再度埋下混亂和衝突的種子。

「密不可分諸自由共和國，永遠結盟於大蘇聯」，在國歌裏一遍又一遍唱著，自由的背面，是無情的刺刀和坦克，誰要挑戰，「格殺勿論」。

倔強的阿塞拜疆人，彪悍的哥薩克人、被徵服的波羅的海人，甚至烏克蘭人、俄羅斯人，都敢怒不敢言。

極權的冰天雪地冰凍雪埋一切生物和生靈，包括生物生靈生存必不可免的細菌、病毒和癌細胞。

安德列耶娃，已經失去思考能力的老深紅

戈巴契夫的改革和公開性春風化雨，解凍融化所有生物生靈，民族主義的毒瘤將乘機氾濫、瘋長、甚至發生核子式的裂變，直至吞噬改革、吞噬帝國。

但在當時，戈巴契夫面臨的危險、面臨的危機，仍然來自共產主義的美麗新世界。

三月十三日，《蘇維埃俄羅斯》發表長篇文章《我不能放棄原則》，署名尼娜‧安德列耶娃，當時是列寧格勒工學院化學講師。

文章尖銳地指出，戈巴契夫領導下的蘇聯正在「背離社會主義」，

許多文章和刊物批判史達林，嚴重「歪曲」，非常「片面」，假民主派正在對無產階級專政發動進攻，改革正面臨復辟資本主義的危險……

安德列耶娃本人 1938 年生於列寧格勒，蘇德戰爭期間失去了眾多親人，包括她的父親，她自己曾因向黨組織揭露所在學校的造假和腐敗，而被學校辭退並開除出黨，但她終其一生，堅信她生活的蘇俄，就是理想的美麗新世界。

1988 年，組織成立左翼反對黨「團結－保衛列寧主義和共產主義思想」，1991 年蘇共解散之後，擔任全聯盟共產黨布爾什維克總書記，該黨自視為蘇聯共產黨的繼承者。1992 年 10 月，曾赴朝鮮在金日成綜合大學發表演講──《社會主義事業是不可戰勝的》。

類似的作者、類似的「蘇聯人」存在，不但毫不奇怪，而且非常正常，著名的心理學現象「斯德哥爾摩綜合症」描述的就是這種人、這種社會生物。

戈巴契夫在其回憶錄中就指出：「酵母的作用竟如此之大，經史達林作過簡單化詮釋的馬克思主義的教條，在人們頭腦中竟如此根深蒂固。」

類似的文章、類似的觀點出現在出版物上也不奇怪，一九八八年的春天，輿論多元已經成為常態，任何聲音都能聽到。

一個普通教師安德列耶娃的文章能在最重要的報紙之一佔據一個整版的篇幅，本身就證明、反映了這種狀態。

戈巴契夫早就習以為常，樂在其中，以為這些現象，都是公開性的成果。

按照既定日程，文章發表次日，總書記要赴南斯拉夫訪問，因此，他把刊登文章的報紙「放在抽屜裡備讀」。

此前，主管意識形態的政治局委員雅科夫列夫也赴蒙古訪問。

兩人都不知道，《我們不能放棄原則》一炮而紅，莫斯科紙貴。

不光各地報紙紛紛轉載，斧頭幫的各級宣傳機關和軍隊中的政治工作者，紛紛複印文章到處散發，爭相傳閱。

戈巴契夫文膽切爾尼亞耶夫回憶，在莫斯科，主持日常工作的利加喬夫召集各大報刊總編輯開會，將刊登安德列耶娃文章的報紙舉過頭頂，鄭重地說：這才是黨的路線。

在另一個會議上，利加喬夫更直白地表示，這篇文章是方針性的文章。

坊間盛傳，文章的一半篇幅，經過利加喬夫授意加工而成。

而許多政治局委員和高級官員都贊同支持利加喬夫的立場和觀點。

還不包括一些老謀深算的政客，內心大快，不露聲色。

利加喬夫一人之下，萬人之上，權力巨大，鐵面無私，要是不認同戈巴契夫的改革方向和主張，又不能把戈巴契夫掌舵的改革之船引向自己的航道，他會不會跟戈巴契夫分道揚鑣，發動一場類似拉赫魯雪夫下臺的宮廷政變？

利用戈巴契夫出訪在外、克里姆林宮無主的機會，主持政治局會議，聯合其他委員，取而代之，傳檄而定。

三月中下旬，在莫斯科的中央、國家機關，一度人心惶惶，不可終日。

《消息報》總編伊萬‧拉普捷夫參加完利加喬夫主持的會議，召集各部門主管傳達會議精神，一臉嚴肅。

「同志們，我們每個人決定跟誰走的時刻來臨了，我將堅定地跟戈巴契夫走到底。」

「但是，我已接近退休年齡，如果年輕的同事們作出不同的決定，我能理解。」

《眞理報》主編維克托‧阿法納西耶夫批評下屬，為什麼沒有

把安德列耶娃的文章登在《眞理報》，而讓《蘇俄報》搶了先？

　　……

　　掌握大內的老同學盧基揚諾夫，掌握克格勃的切布里科夫，都不約而同，守口如瓶，將所有異動和風聲過濾得乾乾淨淨、痕跡不留。

　　戈巴契夫從南斯拉大出訪歸來，匆匆瀏覽轟動天下的檄文，全然不知文章說到了相當一部分人的心坎上，嚴重動搖了權力根基。

　　沒有傾覆社稷，但已震動社稷。

　　直到有一天，政治局的巨頭們聚集在克宮的會議休息廳一起喝茶，政治局委員兼俄羅斯部長會議主席沃羅特尼科夫冷不丁冒出一句：「《蘇俄報》發表了一篇文章，這文章寫得眞棒，寫得太對了。」

　　利加喬夫應聲附和：「是不錯，否則，越來越不像話了。」

　　葛羅米柯接著贊同：「文章說出了眞理。」

　　索洛緬采夫，甚至其他委員都躍躍欲試，準備各抒己見，戈巴契夫聽不下去了，當即中流砥柱：「我的看法不同。」

　　「……如果大家都持這樣的看法，我們就在政治局討論一下。」

　　他提議。

　　會上，雷日科夫一馬當先，批評文章的觀點是錯誤的，並建議利加喬夫不再插手意識形態領域。

　　雅科夫列夫、謝瓦爾德納澤當仁不讓，指出文章的自相矛盾和邏輯謬誤。

　　梅德韋傑夫、斯柳尼科夫、馬斯柳科夫、切布里科夫接著表態，站在戈巴契夫一邊，批評利加喬夫的觀點不對。

　　葛羅米柯、沃羅特尼科夫也跟著改了調門。

　　否定文章觀點的力量占了上風，但多少人是真心實意，多少人是礙於總書記的權威，只有天知道。

人類的思想觀點已經形成，很難改變，只有極少數人能夠根據資訊的不斷更新，隨時糾正先前的認知錯誤和誤區，戈巴契夫屬於這類人。

更多的人，不加思索，不動腦筋，人雲亦雲，只是重複自己心目中權威的結論和觀點。

戈巴契夫的政治局也不例外，但戈巴契夫以己度人，天真地相信通過討論、通過辯論，通過論證，人們會改變自己的思想和看法。

因此，順勢作出兩項決定。

1、由《眞理報》發表專文，駁斥安德列耶娃的文章；

2、將政治局討論文章的紀錄整理成簡報，通報各州、各部委黨的機關。

雅科夫列夫受命主持起草雄文，借此機會，長篇大論，闡述戈巴契夫改革的理論依據和根源。

身陷紅色教條的束縛和羈絆，口舌之爭、正誤之辯不可避免，無非改革戰場的局部和一角。

《眞理報》上沒真理

三月三十一日，雅科夫列夫主持起草的鴻篇巨著送往《眞理報》編輯部。

四月五日，《眞理報》第二版全文照登。

文章沒有署名，題目是《改革的原則：思維與行動的革命性》。

文章從事實、從邏輯，逐條反駁安德列耶娃文章的論述，定性文

章是「反對改革勢力的綱領性宣言」。

鴻文的說服力沒有疑問，又有權力加持，重奪輿論戰場的主動態勢沒有懸念。

但是，有多少「反改革勢力」會被說服，「反改革勢力」的標籤又會刺激多少人反感改革，不光戈巴契夫、雅科夫列夫等一班改革旗手不會思考，所有政治學人、社會學人、心理學人也極少關注研究。

包括《蘇維埃俄羅斯報》當時所作的公開「自我批評」，本身就是紅色基因的傳承和做法。

思想觀念的改變，根本不是一篇文章、一通教育所能達成。

許多花崗巖腦袋，見了棺材都不落淚。

跟眼思想觀念戰鬥，完全是唐詰可德大戰風車。

歐美白左盛行，不但能獲得選票上臺執政，而且能形成社會政策就是明證。

在斧頭幫的語境下，最終還是權力主宰一切，有權力才有話語權。

震撼世界的四天 J

「戈巴契夫可能在黨中央全會上被解除職務……這仍是現實存在的可能性。各地的黨組織和黨員並不都一致支持我們的領袖。」

「有甚麼來保證那些擇端保守的活動家不被選爲第十九次黨代表會議的代表呢？有甚麼來保證決定我們未來的大權不落在那些積極反對（或消極反對）改革的人的手裡呢？沒有這種保證！」

不是《蘇維埃文化報》捕風捉影，聳人聽聞，而是人們普遍憂心忡忡、俄人憂天。

《列寧格勒眞理報》民意測驗，答卷百分之九十都認爲趨勢是最危險的。

莫斯科選舉出的黨代表，幾乎沒有一個著名的改革者。

戈巴契夫的經濟顧問阿爾巴金、紮斯拉夫斯卡婭，「公開性」的旗艦《莫斯科新聞》主編葉戈爾·雅科夫列夫、著名經濟學家什梅廖夫、波波夫，著名劇作家沙特羅夫都被排除在外。

在莫斯科大學，著名經濟學家波波夫得票二百一十張，校長和黨委書記分別得票三十二張和十六張，但向區一級提出候選人仍然爲校長和黨委書記。

一位官員憂心忡忡地說，許多基層黨組織根本不讓黨員參加選舉就上報候選人，官越大地位越高越是當然的候選人。

保守派佔代表的多數似乎已成定勢。

事情明擺著，改革中只有這些人失去的利益最多，他們會支持戈巴契夫繼續掌權和實施改革計劃？

　　頭牌政治評論員亞歷山大・鮑文一針見血：「候選人名單完全像過去一樣自上而下產生，坦率地說，我感到有人欺騙了我們。」

　　《眞理報》贊同一種意見：該是結束禁止公開批評黨的時候了，黨的代表會議應當責成蘇聯領導人不要向人民撒謊。

　　《共產黨人》雜誌民意測驗，百分之七十三的人主張就迫切的問題在黨內進行全體投票。百分之八十的人主張實行領導職務的年齡限制，中央和各加盟共和國的領導人限制在六十五歲以下。

　　以著名持不同政見者薩哈羅夫爲首的十名知識分子上書中央，提議推遲召開代表大會，確保選出改革支持者當代表。

　　有位讀者更異想天開，要求黨的總書記的選舉應該由全體公民投票決定，理由是，「我們政治制度的一個特點是，總書記……實際上是我國領袖。因此，總書記的任免並不僅僅是中央全會與會者的一個內部問題」。

　　社會學家塔季揚娜・紮斯拉夫斯卡婭呼籲成立新的政治組織，支持戈巴契夫的改革。

　　許多社會團體和政治俱樂部也紛紛遊行示威，要求選舉改革派人士當黨代表。

　　莫斯科十七個自發組織的政治俱樂部組成一個聯盟，以便協調一致對黨的代表大會施加壓力。

　　有個新成立的「民主聯盟」，明確提出，反對共產黨一黨統治。

　　一位讀者來信表達自己的感受：「幾乎每一個公民都擁護戈巴契夫，如果有人阻撓改革，人民這一次不會保持沉默。」

　　莫斯科一些示威者甚至喊出：「挺住，戈巴契夫，我們將和你一起戰鬥。」

黨中央機關報《眞理報》則幾乎用《國際歌》的悲壯寫道：「我們全都相信，而且事實上也肯定我們正在進行一場決定國家未來的鬥爭。……就我國具有的影響和力量來說，這場鬥爭將決定世界的命運。我們，至少我們之中的大多數人還相信，只有戈巴契夫爲我們提出了生存的希望。」

　　《消息報》老資格的政治評論家梅洛爾‧斯圖魯亞建議修改憲法，以使黨的領導人也是蘇維埃主席團主席，舉行全國範圍內的選舉，以無記名投票產生。

　　他寫道：「我堅信我們必須修改憲法，建立主席統治，而且主席不應該在最高蘇維埃的會議上選舉出來，而應該由全國人民的直接、無記名投票選舉產生。」

各種出版物爭相放言

緊跟著，著名政論家布爾拉茨基在《文學報》發表文章，主張黨的代表大會選出中央總書記，再通過全國秘密投票選舉他爲蘇聯總統。總統負責執行對外政策，領導法律和重要立法檔的制定，並兼任全國武裝力量總司令。任期兩屆，特殊情況下三屆。

　　由此形成蘇聯最高蘇維埃，總統和法院分別行使立法、執法和司法三權，黨僅實行間接領導。同時，最高蘇維埃應變成常設性議會，每天發揮職能。

　　就像葉卡特琳娜二世當年坐著敞篷四輪馬車向冬宮進發，準備發動政變，奪取丈夫手中的皇權，四周衣冠不整、興高采烈的士兵們跟在身後邊小跑邊喊：「烏拉！葉卡特琳娜，我們的小母親！我們誓死捍衛她！」

　　戈巴契夫得到的支持是空前的，公衆支援他的方式也是空前的。

　　但遭遇斧頭幫傳統勢力的強烈抵制和反對也是空前的，因為斧頭幫的天敵就是公衆，公衆越支持，斧頭幫越反對。

　　藉助公衆的支持壓制削弱斧頭幫傳統勢力，因此成為改革法碼中必然而唯一的選擇。

　　他要求各級黨委通過提名機制，保證黨代表裡包括改革派人物。

　　「代表們必須是熱情擁護改革的人和態度積極的共產黨員。不要像過去那樣搞甚麼名額分配，甚麼要多少工人和農民，要多少婦女等。」

　　他自己所作的主旨報告更是重中之重，凡是條件成熟的改革思路和措施，都和盤托出，予以充分的論證和說明。

　　不光集中最高權力機構所有改革力量的智慧和主張，而且不遺餘力，盡最大可能將自己和太太賴莎的想法和見解融入其中。

　　五月七日，又一次會見新聞、文化界人士，一方面給他們吃定心丸，一方面請他們造勢，貢獻改革良策。

　　「除非你們都要我下臺，我無意辭職。」

「我們都要誓爲民主和民主進程而努力。」

並且透露，「重新思考黨作爲政治先鋒隊的職能，應當重新考慮蘇維埃的作用」。

五月十九日，召開政治局會議，討論第十九次全蘇黨代表會提綱。

二十六曰塔斯社受命播發全文，交「全體黨員和勞動者討論」。

前所未有地面向公眾公開改革藍圖，前所未有地大刀闊斧，將改革推向最敏感、最棘手的政治體制。

· 黨從基層到中央一律爲任期制，各級黨委會必須在許多候選人中競選產生。

· 恢復各級蘇維埃的權力和作用，國家的一切政策、方針都由蘇維埃負責審議，蘇維埃主席的任期爲兩屆。

法制改革的目標是「國家對公民負有責任，正像公民對國家負有責任一樣」。法律要保障言論自由、新聞自由、信仰自由、集會結社自由和在大街上舉行遊行示威的自由。

接下來的一個月，廣袤的帝國熱鬧非凡，公眾的政治熱情和思想、言論自由井噴式爆發。

連雷根回訪莫斯科——自從 1974 年尼克森到訪之後的第一次首腦訪問，都成了邊角小料，無人關心。

雷根在莫斯科大學的著名演講《進步不是預先註定的，關鍵是自由——思想自由，資訊自由，交流自由》，正好勾勒出帝國當時的勃勃生機。

「你們這一代人生活在蘇聯歷史上最令人激動，最有希望的時代。在這個時代，自由最初的氣息在空中流動，人心隨著希望不斷加快的節奏跳動；在這個時代，在漫長的沈寂中積聚起來的精神力量噴薄欲出。」

「黨員和勞動者」不僅對黨的改革方案提出各種贊成和補充意見，

而且提出許多「觸目驚心」的建議和主張。

· 頒布一項法律，明文規定共產黨員對黨擁有權力。

· 成立新的政黨同共產黨競爭。

· 修改憲法，不能把共產黨比喻爲政治制度的核心。

· 蘇維埃代表有一部分應是脫產制，僅給他們舉手的權力不夠。

· 廢除國內身份證和居住許可證，讓公民能自由地在國外旅行，在國內選擇住地。

· 建立自由工會，取消黨對學校課程內容的控制。

一個名爲「公社」的組織，散發傳單，提出建立無黨制，口號是「不是人民爲了社會主義，而是社會主義爲了人民」。

每到星期六下午，莫斯科市中心的普希金廣場自發聚集上千人，三五成群地討論政治改革。

在愛沙尼亞，政治團體人民陣線聚集十萬之眾，支持把共產黨的權力交給蘇維埃。

將自由歸還公眾

莫斯科、列寧格勒、埃裏溫數千人上街示威，要求利加喬夫下臺。

更有人喊出「利加喬夫是史達林分子」的口號。

五十七歲的作家尤裏・卡裏亞金公開批評利加喬夫：「他的話總有一種指揮腔和壓制別人的味道。」

前莫斯科市委第一書記葉爾辛接受美、英三家廣播公司記者採訪，直截了當表示，「換一個人在利加喬夫的位置上更有利於推進改革」。

不料，葉的話在播發時走了樣，成了要求利加喬夫下臺。

在與雷根舉行的記者招待會上，英國廣播公司記者詢問戈巴契夫，如何評價葉爾辛的要求，戈氏堅定地為利加喬夫辯護：「不存在利加喬夫同志辭職的問題。」

雷根的答謝宴會，利加喬夫比戈巴契夫到得更早，太太的翩翩風度給美國人留下深刻印象。

三天之後，在伏爾加河畔的陶裏亞蒂城，利加喬夫指責「西方的敵人以及我們國內的某些人硬說甚麼在蘇聯領導人中間、在政治局存在著分歧」，「這是一種臭名昭著的花招，企圖離間領導人」。

六月二十八日上午十時，有四百九十一名代表參加的蘇共第十九次代表會議在克里姆林宮大會堂開幕。

時令雖進入仲夏，但並不炎熱，驕陽似火，但有習習涼風調和。

與往常各種代表會議不同，商店內沒有臨時調運貨物給大會增色，清閒的貨架依然逍遙自在，蔬菜水果櫃臺只有些老黃瓜和果乾。

紅場旁一家商店裡來了價廉物美的香腸，頓時引來人龍。

會場主席團座席的後上方是有立體感的列寧半身像，他後面是作招展狀的黨旗，黨旗後面的整個牆壁光芒四射。

上午三個半小時，戈巴契夫獨佔講壇，廣播、電視、宇宙軌道系統和國際電視用英、法、德、漢四個語種向全世界實況轉播。

《共產黨宣言》的著名論斷作為整個改革的哲學根據——「每個人的自由發展是一切人的發展的條件」。

在這個前提下，「自由形成和表現各階級和社會集團的利益和意志，由他們商定和實現蘇維埃國家的對內對外政策。」

「決定性的最後發言權將永遠屬於人民。」

政治體制改革藍圖遵照列寧的教導，「一切權力歸蘇維埃」。

最高蘇維埃主席由人民代表大會通過無記名投票選舉和罷免，有權處理國內外政策以及國家防務方面的一些重大問題，並提出政府首腦候選人名單。

蘇維埃不再是橡皮圖章，而是「具有審議和決定國家重要事項職能」的常設機關，類似歐美國會的作用。

設立擁有實權的最高蘇維埃主席(不是最高蘇維埃主席團主席)，把黨的權力轉交給蘇維埃。

鑒於當前的形勢和階段，推薦同級黨委第一書記出任蘇維埃主席。

幾乎全部吸收了學者和公眾關於國家權力機構的設想及建議。

下午的新聞發佈會上，政治局委員亞歷山大‧雅科夫列夫親自為總書記的報告作註釋。

這些改革「暫時只觸及到問題的表層」。

「一切立法、管理和監督的權力都歸蘇維埃」。

「黨留給自己的職能，只是政治先鋒隊」。

從當天下午開始，四天的會期，與會者不再跟從前一樣，分組「討論」總書記的報告，吹捧報告內容多麼偉大、多麼英明。

上午安排各種正式議題，下午和晚間全部自由辯論，各抒己見，言者上臺。

將斧頭幫儀式化、教條化的集體拍馬、競賽獻媚，玩成歐美議會

式的唇槍舌劍、爭論爭吵。

經濟學家阿爾巴金首開第一槍，經濟改革步子太慢，成果太小，第一書記兼蘇維埃主席換湯不換藥，權力仍然在書記手裡，而不是蘇維埃手裡。

半年前被趕下臺的葉爾辛再開重炮，「哪些政治局委員、為甚麼，把國家和黨弄到了這種地步？」

「把造成後果的政治局委員當時開除出政治局，比死後進行批判，然後再移葬的做法人道得多」

「取消那些所謂『飢餓的官員們』的食品『特供』。」

科米州委第一書記梅利尼科夫更直截了當，「凡是以前積極推行停滯政策的人，現在就不能留在黨和蘇維埃中央機關中工作」。

「我指的首先是索洛緬采夫同志，葛羅米柯，阿法納西耶夫（《真理報》總編輯），阿爾巴托夫 …」

一位叫馬馬耶夫的代表給執行主席謝爾比茨基遞上紙條：「安.葛羅米柯在人民當中和黨內是受尊敬的人……他今天已落後於生活了，不應當粗暴地使一個受人民尊敬和愛戴的人受委屈。』」

《星火》雜誌總編輯科羅季奇揭露司法制度弊病，「不能被追究責任的人，就不能被審判，而未被判決，也就不能在報刊上指控。」

會議最後一天，葉爾辛上臺發言，期期艾艾要求大會恢復自己的政治名譽。

利加喬夫立即走到前臺反擊：「……葉爾辛是我推薦他進書記處，後來進政治局的。……後來，共產黨員葉爾辛走上了一條錯誤的道路，原來他具有的不是建設性的精力，而是破壞性的精力。」

「……外國資產階級報刊關於我利加喬夫寫得不少，本人的態度是，任人信口雌黃，我自泰然自若。改革和加速是我畢生的事業。」

會議結束後，《莫斯科新聞》主編葉‧雅科夫列夫寫道：「四天來，

我們激烈爭鳴，爲「同意」鼓掌，也爲「反對」鼓掌，手都拍痛了。」

四天來，我們努力去理解別人，也努力去正視自己。一種從未允許過的政治生活以粗獷的、激進的、不拘一格的方式來到了。」

「我告別了克里姆林宮，走進俄羅斯的夏季深藍色的夜幕，我感到彷彿重新置身於《震撼世界的十天》所描寫的生活之中。」

美聯社播發的消息導語這樣開頭：「當一個經濟學家批評戈巴契夫的建議時，另一個禁忌消失了。」

會議形成五項決議：

關於公開性。

關於政治體制改革。

關於司法改革。

爲無法無天時代的受害者在莫斯科建造一座紀念碑，爲受害者恢

葉戈爾、葉爾辛、戈爾比三冤家

復名譽和公正。

輿論驚呼：

· 戈巴契夫對極權主義的一黨制機器又給了一擊。

· 這樣一個行動在現代史上幾乎沒有先例。

· 戈巴契夫的建議使人想起美國南北戰爭時期的林肯或大蕭條時期的羅斯福的勇氣、遠見和政治家風度。

· 如果戈巴契夫的建議得到採納和實施，歷時八百年的沙皇和布爾什維克的獨裁極權統治可能為一種民主政體所代替。

· 戈巴契夫走上了一條危險的鋼絲，冒著有可能掉下來的危險。

戈巴契夫就像普羅米修斯，將文明、自由之火盜送彼得大帝和葉卡特琳娜二世曾經統治和追求的國度。

一七六四年的春天，一場天花肆虐整個俄羅斯，女皇決意引進英國人剛剛發明的牛痘疫苗。

整個歐洲都半信半疑、不為所動的「江湖騙術」，風流女皇決定冒險引進，拯救可憐的 Slave 人。

連女皇果敢勇猛的情夫奧爾洛夫都發出嚴重警告：如果女皇的試驗失敗，將面對成千上萬具無辜者的屍體。

女皇力排眾議、堅持己見，不遠千里，派人從英倫請來牛痘接種醫生。

並且在克里姆林宮的龍牀上，伸出白嫩而尊貴的手臂，帶頭接種，示範天下。

整整九天，整個宮廷，人人惴惴不安，痛哭流涕，一面祈禱上帝，一面詛咒英倫來的那個江湖騙子可能害死偉大的女皇。

好在，九天之後，女皇安然無恙，並且裝出胸有成竹、雖千萬人吾往也的範兒。

消息傳出，舉國上下深為女皇的熱情勇敢所感染，遠在法蘭西的大哲學家伏爾泰都欣喜若狂，給他的「女君王」寫信讚美：

「呵！夫人，陛下給我們法國的那些紈褲子弟、給我們索邦神學院 (巴黎大學的前身) 的那些聖哲、給我們醫學院的那些神醫們，上了多好的一課！」

戈巴契夫給斧頭幫上的言論自由、文明表達課，只是姍姍來遲的第一課，更多、更精彩的課還在後頭。

一場不流血的政變 J

　　極權機制運轉，定律之一，正確決策、建設性政策有令不行，錯誤決策、破壞性政策層層加碼。

　　史達林實行農業集體化、大清洗，是後者的例子，赫魯雪夫反個人迷信，柯西金推行經濟改革，是前者的註腳。

　　戈巴契夫推銷政治體制改革，等於既要以往的政治機器正常運轉，又要拆卸、改裝其中的組成部分。

　　既要手中握有大權的各極領導放棄、分散手中的權力，又要讓他們利用手中的巨大權力推進改革，保證社會正常運轉。

　　既要解決以往體制和政策造成的、堆積如山的問題，又要解決改革過程中出現的各類經濟問題、社會問題。

　　就像一艘年久失修的巨輪，船舵不靈，機器無力，船員們各有打算，全靠船長一個人的第一動力、唯一動力，駛向急流險灘。

　　戈巴契夫入主克里姆林宮，第一次召開中央全會，就提出加速經濟發展，改革經濟體制，

　　上任不到一年，就祭出綱領性檔——《加速社會經濟發展的戰略》，正式拉開經濟改革的序幕。

　　上任兩年，就允許企業根據市場需求確定產量，取消指令性計劃指標。

　　上任三年，就開始實施《合營法》，允許製造業、服務業與外貿

部門中加入私營成分，鼓勵外國投資、技術、服務和管理進入帝國。

在改革僵死、教條的計劃經濟道路上，三年走過的路程，比東方「兄弟國」十三年間走過的路程還要遠、還要大，祭出的藥方和良策，比東方「兄弟國」回歸萬惡的資本主義那一套還堅決、還徹底。

但是，三年過去，「加速」沒有加出任何速度，短缺依然是揮之不去的噩夢，糧食除了欠收還是欠收，食品除了短缺還是短缺。

「加速」不成、短缺難改的根源，在於原有的計劃經濟體制。而「改革」計劃經濟體制，又直接叫板、挑戰斧頭幫的政治體制和馬列主義意識形態。

馬列主義「放之四海而皆準」，從沒有預計到，計劃經濟完全走向自己設想的反面——當家作主的工人階級，比自由經濟條件下受剝削的工人，更喪失勞動積極性。

每個城市大街上，人們排隊購物的長龍和主動性、「積極性」，永遠壓倒田野車間的人流和主動性、積極性。

戈巴契夫因此將「改革」經濟體制，擴大到「改革」政治體制，擴大到「改革」馬列主義的意識形態。

不僅僅拆解、改裝計劃經濟的生產、分配、消費，環節和鏈條，又打破、重組、甚至棄毀自己腳下的權力基石。

「社會主義」在帝國已經「優越」七十年，市場經濟所需要的土壤和環境，已經寸草不生，完全變成鹽鹼地。

見過市場經濟模樣、有過市場經濟認知的屁民，年經最輕的，已經超過八十歲，全社會只有個別年輕經濟「磚家」粗略知道啥叫投資、經營和管理，啥叫市場、金融和股市。

家門口更沒有一個「香」噴噴的漁村「港」口，市場主導，充分放任，自油法治，由西方集團領導，一百多年「走邪路」。

市場經濟的運行，西方集團的投資，生產、服務和消費體系，都

有現成的範本直接模仿、直接抄襲。

要投資，要原料，要機器，要權力打破以往禁忌，三尺冰化，同樣非一日之暖所能做到。

東方兄弟國已經「改革開放」十二年「，才鼓足勇氣，準備放棄政府定價的權力，還是」雙軌制「，才允許個體戶出現。

即使在歐美，在公眾充分授權的前提下，在大政府和半調子「社會主義」盛行才三十年的情況下，瑪格麗特・柴契爾和雷根，都花了七、八年時間，冒著巨大的反抗和非議，才基本扭轉乾坤，重回充分放任的自由經濟。

尤其瑪格麗特改革的初期，在英倫遇到的罷工浪潮和拼死反對，不是一般地強大。

如果在撒哈拉沙漠实行计划经济，连沙子都会短缺。

——路德维希・冯・米塞斯

米塞斯是最偉大的先和

沒有現成經驗借鑒的情況下，闖僅僅參考歐、美走過的道路，戈巴契夫和一班智庫都應該明白，他們當時採取的一系列措施，要使帝國經濟出現轉機，沒有十幾年功夫，不能初見成效，沒有二十幾年、甚至三十幾年功夫，不能竟收全功。

後來著名的沙塔林激進改革計劃、亞夫林斯基的五百天改革計劃，在沒有立即的、大規模的、類似馬歇爾計劃的配合，絕無成功可能。

戈巴契夫顯然嚴重低估了經濟改革的難度，更嚴重低估了政治改革對權力的巨大衝擊，從而走上一條險象環生、欲速則不達的道路。

所有改革成果，都被釋放出來的副作用抵銷並淹沒。

戈巴契夫改革最大的戰略錯誤，種因於此。

八月一日，戈巴契夫前往克里米亞休假。

「不怎麼想安排工作。灼熱的陽光，秀美的大海。我喜歡游泳，而且要遊很長時間，往往要遊得筋疲力盡，暫時把一大堆牽掛棄之腦後。」

「隨後，坐在岸上，可以連續幾個小時腦子裡一片空白，望著平靜的海面，聽著波浪懶洋洋地沖刷岸邊卵石的聲音。」

「這樣過了一天、兩天，到第三天就會產生時間在白白浪費掉的感覺，於是就要設法去彌補了。」

「這一次，我在考慮，首先應該做什麼呢。我開始口授改組黨的機構的想法。」

戈巴契夫回憶。

事實上，戈巴契夫同時對民族政策也提出一些想法，又操心農業改革的構想。

分別聽取主管農業的政治委員尼科諾夫、馬斯柳科夫、以及穆拉霍夫斯基、瑪律丘克和全蘇列寧農業科學院院長 A. 尼科諾夫介紹各自的想法。

每一個方面都積重難返，沒有靈丹妙藥起死回生。都需要在各種改革措施中探討比較收益最大、代價最小的那個措施，都需要大量時間和精力。

但是，戈巴契夫仍然認為「所有這些都是日常事務，把僅有的一個月時間花費在這上面實在是一種浪費」！（參見《戈巴契夫回憶錄》）

思緒和興趣又回到問題的源頭──「如何理解社會主義」！

認為這是一個「很有現實意義的題目」，天馬行空，任意馳騁，甚至幻想「寫一本小冊子，但這本書一直沒有問世」。

「大致計畫」包括；

——社會主義性質問題。

——如何改造經濟關係。

——民主和社會主義的關係。

——社會的精神領域。

包羅萬象，涉及整個人文研究，涉及人類文明面臨的所有問題！

要是寫出來，根本不是什麼小冊子，而是洋洋萬言、煌煌巨著。

就算集合全球所有泰鬥大師皓首窮經、都給不出正確答案和設計，作為政治領袖的戈巴契夫，就算有天份探究、有熱情思考，在這潭渾水裏也趟不出清流。

英倫的邱吉爾早就一語中的，民主政治確實不是什麼好制度，但人類文明發展到今天，還沒有發明出更好的制度。

自由經濟也是一樣，自亞當‧斯密以降，那只「看不見的手」無可取代，無可動搖，任何人、任何力量標新立異、另闢蹊徑，都以失敗收場。

海耶克的論斷，帝國及其兄弟僕從的嘗試，早已給出明確無誤的答案。

戈巴契夫面臨的問題，不是在社會主義的舊瓶裏裝進什麼新酒，而是如何擺脫社會主義教條和制度的束縛，迴歸擁抱民主政治和自由經濟。

即使打著社會主義的旗號，走資本主義的道路，瞞天過海，掛羊頭賣狗肉，也不是社會主義長什麼模樣的問題，而是如何將「資本主義」的內核，塞進社會主義外衣的的問題。

就像東方哲人胡適之所說，少談些主義，多面對問題。

利用個人手中的極權，只做不說，不給討論政治改革的自由。

從列寧開始，革命未成，理論先行，凡事要從馬克思主義基本教

義中尋找理論依據。

革命領袖同時是思想家、理論家，至少要打扮、裝扮成思想家、理論家。

戈巴契夫深陷列寧的套路和迷魂陣，不光花很大時間和精力親自上手，與傳統意識形態打筆墨官司，而且著書立說，撰述、論證改革的方向、方法和部署。

從而失去大量精力和時間，無暇觀察評估社會情勢、無心深思熟慮改革步驟、無閑精心琢磨用人佈局。

所有失誤和錯誤，都根源於這一最根本、最致命的錯誤，因小失大，顧此失彼，功敗垂成，功虧一簣。

人類對世界的認知，取決於自身的基因及其智商、情商，受制於社會環境和資訊源，討論、辯論只能改變少數智者的思想觀念，無法改變絕大部分凡夫俗子的想法和思維。

戈巴契夫在克里米亞暢想他「人道的、革新的」社會主義，權力和地位僅次於戈氏的利加喬夫，在伏爾加河畔的高爾基城，為自己心目中的改革和社會主義劃出紅線。

經濟上，「必須懂得，抄襲以私有制爲基礎的西方市場模式，對社會主義制度來說完全是不能接受的」。

政治上，「罷工是荒唐的，集會和示威是非法的」。

包括國際關係，「以階級性質爲出發點，以任何其他方式提出這個問題，只會在蘇聯人民和我們國外的朋友中造成思想混亂」。

而謝瓦爾澤納德早在十天前，就表達他與戈巴契夫的國際關係新思維：「兩種對立的制度鬥爭不再是當今時代的主導趨勢」。

「人類面臨的共同問題是，防止核戰爭和生態方面的大災難，這比階級利益更重要。」

亞歷山大 · 雅科夫列夫在波羅的海沿岸的拉脫維亞和立陶宛接連發表兩次演說，與利加喬夫針鋒相對。

「把市場變成社會主義市場或資本主義市場的不是商品、資本，也不是勞動力的流動，而是以人是社會的最高目標或是以撈取利潤的源泉來劃分的」。

關於國際關係，「馬克思主義本身就是從歷史的觀點，從全人類共同利益的角度，而不是從某些國家、某些階級、某些人群和社會集團的角度來理解的」。

歷史研究所所長阿法納西耶夫在《眞理報》發表文章，「我不認爲我們所建立的是社會主義社會」。

經濟學家阿爾巴托夫指出，「社會主義壟斷的腐朽性絲毫不亞於資本主義壟斷的腐朽性。」

公有就是大家都對財產漠不關心，沒有剝削階級但有特權階層，沒有失業但人浮於事。

同樣有不少文章爲社會主義辯護，認爲公有制沒有剝削階級和失業現象……

結束在克里米亞的休假，戈巴契夫照例先到各地視察。

九月十三日，來到西伯利亞重鎮克拉斯諾亞爾斯克邊疆區，走訪了科學院、列寧西伯利亞流放地紀念館，以及一個叫葉梅利亞諾沃的小村莊。

與以往每次視察一樣，會見村民，與公眾直接對談交流。

並在交談中發現，公眾不像以往那樣溫情洋溢，彬彬有禮，畢恭畢敬，而是流露出相當多的抱怨、不滿、甚至憤怒。

住房擁擠，食品短缺，醫療設施奇差，沒有熱水洗澡，吃穿住行無不遇到麻煩。

戈巴契夫感嘆：「很難同大家交談了」。

離開克拉斯諾亞爾斯克前一天，他發表了關於發展亞太地區國家關係的七點建議。

九月二十三日，再次會見新聞、科學和文藝團體的領導人，通報即將開展的改革措施。

九月二十七日，外交部長謝瓦爾德納澤出席紐約聯合國大會發表演說。

九月二十八日，民主德國總統、德國統一社會黨總書記何內克訪問莫斯科。

晚間，隨同謝瓦爾德納澤出席聯大的格拉西莫夫宣佈：黨中央將在九月三十日召開中央全會，謝瓦爾德納澤奉召提前回國，立即啟程。

翌日，正在國外訪問的國防部長亞佐夫和總參謀長阿赫羅梅耶夫也縮短行期，奉召返回。

同一天，塔斯社報道，最高蘇維埃非例行會議將於十月一日至二日召開。

召開兩個會議，召回正在出訪的要員，不光戈巴契夫時代是首次，帝國七十年歷史也沒有先例。

開會是斧頭幫一大特色，尤其是大會、全會之類，為權力運行過

程中最重要的儀式，因而日期總是優先決定，會議要角的出訪，只是插空安排。

大費周章召回正在出訪的要員，無疑兩個會議的日期是臨時決定，並且迫不及待，並且重要到要角一個都不能少。

謝瓦爾德納澤九月二十六日才赴紐約，意味著謝氏啟程之前還不知道要開兩個會議，一切變故都出現在兩天之內。

戈巴契夫的命運，帝國改革的前途，驟然再次成為世界關注的焦點。

美國前總統卡特的對外政策顧問羅伯特・亨特就信誓旦旦：「兩三天內看到戈巴契夫下臺，我不會感到意外。」

因為九月二十一日納戈爾諾——卡拉巴赫州又發生亞美尼亞人和阿塞拜疆人的衝突，會不會引發權力危機？

疑雲滿天飛，猜測到處傳。

九月二十九、三十日兩天，許多身處敏感崗位的人都憂心忡忡、無心工作，緊張地等待會議結果。

九月三十日下午，記者們臨時接到通知，全會已經結束，中央書記梅德韋傑夫將在記者會通報全會結果。

新聞中心全球記者雲集，擠得水洩不通，幾乎屏住呼吸等待主角出現、開口說話。

好在他開門見山，直奔主題。

——葛羅米柯提出退休請求，辭去政治局委員。

——梅德韋傑夫（發佈消息者自己——引者注）當選政治局委員。

——弗拉索夫、比留科娃和盧基揚諾夫當選政治局候補委員，切布里科夫兼任書記處書記。

——索洛緬采夫、多爾基赫、傑米契夫、多勃雷寧等政治局和書

記處成員退休。

——改組中央政治局，設立工作委員會並確定負責人：

· 黨的建設和幹部政策委員會，格·拉祖莫夫斯基爲主席。

· 中央意識形態委員會，瓦·梅德韋傑夫爲主席。

· 社會經濟政策委員會，尼·斯柳尼科夫爲主席。

· 農業政策委員會，葉·利加喬夫爲主席。

· 國際政策委員會，亞·雅科夫列夫爲主席。

· 法律政策委員會，維·切布裏科夫爲主席。

新任意識形態主管一次都沒提戈巴契夫，但戈巴契夫的權力和意圖無處不在。

第二天召開的最高蘇維埃非例行會議，選舉戈巴契夫取代葛羅米柯擔任主席，盧基揚諾夫擔任第一副主席。

接著任命弗·克留奇科夫取代維·切布里科夫擔任克格勃主席。

興師動眾的中央全會，從開始到結束，全程一個小時。

發表講話的只有總書記一個人。

其他所有人唯一的工作，就是一次接一次地舉手，通過政治局構架和人事調整方案。

方案早在八月初就由戈巴契夫親自構思口授（參見《戈巴契夫回憶錄》），在九月二十六日的政治局會議上討論通過。

謝瓦爾德納澤趕在兩次會議的空檔，遠赴紐約出席聯大，又匆匆提前返回，證明就算一個走過場的會議，沒有謝氏出現，仍然不夠「完美」。

一位觀察家勾勒謝氏的份量和作用：「有這麼一個人在旁邊，你幹甚麼事都覺得非常放心。」

在六月份的第十九次黨代會上，利加喬夫曾盛氣凌人地訓斥葉爾辛：「像我⋯⋯工作過的州，食品完全自給自足已經有十多年了，而且吃得很好⋯⋯」

著名評論員鮑文，因此「恭喜」利加喬夫的新角色：「農業問題是當前最重要的課題，可以說他是最勝任的。」

而「農業，當時主要由政治局委員兼中央書記尼科諾夫負責」，將利加喬夫置於尼科諾夫之上，就是「失敗將由他負責，成功沒有他的份」。

另一位評論員布爾拉茨基，直言不諱，等著看利加喬夫的笑話。

利加喬夫不但成為戈巴契夫改革進程和權力支柱最大的威脅，也成為整個改革力量和公共權力轉型的絆腳石和眼中釘。

正常社會，人們的政見不同是常態，包括威權政治，不同政見都通過求大同、存小異，達到最大公約數。

政見不同，不影響個人之間的關係，不影響權力運行，無論全民公決，還是上峰裁斷，獲採納的政見成為政策法規，遭拋棄的政見甘

拜下風。

只有極權政治，不但不容許不同政見存在，更容不得任何持不同政見的政治家公開爭論，乃至社會大眾、學術研究，都不容許不同見解和聲音出現，

利加喬夫位高權重，當時的政見和主張尚屬於紅色光譜，離開權力舞臺，政見、行動和回憶錄都顯示，老大哥骨子裏不但深紅，而且紅得發紫。

因此，擺在他面前的選項只有三個。

不認同戈巴契夫的改革，但遵守極權制度的規則，委曲自己，放棄自己的政見和主張，全心全意，配合、支持戈巴契夫的改革。

不認同戈巴契夫的改革，利用自己的權力和位置，等待時機，組織陰謀，幹翻戈巴契夫，做布里茲尼夫第二。

像葉爾辛那樣，獨樹一幟，利用戈巴契夫將選票還給公眾的機會，爭取選民授權，取得權力寶座、甚至登上大位。

公眾支持就掌權、就用權、就任性，公眾不支持，就認輸、就自嗨、就隨心所欲。

在權力轉型的特殊時期，既不按極權權力遊戲規矩委屈自己，又不等待時機，通過陰謀或公眾授權伸展自己的意志，結局只有一個，成為改革進程的犧牲品。

當時的利加喬夫像個正人君子，不但默默接受了戈巴契夫的安排，而且在政治局委員的位置上服從支持戈巴契夫推行的改革措施。

等到他退休，等到戈巴契夫下臺，利加喬夫不光加入新成立的俄羅斯斧頭幫，而且將所有政治上的不滿和怨恨都發洩在戈巴契夫身上。

誇大他在戈巴契夫入主克里姆林宮關鍵時刻的作用，指責戈巴契夫欺騙、背叛了斧頭幫和社會主義！

事實上，作為中央書記，利加喬夫在戈巴契夫登上大位的關鍵時

刻，積極奔走，固椿造勢，為政治局委員臨門一腳發揮了鋪墊作用。

而他自己都承認，正是戈巴契夫在安德羅波夫面前的強力推薦，才結束十八年的州委第一書記生涯，當上中央書記。

戈巴契夫入主克里姆林宮，第一批改組政治局，就拉拔利加喬夫進入權力核心，並委託其主持書記處的工作。

與公與私，戈巴契夫待利加喬夫不薄，雖然當時削弱了利加喬夫的權力和地位，也煞費苦心照顧到利加喬夫的面子和情緒。

同時剝奪雅科夫列夫分管意識形態的權力，而讓其領導對外關係，完全是重複安排，浪費人才。

外交事務有謝瓦爾德納澤坐鎮，無論智慧和份量，都已足夠，不需要雅科夫列夫錦上添花。

因為雅科夫列與夫利加喬夫思想體系完全是對立的兩極，兩人都

戈巴契夫用人開始出現錯誤

遠離最重要、最敏感的意識形態領域，而提拔瓦季姆‧梅德韋傑夫掌管。

梅氏生於 1929 年，早期從事科學教育工作，擁有經濟學博士、教授的學術背景，當過列寧格勒市委書記、蘇共中央宣傳部副部長、蘇共中央社會科學院院長、蘇共中央科學與教學部部長。

1986 年，戈巴契夫識拔其成為中央書記處成員，並兼任蘇共中央共產黨工人黨聯絡部部長，是戈氏信任的智囊、心腹之一。

不足之處，在於其缺乏利加喬夫和雅科夫列夫那樣的重量和威望。

安排權力最大的克格勃主席切布里科夫負責法律政策，大有明升暗降、杯酒釋兵權之妙用。

今後的權力中心將移往最高蘇維埃，制定、審議法律將是最高蘇維埃的權力。

切布里科夫等於法律設計和起草的大掌櫃，與克格勃主席的權力相比，完全是天壤之別。

新任克格勃主席克留奇科夫曾是安德羅波夫的親信，又跟雅科夫列夫私交甚篤，跟葛羅米柯的兒子過從甚密。

曾在改善戈巴契夫與葛羅米柯之間的關係方面發揮過居間牽線的作用。

而葛羅米柯又是戈巴契夫入主克里姆林宮的首要推手。

提拔克留奇科夫既是回報後者擁立的貢獻，又將最危險的克格勃交給最放心的親信。

克留奇科夫與國防部長亞佐夫同年出生，早期在共青團當斧頭幫的啦啦隊、先後轉任檢察官、外交官、中央機關中層官員、克格勃對外情報局局長，時任克格勃副主席。

戈巴契夫謀事不謀人，以君子之心度小人之腹，萬萬沒有料到，正是他最放心的人，後來成為他的掘墓人。

在權力角鬥場上，人心是靠不住的。

當然，就改革進程和當時的全域，戈巴契夫的勝利是巨大的，經此一役，政治局和最高蘇維埃都牢牢控制在手裡。

也鋪平了權力平穩轉移的通天梯，通過戈巴契夫角色的轉換，從總書記而主席，斧頭幫通過暴力奪取、壟斷七十年的絕對權力，由通過選票取得人民授權的最高蘇維埃接手。

合眾國際社所驚呼，這是一場注定不流血的政變，權力遊戲大師史達林和赫魯雪夫，都需要師法戈巴契夫。

J 花朵不結果實

第十九次代表大會決議給出時間表、路線圖，一九八九年的四月，將按全新的選舉辦法產生、組織新的蘇維埃。

「不流血政變」之後的第三個星期，最高蘇維埃公佈新憲法修改草案，供公眾討論完善。

草案的內容計有：

——一九八九年四月召開全蘇人民代表大會，選出常設議會——聯盟院和民族院，選入兩院的四百二十二名代表在任期內脫產，每年開會兩次，每次四個月。

——設立相當於總統權力的最高蘇維埃主席，負責領導內政、外交、國防、每屆任期五年，最多連任兩屆，由組成人民代表大會的二千二百五十名代表無記名差額選舉產生。

——有選舉和被選舉資格的公民可以在選舉前提出包括自己在內的任何候選人，候選人一經註冊登記，有權在各種會議、報刊、電臺和電視臺發表演說，提出自己的競選綱領。

——各級政府工作人員，包括法官、檢察員和國家仲裁人，除總理，區、市長外，均不得同時擔任蘇維埃代表。

——全體代表的五分之三由選區直接選舉，選區代表候選人名額不受限制。

基本權力格局，基本抄襲美帝的框架，只是最高蘇維埃主席，既

是議會首腦，又是行政首腦，說是分權，實則集權。

以薩哈羅夫為代表的知識分子，就批評未來的最高蘇維埃主席權力過於集中。

最有份量的輿論旗艦、政府機關報《消息報》提出更激進的建議——設立相當於總統職位的最高蘇維埃主席，必先實行「社會主義的多黨制」。

十一月二十九日，最高蘇維埃開會，斧頭幫一手挑選出來的「人民代表」，最後一次舉手，通過新憲法草案和選舉法草案。

同時結束自己的歷史使命，埋葬了七十年的橡皮圖章。

農業改革同時持續推進中。

工業革命出現之前，農耕經濟和文明是人類最基本的生活方式。

苏维埃相当于北美独立前后的大陆会议

俄羅斯地大物博，人口稀少，糧食和農產品不蛤自給自足，而且綽綽有餘，出口歐洲，烏克蘭就是歐洲著名的糧倉。

十月革命之後，斧頭幫要大炮不要黃油，一方面認為只有工業才會致富、才會強大，將農業的剩餘價值掠奪殆盡，用來發展工業。

一方面認為私有制是萬惡之源，將土地收歸斧頭幫所有，強迫農民通通為斧頭幫打工。

從此將農業獻上工業的祭壇，糧食年年欠收，消費品供應嚴重短缺，「當家作主」的勞動人民吃不飽、穿不暖成為常態，間或大飢荒肆虐，餓殍遍野。

世界上面積最大的國家養不活世界二十分之一的人口，包括所有社會主義的農業國，而需要向萬惡的資本主義工業國進口糧食。

赫魯雪夫親自制定農業政策，插手耕作技術，甚至拓荒造田，提高農產品價格，不但無濟於事、空忙一場，而且成為瞎折騰的標本、拉下總書記寶座的罪狀之一。

布里茲尼夫老奸巨滑，提高農業管理地位，專設一位政治局分管農業，跟總理平起平坐，農業不景氣，分管農業的政治局委員背黑鍋。

戈巴契夫的恩師，七十年代末主管農業的政治局委員庫拉科夫，甚至因此死於非命。

戈巴契夫在農村長大，作為黨的基層官員管理農業，直至填補他的恩師庫拉科夫的遺缺，掌管全蘇農業問題的決策，農業的底碼瞭如指掌。

上臺第一年，再次改革農業管理機構，將分管農業的五個專業部合併成一個委員會，起名農工委員會，任命他自己的老上級弗‧穆拉霍夫斯基執掌，並享第一副總理尊位。

每次討論、部署經濟改革，農業改革又是重中之重。

向專家們徵詢良策，向農莊管理人員徵求意見，與管理農業的官

員們討論症狀和藥方。

開大會，做決定，要求各地貫徹落實，檢查督促，彙報評比，證明改革正確，富有成果。

反酗酒，他大刀闊斧，一刀切底，聲勢浩大，成果纍纍，但三把火燒過之後，敗相畢露。黑市猖獗，劣酒充斥，財政銳減，民怨又起。

農業改革因此溫和推進，附之以多樣、自主，試圖留有餘地，但糧食、牛奶、麵包、黃油、肉、蛋照樣不增加。

一刀切不行，自主選擇也不行。

一九八八年七月，戈巴契夫視察莫斯科一家製鞋公司，透露即將舉行的中央全會將討論消費品生產問題。

會議如期舉行，戈巴契夫提出向農民出租土地，建立家庭農場和允許私人擁有小塊土地，都未獲大家贊同支持，胎死腹中。

全會所通過的、關於增加消費品生產的決定，仍然是一紙空文、空文一紙。

休假期間，多次反復聽取尼科諾夫等官員、專家的彙報和思路，最後形成決定，走租賃制的路，將所有權和經營權相分離。

休假結束，選擇距莫斯科四百公里的奧廖爾市召開現場會議，集合各州封疆大吏和中央有關部門，讓巨頭們親眼目睹租賃制在這裏發生的「驚人變化」，接受事實教育，心悅誠服認同。

要求巨頭們「把注意力集中在租賃關係上」，把租賃經營作為「主要方向」。

又親自論證租賃制的合理機制：「一個人想得到歸自己支配的土地和資金，想建立家庭畜牧場的願望，同社會主義並不矛盾」。

而以往的集體農莊「在行政命令體制佔統治地位的情況下，人脫離了生產資料」。

「人是甚麼？是手段還是目的？」

「可以直率地說，人越來越變成瞭解這些或那些經濟和政治任務的工具」。

　　理論家雅科夫列夫幫腔，集體農莊「違反了自然規律和理性，毀了我們的人民」，「只要土地沒有主人，就不會有麵包、肉和牛奶」。

　　「事情出了岔子，執政黨應該首先找自身原因，把責任攤給青年人或知識分子，報紙或非正式的政治團體，世界資產階級或政治煽動者，這是不對的」。

　　進入一九八九年，一月十三日，戈巴契夫再次使出斧頭幫的招數，召集大型會議，邀請各路神仙獻策，為農業改革尋找靈丹妙藥。

　　二月二十日，又來到基輔和達利沃夫，瞭解農業改革遇到的阻力，探索破除阻力的路徑。

土地公有就是誰掌權誰所有

三月十五日，擴大的中央全會如期召開，除了中央委員、州委書記，又擴大集體農莊主席、國營農場場長、包括租賃者代表和農業專家。

在洋洋數萬言的報告中，戈巴契夫細數「集體化」給農民和農業帶來巨大災難。

「在同富農的鬥爭中，實際上對廣大農民群眾——中農、甚至貧農採用了暴力，數以百萬計的農民及其家屬離開土地，離開了家鄉，陷入困苦之中，甚至死在集中營和流放之中」。

「在不等價交換的基礎上，從農村奪走了大量資金」。

「許多農民被迫靠個人副業生活，又被課以重稅再次剝奪，很多人的報酬只是象徵性的。」

「不給農民優撫保障，他們沒有公民證，不經批准，不能離開農村」。

斧頭幫照搬猶太佬馬克思的教條，利用暴力奪取政權，利用政權剝奪地主、資本家的財富，建立所謂的公有制。

沒理解馬克思設想的公有制，醫治的頑疾是勞動人民只出賣勞動力打工，不佔有土地、機器等生產資料，不能從投資中分紅受益，因而被地主、資本家剝削，沒有積極性，甚至仇視、破壞生產資料。

所謂公有制，就是全民佔有土地和機器，勞動人民成了主人，為自己而工作，就有了主人翁意識，就會賣力工作。

邏輯上，不過是將地主、資本家的麼人佔有，擴大為勞動人民全民佔有，目的是消滅私有制、結果是不但承認私有，而且讓全民「私有」。

實際上，勞動人民仍然被排斥在所有權之外，認擁有權力，誰才擁有、支配土地、機器以及勞動者的「剩餘價值」，誰才可以當家和主。

「公有制」最後演變為權力所有制、演變為斧頭幫所有制。

戈巴契夫的農業改革也好、經濟改革也好，本質上就是剝奪剝奪

者，剝奪斧頭的所有權和支配權，讓公眾成為土地、機器的主認，成為生產經營的主人。

租賃制在形式上將經營權和所有權相分離，實質上將經營權和支配權交還勞動者，不但抓住了要害、解開了死結，而且避免了直接碰觸斧頭幫的紅線和 G 點。

但是，以如今負責農業的頭號人物利加喬夫為代表，相當一批大權在握的各級官員仍然懷疑、抵制、甚至直接挑戰戈巴契夫滿懷希望的租賃制。

關於農業問題的中央全會召開之前，利加喬夫曾示威性地飛往兄弟的捷克斯洛伐克「取經」。

在參觀布拉格附近的一個農業合作社時，就公開表示，「這些經驗可以幫助我們找到農業政策的正確解決辦法。」

就算全會已經作出決定，推行租賃制，他所到之處，仍然諄諄告誡各地大員，強調「完善」集體農莊和國營農場體制。

「完善」也者，在集體化的基礎上修修補補也。

在基輔，老資格的政治局委員謝爾比茨基高調發出警告：「不允許反社會的分子把我們的改革口號用於不體面的目的。」

俄聯邦部長會議主席沃羅特尼科夫不屑一顧：「我們的領導人已處在一種可笑的境況」。

只要戈巴契夫離經叛道，改變以往說法、做法和規矩，他們就會視為洪水猛獸。

農業租賃制的命運如何，經濟改革的前程如何，不問可知。

上蒼也跟戈巴契夫過不去，跟多災多難的斯拉夫人過不去。

年前十二月，戈巴契夫正在紐約出席聯合國大會，地處外高加索的亞美尼亞發生裡氏七級以上大地震。

學生在上課，工人在生產，孩子在嬉戲，老人在漫步，突然，藍

光一閃，地動天搖，房塌屋陷，黑煙瀰漫。

數萬人在驚愕中命喪黃泉，一夢不醒，許多城市和鄉野在掙紮中支離破碎，夷爲平地。

數十萬人失去親人，遭受傷痛，無家可歸，惟有死亡之神、痛苦之神翩翩起舞、彈冠相慶。

消息傳到莫斯科，雷日科夫總理、亞佐夫國防部長立即組成救災委員會，領導救災，戈巴契夫立即中斷訪問，返回莫斯科。

第二天，馬不停路，同賴莎一起來到震中列寧納坎。

眼前所見，一片片殘垣斷壁，一群群孤兒，一個個破碎的家庭，一堆堆無家可歸的人們。

戈巴契夫忍不住悲天憫人，盡最大努力瞭解人們的困難，分享他們的痛苦，安慰他們的心靈。

聽取領導救災的雷日科夫、亞佐夫等人的彙報，在當地電視臺上談他的感受，他的衷心希望，他對受災群衆的深切同情。

命令克里姆林宮、列寧格勒、以至全國各地下半旗致哀，停止一切娛樂活動，向死難者致哀。

「當家做主」的勞動人民，七十年來，第一次因為天災人禍歸天，享受「黨和國家領導人」禮遇。

來自文明世界的救援救助，有史以來，第一次暢通無阻，直達災區，帶來關懷，送來溫暖，盛況空前。

合眾國軍用飛機第一次在蘇聯領土降落，送來大批藥品和衣物。

當選總統布殊的小兒子和十三歲的孫子加入志願救援人員行列，在災區工作到新年以後，同時帶來大批兒童玩具和藥品、毛毯、衣服。

國務卿舒爾茨表示，美邦人民的熱情相助，只有在戈巴契夫時代才可能實現。

短短幾天,四十七個邦國和地區的救援人員和救災物資抵達災區,救助身陷苦海的人們。

戈巴契夫治下的帝國,在對外關係方面,已經擺脫北極熊張牙舞爪、與世為敵、自卑自閉的形象,成為文明社會正常的一員。

只要斧頭幫改弦更張,和平共處,要黃油不要大炮,不再埋葬資本主義,「解放全人類」,「帝國主義」根本沒有「亡我之心不死」,而是極其寬容、極其友好,時刻接納擁抱任何一隻洗心革面的迷途羔羊。

可惜,活生生的事實,喚不醒鐵幕後飽受洗腦的花崗巖頭顱,尤其是帝國權力舞臺上的袞袞生靈,絕大多數只相信斧頭幫餵給他們的謊言和欺騙,不接受親眼看到的事實和無懈可擊的道理。

就像動物莊園裏的羊群和拳擊手,拿破侖說什麼,他們信什麼,只有耳朵管用,眼睛和大腦都白長。

當時的蘇軍總參謀長阿赫羅梅耶夫元帥就是其中的一位,兩年多以後發動八‧一九政變的所有槍桿子、筆桿子無一不是。

所以,當戈巴契夫在聯合國宣佈裁軍五十萬後幾個小時,蘇軍總參謀長阿赫羅梅耶夫元帥就宣佈辭職。

蘇聯外交部新聞發言人格拉西莫夫掩飾這一舉動「是巧合」,只是「巧合」得過於緊湊、過於反常,根本就是巧妙地不配合。

斧頭幫的規矩,只有解職、免職、撤職、退休,沒有辭職這一項。

辭職頂多給免職、解職裝裝門面,給被解職者留點面子,不那麼難看。

戈巴契夫在出訪,元帥也沒什麼過錯,

不存在解職的問題。

就算元帥以健康為由掛冠求去,也沒到當下就不能工作的地步,等戈巴契夫出訪歸來請辭完全趕趟。

戈巴契夫要同意批準，政治局要開會通過，要物色接替人選，最後由官方發表文書，昭告天下。

元帥自己想辭就辭，不等戈巴契夫歸來，不等「組織」完成人事任免程式，自己公開發佈聲明，禿子頭上的蝨子明擺著，無聲抗議戈巴契夫的裁軍決定。

元帥生於 1923 年，是二次世界大戰碩果僅存的老兵之一，1979 年升任第一副總長，1983 年晉升元帥，1984 年升任總參謀長兼國防部第一副部長，是當時最深孚眾望的軍事家。

1987 年西德青年駕機直闖紅場，問責撤換時任國防部長索科洛夫，總參謀長沒有受到影響，但也沒能接任國防部長。

戈巴契夫從亞美尼亞災區視察歸來，著手處理元帥辭職事件，不但沒計較元帥辭職造成的影響，而且刻意籠絡，一路挽留做總書記軍

亞美尼亞地震中

事顧問、做最高蘇維埃主席團主席軍事顧問、做蘇聯總統軍事顧問。

兩年後，八・一九政變失敗，元帥選擇在克里姆林宮的辦公室自殺，自殺之前的遺言，明確表達出對帝國前途的失望和無奈。

將生命的意義，系於帝國的興衰，明顯不認同戈巴契夫的改革，但在生命的最後一刻，仍恪盡職守，甘為人臣。

與國防部長亞佐夫等政變巨頭相比，品格操行綻放出灼人的光輝。

事實證明是戈巴契夫處理軍中人事案唯一成功的範例。

戈巴契夫大器早成，一路青雲直上，直到當上新沙皇，只與當時的國防部長烏斯季諾夫關係密切，既是政治盟友，又是個人之間的忘年交。

入主克里姆林宮，三天兩頭直奔田間街頭，與公眾交流互動，隔三差五跟新聞文化界人士推心置腹，探討改革路徑，唯獨見不到任何蹤影和記錄，請高級將領到克里姆林宮推杯換盞、稱兄道弟、深入兵營，與普通士兵促膝談心、問寒送暖。

葉爾辛剛當上有名無實的俄羅斯總統，與軍隊毛關係都沒有，立即奔赴兵營，與空降兵司令格拉契夫拉關係、套近乎，與士兵近身接觸，混熟臉、滾感情。

成百上千赫赫有名的元帥、大將、上將及全球望而生畏百萬雄師，都是新沙皇當然法定的最大權力支柱，任由新沙皇欽差調動、提攜重用，新沙皇執政七年，不光當時，直到下臺，沒有從軍中識拔一個人才！

一年前挑選亞佐夫出任國防部長，就顯見不熟悉軍中人事，草率匆忙，實用主義，老實為要，聽話首選。

如今挑選軍中老二，仍然漫不經心、荒腔走板、完全不在狀態，不問資望能不能服眾，不問才德能不能補一哥不足，分一哥權力。

僅憑亞佐夫的一紙名單，看簡歷定終身，跟後來網絡訂餐叫外賣一樣，就圈定時年四十九歲的陸軍中將米哈依爾・莫伊謝耶夫。

莫伊謝耶夫曾任遠東軍區參謀長，亞佐夫任司令，亞佐夫調任國防部副部長，莫伊謝耶夫接任司令。

沒有任何緣由和根據，充分信任亞佐夫已經不智，又選擇亞佐夫曾經的部下執掌軍令，等於將軍權全部交給亞佐夫。

兩年後的八‧一九政變，無情地證明，所有權力支柱、社會中堅，不是溫文爾雅、見多識廣的外交系統、不是掌握各種真實資訊的克格勃，不是處在最關鍵位置的黨政官員，而是軍隊、是紀律嚴明、「刻板保守」的軍隊，才是改革人才的大本營，才是挽救改革的中流砥柱！

戈巴契夫改革最大的錯誤之一，就是忽視、冷落軍隊，盲目輕信，識人不明，棄金撿瓦，自毀長城。

J 繼續賣萌

戈巴契夫刻意經營的外交非常成功。

與美國的關係，與歐洲各國的關係，都漸入佳境。

僅八八年九、十月，就有四位首腦訪問莫斯科，奧地利總理弗拉尼茨基奏響過門，義大利總理德米塔登場開唱，西德總理科爾接棒捧場，法國總統密特朗掀起高潮。

首腦們都懷揣戈巴契夫最需要的銀子，來自英、意、法、西德的六十億美元貸款落入莫斯科帳戶，西德答應代培數千名蘇俄經營管理人材，幾十個投資合同也跟著簽訂。

美國四年一度的大選，如何對付「戈爾比」，成為爭論的主題之一。

杜卡斯基跟布殊相爭，因為雷根八年的輝煌政績，直接把備位副總統送上總統大位，打破百年選舉記錄。

十二月六日，戈巴契夫攜賴莎飛抵紐約出席聯合國大會，並打算見見雷根和布殊，再順道訪問古巴和英國。

隨行人員除了謝瓦爾德納澤和雅科夫列夫，又有樣學樣，模仿美國總統出訪的排場，安排一架專機，供蘇聯及各國常駐莫斯科的記者們使用，並贏得「公開性一號」的雅號。

與一年前訪問華盛頓一樣，十二月的北美，已經進入聖誕季，似由千百串五顏六色的寶石構築的資本主義的大都會，讓戈巴契夫一行大開眼界。

十二月七日，戈巴契夫如期來到聯合國大廈，登上飄揚著各國旗幟的聯大講臺，向各國使節、也是向全世界發表演說。

——在今後兩年內，蘇聯武裝力量將減少五十萬」。

——一九九一年之前，從民德、捷克和匈牙利撤出六個坦克師並予以解散，總計削減五萬人，減少一萬輛坦克，八千五百門火炮，八百架戰機。

——根據與蒙古政府達成的協議，撤回駐紮在那裡的相當大一部分軍隊。

所謂的聯合國，始作俑者富蘭克林‧羅斯福，抄襲一戰後的國際聯盟舊瓶，裝進二戰同盟國的新酒，使用 United Nations 做名稱，翻譯成漢語，準確意思是合眾國際，不是什麼聯合國。

引導世界各個政治實體有爭端、一來文鬥，兩造武鬥，全體仲裁，以吵止戰，以理止戰，甚至以合眾國際的名義，以戰止戰。

成立以降，因為法國的忘恩負義，因為蘇俄的鐵幕擴張，因為中國的權力更替，常任理事國的面目，逐漸演變得跟二戰期間大相徑庭。

各懷鬼胎，各行其事，立場劃線，無視事實，顛倒是非，混淆黑白，發揮的作用遠遠不及支出的成本。

尤其是大會小會的發言，大多是空話、廢話和騙人的鬼話，甚至相當一部分不及街頭小販吆喝叫賣的水準。

戈巴契夫端出的牛肉，有血有肉，貨真價實，此前沒有，此事再無，會內會外，再次贏得廣泛讚譽。

會場送給戈巴契夫的掌聲，也空前絕後。

首席戈粉戴卓爾首相讚揚，戈巴契夫送來一份很好的聖誕禮物。

雷根總統稱戈巴契夫「向前又邁出一大步」。

在曼哈頓總督島上，在自由女神腳下，雷根當面送給戈巴契夫一份特殊禮物。

一張戈、列二人在一片樹林裡散步的照片，雷根親筆題詞：「我們一起為掃清障礙走了一段長路，日內瓦，一九八五年。」

「紐約，一九八八年。」

當選總統布殊也前來湊熱鬧，三人先行會談，接著遊覽曼哈頓島，與自由女神合影並共進午餐。

晚間，謝瓦爾德納澤親自會見記者，發佈重要聲明，因為外高加索亞美尼亞發生強烈地震，後果嚴重，總書記決定中斷訪問，回國救災。

八日上午，戈巴契夫登上停落在甘迺迪國際機場的座機回國：「人民在受難，我只能縮短訪問，回去救災」。

一九八九年來臨之前，資產階級社會學的經典方法之一——蓋洛普民意測驗在莫斯科安家落戶。

斧頭幫領導下的公眾，從此可以自由地回答喜歡哪位領導人，不喜歡哪位領導人，希望甚麼事出現，不希望甚麼事出現。

百分比將告訴人們甚麼是民意，甚麼不是民意。

法定的恐怖機器員警、克格勃都成公眾可以批評的對象，其頭目克留奇科夫不得不一再出面表態：我們的工作也將實行公開性。

元旦這一天，莫斯科積雪壓彎街頭的樹枝，「冬老人」和「雪姑

娘」在商店櫥窗裡向行人招手，孩子們把剛買到手的塑膠吹氣蛇貼到紅撲撲的臉上，槭樹上彩燈閃爍，裝點起新年盛裝和節日氣息。

普希金廣場，有詩人披著瑞雪吟唱謳歌自由的詩篇，有人群在《莫斯科新聞》的報欄前議論家事、國事、天下事。

一架波音 747 飛機從紐約起飛，經過大西洋，抵達莫斯科，給戈巴契夫運來新年禮物。

一群社會活動家和文學藝術家別出心裁地製作出一張巨大的賀年卡，十五米長，四米寬，差不多一個羽毛球場的面積。

油畫、照片、題詞和簽名琳瑯滿目，兩萬多人在卡片上以自己喜歡的方式表達新年祝福。

包括十三個州的州長，幾十名國會議員、社會活動家、文學藝術家和企業家，包括敗走麥城的民主黨總統參選人杜卡基斯。

新年賀詞真摯而親切：「親愛的戈巴契夫，我們美國公民非常感謝您和蘇聯人民在和平的事業中表現出來的勇氣」。

一些不甘寂寞的政客吃飽睡足玩夠之後,也紛紛到莫斯科蹭熱度、刷存在感。

包括法國前總統吉斯卡爾 · 德斯坦、日本前首相中曾根、美國億萬富翁戴維 · 洛克菲勒、美國前國務卿季辛吉。

全世界都關心戈巴契夫的改革，都對帝國的權力轉型充滿好奇、期盼和神往。

進入一九八九年，最後的禁區多黨制不僅在媒體上毫無顧忌地公開討論，各種獨立於斧頭幫的組織和團體，也雨後春筍般地成立。

一個含糊不清的稱呼「非正式組織」，既避開法律的紅紅線，又佯裝不具「政黨」性質。

其中最爲龐大的「人民陣線」雖然不是統一組織，和愛沙尼亞、拉脫維亞和立陶宛的「人民陣線」與莫斯科的「人民陣線」常常遙相

呼應，已經接近「兄弟」組織。

戈巴契夫在克里姆林宮邀請科學文化界名流高談闊論，跑到莫斯科一些工廠跟工人拉家常，出席莫斯科黨委會、與黨的基層官員座談。

時而抬起他的右臂，告誡保守派不要用教條主義的有色眼鏡評價改革，好像改革正在向資本主義靠攏。

時而抬起他的左臂，指責激進分子不要嫌改革步伐太慢，改革正健康地向前發展。

一方面表示，多黨制「若能積極地、充滿活力地發展，也是一種監督機制，是正確的」。一方面又認為，「我們生活在一黨制國家，這是歷史形成的，沒有實行多黨制的社會基礎和必要」。

《消息報》觀察家鮑文評論，「經濟形勢見好姍姍不來，又是在希望和失望中走鋼絲一年」。

戈巴契夫腳下的鋼絲，不再是斧頭幫權力機構單方面的威脅，而且又有了激進改革聲音和力量、以及改革併發症的威脅。

按照年前的安排，蘇共「選」出自己的一百名「人民代表」，準備進入最高蘇維埃行使權力。

戈巴契夫親自欽定一百名候選人，交給中央委員會投票通過，保證每個人都能中「選」，跟以往一樣，玩「選舉」的笑話。

第一次將每個「當選」代表所得的票數公開，呼應「公開性」的原則和氣象。

總理雷日科夫最受擁戴，只有十張反對票，戈巴契夫其次，得十二張反對票。

最不受歡迎的是利加喬夫，獲七十八張反對票，其次是雅科夫列夫，獲五十九張反對票。

「我確信蘇共有 100 個席位正好提出 100 名候選人的做法是正確的。要讓當時黨領導的某些成員落選是不能允許的。這樣做會立即把

這些人推到改革事業隱蔽的或公開的敵人營壘中去，使形勢嚴重複雜化。」

戈巴契夫回憶。

「選舉結束之後，我們召集了一次政治局會議(1989年3月28日)。大多數人的情緒很壓抑，一派天快塌下來的氣氛……相當一部分人是不同意我的看法，有些人像是心臟病發作一般，在我講話過程中已無法控制自己。我語氣平和地提醒說，要是誰覺得在這裡難受，可以退場。」

「我不是說要會議室裡鴉雀無聲，但會議的氣氛即時安靜了下來。黨的紀律起了作用，儘管許多人依然還是一臉的陰沉。」

戈巴契夫政治局的氣氛和心態，就是整個斧頭幫心理狀態的縮影和晴雨錶，也是整個社會心理狀態的縮影和晴雨錶。

幾家歡樂幾家愁，幾家抱怨幾家怒。

一些坐收改革和公開性紅利的力量，有的出於理想主義，有的出於不負責任，有的出於嘩眾取寵，又大肆批評、或者攻擊戈巴契夫步子太保守、屁股坐在保護派一邊。

謝瓦爾德澤一語道破戈巴契夫的處境：「社會上很激進……人們要求開除那些表現不良的人，可這樣的人成千上萬呀……」（轉引自《戈巴契夫回憶錄》）

戈巴契夫自己承認，需要形成健康的、民主的力量，壓迫保守勢力轉變、放棄自己的立場和權力、防止改革倒退回頭。

但是，人類社會的複雜之處就在於，危害民主的、不健康的力量，就像莊稼地裏的雜草，又必然伴隨莊稼一起生長。

當時乃至當下，人類文明發明不出一種除草劑，只讓莊稼生長，不讓雜草生長。

戈巴契夫也不例外，只能眼睜睜看著政治角鬥場上的雜草跟莊稼

一起生長，無力控制。

七十年來，「當家作主」的勞動人民第一次真正選舉自己的部分代表，也第一次被允許參選、競選人民代表。

許多人躍躍欲試，許多人熱情奔走。

莫斯科最為熱鬧，前市委書記葉爾辛最為引人注目。

改革先鋒，「民粹派」風格，反對特權，反對官僚，自擔任莫斯科頭號人物起，就頗受民眾歡迎。

在一般人心目中，支持的成分，同情的成分，對當局不滿的成分集中在一起，葉爾辛不僅成為代言人，甚至成為偶像。

幾乎每天都有上萬人集會，呼籲投葉爾辛一票，有的黨員上書中央，要求把葉爾辛選進政治局，著名的阿爾巴特街上，有人身上掛著牌子發表支持葉爾辛的演說。

葉爾辛當過第一書記的維爾德洛夫斯克州，人們給莫斯科送去口號：「莫斯科人，看你們的了」。

選舉前一天，政治學家奧列格・魯曼謝夫發表民意測驗，葉爾辛的選票將佔百分之七十六。

人們普遍認為，除非當局作弊，葉爾辛一定會當選。

著名詩人葉夫根尼・葉甫圖申科呼籲，「支持葉爾辛就是支持民主」。

葉爾辛一跤摔在民眾懷抱，搖身一變，成了歐美式的政治紅人。

寧願不當部長級的國家建委第一副主席，而追逐一個有名無實、前途未卜的人民代表；

抄襲美帝的作業，煞有介事，跟競選對手在電視直播間唇槍舌劍。

又在《莫斯科真理報》發表文章，給自己辯護，反駁來自斧頭幫的密集圍剿。

很策略地一邊公開讚揚戈巴契夫及雅科夫列夫。稱後者是「政治局及其思想家中最有智慧的人之一」，一邊把矛頭指向利加喬夫及莫斯科時任第一書記紮伊科夫，批評他們極力維護少數權貴的特權，阻礙民主進程。

　　三月二十六日，星期日，莫斯科細雨濛濛，乍暖還寒，熱情洋溢的青年，步履蹣跚的老人，歡聲笑語的一家，都興高采烈地投下屬於自己的一票。

　　上午九點，在記者們的簇擁下，葉爾辛手牽孫女，走進投票站，不停地跟支持者握手。

　　投完票後，他告訴記者，晚上他將親自到各個投票站監督點票，防止舞弊。

　　第二天，第一選區統計出開票結果，葉爾辛大獲全勝，獲得百分之八十九點四四的選票。

葉爾辛嘗到自由選舉的甜頭

莫斯科人興高采烈，奔走相告。

民主之樹只是破土，就喚起人們極大的熱情、激發出社會前所未有的活力。

斧頭幫扶植、推出的數十名大官名將名落孫山，包括列寧格勒市委第一書記，莫斯科市市長，托姆斯克州委第一書記……

三天後，戈巴契夫在克里姆林宮會見新聞界負責人，高度評價選舉是國家政治和社會生活中「重要的裡程碑」、「重要的分界線」，將「載入史冊」。.

利用選舉結果，戈巴契夫著手對斧頭幫最高權力機構進一步施行外科手術。

「1987 年中央一月全會之後，經過差額選舉已經換掉了一批第一書記，許多老人退休。掌舵把的已經是第二代、第三代，甚至是第四「梯隊」的人馬，可事情一如既往，一切仍在按老規矩辦。經史達林作過簡單化詮釋的馬克思主義的教條，在人們頭腦中竟如此根深蒂固。」

戈巴契夫回憶。

「選民的抉擇對許多人來說是終極的，」

「作為蘇共總書記，我有責任、也衷心希望党能夠領導這一過程，不要做這一過程的反對派。」

「從黨內同志的友誼和仁慈角度考慮，也必須面對嚴峻的現實生活。」

「我同原政治局委員（他們仍是中央委員）談話，然後又會見所有已經不擔任領導職務的中央委員，……老同志都沒有怨言，都意識到是退下來的時候了。」

四月二十五日，戈巴契夫在克里姆林宮告訴五百多名中央委員、中央候補委員、中央檢查委員會委員，一批老同志提出退出中央委員會，政治局向光榮引退的老同志表示良好的祝願。

冷戰老戰士從此一個不剩，葛羅米柯、阿利耶夫、奧爾加科夫等一百一十名「黨的寶貴財富」，在「感謝」戈巴契夫成全他們的頌聖聲中退出歷史舞臺。

一批「候補」委員立即遞補了老同志餘溫尚存的交椅，一批新人隨之脫穎而出。

先是康·弗羅洛夫出任《真理報》總編輯，繼而普裡馬科夫出任聯盟民族院主席，隨後伊瓦什科替戈巴契夫看守斧頭幫後院。

尤其是普裡馬科夫，出將入相，紅極一時。

遺憾的是，改革釋放出來的魔鬼日益猖獗。

四月四日，在格魯吉亞首府第比利斯，一些「非正式組織」再次絕食靜坐，抗議中央政府煽動本地區的民族騷亂，要求格魯吉亞獨立。

開始，當局並未特別在意，以為是眾多示威活動中的一次，任其自生自滅。

孰料，靜坐、絕食發展成群情激憤的大規模街頭抗議示威，當局出動軍隊，試圖平息抗議浪潮。

揚湯止沸立即演變成火上澆油，四月八日，全市大部分工廠停工、學校停課，商店關門、交通癱瘓，演變成了罷工、罷課、罷市的對抗局面。

八日夜間，憤怒的群眾聚集在共和國政府大樓前的廣場示威，二十三點，受命埋伏在廣場四周的軍警突然出動，在裝甲車和坦克的掩護下衝向燭光搖曳、躁動不安的黑夜。

像切大蛋糕一樣，把人們分割、包圍成一個個小塊，有的用棍棒、有的用鐵鍬，劈頭蓋腦砸向手無寸鐵的群眾。

逃脫棍棒和鐵鍬的，又遭到毒氣彈襲擊，當場就有兩人身亡。

被激怒的群眾撿起石塊還擊，有的則早備有棍棒和鐵器。

混戰的結果，至少二十人死亡，一百多人受傷。

當局乘勝前進，宣佈每晚從二十三點到次日六點實行宵禁。

坦克在城市的主要街道上虎視眈眈地盯著人們，全副武裝的士兵在街上巡邏。蘇聯外交部新聞發言人格拉西莫夫告訴記者，秩序恢復，局勢平靜，引起動亂的「極端分子」受到懲罰。

黨的主要報紙、國家通訊社塔斯社一擁而上，譴責「民族主義分子」、「反蘇反社會主義分子」鬧事。

三天以後，格拉西莫夫還繼續「闢謠」：「說甚麼死者是被工兵鐵鍬打死的，徵得死者的家屬同意，各界代表進行了屍檢。結果，沒有發現任何砍傷或劈傷。死者是由於擁擠造成的缺氧窒息而死」。

總之，騷亂起因是「極端分子」鬧事，派兵宵禁是迫不得已，重大傷亡是動亂所為。軍隊清白無辜，領導決策正確。

示威發生時，戈巴契夫正在英國訪問，四月八日回到莫斯科。

雷日科夫、利加喬夫等在機場迎接，並在機場休息室立即研究如何應對第比利斯危機。

研究結果，委派謝瓦爾德納澤和另一位政治局委員拉祖莫夫斯基前往事發地調查處理。

謝瓦爾德納澤曾任格魯吉亞克格勃首腦、黨的第一書記，以辦事幹練果敢著稱。

一次，第比利斯發生球迷騷亂，擲瓶子，扔石頭，謝氏在主席臺上見狀，從解說員手中要過話筒，隻身衝向賽場，喝令人們冷靜，指揮公眾有秩序退場。

鼎鼎大名的威力和鎮定自若的行動，很快鎮住了球迷，驟起的風暴瞬息煙消雲散，所有人安然無恙。

另一次，蘇聯官方通過一部憲法，沒有承認格魯吉亞語為官方語言，學生們走上街頭示威遊行。

謝瓦爾德納澤聞訊，趕到現場同學生對話，答應考慮他們的要求，

手執擴音器將學生帶出廣場。

謝瓦爾德納澤正要領命出征，整裝待飛，第比利斯領導集團打來電話，報告一切正常，不勞謝氏大駕。

當晚，血腥鎮壓發生，外界普遍懷疑命令來自戈巴契夫統治集團，強烈要求成立調查團調查。

謝瓦爾德納澤和拉祖莫夫斯基再度披掛上陣。

「弄清事實是道德的絕對律令」，謝氏公開聲明。

聽完領導集團彙報，走上第比利斯大街，直升飛機在城市上空盤旋，雪片似的傳單在空中飛舞，坦克和裝甲車扼守要道，手持步槍的士兵如臨大敵。

三年前謝氏離開時熙熙攘攘的人群消失了，大自然恩賜的南國明媚春光，不敵冷清、肅殺、悲傷的氣氛。

格魯吉亞跟其他加盟共和國一樣，曾經確實是沙俄的一部分

與知識界代表座談，與輿論界負責人交流，與工人們聊天，與青年人辯論，也與當地官員們開會。

「聽到了那個可悲夜晚見證人的講述和證明」，「看到了人民眼中的眼淚和痛苦」，瞭解到越來越多的真相，知道了越來越多的細節。

結論呼之欲出，那不是一個勝利的夜晚，而是一個悲慘的夜晚。

「不論事件起因如何，任何人任何事也不能為無辜者的犧牲辯解」。

在一次與共和國院士的座談中，謝氏的後任、斧頭幫第一書記別爾‧帕季阿什維利眼見紙裏包不住火，當場表示準備辭職，以謝天下。

四月十四日，愛德華‧謝瓦爾德納澤公開宣佈，以共和國黨中央第一書記帕季阿什維利為首的領導人決定使用武力，利用軍隊，在第比利斯實行宵禁。

外高加索軍區司令 H‧羅季奧諾夫上將起初反對這一決定，但後來服從了共和國領導人的決定。

然而，人們還是不信，在隨後召開的人民代表大會上，許多代表不甘罷休，繼續要求進一步調查事件真相、追究罪魁禍首。

在公眾、輿論、人民代表的壓力面前，蘇聯最高蘇維埃，蘇聯軍事檢察院專門組成調查團，再赴第比利斯。

八個月以後，調查委員會主席索布恰克宣佈，軍隊封堵現場並施放毒氣，又僅留下一個狹窄通道，造成示威者恐慌逃生、相互踩踏致死。

軍區指揮官科切托夫、羅季奧諾夫和葉菲莫夫指示負有直接責任，建議追究刑事責任。

中央領導集團負有同意批準格魯吉亞當局鎮壓決定的責任，但誰同意的、誰批準的，語焉不詳。

往後多年，幾乎所有領導人的回憶錄紛紛問世，包括戈氏本人回憶錄，都沒有憶述戈氏及其他領導人在這起悲劇中的真實態度和作用。

跟此後發生的類似事件一樣，戈氏以及其他關鍵領導人的角色始終是個謎。

　　在所有問題上，戈巴契夫總是態度鮮明，從不含糊。

　　唯有在這件事上,戈巴契夫騎墻中立,態度曖昧,與以往截然不同。

　　出事的第四天，以個人名義發表聲明一紙，一方面謹慎地撫慰死者家屬，一方面呼籲人們冷靜、團結、負責。

　　既沒有怪罪誰，也沒有指責誰。

　　面對再度調查的呼聲，也只是順水推舟，表示支持……

J 踏上「龍」的紅地毯

　　入主克里姆林宮第五個年頭，戈巴契夫基本重塑了帝國的行為模式和內外形象，北極熊的笨拙懶散、張牙舞爪代之以生龍活虎、憨態可掬。

　　戈巴契夫本人的形象和聲望更是如日中天、風靡全球，隨著雷根任屆期滿、退出政治舞臺、柴契爾國內政策失誤遭遇狙擊，黯然失色，世界政治舞臺一代當紅明星密特朗、馬爾羅尼、中曾根康弘，要麼即將下臺，要麼已經下臺，戈巴契夫更是鶴立雞群、無人與之共舞。

　　又一個舉世矚目的重大事件，是五月中旬的東方之行。

　　帝國的東方政策，一如其徽章上的雙頭鷹，是西方政策的繼續和延伸，寡廉鮮恥、不擇手段地攝取領土、勢力範圍和最大利益。

　　亞洲廣袤領土中的每一寸都是血腥征服、謊言欺騙、趁火打劫而來。

　　斧頭幫通過共產主義、國際主義的美麗謊言，將東方」被壓迫人民和被壓迫民族「忽悠得俯首貼耳、唯命是從。

　　同樣因為共產主義、國際主義的美麗謊言，又跟東方的龍兄弟反目成仇，二十多年不相往來。

　　一九六九年兩國在烏蘇裡江發生軍事衝突，時任總理柯西金直接撥通中斷許久的電話熱線，試圖跟中國時任總理周恩來溝通。

　　中方的接線員小姐，一聽柯西金的「臭名」，立即大罵，「修正

主義」、「叛徒」頭目，有什麼資格找周總理，立即掛斷。

「牢不可破的同志加兄弟」公開翻臉決裂，始於一九六三年，私下的分歧與爭吵始於何時，各有說詞。

老大哥的說法，中共一九六〇年四月發表《列寧主義萬歲》等三篇文章，挑起意識形態分歧。

中國兄弟的陳述，一九五六年赫魯雪夫全盤否定史達林，開始走上修正主義。

分歧時間不同、事件不同，但起源相同、根由相同──共產主義的路，怎麼走？列寧創始、史達林建築的第一個社會主義模式該不該檢討、批評和修正？

老大哥認為，斧頭幫通過暴力奪取政權，就代表全體人民的意志，而不僅僅代表無產階級，對內不搞階級鬥爭，主要任務是發展生產力，在市場和價值規律的基礎上，建構、運行計劃經濟體系，與資本主義和平共處，和平競賽，通過競賽戰而勝之。

大老弟認為，無產階級奪取政權，只是萬裡長征走完第一步，階級鬥爭是長期的、複雜的、甚至是很激烈的，黨和國家的主要任務，

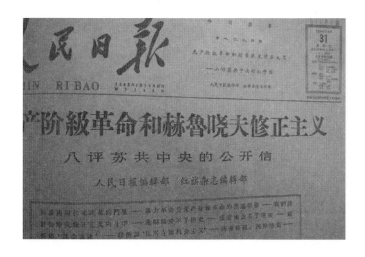

是代表無產階級繼續革命。對已經打倒的和正在滋生的畜產階級實行無產階級專政。經濟建設服從繼續革命的大前提，市場和價值規律屬於資本主義，無產階級專政的上層建築所決定，計劃經濟必須是自上而下的行政命令體制。資本主義世界亡我之心不死，社會主義陣營與資本主義陣營的鬥爭你死我活，沒有第三條道路可走，和平共處就是投降主義。

更簡單地說，老大哥認為，史達林的模式，歪曲了列寧的初心，他們要回歸列寧。

大老弟認為，史達林是列寧的忠實傳人，否定史達林，就是否定列寧，就是修正主義。

一言蔽之，兩國的衝突由兩黨始，兩黨的衝突由意識形態始，意識形態的衝突，由列寧跟史達林相同、還是不同開始。

誰對列寧和史達林的解釋、論述正確，誰是馬列寧主義的正宗傳人，誰就執共產主義之牛耳；誰對列寧和史達林的解釋、論述不正確，誰就是馬列主義的不肖子孫，誰就是共產主義的叛徒。

一個是資深老大，一個是新興老二，哥倆師出同門，骨子裏只相信一分為二，不相信客觀、公正和中立，不相信協力廠商可以仲裁。

都堅信自己正確，對方錯誤，由思想理念、意識形態之爭，升級為兩黨之鬥，由兩黨之鬥，演變為兩國之仇。

老大哥惱羞成怒，撤走專家，停止援助，逼債討帳，搬出「黃禍論」，暗示中國構成安全威脅。

大老弟「冷眼向洋看世界」，不吃「社會帝國主義」那一套，搬出沙俄侵略擴張史，以中國特色、獨立自主、自力更生為旗幟，領導「第三世界」革命。

老大哥仗著二次世界大點的紅利，控制領導其他所有兄弟國，在「修正主義」的道路上探索前行。

大老弟憑著崇高的信仰，頑強的志氣，與阿爾巴尼亞同仇敵愾，

高擎列寧、史達林的社會主義的明燈。

兩個世界革命的策源地劍拔弩張，在珍寶島（蘇聯稱之爲達曼斯基島）打了不大的一仗，都害怕更大號的死敵美帝趁火打劫，沒有把衝突升級為全面戰爭。

雙方都把美帝當天敵，經此一役，雙方才發現，身邊的昔日同宗兄弟，因為地緣關係，比美帝更危險，更構成威脅。

敵人的敵人是朋友，與次要敵人聯手，對付主要敵人，是轉危為安的不二法門。

勃列日涅夫一邊把大批武器彈藥送往世界各地，在中東、中美、東南亞扶植僕從，一邊跟尼克鬆眉來眼去，。

毛澤東一邊把大把銀子和財富撒向以非洲為主體的第三世界，「支持人民革命」，一邊隔著太平洋，向尼克遜拋去一隻乒乓球。

尼克遜以反共、仇共聞名，但只限於在美國國內打口炮、給政敵岾標籤，當上總統、掌握權力，直接面對老共，需要付諸行動真仇、真反，胸無點墨、束手無策。

時來運轉，老共自己反目成仇，大打出手，老大老二爭相欲鄰為豁，來抱美帝大腿，正中下懷，一拍即合。

隔著太平洋，重續中美友誼，在中國新疆設立軍事情報觀測站（見《李潔明回憶錄》，結成心照不宣的抗蘇統一戰線。

通過撤出越南、跟北極熊握手言和，作為史上第一個訪問蘇俄的美國總統，與蘇俄「緩和」「接觸」，「限制凍結」核裝置，重建冷戰以來的信任關係。

搖身一變，反共變親共，左手打中國牌，右手打蘇俄牌。

因為中國扶植紅色高棉、美國支援龍諾集團，都遭到蘇聯支持的越南及其僕從洪森的滅頂之災，以及蘇聯入侵阿富汗。

中美關係日益密切，蘇美關係走向對抗，而蘇中關係持續冰封雪

凍，直到戈巴契夫上臺。

戈巴契夫入主克里姆林宮的消息發出，時任委員長彭眞立即稱爲「同志」，黨的總書記胡耀邦接著表示祝賀。

與列寧的「革命導師」和史達林的「慈父領袖」相比、中國兄弟稱「同志」當然太不成敬意，但比赫魯雪夫和布里茲尼夫贏得的「叛徒」、「走狗」友好得太多、大高大上。

在紅色語彙裏，「同志」比爹娘還要親，「朋友」當然不在話下。

投桃報李，新總書記立即接見前來參加契爾年科葬禮的中國政府特使李鵬，展現友好姿態。

這年十二月，中國時任副總理的李鵬訪問法國、東歐，取道莫斯科回國，戈巴契夫當即再次接見。

塔斯社發佈新聞，各大媒體熱情宣傳，突出李鵬的政治局委員身分，淡化其副總理權位，並且把短暫停留說成短暫訪問。

李鵬返抵北京機場，有記者發問，「李副總理訪問東歐、蘇聯和法國的情況如何？」，副總理回答「極其成功」。

但外交部立即替副總理「補充」：副總理的話「並不意味著包括蘇聯」。

兩個星期之後，時任副外長錢其琛再次就中蘇關係表態，批評蘇聯言行不一，一方面多次表示改善關係，一方面卻力圖迴避要害問題。

所謂的要害，柬埔寨問題，阿富汗問題，中蘇、中蒙邊境駐軍問題，當年的馬列主義之爭、意識形態分歧，避之惟恐不及。

所謂的外交，就是處理國與國之間的往來和關係，尤其是處理國與國之間的分歧和衝突。

因為分歧和衝突，停止「外交」和往來，古往今來，只有紅色龍奉為獨門密籍。

戈巴契夫同他的外交顧問們開始制定一攬子對亞洲國家關係的新

方案，方案的宗旨，與蘇聯整個對外政策一樣，奉行針對中國的狀況，在三個問題上提出了具有建議性的行動和倡議。

一九八六年七月，對歐、美展開外交攻勢的同時，戈巴契夫構思成熟他的亞洲政策和建議。

又匠心獨具，選擇昔日滿清的海參崴、早已成為蘇俄遠東出海口的符拉迪沃斯托克，兜售他的「對話、和平和「新思維」」。

而且是先視察，後講話，突顯帝國是亞洲的一員、亞洲的霸主。

宣佈蘇聯準備從「阿富汗撤出六個團的兵力」，從蒙古撤出相當大一部分軍隊。

主張蘇中邊界的走向，以阿穆爾河（黑龍江）主航道爲界。

聲明帝國準備在任何時候、任何級別同中國領導人會談。

事實上，一九八二年，布里茲尼夫就曾拋出紅繡球，在帝國的中亞名城塔什干視察並發出呼籲：

願意同中國領導人見面，恢復友好關係，尤其是，兩國儘管有意識形態分歧，但他們始終認為，中國是社會主義國家。

這個時候，紅色龍正逐步擺脫先前的意識形態，初嘗擁抱美帝的好處和快感，與美帝打得火熱，懶理曾經如膠似漆的舊情人、老大哥。

時隔四載，改革開放初見成效，共產主義只剩理想，新的權力核心發現一個有目共睹現象——跟著美國跑的都過上好日子，跟著蘇俄跑的都是窮光蛋。

因此，搞好與美帝的關係，就夠了，其他所謂的外交，就是圖個熱鬧，尤其蘇俄，來往沒得到過啥好處，不來往也沒遭遇啥壞處。

戈巴契夫拳打腳踢，愛咋玩咋玩，就算跑到門口指名道姓叫板，一概裝作沒看見、沒聽到，不理不睬。

過了整整十天，在記者們的追問下，外交部新聞發言人才表示要研究研究。

又過了一個星期，才正式表態，歡迎戈氏聲明，但要看行動，尤其是「三大障礙」中的柬埔寨問題，戈氏繞道而行。

意思是，禮物還不夠，見面更別急。

戈巴契夫叫陣的第一個回合，表面上偃旗息鼓。

事實上，臺面底下，戈巴契夫派副總理阿爾希波夫秘密前往北京，逗留整整一個月，名義上，去治病，實際上，與中國「同志」萬裏、彭真、姚依林、李鵬私聊許多次。

阿老尚未回國，另一位正在走紅的副總理兼國家計委主任塔雷津接踵而至，塔氏不光是新晉的政治局候補委員，又帶來雷日科夫總理的親筆信。

不光帶來一百多位專家，落實兩國合作計劃，又鄭重其事邀請中國時任總理趙紫陽在適當的時候訪問蘇聯。

時隔二十六年，蘇聯專家再次踏上中國的土地，趙紫陽不但破格

接見，而且親自簽訂領事條約和貿易合作協定。

莫斯科又改派大使，將駐聯合國的特使揚諾夫斯基調華負責。

第九輪磋商蘇中關係正常化，再讓「中國人民的老朋友」、副外長羅高壽取代賈丕才。

不但允許，而且鼓勵東歐衛星國發展與中國的友好關係、以及兩黨關係。

報刊、廣播和電視，萬眾一聲，盛贊兩國傳統友誼，自作多情地誇讚中國為另一個偉大的社會主義國家。

面對一連串攻勢，紅色龍欲迎還拒，鄧小平接受美國哥倫比亞廣播公司記者邁克・華萊士採訪，表示他可以跟戈巴契夫見面，甚至去莫斯科，只要戈巴契夫壓越南從柬埔寨撤軍。

同時恢復與「修正主義集團」其他成員國家的關係，尤其是與東歐國家破冰解凍，「團結」衛星國，「孤立」宗主國。

波蘭共產黨總書記雅魯澤爾斯基，東德共產黨總書記何內克，匈牙利共產黨總書記卡達爾，捷克共產黨總書記雅克什，保加利亞共產黨總書記日夫科夫，一個個氣宇軒昂、走馬燈似地訪問北京。

幾個月之後，中共代總書記、總理趙紫陽，又回訪五個「社會帝國主義」的「僕從和走狗」，二十六年的相互攻訐劃上句號，革命陣營的敵人，搖身一變，進化成改革的「同志」。

趙紫陽訪問東歐五國前，戈巴契夫悄悄通過駐華使館，邀請趙訪完五國以後順路造訪莫斯科作客，北京就是不給戈巴契夫的面子。

既利用戈巴契夫的「新思維」與東歐往來，又不領戈巴契夫鼓勵東歐投懷送抱的人情債。

差不多一年過去，已經接近一九八七年底，美蘇首腦已會晤兩次，戈巴契夫又即將啟程訪美，並簽署第一份削減核武器條約。

美蘇關係冰消雪化，雲開日出，即將迎來歷史上最好的時期。

十一月十七日，鄧小平會見日本三流政客、社會黨委員長土井賀子，話題硬生生扯到中蘇關係。

老調重彈，只要蘇聯壓越南從柬埔寨撤軍，他願與戈巴契夫見面。

在戈巴契夫旋風刮到美國、跟雷根翩翩起舞，吸引輿論的注意力之前，拋出沉寂一年的中蘇關係，投石問路，主動試探。

再扳身價，越扳越貶值，越扳越邊緣。

戈巴契夫邀請趙紫陽訪問遭拒，整整一年間，中止所有拉近、增進蘇中關係「正常化」的動作，不理不睬，有意冷落。

等到會見更不入流的外賓、贊比亞總統卡翁達時，才漫不經心地表示，非常歡迎跟中方領導人會見，只是蘇聯方面已多次重申，不接受所謂的「先決條件」。

「目前國際氣氛的改善在這方面也會使人感覺出來」。

話裏話外，要談就談，不談拉倒，要先滿足這前提、那條件，哪涼快哪呆著。

又過了大半年，到了一九八八年九月，戈巴契夫再次視察蘇聯的亞洲部分，在西伯利亞重鎮克拉斯諾亞爾斯克故技重演，面對基層官員和公眾，向亞太地區所有國家提出七點新建議。

與各國對話，討論降低該地區軍事水準。

「立即著手準備蘇中的最高級會晤」。

紅色龍只是亞洲政策的一部分，不是亞洲政策的全部。

這一回，北京再不冷屁股對莫斯科的熱臉了。

新任外交部長錢其琛，口袋裡裝著「黨的決定」，赴紐約與謝瓦爾德納澤暗訂姻緣。

錢直奔主題，鄧小平高齡，出訪不便，最好勞戈巴契夫大駕前往北京。

謝瓦爾德納澤喜出望外，滿口答應，踏破鐵鞋無覓處，得來全不費功夫。

當即商定，錢其琛十二月一日訪問莫斯科，來年謝瓦爾德納澤回訪北京，為兩國「最高級會晤」做準備工作。

五天以後，鄧小平會見西德前總理施密特，得意地向客人吐露「秘密」，中蘇關係正常化的日子不遠了。

過一個星期，會見芬蘭總統，又興高采烈地表示，翌年上半年可能舉行中蘇首腦會晤。

兩天以後，會見「老朋友」、羅馬尼亞總統壽西斯古，又念念不忘：「你一九八五年來訪的時候，我讓你捎過一封信，那封信現在帶來了結果，可能明年能夠實現中蘇高層會晤」。

一九八八年十二月一日，錢其琛如期訪蘇，以為蘇聯人急於知道最高級會晤的具體時間，主攻柬埔寨問題，作為籌碼。

蘇聯人毫不讓步，只談「最高級會晤」的時間和安排。

中方作為先決條件的越、柬問題沒有著落。

一九八九年二月二日，謝瓦爾德納澤回訪北京，為最高級會晤掃清最後障礙。

會晤的時間，蘇聯要求五月上中旬，中國則希望三月份。

最後中方讓步，確定五月十五至十八日進行。

關於柬埔寨問題，尤其是西哈努克在未來政府中的角色設計上，雙方又陷入僵局。

中國人堅持，西哈努克將領導未來的四方聯合政府，蘇聯人則認為，這要由四方協商解決，不同意中國人的立場。

中國人以不肯公佈最高級會晤時間作籌碼，以謝瓦爾德納澤下一站赴巴基斯坦訪問不得不按時離開作脅迫，堅持己見到最後一分鐘。

謝瓦爾德納澤不為所動，堅持蘇方立場，直到赴機場離華，也寸步不離。

最後改由雙方副外長繼續談判，中方由田增佩出馬，蘇方由羅高壽滯留。

拖了一天，蘇方還是不肯讓步，最後模仿一九七二年的中美上海公報，聲明各自立場，保全中方面子。

越南人依舊待在柬埔寨，只是宣佈九月撤軍。

三年時間，數次出招，戈巴契夫只從蒙古撤出五萬軍隊（將在五月十五日開始），中國人設置的「三大障礙」就夷爲平地。

至於「最高級會晤」，鄧小平特意向謝瓦爾德納澤說明：「中蘇最高級會晤，也就是我同戈巴契夫的會晤」。

鄧當時是中國軍委主席、已退居二線，國家首腦是楊尚昆，黨的首腦是趙紫陽。

因為時差，戈巴契夫五月十四日就從莫斯科啓程，先橫穿歐亞大陸飛往貝加爾湖畔的伊爾庫茨克停留、休整，享受迷人的春色和如畫的風景，適應時差的變化。

　　十五日用完早餐，好整以暇，與賴莎、謝瓦爾德納澤、雅科夫列夫、馬斯柳科夫等隨行人員重新登上伊柳辛—62噴氣式飛機向南飛行。

　　當他們飛越蒙古上空的時候，腳下五萬多名蘇聯軍人正整裝待發，準備撤離。

　　這是戈巴契夫及其團隊精心算計的行動之一，是陪襯他們訪華的和平禮物，也象徵著他們手持通向睦鄰友好的鑰匙。

　　與紅色龍打交道，一行除了隨行的副外長羅高壽和外長謝瓦爾德納澤不久前的短暫旅行，其他人都是「寶貴的第一次」，都是靠圖文字材料和想像瞭解其狀況和背景。

　　三十年前，「社會主義大家庭」老大、老二反目成仇的時候，戈巴契夫正在家鄉黨的組織部門任首腦，謝瓦爾德納澤在格魯吉亞共青團當書記，雅科夫列夫默默無聞，在一個研究機構窮首皓經。

　　三十年前，站在最前線同「修正主義」作鬥爭的重要人物之一鄧小平，如今正頭頂「改革家」的光環，步當年「修正主義」的後塵，甚至比「修正主義」走得更遠。

　　三十年前的鄧小平，正處於戈巴契夫入主克里姆林宮的年齡，如今以八十四歲的年紀，成為中國同志的「第二代核心」，成為老大哥代表團的大叔和大爺。

　　鄧小平「說了算」的「改革」，已經十年，改革的唯一成果，勞動人民經過三十年的缺衣少食，目前能吃飽、能穿暖，重新回到「解放」以前的狀態。

　　共產主義天堂，先改換成社會主義高潮，如今又倒回到「初級階段」。

　　勞動人民當家作主的權利只寫在憲法上，這些天正在街頭爭取落

實到現實生活中。

鄧小平將這場運動定性為「動亂」，並認定亂源之一，來自戈爾比「新思維」、「公開性」的「大氣候」。

臨行前的晚上，電視畫面裏遊行示威的學生打著白色橫幅，上面用中英文寫著：「戈巴契夫，歡迎你」。

一些學生還來到蘇聯駐中國大使館門前，遞上一份三百多人簽名的邀請信，邀請戈巴契夫到訪期間去北京大學講演。

此前，一千多名學生在天安門廣場絕食，要求同當局對話，當局不肯俯就。

黨的總書記趙紫陽五月四日答應與學生公開對話，已拖延了十天之久，沒人出面。

雙方正在僵持中，局勢正在惡化中。

示威者希望戈巴契夫的來訪能促進當局轉變態度，滿足他們的訴求，當局希望利用戈巴契夫的到訪，壓迫示威者撤出天安門廣場，恢復平靜。

紅色基因下的蛋，因為基因色彩你死我活，三十年不相往來，好不容易滾到一起，又遭遇紅色基因造成的問題。

歷史性的厚重，戲劇化的衝突，莎士比亞再世，都想像不到、編織不出。

十五日上午八點多，廣場絕食的學生及其支持者自動轉移至廣場東側，一廂情願，留出廣場西側，方便當局舉行歡迎戈巴契夫的儀式。

根本不知道，當局早就決定，將歡迎儀式改為機場舉行。

直到九點左右，才將決定通知各有關部門及「可靠」記者。

作為禮儀不夠規格的補償，八十三歲的國家主席楊尚昆親赴機場迎接，以代替原訂吳學謙副總理去飛機旁迎候。

沒有紅地毯，只好把機場貴賓休息室的地毯揭下來，鋪在飛機舷梯旁，檢閱三軍儀仗隊，只能走機場的水泥地板。

地面手忙腳亂還未安排好，天空戈巴契夫的專機已降落。

因為比預訂時間早到三分鐘。

戈巴契夫攜賴莎走出機艙，看到的場面空曠而冷清。

空曠的機場上排列著三軍儀仗隊，幾個中國官員仰頭站在舷梯旁，舷梯接地處是一塊孤零零的紅地毯，

數十米外，只有幾個記者在攝影機背後張望、忙碌。

鮮花彩帶、萬眾歡呼的熱烈氣氛，只能憑想像拼接。

本來就是一個出色的演員，無論身在何處，都能應付裕如，盡情發揮。

戈爾比笑容滿面先賴莎兩步拾級而下，踏上那塊剛鋪好不久的紅地毯，與楊尚昆等東道主一一握手寒喧。

一九七二年，尼克森在同一個地方與周恩來握手，象徵著帝國主義「逃跑」以後二十二年，再度重來。

戈爾比同楊尚昆的握手，標志著老大哥與新老二在各自的社會主義金光大道行進三十年，又相匯在改革的道路、面向萬惡的資本主義道路。

按照早已排定的節目單，講演完畢，檢閱儀仗隊完畢，坐上從莫斯科專程運來的吉爾牌防彈汽車，進入北京城，下榻釣魚臺。

沿途行人稀少，氣氛緊張，浩浩蕩蕩的車隊，天天像見不得人似地「穿小巷、過小橋」，避免遭遇示威人群。

早在訪問前,中國官員就十分擔心戈爾比中途下車跟公眾拉家常，詢問打前站的領班羅高壽道：

「總書記準備何時何地與街頭群眾進行聊天？聊甚麼？」請求將

談話內容告訴他們。

因為中方師從老大哥，凡是上級、尤其是外國政客和媒體接觸的對象，必須經過權力機構事先審查、暗中組織。

就像波將金在克里米亞給風流女皇佈置假村莊，雷根訪問莫斯科時，後來的普丁小醜和他的同伴假扮尋常遊客。

戈爾比離經叛道，模仿歐美政客，愛上即興攀談，羅高壽哪裡知道，聳聳肩表示爲難。

如今歪打正著，一切擔心都是多餘，中方通過設計行車路線，就斷絕了戈爾比與人民群眾接觸的機會。

戈爾比打算在中國表演的如意算盤一個子也撥不出來。

儘管如此，十六日下午，到訪的第二天，參加完鄧小平的宴會，乘車從人民大會堂回釣魚臺途中，他還是搖下車窗玻璃，探出頭去向沿途群眾招手致意。

兩點三十分，當車隊駛至白雲路南口，他叫司機停車，與賴莎一起來到路邊，同兩側的行人握手寒暄。

可惜，絕食示威吸引著人們的注意力，馬路上行人稀少，人們通常對大人物、尤其是超級大國的頂天人物敬而遠之，不敢靠近，又不會俄語，戈爾比的拿手好戲沒有造成轟動效應。

走馬燈式的會談大部分是禮儀性的，尤其是與國家主席楊尚昆和政府總理李鵬的會談。

包括與趙紫陽總書記的會談，也沒有多少實質內容。

趙紫陽鄭重其事告訴他，所有領導人中，只有鄧，才是實際上的「最高首腦」，與三個月前鄧親口告訴謝瓦爾德澤的意思一模一樣——兩國兩黨之間的「最高級會晤」，就是他跟戈巴契夫之間的會晤。

但是，趙的話，後來成為下臺罪狀之一，因為他洩露了黨的「機密」。

與鄧會談，鄧一開口就說，「三年前，我通過壽西斯古同志給你捎去了一個口信，這個口信概括了我們兩國關係的三大障礙。」

事實上，一年前，齊氏又來訪，鄧的原話是，「你一九八五年來訪的時候，我讓你捎過一封信，那封信現在帶來了結果，可能明年能夠實現中蘇高層會晤」。

齊氏訪華既是一九八五年，是四年前，不是「三年前」。

在齊氏面前說捎的是「一封信」，在戈氏面前說，捎的是「口信」。

在齊氏面前說「提議高層會晤」，在戈氏面前說「概括了三大障礙」。

鄧要捎信、捎口信，雙方大使館都是通道，一九八五年十二月，時任副總理李鵬訪問法國、東歐，專門取道莫斯科停留，受戈巴契夫接見，帶去「口信」或「一封信」，順理成章。用不著勞煩齊氏轉話。

至於「三大障礙」，都是戈巴契夫整個對內對外政策按步就班的組成部分，無一專為東方兄弟「關係正常化」開小灶。

包括柬埔寨「障礙」，截止當時，仍未排除。

不厭其煩，煞有介事，多次提及「三大障礙」，無非表明，因為他們的先決條件得到滿足，戈巴契夫才能訪問北京。

通過壽西斯古所捎的「口信」，因為無法查證，「開啟」「兩國關係正常化」的大門，刻意突出自己主導戈氏來訪的作用。

戈爾比心知肚明，不屑計較、無意跟老人家一爭短長，故妄聽之，「風物長宜放眼量」。

按照菜單，向北京的「知識界」發表演說，召開記者招待會例行公事，然後前往上海參觀。

東方的聖彼得堡，同樣面臨示威者的攪局，東道主個個心不在焉、心神不寧。

四天的行程，除了用中國筷子嚼中國菜，見到世界上最長的磚頭牆──長城，以及帝國一手栽培的老一輩革命同志，沒有什麼實質成果。

在學生和民眾大示威的映照下，兩個社會主義兄弟的歷史性擁抱，更顯得抱不逢時、黯然失色、遭遇挑戰。

連勢利的記者們，都見異思遷，紛紛報導前者，而冷落後者。

五月十八日傍晚，戈爾比一行再乘伊柳辛─62專機鑽進雲端，一頭向西北飛去。

一路的陰影，一身的晦氣，本是分裂了三十年的社會主義陣營，以此為標誌，重新同聲連枝，結局卻是，從這一刻起，社會主義成了過街老鼠，人人喊打。

幾個月後，「蘇東波」天鵝絨革命風起雲湧，滌蕩一切革命同志，用毛澤東當年痛罵「修正主義」的金句：「掃除一切害人蟲，全無敵！」

包括最堅定的「鐵托」壽西斯古同志，遭革命法庭判決亂槍處死。

「一切權力歸蘇維埃」J

從北京歸來，立即投入預定的改革進程。

一切準備就緒，新選出的二千二百五十名人民代表五月二十五日聚集克里姆林宮大會堂，選舉由四百人組成的常設國會，更新、改組政府結構及其領導成員，選舉具有總統職能的最高蘇維埃主席。

上午九點，代表們各就各位，記者們調好鏡頭，主持人盧基揚諾夫宣佈大會開始。

一九六一年落成的巨大建築，從使用第一天起，就只具華麗的軀殼，沒有相配的靈魂。

三十年如一日，會堂的一邊是巨大的主席臺，主席臺的背景佈滿斧頭幫的各種旗幟、徽章和領袖形象。

無論開什麼性質的會議，斧頭幫領導核心都高座主席臺，領袖坐中間，其他人坐兩邊。

政治局委員、修補委員和書記成員依次左右、前後分成幾排，一如沙皇的許多分身，居高臨下，俯視眾生。

東方專制主義的內涵和儀式感表達得活靈活現、淋漓盡致。

領導人和指定人員的講話、發言言不由衷、誇誇其談，所有聽眾、包括主席臺上的沙皇分身，也百無聊賴、強打精神、假裝聆聽。

每個人心知肚明合夥作弊，隆重造假，純粹演戲，每個人又樂此不疲、認眞出場、盡情配合。

不光這座建築裏年年歲歲上演這種劇目，兩千一百萬平方公里的土地，大大小小的權力機構，都如法炮製、演出同樣的戲碼。

進入會場，當所有代表尋找自己的座位時，驀然發現，今天的會場佈置和氛圍，與以往截然不同。

主席臺上空無一人，也空無一座。

只有一個發言席和主持席。

中央領導，包括戈巴契夫，都不知身在何處。

引頸翹首，四處尋找，才發現所有領導都與普通代表一樣，坐在台下。

一如北美革命，大陸會議剝奪華盛頓的統帥權，戈巴契夫苦心孤詣的改變和安排，絕不僅僅是故作姿態、裝點門面。

取消主席臺，將斧頭幫巨頭趕下臺，標誌著以此為開端，蘇共一

戈巴契夫的處境，斧頭幫的景象

手遮天、壟斷各種權力，淩駕一切之上的時代，一去不復返。

權力屬於人民，屬於人民選出的代表，所有代表一律平等，誰也不領導誰，誰也不服從誰，每個人都服從人民的願望和意志。

大會的開法也與以往截然不同，沒有已經準備好的程式和發言、講話，也沒有七十年來一錘定音、全體舉手的議題和事項。

所有程式、規矩和議題，都從辯論、表決開始。

任何一項提案，任何一個代表的提議都在表決面前接受審判。

頭一天，光大會議程就討論九個小時、表決二十次，還難定乾坤。

再修改、再討論，又佔用第二天一個小時，直到絕大多數人投出贊成票，才算通過。

第二天，立陶宛的一位代表提出，最高蘇維埃聯盟院代表不應由全蘇人民代表大會選出，而應由本共和國代表自己選出。

歷史學家、持不同政見者羅伊·麥德維傑夫表示反對，其理由是，選舉的是全蘇最高蘇維埃代表，而不是各共和國最高蘇維埃代表。

兩種意見相對，各有各的理由，表決的結果，麥德維傑夫贏得支持。

大會開到第六天，討論戈巴契夫的施政報告，要求發言的人達到四百七十多名。如果仍然每人發言十五分鐘，大會至少要延長十一天還不夠用。

有人提議，此後發言時間可減少到每人十分鐘。有人當即表示反對，認為限制發言時間不符合機會均等原則

表決結果，維持原來的每人十五分鐘。

原訂六天結束大會，最後一共開了十三天。

辯論的主題應有盡有，辯論的紅線無影無蹤。

大會一開始，一名拉脫維亞的代表就搶先登上講臺，提議為前不久在第比利斯慘案中無辜遇難的抗議者致哀，他的提議獲得贊同。

第二天，著名社會學家塔季揚娜 · 紮斯拉夫斯卡婭打斷會議議程，聲稱自己的選民報告，前一天傍晚，在普希金廣場舉行群眾集會，遭內務部「特種部隊」驅散，並有人被逮捕，要求內務部長公開解釋。

內務部長瓦季姆 · 巴卡京上臺解釋，員警沒有對集會進行任何幹預，只是爲保證代表大會安全進行，沒有允許集會者前往克里姆林宮。

氫彈之父、持不同政見者薩哈羅夫是集會參加者，他上臺證實，內務部長的話是眞實的，這一議題才告平息。

第三天，歷史學家阿法納西耶夫和經濟學家波波夫登臺發言，批評會議不夠民主，指責戈巴契夫利用主持身分影響表決結果，最高蘇維埃選舉太匆忙。

發言甫畢，西伯利亞、白俄羅斯等地的代表紛紛登臺，指責前兩位發言者企圖將自己的意志施加給他人，使人民反對代表大會。

雙方尖銳對立，又有人出來各打五十大板，居中另樹一幟，爭論持續三個半小時，最後不了了之。

第六天，戈巴契夫發表施政報告完畢，葉爾辛立即針鋒相對，提出自己的治國主張，批評改革進程緩慢，應當制定法律，明確規定蘇共的作用。

他的演說博得十次掌聲，比戈巴契夫獲得的掌聲少六次。

前著名舉重運動員尤裏 · 弗拉索夫要求，在憲法中寫入彈劾最高蘇維埃主席條款，一旦他向人民隱瞞眞相，就剝奪他的權力。

戈巴契夫不時表態，有同意，有反駁，需要明確結果的，則訴諸表決。

他也能將自己的意志施加於大會，但代表們決不再是違心地表決了。

用他自己的話說：「我們還在學習民主，我們還在鍛造一個政治

文明。」

選舉是辨別民主真偽的試金石。

比選舉人民代表又跨出一小步，選舉最高蘇維埃組成及主席均實行差額。

葉爾辛本來是所有人民代表中得票最多的代表，在醞釀選舉最高蘇維埃民族院代表時，俄羅斯族分得十一個名額。

投票結果，葉爾辛得反對票最多，俄羅斯聯邦蘇維埃主席沃羅特尼科夫次之，票數面前人人平等，葉爾辛馬失前路。

消息傳出，莫斯科市民不買帳，十萬之眾走上街頭，來到盧日尼基廣場示威，認定戈巴契夫做了手腳，把帳算在戈巴契夫頭上。

又通過三項動議：要求其他代表把自己在最高蘇維埃的席位讓給葉爾辛；「不選葉爾辛，就是無視五百六十萬莫斯科人的意願」；如果最終葉爾辛不能當選，兩天後將舉行罷工。

議會民主延伸到街頭，街頭民主反過來給議會施加壓力。

二十九日，大會第五天，經濟學家波波夫上臺發言，他說，鄂木斯克大學副教授卡贊尼克願意讓出自己的民族院席位，由葉爾辛遞補。

主持大會的戈巴契夫聞聲，連忙問道：「卡贊尼克同志，你要不要發言，證實這種事情？」

在代表們的熱烈掌聲中，卡贊尼克走上講臺，表示願意放棄自己的席位，條件是不經表決就由葉爾辛遞補。

戈巴契夫馬上表態，送順水人情：「我原則上支持這一動議」。

其他要求發言的代表，都贊成葉爾辛遞補，他們的理由是，必須明智地考慮莫斯科選民的願望。

表決結果，贊成票佔絕大多數，葉爾辛眾望所歸。

最重要的最高蘇維埃主席團主席選舉，所有代表都明白，非戈巴

契夫莫屬。

馬屁作家欽吉茲・艾特馬托夫首先登臺，提名戈巴契夫爲候選人，並竭盡吹捧之能事，但代表們不買帳。

經過兩小時的辯論，包括要求戈巴契夫回答關於第比利斯慘案中所起的作用，最後才同意將其列入候選人名單。

差額的對象，四十六歲的非斧頭幫代表亞歷山大・奧博連斯基毛遂自薦，理由是，正因爲知道自己不會當選，才踴躍上前，爲史上第一次真正的競選做貢獻。

許多代表推出葉爾辛與戈巴契夫一決雄雌，葉爾辛知趣，聲明戈巴契夫擔任這個職務已由蘇共決議，作爲黨員，他服從組織決定。

表決結果，戈氏贏得二千一百二十三張贊同票，八十七張反對票，十一張棄權票。

等於時隔兩月，戈巴契夫又做了次民意測驗。

一切權力歸蘇維埃，但黨領導一發

按照新的權力構架，最高蘇維埃副主席抄襲美帝副總統的設計，由蘇維埃主席提名。

戈巴契夫早就打定主意，拉拔自己的同窗好友盧基揚諾夫出任。

盧基揚諾夫畢業後在最高蘇維埃主席團秘書處工作，戈巴契夫當上總書記，第一時間就拉拔其擔任蘇共中央總務部第一副部長、總務部長。

一九八七年又拉拔其進入權力核心，成為爲蘇共中央書記、政治局候補委員，成為戈巴契夫的大內總管。

如今，戈巴契夫準備「一切權力歸蘇維埃」，又提名其擔任最高蘇維埃主席團副主席，等於新的權力基地的老二。

滿朝文武，誰都信任，但最信任的哥們，非盧氏莫屬。

代表們使用戈巴契夫轉移到手的權力，模仿老美的國會山，拉開架勢提出許多問題，聲稱盧氏只有給出滿意答覆，才能表決通過其提名資格。

持不同政見者薩哈羅夫率先開炮，著名檢察員戈德良一口氣提出八個問題，先後四十多名代表上臺質詢。

勞動盧氏兩小時內五次走到麥克風前，回答代表們的提問，最後才付諸表決。

表決結果，反對票和棄權票共佔七分之一，贏得七分之六的贊成票。

雷日科夫總理的提名，同樣面臨代表們的嚴厲質詢和把關。

不光雷日科夫，其他副總理和內閣部長，一一被代表們呼來喚去，像盧基揚諾夫一樣，回答各種千奇百怪的問題。

直到代表們滿意，才表決通過。

並且真刀實槍，否決了戈巴契夫—雷日科夫提名的六名部長人選。

六月九日，代表大會結束，全體代表第一次一人一票選出新的常設議會。

議會由聯盟院、民族院兩院構成，相當於美國的參眾兩院。

兩院議員五百四十二人，每年工作九個月，負責制定法律、監督政府施政。

將政府副總理及各部部長裁減百分之五十，部門撤銷三分之一。

歷時十三天的會議，更像一班小學生，蹣跚學步，模仿歐美議會的運作和功能。

大會全程公開，僅為外國記者就安排一百五十個座位採訪報道。

雷日科夫驚呼：「一股真正的和強大的力量已經崛起，這就是人民代表大會和最高蘇維埃，我們不能不認真應付這種局面，否則，黨就可能失去管理政府的能力。」

薩哈羅夫正好相反，認為「常設議員百分之五十以上差不多是任命的，這樣的最高蘇維埃，簡直是其主席及黨和政府權力的擋箭牌」。

戈巴契夫左右開弓，反駁來自左右兩方面的不滿——不能單靠一次代表大會解決所有問題！

戈巴契夫說得對，列寧的「一切權力歸蘇維埃」，從來都是憲法裏的一紙空文，是掛起來叫賣的羊頭。

真正賣出的狗肉，是憲法裏的第六條，斧頭幫「領導」一切。

就像奧威爾《一九八四》裏描述的，從詞庫裏撿來一個新詞「領導」，既不是哲學、政治學裏的概念或範疇，又不是法律術語。

既不下定義，給出內涵和外延，又不作法律解釋，「領導」到底包括哪些權力？

以暴力為後盾，封殺一切聲音，上下其手，為所欲為，塞進絕對權力。

簡而言之，斧頭幫的所有權力，法律上，都來自這個動聽的新詞。

利用列寧的口號，戈巴契夫把斧頭幫的狗肉，還原成蘇維埃的羊頭，把斧頭幫政治局從「領導」一詞裏竊篡的絕對權力，歸還給最高蘇維埃，結結實實，邁出馴服極權怪獸的關鍵一步。

用數人頭的方式，取代砍人頭的方式，將權力還給公眾、還給人民。

挾最高蘇維埃之名，令斧頭幫放棄僭篡七十二年的公共權力，從此擺脫檢桿子授、「領導」一詞授的歷史和荒誕。

單槍匹馬，以零的代價，換取權力平安轉移和轉型，創造了奇跡，改變了歷史。

僅此一役，戈巴契夫已經以普羅米修斯之姿，巍然屹立在人類文明史上。

J 形「左」實右

人類的民主進程註定艱難曲折，遭遇極權、威權力量的各種突襲和打擊，戈巴契夫的改革也不例外。

一年前，從阿塞拜疆和亞美尼亞的衝突開始，到數月前格魯吉亞第比利斯的悲劇慘案，從南至北，從西到東，大大小小的衝突、騷亂和事故一個接一個地爆發。

大會期間，中亞的烏茲別克共和國，費爾幹納州土著民族，與遷徙的土耳其人又發生衝突，兩天內席捲整個費爾幹盆地。

九十五人死於非命，一千多人皮肉受傷，七百多座民房化爲灰燼，七十六個國家機關受到攻擊，一百八十六輛汽車葬身烈火。

衝突的始因，一九四四年，藉口邊境安全，史達林的國防委員會下令，麥斯赫基土耳其人不得在克里米亞、北高加索及黑海沿岸居住，而將他們分散遷移到中亞的烏茲別克散居。

當時，遷徙途中，就有一萬七千人命喪黃泉，外來人口與當地住民之間的矛盾日積月累，隨著民主改革之風終於爆發。

禍不單行，騷亂發生的同一天，莫斯科以東二千多公里外的烏拉爾山區，天然氣管道轟然爆炸。

萬噸巨力近乎發狂的大力神宙斯，半徑四公里的森林一掃而平，貫穿而過的火車鐵軌飛上天空，相對行駛的三十八節車廂正途經相逢。

乘客們大難臨頭，四百多人瞬間一命歸天，六百多人傷痕繫繁，

在痛苦中呻吟。

事故報告莫斯科，戈巴契夫不得不中斷正在進行的民主實驗，與雷日科夫等奔赴現場。

亞美尼亞地震造成的悲慘場面再現眼前，只不過一個是天災，一個是人禍。

視察歸來，告訴與會代表：「情況十分嚴重，教訓十分沉痛。」

正應了東方形象生動的兩句諺語：「行船正趕頂頭風，屋漏偏遇連陰雨」。

七月中旬，戈巴契夫前往列寧格勒視察，並撤換黨的首腦尤裡·索洛維約夫。

此公不但長著典型的花崗巖腦袋，而且三月舉行的人民代表選舉中慘敗，任其繼續掌握標誌性城市的最高權力，必然危害民主化進程。

同一天，遠在西伯利亞的煤礦工人大罷工，三天功夫，浪潮蔓延到九個城市。

幾天之後，烏克蘭煤礦工人接力呼應，十八萬人加入，成立罷工委員會，要求改革工人待遇，取消負責人特權。

並提出政治訴求，將新的蘇聯憲法，提交全民討論。

世上最資深的「領導階級」以挖煤的方式，「領導」帝國七十二年，第一次拒絕「領導」帝國，跟「公僕」「先鋒隊」叫板。

波蘭團結工會的先兆，無預演登場。

在格魯吉亞，格魯吉亞人與境內的阿布哈茲人發生械鬥，騷亂席捲蘇呼米市全境和格魯吉亞西部地區。

十幾個人死於亂槍之中，數百人受傷。

許多企業和農莊罷工，二十一人宣佈絕食，數百種火器置於憤怒的居民控制之中。

在亞美尼亞與阿塞拜疆爭奪的納哥諾卡拉巴克，對抗又趨激烈，當局不得不出動坦克、直升機阻止局勢進一步惡化。

八萬人在巴庫示威，接著又舉行罷工，要求承認一個新的組織——人民陣線。

而納戈爾諾——卡拉巴赫自治州的罷工，已持續四月之久，還看不到復工的希望。

一些人甚至要求另立政府，進行武裝鬥爭。

在摩爾達維亞，近十個城市聯合罷工，一百九十多家企業參加，他們抗議民族語言問題。

八月二十三日，是史達林的蘇聯和希特勒的德國簽訂互不侵犯條約五十週年日，這一天，波羅的海三個共和國二百多萬人組成人鏈，由愛沙尼亞首都塔林市中心開始，穿過拉脫維亞境內，延至立陶宛首都維爾紐斯，長達六百公里。

他們的口號：「重新成為獨立國家，重新獲得自己的國家」。

阿塞拜疆與亞美尼亞的糾葛

立陶宛最高蘇維埃，甚至以官方名義宣佈，五十年前的蘇德條約導致三國並入蘇聯，這個條約非法，此後（一九四〇年）立陶宛加入蘇聯的宣言，和蘇聯批准的檔，也屬非法，應全部視為無效。

愛沙尼亞的三十九家企業持續罷工，俄羅斯人抗議愛沙尼亞人的民族歧視。

東山再起的葉爾辛、活躍的經濟學家波波夫、歷史學家阿法納西耶夫，聯合來自全國各地的近四百名代表，成立跨地區議員團，要求建立多黨制，取消憲法第六條，將斧頭幫逐出憲法的最後避難所。

帝國的周身都在抽搐和騷動。

民粹主義、民族主義、分離主義，嚴重侵害人民生命和財產安全，破壞社會秩序，大口大口吞噬公開性、民主化的進程和成果。

權力機關忍無可忍，於八月二十六日，以蘇共中央名義發表聲明，強烈批評波羅的海發生的一系列事件旨在「煽動波羅的海沿岸各共和國人民脫離蘇聯」。

嚴厲警告「歇斯底裡」的民族主義者懸崖勒馬，呼籲各種力量立即起來制止分裂主義傾向。

聲色俱厲，氣勢洶洶。

九月一日，克格勃前主席，政治局委員切布里科夫在電視節目中講話，主張權力機關採取「果斷行動」結束民族動亂。

第二天，利加喬夫進一步聲明，「我們的神聖義務，就是以政治方式和法律的力量，在憲法範圍內，保障每個人的安全和正常的生活條件。」

配合著他們的觀點，莫斯科的輿論工具，也突然變換面孔，齊聲斥責波羅的海沿岸的反叛活動。

《真理報》發表圖片，用畫面告訴人們，爭取改革運動的抗議者高舉旗幟，上面大寫著：「打倒蘇聯共產黨」。

軍報《紅星報》暗示，在波羅的海三國的俄羅斯人處境危險。

有些報紙的社論暗示，運動與前納粹組織有牽連。

布里茲尼夫時代的官方姿態和宣傳一時鋪天蓋地，電閃雷鳴。

《莫斯科真理報》一點都沒有危言聳聽，「目前的形勢比二十五年前無可比擬地嚴重了。」

「二十五年前做夢也不會有民族衝突，不會有通貨膨脹、食品短缺和市場匱乏，不會有罷工、示威，以及有組織的犯罪……」

「儘管如此，赫魯雪夫被趕下臺。」

戈巴契夫的前任們，誰若面臨任何其中一個如此嚴重的問題，就得下臺，歐美觀察家們憂心忡忡。

又是戈巴契夫的休假季，又是差不多一個月未露面。

全世界都在猜測，他能撐下去嗎？

誰會幹掉他？

誰會取代他？

空前的低氣壓中，戈巴契夫的休假被打斷了。

尤其是立陶宛官方那一紙聲明，嚴重刺激了總書記的神經。

中央委員會發表的聲明尚未擬好，他就在克里米亞操起電話，嚴詞警告立陶宛黨魁布拉藻斯卡斯，警告他們走得太遠。

莫斯科即將發表的聲明，他也不敢大意，頻頻來回交換看法，磋商內容和措詞。

聲明公佈的第二天，又一次打電話給布拉藻斯卡斯，揮動胡蘿蔔和大棒：不會允許「任何一個共和國脫離蘇聯」，「留在聯邦裡才會擁有一切」。

休假結束，回到莫斯科，立即通過電視節目昭告天下，「局勢複雜而嚴峻」，社會不能接受騷亂，也不相信政變的流言，挨過陣痛的

唯一出路是加深改革。

既馬丁‧路德，又羅馬教皇，既改革的領袖，又權力的頭羊。

九月十三日，將波羅的海三國黨、政和議會首腦召到克里姆林宮，恩威並施，政治解決，堅決制止街頭解決、罷工解決。

先代表中央自我批評，「聲明可能有過於強硬之處」，但三條原則必須遵守。

聯邦統一。

黨的統一。

各民族權利平等。

三國首腦有樣學樣，跟著承認自己的錯誤，再批評蘇共中央那份聲明火上澆油。

答應遵守總書記和最高蘇維埃主席「通情達理」的「三原則」。

止痛止血，緩解症狀，把希望寄託於六天之後召開的又一次中央全會，寄託於會議制定的關於民族問題的綱領。

從戈巴契夫及其親信，到整個斧頭幫權力集團，從新興的民主力量，到此起彼伏的民族主義，都陷入致命危局而不自知、不能自拔。

「恰恰是黨組織疏遠人民、工作不力造成目前局勢，誰要堅持認為，依靠老觀點和老方法可以駕馭這一尖銳的形勢，誰就大錯而特錯，現在不會，將來也不會回到原來的『美好時代』」。

「不論事件多麼嚴重，通過積極對話都能解決。」

「不用社會的一部分人對另一部分人施行暴力的方法、而是通過協議的方法推動改革，是個原則性的問題。」

戈巴契夫回顧。

但是，以「反潮流英雄」、列寧格勒女教師安德列耶娃的文章為代表，人人有目共睹，當前社會生活中出現的怪物，都是反對社會主

義、走向修正主義、否定馬列主義的必然結果，都是戈巴契夫的公開性、民主化惹的禍。

美國人沙巴德的預言就是佐證：「如果戈巴契夫勝利，也就是資本主義在蘇聯的勝利」。

四月和七月的兩次蘇共中央全會，絕大部分中央委員、州委書記、中央書記，都對黨的處境和動盪的社會局勢發洩強烈的不滿。

重量級領導人雷日科夫、利加喬夫、沃羅特尼科夫、切布里科夫、亞佐夫，要麼公開批評，要麼沉默抗議。

包括後來發動八‧一九政變的新生代，都深信，只有武力鎮壓、暴力解決，才是唯一的出路。

新興的民主力量，以葉爾辛及波波夫等知識分子為代表，和人類歷史上所有反對派一樣，站在另一個極端，也把矛頭對準戈巴契夫。

不僅無視民族主義、分離主義的危害，而且責怪都是戈巴契夫改革太慢惹的禍，推波助瀾、為我所用，爭權奪位。

開口辯論和論戰，總能無往不勝

戈巴契夫腹背受敵、孤掌難鳴，同樣跳不出時代的局限、環境的局限，自始至終沒有意識到面臨民族問題的錯綜複雜及其致命威脅。

不光當時，乃至往後很多年，人類文明沒有發現、發明出根治民族主義毒瘤的靈丹妙藥，帝國的民族矛盾、民族主義又積重難返，已經處於火山爆發的初級階段。

蘇聯成立宣言及條約，蘇聯每個版本的憲法，白紙黑字，反復重申，蘇聯各加盟共和國享有自由退出聯盟的權利，如同憲法關於公民各種自由和權利的條文。

只是斧頭幫動用國家機器及克格勃剝奪了所有公民和各共和國憲法賦予的權利，所有條文都是一紙空文，空文一紙。

只要有任何風吹草動、不同聲音，經典解釋，都是階級敵人和外部敵對勢力勾結興風作浪，個別領導軟弱無力。

對付的唯一法寶，就是運用無產階級專政的鐵拳，給以迎頭痛擊，絕不心慈手軟。

公開性、民主化還公眾和各共和國憲法賦予的權利，簡單粗暴的武力鎮壓、鐵血政策失去其法律基礎和邏輯根據。

將解決問題的支點，建立在人們的理性、理智和良知之上，更是天真幼稚、自欺欺人。

經過兩天的激烈爭吵、辯論，形成新的民族政策和藍圖。

——堅決維護聯盟的統一。

——給各加盟共和國更大自主權。

……

力排眾義，拒絕回到檢桿子、刀把子解決問題的「光榮傳統」。

堅定不移，平等對話、妥協讓步，和平解決，文明解決。

跟以往所有類似決定和綱領一樣，粗枝大葉，大而化之，宣傳口

號充斥，沒有一條具體問題具體分析、實事求是的結論和建議，更沒有一劑對症的藥丸和如何服用的操作路徑。

就算都是民族主義、分離主義衝突和矛盾，但衝突的事由和矛盾的主體完全不同。

只有波羅的海三國是地方與中央的矛盾，亞美尼亞與阿塞拜疆，格魯吉亞和烏茲別克，乃至烏克蘭和白俄羅斯，都是各加盟共和國之間的矛盾。

帝國以往的政策和構架，造就這些加盟共和國之間的矛盾，同時也造就帝國居高臨下仲裁、裁判的角色和地位。

運用這一有利角色和位置，或改變以往的政策和構架，或以武力維持和平而不是粗暴鎮壓，或以法律約束各方的責任和義務，而不是動輒克格勃牢獄侍候。

在公開、民主的前提下，在公平公正的基礎上，恩威並施，胡蘿蔔加大棒，在暴力鎮壓和一味談判之間，有著廣闊的空間和許多資源、工具。

可惜囿於當時的歷史條件和階段，受制於體制、文化、文明等各種因素，戈巴契夫和他的團隊，斧頭幫傳統勢力，新興的民主力量，都忙於相互指責，而束手無策，錯失良機。

「1989 年，當國家已被分離主義運動、人民陣線的活動和種族主義分子發動的攻擊鬧得相當動盪時」，「我們決不是缺心眼，不懂得手裡要是沒有權力這個槓桿、沒有克服所設想的改革必然會遇到的抵制的能力，就無法推行任何實質性改革。」

「權力不像物品，可以親手轉交。」

「權力的更迭是非常複雜的社會過程，必然會遭到那些不得不與權力告別的人的抵制，同時要求做好積蓄新的力量的準備，他們要承擔管理國家的責任。」

「這種更迭只有在自由選舉出來的人民代表利用它深化民主制、

繼續推進旨在建立法治國家和社會目標明確的市場經濟的改革時，方能完成。」

戈巴契夫回顧（見《戈巴契夫回憶錄》）。

攘外先安內，進一步通過改變權力結構、鞏固權力基礎來解決面臨的各種問題，包括迫在眉睫的民族問題。

一方面進一步削弱黨內保守勢力和斧頭幫的權力，壓制武力解決、暴力解決的企圖，一方面進一步轉移權力、分散權力，滿足分離主義、激進主義的部分訴求。

寄予莫大希望的中央全會定於九月十九日召開，不僅按原定計劃討論制定民族政策，又臨時額外完成兩項任務。

——審議人事組織更動。

——提前召開二十八大。

波羅的海三國在帝國的位置

提前召開二十八大，不過是程式上的提前洗牌攤牌，將多半年來面臨的問題，應對的措施、以及往後的預判，通過權力機關認可。

通常總書記願意，其他人都不會反對，定在翌年十月召開。

人事更動，又是一次外科手術，五位政治局委員交權，八位新人接班。

「光榮退休」的同志計有：

維‧切布里科夫，前克格勃首腦，黨的法律政策委員會主席，中央書記，溫和改革派，時常踩改革的煞車。

維‧尼科諾夫，長期主管農業的書記處書記，黨的農業政策委員會副主席，與利加喬夫一樣，同屬保守陣營。

弗‧謝爾比茨基，布里茲尼夫時代最後一名老政治局委員，烏克蘭共和國第一書記。戈氏上臺，每一次人事變動都面臨厄運，但每一次都僥倖脫險，如今終遭「毒手」。

尤‧索洛維約夫，列寧格勒黨魁，以抵制改革、立場保守而聞名，人民代表榜上無名，政治局席位再遭出局。

尼‧塔雷津，政府第一副首腦，政績乏善可陳，人民代表名落孫山，為重組新政府騰出位子，以備他用。

「踏著同志的屍體」，克格勃現任主席弗‧克留奇科夫，第一副總理尤‧馬斯柳科夫，最高蘇維埃聯盟院主席葉‧普裡馬科夫，黨的監察委員會主席鮑‧普戈，紫袍加身，取代五位老同志的席位。

尤其是普裡馬科夫，日後將為總書記羽扇綸巾，籌謀劃策，必要時奔走東西，周遊列國，代表戈巴契夫執行特殊使命。

普戈為拉脫維亞人，為波羅的海三國在中央的高級代表，也扮演各民族共同治理國家的象徵。早年曾擔任拉脫維亞克格勃首腦，必要時將領銜掛印，為戈巴契夫恢復國內秩序。

馬斯柳科夫為經濟專家，取塔雷津而代之。

克留奇科夫受戈巴契夫一手擢拔，初出茅廬，必然對恩師感激涕零，掌管權力支柱中最可怕的克格勃，戈巴契夫可免除後顧之憂。

　　其他四位新人，葉・斯特羅耶夫，奧廖爾州黨魁．，尤・馬納延科夫，利佩茨克州黨魁，古・烏斯曼諾夫，韃靼洲黨魁；安・吉連科，烏克蘭克里米亞州黨魁。他們都獲得中央書記的寶座。

　　不過，一年之後，戈巴契夫就將他們的權力交椅，連同斧頭幫的「領導權」，同時「虛位以待」，邊緣成影子權力機構。

　　全會的主旨，制定民族問題綱領，可惜人事更迭喧賓奪主，將本來就形同空文的《綱領》，送入冷宮。

　　戈巴契夫再次使出殺手鐧，變被動為主動，變險象環生為大獲全勝，將極權怪獸牢牢控制在自己胯下。

J 戈爾比 『馬賽曲』

　　映襯著戈巴契夫在國內舞臺上的手忙腳亂和國際舞臺上的得意非凡，東歐的政治生態，終於掙脫教條和恐怖時代，湧動出波瀾壯闊的局面：

　　走在最前頭的匈牙利，經濟改革早在七十年代已經初見成效，是社會主義大家庭最和諧、最有活力的小兄弟。

　　掌舵人卡達爾一九五六年坐著老大哥的坦克，掌握最高權力，穩定局勢，發展經濟，勞苦功高，坐享天年。

　　一九八八年，穩健改革派以格羅斯・卡羅伊為代表，聯合政治局其他少壯派，猛踩權力更迭的油門，將卡達爾甩出駕駛室。

　　以波日高伊・伊姆雷為代表的激進改革派進入權力中樞，這才急起直追老大哥的改革步伐，頂層革命，全面向政治民主、經濟自由邁進。

　　一九八八年十月通過法律，將國有企業股份化。

　　一九八九年一月，通過法律，解除對新聞媒體的控制，保障集會、結社自由，允許反對派組織存在。

　　二月，修改保護一黨專政的憲法條文，把黨軍變成國軍，將法權歸還國會。

　　六月，公開為一九五六年的改革平反，重新安葬改革先驅納吉・伊姆雷。

十月，斧頭幫自己從組織上、名稱上拋棄共產黨的意識形態和名稱，轉型為西歐、北歐式的社會黨。

通過憲法修正案，確定引入市場經濟、多黨制民主政治，從國名中取消共產黨的遮羞布「人民」，真正走向共和國。

歷時十個月，「和平劇變」，風平浪靜，使「黨和國家改變顏色」，成為社會主義陣營第一個全面、徹底實行資本主義的國家。

幾乎同時，波蘭的雅魯澤爾斯基將軍，躲在他的黑眼鏡後面，於一九八九年一月，小心翼翼向「敵對勢力」團結工會伸出橄欖枝。

二月，華里沙等工蓮領袖進入總理府圓柱大廳，執政黨以基什查克為首，屈尊俯就，與對手坐成一個圓圈，舉行所謂的「圓桌會議」。

兩個月後，各種政治力量達成協議，規定全新的政治結構，仿西方式議會，舉行全民議會選舉。

七月份，布殊訪問波蘭，華里沙還信誓旦旦，團結工會無意掌權，只滿足於做建設性反對派。

但大選揭曉，團結工會贏得勝利。

兩個月以後，雅魯澤爾斯基出任總統，團結工會高級顧問馬佐維耶茨基出任總理，組成聯合政府，分享公共權力。

短短半年，越過老大哥，平穩完成權力轉型，基本與匈牙利齊頭並進。

就像蜜蜂中出現叛徒，群蜂必置其於死地而後快。

同為斧頭幫「大家庭」的何內克、日夫科夫、雅克什和壽西斯古，兔死狐悲，憂心如焚，膽汁猛增，爭先恐後，搧動翅膀，嗡嗡叫著向波匈兩個叛徒撲將過去。

絕不允許波、匈變天的洪水猛獸，影響、侵蝕他們的權力基礎和特權享受。

何內克的東德共產黨發表聲明，波、匈事態嚴重，反社會主義分

子佔了上風。

雅克什的捷共附和，匈牙利發生的事件是「反革命行動」，波蘭團結工會掌權是資本主義復辟。

羅馬尼亞的壽西斯古公然宣稱，波匈兩國「違背了人民利益和社會主義事業，有益於北約和最反革命勢力的利益」。

不但穿梭訪問東德、保加利亞和捷克斯洛伐克，建立抵制」蘇東波「的「統一陣線」，而且多次要求華約組織干涉，再來一次一九五六年的匈牙利和一九六八年的捷克斯洛伐克。

就像慘遭強暴、淪落妓院的娼婦，老闆老鴇都淡出江湖、準備從良，娼婦們倒一心一意、不依不撓，要把皮肉生意進行到底。

最出醜的一幕，波、匈兩國同聲譴責一九六八年老大哥鎮壓捷克的布拉格之春，捷克斧頭幫居然反唇相譏，波、匈兩國干涉了自己的內政！

邱吉爾總是 "烏鴉嘴

當年老大哥及其小兄弟、包括波、匈的入侵，不是干涉內政，波、匈如今為當年的入侵伸張正義，倒成了干涉內政！

喪權辱國，醜態百出，無恥無畏，登峰造極。

與小兄弟們遙相呼應，史達林、布里茲尼夫的徒子徒孫，也嘟嘟囔囔，眉頭緊鎖，抱怨戈巴契夫─雅科夫列夫─謝瓦爾德納澤集團，袖手旁觀，按兵不動。

希望戈巴契夫使出手段，甚至不惜動用武力，捍衛小兄弟的江山，捍衛社會主義陣營。

一九四五年的二月，二次世界大戰勝利在望，盟國三強在克里米亞的雅爾塔，談笑間，訂下乾坤。

「每個投入武裝力量的國家，在其軍隊追擊敵人所過之區域，監督該地的政治發展，直到戰爭結束」。

二戰決戰，邱吉爾一再主張，盟軍應當從巴爾幹半島直插中歐，趕在蘇軍之前佔領中歐、東歐，防止北極熊利用軍事佔領，控制奴役中歐、中歐。

羅斯福、杜魯門和馬歇爾天真可愛，都笑話首相想得太多，懷疑、算計盟友和戰友不夠厚道。

盟友就是盟友、就是戰友，就是跟英吉利同等可信的盟友、戰友，約瑟夫大叔代表的北極熊，比戴高樂代表的法蘭西，更贏得同情、關照和諒解。

真心實意，真誠不欺，就算北極熊提出多少不合理的要求，做出多少得寸進尺的伎倆，主流輿論和絕大部分政客，都情真意切，處處遷就，像維護自己的眼睛一樣，維護鮮血凝成的革命戰鬥友誼。

盟軍諾曼底登陸，本可以長驅直入，挺進中歐、東歐，馬歇爾仍然命令艾森豪，照顧北極熊的感情，放慢腳步，把佔領柏林的機會留給蘇軍。

又在德軍投降後，從英美的佔領區後撤四百多公里至一千多公里，讓蘇軍接管，滿足蘇軍復仇的願望。

二戰結束，所有參戰國，無論勝敗，無不滿目瘡痍，饑寒呼號、指望美帝伸出援手。

北極熊更是戰爭的破壞緊接三十年代的大清洗、大饑荒，千瘡百孔，血淚成河，「勞動人民」都在生死線上掙扎。

美帝因此制定「歐洲復興」的「馬歇爾計畫」，給予所有自願參加此一計畫的國家所需要的經濟援助。

是所有國家、所有國家——包括戰場上的「盟友」、」戰友「及其捏在手心裡的東方集團。

包括昨日的敵人日本、德國，還有計劃外的援華方案。

而且昭告天下，大家自願、自願——姜太公釣魚，願者上鉤，絕不強拉硬派、威逼利誘。

不光沒有策劃、包裝任何陰謀，而且滿懷熱情，一視同仁，友好相待，合作共贏，走出饑荒，恢復經濟，大國崛起。

可惜，史達林的斧頭幫一點不領情，把美帝的一片好心當驢肝肺，「不上帝國主義的當」，「不受帝國主義的騙」！

看准美帝天真幼稚的弱點、息事寧人的軟肋，得寸進尺、要脅訛詐，掠奪佔領區能掠奪的所有財富，包括遠東的佔領區。

又在佔領區扶持成立「兄弟黨」，以武力為後盾，奪取、掌握「兄弟國」的權力，奴役佔領區屁民，把佔領區當墊背的。

在希臘，乾脆發動「兄弟黨」內戰，武力奪取政權，一直打到一九四九年。

一九四八年春天，唆使「兄弟黨」發動政變，推翻捷克斯洛伐克的民主政權。

一九四八年六月，悍然切斷西柏林英、法、美佔領區通往西部德

國的交通要道，在陸地封鎖西柏林。

蘇聯紅軍所至的地方，除了奧地利，全部建起了清一色的共產政體，德國的東部，也成立了一個獨立的德意志民主共和國。

老狐狸邱吉爾不幸而言中，「從波羅的海的斯德丁『什切青』到亞德裏亞海的裏雅斯特，一個鐵幕已降落在大陸上」。

老大哥利用一切手段，使小兄弟緊緊圍繞在自己身旁。

經濟上，創立經互會；軍事上，組織華沙條約；政治上，清一色兄弟黨掌握政權，最後不放心，又於一九六一年八月，在柏林東西德分界線上，築起一座水泥牆。

斧頭幫的計劃經濟，是通往天堂的金光大道，「勞動人民絕不答應」走資本主義的「歪門邪道」，波蘭和捷克斯洛伐克，不想進入布爾什維克的天堂，試圖起來反抗，結果，在坦克和刺刀的威力下，悲壯地失敗。

不光「老二」拒絕接受「馬歇爾計畫」，所有蘇俄控制的「兄弟黨」、「兄弟國家」都不能接受「馬歇爾計畫」。

寧可造就千百萬「無產階級」大軍，讓無數勞動人民在生死線上掙扎，絕不接受美帝的復興援助計畫，擺脫貧窮，走向繁榮！

權力壓倒一切，保證蘇共及其「兄弟黨」「領導」人民千秋萬代，永不變色，是所有行動的總前提。

就像喬治‧肯南一句話概括的，「史達林只有製造出一個敵對的世界，才能使他的獨裁統治合法化。」

馬歇爾、杜魯門先是再三克制，寧可開闢空中走廊空投物資，也不願意硬碰硬，給斧頭幫迎頭痛擊。

直到退無可退、忍無可忍，才把喬治‧肯南的「圍堵」、「遏制」落實為國策，成立北大西洋公約組織，以軍事為後盾，開始冷戰。

史達林撒手歸天，赫魯雪夫登臺接班，先驅史達林陰魂，再刮改

革之風，爲和平競賽清障加油。

風至東歐平原，匈牙利人聞之而動，孰料，人民的情緒猶如火山爆發，不滿和反抗聚變成革命的形勢。

共產黨的改革派，納吉‧伊雷姆出山，亦不能控制局勢。

在「反革命勢力佔據了布達佩斯的緊急關頭，蘇共領導曾經一度準備採取投降主義的政策」[①]。

「中國共產黨人同各國堅持馬克思列寧主義的兄弟黨一起，堅決主張採取一切必要措施，粉碎匈牙利的反革命政變」[②]。

老大哥的一支坦克部隊，在眾兄弟的要求之下，開進佈達佩斯，「平息反革命暴亂」。

「反革命頭子」納吉被送上斷頭臺，社會主義戰勝資本主義。

華勒沙領導的團結工會敲響喪鐘

十年之後，捷克斯洛伐克又「自由化泛濫」，天眞的改革家以爲一切只要平靜發展，不會惹甚麼麻煩。

亞歷山大‧杜布切克脫穎而出，成爲改革家們的領袖，取消新聞檢查，鼓勵經濟分權，甚至允許公開討論多黨制。

莫斯科和兄弟國家的領袖們忍無可忍，採取果斷措施，「幫助他們恢復秩序」。

一九六八年八月二十日午夜，紅軍的坦克從天而降，保、匈、波、東德人民軍點綴，以華沙條約組織名義，挽救兄弟國社會主義。

黨的意識形態總管蘇斯洛夫發明一套「理論」，在社會主義大家庭，各國有決定他們國家發展道路的自由。

但是，他們所作的任何決定，一、不得損害本國的社會主義；二、不得損害其他社會主義國家的根本利益；三、不得損害爲社會主義而鬥爭的世界工人運動。

一言蔽之：社會主義事業至高無上，各國政府「主權有限」。

所謂「有限主權論」由此呱呱墜地。

斧頭幫所有的「理論」和理據，都自打嘴巴，不能成立，所以，以槍桿子、刀把子爲後盾，禁止一切討論、辯論自由、言論自由。

不是他們的「理論」和理據多有道理，而是手握槍桿子、刀把子，我是流氓我怕誰。

一九七九年，波蘭的領導階級「無產階級」再度揭竿而起，團結工會力量日益壯大，一發不可收拾。

兩年之後的一天，駐波蘇軍司令庫利科夫元帥「邀請」兄弟黨首腦卡尼亞和波軍總參謀長雅魯澤爾斯基參觀。

上了飛機才發現，去處是蘇波邊境。

一直飛到布列斯特，在車站的一節車廂裡，才開始「參觀」。

「參觀」對象，一位是老大哥的克格勃頭目安德羅波夫，一位是首席理論家蘇斯洛夫。

兩位最有權勢的人物，一文一武，代表老大哥最高權力機構「最後通牒」，使用一切權力和手段，自己解決危機，要是解決不了，老大哥就出手。

兩害相權取其輕，兩位兒皇帝回國後立即宣佈軍管，解散團結工會，強迫社會「正常」運轉，繼續從事社會主義大業。

「有限主權論」再次顯示威力。

一九八五年戈巴契夫上臺的時候，社會主義大家庭，就這樣「血肉相連」，由「勞動人民當家作主」，由工人階級的先鋒隊「領導」。

大哥家中有葫蘆，其他兄弟必有瓢。

斧頭幫權貴吃香喝辣、為所欲為，勞動人民飽受短缺之苦、禁錮之害。

其中最富有的東德，使出吃奶的力氣，都趕不上西歐、北歐的「窮國」，更望塵莫及一奶同胞的西德。

最不幸的捷克斯洛伐克，戰前與法國水準相當，四十年以後，比法國落後二十年。

匈牙利的科爾內更寫出《短缺經濟學》，為社會主義的「繁榮昌盛」畫像把脈。

就算人民群眾早就不願享受社會主義的優越性，前僕後繼「擺脫黨的領導」，擁抱資本主義，老大哥在戈巴契夫領導下「新思維」走俏，「民主化」熱試。

老大哥一手扶持的各國兒皇帝，一個個滿頭白髮，但都青春煥發，冷眼相看戈巴契夫的拳打腳踢，堅持走史達林的社會主義道路矢志不渝。

1987 年 6 月 12 日，雷根出席義大利七國峰會後，應邀短暫到西

柏林訪問。

當天下午兩時三十，在布蘭登堡門發表演說。

「蘇聯可以做一件很明顯的事，一件大幅促進自由與和平的事。」

「戈巴契夫總書記，如果你要尋求和平，如果你要為蘇聯和東歐尋求繁榮，如果你要尋求自由：就到這扇門來吧！」

「戈巴契夫先生，打開這扇門！戈巴契夫先生，推倒這堵牆！」

「不久之前，我從國會大廈觀望，看見圍牆上粗糙的噴漆字──『這堵牆會倒下，信念可成真。』」

「對，這堵牆會在歐洲倒下；因為它抵擋不了信心，它抵擋不了真理，這堵牆抵擋不了自由。」

雷根力排一眾幕僚勸阻，執意跟戈巴契夫叫板。

一九八七年十月革命七十週年，老大哥邀請全世界一百七十八個政黨和組織，拋棄意識形態，舉行非正式會晤，探討共產主義的未來。

戈巴契夫檢討過去，承認蘇聯以往違背各國獨立平等的原則，改弦更張，從今以後各成員國無條件完全平等。

各執政黨對自己的事務負責，成員國之間相互尊重。

至於社會主義事業，戈巴契夫把「有限主權論」中的各國「不得損害」，修正為各國應當「關心」，埋下第一個伏筆。

公開場合，戈巴契夫以下，格拉西莫夫以上，所有權勢人物，一再表白，兄弟黨自己各顧各，老大哥決不再干涉。

一九五六年的匈牙利，一九六八年的捷克斯洛伐克，一九八一年的波蘭的悲劇絕不會重演。

但是，從戈巴契夫上臺，到一九八九年初，整整四年間，小兄弟們個個不越雷池一步。

不越雷池，不是一朝被蛇咬，十年怕草繩，而是老大哥已經逾越

很多雷池，小兄弟們個個飽嘗絕對權力的優越性，不願意跟從，不願意放棄手中的權力。

匈牙利和波蘭的和平演變證明，只要權力寡頭不再貪戀權力，將一人一黨之私凌駕於公眾權益之上，一切衝突和對立交由公眾投票裁決，各種政治力量心悅誠服，社會代價幾乎為零。

波蘭圓桌會議以後，戈巴契夫第一時間急邀雅魯澤爾斯基來訪，瞭解掌握最新事態，給予力所能及的支持。

希望臺上的改革力量贏得公眾信任，紅色江山存活得越久越好，既堵保守勢力的嘴巴，又讓激進力量識趣。

大選結果，團結工會在眾議院和參議院分別獲得改選的 35% 和 99% 的席位，斧頭幫一敗塗地，被人民群眾無情地拋棄。

好在新興反對派團結工會識大體、顧大局，見好就收，推出老成持重的馬佐維耶茨基擔任總理。

不但有力地穩定了局勢，也保住了斧頭幫的臉面。

與何內克的死亡之吻

戈巴契夫立即運用老大哥的權威，加持脆弱的權力轉移，鞏固兩國關係。

一方面親自打電話，好言相勸黨的首腦拉科夫斯基參加新政府，承認現實，一方面馬上邀請新任總理訪問莫斯科，與反對派力量建立友好關係。

又在新政府組成的第二天，派克格勃主席克留奇科夫親自前往華沙，收集掌握第一手資訊。

匈牙利的「和平演變」，一切水到渠成、平穩有序，戈巴契夫能插上手的唯一一件事，就是給洗心革面的共產黨——匈牙利社會黨（列寧曾斥責社會黨為逆流）——主席涅爾什發去一份賀詞。

東德從七月開始出現逃亡潮。

柏林墻攔住去路，當家作主、做鬼也幸福的人民群眾，繞道匈牙利和捷克斯洛伐克，逃往西德。

不但東德駐布達佩斯和布拉格外交機構難民為患，到九月初，單經匈牙利逃往西德的難民就過五萬人。

大權在握的何內克束手無策，「人民軍隊」的衝鋒槍只能對付通過柏林墻西逃的少數叛徒，數萬「叛徒」不光人數眾多，而且身處異國他鄉，大炮的射程都遠遠不夠。

鞭長莫及，只能組織宣傳戰，對內欺騙公眾，對外甩鍋自嗨。

把人民群眾逃走的責任，推給西德，推給境外敵對勢力。

甚至親自出馬，發表長文，歷數四十年的成就，呼籲人民跟黨走。

以為自己的名字，對人民群眾還有吸引力，還能贏得人民群眾的信任。

「那裡發生的事使我們憂心忡忡。如果我說我們完全坐視不理，那是言不由衷。」

「我們一致認為，把國內政治危機的原因僅僅歸結為最近幾個月發生的事件，未免天真。」

「實際上許多問題都是多年積累下來的。因而政治上需要徹底的改革，而不是修修補補。」

戈巴契夫回憶。

「從 1985 年起，我大概和何內克會晤和交談過七、八次。我對作為領導者和普通

人的他已經形成了明確的看法。」

「為了說服他切不可拖延國內和黨內改革的時間，我做了小心翼翼的嘗試，但沒有收到任何實際效果。我每次都仿佛撞在一堵沒有門窗的牆上。」

戈巴契夫旁觀者清，知道老英雄已經完全脫離社會現實，既不知道自己幾斤幾兩，也不知道人民群眾起碼的覺悟和好惡。

蘇共中央國際部長法林估計，最遲來年春天，何內克將面對難以控制的示威浪潮。

十月六日，是東德成立四十週年國慶。

在這個大喜的日子裏，何內克不惜血本，花費勞動人民大把血汗，在全國各地披紅掛綠，張燈結彩，炫耀社會主義繁榮昌盛，討全國人民歡心。

尤其是社會主義兄弟國家的旗幟，遍佈柏林街頭，藉以宣傳社會主義深受世界人民歡迎。

各國共產黨首腦都不辭勞苦，前來歡聚一堂，戈巴契夫最年輕，但代表著老大哥，因此眾星捧月。

不過，最危險的客人也是戈巴契夫，「公開性」、民主化病毒已經污染波、匈，絕不能任其傳染東德公眾。

下令嚴加挑選歡迎戈巴契夫的群眾隊伍，新聞媒介淡化戈巴契夫的報道，他自己也把更熱情的歡迎留給壽西斯古。

慶典演說指天誓日，東德將一如既往，永遠沿著社會主義道路前進，東德共產黨「完全能夠自己解決自己的問題」。

可惜，決定東德命運的還真不是他何內克，而是他最瞧不上眼的戈巴契夫。

不光當場貴賓和公眾等著聽戈巴契夫說什麼，整個東德、東歐、乃至全世界都等著聽戈巴契夫的演講。

因為戈巴契夫代表著老大哥，而老大哥的立場，才是決定東德何去何從的決定性因素。

戈巴契夫的演講得體而溫和。

——讚揚東德和蘇聯的關係。

——客觀轉述文明世界的價值觀。

——呼籲以求實、合作、信任的態度解決各種問題。

——呼籲跟西德繼續發展友好關係。

既沒有老調重彈斧頭幫領導的偉大作用，也沒有附和何內克對西德的指責。

擺明不認同何內克的看法和說法，暗示識時務者為俊傑。

慶典次日，又跟何內克面對面單獨會晤。

會晤說了些什麼，當時和事後，都無人提及，包括戈巴契夫和何內克。

跟政治局所有二十六名委員的會談內容，當時就公諸於世。

其中有句話，言簡意賅。

「如果你們改革，要比我們容易得多」。

「我曾堅決否認、似乎我和其他蘇聯領導人在這個關鍵時期同民主德國領導人接觸是企圖施加壓力，強加於人，進行訛詐，如此等等。」

「當時民主德國的領導人很清楚，無論發生什麼情況，蘇聯軍隊都始終留在兵營裡。」

「我懷著特別不安的心情回到國內。因為一眼就可以看得出，這個國家很像一隻燒得滾開而蓋子又扣得緊緊的鍋。」

「我的預感並沒有錯。」

戈巴契夫所說的預感，其實包括了很多情報和資訊。

因為動身赴柏林之前，空前規模的群眾示威，已經遍佈柏林、德累斯頓、馬格德堡、波茨坦、萊比錫，就算國慶期間，也沒有平靜過。

戈巴契夫回到莫斯科的第二天，萊比錫等城市數十萬人遊行示威，抗議十月七日員警鎮壓示威群眾，要求民主和自由。

此後一個星期，從小到大，大規模抗議示威天天上演，此伏彼起。

和著示威的浪潮，千百萬人的口號響徹雲霄——「我們是人民」，「救救我們，戈爾比」。

活像整整二百年前的《馬賽曲》，「戈爾比」三個音符成為無產階級街頭革命的最強音。

不僅成為東德、也成為整個東歐無產階級反抗自己「先鋒隊」的進行曲、安魂曲。

十月九日，何內克同前來參加慶典的中共特使姚依林共同發誓，絕不向社會主義的敵人讓步。

離雷根著名叫板"推倒柏林牆"只有四年

兩天後，即國慶後第五天，何內克開始認輸，發表聲明一紙，願意同示威者對話。

三天後，黨的喉舌開始發表批評當局的言論。

再過三天，傍晚，何內克主持召開政治局例會，準備集中「集體的智慧戰勝敵人」。

不料，會議一開始，委員們一抹臉，一改一向躬順謙卑的神態，紛紛板起面孔，要求老英雄退位，顧全大局。

只有將頑冥不靈的英明領袖拋將出去餵狼，才能平息暴民越燃越旺的怒火，自己也才能得救。

十天前戈巴契夫關於改革的暗示發生作用，既然老大哥希望改革，蘇軍呆在兵營裏不動，就表示樂觀其成，由東德人自己改變現狀。

打發戀棧的老東西退位，不但沒有任何危險，而且所有死結由此解開。

當昂拉克明白大勢已去、自己沒有栽在暴民手裡、而是栽在自己一手提拔的同志手裡、氣急敗壞走出會議室時，小妖精們全都一個個起立，靜靜地目送他留下一個蒼老而失意的背影。

沒有人說遺憾，沒有人說對不起。

離老英雄在慶典上風光無限，賭咒發誓，「永遠」堅持社會主義，只有十天。

老英雄所說的「永遠」，只等於十天。

無論社會主義，還是他的政治生命。

從這一天開始，形勢急轉直下，他的旦旦誓言，成了千古笑談。

他那排場而奢侈的國慶大典，實際上不過是喪權失國的盛大葬禮。

三天後，新首領克倫茨跟戈巴契夫彙報情況，請求訪問莫斯科。

三十日，戈巴契夫在克里姆林宮接見克倫茨，希望新的領導集團

能夠「對時代的要求敏感地作出反應」，走上和平的民主道路。

尤其是採取措施，遏制公眾的逃亡潮，避免新的危機出現。

「幸好，擔任德意志民主共和國統一社會黨領導的人們有足夠的理智和勇氣，並沒有對人民的不滿進行血腥鎮壓。」

「科爾後來對我說，他一開始就確信埃貢・克倫茨無法控制局勢。我不知道。我們大家都像常言所說的那樣：事後聰明。」

「至於說到我，說老實話，曾一度抱有希望，以為新的領導人能夠把共和國事態的指標撥到兩個德國新關係的軌道上來……但必須在徹底改變對內政策的基礎上。」

「然而很快就發現，對於大多數居民來說，任何一個以維護民主德國的名義而活動的政府或政黨，都是不可接受的，他們認為解決自己的所有問題的辦法只有一個，那就是儘快和聯邦德國統一。」

十一月四日，柏林發生史上規模最大的抗議示威，一百多萬人參加。

形勢的演變，簡直就是二百年前法國大革命的再現，雄心勃勃的克倫茨，不久就發現自己成了當年的路易十六。

二十世紀八十年代末的「無套褲黨人」，發瘋般地連日在大街上「革命」。

似乎四十年來被剝奪的示威權利要在幾天內盡情享用，後勁之充足，令地方官員一個個趕緊倒戈，加入這滾滾洪流。

克倫茨在共和國宮內坐不住了，在傲慢無禮的示威者逼迫下，畢恭畢敬地聽取「群眾意見」。

十一月九日，新任總理莫德羅的政府決定開放柏林牆，讓公民無條件地通過，並立即生效。

鐵幕的象徵、冷戰的標誌打開缺口，「當家作主」四十年的「人民群眾」每天數十萬計，用腳投票，湧向西德或西柏林。

之後一百小時內，五百一十八萬人領取簽證，前往西德。

十二月二十六日，克倫茨頭上的皇冠落地，只戴了七十天。

德共緊步匈共的後塵，與自己以前的歷史決裂，向社會黨人靠攏。

又步波蘭同志的後塵，與反對派舉行圓桌會議，組織一人一票的選舉。

經歷了一九六八年的野火，前腳跟後腳，「布拉格之春」的草原上，同樣掀起聲勢浩大的天鵝絨革命。

從新生到向榮，從失敗到勝利，迫使權力寡頭承受不住無盡的提心吊膽和神經緊張，從而迅速分化，節節退讓。

十月二十三日，總理阿達麥茨首次對「布拉格之春」作出肯定性評價。

十月二十八日，阿達麥茨見風使舵，一改「決不同反對社會主義的人對話」的兇惡嘴臉，公開表示，員警鎮壓遊行示威不能解決根本問題，應當尋求政治方式。

十一月十七日，二千多名學生再次示威，又遭員警野蠻驅趕。

十九日，數萬人發出憤怒的吼聲，走上布拉格街頭，迫使員警不敢使用暴力。

各大城市遍地開花，數十萬人此伏彼起，強烈要求斧頭幫頭子雅克什下臺。

雅克什和布拉格市黨魁什捷潘負隅頑抗，再祭「反社會主義勢力破壞穩定」陳詞濫調恐嚇公眾。

識時務的阿達麥茨總理，已經自打嘴巴，打開政府大門，與包括一個「反對共產黨的人」在內的反對力量對話。

剛剛成立的反對派組織「公民論壇」的代表，昂首闊步，腰桿筆挺，走進總理府，表達人民的呼聲、人民公敵的下場。

二十四日，斧頭幫頭子雅克什被迫交出權杖，由烏爾班內克接班，翌日，什捷潘也留下烏紗帽，挾起皮包走路。

隨後，阿達麥茨也掛冠而去，由第一副總理恰爾法組閣，吸收各種政治力量組成聯合政府。

胡薩克的總統寶座，也交給曾經的持不同政見者、著名作家哈維爾。

「布拉格之春」的領導人杜布切克也重新獲得權力，就任議會主席。

哈維爾距這年一月被捕入獄整整一年，杜布切克距被撂下臺整整二十年。

「布拉格之春」慘遭鎮壓之後的二十一年，不但在一九八九年的冬天終於大獲全勝，而且一鼓作氣，將斧頭幫趕下臺，迎來人民選票說了算的新時代。

位於巴爾幹半島東部的保加利亞也不甘於人後，加入推翻斧頭幫統治的滾滾洪流。

老大哥一手遮天的華沙條約組織

十一月十日，保加利亞最堅定的共產主義老戰士日夫科夫被攆下總統寶座，重蹈何內克覆轍，原外交部長姆拉德諾夫奪得大位，宣佈向「反共勢力」投降。

宣佈實行政治改革，持不同政見者獲得合法地位，跟進戈巴契夫的公開性和民主化。

東歐山河，紅顏盡褪，小兄弟們多米諾骨牌式倒塌。

證明人民一旦擁有選擇的權力，就萬眾一心，將斧頭幫踢出歷史舞臺。

證明邱吉爾的名言，民主政治不是什麼好制度，但人類文明發展到今天，還沒有發現更好的制度。

戈巴契夫推行改革、公開性和民主化，真正面臨嚴峻考驗。

公開性、民主化的邏輯延伸，要求戈巴契夫只能支持追求自由民主的公眾。

但是，戈巴契夫的權力和地位來自斧頭幫、來自社會主義陣營的總舵主，斧頭幫小兄弟面臨滅頂之災，社會主義陣營面臨土崩瓦解，總舵主見死不救？

列寧、史達林的傳人抱著他的左腿，要求他堅決捍衛社會主義陣營，一眾愛好自由、嚮往民主的力量，希望他支持千百萬社會大眾。

做斧頭幫小兄弟和社會主義陣營的保護傘，還是做千百萬追求民主自由公眾的神聖同盟，拷問著戈巴契夫的靈魂，也試煉著戈巴契夫的智慧。

「社會主義思想前提是要追求這樣一種社會制度，這種制度能夠最大限度地保證社會公正，保障公民的政治自由和社會權利。」

「必須把整個社會、各個社會階層的利益，而不是某一個階級的利益放在首要位置。」

「即使暴力能夠較快地解決某些民族問題—從長遠的角度看，為

這種短期取得的、而且大部分是虛假的成績不得不付出極其高昂的代價。」

戈巴契夫這樣理解社會主義、公眾權利和暴力成效（參見《戈巴契夫回憶錄》）。

既然社會主義陣營的形成不是人民的授予、歷史的選擇，而是來自老大哥的坦克、刺刀和暴力。

所謂的捍衛社會主義，實際上是保護幾個政治寡頭騎在人民頭上作威作福，吃香喝辣。

動用武力和暴力，實際上是揮霍帝國公眾的血汗和財富，為幾個政治僵屍苟延殘喘習單。

得罪東歐近鄰千百萬公眾、得罪國內和歐、美文明世界和全世界追求民主自由的人們。

一言蔽之，幾個權力寡頭的臉面和享樂 vs 人類文明的價值和追求。

這就是取捨，就是社會數學的最簡方程。

但是，戈巴契夫的角色，老大哥的地位，絕不敢得罪列寧、史達林的徒子徒孫，也不敢得罪一眾在握的小兄弟。

只能籠而統之、含含糊糊，表面上偽裝中立，暗自希望權力寡頭妥協退讓、體面下臺。

在馬爾他會晤布殊歸來，戈巴契夫一方面依慣例向華沙條約國領導人通報會晤情況，一方面與這些國家的領導人共同聲明。

所有參與一九六八年出兵捷克斯洛代克的國家都是干涉內政，都應當受到譴責。

武力斷送布拉格之春是「不恰當的」，「政治解決辦法本來是有的，但蘇聯和其他國家的領導人沒有使用」。

拒絕繼承歷代沙皇的擴張主義，拋棄《動物莊園》拿破侖式的用

心和謊言。

單槍匹馬，砥柱中流，緊握權柄，「讓每個民族在沒有任何壓力的情況下決定自己的命運」（引自《戈巴契夫回憶錄》）。

只剩羅馬尼亞、南斯拉夫、阿爾巴尼亞的權力寡頭，高擎共產主義明燈，誓死捍衛自己的天堂。

十一月二十日，壽西斯古在布加勒斯特召開羅共十四次代表大會，跟何內克慶祝東德四十年國慶一樣，不光給羅馬尼亞的斧頭幫打氣，也給全世界的兄弟黨、兄弟國打強心針。

不但邀請各國兄弟黨派出高級領導人參加盛會，又請兄弟黨發去雪片般的賀電賀函，炫耀國際共產主義運動得道多助。

其中，來自北韓和中國的賀電，長達數千字，熱情支持、高度評價壽西斯古領導的羅共。

中國兄弟又派讀黨內第三號人物喬石率高級代表團，千里迢迢出席盛會，為齊氏撐腰。

反倒是老大哥蘇聯和蘇共，就像莫斯科的天氣，冷若冰霜，前所未有地拉開距離。

不光派去出席「盛會」的領導人是最不起眼的政治局委員沃羅特尼科夫，而且賀電篇幅極短，不但沒有片言隻語祝賀大會成功，而且有意只向代表和勞動人民祝願致意！

用謝瓦爾德納澤後來的話說：「我們沒有對壽西斯古政權和他的『聲望』抱過任何幻想」。

「所有社會主義鄰國都不值得我們信任，只有朝鮮、中國和古巴除外」（羅共執委會常設局一九八九年十二月十四日會議記錄）。

齊氏心知肚明、大失所望，仍然不得不強顏歡笑，把蘇共的賀電排在第一位，而把中共、朝共的賀電排在後面。

不但打腫臉充胖子，連篇累牘歌頌羅馬尼亞四十年社會主義的巨

大成就，而且當著各兄弟黨來賓的面，無情攻擊資本主義，高歌社會主義。

發誓絕不對反社會主義的勢力妥協退讓、心慈手軟，誓死捍衛社會主義的江山千秋萬代、永不變色。

不幸，黨代會結束後一個星期，著名體操運動員科馬內奇出逃。

黨代會結束才二十天，在靠近匈南邊境的蒂米什瓦拉市，匈牙利族神父特凱什爲維護少數民族權益，遭齊氏政權驅逐，引起「暴徒」抗議。

示威者撕碎齊氏的畫像，把齊氏的「著作」扔到街上焚燒。

打倒壽西斯古、羅馬尼亞人覺醒的口號成為示威主旋律。

到第二天，示威者已經成千上萬。

壽西斯庫夫婦遭槍決

壽西斯古接獲報告，下令把坦克和裝甲車開上街頭，用子彈懲罰「暴徒」，整個晚上，每隔十分鐘就督促一次。

又與老婆埃列娜一起召開政治局緊急會議，嚴責國防部長米列亞、保安部隊首領弗拉德、內務部長波斯泰爾尼庫：「爲甚麼不開槍？」

埃列娜咆哮：「應該開槍把他們打倒，把他們關進地下室，誰也別想重見天日」。

壽西斯古跟著威脅，誰不執行命令，就「送交行刑隊」立即處決。

三百多人民群眾因此死於「人民軍隊」的槍下。

第二天，齊氏甚至示威式地按原計劃赴伊朗訪問，只留下以往形影不離的老婆埃列娜坐鎮。

訪問伊朗歸來，又接連組織兩次「群眾大會」，親自發表重要講話，譴責蒂米什瓦拉騷亂，反擊外國勢力的挑釁。

「十二月十六日和十七日，幾個流氓團夥尋畔鬧事，攻擊國家機關，搗毀商店和公共設施，製造混亂。這是在反動派、帝國主義以及一些外國間諜配合下發生的。」

「我們的軍隊表現出了極大克制，官兵們打不還手，只是當受到恐怖集團攻擊、處於危險時才進行了回擊。」

慷慨激昂，聲色俱厲，通過擴音設備，響徹會場，在每一個人心頭迴蕩。

齊氏自己更沉浸、陶醉在威風凜凜、居高臨下和得意非凡之中。

沒想到、沒留意腳下一向任由踐踏的「人民群眾」中，突然傳來一陣小小的騷動和混亂，接著有人喊「蒂米什瓦拉」。

在廣場的角落，又有人喊：「打倒壽西斯古！」

壽氏的右手在半空中戛然而停，埃列娜在旁邊搶過麥克風，呵斥人群安靜，但無人理會。

聲浪反而越來越大，人們開始怒吼：「打倒殺人犯」、「打倒磚制」。

口號聲、喝采聲和掌聲一浪高過一浪、越來越大，越來越多的人民群眾加入「流氓鬧事」行列。

總是熱烈歡呼的廣場，核反應成憤怒的海洋。

頭戴鋼盔的武裝員警和軍人包圍人群，命令人們散開，但人群一次又一次匯集起來。

國防部長米列亞命令士兵，「不准向人群開槍」。

布加勒斯特市長要求員警「可以開槍，朝天開槍，先警告，如果不成，向腿部開槍！」

短短幾分鐘，局面完全失去控制。

幾小時後，電臺、電視臺以及軍隊反戈一擊，站在示威人群一邊。

次日上午，國防部長米列亞承受不了壓力而自殺，一說被壽氏開槍打死。

軍隊從布加勒斯特市中心撤出，示威群眾衝破員警阻擋，向壽氏的老巢挺進，打碎窗戶玻璃，將壽氏畫像扔下街道。

壽氏夫婦見大勢已去，乘直升飛機出逃。

以前外長羅曼為首的救國陣線成立，革命一夜間發展成內戰！

新成立的救國陣線首先打電話給戈巴契夫，請求獲得老大哥的支持和祝福。

這時候，捷克斯洛伐克的天鵝絨革命，也正處於你死我活的危急關頭。

戈巴契夫在克里姆林宮先發制人，向面前的中央委員們指出東歐事變的性質和蘇共的立場。

「那是民主化、是社會主義的革新。」

「證明近年來我們不止一次講過的真理：哪個地方落後於成熟的變革，哪個地方就不可避免地要付出代價。」

齊氏引火燒身，有力地證明，武力、暴力，坦克、子彈，不光挽救不了斧頭幫政權，而且讓社會大眾和他本人都付出慘重代價。

東歐江山變色，只有「本著寬容、人道和尊重人權的精神，和平解決問題」，才是多贏。

戈巴契夫第一次處於主動地位，理直氣壯，見死不救，而且通過

謝瓦爾德納澤公開表示，事變「是羅馬尼亞人民根據民主原則致力於革新自己社會的意志的表達」。

十二月十八日，在歐美各國一致抨擊壽西斯古的大合唱中，謝瓦爾德納澤在布魯塞爾獨奏莫斯科的立場。

「如果報道發生流血事件的消息屬實，我只能表示我深感遺憾，我們堅決反對使用武力」。

用一個假設性的前提，表達了與歐、美同樣的價值理念和立場。

壽西斯古夫婦最愛暴力、武力，也正是在失去暴力、武力保護的情況下，惶惶然如喪家之犬，逃離他們作威作福的布加勒斯特。

像無頭蒼蠅一樣，在布加勒斯特西北一個叫蒂圖的小旮兒亂竄，東碰西撞，使盡渾身解數，威脅利誘，乞求欺騙，試圖打動純樸善良的人民收留、保護。

可惜，沒有一個人聽信他們「熱愛」的偉大領袖的哀求、沒有一個人大發慈悲，救助他們「愛戴」的、大難臨頭的紅太陽。

烈火見真金，板蕩識誠臣，原來口口聲聲千百萬群眾擁護領袖、熱愛領袖都是編造的謊言，是領袖的意淫和自嗨。

人民群眾的眼睛，冰雪般地明亮，毫不留情地將落水狗送到起來造反的革命隊伍。

下午三點半，成立才幾個小時的救國陣線宣佈逮捕齊氏夫婦，並關押於一處軍事設施內，直到審判。

臨時組成的革命法庭判處齊氏夫婦「大量屠殺人民，犧牲者超過6萬名；利用秘密員警對付人民和國家，把國家經濟搞得一團糟，立即處決。

十二月二十五日，在登博維察縣一處兵營廁所旁的空地，齊氏夫婦遭到槍殺。

五個士兵受命開槍，但一同行刑的八十個士兵不約而同，個個扣

動板機。

　人民子弟兵終於得到一個機會，親手送「最受人民愛戴的英明領袖」上西天，復仇般地表達對英明領袖的「愛戴」，包括在人民群眾中享有「巨大威望」的埃列娜同志。

　兩人雙雙身著一百二十個彈孔去見老祖宗，基本上成為兩具人肉串。

　東歐紅色陣營最強悍的「英雄」、最相信暴力、武力萬能的屠夫，最終嘗到了暴力、武力的滋味。

　真正實踐了紅色經典的信條——「血債要用血來還。」

　當天下午六點三十分，報告送達戈巴契夫，革命法庭已經判處齊氏夫婦死刑，當場執行。

　戈巴契夫立即跟雷日科夫商量對策：以人民代表大會名義，向羅馬尼亞人民致信，「堅決支持羅馬尼亞人民的正義事業」。

　聯盟院、民族院所有常任議員，完全熱烈支持最高蘇維埃主席的提議。

　隨後，蘇聯政府也正式發表聲明，表達對臨時權力機構的支持。

　「羅馬尼亞人民堅決地同專制制度決裂並走上了國家民主革新的道路，已經成立了在自己隊伍中團結社會進步力量的救國陣線」。

　「蘇聯人民支持捍衛自由、民主和民族尊嚴理想的羅馬尼亞人民，支持救國陣線委員會旨在建立安定和秩序的努力」。

　兩天以後，戈巴契夫又以最高蘇維埃主席身份宣佈：華約國家已達成協議，協調行動，支持羅馬尼亞人民，第一批人道主義援助已抵達布加勒斯特。

　十二月二十六日，大局底定，戈巴契夫、雷日科夫分別以國家元首和政府首腦的身份，向臨時權力機構領導人伊利埃斯庫和羅曼發去賀電。

「請接受您被選爲羅馬尼亞救國陣線委員會主席的眞誠祝賀。」

您在國家的困難時刻主持了對國家的領導工作，當時羅馬尼亞愛國者爲把國家從專橫和恐怖勢力下拯救出來、爲在自己的土地上確立眞正的民主秩序而採取了堅決的行動。」

「我理解救國陣線面臨任務的全部愎雜性和重要性，我請您相信，友好的羅馬尼亞人民在革新的道路上會得到來自蘇聯各族人民和領導人的支持。」

東歐變天的多米諾骨牌倒塌以來，老大哥一直保持不偏不倚、小心謹愼的態度，唯恐任何一方利用他們的威力和背景。

如今終於可以第一次直抒胸臆、愛憎分明了。

「專橫和恐怖勢力」，不是別人，正是壽西斯古夫婦。

劇作家哈維爾當上捷克斯洛伐克總統

「確立眞正的民主秩序的行動」也不是別的什麼行動，而是壽西斯古所說的「動亂和鬧事」。

戈巴契夫不只給齊氏政權下了定義，而且劍指所有類似政權。

只要崇尚武力、暴力，騎在人民頭上作威作福，都是一丘之貉。

包括何內克的民德、日夫科夫的保加利亞，胡薩克—雅克什的捷克斯洛伐克……

謝瓦爾德納澤更一語道破天機。

「獨裁是不受歡迎的，不論是共產黨的獨裁，還是畜產階級的獨裁都不受歡迎」。

「革命後的羅馬尼亞最令我激動」。

觀察家斯‧康得拉紹夫在政府喉舌《消息報》上直接揭示戈巴契夫和蘇聯的作用。

「羅馬尼亞的事變，是宣佈新時代到來的疾風暴雨般的一年的疾風暴雨式結束。」

「羅馬尼亞人民奮起反抗壽西斯古的獨裁，不僅因爲他們被奴役和屈辱到了無以復加的地步，而且還由於民主的旗幟在鄰國—保加利亞、匈牙利、捷克斯洛伐克人神往地飄揚，」

「更主要地也是蘇聯發生了變化，作出了打破冒充社會主義和勞動人民天堂的專橫霸道的官僚主義體制的榜樣。」

康得拉紹夫道出所有秘密。

所謂來自「西方帝國主義」的威脅、顛覆、北極熊的戰略縱深、東歐各國的安全，完全是斧頭幫賊喊捉賊、憑空製造的自虐和謊言。

斧頭幫的社會主義陣營，其實不過是東方兄弟國批判揭露的、「蘇修叛徒集團」壓迫、奴役東歐兄弟國的「新殖民主義」！

以多勃雷寧爲代表的東西方政客和專家所說的北極熊的「影響力」，不過是犧牲所有公眾生命和權益、揮霍公眾血汗和財富，滿足幾個權力寡頭臉面和虛榮的遮羞布。

「無論在我國，還是在國外，很多人都說，是戈巴契夫斷送了社會主義國家」。

「請問，「被斷送的」國家是誰的？波蘭，是波蘭人的；捷克和斯洛伐克，是捷克人和斯洛伐克人的；匈牙利，是匈牙利人的；保加利亞，是保加利亞人的……」

「這些國家的史達林社會主義模式是冷戰年代形成的，而且首先

是建立在軍事對抗基礎上的。」

「是用強權把別國當作自己的私有財產支配的、玩弄人民命運的思維方式和道德水準。」

戈巴契夫在回憶錄中為自己辯護。

事實上，大家有目共睹，戈巴契夫沒有丟掉、葬送任何一個國家，不過是所有變天的東歐國家，拋棄、葬送了共產主義毒瘤，擺脫了老大哥的壓迫奴役。

戈巴契夫也不是沒有干涉，而是盡己所能，循循善誘，不僅將獨立自主的權力歸還東歐諸國，同時將自由、民主的權力歸還東歐公眾，徹底改變了人類文明版圖。

戈巴契夫只是沒有動用坦克、刺刀，站在小兄弟一邊，干涉東歐千百萬公眾行使自己的權力。

反而坐視自己點燃的改革之火吞噬社會主義，吞噬兄弟黨，即使不是縱火犯，也允許「罪犯」縱火。

不是輸出革命的凱撒，也是佈道改革的耶穌。

偉大解放者的歷史作用，東歐平原不會忘記，全世界不會忘記，人類文明更不會忘記。

---

① 、② 《人民日報》1963 年 9 月 6 日。

從馬爾他開始不再冷戰

戈巴契夫的悲哀在於，一門心思自我革命，將手中的權力和自由，還給臣民和同胞，臣民和同胞不光不感恩戴德、支持配合，而且從各自的利益和觀念出發，抱怨、抵制、反對、刁難。

反倒是歐美朝野，無非從戈爾比的裁軍減武中獲得些許安寧、節省一些銀兩，不但投桃報李、努力呼應，共同創造出黃金八十年代，而且熱情鼓勵、高度讚揚，給予莫大的厚望和支持。

尤其歐美公眾，更將戈爾比視為天使般的人物。

戈爾比抵達波恩訪問，自發湧上街頭歡迎的公眾，比幾星期前歡迎布殊到訪的公眾多出一倍還多。

路透社發回的消息驚呼：「戈巴契夫去西德受到了近乎瘋狂的歡迎」。

當記者問他，他是否認為柏林牆是令人反感的象徵，這位柏林牆所有者的盟主居然答道：世界上沒有永恆的東西，

也許有一天，歐洲的一切疆界障礙都沒有必要再存在了。

儼然一個和平使者，在巴黎鼓吹裁軍，推銷無核的「歐洲大廈」，在斯特拉斯堡呼籲人們消除敵意，坦誠合作。

動聽的言詞輔之以迷人的笑臉，加上他那具有傳奇色彩的國內改革和裁軍成果，以及風度翩翩的夫人賴莎。

民意調查表明，百分之九十的公眾被戈爾比所征服，公眾信任戈

爾比勝於信任任何一位西德領導人。

不光高達百分之六十四的公眾信任戈巴契夫，北約各國首腦也普遍贊同戈巴契夫的提議。

甚至一位十五歲的兒童都認爲，「戈爾比應獲得諾貝爾和平獎」。

政要領袖，以英倫的戴卓爾最爲代表，與戈爾比一見鍾情，全力唱好，鼎力支持。

國事訪問的時機，正值她的戈爾比焦頭爛額、窮於應付國內各種危機的狼狽時刻。

結束在日本的訪問，立即趕往莫斯科，帶來文明世界最貼心、最溫暖、最權威的心理和精神支持。

「還未走下飛機，就放開喉嚨爲戈巴契夫大唱讚歌」（參見《每日鏡報》報導）。

與戈爾比共進早餐、促膝長談，瞭解他的困難，分擔他苦衷，千言萬語匯成一句話，在「歷史性變革」的道路上走下去。

在記者招待會上，更像一位馳援情郎的俠女，熱情洋溢、不遺餘力，誇讚戈爾比的公開性、民主化。

「改革深刻勇敢，富於遠見，不僅已經給蘇聯人民，也給整個世界帶來了成果，我們堅定不移的支持」。

「改革已經站穩了腳跟，最終必將成功」。

又爲戈爾比幫腔，敲打新興的民主力量。

「激進民主派的積極立場，以及由他們所掀起的爭取思想多元化和政治多元化、多黨制的社會浪潮是符合改革意圖的。」

「但是，過分的敵意、蓄意「催發」事端，會促使改革從可控制的變革，轉化爲嚴峻的對立。」

「提到戈巴契夫的名字時，她的眼睛裡放射出勝利的光芒，從來

沒有見過，一位狂熱的女性，這樣動情地，援助一位陷入困境的勇士。」

「她支持戈巴契夫，希望他取得成功。」

「當然，她必須警惕不要損害她同白宮的老關係，這種關係更重要。」

「她越是同戈巴契夫擁抱，就越需要同喬治‧布殊接吻。」

新聞評論猛刷桃色顏料，出神入化報導柴契爾的莫斯科之行。

而戈巴契夫「看到戴卓爾為他解圍時，高興得直搓手！」

的確，以柴契爾的政治遠見和威望，其言行不僅極大地鼓舞了戈巴契夫及其團隊，也規勸、訓導了帝國所有政治力量和媒體。

極其可惜，來自柴契爾的精神和輿論支持過於單薄、過於空洞。

戈爾比的改革不僅需要精神、輿論的支援，更需要行動和經濟的支援，不僅需要歐洲的支援，更需要整個文明世界的支持。

尤其是來自美國的支持，來自美國行動和經濟的雙重支持。

戈爾比四年苦心孤詣的求愛，老雷根好不容易才解風情。

四年一次的換馬，雷根告老還鄉，布殊坐進橢圓形辦公室。

做了八年的副總統，跟在雷根後面亦步亦趨，成了白宮的新主人，決意擺脫雷根頭上耀眼的光環，打造「布」字號產品。

對內對外政策，重新評估，全面檢討，另搞一套，超越雷根。

對蘇關係更是重中之重，劃上休止符，苦尋新套路，優柔寡斷，瞻前顧後，整整半年，不出一張牌。

戈巴契夫的大禮接二連三，單方面裁軍五十萬，在削減中程導彈的基礎上，又單方面從東歐撤走五百枚短程核導彈。

拋給布殊的白手套，一九九一年以前，美蘇撤出已經部署在歐洲的所有核武器。

像在雷根時代一樣，首先贏得歐洲的支持。

利用歐洲的民意、輿論和主張，包圍布殊，孤立布殊，壓迫布殊接受挑戰。

雷根起初不信任戈巴契夫的提議，情有可原，四年之後，布殊又回到雷根起初的立場，完全不可理喻。

將戈巴契夫的建議硬拗成「耍宣傳花招」，不僅無損戈巴契夫一根毫毛，反而讓北約盟國領袖普遍懷疑，布殊是否具有起碼的判斷力和決策能力。

一直拖到五月，終於孤注一擲，準備採取「一個大膽步驟」，跟戈巴契夫對賭。

在五月二十八日開幕的北約首腦會議上，提出美國的一攬子裁軍建議。

一、北約削減直升機、戰鬥機百分之十五，華約也削至同等水準。

二、美國裁減百分之二十的駐歐美軍，蘇美在歐軍隊均不超過二十七點五萬人。

三、在六個月或一年內就常規武器削減達成協議。

不出招則已，一出招就是一個一百八十度的大掉頭，外加一個百米衝刺，比戈巴契夫跑得更遠。

會議結束之後，又訪問波恩、巴黎，跟科爾、密特朗交換看法，鞏固盟友關係。

又乘「蘇東波」天鵝絨革命的「歷史性轉變」關頭，造訪走在最前列的波蘭和匈牙利，挖華約集團的墻腳。

嘴裡喊著民主、自由、平等和博愛，兜裡揣著大疊大疊的美鈔和經援，鼓動兩國繼續沿著改革的道路前進。

所過之處，非但沒有像戈巴契夫那樣受到熱烈歡迎，而且東道國的領導人幾乎一致要求他迅速行動起來，進一步裁減軍備，幫助戈巴契夫。

因爲幫助戈巴契夫，就是幫助民主和自由，就是贏得冷戰的勝利，要黃油不要大炮，要和平不要戰爭。

九月二十日，謝瓦爾德納澤飛赴華盛頓，與貝克舉行爲期三天的談判。

戈巴契夫同時帶給布殊一封長達九頁的信，回應白宮先前的裁軍建議，催促和誘惑雙管齊下。

會談結束時，雙方簽訂七項協議，並初步同意翌年春末或夏初舉行兩國首腦會晤。

上臺九個月，布殊才邁出實質性的第一步。

然而，東歐的天鵝絨革命，一浪高過一浪。

6 月 4 日，波蘭舉行首次大選，團結工會在眾議院和參議院分別獲得改選的 35% 和 99% 的席位，首位非共產黨總理上臺。

10 月 23 日，匈牙利新的民選國會通過憲法修正案，確立多黨制和議會民主，取消馬列主義政黨的領導地位。

10 月 18 日，東德各地此起彼伏的公眾示威，終於將斧頭幫首領何內克趕下臺，11 月 9 日，柏林圍牆倒塌。

捷克斯洛代克、保加利亞、羅馬尼亞、阿爾巴尼亞，危機四伏，

山雨欲來。

多米諾骨牌式的倒塌，以推倒柏林牆為標誌，衝破了史達林四十多年前打造的鐵幕和枷鎖，以北極熊為首的共產主義陣營分崩離析，指日可待。

以合眾國為首的「帝國主義」陣營，終於拖垮皇帝新衣般的美麗新世界，不戰而勝。

柏林墙以東的兄弟國

世上最愚蠢的動物，都明白歷史的重大關頭已經來臨，冷戰結束就在眼前。

布殊一世尚未施展拳腳，雷根和戈巴契夫創造的漁人之利已經滾滾而來。

志大才疏，目光短淺，趕忙給戈巴契夫寫信，提議儘快舉行兩國首腦會晤，討論面臨的形勢。

戈巴契夫內外交困，腹背受敵，求之不得能與繁榮昌盛的「帝國主義」頭子促膝長談，影響其不失時機，積極行動，伸出援手，將冷戰勝利最大化。

十月三十一日，華盛頓時間十時，莫斯科時間十八時，白宮和克里姆林宮同時倉促舉行記者招待會，布殊和謝瓦爾德納澤各自發佈新聞。

宣佈十二月二日至三日在地中海某地舉行兩國高峰會晤。

「因為許多世界大事需要兩個大國的首腦深入交換意見」。

從七月訪問波匈歸來就提出倡議，整整花了三個多月才就會晤日期和地點達成一致。

再到正式會晤，又花去一個月。

一場不準備解決問題、只「交換意見」的會晤，花去五個月時間準備並確定。

布殊一世優柔寡斷、拖拖拉拉、幹大事惜身、見小利而忘命的小家子氣，窺一斑可見全豹。

四十五年前，羅斯福、史達林和邱吉爾，在黑海岸邊的雅爾塔，勾勒出二戰後的格局和秩序。

葉卡特琳娜和她的孫子亞歷山大二世，也幾度與當時的列強英、法、奧普瓜分歐洲。

地中海軍艦上的兩大巨頭會晤，對其他國家和利益集團來說是禍

是福，大家拭目以待。

爲打消世人的疑慮，雙方都一遍又一遍地向世人保證，馬爾他絕不是雅爾塔，只交流看法，無交易。

只有蘇聯輿論，熱情洋溢地預測：「這次會晤可能是冷戰的結束，冷戰將被拋進地中海的海底」。

預測神準。

十一月十日，保加利亞重演東德何內克下臺的一幕，在「勞動人民」的怒吼聲中，日夫科夫倒臺。

兩個星期之後，「人民利益的代表者」雅克什再步日夫科夫後塵，在捷克斯洛伐克「人民」的唾棄聲中，滾下權力寶座。

東方陣營，除了羅馬尼亞，所有國家全變天。

全世界目瞪口呆，屏住呼吸看著，既擔心變天失敗，又擔心變天太快。

四十多年來，兩邊第一次異口同聲，希望所有這些國家「平靜地向自由和民主過渡」。

布殊團隊也和著莫斯科的調門，大談「徹底結束冷戰」的話題，渲染會晤的重要性。

柴契爾的華盛頓之行以後，布殊也加入粉絲團隊，為戈巴契夫唱讚歌，將戈氏描繪成「發動蘇聯改革的設計師」。

並且自告奮勇，準備在馬爾他的會晤中向戈巴契夫保證：「美國總統比誰都更贊成經濟改革」。

年初的時候，提起戈巴契夫，布殊是一位謹慎論者。

四個月前，轉變立場，是戈氏的同情者。

現在，第十一個月，成了柴契爾第二。

可惜，布殊只認同了柴契爾的認知和判斷，並沒有柴契爾的行動

和當機立斷。

十二月一日，布殊先戈巴契夫抵達馬爾他。

初冬的傾盆大雨歡迎空軍一號降落，安逸平靜的小島隨之成為歷史地標。

北邊隔海與義大利相望，南邊水域與突尼斯相鄰，東西連接大西洋通往印度洋的交通要衝，大雨之後，濃霧迷漫，歡迎戈巴契夫到來。

順道先訪義大利和梵蒂岡，尤其是與時任教皇保祿二世神交已久，終能傾心。

若望‧保祿二世為第 264 任天主教教宗，出生於波蘭，是第一位波蘭裔及斯拉夫裔教宗，也是自 1522 年哈德良六世離世後四百多年後第一位非義大利人教宗。

1978 年 10 月 16 日當選，在位時間二十七年，史上第三長，逝世被尊稱為大教宗若望‧保祿二世，為史上第四位及 1138 年來首位被冠上「大教宗」的教皇。

從事聖職前曾擔任過運動員、戲劇演員、礦工、化學工廠員工，既強烈反對共產主義，也尖銳批評資本主義。

態度鮮明大力支持與共產黨政權抗爭的人們，曾兩次回訪波蘭，支持團結工會運動，蘇聯、東歐公眾和官員，深受保祿二世思想觀點影響。

雷根稱讚教宗是「結束共產專制統治的英雄之一」，戈巴契夫後來說，沒有教宗，鐵幕就不會打破。

在蘇聯改革的艱難時刻，在東歐巨變的大潮之中，與保祿二世的親身接觸，無論自己的思想、意志，還是外界的觀感、輿論，都大有裨益。

各自拜會東道國領導人之後，布殊與戈巴契夫分別前往本國的軍艦上下榻。

頭天的會談在蘇聯的「光榮號」上舉行，第二天的會談在美國的「貝爾納普」號上告終。

　　會晤的時機、內容、背景以及兩人的表演，都大吊公眾胃口，但兩國政客卻把軍艦當作阻礙記者「刺探」、報導的利器。

　　天公都打抱不平大發脾氣，在通常風平浪靜的薩什洛克港製造出狂風巨浪，迫使蘇軍的「光榮號」不得不轉移拋錨地點，改換大型客輪「高爾基」號作爲替用船，才能使會晤如期舉行。

　　戈巴契夫因此開玩笑，他和布殊要做的第一件事，就是拆除這些軍艦，「這樣的天氣，就無法登艦，要它們何用？」

東歐六國公眾獲得自由

「正好爲美國第六艦隊裁軍」，他說。

又指著不到一米寬的桌子，「桌子這麼窄，如果我們要爭論的事不很多，我們就相互踢腳玩」。

交談的主題包括東歐事變，中東紛爭，中美洲衝突等等。

戈巴契夫搖動如簧之舌，堅決維護和平、友好、民主和自由，鼓勵東歐民主改革。

再次兜售他在義大利提出的倡議，在一九九〇年召開歐洲合作與安全會議，由歐洲三十五國和美國、加拿大參加的赫爾辛基第二次全歐會議。

削減海軍軍備。

布殊重申，美國絕不干涉東歐事務，而任其自然發展。

準備了一份清單，內容有十幾條之多。

包括支持蘇聯得到最惠國貿易的地位和在關稅及貿易總協定中獲得觀察員資格的地位。

要求蘇聯解決所有懸而未決的人權案件，准許自由移民，加速與美國談判戰略核武器。

由於暴風雨和大浪，第二天的會談仍在「高爾基」號上繼續。

會談結束，記者招待會上，兩人破天荒地互換臺詞，合演雙簧，賣弄風情。

布殊宣稱戈巴契夫「眞正想同我們一起工作」，「會談的氣氛再好也沒有了」。

「四十年來，西方聯盟爲了自由站在一起，現在，在蘇聯改革的情況下，我們即將開創一個美蘇關係的新時代」。

「我們能夠實現持久的和平且把東西方關係轉變成爲一種持久的合作關係，這就是我和戈巴契夫主席在馬爾他開始爲之努力的未來」。

關於冷戰是否結束，不苟言笑的布殊微笑著鍾起大拇指予以肯定。

戈巴契夫則明確表示，「冷戰時期正在徹底過去，讓位於新時代」。

並且，「蘇聯任何時候都不會開始進行反對美國的「熱戰」」，他說。

「我們的世界和我們的關係正處於至關重要的十字路口，我們應當非常負責地面對挑戰」。

「我們的看法是，最危險的事是言過其實，所以，我們應該保持一些謹慎因素，我使用了布殊總統愛用的概念」。

布殊總把「謹慎」掛在嘴邊，記者們因此送他一個雅號：「謹慎先生」。

聽到戈巴契夫引用他的口頭禪，高興得眉開眼笑，得意地把臉轉向記者席。

隨著馬爾他風平浪靜，不速之客們各奔東西，倆人反串的角色，送別了一個時代，又開啟了一個時代。

J 進兩步　退一步

多事之秋。

空前絕後的多事之秋。

經濟改革遲遲不見成效，政治改革摧生極端民族主義，東歐天鵝絨革命風起雲湧，一發不可收拾。

改革之路越走越窄，按下葫蘆又起瓢，險象環生，前途漫漫。

改革的發動機和舵手決心踩踩煞車，試圖控制局勢。

專門召集意識形態會議，在莫斯科的政治局委員、候補委員、書記處書記全都正襟危坐、臉色鐵青，烘托助陣。

一改先前的和顏悅色、談笑風生、交流探討，第一次居高臨下、龍顏大怒、殺氣騰騰。

最活躍的歷史家阿法納西耶夫、經濟學家波波夫和什科梅廖夫，以及《星火》雜誌主編維・科羅季奇都遭點名批評，不但所作所為「違反黨的方針」，而且與葉爾辛串通一氣，企圖組織小集團奪權！

《莫斯科共青團員》獲得「各種非正式的反黨組織巢穴」的罪名，《證據與事實》週刊主編弗・斯塔爾科夫當場被要求辭職。

責罵之激烈，氣氛之肅殺，一段時間以來被寵壞的公開性驕子，一個個像霜打的茄子，垂頭喪氣、悲觀失望，認為公開性從此終結。

莫斯科的政治氣候，不光陰霾滿天，而且風聲鶴唳。

三天之後，意識形態主管瓦季姆・梅德韋傑夫再次將斯塔爾科夫召到老廣場，嚴厲訓斥，責令兩天內遞交辭呈。

《證據與事實》週刊的編輯、記者們試圖反抗，自行組織選舉，一致授權斯塔爾科夫繼續擔任主編。

刊物所屬的知識社，公開聲明支持大難臨頭的主編，葉爾辛更呼籲支持者們「挽救改革」。

斯塔爾科夫本人孤注一擲、堅拒不辭。

驚恐不安、拉扯爭鬥中，一則消息不脛而走，蘇共中央機關報《眞理報》總編輯換馬，維・阿法納西耶夫落馬，總書記助理弗羅洛夫接任。

早在一九七六年，阿法納西耶夫就擔任《眞理報》總編輯。

戈巴契夫推進公開性、民主化，阿法納西耶夫態度曖昧，將輿論艦隊中的旗艦，整成左右搖擺的護衛艦，與政府機關報《消息報》的衝鋒陷陣，形成強烈對照。

九月份，就曾轉載義大利一家報紙的文章，說葉爾辛在訪問美國時花天酒地，挪用公款，激起許多議員和公眾的憤怒和抗議。

最高蘇維埃公開性和公民權利委員會發表聲明，斥責文章有意「詆毀人民代表的名譽和尊嚴」。又有報刊發表文章，批評該文是對「一個政治家私生活的粗暴侵犯」。

在強大的輿論壓力下，《眞理報》舉手投降，刊登聲明，「向鮑裏斯・尼克拉耶維奇・葉爾辛致歉」。

十月二十三日，戈巴契夫帶著弗羅洛夫來到《眞理報》編輯部，向編輯們介紹新的總編，呼籲反擊來自左右兩翼的進攻。

「繼續報道阻撓變革擋住去路、進行搗亂的人」。

打發法納西耶夫從事「科學研究」工作，宣佈弗羅洛夫接任總編輯。

伊萬・弗羅洛夫時年六十，著名哲學家之一，是人道主義和新

思維的熱情鼓吹者。

曾擔任《哲學問題》和《共產黨人》雜誌主編，一九八七年起任總書記助理。

就職第一天，發表政見，《真理報》的核心價值將是「人和社會主義的人道主義」。

明明泰山壓頂、強迫激進主編斯塔爾科夫辭職，殺雞儆猴，結果是斯塔爾科夫未辭，紅衣沙皇卻踢走自己喉舌的總編，換上跟自己一個鼻孔出氣的人道主義哲學家！

戈巴契夫玩的啥花招？

開左燈，向右轉？

風向後退，潛水前進？

幾乎同時，正在日本訪問的蘇聯新聞社評論員波爾托拉寧預測：「到一九九一年，蘇聯大概就會實行多黨制」。

諾貝爾和平獎得主薩哈羅夫則告訴日本人，戈巴契夫等領導人的威信正在下降，若不快步推進改革，領導機構的危機將增大。

惹得總書記大光其火的歷史學家阿法納西耶夫走得更遠──「從蘇聯詞典中刪除共產主義一詞」。

圍繞十月革命七十二周年，激進派要求取消閱兵式與遊行，不要紀念「反民主的政變」。

十一月七日這一天，與官方低調的閱兵和遊行並行，許多城市以反共示威和罷工表達抗議。

標語上寫著「十月革命是俄國的悲劇」，「把蘇聯的黨閥送上紐倫堡法庭！」「五年改革，成果在哪裡？」

在亞美尼亞、格魯吉亞、摩爾達維亞等共和國，官方的遊行和閱兵被迫取消。

拉脫維亞首府裡加，有人在市中心焚燒一面蘇聯國旗，表達不滿。

在執政黨內部，退黨的人數也一天天增加。

一天晚上，前舉重世界冠軍尤‧弗拉索夫對著主要是工人階級的莫斯科選民宣佈，長期以來，自己對自己的黨員身份感到不自在，因為這個黨是恐怖和災難的締造者，因此，他決定退出蘇共。

聽眾當即回報一陣熱烈的掌聲和喝采聲。

黨的後備力量——共青團，兩年間失去四百萬名團員。

「民族主義」者更是蠢蠢欲動。

繼立陶宛通過自己的憲法，宣佈該法高於一切其他法律之後，拉脫維亞和愛沙尼亞也通過了類似法律，阿塞拜疆和格魯吉亞緊步後塵，制定了自己的主權法規，宣佈不執行不符合該共和國主權的其他法律。

在烏克蘭，「魯赫」組織擁有二十八萬成員。

格魯吉亞第一個反對黨——社會民主黨正在緊鑼密鼓地籌建，原格魯吉亞共產黨中央顧問庫‧穆恰伊澤充當首領。

十一月十五日，愛沙尼亞官方宣佈，一九四〇年加入蘇聯的宣言無效。

立陶宛的共產黨人走得更遠，他們與蘇共決裂，建立自主的立陶宛共產黨。

薩哈羅夫、葉爾辛等人民代表甚至呼籲，蘇聯全體公民罷工兩小時，迫使議會考慮取消憲法第六條。

有人甚至喊出，一九八八年，戈巴契夫從保守派手裡營救了改革，當下，人民被迫從戈巴契夫手裡營救改革。

十一月二十二日，涅瓦河畔的革命聖地列寧格勒，二萬多名共產黨員在列寧格勒市委領導下示威，表達「列寧格勒人的立場」。

戈巴契夫不久前才任命的市委第一書記鮑‧吉達斯波夫向集會

者宣佈：「城市、國家和黨處於危急狀態，而我們卻默不作聲，躲避起來，等待某人替我們解決所有問題。」

「我不想高談闊論，所說的話已經夠了，該採取行動了，我想聽人民的聲音，我希望今天就能聽到你們說應當做甚麼，怎樣做。」

「人民」登上了集會的講壇，他們的聲音有：

——當下的中央不能領導改革。

——不贊成反對列寧主義，不贊成私有制。

——輿論工具要受到工人的監督，不允許用改革打擊共產主義。

最後形成決議一份，要求：

——「召開擴大的中央全會，政治局委員匯報工作並評價黨和國內的政治形勢。」

列寧的幽靈

——「取消多級選舉制度，由黨的基層組織直接選舉代表。」

——「我們的旗幟過去是紅色的，今後仍將是紅色的，這個旗幟上將寫著：列寧、十月革命和社會主義」。

在「惡風在我們頭上吹刮……」的管樂聲中，集會通過電視把自己的呼聲傳往全國各地。

第三天，列寧格勒市委黨魁吉達斯波夫又在斯莫尼爾宮舉行記者招待會，介紹市委和州委聯席會議的結果，呼籲「校正立場」，「清楚地分析我們的黨發生了甚麼事」。

以捍衛史達林主義而著稱的女教師安德列耶娃則告訴記者，「戈巴契夫背離了列寧主義，從而帶來了經濟危機、政治危機、思想意識危機和文化危機」。

預言「眾所周知沒有誰是不可以被取代的，中央委員會一定有合適的人選來取代戈巴契夫。」

赫爾岑曾經預言：「波蘭自由之日，就是俄國自由之時」。

如今，全賴戈巴契夫盜來自由之火，不僅在波蘭燎原，漫捲整個東歐，自由之火的發源地莫斯科——蘇聯，一夜之間，落在東、波後面。

一些人著急，更多的人恐懼。

戈巴契夫腹背受敵、內外交困。

一眾重臣要員紛紛發聲表態、保駕護航。

意識形態總管梅德韋傑夫，新提拔的政治局委員克留奇科夫，以及首席大將謝瓦爾德納澤，都在各種場合既反「左」，又反右。

主帥更是馬不停蹄，在一團混戰中高舉「戈」字大旗，一邊痛斥著急的人們以安撫恐懼的人們，一邊批評恐懼的人們，以拉攏著急的人們。

在意識形態和輿論主戰場先聲奪人、壓制各種噪音、穩定軍心。

由雅科夫列夫、梅德韋傑夫、韋拉索夫負責，整理、綜合總書記近期講話，並使之系統化、理論化。

　　重磅闡述改革面臨的問題，及其形成的根源，從事實和邏輯兩方面論述改革的進程和構想。

　　《改革與新思維》早已遠遠地被拋在歷史車輪的後面。

　　十一月二十六日，《真理報》發表由戈巴契夫署名的文章，篇幅長達二又二分之一整版。

　　題目是：《社會主義思想與革命性改革》。

　　文章開宗明義，「如果說在初期，我們認為（改革）基本上指的是糾正社會機制的部分扭曲現象，只是完善過去幾十年間形成的、已經完全定型的制度的話，那麼，現在我們說，必須根本改造我們的整個社會大廈：從經濟基礎到上層建築」。

　　「為了改造我們的社會，我們要依靠社會主義思想的巨大智慧和道德潛力，以建設一個人道的、自由的、理智的社會」。

　　「在這個階段要放棄專制的官僚體制，並形成真正民主的、自治的社會機制。」

　　經過七十年的實驗，不光在帝國，而且在整個社會主義陣營，馬克思、列寧主義已經成為眾所周知的「皇帝的樣衣」。

　　「美麗新世界」沒有到達天堂，而是直下地獄，奴役、壓迫、飢荒、短缺、家破、人亡，慘無人道罄竹難書。

　　隨著公開性的推行、民主化進程的嘗試，事實鐵證如山。

　　以往拉大旗作虎皮的片言隻語，再也遮擋不住赤裸裸的現實和所作所為了，只有直接面對、戳破神話。

　　「馬克思對資本主義自我發展的可能性估計不足。資本主義能夠吸收科技革命成果，並形成一種社會經濟結構來保證其生命力，發達的資本主義國家為多數居民創造很高的福利就是證明。」

「馬克思沒推測出兩種社會制度在龐大的國家集團中長期共存，這種共存促使資本主義自我完善，接受社會經濟領域中社會主義經驗的大量因素，使政治制度民主化，使資本主義能夠具有更大的力量，也能適應時代的挑戰」。

「列寧斷言，壟斷資本主義與社會主義之間，沒有任何中間『結構』」，痛恨並斥責社會民主主義「是一種改良主義的騙局」。

事實上，「社會民主主義長期以來對發展社會主義價值觀念，促進提高西方許多資本主義國家勞動人民的福利保障的改革，作出相當大的貢獻。」

「社會民主派所積累的、豐富的、多方面的經驗，完全適合、並努力使用到我國社會生活當中。」

假使列寧從紅場的陵墓中走出來，講道理、講邏輯，他也沒有脾氣，既然他能利用權力修正馬克思的論斷，戈巴契夫當然也能利用權力修正他列寧的論斷。

改革「首先要排除現代兩大社會體系的對抗性，以及抽象的形而上學的對立」。

「在同資本主義的直接對立中，我們對人類多少世紀以來的許多成就及其意義熟視無睹，其中既有簡單的道德和正義標準，也有個人權利的原則」。

包括法律面前人人平等，個人的權利與自由，建立在價值規律基礎上的商品生產和等價交換原則。

按照這一尺度，戈巴契夫對過往的社會主義作了總結。

「爲達到『偉大的目的』，任何沒有人性的手段都被證明是對的。」

「『政治的合理性』正式被置於『形式上的法制』之上，從而使政治失去道德基礎，踐踏了人類道德和公正的準則和原則。」

專橫的官僚主制度努力鞏固了自己的地位，頑固地在社會意識中

灌輸『特殊的』有別於全人類社會生活和行爲的準則。

「蔑視人的個性，阻礙個性的發展，縮小了自由的合理界限，閹割了社會主義社會結構的人道本質」。

「換句話說，從社會主義理想中抽掉了主要的東西——人本身，人的需求，人的利益和活生生的生活」。

「結果是，國家變成一個偉大強盛的國家，可是並沒有爲人民群衆創造出應有的生活條件和權利」。

因此，戈巴契夫用葉卡特琳娜描繪她心目中自由俄羅斯的筆調，向公眾，向列寧的黨，勾畫了一份「社會主義新面貌」的大寫意。

「我們今天的理解，社會主義思想首先是自由的思想。」

「我們正在建立人道主義的社會主義」。

「人道主義的社會，其經濟結構和政治結構要保證整個社會制度面向人的轉折，人是目的，博愛的要求和道德至高無上的要求是準則」。

「民主和自由是人類文明的偉大價值觀，我們應當繼承並用社會主義的內容來充實」。

「勞動人民將成爲所有制的真正主體，工人成爲勞動資料的所有者，農民成爲土地的主人」。

因此，「黨不能對國家和社會結構發號施令，黨只能在憲法和其他法律範圍內進行活動」。

徹頭徹尾，一份列寧——史達林式社會主義的死亡判決書，一篇戈巴契夫式社會主義的宣言，

透過薄如蟬翼的社會主義外衣，呈現著一具通常被稱之爲資本主義的誘人肉體。

儘管戈巴契夫和他的同伴絞盡腦汁遮遮掩掩，可是它還是呼之欲出。

並且指出，未來的改革，還要根據形勢的發展，採取必要的步驟，為修正改革、深入改革、完善改革留足上下其手的空間。

　　戈巴契夫胯下的權力怪獸集合、化合了人類歷史上所有邪惡基因，暴力、欺騙、禁錮、壓迫、洗腦、公眾權力一人所有，民族主義蒙蔽心靈。

　　將近五年的改革和公開性、民主化，喚醒了相當一部分人的心靈，但改革成果需要時間來收割、需要眼前的實惠來證明。

　　改革越徹底、觸動的問題越多，與人們的現實利益和價值觀念不合之處也越來越廣、越來越大。

　　每個人現實生活中、心目中，有一樣事情遇到挫折、不很滿意，就可能歸咎於改革、歸咎於戈巴契夫多做了這個、少做了那個，做對了這個、做錯了那個。

埋葬資本主義……

大姑可能非常支持、認同經濟改革，但買不到黃油麵包、牛奶香腸，一定少不了失望和抱怨；

二姑可能非常支持、認同還公眾權力和自由，但投票的結果，他喜歡的候選人落選，而討厭的政客當選，一定少不了懷疑民主和自由能否真正表達公眾意願；

三姑可能是戈爾比的鐵粉，戈爾比做什麼，她都熱烈支持和贊同，但也超級熱愛祖國大家庭，最害怕看到民族主義氾濫、祖國分崩離析。

就算逆了婆意，順了姑情，總體上獲得大部分公眾和少數智者、仁者、賢者的認同和支持，認同和支持的程度、範圍和多少又必然大打折扣、強弱不一。

真正從全域、從長遠、從公眾、從理性出發理解戈巴契夫、乃至理解一切先知聖賢的人屈指可數、少之又少。

戈巴契夫再費盡心機、苦口婆心、長篇大論，企圖改變人的觀念和想法，完全是白費唇舌，費力不討好。

無論是抱守殘缺的答丟夫（莫裏哀喜劇中的偽君子），還是不切實際的民粹派，還是別有用心的政客，都沒有從總書記洋洋萬言中找到自己所需要的開心果，都堅持已有的態度和立場，我行我素，伺機進逼。

在十二月九日舉行的中央全會上，包括列寧格勒黨的首腦吉達斯波爾在內，多達三十多名中央委員「批評」政治局的工作。

來自西伯利亞克麥羅沃市黨的首腦亞歷山大·梅利尼科夫尖銳地質問戈巴契夫：「所謂的改革，卻受到了西方勢力的叫好，這說明瞭甚麼？在資本家面前卑躬曲膝，連羅馬教皇都祝福我們的改革，這難道是正確的嗎？」

第二次人代會期間，以「跨地區議員團」為中堅，薩哈羅夫、葉爾辛等發動攻勢，要求將憲法第六條、所有制問題、聯盟與各共和國權力劃分問題列入議程，討論表決。

戈巴契夫被迫兩面應戰，四處救火，疲於奔命，窮於應付。

會議期間，十二月十四日，安德列‧薩哈羅夫突然去世。

他的聲音前一天還在議會大廳回響，第二天就帶著所有夢想遠赴天國。

零下二十度的嚴寒中，數公里長的弔唁隊伍，等候向死者告別。

美國總統布殊、英國首相戴卓爾夫人、法國總統密特朗、波蘭總理馬佐維耶茨基等許多國家的領導人發來唁電，稱他為「喚醒良知的人」，「人格的衛士」。

戈巴契夫和雷日科夫、梅德韋傑夫、紮伊科夫、雅科夫列夫、沃羅特尼科夫、盧基揚諾夫、普裡馬科夫、弗羅洛夫等五十六人，以官方名義簽發訃告，並向遺體告別。

稱讚薩哈羅夫是「當代最偉大的科學家、著名社會活動家」，承認「對薩哈羅夫採取了粗暴和不公正的態度」。

三年前的十二月十五日，他接到戈巴契夫的電話，返回莫斯科居住，結束軟禁生涯。三年後的同一天，他生命旅程結束，極備哀榮。

六個月以前，葛羅米柯去世，僅有三千多人出席他的葬禮，追悼會十五分鐘即告結束。

戈巴契夫因為正在法國訪問，未能參加遺體告別儀式和葬禮。

官方的訃告，也只是一般性評價。

輿論和人們的注意力似乎完全忘卻，逝者曾經是帝國在世界舞臺的代表、曾經權傾一時，參與決定帝國的命運，包括微妙時刻提名戈巴契夫出任總書記。

兩相對照，帝國主流民意和權力精英的價值觀念已經趨向一致、走向文明，戈巴契夫的改革難能可貴、功至厥偉。

J 致命一擊

「這不僅是兩個民族的悲劇，也是蘇聯全體人民的悲劇。」

「無法想像這對改革是多麼重大的打擊。這可能是對改革的致命一擊。我再說一遍——致命一擊。」

莫斯科，蘇聯電臺，聯盟院主席葉夫根尼 · 普裏馬科夫大聲疾呼。

「致命一擊」來自紛爭已久的納戈爾諾——卡拉巴赫自治州。

裏海岸邊阿塞拜疆與亞美尼亞的衝突再次升級、規模空前。搶劫、縱火、封鎖鐵路、切斷水管，火炮咆哮、直升機呼嘯，幾天內，數十人死亡，一百五十六人受傷，戰火越燒越旺。

一月十九日，騷亂擴大到阿塞拜疆首都巴庫，狂熱的穆斯林修築街壘，埋設地雷，佔領電臺，阻斷交通，數十萬居民成了難民。

波羅的海沿岸獨立勢頭未阻，裏海沿岸的戰亂又起，從立陶宛悻悻歸來的戈巴契夫真四面楚歌。

十萬火急中，盔甲未卸，又穿戰袍。

十五日，召集最高蘇維埃主席團會議討論局勢，宣佈在戈爾諾——卡拉巴赫自治州及其它地區實行緊急狀態。

十六日，派聯盟院主席普裏馬科夫前往巴庫處理危機，指示用現有的各種手段制止「犯罪」。

十七日，批准國防部、內務部和克格勃官兵可以在戒嚴地區使用

武器。

十九日，簽署最高蘇維埃命令，宣佈從次日起在巴庫實行緊急狀態，同時簽發黨、政府和議會呼籲書，希望人們冷靜、理智、負責。

二十日，解除韋濟羅夫阿塞拜疆黨的首腦職務，與新的領導成員討論恢復秩序的途徑，晚間發表電視講話，請求全國人民理解和支持所採取的措施。

二十一日，局勢得到控制。

二十二日，近百萬人集會，悼念死難者，秩序井然。

白宮發言人菲茨沃特高調支持：「任何政府都有義務維護法制和保護本國公民」，「我們完全理解當局恢復法制和秩序的必要性。」

從前總是批評帝國侵犯人權、暴力對待公眾的歐、美各國政府，空前異口同聲，給予積極評價和支持。

國內外輿論高度一致，「如果不採取步驟，亞美尼亞人和阿塞拜疆人之間可能爆發真正的戰爭。」

事實有力地證明，歐、美各國和文明世界是非分明、界限清楚、只要是出於維護社會秩序和帝國安定，哪怕是動用武力，開槍開炮，不但毫無微詞，而且堅決支持。

所謂的「亡蘇之心不死」、支持「鬧事分子動亂」、「逢蘇必反」、「干涉帝國內政」，完全是斧頭幫及其餘孽掩蓋罪行、賊喊捉賊，無端製造的謊言。

戈巴契夫可以清楚地在民主、自由與民族主義、分離主義之間劃出紅線、區隔是非，堅定不移地培育、呵護民主和自由，毫不留情地打擊、遏制民族主義、分離主義。

已經「一切權力歸蘇維埃」，所有民族主義、分離主義問題全部交由新設立的最高蘇維埃民族院全權處理。

由民族院議員們制定相關法律，由最高蘇維埃通過並頒行，責成

中央和地方政府使用一切必要的、合理的手段，包括國內外都能接受的、有限的武力，就像在阿塞拜疆的戈爾諾——卡拉巴赫自治州所做的那樣。

包括波羅的海三國，確實與其他加盟共和國的地位不同，是史達林二次世界大戰中縱橫捭闔的產物，不屬蘇聯成立之前俄羅斯的版圖。

法律上，道義上，都有權獨立，可以獨立，但在改革正在深入、民主正在初試的時候，利用公眾的民主權利和社會動盪獨立完全不可接受。

因為對波羅的海三國獨立、分離的鬆動和接受，會被視為對其他加盟共和國民族主義、分離主義勢力的退讓和容忍。

不僅會雪上加霜，增加混亂，瓦解帝國、葬送民主，埋葬改革，而且危及戈巴契夫的權力基礎和政治生命。

接下來的民主進程，馴服極權怪獸的攻堅戰——剝奪斧頭幫的專政權，將斧頭幫改造成通過選票掌握權力的議會黨，斧頭幫保守勢力雖然一百個不願意，最後都逆來順受、委屈求全。

唯有一年多之後，帝國風雨飄搖、面臨分崩離析，一眾權力寡頭才狗急跳牆、冒險發動八・一九政變。

表明斧頭幫保守勢力最後的底線跟全民公決結果、以及戈巴契夫本人的理念和努力高度一致——不願意看到帝國分崩離析，只希望帝國脫胎換骨。

異常堅實的民意基礎和權力精英們的共同理念，輔之以強大的國家機器，戈巴契夫有很大的迴旋餘地和空間，打出許多好牌。

其中的關鍵牌，可以在權力轉型底定、帝國整個局勢穩定之後獨立，不可以在權力轉型膠著、帝國危機四伏的時候獨立。

可以通過雙方談判、甚至請雙方認可的第三國監督仲裁獨立與分離，不可以以極端手段單方面宣佈獨立、脅迫式分離。

一言蔽之，劃定底線和防火墙，獨立的時機和方式必須雙方自願認可，和平解決，沒有其他空間和餘地。

為著全域，委屈局部，為著整個帝國的民主和自由，遏制沒有底線的民族主義、分離主義，已經自我革命，將斧頭幫壟斷的所有權力歸還公眾、歸還東歐，唯獨在波羅的海三國獨立的時機和方式上有所堅持，相信全世界都會給予理解和認同。

可惜，就在上年的十二月底，立陶宛斧頭幫居然召開代表大會，通過決議，正式脫離蘇共，組成獨立的立陶宛共產黨，選舉布拉藻斯卡斯為第一書記。

反對這一決定者，一共一百六十名代表，選舉維爾紐斯師範學院教授布羅基亞維丘斯任首領，仍然是蘇共的一部分。

斧頭幫一分為二。

戈巴契夫聞訊，立刻召開蘇共中央全會討論，並親自去立陶宛視察，當面瞭解公眾願望。

一月八日，政治局委員、重量級馬前卒馬斯柳科夫、梅德韋傑夫、著名演員烏裏揚諾夫，國民教委主席亞戈金，烏茲別克黨魁卡裡莫夫，沃洛格達洲黨魁庫普佐夫先行前往，分頭深入工廠、農村、機關、聽取成百上千居民的意見。

十一日，戈巴契夫、賴莎以及《眞理報》總編弗羅洛夫，再親臨維爾紐斯。

三天時間裏，掌握的總體狀況是：

· 中央許諾太多，可說過算數的不多，已經在群眾中沒有信用。

· 立陶宛曾經有八百年的獨立史，應當恢復國家主權。

· 任何物質上的犧牲都可以做出，就是要自由、民主和獨立。

總書記不失時機，使出慣用的招牌笑容，竭盡討好之能事，極力販賣，只要不鬧獨立，甚麼都可以答應。反之，獨立不成，還可能葬

送改革。

浪費了許多唾沫，花費了許多精力，一事無成，空手而歸。

黨組織能不能獨立、如何獨立，交由蘇共中央乃至蘇共代表大會解決。

共和國能不能獨立、如何獨立，遵奉當地人民的選擇，但「退出」程式，依法辦事。

寄希望在憲法範圍內，用經濟手段作殺手鐧，迫使獨立要求知難而退。

受制於已經定型的理念、善良和通情達理，受制於該死的、事必躬親的工作作風，親自出馬，迅速表態，自動繳械、再次退讓。

所有權力自己使，所有責任自己扛，其他權力精英都只能跟著當跑堂。

各加盟共和国独立浪潮吞噬健康有序的改革

被民族主義、分離主義拖入泥潭，招致權力寡頭忍無可忍發動政變，給帝國致命一擊，最終失去權力寶座。

每一個錯誤都會產生後果，但只有這一錯誤、這一完全可以避免的錯誤最致命。

觀察家最樂觀的看法，局勢正在「危及」戈巴契夫的地位，他的前途「無法預言」。

比較悲觀的看法，戈巴契夫將在三至六個月、或更快的時間內下臺。

美國有線新聞電視網更報道得有鼻子有眼，說戈氏可能在二月五日的中央全會上辭職，由雅科夫列夫接任總書記，戈自己只任國家元首。

還有一家電視臺，甚至派出專門小組趕赴莫斯科，準備拍攝「戈巴契夫最後的日子」。

戈巴契夫破天荒被迫辟謠。

會見巴西當選總統費‧科洛爾時抱怨：「謠言猜測滿天飛，這一切都毫無根據」。

其實不是謠言，而是預判，不是毫無根據，而是有根有據，根據非常充分。

戈巴契夫的權力寶座雖然一年多以後仍然安然無恙，但最終發生的八‧一九政變證明，「謠言」不但是先見之明，而且不幸言中。

戈巴契夫把預判和讖言當「謠言」，證明他沒有意識到處理立陶宛事件的致命後果，沒有把更多的時間和精力用於思考、謀劃如何更好地處理立陶宛的獨立勢頭，如何將處理阿塞拜疆戈爾諾——卡拉巴赫自治州騷亂的模式法律化、普遍化，用來對付一切民族主義、分離主義事件和勢力。

戈巴契夫的主要注意力和精力，仍集中於權力轉型的攻堅戰——

由斧頭幫一黨專政，平穩過渡到三權分立、多黨制。

自從七個月前西方式議會成立，宣佈國家權力歸還蘇維埃，邏輯上和事實上，都只剩一條路可走，結束斧頭幫的壟斷地位。

老祖宗的傳家寶，革命前輩的寶貴遺產，黨的生命就是權力，黨離不開權，權離不開黨。

蘇維埃也好，政府也好，都是聾子的耳朵，只有黨，才是唯一的領導力量。

人民代表大會、人民政府、人民軍隊，人民法院、人民報紙、人民學校、人民銀行、人民集體農莊，都歸黨領導、歸黨所有，人民只是遮羞布。

產生過契可夫和果戈裏的土地上，悄悄流傳著一則笑話。

某權貴的公子腦瓜不靈，上了好幾年學還不懂得黨、祖國、工會和人民的關係。

一天晚上，權貴召來兒子親自誤導：「我好比黨，你媽好比祖國，你奶奶好比工會，你，好比人民。」

又命令公子站在一邊靜心思考，思考明白再去睡覺。

他自己一如往常，看電視，洗漱，上床睡覺，跟太太親熱愛愛。

兒子在一邊終於受到啟發：哦，黨在強姦祖國，工會在睡覺，人民在受罪！？

一切權力還給蘇維埃，還給經過公眾選舉的各級蘇維埃人民代表，就是剝奪列寧的黨用暴力奪取的政權。

冠冕堂皇的「法寶」叫「武裝鬥爭」，自詡為葵花寶典的心經叫「槍桿子裏面出政權」。

槍桿子保衛還不放心，又用槍桿子作後盾，榨取人民群眾一切能夠榨取的血汗，建立鐵桶般的「刀把子」。

高大上的「理論」叫「無產階級專政」，入鄉隨俗的面子工程叫「法制建設」。

就像賭城的莊主，不惜工本，大興土木，奢華驕淫，揮金如土，美其名曰：「娛樂城」。

此城是我開，此樹是我栽，法律我制定，法院我家開。

「蘇聯共產黨是蘇維埃社會的領導和指導力量，是其政治制度、國家和社會組織的核心。

蘇聯共產黨之存在是為了人民，是為人民服務的。

以馬克思列寧主義武裝起來的共產黨決定著社會發展的總的前景，決定著蘇聯的對外、對內政策，領導著蘇聯人民的偉大的創造性活動，使她為爭取共產主義勝利的鬥爭具有按計劃的有科學根據的特點。

黨的一切組織都在蘇聯憲法的範圍內行動。」

憲法第六條白紙黑字，不許討論，不許懷疑，哪怕弱弱問個為什麼，就是反對、就是煽惑、就是顛覆，就是犯法，就要坐牢。

甚至明碼標價：「無數革命先烈拋頭顱、灑熱血」，要權不要命，「誰要奪走黨的權力，拿同樣多的生命來換。」

拋掉「無數革命先烈頭顱和熱血」的職業革命家及其傳人就像《動物莊園》裏的拿破崙同志，製造出許多「黨和國家機密」——偷偷修改規則，無端製造恐懼，自己吃香喝辣，同志當牛做馬。

就像戈巴契夫和葉爾辛回憶錄裡透露的那樣，各級黨委的書記就是權力和享樂大小不同的大小沙皇，黨的最高領袖、包括總書記及其他政治局委員，無論權力，還是享樂，跟沙皇沒有兩樣。

絕對證明，權力是個好東西，權力就是江山、就是美人、就是法律、就是榮華富貴、就是騎在公眾頭上作威作福……

權力的好處說不完，權力就是搖頭丸。

哪怕革命同志、親密戰友，父子夫妻，只要涉及權力，都一錢不值。

戰爭殺戮，陰謀暗算，下毒行刺，金錢收買，無所不用其極。

斧頭幫政權，如今，戈巴契夫要把權力「從老廣場轉移往克里姆林宮，就是要讓斧頭幫把吃到肚子七十二年的權力肥肉吐出來。

東歐一眾小兄弟雖然已經創造先例，通過天鵝絨革命就可以兵不刃血，逼斧頭幫首領交出權力，但人人心知肚明，沒有老大哥、戈爾比坐視不救，暗逼一個個斧頭幫頭領放棄權力，天鵝絨革命不可能成功。

老大哥才是斧頭幫權力的發源地、才是人類第一個社會主義國家的樣板，老大哥要步東歐小兄弟後塵，洗心革面，重新作人，把權力交還公眾，放下屠刀，立地成佛，大大小小的紅色沙皇答應嗎？

戈巴契夫能做到嗎？

暴力、武力是命根子

「權力的更迭是非常複雜的社會過程，必然會遭到那些不得不與權力告別的人的抵制，同時要求做好積蓄新的力量的準備，他們要承擔管理國家的責任。」

「這個題目我們爭論了足有好多個小時，所有參加討論的人都同意，在新政治機構尚未相當有效地開始工作之前，黨仍然應該是穩定的保證。」

「當時還沒有人敢於以社會的名義向黨的領導發起直接的挑釁……是黨自己主動地放棄了不受監督的掌權，並表明準備同其他政治組織及運動在平等的基礎上為爭取掌權而努力。」

「無須證明，這是具有重大轉折意義的時刻，它標誌著與布林什維主義的分離。」

「同時，自願「放棄權力」不僅是總書記和以政治局為代表的小範圍領導集體事情，而且得到了蘇共高層代表機構，先是代表會議、隨後是代表大會的正式同意。」

「我們在 1989 年中央六月全會之前曾進行過長時間熱烈的討論，是撤銷第六條呢，還是只作修改？」

「大家都贊成必須變動，而圍繞這些變動該如何表述的問題爭吵得相當激烈。」

「已經明確立場的保守派集團（利加喬夫、尼科諾夫、謝爾皮茨基）贊成作一些粉飾性的修改，不觸及蘇共在我國政治體系中的特殊地位。」

「改革的積極支持者（梅德韋傑夫、謝瓦爾德納澤、雅科夫列夫）拿粉飾性方案「通不過」為藉口，反對他們的意見。

大致屬於「中派分子」的人（雷日科夫、沃羅特尼科夫、斯柳尼科夫、切布里科夫）提出指望可以「通過」的表述，其中保留了黨是所謂的「政治先鋒隊」之類的說法。」

「我把當時提出來的建議在腦子中逐一思量之後，不得不作出結

論：所有這些都是不能解決問題的治標之方。」

「對第六條的任何修正都不能為實施多黨制提供憲法保障，也不會改變原先的政治制度。」

「1990 年 3 月，中央全會決定將有關憲法第六條和第七條的提案作為立法倡議提交代表大會審議。」

戈巴契夫回憶（參見《戈巴契夫回憶錄》）。

戈巴契夫的助理、《真理報》總編輯弗羅洛夫一針見血。

「這是真正意義上的轉折，是收尾，是政治體制變革的大結局。」

二月五日，中央全會照例在克里姆林宮開幕，政治局已經通過的、戈巴契夫所作的報告要點如下：

——黨的政策的中心是人，承認公民個人自由是生活的主要意義，堅決維護公民的各種權利。

——實行計劃市場經濟，各種所有制形式多樣化、平等化。

——實行普遍平等的選舉制度，承認創建其他政黨的現實性。

——實行總統制，立法、行政、司法三權分立。

——建立新的聯邦，民族自決，民族自治。

——根本改革黨的作用，在選舉中爭取選票，使自己得到人民委託，組織各級政府。

——修政憲法第六條，蘇共不覬覦特權，利用憲法鞏固自己的特殊地位。

東方古有趙匡胤杯酒釋兵權，西方今有戈爾比一紙交政權。

總書記身邊的主流派大將輪番出馬，為交權辯護。

包括政治局最有權勢的人物雷日科夫、雅科夫列夫、謝瓦爾德納澤、梅德韋傑夫、普羅科菲耶夫，以及第一副外長科瓦廖夫，《蘇維埃文化報》主編別里亞耶夫，等等。

標誌性人物利加喬夫、駐波蘭大使布羅維科夫、基輔市黨的首腦科爾尼延科，哈薩克黨的首腦阿努里耶夫，副總理尼基京，軍隊總參謀長莫伊謝耶夫等，一方面表示整體上擁護總書記的「綱領」，支持其開出的「手術方案」。

一方面又批評黨和國家的領導機關犯了錯誤，驚呼社會主義和黨的前途危機四伏，甚至要求「有人出來對這一切負責」。

經濟學家沙塔林批評「綱領」自相矛盾，認為「不能想像有一個黨既反映工人階級的利益，又反映其公民階層的利益，也就是反映全體人民的利益。不存在這樣的政黨」。

科學院副院長韋利霍夫建議，最好成立兩個共產黨，輪流執政，互相制約。

跨地區議員團首領葉爾辛希望「綱領」更徹底。

總之，從保守派、到激進派、到總書記的中堅力量，儘管多有不滿、各有主張，但在交出權力的根本問題上，無人公開反對。

會議預定兩天，但權力寡頭們爭相發言、不吐不快，只好又延長一天。

表決前一天晚上，由雅科夫列夫主持，綜合各方意見，逐條修訂改動「綱領」，直到凌晨三點半。

所謂綜合各方意見，就是盡可能寫進發言者的不同觀點，不惜各種觀點相互打架、相互矛盾、漏洞百出，只要保留戈巴契夫所提方案的基本主張。

只要哄得大家舉手通過，哪些內容是要害、哪些表述是裝飾，選擇權、決定權還是操在總書記手裡。

表決結果，只有葉爾辛一人棄權，三百五十名中央委員，外加三百名特邀代表，一千三百隻高高舉起的手臂，全都同意總書記的「綱領」。

　　其中「三百名代表」的舉手權，是戈巴契夫臨時動議，「皇恩浩蕩」，擴大同謀和共犯團夥的又一花招。

　　按照斧頭幫的「民主集中制」和權力運行規則，戈巴契夫又要求將預定十月份召開的全國黨代表大會，提前到六月召開。

　　盡可能趁熱打鐵，通過更盛大的典禮，通過更多的黨員代表的背書認可，蓋上橡皮圖章，完成既定程式。

　　完全徹底將斧頭幫壟斷了七十二年的權力交還公眾，將列寧、史達林的黨，送進歷史垃圾堆。

　　以利加喬夫為代表的傳統派，以及後來新成立的俄羅斯共產黨，

在民族主義盲流面前，過于相信個人魅力

不管內心深處如何掙紮，仍能自願、莊重地舉手贊同戈巴契夫的主張，贊同黨割捨形同生命的國家權力。

表明第三代、第四代共產黨人在道理上、原則上、人格上，已經進化、進步到新的歷史階段。

真正將人民的利益置於黨的利益之上，將社會大從的公義置於一黨一派的私利之上。

自我革命，擁抱文明，展現出人類智慧和正直品格的偉大力量。

可圈可點，可歌可泣。

儘管危機四伏、險象環生，戈巴契夫仍能輕舟徑過萬重山，把共產黨人用來控制民眾的武器，對準共產黨自己。

把國家權力的剝奪者，變成被剝奪者，贏得最後的決戰，創造出曠世奇蹟。

用極權馴服極權，將「特殊材料製成的」人類超級極權大怪獸，完全徹底馴服在自己胯下，洗心革面，重新作人。

就算一年多以後，掌握警、軍、政大權的頭目們發動八‧一九政變，連累斧頭幫成為過街老鼠，遭葉爾辛解散。

作為曾經以暴力和權力為綱領、為目標的專政黨，政變中並沒有為虎作倀、而是消極觀望，政變後也沒有負隅頑抗、而是接受命運安排。

終極證明，就算極權怪獸，也是可以馴化的，戈巴契夫的馴化是成功的。

連葉爾辛都扭扭捏捏承認：「確實給了我們一些希望」。

柴契爾首相喜形於色、毫不掩飾地誇讚，「這是個了不起的決定」，「這是一場朝著自由前進的革命性決定」。

所有有影響、有威望的要人、學者、新聞媒介，都驚喜參半地，談論人類歷史的新紀元。

全世界的輿論都歡呼雀躍，感嘆戈爾比男神怎麼會如此神勇、如此有出息，捨得一身剮，敢把斧頭幫拉下馬。

只剩東方三個大、小兄弟和古巴、阿爾巴尼亞兩盞社會主義孤燈，兔死狐悲，頓足捶胸，關起門來，嘟嘟囔囔大罵、詛咒那個頭頂胎記的「超級大叛徒」。

英明一世　糊塗一時 **J**

「修正憲法第六條和補充第 127 條相互之間是有機地聯繫在一起的。前者表明，國家將不再是一黨制的國家⋯⋯後者表明，我們承認民主制的另一項相當重要的原則：權力分立。」

戈巴契夫回憶（參見《戈巴契夫回憶錄》）。

早在古希臘，亞里士多德就設想將議事權、行政權、司法權分開，並預見，只要這三種權力和諧運轉，社會必能長治久安。

17 世紀，洛克在其《政府論》中完整明確論術權力分立的必要和可能，而孟德斯鳩在《論法的精神》中系統提出三權分立之原則。

以美利堅憲法為開端，由少到多，二百年以降，歐、美及全球各個現代國家紛紛先後將行政、司法和立法各自分立。

不但在理論上、而且在事實上，有效解決了公共權力集中於一人、一夥的問題。

而且，正是在三權分立的基礎上，數人頭取代砍人頭，成為立法、行政權的來源，公民取代臣民，通過選票決定權力歸屬。

平等、民主和自由成為現實、普照全球。

一切權力歸蘇維埃，在列寧手裡是忽悠普羅大眾的口號，戈巴契夫拉大旗作虎皮，一開始打算將斧頭幫的權力從政治局轉移到最高蘇維埃。

經過一年多的實驗，首先發現議員們根本無法立法並決策，權力

照樣在各級黨委和政治局，其次發現戈巴契夫主席分身乏術，光是行使主席主持會議的權力，已經無蝦他顧，處理其他日常政務。

「事隔幾個月之後，我才相信。我犯了錯誤。我在最高蘇維埃第一次會議期間，從頭至尾坐在主席的坐位上，盡力弄清會議所有議題、議程、各委員會工作的細節，這時我明白了，將直接領導議會同其他職能結合起來，體力上是吃不消的。」

「更重要的還在於，立法部門和執行機構處置問題的方法完全不同……（一切權力歸蘇維埃）使分權制結構的一個優越性失去意義。」

「幾十年來，我們這裡形成了一種對政治局和總書記的特殊的迷信，要求對他們所下達的命令和指示絕對服從……而最高蘇維埃是一個純屬裝門面、擺樣子的機構。以至於要大家相信經過革新的、兩院制新議會擁有很大權力很難，至少馬上不易做到。」

因此，不等黨代會最後背書，中央全會後第七天，戈巴契夫就迫不及待地把「綱領」草案中的構想付諸實施，緊鑼密鼓地為最高蘇維埃動手術。

模仿法國的內閣制和美國的總統制，又加上蘇俄特色，行政長官尊號總統，總統又有一個決策諮詢機構，叫總統委員會。

執行機構為內閣，貫徹落實總統的政策。

要求最高蘇維埃通過決議，兩週後召開人民代表大會特別會議，審議關於總統制的法令，修改憲法第六條。

激進改革派組織，蘇共民主綱領派、跨地區議員團、民主俄羅斯、自由民主黨，都反對匆忙實行總統制。

理由是，應當先改革憲法，然後再選舉總統。

並且製造輿論，遊行示威，甚至發動全國二十個城市數十萬人上街，要求戈巴契夫辭職。

最高蘇維埃兩院的常設議員們也認認真真行使了一次自己的權

力，投票否決戈巴契夫主席關於提前召開人民代表大會非常會議的議案。

不得已，戈巴契夫只好利用主席的權力，再次召集議員們開會，又拉出雷日科夫、雅科夫列夫、普裡馬科夫等重量級大員力陳提前召開人民代表大會非常會議的必要和需要，才勉強贏得三分之二的贊成票，可以於三月十二日召開會議。

人民代表大會非常會議頭一天，僅僅為會議議程，儘管戈巴契夫有備而來，儘管能征善戰的驍將和運籌帷幄的謀士奮勇衝殺，嘴仗還是打得難分難解、難定乾坤。

提拔的普里馬科夫后來出將入相

真到夜幕降臨，燈火通明，代表們飢腸轆轆、口乾舌燥，仍然爭執不休、互不相讓，僅僅爲是戰是和，提出三個主張，三次投票表決，仍然沒有結果，只好順延到次日上午再行辯論。

第二天下午辯論總統制和修改共產黨領導作用的憲法修正案，反對力量竟然來自激進改革派一方。

跨地區議員團集會並通過決議，反對代表大會討論設立總統制並選舉總統。

許多代表又提出許多議案試圖闖關，多虧戈巴契夫不斷操縱表決機器，利用全體代表三分二以上同意才能修改原修正案的規定，連連予以否決。

當討論到總統擁有宣佈緊急狀態權力時，各加盟共和國的代表普遍表示反對，戈巴契夫當即讓政治事務助理沙赫納紮羅夫召來愛沙尼亞議會首腦諾爾德‧呂特爾，表示願意修改有關條文，並讓其給代表們通風。

　　關於憲法審議委員會人事任命權、總統否決立法權等等，戈巴契夫都主動妥協，立即磋商修改。

　　最後通過的修正案主要內容如下：

　　——刪去憲法序言中「共產黨——全體人民的先鋒隊的領導作用增強了」一句。

　　——修改憲法第六條爲「蘇聯共產黨、其他政黨以及工會、共青團、其他社會團體和群衆運動，通過自己選入人民代表蘇維埃的代表並以其他形式參加制訂蘇維埃國家的政策，管理國家和社會事務。」

　　——補充關於蘇聯總統的憲法第十五章。

　　蘇聯總統由公民直接選舉產生，任期五年。總統有權否決最高蘇維埃第一次通過的法律，負責提名內閣、司法部門首腦人選。

　　總統爲蘇聯武裝力量最高統帥，有權宣佈戰爭狀態和實行緊急狀態。設立總統聯邦委員會和總統委員會，輔佐總統治理國家。

　　第三天下午開始辯論並選舉第一任總統。

　　頭天新修的憲法條文白紙黑字、墨蹟未乾，總統由所有公民直接投票產生。

　　合乎邏輯的議題，應當是選擇良辰吉日、哪天組織全民給戈巴契夫總統加冕。

　　自從一九八八年開放選舉黨代表，一九八九年競選人民代表，真正由選舉人投票選舉、而不是由斧頭幫指定的選舉已經進行過三次。

　　最新一次地方人民代表選舉二月份才告結束，自由主義者、無政府主義者、民族主義者甚至保皇主義者，都跳將出來，與在臺上的共

產黨人展開混戰。

法國巴黎公社詩人歐仁・鮑狄埃描述的情景,第一次在《國際歌》為主旋律的紅色國度出現:「從來也沒有甚麼救世主」,「全靠我們自己」。

選舉結果,儘管大部分地區斧頭幫仍然贏得壓倒性勝利,但在立陶宛和愛沙尼亞,在一些主要城市,激進改革派的力量都占了上風。

在莫斯科,六十七名俄羅斯聯邦代表,五十七名是激進改革派,有保守派大本營之稱的列寧格勒,三十一名俄羅斯聯邦代表,二十五人支持激進改革派。

在立陶宛和愛沙尼亞,爭取改革運動和人民陣線完全獲得勝利。

標誌性人物葉爾辛在他的家鄉斯維爾德洛夫斯克,獲得近百分之八十的選票,另兩個激進改革派人物波波夫、索布恰克分別進入莫斯科和列寧格勒議會。

戈巴契夫自己評價,選舉邁出「歷史性的一步」。

在「歷史性的一步」之後,再邁出歷史性的最後一步——全民直選總統,不僅完美收官,而且瓜熟蒂落。

直接選舉總統的政治、社會條件已經完全成熟,不存在任何阻力和風險。

只要最高蘇維埃、不,只要戈巴契夫總書記兼主席算計好時間,由最高蘇維埃通過、各級蘇維埃或政府如期辦理即可。

就像一年後全民公決聯盟存亡,準備時間最多三個月。

但是,戈巴契夫嘴裏吐出來語言音符,是由參加會議的人民代表當下就投票選舉總統,而不是討論全民直選總統的時間!

理由是國內經濟狀況惡化,民族矛盾迭起,犯罪暴力事件增加,政權力量下降,需要擁有全權的總統解決這些問題。

甚至聳人聽聞,不馬上選舉總統,幾個月內將陷入無政府狀態,

而「直接選舉總統將會引發一場國內戰爭」！

「國家正處在危機邊緣，眼下就需要總統。」

「眼下」就是此時此刻，三個月都不能等！？

因為「眼下」沒總統，已經形成權力真空，權力體系停止運轉？！

戈巴契夫總書記兼主席的權力，不比戈巴契夫總統的權力大？！

戈巴契夫主席就不能授權最高蘇維埃副主席臨時行使主席權力、主持日常工作，自己專心致志處理行政事務？

先選舉臨時總統，三個月後再由全民選出正式總統，照樣可以解決問題。

解決當務之急（事實上，並不那麼急迫）的辦法很多，不依憲舉行全民直選總統，找不出一個理由！

登臺發言者當中，至少一半人反對戈巴契夫提出的議題，主張全民直接選舉總統！

不光激進民主派阿法納西耶夫、索布恰克、波波夫、斯坦科維奇等步步為營，極力反對人民代表選舉總統。

各加盟共和國的民族主義者也站在各自的立場，要求先簽訂新的聯盟條約，再選舉總統。

不願意紅色江山改變顏色的衛道士們，又堅決維護原有體制，壓根反對西方資產階級的總統制。

關鍵時刻，激進派人民代表、最高蘇維埃立法委員會副主席、普丁大帝的恩師索布恰克，放棄原先立場，同意由人民代表選舉第一任總統。

不但從反對轉向贊同，而且主張不需要三分二的贊同票，而有二分之一以上的贊同票即可。

這才化解僵局，影響、帶動許多代表轉變立場。

投票結果，議案不僅獲得三分之二的多數，而且多出三分之二四十五張選票。

接著是推選總統候選人。

一如預期，人人都知道那是為戈巴契夫量身訂制的行頭，連持保守立場的「聯盟」議員團提名雷日科夫和內務部長巴卡京為候選人，仍不得不在名單裡同時寫上戈巴契夫的大名。

雷日科夫和巴卡京很識趣，立即宣佈不接受提名，只留得戈巴契夫一枝獨秀，「差額選舉」蘇聯首任總統。

好處是未選先知，躺著就能贏，壞處是整整一個下午，忍受十七位人民代表的評頭品足。

這個是肉麻的吹捧，那個是刺耳的指責，這個說他是國家危機的罪魁，那個說他是蘇聯新生的救星。

戈巴契夫坐著過山車，在語言音符的熱水澡和冷水浴之間穿梭。

直到深夜，才正式投票加冕，第二天上午，才宣佈開箱計票結果。

一千三百二十九張票贊成，為代表總數的百分之五十九點二。

九個月前，同樣的地方、同樣的代表，投給最高蘇維埃主席戈巴契夫的贊成票為二千一百二十三票，為代表總數的百分之九十。

短短九個月，戈巴契夫的支持率減少三分之一。

而正好有基本三分之一的代表，壓根不同意由人民代表大會選舉總統，因此，可以認為，戈巴契夫總統失去的支持者，不是不支持他當總統，而是不支持他在人民代表大會上當總統。

就算百分之五十九點二的支持率，帝國人口近三億，要是選民一人一標直接選舉，除掉四分之一的未成年人，戈巴契夫頭上的總統桂冠，差不多有一億三千人加冕，是人民代表票數的十萬倍。

戈巴契夫及其親信，費了九牛二虎之力，楞把立於不敗之地的一世基業，玩成危機四伏的王座遊戲。

要知戈爾比當時的聲望，儘管比九個月前有所下降，仍是改革、民主和自由的象徵和保證，是穩健中間大多數的代表和化身。

激進、保守力量的支持者，不過一枚橄欖的兩頭，不但人數與中間力量不成比例，而且水火不容，絕不會支持對方陣營的候選人。

別說帝國全體公民投票，就是全世界公眾投票，總統都非戈巴契夫莫屬。

帝國政治舞臺上的人物，甚至全世界政治舞臺上的人物，都無人與戈爾比爭鋒。

一如摩爾達維亞作家多別紮·喬巴努在代表大會上的發言：「我們中間許多人今天能來到這個會場全靠戈巴契夫，而現在該輪到我們去幫助戈爾巴契夫……總書記也好，黨主席也罷，重要的不是名稱，而是我們必須要有一個』老爺』，他能控告下級警官或地方官，必要時他還能解散杜馬，如此等等。」

工人代表Ａ·科爾舒諾夫的發言樸實又中肯：」大家還是回想一下吧，他挑起了一副什麼樣的擔子，而且是他自己主動挑起來的，是在他的決策集團並不普遍同意的情況下挑起來的……是的，社會上缺乏信心、對改革不信任、對自己的領袖不信任的風氣在滋長。應當講，在這方面米哈伊爾·謝爾蓋耶維奇·戈巴契夫也是有責任的。他的錯誤在於不能始終不渝地將他自己開創的事情堅持到底。

戈氏自己也承認，「很少有人懷疑，戈巴契夫將當選第一任總統。」（摘引自《戈巴契夫回憶錄》）

既然「很少有人懷疑」選舉結果，那就畢其功於一役，勇敢迎接選民直接加冕的歷史性盛典，作第一位全民直選總統啊。

一人一票選總統，唯有總統、而不是任何其他人代表主流民意，以葉爾辛為代表的激進勢力因此無法挾持民意坐大，挑戰戈巴契夫的權威，奪取戈巴契夫的光環。

因為數人頭坐上王位，而不是砍人頭坐上王位，造王、擁王者不

再是黨內巨頭和權力寡頭，而是千百萬公眾。

總統任用的任何文臣武將，全靠總統垂愛上位，而不是來自造王、擁王的交換，不敢冒天下之大不韙，結成同盟，發動政變。

總統的權力真正樹大根深、堅實牢固、空間巨大。

葉爾辛當上民選總統，承認波羅的海三國獨立，搶奪聯盟權力，解體蘇聯帝國、休克醫療經濟、放棄克里米亞主權，炮轟議會大廈，武力對付政敵，所有行動激烈而極端，又懶理朝政，治國無方。

執政五年，俄羅斯千瘡百孔、江河日下，葉爾辛本人的聲望、形象，都已慘不忍睹，一九九六年競選連任，仍然能險勝眾敵。

其中的根本原因，不是公眾認可葉爾辛，而是眾裏尋他千百度，只有選擇葉爾辛。

葉爾辛是改革、民主和自由的保證，不選葉爾辛，可能回到戈巴契夫之前的年代。

巴卡京始終未能獲得公眾認可

戈巴契夫執政五年取得的巨大成就和威望，葉爾辛無與匹敵、難望項背，要是一九九零年直接擁抱選民，一九九五年競選連任，都是最後的贏家。

可惜，戈巴契夫對極權體制瞭若指掌、玩弄有方，對準備嘗試的民選政治、權力分立霧裏看花、不得要領。

英明一世，糊塗一時，自縛手腳，坐失良機，嚴重高估公眾的不滿和風險，未敢接受公眾直接選舉的洗禮，一失足終成千古恨。

所有錯誤中，這個錯誤最致命，最不可理解。

戈巴契夫自己、戈巴契夫當時最倚重的重臣謀士，包括雅科夫列夫、謝瓦爾德納澤、雷日科夫等，當時和事後，都沒有透露、檢討、總結，何以出此下策。

興師動眾，忙活幾天，自我包裝，乞靈總統冠冕帶來好運，一切程式依樣畫葫蘆，模仿美利堅總統的就職儀式。

手舉憲法，而不是聖經或者《共產黨宣言》宣誓，又發表就職演說，接受人們祝賀，對記者們發表談話。

回到辦公室時已經華燈初上，賴莎‧馬克西莫夫娜早早等在那裡，還有隨行的兩位助手沙赫納紮羅夫和伊格納堅科。

四人舉起酒杯，慶祝戈巴契夫主席變身戈巴契夫總統。

只有主人公內心的感覺最真實、最擊中要害：「我的地位難道真的起了什麼變化嗎？」（參見《戈巴契夫回憶錄》）。

不打自招，白忙活一場，「地位」還是那個地位，權力還是那些權力。

要說「變化」，戈巴契夫沒有意識到，所有人都沒有意識到，這一天，正是他從興盛的頂峰、邁向衰敗的分水嶺。

五年前的三月十二日，戈巴契夫總書記順天應人，入主克里姆林宮，走向權力頂峰，也開創了一個時代。

五年後的三月二十日，戈巴契夫總統不知不覺，一隻腳已經開始跨出克里姆林宮，因為缺少選民擁戴，權力不過空中樓閣……

別了 列寧的黨 J

戈巴契夫戴上了總統的冠冕，但是，冠冕上掉了一枚鑽石。

觀察家已經注意到，戈巴契夫加冕過程中，自始至終，本該參加加冕的立陶宛人民代表沒有參加。

克里姆林宮會議大廳的一片椅子是空的，代表們只傳來一句話：不參加另一個國家的總統選舉。

二月份舉行的地方人民代表選舉，一個名為「爭取改革運動」的組織，獲得共和國蘇維埃壓倒多數的席位。

「運動」首腦、音樂學教授維 · 蘭茨貝吉斯當選蘇維埃主席。

蘇維埃第一次會議就做出決定，廢除現行憲法，恢復一九四零年加入蘇聯以前的臨時基本法。

更改國名、國旗、國徽，宣佈立陶宛獨立。

立陶宛共產黨在蘇維埃已經發揮不了任何作用。

戈巴契夫當上總統面臨的第一件大事，就是阻止立陶宛走向獨立。

「總統令」一個接著一個。

邊防軍和各有關部門採取措施，保障蘇聯公民權利，維護蘇聯在立陶宛的主權。

蘇聯紅軍的坦克在大街上炫耀，軍隊佔領共產黨大樓並闖進醫院帶走開小差的立陶宛籍士兵。

授意白俄羅斯共和國發表聲明，向立陶宛提出領土要求，因爲立陶宛併入蘇聯的時候，史達林將白俄羅斯一塊領土「許配」給了立陶宛。

四月十九日，停止向立陶宛供應石油，天然氣的供應減至只限於公衆生活所需。

兩週之後，藉紀念第二次世界大戰勝利結束之名，在維爾紐斯舉行閱兵綵排，炫耀武力。

國防部長亞佐夫聲明，爲波海三國從希特勒鐵路下解放出來，蘇聯軍隊犧牲了二十五萬人，那時人民用鮮花迎接他們。

重壓之下，新的立陶宛當局服軟認輸，客氣地請求與莫斯科進行任何級別的討論，保證「不打算損害蘇聯的改革」。

又派代表團前往莫斯科，請求戈巴契夫接見、對話。

經過艱苦的討價還價，立陶宛蘇維埃終於於六月二十九日通過一項決議，宣佈凍結獨立法令一百天，與莫斯科展開談判。

儘管愛沙尼亞和拉脫維亞在此期間也先後宣佈獨立，並與立陶宛人聯合起來對付莫斯科，危機總算暫時得到延緩。

但是，帝國的心臟、帝國的名片、帝國的軀體又接連失去控制。

不但莫斯科和列寧格勒市長分別落入激進改革派人士波波夫和索布恰克手中，俄羅斯聯邦的人民代表也不甘人後，躍躍欲試爭取自己的主權。

列寧、史達林在沙俄的版圖上別出心裁，創建蘇維埃社會主義聯盟，將從前俄羅斯版圖上的其他民族地區以人數多少、地域大小劃分成加盟共和國和自治共和國。

加盟共和國跟俄羅斯聯邦平等，自治共和國屬於俄羅斯管轄。

但俄羅斯太大，無法跟其他加盟共和國一樣，直接接受「聯盟」領導，俄聯邦的政府構架都有名無實，只有招牌和官員，各州和自治共和國才握有實際權力，並直接對中央負責。

隨著民族主義、分離主義甚囂塵上，戈巴契夫把一切權力重還蘇維埃，俄羅斯人也趁機做實、健全先前的聯邦權力機關，包括俄羅斯聯邦最高蘇維埃。

葉爾辛更不甘只坐蘇聯最高蘇維埃建築委員會主席的冷板凳，而一心想當俄羅斯聯邦最高蘇維埃主席。

各加盟共和國的離心傾向已經對聯盟的權力和存在構成巨大威脅，葉爾辛要是贏得俄羅斯最高蘇維埃主席的寶座，無疑等於在已經顛簸異常的航船底下養活一頭巨鯨。

佔帝國三分之二以上領土和固定資產的龐然大物，隨時可能以其巨大的實力要脅中央、架空中央、顛覆中央。

一如一九九一年冬天與烏克蘭、白俄羅斯所做的那樣。

「會使我們為提高中央政權威望已經贏得的成果失去一半的意義。」（引自《戈巴契夫回憶錄》）

總統的棋局裡，不光沒有做實、健全俄羅斯聯邦權力機構的打算，更不敢設想把主席的交椅讓予葉爾辛。

戈巴契夫被迫出手，打不贏就參加進去，抬出俄羅斯聯邦總理亞·弗拉索夫狙擊葉爾辛。

又在百忙之中，出訪前夕，多次親自出馬，向俄羅斯人民代表推銷弗拉索夫，抨擊葉爾辛。

經過三輪投票，終於決出勝否，弗拉索夫敗北，葉爾辛險勝，比所需選票只多出四張。

聽到消息的時候，戈巴契夫正飛往渥太華，赴加拿大、美國訪問，不無酸葡萄地評論：葉爾辛「當選的過程足以寫成一部史詩，儘管如此，他才比所需票數多了四票」。

事實上，戈巴契夫當上總統第二天，葉爾辛所在的「蘇共民主綱領派」就向中央遞交聲明，要求將蘇共的綱領統一到他們的綱領上，

否則他們將在二十八大退出蘇共，成立新黨。

隨後，愛沙尼亞共產黨二十大也做出決定，原則上脫離蘇聯共產黨。

軍隊的二十二名人民代表也呼籲，蘇共應當從軍隊中撤出。

各地越來越多的人退黨，人數已達到十萬之多。

又有一部分黨員組成「馬克思主義政黨俱樂部聯合會」，主張恢復經典的馬克思主義，實行混合經濟，通過議會掌握國家政權，作為蘇共二十八大的綱領。

作為對抗，列寧格勒黨魁吉達斯波爾、克拉斯諾達爾黨魁波洛茲科夫以及資深政治局委員利加喬夫，緊鑼密鼓推動成立俄羅斯共產黨。

蘇共的前身本來就是俄共，將俄共的名稱改為蘇共，不設俄羅斯共產黨一級組織，而由蘇共中央直接統轄各州和自治共和國黨組織，

就是防止這樣一個黨組織過於龐大，權重震主，尾大不掉。

政府架構虛設，黨組織乾脆不要，就是不讓三分之二的黨組織掌握在一個書記手裡，威脅蘇共中央和總書記的權力。

所謂臥榻之旁豈容他人酣睡。

正是預見到有勢力會利用這一構架真空，年前的十二月中央全會上，戈巴契夫已經成立蘇共中央俄羅斯局以堵悠悠之口。

而且，戈巴契夫親自任俄羅斯局的主席，並責成新提拔的中央書記尤裡‧馬納延科夫負責協調工作。

進一步以事實阻擋俄羅斯聯邦共產黨的成立。

正苦無應對辦法，阻止利加喬夫們結黨頑抗，葉爾辛掌握俄聯邦最高蘇維埃的領導權改變了態勢。

戈巴契夫立即改變初衷，隨波逐流，擋不住就參加進去，用保守的俄羅斯共產黨平衡激進的俄羅斯最高蘇維埃。

不但以積極的姿態參加籌備，而且利用總書記的權威，推出自己中意的人選競選黨的首腦。

數輪的妥協、交易、角逐和鬥法，總書記還是敗下陣來，俄羅斯黨魁之鹿，最終死在利加喬夫一黨、波洛茲科夫手裡。

此公曾與葉爾辛競逐俄聯邦最高蘇維埃主席名落孫山，是著名的保守派領袖之一。

由他領導俄羅斯共產黨，正好與葉爾辛領導的最高蘇維埃分庭抗禮，但也將政治版圖和權力結構更加複雜化。

戈巴契夫應付帝國周邊的民族主義、分離主義已經焦頭爛額，今後又要應付帝國心臟和主體的民族主義、地方主義和各行其事。

不但要應付葉爾辛領導的俄聯邦蘇維埃製造事端，又要應付波洛茲科夫領導的俄聯邦共產黨製造麻煩。

成建製的對手越來越多，據山頭的力量越來越大。

社會政治力量開始走上多元化的道路，就算總書記、總統都不能左右。

公眾當家作主，權力分散分立，終於結出一個個果實，將改革之父、民主之宗置於哭笑不得的境地。

他的權力遭到失敗，他的事業贏得勝利。

他越是為自己的受挫而沮喪，就越要為自己的成果而高興。

他失敗得越慘，就勝利得越輝煌。

他越是哭，就越要笑。

他被自己「新思維」的邏輯所捉弄。

當然，接踵而至的二十八大，戈爾比絕不能哭，而必須笑，而且要笑到最後。

俄羅斯共產黨的成立，標誌著正統力量的集結完畢，也預示著二十八大將有一場激烈的較量。

俄共六月十九日成立，蘇共二十八大七月二日舉行，中間只有十三天。

俄共的成立大會，就是蘇共二十八大的綵排。

激進的左翼和正統的右翼，攻擊的目標將都是戈巴契夫。

雖然他先斬後奏，未經黨的代表大會批准，就通過人民代表的選票，坐上總統交椅，但上至政府、軍隊、克格勃，下到各級地方政權，基本上仍控制在各地黨的書記手裡。

而二十八大的絕大部分代表，正是由這些人構成。

戈巴契夫企圖通過二十八大，確認把斧頭幫當年通過武力、暴力奪得的政權還給蘇維埃、還給公眾，進而通過自己的政見和政績贏得公眾信任，掌握政權，代表們會答應嗎？

會議一開場，就是另一番景象。

會場的鮮花沒有了，標語沒有了，喜慶的場面和浮誇的隆重沒有了。

一切矯柔造作的堂皇和壯麗，連同裝腔作勢的團結和強大，都成了記憶和歷史。

「雷鳴般的掌聲」和「激動人心的時刻」，被稀稀拉拉的掌聲、不時的起哄和爭先恐後搶奪麥克風所代替。

各種不滿和怨氣就像燒沸的開水，一瓢接一瓢潑向以戈巴契夫為首的政治局。

幾乎每人都獲得數條罪狀，而其中每一條若早提出六年，輕者丟掉烏紗帽，重者送進水兵監獄。

打發到外國當大使，或者被流放到西伯利亞，已經是最好的待遇。

舉其要者，戈巴契夫「對黨和國家處於危機邊緣負有責任」，梅德韋傑夫「搞垮了黨和國家的意識形態」，謝瓦爾德納澤「對華沙集團和整個社會主義陣營崩潰負有責任」、「把民主德國饋贈給西德」，而雅科夫列夫「放任波羅的海沿岸地區的分裂主義」、「喪失了東歐」。

討論黨的經濟政策時，大部分代表不接受「市場」一詞，一些人甚至明確要求政治局集體辭職。

以至於，往常最為活躍的激進派的聲音，無情地被淹沒。

本來彼此瞧不上眼的民主綱領派和馬克思主義綱領派，被迫試探結盟的可能。

雅科夫列夫公開警告國家正處於轉折關頭，鼓勵所有民主力量團結起來。

雅科夫列夫、謝瓦爾德納澤、梅德韋傑夫，都選擇不同方式、不同場合，為自己辯護，反擊各方面的指責。

戈巴契夫屈尊下駕，分頭給一些具有影響力的人物打電話，徵求

意見，拉近感情。

又邀請基層黨組織官員到克里姆林宮交流看法，把他們當中的一些人請到自己身邊就坐，讓他們直抒己見，與他們一起討論。

平易近人的笑臉、風趣幽默的談吐，輔之以克里姆林宮堂皇華麗的陳設和氣氛，往日在田間地頭、工廠車間跑來跑去的小官僚們一個個受寵若驚、眼界大開，打心底裡欽佩總書記過人的才幹、感激大總統浩蕩的皇恩。

交談進行到後來，一個個都總書記的角色上身，班門弄斧爲總書記出謀劃策、指點迷津，「米哈伊爾‧謝爾蓋耶維奇，你作爲總書記偏左一些，作爲總統則偏右一些。」

戈巴契夫的話更動聽、更動人：「我們一定儘量使中央構成中有更多你們這樣水準的工作人員。」

等到依依惜別，小官僚們幾天來乃至幾年來所有的迷惘一掃而光，怨恨和不滿也春風化雨，成爲對總書記莫大的膜拜，

兩天以後，又如法炮製，把工人和農民代表請進克里姆林宮，「傾聽」「領導階級」的意見。

又向他們大灌羅宋湯，說工人階級仍然是蘇共的「基原」，黨將無愧於工人階級……

毫無懸念，工人階級和貧下中農又被征服了。

大會第八天，即將選舉新一屆領導人，並通過一系列決議，戈巴契夫轉守爲攻，「臨時」要求講話。

「有人企圖藉助算術中的四則運算，用藥店的天秤來評價改革，這是不嚴肅的。」

「難道要我們再次派坦克去教訓別人如何生活嗎？」

「黨的成功取決於它是否瞭解自己工作的新環境，否則，其他政治力量就會將黨排擠出政治舞臺，我們也會丟掉我們的地位。」

「那些不去理解現實的人，不願意傾聽事實的人，這是他們的私事，但是對那些佔據高級職務的人來說，這不是私事。」

「他們必須執行政策，忠於政府，否則，他們應當成爲高尙的人，主動引退。」

最初設想，設立黨的主席和副主席，撤銷政治局和書記處，但反對者衆，只有繼續保留。

又增設副總書記，總書記副總書記由代表大會選舉產生，政治局則由中央委員會選生，並由各位書記及各加盟共和國中央第一書記組成。

擔任蘇維埃和政府領導職務的黨員均不進入政治局，只有總書記例外。

並且主動自立軍令狀，「如果兩年之後整個形勢還未變好，政治

依然風光的儀式，掩蓋退出權力舞臺的歷史時刻

局就自我了斷。」

許多人反對總統兼任總書記，戈巴契夫執意堅持，不肯讓步。

又有人提名謝瓦爾德納澤、雅科夫列夫、巴卡京等競選總書記，但除了來自西伯利亞的一位小黨魁，其他人一概拒絕，爲戈巴契夫讓路。

包括利加喬夫都大聲呼籲，除了米哈依爾‧謝爾蓋耶維奇，沒有人能擔任我們黨的領袖。

最終，戈巴契夫如願以償，獲得百分之七十五的贊成票，當選總書記。

五年之內，除非有人能召集這數千名代表開會選舉，赫魯雪夫的命運，再也不會在戈巴契夫身上重演。

戈巴契夫又提名烏克蘭共產黨總書記伊瓦什科擔任副總書記，替自己把守後院，但遭遇利加喬夫當仁不讓，不但接受一些代表提名，而且動員支持者，全力一博。

戈巴契夫動用一條過時規定——如果有人對候選人提出異議，大會需要就候選人資格單獨表決。

有代表當即迎頭痛擊，本次大會施行的是改革過的選舉規則，此前的規則是老皇歷，不適用本次大會的選舉。

表決結果，群眾的眼睛是雪亮的，大部分代表贊同利加喬夫留在候選人名單上。

民主和邏輯為王，戈巴契夫認栽，利加喬夫勝出一局。

利加喬夫直言，他與戈巴契夫在改革戰略上沒有分歧，只是策略上有分歧。

選舉結果，伊瓦什科獲得三千一百零九張贊成票，而利加喬夫只獲七百七十六張贊成票。

伊瓦什科以壓倒多數當選，利加喬夫慘敗。

伊瓦什科的勝利，就是戈巴契夫的勝利，代表們個個心知肚明，伊瓦什科將是戈巴契夫留在黨內的替身，投伊瓦什科的票，就是投總書記的票。

不但證明大多數代表認同戈巴契夫及其改革路線，也同意黨交出壟斷了七十二年的各級政權。

不但證明戈巴契夫已經完全馴服人類歷史上最強大的極權怪獸，而且證明黨代表和人民代表對戈巴契夫的支持非常接近，基本一致。

要是在這個時候，全民一人一票選總統，戈巴契夫一定鶴立雞群、

美國政府三權分立運作現況

美國總統川普頒布行政命令拒七國家民眾赴美，遭聯邦法官裁決暫停執行，司法部上訴要求翻案。此案凸顯川普雖大權在握，但美國三權分立的架構，可防止總統權力過度膨脹。

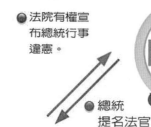

● 法院有權宣布總統行事違憲。

● 國會核議總統的閣員人選及控制預算，可通過法律推翻總統的否決、彈劾總統並將其免職。

● 總統提名法官

● 總統可否決國會立法

● 法院有權宣布法律違憲

● 總統提名的法官人選須經參院確認，國會有權彈劾法官並將其免職。

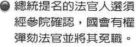

司法權
各級法院

立法權
國會

資料來源／綜合外電　　　　　　　　　　■聯合報

權力分割、制約和配合幾近完美

大獲全勝。

弗拉基米爾‧伊瓦什科是烏克蘭人，小戈巴契夫一歲，經濟學副博士、副教授，黨的基層官員出身，曾任烏克蘭中央書記、第一書記，一九八九年十二月中央全會進入政治局。

性格內向、作風穩健，處事靈活，善於妥協，是最理想的副總書記人選。

大會開始時的不滿浪潮消失得無影無蹤，米哈依爾‧謝爾蓋耶維奇又是萬眾擁戴、所向披靡。

原來政治局的寡頭，一批親信人物進戈巴契夫的總統委員會，如雅科夫列夫、梅德韋傑夫等。

一批實力人物留在政府及要害部門，如雷日科夫、謝瓦爾德納澤、亞佐夫、克留奇科夫、馬斯柳科夫等。

打著年輕化的幌子，一幫強人被迫告老還鄉，包括紮伊科夫、沃羅特尼科夫、拉祖莫夫斯基、斯柳尼科夫、比留科娃。

特別是利加喬夫，所有權力座椅一個不剩，淪落為老一輩革命家。

新的政治局和書記處各有九名專職成員，都是從各地和基層提拔的新人，沒有威望，沒有資本，沒有權力基礎，從此不再染指國家權力，成為走議會道路的執政黨。

列寧的專政黨從此翻過歷史的最後一頁，戈巴契夫的執政黨翻開新的篇章。

「黨的最終目的」不再是「共產主義勝利」，而代之以「建設人道和民主的社會主義」。

「全部活動」不再遵循「馬列主義學說」，而是「創造性地發展馬克思、恩格斯和列寧的思想」。

「蘇共堅持國際主義」，而不再是「國際共產主義運動的組成部分」。

大會結束前夕，葉爾辛走上講壇，當著四千多名代表的面，宣佈退出共產黨。

　　「鑒於我的俄羅斯最高蘇維埃主席身分，我對俄羅斯人民負有重大責任，考慮到社會正在向多黨制過渡，我必須按照人民及其有權威代表的意願行事，而不是只執行共產黨的決議，因此，我宣佈退出共產黨。」

　　有代表鼓掌喝采，有人吹口哨嘲笑，有人大罵「可恥」。

　　戈巴契夫木然地看著，看著這突起的兀峰，看著身材魁梧、與眾不同的葉爾辛轉身走下講臺，走出會議廳。

　　步葉爾辛的後塵，莫斯科市長波波夫、列寧格勒市長索布恰克、莫斯科高級黨校校長紹斯塔科夫斯基，也聲明他們退出共產黨。

　　戈巴契夫成功地為列寧的黨舉行了葬禮，葉爾辛等無情地向戈巴契夫的黨拋出白手套。

J 促興德意志

　　僅僅半年前，嚴肅的政治家們誰都沒料到一件事，可眼下，這件事已經成了當務之急，躲都躲不開。

　　這就是兩德統一。

　　因爲二次世界大戰，罪魁禍首德意志遭英、美、法、蘇四強佔領。

　　蘇占區在紅軍的鐵幕下被迫獨立爲「德意志民主共和國」，簡稱東德；英、美、法佔領區在軍事管制結束後，與蘇占區打對臺，形成「德意志聯邦共和國」，簡稱西德。

　　兩德「血濃於水」，分別成爲兩種社會制度和兩大軍事集團對壘的最前哨。

　　多虧冷戰只文鬥不武鬥，要是熱戰，衝在最前線相互殘殺的將是日爾曼自己同胞。

　　兩德不光不能自己決定自己的命運，尤其東德，根據老大哥布里茲尼夫發明的「有限主權論」，就算東德自己的政治、經濟政策、制度法規，都必須跟老大哥保持一致，不得自作主張。

　　雷根一九八七年跟戈巴契夫叫板，推倒柏林墙，試探、考驗戈巴契夫的「新思維」、民主化，一班文臣武將嚇得要死，認爲那是北極熊的 G 點，萬萬碰不得。

　　沒有任何人料到，僅僅兩年功夫，柏林墙真地倒在民眾的鐵錘之下，倒在戈巴契夫的放任政策之下。

時任總理漢斯 · 莫德羅跟戈巴契夫報告實情——兩德統一恐怕很難避免。

西德總理赫爾穆特 · 科爾，第一時間聞風而動，制定吞併東德的十點計劃。

歐、美四強茫然不知所措，什麼？兩德統一？

跟面對柏林墻倒塌一樣，只覺得不可思議，癡人說夢。

世仇法蘭西首先反對，密特朗一口咬定，不可能考慮統一的問題。

一向警惕強權的英吉利同樣斬釘截鐵，柴契爾首相預言，少則五年、多則十年之後再考慮吧。

山姆大叔一向天真輕信，志大才疏的布殊都沒有商量：「不應操之過急」。

北極熊的立場不問可知，所謂的「統一」，只是動聽的口號，東德加入西德才是本相。

而西德是北約的第二大軍事「支柱」，是北約的「第一集團軍」，部署著美國的「潘興」導彈，幾分鐘之內就能發射到蘇聯。

東德倒向西德，不光是華約軍事集團最前沿的版塊失陷，是社會主義投入資本主義懷抱，而且是二戰以來，北極熊的「東德加盟共和國」迴歸歐洲。

無論帝國利益、意識形態，還是民族心理，都無力承受之重。

「別提這件事，宣佈德國重新統一之日，也就是一項簡短的公報宣佈某一位將軍已坐上我這個位置之時」。

戈巴契夫赤裸裸道破帝國的心態及其後果。

在馬爾他戈－布會晤情況通報會上，科爾一顆火熱的心，被戈氏一瓢涼水，差點澆出肺炎。

大家還沒有說出口的心理陰影，德意志三十年間發動兩次世界大

戰，罪孽深重、罄竹難書。

重新統一無疑將再次成為歐洲的巨人，而不會成為第四帝國、戰爭怪獸？

兩次遭蛇咬，還不怕草繩，犯過一次錯，再犯第二次？

自私自利，鼠目寸光，欺軟怕硬，各懷鬼胎。

二戰前出賣捷克斯洛伐克、綏靖希特勒是這樣，二戰後一再退讓、坐視史達林建造柏林牆、把東歐刷成紅色是這樣，冷戰期間容忍蘇聯鎮壓匈牙利、捷克斯洛伐克和波蘭的團結工會也是這樣。

走英、美的路，把權力還給公眾

產生過康德和黑格爾的民族，面對史達林的坦克，同樣理性讓位於感受，意志讓位於強權，民族主義讓位於犬儒主義。

面對戈爾比還權於公眾，得寸進尺，得隴望蜀，衝破赫魯雪夫的柏林墻，趕走壟斷權力的斧頭幫，又要跟西德合二而一，天天示威，沒完沒了。

民主、自由的口號，代之以「德意志，統一」的口號。

「局勢已經不再是每幾週一變，而是每幾天一變。」

「民主德國越來越多的居民不再支持兩個德國並存……在邊遠地區，如圖林根，統一的傾向尤為突出。」

「無論舊的政黨，還是新的政黨，都沒有能力扼制這種趨勢。」

時任總理、現實主義政治家莫德羅判斷。

布殊胸無點墨，不知所措，求計於國家安全委員會和國務院。

助理國務卿雷蒙德 · 塞茨的主意受到青睞，置之不理不切實際，直接面對才是上策，給布殊「不應操之過急」的立場一個大嘴巴。

東德、西德是當事人，美、英、法、蘇是利益相關各方，大家坐下來討論決定。

俗稱「二加四」方案。

布珠同意，貝克遂徵求英國外交大臣赫德、法國外長迪馬以及西德外長漢斯 · 根舍的意見。

老大改變立場，英、法順勢跟進，現實主義戰勝鴕鳥政策，西德自然喜出望外。

二月八日，貝克抵達莫斯科訪問，為戈巴契夫六月訪問北美作準備。

當晚，他告訴謝瓦爾德納澤，德國統一無法迴避，只有著手面對一途，美方已經決定，由「二加四」共同解決。

謝瓦爾德納澤賣了一個關子，讓貝克面見戈巴契夫直接提出。

第二天上午，在克里姆林宮葉卡捷琳娜大廳，貝克向戈巴契夫兜售「二加四」方案、及其美方轉變立場的理由。

大多數東德國居民將投票贊成統一，美方沒有理由袖手旁觀，而只能從這一前提出發制定政策。

並撇清布殊和他都無意於從正在發生的進程中撈取好處。

事實上，十天前，戈巴契夫的核心團隊就充分討論研究過東德局勢。

雷日科夫、謝瓦爾德納澤、雅科夫列夫、法林、克留契科夫，阿赫羅梅耶夫以及戈巴契夫的文膽切爾尼亞耶夫和法律顧問沙赫納紮羅夫參加。

得出結論並採取如下措施。

——以德國重新統一作為前提和基點，舉行四個戰勝國和兩個德國一起參加的會議解決所有問題。

——密切加強與民主德國領導人的關係，密切協調與巴黎和倫敦的德國政策。

——由阿赫羅梅耶夫元帥負責，研究從民主德國撤軍。

在一定意義上，莫斯科與華盛頓殊途同歸，都面對現實、都準備由「二加四」一起制定方案。

貝克送上門來，戈巴契夫落得順水人情。

緊接著是渥太華的「開放天空」會議，北約和華約二十三個成員國的外長出席。

四大國外長貝克、赫德、迪馬、謝瓦爾德納澤以及根舍，偏離主題，單線聯繫，私下裡你會見我，我會見他，繼續料理德統問題。

二月十三日清晨，在渥太華議會中心大廳，外長們轉來轉去，等待會議開始，貝克手拿幾頁文件，把謝瓦爾德納澤拉到一個角落，悄悄問能不能馬上公佈「二加四」的方案，謝氏表示，需要先請示戈巴契夫，才能決定。

兩小時後，謝瓦爾德納澤和貝克在一間會議室再度秘密相會，謝氏告訴貝克，戈巴契夫要求修改方案中的一些措詞。

比如，要加進這樣的內容：「二加四」會議將同時處理兩德鄰國的安全問題。

這是老大哥身為華約集團盟主，替波蘭、捷克等小國說話。

貝克表示同意。

隨後，立即召開記者招待會，為兩個德國和四個盟國外長合影，宣佈兩德統一由「二加四」會議討論解決。

相隔四十五年，二戰後的繫鈴人，主動充當解鈴人，為兩德統一正式拉開序幕。

　　消息傳到波恩，科爾滿心歡喜，當下就和根舍同赴莫斯科爭取更多的支持。

　　在克里姆林宮戈巴契夫的會客室，科爾使出渾身解數表白自己跟總書記情投意合，所有提議、設想和措施均身不由己，他只是作出必要的應對。

　　「我願意和您保持密切的接觸，總書記先生。當前的改變之所以發生，改革政策決非次要的原因，因此我們願意彼此站在一起。要想對日益逼近的事件作出適當的反應，就必須有所準備。我並不想讓這些事件加快到來。但是我看到浪潮向我滾滾而來，而我無力阻擋它。這是現實，我不能不加以正視。」（轉引自《戈巴契夫回憶錄》）

　　戈巴契夫手握王牌，居高臨下，「德意志要統一，蘇聯與聯邦德國、民主德國之間沒有分歧，那是德國人自己的選擇。」

　　但，「牽涉到包括蘇聯在內的鄰國利益、歐洲及全世界的局勢，與此相關聯，又引發一大堆問題，包括戰後國界和政治現狀、統一德國的軍事和政治地位等等。」（參見《戈巴契夫回憶錄》）

　　所以，必須在以蘇、美、英、法為一方和以民主德國和聯邦德國為另一方的「六國會議」框架內加以解決。

　　最後發表聯合公報一份，雙方在德統問題上看法一致，其他具體問題隻字未提。

　　西德保證:（一）對現有邊界作出法律擔保;（二）北約局限於現有地區;（三）西方盟軍和蘇軍仍留現在區域。

　　在克宮白廳共進晚餐時，戈巴契夫高興地走向根舍，把右手搭在後者的肩膀上說：「現在問題全解決了」。

　　距戈巴契夫拒絕談談兩德統一，劈頭蓋臉潑科爾一頭涼水，只有二個月時間。

戈巴契夫開了綠燈，科爾旋即赴巴黎爭取密特朗的支持。

沒有法蘭西的同意，一切計劃都是紙上談兵。

隨後，又飛赴北美向布殊套近乎，瞭解當今世界頭號霸主的進一步想法和打算，爭取更多的支持和利益。

英倫的柴契爾首相對德統持強烈保留態度，科爾知趣放棄去倫敦調情。

三月十八日，東德一人一票選領導，一向標榜為人民所選擇的斧頭幫一敗塗地，成立才五個月的反對黨聯盟大獲全勝。

議會、政府都落入前「非法組織」手裡，基督教民主聯盟的洛塔爾．德梅齊埃當選總理。

自恃選票支持，德梅齊埃不光不甩莫斯科，而且第一個喊出，統一後的德國不會留在華約、不會中立，而是北約的當然成員。

不光東德，匈牙利、波蘭和保加利亞也爭先恐後，紛紛聲明脫離華約，加入北約。

跟幾個月前急於擺脫斧頭幫掌握政權一樣，昔日鐵板一塊、萬眾一心的紅色聯盟人心思散，個個求去，寧願當歐、美的「附庸」，也不願當老大哥的「兄弟」。

從前的「團結一致」、「人心所向」，全靠坦克和鐵幕維持，老大哥的「光榮、偉大、正確」原來沒有任何吸引力、凝聚力，甚至是人人望而生畏的離心力和排斥力。

老大哥不再用坦克眷顧大家，不再用鐵幕愛護大家，不光通往天堂之路的神主牌成為歷史垃圾，老大哥主導組建的軍事同盟也遭到唾棄。

紅色帝國不出動坦克維繫、不運用政權暴力保護，不光斧頭幫政權紛紛垮臺，華約集團也無以為繼、無力維持。

東德不願意留在華約，西德是北約的一員，東德投入西德懷抱，

自然是北約的一員，就算史達林復活，也回天乏力，只能承認現實。

五月五日，首次「二加四」會談在波恩舉行。

六國外長根舍、梅克爾、赫德、迪馬、貝克、謝瓦爾德納澤在一起討論了德國統一的外部條件，包括邊界、安全、進程，並達成一份協議。

兩德果然一個鼻孔出氣，統一後屬於北約一員。

美、英、法不但正中下懷，而且求之不得，擔心未來德意志成為「第四帝國」的難題，迎刃而解，

因為北約的軍事同盟同時也是一套鞍轡，可以協調、約束各成員國的防務和軍事政策。

二戰後史達林建造鐵幕、奴役東歐，歐美被迫應對，建立北約，遏制、圍堵紅色帝國的軍事和意識形態擴張。

但紅色帝國顛倒是非、賊喊捉賊，編造謊言，帝國主義跟無產階級革命你死我活，企圖顛覆、攻擊、危及美麗新世界的安全。

就像《動物莊園》的拿破侖，直接用意欺騙、恫嚇其他動物、鞏固自己竊取的權力。

跟《動物莊園》的情形一模一樣，謊言重複千遍，不但紅色帝國被奴役、被壓迫的其他動物信以為真，編造謊言的拿破侖們也弄假成真，深深印入自己的潛意識中。

很多民族沙文主義者、包括形象光鮮、腦袋愚鈍的外交官，不但當時，而且往後很多年，仍然相信，東德、東歐是帝國的安全屏障，北約是「西方威脅」的標誌。

尤其是駐紮在東歐五十七萬紅軍的三分二都部署在東德，既是「防止帝國主義進攻的有生力量」，又是俄羅斯人對日爾曼人勝利的象徵。

統一後的德意志如果成為北約一員，部署在東德乃至整個東歐的紅軍都必須撤出，「戈巴契夫－謝瓦爾德納澤賣國集團」根本無法給

父老鄉親交差。

所有智者，包括戈巴契夫，就算已經看穿謊言、明白時勢，畢竟是少數，而且是極少數。

迫於帝國洶湧澎湃的民族情緒和輿論壓力，沒有後退的餘地，只能嚴防死守，步步為營。

因此，謝瓦爾德納澤堅持，統一後的德國最多中立，絕不能屬於北約。

因為北約會因為東德的並入而擴大，東西方先前的均勢因此改變，威脅蘇聯安全。

後來，謝瓦爾德納澤甚至玩弄語言遊戲，未來德國可以不中立，但絕不能是北約的一員！

具有話語權、決定權的六家，五家的利益和願望完全一致，只剩蘇方，成為孤家寡人。

五年歷程，將千年的奴役玩成自由

五對一相持不下，只好暫時擱置。

五月三十一日，戈巴契夫訪問美國。

此前兩次踏上美利堅的土地，都為裁減軍備，為帝國要黃油、不要大炮改善國際環境。

時隔兩年半，再一次闖入華盛頓，與華盛頓政客們親密接觸、勾肩搭背，最不可告人的目的，爭取唯一頭號超級大國的最惠國待遇！

之所以不可告人，紅色帝國的臉面拉不下。

面對昏庸無能的布殊，戈爾比心機費盡、舌幹唇燥，證明其有眼無珠、不可理喻。

甚至質問：「一年前天安門廣場發生那麼嚴重的流血鎮壓，中國居然獲得最惠國待遇，我們在波羅的海難道應該學習中國？！」

布殊不為所動，只保證讓德國「大力支持蘇聯的經濟改革」。

其他保證包括，繼續談判歐洲常規軍事力量的削減，德國既不生產也不擁有核武器、生化武器；紅軍撤出東德保留一個過渡階段，在此期間，北約的力量不延伸到東德地區，加強歐洲安全與合作進程；等等。

以及一紙空洞的「貿易正常化協定」和同意削減百分之五十的進攻性戰略核武器。

讓戈爾比放心，讓俄國人放心。

視而不見當機立斷馳援戈巴契夫、馳援前社會主義陣營的經濟改革，就是收穫過往四十五年付出的回報，就是收割冷戰勝利的巨大紅利。

無需勞苦，不用發明，只需薪火相傳、複製馬歇爾計畫的一紙指令。

枉坐大位掌乾坤，對敵慈悲對友刃。

對外政策團隊貝克、斯考克羅夫特，甚至比布殊更頑冥不靈、鼠

目寸光。

不光難望雷根及其團隊的項背，比收穫二戰紅利的杜魯門、馬歇爾，更是天壤之別。

眼睜睜看著天鵝絨革命的紛繁花朵飄謝凋零、果實所剩無幾，冷戰的巨額紅利喪失殆盡。

無數鮮血生命換來的萬眾一心，價值認同，重新陷入失望混亂、唯利是圖。

三十年後，時任總統川普一針見血，罪魁禍首就是小布殊的老子，老布殊。

老美學者林培瑞、香江才子陶傑也遙指：「都怪這老漢累事！」

與權力集團的蹣頇無能相反，民間團體盡己所能，熱烈擁抱戈巴契夫，並給予崇高認可和敬意。

羅斯福自由獎、愛因斯坦和平獎、馬丁・路德・金國際和平獎，以及良知呼籲基金會的「歷史人物獎」，還有馬丁・路德・金非暴力獎，全數頒給戈爾比、頒給人間版普羅米修斯。

「世界上沒有任何領袖在如下方面所作的貢獻超過戈巴契夫總統──減少軍備，擴大民主、為世界經濟自由開闢道路」。

馬丁・路德・金的遺孀致詞謳歌戈巴契夫。

直到第三天，在戴維營作客，與布殊非正式會談，戈巴契夫才就德國統一後的軍事地位表態。

「你們就像一遍又一遍反覆重複同一句的破唱片，總是甚麼德國將成爲北約成員國，我們決不會同意這一條。」

「最好放在將召開的歐安會上去決定，眼下，就讓外長們去探討。」

「德意志有權根據國際法選擇自己的盟國。」

美、歐政客們一心盤算的是德統問題，戈巴契夫的燃眉之急是紅

色帝國，不，是已經褪變為橘色帝國的經濟復興！

布殊不給戈爾比想要的最惠國待遇，戈爾比也不在德國問題上給布殊面子，讓布殊撈分。

從北美回到莫斯科，甚至發出與布殊那張「破唱片」更不和諧的聲音。

——統一後的德國中立都免了，兩德原來所承擔的義務不得改變。

——華約和北約作出相應改革，與維也納和全歐進程相吻合。

七月五日至六日，北約首腦會議在倫敦舉行。

精心算計，再出新招，鄭重聲明，信誓旦旦，回應戈爾比的最新立場——北約不再把華約視爲敵人，邀請蘇聯和東歐與北約建立經常的外交聯繫。

特別是邀請蘇聯總統戈巴契夫參觀北約總部，並在布魯塞爾發表演講。

三天之後，西方七國首腦在休士頓發表《經濟宣言》，專列一條：

「七國將根據本國情況，獨自或

《時代》總能道出要害

集體援助蘇聯的經濟改革，並同意世界銀行等經濟組織對蘇聯改革提出建議，確定西方援蘇標準。

擺出姿態，結束四十五年的經濟壁壘和數月的猶豫不決，滿足蘇聯、東歐的當務之急。

又過了三天，在蘇共二十八大閉幕的當天晚上，科爾抵達莫斯科。

次日，戈巴契夫把客人帶到家鄉斯塔夫羅波爾遊山玩水、指點江山，感受俄羅斯的風土人情和利益、願望。

在 18 世紀末的一座要塞鳥瞰斯塔夫羅波爾草原，在山腳下的歷代戰爭陣亡將士紀念館向衛國戰爭烈士墓獻花圈，在田間地頭與鄉親們攀談、致意、拍照留念，到戈爾比擔任當地黨魁時使用的辦公室參觀。

最後來到一個殘留著十到十二世紀古跡的村落用餐、下榻，主人用卡拉恰耶夫菜和切爾克斯萊酒款待貴賓。

「餐後又在繁星點點的夜空下散步，空氣像嬰兒的吻一般純潔而又清新（萊蒙托夫語），飽含著山野的氣息。」

「天空高遠而又近在颺尺，繁星頻頻眨眼，群山側影隱約可見，四處靜悄悄，河面上泛著斑駁的月光。」

戈巴契夫回憶（參見《戈巴契夫回憶錄》）。

白天，夜裡，途中，休息，閒談中夾雜著「忙活」，「忙活」中穿插著閒談。

就像一位盡責好客的導游，戈爾比把自己的角色演得完美無缺，充滿魅力，用歷史和現實刷新客人的感受、引導客人的思緒。

特別是引領科爾及德意志人參觀按照葉卡捷琳娜二世旨意修築的軍事要塞，參觀衛國戰爭烈士墓，等於告訴客人兩個民族、兩個國家剪不斷、理還亂的恩怨情仇和二戰的血債。

葉卡捷琳娜二世既是德意志皇室的公主，又是彼得大帝的孫媳，既是俄羅斯版圖和利益最大的開拓者之一，又是擁抱歐洲文明、與歐

洲分庭抗禮的有為女王。

俄羅斯的今天，有著日爾曼人的貢獻，日爾曼人的昨天，是俄羅斯人的手下敗將。

他明明早就知道應當做甚麼，只是在審時度勢、等待時機，卻裝出一切難以接受、不可接受的模樣。

他明明捉襟見肘、無力維持華約的生存，卻裝出一副順天應人、通情達理的哲人氣度和菩薩心腸。

他明明在利用德統牌局，爭取經濟上得到更多好處，爭取發達國家盡快進入帝國市場，以及盡可能多的援助，卻裝出一副面臨巨大危險、忍受巨大犧牲和壓力的可憐相。

謝瓦爾德納澤和根舍，德國財政部長魏格爾和蘇聯對外經濟聯絡部長 C．希塔良一起奉陪。

經過五天的馬拉鬆談判，七月十六日，雙方發表聲明一紙：

放德国一马，换取经济援助

．統一的德國享受不受限制的主權，可以自由和獨立地選擇所屬聯盟。

．統一的德國將同蘇聯簽訂條約，紅軍在三四年內從東德撤出。

．紅軍未撤離東德之前，北約力量將不擴展到這一部分。

．統一的德國在三四年期間將自己的武裝力量裁減到三十七萬人。

．統一的德國將拒絕製造和擁有核武器、化學武器和細菌武器。

聲明以外的成果有：

紅軍從東德撤走之前的所有花費由西德買單。

歐洲共同體研究一百五十億美元的一攬子援蘇計劃，單獨先行向莫斯科貸款五十億馬克。

⋯⋯

戈巴契夫開了綠燈，德國統一的所有障礙消除。

決定德統命運的機制「四加二」，倒騰成西德與蘇聯的二人轉。

其他政客都被邊緣化，只有他戈巴契夫，握有打開統一之門的鑰匙，是德國統一唯一恩公。

九月十二日，英、美、法、蘇四國外長和兩個德國外長在莫斯科正式簽約，認可科爾和戈巴契夫的會談成果。

準許德國統一和重新獲得全部主權。

一九九〇年十月三日，兩德正式統一，新名稱是德意志聯邦共和國。

第一任總理赫爾穆特‧科爾發表廣播電視講話：

「我們感謝戈巴契夫總統，他承認了各國人民走自己路的權利，沒有他的決策，我們不可能這麼快看到德國統一的到來」。

分裂四十五年的德意志破鏡重圓，開始艱難的重建進程。

分裂的歐洲也迎來空前的向心力，歐盟和北約成為每一個國家都想加入的俱樂部。

在接近一年的高度緊張和提心吊膽之後，東歐的包袱終於甩脫，與歐、美的友好合作關係進一步加深，戈爾比每一個毛孔都感到輕鬆愉快。

J 艱難的選擇

經過五年零四個月的大刀闊斧、全面改革，戈巴契夫終於能騰出手來，全力對付經濟問題、處理經濟改革。

與後來流傳的說法相反，改變帝國經濟結構，改革經濟體制，要黃油不要大炮，是戈巴契夫一上臺就念茲在茲的頭等大事。

僅僅因為在經濟改革過程中，所有措施都無果而終，所有阻力和障礙，都來自過往七十年的政治體制和意識形態。

戈巴契夫才披荊斬棘，趕開意識形態的攔路虎，趟平政治體制的地雷區，遇山開路，遇河架橋。

而經濟體制改革，一刻都沒有放鬆腳步，已經從最初的租賃、承包，深入到最根本的所有制問題。

接班一小時，作為總書記主持召開第一次中央全會，就提出「加速經濟發展戰略」。

同年十月，又制定一份社會經濟發展綱要，試圖給病入膏肓的經濟注入新的活力 (詳見本書「我們要改革」一章)。

但是，一年下來，一切一如既往，新沙皇的滿腔熱情和黨的紅頭文件，就像聲音傳入浩瀚的貝加爾湖，沒有任何動靜和反應。

七十年的實驗和努力，不光在帝國，而且在所有社會主義陣營，已經無情地證明，計劃、綱要、動員、號召，產生不出任何動能和效能。

翌年二月，召開斧頭幫二十七大，就鄭重其事，下定決心，「對

國民經濟進行深刻改革」。

先後在所有企業實行自籌資金、獨立核算，允許集體、個體、合作社與國家所有制並存，廣泛推行租賃承包制。

又針對農業的半死不活，召開多次會議，制定多項政策，通過專門綱要（詳見本書「花朵不結果實」一章）。

尤其是力主將當時人們最能接受的租賃制作爲解決所有制的主要途徑大肆推廣，保證土地租賃期可長到五十年，甚至更長，還可以繼承。

制定並實施《合營法》，允許製造業、服務業與外貿部門中加入私營成分，鼓勵外國投資、技術、服務和管理進入帝國。

三年走過的路程，比東方「兄弟國」十三年間走過的路程還要遠、還要大，祭出的藥方和良策，比東方「兄弟國」回歸萬惡的資本主義那一套還堅決、還徹底。

可惜，老大哥的「社會主義」已經「優越」七十年，市場經濟的土壤和基因已經完全滅絕，成為寸草不生的鹽鹼地，見過市場經濟模樣、有過市場經濟見識的公眾，年經最輕的，已經超過八十歲。

不像東方「兄弟國」，只有三十年的社會主義「成就」，市場經濟的基因和土壤只是冰凍蟄伏在社會的細胞裏，潛伏在人們的心裏，五十歲以上的公眾都有著直接的、完全的市場經濟見識和經驗。

「老大哥」的農業已經完全納入計劃經濟體系，集體農莊裏的農業工人按計劃生產糧食，領取工資，不再是自給自足的農民。

「兄弟國」的「人民公社」，百分之八十的農民仍然牢牢被捆綁在土地上，因為不許自給，所以嚴重不足，已經屬於農奴。

所謂的承包制，就是給農民自主權，允許農民自給、並交給政府稅收，從而達到自足並出售多餘的農產品，從農奴回歸家民。

自主權和經濟要素非常原始，一個政策，直接對八億農民發生作用，當年實施當年立即見效。

但工業、流通、資源、價格等領域的改革，同樣遲遲難見成效。

從所謂的一九七八年開始改革，直到一九九八年，也就是二十年之後，從前的國營企業，從國營農場到鄉鎮企業，從勞動密集的能源到技術密切的軍工，除了壟斷行業，仍然沒有一家轉型成功。

「老大哥」完全由權力壟斷、計劃並管理的經濟結構和價格體系，從農業到工業，從流通到金融，沒有十年八年、二十年、三十年的時間，根本不可能轉型成功，面向市場，由看不見的手調節。

剝奪農業以發展工業，抑制民用工業而厚愛重工業和國防工業，農業和生活消費品的生產無利可圖，無人投資，有限的引資招商、開放境外資本，都需要時間和過程，沒有辦法一蹴而就。

別說一眾「社會主義」經濟家加·波波夫，尼·什梅廖夫，帕·布尼奇，列·阿巴爾金，斯·沙塔林，尼·彼得拉科夫等看不出轉型的困難和嚴重性，就是集合歐、美地地道道的「資本主義」經濟學家、全部諾貝爾經濟學獎得主，也開不出兩年、三年、五年、八年解決問題、轉型成功的藥方。

因為「社會主義」經濟學家，長期以來，只被允許論證社會主義制度的優越性，向公眾或學生解釋社會主義的生產關係如何促進了生產力的發展。

而「資本主義」經濟學家，又滿腦子貨幣、利率、稅收、通脹、邊際效益等微觀研究，對於「計劃經濟」如何在最短時間內向「市場經濟」轉型，而且在公眾付出極小代價、甚至不付出代價的前提下轉型，也丈二金剛，摸不著頭腦。

就算海耶克清清楚楚地預見到計劃經濟的失敗，也從未思考、研究計劃經濟轉型的問題。

家門口更沒有一個由英人「殖民」的香港，市場主導，充分放任，自由法治，完美示範著資本主義的運作和成就。

市場經濟的運行，西方集團的投資，生產、服務和消費體系，都

有現成的範本直接模仿、直接抄襲。

由馬克思設計，列寧實操、史達林加固的空前試驗，就像一頭史前恐龍，比極權怪獸還複雜百倍，沒人知道如何馴化。

而且，由於一個接一個的改革措施，撕裂、破壞了計劃經濟的運行規則和慣性，產品數量、質量，經濟效益、效率，都不斷下滑下跌。

早在一九八九年五月份，戈巴契夫就被告知，預算赤字已經達到一千二百億盧布。

租賃承包制在農村也沒有受到預期的歡迎，大多數農民不願意要土地，他們寧願在集體農莊混日子，也不願意租賃土地，當一個社會最低層的農民。

就業人數不但沒有增加，反而減少七十萬。

市場供應不僅絲毫未見好轉，而且每況愈下。

加上國際原油價格大幅下跌，出口原油所換取的外匯減少五分之三，硬通貨數額下跌三分之一。

切爾諾貝利核電站的洩露事故和亞美尼亞毀滅性的大地震，進一步雪上加霜，損失至少百分之三的國民總收入。

公眾怨聲載道，官僚幸災樂禍，都歸罪於改革。

戈巴契夫有苦說不出，又無回頭路可走，只有硬著頭皮，企圖通過深入、全面的改革儘快擺脫困境，收獲成果。

兩手都在抓，兩手都很硬。

一邊親自給權力轉型動外科手術，一邊制定「深化改革」方案，大踏步走向市場經濟。

雅科夫列夫一針見血，兩個德國、兩個朝鮮、中國大陸和臺灣，它們之間收入的巨大差別，任何語言也無法掩蓋。

經濟學家們一言蔽之：到目前為止，人類還沒有發現比市場經濟

更好的模式。

赤裸裸在列寧的故鄉，拋棄列寧的遺產，用列寧深惡痛絕的資本主義，「改革」列寧一手創立的計劃經濟。

不但在黨的二月全會上，通過「改革綱領」在意識形態和政治上，完全為市場經濟和所有制形式多樣化徹底正名，拋棄「社會主義」的遮羞布。

在接收「一切權力」的人民代表大會上，新的憲法修正案又白紙黑字：「蘇聯經濟制度在蘇聯公民所有制、集體所有制和國家所有制的基礎上發展」，

「蘇聯公民的財產是公民的個人財產」。

「爲形成社會主義市場經濟創造了必要的法律和組織條件」。

最高蘇維埃主席盧基揚諾夫道出個中奧妙。

又將長期以來鼓吹市場經濟的著名經濟學家尼克拉‧彼得拉科夫聘任爲總統經濟事務助理，將另一位經濟學家斯坦尼斯拉夫‧沙塔林羅織爲總統顧問。

雷日科夫經濟改革計劃引發搶購風潮

把斧頭幫壟斷的絕對權力轉移到總統府，召開首次總統委員會會議，主題就是「迅速採取行動」，「過渡到可調節的市場經濟」，這是「十月革命以來最大的轉折」。

一切權力歸最高蘇維埃、歸總統，都沒有重要到是「十月革命以來最大的轉折」，把經濟體系「過渡到可調節的市場經濟」，反而是「十月革命以來最大的轉折」。

再次有力地證明，在戈巴契夫心目中，經濟改革不但是所有改革中最重要、最關鍵的改革，而且，其他所有改革、包括政治改革，都是圍繞經濟改革、為著經濟改革而展開。

也再次有力證偽一種說法，戈巴契夫只進行政治改革，沒進行經濟改革，或者先政治改革，後經濟改革。

事實是，戈巴契夫始終、一刻，都沒有放鬆經濟改革。

準確客觀的敘述是，戈巴契夫的經濟改革舉步維艱，遲遲不見成效，而政治改革手起刀落，成效顯著，政治改革的成果和風頭，大大蓋過經濟改革。

不明就裏的觀感，別有用心的輿論，以至對戈巴契夫改革心懷不滿的文臣武將，都三人成虎，糟賤戈巴契夫的名聲。

早在二月全會以前，雷日科夫政府就受命制定一份全面「深化改革」的計劃，並由當時最有名望的阿巴爾金領銜。

其間，一位年輕的經濟學家格裡戈裡 · 亞夫林斯基，還起草了一份類似於休克療法的五百天改革計劃。

討論、選擇的結果，「五百天計劃」遭到否決，被認為是穩妥可行的「五年」計劃受到青睞。

因為方案初步規劃從一九九一年開始到一九九二年底爲市場關係形成階段，一九九三年至一九九五年為大規模取消行政方法，放手迅速發展市場關係階段。

從一九九零年開始準備，至少需要五年時間，才能過渡到市場經濟，由看不見的手接替政府主導經濟運行。

當下只是減少預算赤字，控制貨幣增長，穩定經濟，廓清道路，為一九九三年建立市場經濟準備條件。

四月中旬，方案在政府脫胎，並兩次交總統委員會和聯邦委員聯席會議討論。

但各加盟共和國代表們和大多數經濟專家都認為方案過於保守，要求大幅修改，並在五月下旬交最高蘇維埃審議。

相當一部分經濟學家主張，應當從當下，從一九九〇年或一九九一年就進入全面的市場經濟。

連與市場經濟勢不兩立的正統布爾什維克們，也都一改往日的態度，群起要求，以最快的速度，推進市場經濟。

因此，雷日科夫政府被要求制定第四份全面經濟改革計劃！

四月二十五日到二十七日，戈巴契夫視察烏拉爾地區，這是他的冤家對頭葉爾辛的家鄉。

做出重大決策之前，親往民眾中瞭解體察民情，是掌握社會情緒和脈搏的重要管道。

通過與公眾直接交談，結論非常明確，人們雖然對經濟現狀不滿，但對走市場經濟的道路和方向滿懷希望。

五月中旬，人們滿懷期待的新一稿經濟改革方案，提交總統委員會和聯邦委員會討論通過。

二十一日，方案轉往最高蘇維埃辯論、表決。

議員們、專家們普遍不滿，尤其是專家們，從各方面給予批評。

甚至以「社會主義經濟學」聞名的阿甘別吉揚，都不假辭色。

「整個計劃是一個非常嚴重的錯誤，那些制定這項改革計劃的人，

都是草包」。

另一些經濟學家斷言，所謂向市場經濟過渡的方案，實際上具有反市場的性質。

所謂的討論、辯論，變成炮火連天的聲討，雷日科夫、馬斯柳科夫、阿巴爾金輪番出陣辯護，也平息不了議員們憤怒的聲浪。

整整三天之後，議員們仍不屈不撓，不給方案開綠燈。

一些議員甚至拋開方案，矛頭直指雷日科夫政府，認為雷日科夫政府不具備領導市場經濟的能力，最好鞠躬下臺。

大西洋彼岸看熱鬧的一些美國經濟學家也加入大合唱，預言方案將導致罷工、搶購和囤積商品，進而危及戈巴契夫的權力基礎。

倒楣的雷日科夫政府和阿巴爾金起草斑子，數月的絞盡腦汁，瞻前顧後，蠻以為勾兌出一包救命藥丸，結果炮製出一隻過街老鼠。

和著鋪天蓋地的批評，公眾聞風而動，湧入商店搶購食物，

雷日科夫的報告在最高蘇維埃才告結束，二十四小時內，莫斯科數百家商店的存糧一售而空。

凡是日常生活用品，哪怕暫時用不著，也先買回家囤積。

在烏克蘭的基輔，食品購買量數十倍的增長，恐慌的居民見商店裡的一切東西都買，兩天之內，三個月的商品儲備一購而空。

市政當局緊急出招制止，規定憑本市護照限量出售，又惹得鄰州以停止提供肉、奶、蛋作為報復。

戈巴契夫再次被迫投入自己的聲望作賭注，發表電視講話，結結巴巴地列舉價格嚴重扭曲的現象，訴苦國家再也沒有能力提供補貼，勸說人們不要驚慌。

但說了白說，講了白講，公眾無人理會，搶購風照樣持續，四五天之後，才慢慢平息。

加上總統又要啟程訪問美國，分身乏術，只好推遲表決方案。

這一推遲，半路殺出葉爾辛。

就在決定推遲表決改革方案的同一天，也就是五月二十九日，俄羅斯最高蘇維埃選舉葉爾辛當主席。

葉氏當天坐上主席交椅，第二天就代表俄羅斯聯邦權力機關，強烈否定雷日科夫的改革方案。

聲稱「俄羅斯應該有自己的改革計劃」！

年經的經濟學家
亞夫林斯基

旋即任命先前起草五百天計劃的亞夫林斯基為俄聯邦政府副總理，領導俄聯邦的經濟改革工作。

幾天之後，直接挑戰聯盟權威，宣佈俄羅斯聯邦的經濟改革方案，就是亞夫林斯基先前起草的五百天計劃。

在經濟改革何去何從的重要關頭，加入地方主義、權力鬥爭的元素。

戈巴契夫身邊的經濟學家們也自己動手，另起爐灶，籌劃制定另一個經濟改革方案，取代阿巴爾金不受歡迎的方案。

總統經濟事務助理尼古拉‧彼得拉科夫，幾乎公開慫恿戈巴契夫拋開阿巴爾金的方案，選擇激進改革方案。

本來需要專家們立足現實，運用學理，相互駁難，反復酬酌，政

治家們審時度勢、大局為重、據理力爭，幾害相權取其輕，演變成最高權力之爭、地方與聯盟之爭，政治派系之爭，甚至意氣之爭！

理性被情緒裹脅，慎重被激進踐踏。

就像二百年前的法國大革命，越激進越革命，越快越激動人心。

也如同二戰前歐洲的主流民意，和平、綏靖，壓倒迎戰、止戰。

經濟學家、政治家、輿論、公眾，基本陷入集體亢奮之中，清醒的、理性的聲音失去市場。

兩周以後，最高蘇維埃正式否決阿巴爾金的方案，並要求三個月內制定出另一份可行的方案。

既然阿巴爾金的方案太按步就班、太保守遭到否決，要求制定的新方案必然要夠激進、夠速戰速決。

所謂快、慢問題，激進、保守問題，不過改革的路徑和著力點，哪個環節優先，哪個環節靠後，都是技術問題。

讓社會各個階層接受，理解、迎接改革過程的艱難險阻，付出必要的代價和犧牲，完全是社會問題、政治問題。

當時的政治生態，已經徹底排除舊制度和意識形態的阻力，資本主義的代名詞「市場經濟」，已經成為斧頭幫的綱領。

制定新的改革方案將沒有任何條條框框，無所顧忌，完全可以依照實際狀況和改革目標，最大限度地降低社會陣痛、提高改革成效。

最大的問題其實是改革方案的落實，是各級權力機關和社會大眾適應、配合市場經濟的運行規則，並消化市場經濟規則取代計劃經濟規則帶來的紊亂和不適。

各種政治力量的相互理解和配合、相互合作和妥協變得至關重要，成為改革成敗的關鍵。

這個時候，一向只會扮演反對派角色的葉爾辛，突然表現出成熟政治人物的風度。

在拉脫維亞度假期間，主動打電話給戈巴契夫，提出建立一個聯合委員會，集中最出色的經濟專家，制定新的改革方案。

擺脫了以利加喬夫為代表的保守力量的羈絆，屬於激進力量代表的葉爾辛投懷送抱，送上門來，提出很容易操作的解決辦法，正是山重水復疑無路，柳暗花明又一村。

兩位最有影響力的人物攜手合作，共克難關，何愁問題不能解決！

所有人都贊同這一提議，戈巴契夫更沒有理由拒絕。

先由戈巴契夫和葉爾辛的助手和顧問討論合作框架，再由戈—葉正式簽署合作協議，宣佈由戈—葉親自領導成立專家小組，起草向市場經濟過渡的構想。

起草小組集合了最出色的專家，包括斯‧沙塔林，尼‧彼得拉科夫，列‧阿巴爾金，格‧亞夫林斯基（三十八歲），以及鮑‧費奧多羅夫（葉爾辛的財政部長，三十二歲），尼‧什梅廖夫等十三人。

八月四日，戈巴契夫批准專家小組人選，責成他們於九月一日之前完成初稿。

改革以來，樂觀的情緒第一次在公眾、輿論以至國際社會蔓延。

總統委員會成員、將來出將入相的葉夫根尼‧普裡馬科夫興奮之情洋溢於表。

「考慮到人口最多、地域最遼闊、經濟潛力最雄厚的加盟共和國的意見，制定統一構想具有關鍵意義」。

知識界、新聞界以及觀察家，不僅把這一合作視為解決經濟改革分歧的良好開端，更視為戈巴契夫與激進改革力量相互靠近整合的良好開端。

市場經濟的十三位門徒，聚集在莫斯科郊外一棟別墅，規劃人類最難的改革工程。

戈巴契夫在黑海岸邊的克里米亞避暑勝地修養身心。

八月十七日，總統提前結束休假，在烏克蘭的敖德薩觀看軍事演習，並向官兵們發表關於經濟改革的看法。

「經濟危機的主要原因是國家所有制佔統治地位」。

「現在一項主要而迫切的任務，就是採取非國有化和取消壟斷現象的辦法，對所有制關係進行全面改革」。

「我們必須實行財產私有化」，「唯有通過人們在個人經濟利益基礎上的勞動，才能實現社會主義的選擇」。

八月二十三日，戈巴契夫聽取專家們的初步方案，深感滿意。

幾天後，再與葉爾辛一起討論專家們起草的新方案，誰也沒有提及雷日科夫仍在堅持的阿巴爾金方案。

葉爾辛趁機遊說總統讓雷日科夫下臺，指責雷日科夫政府沒有領導向市場經濟過渡的能力，不受公眾信任。

並且第一次平等、友好地討論了面臨的其他重大問題。

八月三十日，總統召開聯邦委員會和總統委員會聯席會議，討論向市場經濟過渡的方案。

沙塔林代表戈—葉起草小組、馬斯柳科夫代表雷日科夫政府，匯報各自擬定的方案。

沙塔林的方案以「五百天計劃」為基礎，考慮各加盟共和國的現實，吸收雷日科夫方案的長處，集中了人們當時出色的思想。

雷日科夫政府的方案，仍然是阿巴爾金方案的三點零版。

經過兩天的激烈辯論，戈巴契夫要求以沙塔林方案為基礎，再吸收阿巴爾金方案的亮點，形成一個統一的草案提交最高蘇維埃審議。

並指定阿甘別吉揚院士領導一個小組加工方案，集中所有人的智慧，讓各方滿意。

從前每遇重大分歧，這招屢試不爽，因為屬於政治和意識形態領

域，各人意見不一，主張不同，就算相互矛盾、不可調和，不會影響實際操作。

經濟領域的情形完全不同，市場經濟的一整個運行規則，有其有機的內在邏輯和關聯，任何違背和矛盾，都會導致各種不同危機出現。

價格要放開，商品必須充足，任何短缺都會導致物價上漲。

物價上漲的直接結果是貨幣貶值，而貨幣貶值的直接後果，是金融體系崩潰。

而定價權操在權力手裡，價格體系又背離產品價值，價格不能反映價值，產品就不能產生利潤，或賺取暴利，資本市場追逐暴利，必然一些產品過剩，一些產品短缺。

而當時的帝國，除了軍工產品，從香烟到麵包，從夥食到勞動力，從製造到投資，樣樣短缺。

經濟改革方案必須面對現實，抓住要害，連環驅動，假以時日，方見功效。

戈巴契夫的政治現實主義使用於經濟領域的功利主義，蒙混過關可以，一旦實施運行，必然引發經濟危機、社會危機和政治危機。

負責制定、實施方案的雷日科夫，一向順從聽話、唯戈巴契夫馬首是瞻，這次毫不妥協，堅定地說不。

戈巴契夫從王儲到入主克里姆林宮，雷日科夫和利加喬夫在書記處志同道合、鼎力相助。

戈巴契夫登上大位，立即回報，第一批提拔新秀，就將兩人拉入政治局並委以重任。

一路走來，利加喬夫逐漸跟不上戈巴契夫的思維和步伐，從斧頭幫二號人物，到負責農業，再到隨著權力轉移出政治局而退休，與戈巴契夫始亂終棄。

雷日科夫負責經濟，經濟狀況不但沒有任何起色，而且一年不如

一年，從小打小鬧的改革措施，到堅決拋棄計劃經濟，向市場經濟過渡，從未主動、積極、熱情規劃張羅，而是消極、被動、應付。

在他看來，阿巴爾金的計劃已經夠激進了，再激進會引發嚴重危機。

用總理本人的說法，他一向主張明智的妥協，但這一次，他鐵了心捍衛政府的立場，只認阿巴爾金的改革方案。

甚至下臺以後，雷日科夫仍批評「五百天計劃」是民粹主義的產物，不切實際不可行。

阿巴爾金甚至直言，如果實施「五百天計劃」，將直接危及戈巴契夫的政治生命。

讓雷日科夫當副總統是個好主意，可惜……

葉爾辛攻擊雷日科夫作風武斷，立場保守，政績不佳，習慣行政命令，對市場經濟既外行又缺乏熱情，在雷日科夫眼裏，葉爾辛成事不足、敗事有餘，所謂的「五百天計劃」完全是趁火打劫、災難源泉。

葉爾辛與戈巴契夫由私下眉來眼去發展到公開調情，雷日科夫看在眼裏、急在心裏，一方面虛與委蛇，一方面堅決抵制。

尤其是堅決反對戈—葉聯合小組起草另一個計劃。

故意把戈—葉聯合小組的工作說成是處理「向市場經濟過渡的各種問題」，而不是制定「可供選擇的方案」。

因為阿巴爾金領導起草的政府方案是唯一的計劃，不存在第二個計劃！

本來是選擇向市場經濟過渡的最好方案，幾個回合下來，又加入政治立場、權力鬥爭和民族主義的複雜要素。

在葉爾辛等激進力量看來，雷內閣連續三次主持制定改革方案都遭到否決，而且造成搶購風潮，就應該問責下臺。

如今總統再次表明態度，沙塔林小組的方案已由小三轉為正室，阿巴爾金的方案由正室降為嬪妃，雷日科夫更沒有理由留在臺上。

主流輿論和民意，都受激進力量的煽忽和影響，希望一夜之間挨過經濟改革的陣痛，視雷日科夫為絆腳石和眼中釘。

莫斯科甚至盛傳，總統正在考慮繼任人選，並派雅科夫列夫徵求葉爾辛意見，看誰合適擔任總理。

甚至流傳，總統顧問沙塔林、彼得拉科夫以及阿爾卡季‧沃爾斯基很可能是候選人。

九月十日，一再推遲的最高蘇維埃舉行會議，審議「刻不容緩的向市場經濟過渡」的方案。

雷日科夫代表政府向議員們報告方案內容，也就是戈巴契夫指定阿甘別吉揚「合成」的最新版本。

議員們豎起耳朵，聽了近十個小時，直到雷日科夫報告完畢，也沒聽到阿甘別吉揚「合成」版本的半句話，反而聽到的還是政府此前提交的阿巴爾金的計劃。

總理以自己的方式，視戈巴契夫裁示「合成」的最新版本改革方案為無物。

堅定不移，巋然不動，跟所有經濟專家、議長、議員，戈巴契夫班底和俄羅斯最高蘇維埃及政府開了一個大玩笑。

激進派議員憤憤不平，戈巴契夫惱怒異常。

兩次登臺平息議員們的憤怒，以總統名義向大家保證，次日一定將「合成計劃」交給各位議員。

並且明確表示，他更欣賞「合成計劃」，因爲計劃集中了各加盟共和國的思想。

　　與此同時，葉爾辛領導的俄羅斯議會表決通過沙塔林的「五百天計劃」。

　　第二天上午，兩卷「合成計劃」全文、政府綱領以及阿甘別吉揚的「合成」報告如約交給聯盟最高蘇維埃高級議員。

　　總統助理彼得拉科夫上臺反駁雷日科夫對沙塔林「五百天計劃」的批評。

　　雷日科夫和阿巴爾金攻擊沙塔林方案中的辦法行不通，自己的方案與之存在著原則性分歧。

　　沙塔林和彼得拉科夫則聲稱他們的方案與雷日科夫方案壓根兒哲學基礎就截然不同，如果把後者一些辦法生硬地加進去，前者就無法取得預期的成果。

　　雙方都堅持自己的方案無法折衷。

　　負責「合成」兩個方案的阿甘別吉揚實話實說，要在兩個方案之間找到共同基礎是不可能的，必須在兩個方案之間作出選擇。

　　葉爾辛領頭的激進派又是街頭示威，又是紮勢俄羅斯準備實行「五百天計劃」，不管聯盟採用那個方案。

　　俄羅斯最高蘇維埃甚至壓倒多數通過決議，要求雷日科夫政府辭職。

　　雷日科夫及其追隨者也利用政府的優勢，全力動員，強硬反擊，捍衛阿巴爾金方案沒商量。

　　雙方在各種場合交火，互不相讓，持續到第十二天，仍不能集合法定高級議員人數表決，選擇哪個方案。

　　雙方使出各種招數爭取總統的支持更至關重要，無論手中權力，還是個人聲望，戈巴契夫仍然手握扭轉乾坤的決定性力量。

節骨眼上，來自莫斯科以東二百公里的梁贊市長瓦列裏 · 柳明向大會公開透露，他接到報告，駐梁贊的一個空降兵團正開向莫斯科，同時又有兩個空降兵團全副武裝乘約三十架大型運輸機到達梁贊。

有高級議員證實，他們也接獲選民電話，莫斯科近郊發現大批軍隊集結，軍人都是全副武裝。

《莫斯科新聞》甚至詳細描述軍事政變的計劃細節，聲稱有關消息來自某個情報機關。

報道甚至提醒人們，做好應付政變的思想準備。

一場政變似乎正在逼近，為爭得不可開交的經濟方案，再添緊張、複雜背影和疑雲。

九月二十四日，為時半月的馬拉松會議必須結束，選擇哪個方案，面臨最後的抉擇。

如果表決，一定是阿甘別吉揚「合成」的計劃勝出，因為阿巴爾金的方案已經被否決過一次。

不光相互對峙的雷日科夫政府和葉爾辛的俄聯邦，而且所有參與其中的經濟學家、高級議員、以及全社會，萬眾矚目，期待戈巴契夫一錘定音。

戈巴契夫以攻為守，避實就虛，採取了出乎所有人意料的行動。

——強烈批評激進派要雷日科夫下臺的呼聲。

——幾個月以來第一次使用謹慎的語言，表達向市場經濟過渡的看法，甚至考慮將土地私有化問題交付全民公決，悄悄從之前的立場後退半步。

——力排眾議，堅持將沙塔林方案，阿巴爾金方案，以及阿甘別吉揚的「合成」方案，綜合成一個方案，二十天後提交議會審議。

——總統親自領導綜合方案的工作。

——授予總統特別權力，推進向市場經濟過渡。

人們翹首以待的全面經濟改革計劃又一次推遲。

唯一明智的抉擇，抵禦住了葉爾辛激進改革派的誘惑和拉扯，穩住了雷日科夫政府。

以一貫的個性和風格，衝在最前線，從雷日科夫和葉爾辛手中搶過世上最燙手的蕃薯，與經濟改革同歸於盡。

所謂的「特別權力」，空洞無物，浪得虛名，唯一的收穫，招致更多的反感和問責。

與葉爾辛激進派的結盟曇花一現，以流產告終。

像在歷次黨的中央全會上無往而不勝一樣，雖然一切權力已經歸屬蘇維埃，但戈巴契夫總是予取予求，如願以償。

胳膊擰不過大腿，葉爾辛的俄羅斯議會和聯邦政府都做出姿態，宣佈放棄已

阿巴爾金的改革計劃同樣有巨大副作用

經訂於十月一曰起實行五百天計劃的打算，推遲到十一月一日起正式實行。

指望總統領導制定的方案能以五百天計劃為基本框架，待聯盟最高蘇維埃審議通過之後同步實施。

俄羅斯議會又還通過民意調查影響總統更換雷日科夫的決心，因為調查結果有百分之六十以上的公眾同意雷日科夫立即辭職。

十月十五曰，戈巴契夫簽署經過專家們「綜合」的改革方案四點

零版，名稱爲《穩定國民經濟和向市場經濟過渡的基本方針》。

第二天，聯盟最高蘇維埃開會討論、審議《方針》。

《方針》明智地取消了沙塔林方案中的日期，規劃分四個階段走向市場經濟，指出「需要很長一段時間」完成這一進程，但沒有預計到底需要多長時間。

《方針》保留了沙塔林方案中經濟非國有化和私有化的方向，但放棄了沙塔林方案中將土地分給農民的條款，放權讓農業企業自行決定分還是繼續合。

《方針》拋棄了沙塔林方案中開始就實行自由價格的設想.，而採納了雷日科夫方案中先硬性提價再向自由價格過渡的辦法。

《方針》採納了阿巴爾金方案中由聯盟控制、調節的規定，放棄了沙塔林方案中由各加盟共和國掌握實權的設想。

《方針》在沙塔林計劃的軀幹上裝配了阿巴爾金方案的四肢和手腳，再填充、塗抹戈巴契夫式的肌體和化妝品。

肯定不是最好的方案，但沒有設想出更好的方案。

在整個社會心理和主流意見急於求成的氛圍下，果斷拋棄「五百天」完成過度的設想，尤其可圈可點、值得高度肯定。

戈巴契夫的蘇聯解體，葉爾辛在俄羅斯休克轉軌，十年時間仍然走不出過渡期就是證明。

雷日科夫砥柱中流，戈巴契夫急流勇退，寧可冒天之大不韙，不為潮流和時勢所動，是俄羅斯人的幸運。

雷、戈注重事物的細節，一定先理解而後決定，知、行合一，而葉爾辛不問細節，不求甚解，善斷寡謀，完全跟著感覺走，喜歡快刀斬亂麻。

兩種個性、風格全然不同的人物，在經濟改革大計上狹路相逢，互不相讓，又缺乏相互信任和耐心溝通。

各自在周圍的專家、親信影響下走向對立、走向對抗，是他們自己政治生涯的不幸、也是俄羅斯的不幸。

五月花號的傳人在北美鬧革命，不同見解和主張同樣在所難免，包括後來制定憲法和權利法案，爭論、爭議照樣繁多而重大，不歡而散、反目成仇多有發生。

關鍵時刻，重要關頭，又總能從善如流，相互妥協，各自讓步，解決一個又一個難題，完成一個又一個創舉。

聯盟最高蘇維埃的高級議員們，從斧頭幫的政治局接過國家的「一切權力」，受寵若驚，蹣跚學步，當家作主，政治藝術和獨立意志都處於繈褓階段。

一年前要談論市場經濟，一定招致包括戈巴契夫總書記在內的斧頭幫的猛烈指責，如今，不到一年光景，戈巴契夫總統又要他們審議、把關，如何向市場經濟過渡。

絕大多數人們，搜腸刮肚，說不出市場經濟的子丑寅卯，更不理解計劃經濟向市場經濟轉軌面臨的問題和難點。

過往兩次討論，都遭到經濟專家和輿論的裹脅左右，幾乎一邊倒，贊成激進改革方案，反對保守改革方案。

這次總統親自出馬，站在雷日科夫政府一邊，給足傾向激進改革經濟學家們的臉面，強勢推銷，到底是好是壞，高級議員們照樣沒有主見。

完全是看總統的權威和面子，按照總統的要求改變態度和立場，基本沒有經過辯論，於十月十九日，蓋上不是橡皮圖章的橡皮圖章。

總統領導制定的「改革方針」，贊成票高達百分之九十！

「十月革命以來的最大轉折」，不僅成為全社會的共識，而且是最高權力機構的認可、是法律的定讞。

實驗七十二年之後，通往奴役之路終於走向盡頭，計劃經濟終於

被拋入歷史垃圾堆。

人類第一個撐出市場經濟和私有制的民族，經過漫長歲月，付出沉重代價，再度緊握「看不見的手」，走向繁榮富足的未來。

儘管往後的道路並不平坦，非常曲折，甚至艱難困苦，但在擺脫計劃經濟的牢籠中，沒有更好的選擇，沒有陽光大道可走。

曾經的社會主義陣營，無論大小，不管快慢，社會大眾都為經濟轉型付出沉重的代價，就是明證。

區別只是大多數的艱難曲折都暴露在光天化日之下，而個別所謂的順利和成功，只是在維護穩定的假像下，掩蓋、壓制、隱藏在黑暗之中。

戈巴契夫在二十八大底定政治體制改革、馴服極權怪獸之後，旋踵贏得向市場經濟過渡的關鍵一役，完成經濟改革的頂層設計。

花費許多精力和時間親自
寫文章、參與制定改革方
案是又一大錯

設計的成敗與功過，都已經不是戈巴契夫個人的成就或錯誤，而是當時帝國所有知識精英、權力寡頭專業水準和權力平衡的結果。

甚至，代表了全人類消除計劃經濟瘟疫的應對水準。

因為戈巴契夫

當時已經將決策權從自己一個人手中、從斧頭幫的政治局，轉移到最高蘇維埃、轉移到公眾手裡。

總統、總理，最高蘇維埃議員，以及各加盟共和國首腦，都握有屬於各自的權力，八仙過海，各顯其能。

甚至歐、美經濟學家、政治家都躍躍欲試，希望能助一臂之力。

一如牛頓發現萬有引力、愛因斯坦發現相對論，戈巴契夫入主克里姆林宮五年半，已經領導帝國站在人類文明的最前沿。

日裔美籍學者弗郎西斯‧福山總結社會主義經濟、政治的失敗為《歷史的終結》，就是認為，人類文明只有自由經濟和民主政治一途，再無別的道路可走。

嘲笑戈巴契夫沒有成功將蘇俄帝國改造成同時期的美利堅，一如批評牛頓沒有發現相對論、愛因斯坦沒有發明出計算機，完全是狂犬吠日，不知天高地厚。

戈巴契夫要是有些許政客的心態，為手中的權力打一點小算盤，完全可以放手改革計劃的制定，誰願意主導誰主導。

改革成功，總統坐收漁人之利──只能做夢，不能實現；改革失敗，自有替罪羊頂著，就像後來葉爾辛所做的那樣。

總統事必躬親，事事衝在第一線，最終葬送了權力、葬送了威望。

J 「獨裁來臨」

　　圍繞制定經濟改革計劃的爭鬥，是一個縮影。

　　當時最有權力的三個人物，戈巴契夫、葉爾辛和雷日科夫，個性、風格及其權力觀念、經濟觀念和心胸心計都濃縮其中。

　　隨著深入瞭解經濟改革的難處，戈巴契夫從激進立場後退，從跟葉爾辛聯手，轉向支持雷日科夫政府，國事為重，穩妥為要，對事不對人。

　　但處在葉爾辛的地位，對經濟改革的不同理解、初試民意授權的挫折，遭戈巴契夫始亂終棄的顏面，以及戈巴契夫－雷日科夫等政治局老大當年對自己的羞辱，公隙私怨，新仇舊恨，一齊湧上心頭。

　　在俄羅斯最高蘇維埃，怒氣沖沖地抨擊聯盟最高蘇維埃通過的經濟改革方案，不過是「企圖保持令人厭惡的行政官僚主義體制」。

　　「總統背叛自己的諾言，轉而支持這樣一種方案，必然會導致一場災難。」

　　葉爾辛的副手魯斯蘭 · 哈斯布拉托夫、五百天計劃的作者亞夫林斯基，都同聲附和，戈巴契夫主持制定的新方案，很快將以失敗而告終。

　　亞夫林斯基進而指責，聯盟實施總統所提的方案，俄羅斯無法單獨實施五百天計劃。

　　葉爾辛領導的俄羅斯聯邦，因此走上與戈巴契夫領導的聯盟事事

對抗的道路。

對抗最終導致帝國分崩離析，導致八‧一九政變發生，導致帝國最後解體。

所謂的蘇維埃聯盟，其實是暴力、聯盟高度集權加民族主義的產物，沒有暴力維持，民族主義的另一種表現形式——分離主義，已經嚴重動搖帝國的根基。

政治權力和經濟權益反映在民族權益上，就是聯盟和各加盟共和國權力的劃分，就是中央和地方權力的重新分割。

而自由經濟和民主政治新秩序的建立，邏輯上必然要求聯盟高度集中的權力下放、轉移到各加盟共和國和地方。

北美聯邦建立以來的經驗證明，不光三權分立是民主政治最好的模式，聯邦政府與地方政府分權的模式也是吸引不同地域、不同人群、不同民族凝聚一起最有效的模式。

全球所有模仿北美聯邦的政治實體，無論大小，不但成功解決民族問題和分離問題，而且經濟繁榮、政治清明。

所有中央集權、一人極權、建立在暴力基礎上的政治實體，都面臨著分離主義的巨大威脅。

而且越是暴力集權、極權，越是分離主義強烈，越是分離主義強烈，越是暴力集權、極權，惡性循環，最終以四分五裂而告終。

獨立政治實體越來越多，包括東方三千年的合久必分，分久必合，都揭示出這一鐵律。

戈巴契夫從善如流，審時度勢，早在這年的六月，就醞釀討論，把紅色社會主義聯盟，改造成北美聯邦式的主權國家聯盟。

簡單說，又是自我革命，把自己和聯盟手中的一部分權力，讓渡給各加盟共和國，讓各加盟共和國擁有部分自主權，從而解決聯盟向心力和凝聚力的問題。

設想一經透露，各加盟共和國都紛紛唱好，包括已經公開宣佈獨立的立陶宛，都表示出極大興趣。

向市場經濟過渡的改革方案，體現向共和國分權的意圖，平衡聯盟與地方的權益，也是應有之義。

沙塔林的五百天計劃就貫穿這一原則，將聯盟相當一部分權力轉移給各加盟共和國。

葉爾辛及各加盟共和國支持沙塔林計劃，也正是看中這一重要內容。

戈巴契夫最後主持制定的方案，在分權問題上所著筆墨不多，沒有各個諸侯翹首以待的搖頭丸，客觀上把各加盟共和國推向葉爾辛的懷抱。

十一月七日，十月革命七十三週年，帝國官方一如既往，閱兵、遊行、舉行各種活動，製造節日氣氛，讓人們記住這一神聖的日子。

但從首都莫斯科到十月革命的發源地列寧格勒，從俄羅斯各州到

波羅的海沿岸，各地民眾舉行程度不同的抗議活動，

一些城市甚至抬著蠟燭，在哀樂聲中遊行，宣佈這一天為民族哀悼日，一些城市則宣佈這一天為非法節日。

戈巴契夫和一班新的達官貴人盧基揚諾夫、雷日科夫以及葉爾辛、西拉耶夫、波波夫等聯盟、聯邦和市領導正在列寧陵墓上檢閱遊行隊伍，紅場對面，一個四十多歲的中年男子舉起獵槍瞄準總統扣動了扳機。

幸虧槍手慌裡慌張，距離也太遠，子彈沒有飛向總統，但是，保安人員審訊他時，他明確承認，他就想殺死總統。

總統毫髮無傷，但心靈受到很大刺激。

一葉知秋，有人對總統不滿，已經不滿到要消滅肉體而後快。

一位公眾人物，尤其一位與眾不同的政治領袖，招致一些人的不滿很正常。

但戈巴契夫招致一些人的不滿，確實出力不討好，好心被當作驢肝肺。

就算改革措施遲遲不見成果，改革陣痛一日痛似一日，沒有任何一個疼痛是戈巴契夫所造成，是改革所引起。

如同一位醫生，為身患絕症的病人治療，整個治療過程的痛苦，並非醫生之過。

當時一些人對戈巴契夫不滿，乃至後來大部分公眾不認可戈巴契夫的政治成就，完全是失望情緒支配下的無腦後遺症。

列寧、史達林暴力強制的奴役之路，所有人敢怒不敢言，甚至不敢怒、不敢怨。

戈巴契夫結束奴役之路，還以大家任意怒、任意言的基本權利，還以人們真正當家作主的權利。

相當多的人們，卻將這些需要鮮血和生命換取的權利，用來發洩

對眼前生活艱難的不滿，發洩對還以自己尊嚴的戈巴契夫的不滿。

邱吉爾領導第二次世界大戰的勝利，遭遇公眾卸磨殺驢，自嘲「強大民族的特點，就是對自己偉大人物的無情無義」。

但邱吉爾對不列顛的情和義，不過是在黑暗來臨的歲月，挺身而出卓越領導不列顛戰勝面臨遭受奴役的黑暗，保衛以往享有的自由。

多年後，不列顛人對自己選擇的政客不再滿意，又把希望寄託在至暗時刻的偉大人物身上。

不光有情有義，情切義盡。

戈巴契夫對俄羅斯人的「情義」、是自覺自願、將自己手中為所欲為的絕對權力還給大家，與大家一起，活得像個人。

包括解放東歐，成全德意志合二而一，以至於與歐洲、與美利堅、與所有大小國家和睦相處、平等相處，而不再到處惹是生非、作惡為亂，就像史達林、普丁之流所做的那樣。

戈巴契夫對世界和平、對人類文明的「情義」，只有惡棍和腦殘視而不見、無動於衷。

所以，有人心生怨恨，準備刺殺戈巴契夫，實在是絕大的諷刺和震撼。

一星期之後，聯盟最高蘇維埃復會，從各選區返回莫斯科的高級議員們，一個個激動不已，衝上講臺，要求改變原訂日程，立刻討論當前形勢。

各地比莫斯科的情況更嚴重，黃油、乳酪、以至麵包，都嚴重短缺，黑市經濟、社會犯罪有增無減，通貨膨脹失去控制，公眾的對抗情緒和悲觀情緒同步增長。

民意調查，只有百分之二的公眾，對未來抱有希望。

高級議員們鄭重提出動議，要求總統到最高蘇維埃報告國內形勢。

一名叫維克托‧阿爾克斯尼斯的上校聯合五百多名人民代表成

立「聯盟」議員團，歷數總統及其親信雅科夫列夫、巴卡京、謝瓦爾德納澤的「嚴重錯誤」，要求總統將他們趕下臺。

並且發出最後通牒，三十天內整頓不好秩序，戈巴契夫就辭職下臺。

總統軍事顧問、前總參謀長阿赫羅梅耶夫元帥發表文章，大聲呼籲，捍衛聯邦制社會主義國家的時候已經來臨！

相當一部分黨、政、軍權力寡頭，公開要求總統採取強有力的措施，穩定經濟，整頓秩序，發揮黨和軍隊的作用。

以葉爾辛爲首的激進派又揪住雷日科夫不放，利用各種手段、不斷發出呼聲，趕雷日科夫下臺。

戈巴契夫又一次遭遇左右兩翼的猛烈炮火。

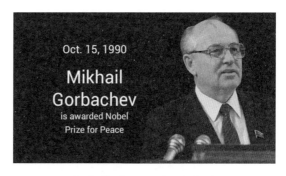

和平獎這一回無可爭議

嚴重程度入主克里姆林宮以來前所未有。

實施向市場經濟過度的改革方案被迫擱置，在新的權力構架基礎上設計新聯盟條約的步伐被迫放慢。

就像戰場上遭遇重重圍困、入主克里姆林宮以來馴服極權怪獸，總統被迫騰出手來，在萬馬軍中殺開一條血路。

他以攻爲守，指責當前的各種危機都來源於一些加盟共和國與中央對著幹，一些激進勢力熱衷於權力遊戲，而不顧民生和經濟。

「正因爲如此，需要採取堅決行動」，緊急改組和加強國家政權結構：

——賦予總統聯邦委員會新的權力，使其從協商機構變爲協調中央與各共和國關係的權力機構。

　　——撤銷總統委員會，成立屬於總統領導的安全委員會，並設立副總統職務。

　　——設立總統領導下的護法機關，同犯罪現象作鬥爭。

　　——明確將蘇聯特色的「部長會議」，確定爲總統的內閣，由總統親自領導。

　　——舉行全民投票，公決依新的權力構架設計的新聯盟條約。

　　下令解除瓦季姆・巴卡京的內務部長職務，任命鮑裡斯・普戈取而代之，又任命基輔軍區司令鮑利斯・格羅莫夫中將爲副部長。

　　同時授權國防部長亞佐夫、克格勃頭子克留奇科夫，採取一切必要手段維護統一的聯邦，維護國家的穩定。

　　巴卡京時年五十三歲，精明強幹，才能出衆，溫和開明，以世情練達而聞名。

　　一九八八年擔任內務部長，威望上竄得很快，許多局內局外人都視他爲戈巴契夫之後最有希望的改革派領袖新星。

　　鮑・普戈是拉脫維亞人，曾任拉脫維亞克格勃首腦，拉脫維亞共產黨中央第一書記。

　　一九八八年，戈巴契夫將其提拔爲蘇共中央政治局候補委員，在一九九零年六月的二十八大上，又任命其爲黨中央監察委員會主席。

　　普戈在各個方面都是一個地地道道的克格勃和斧頭幫，深信組織的洗腦理念，又把自己的內心世界藏得很深，從而贏得戈巴契夫的好感和信任。

　　直到半年後的八・一九政變露出真面目，跟克格勃頭子克留奇科夫志同道合，人在戈營心系黨。

　　戈巴契夫尚不是民選總統，權力基石來自極權體制傳承的暴力集

團，繼武裝力量和克格勃最高權力之後，又將警權交給一個危險人物。

格羅莫夫更加引人注目，時年四十六歲，曾任入侵阿富汗蘇軍總司令，三十九歲就當少將，是拿破崙・波拿巴式的英雄。

跟戈巴契夫提拔的蘇軍總參謀長莫伊謝耶夫一樣，思想平庸，立場保守，為戈巴契夫主政快六年，從軍隊提拔到政府任職的唯一將軍。

不經深思熟慮、有計劃、有步驟地通過既定程式和洗牌更換文臣武將，又是戈巴契夫入主克里姆林宮以來的第一次。

就像歷史上反覆演出過的活劇，混亂局面總給鐵血手段提供最好的口實。

戈巴契夫將人人認可的愛將巴卡京打入冷宮，揮淚斬馬謖，換上兩個並不瞭解、背景血腥的強人出掌刀把子，無疑準備使用大棒政策，用硬的一手，擺脫社會危機。

深信暴力就是力量的保守派果然拍手稱快，肯定總統向正確方向邁出重要一步。

用什麼樣的人，辦什麼樣的事，權力場上的人事變動，才是政治走向最準確的晴雨錶。

既然巴卡京的開明溫和未能阻止日益蔓延的混亂局面，那麼就應該用強硬鐵血來對付。

既然總統的命令、中央的法律被各加盟共和國當作兒戲，那麼就必要利用暴力、武力彰顯總統的力量、中央的力量。

倘若繼續向激進力量、民族主義讓步，總統形同虛設，聯盟權力不再，天下大亂，國將不國。

而要武力強制下的秩序，一定壓制初試民主的無序。

保守勢力歡迎，民主力量沮喪。

保守力量的眼中釘、戈巴契夫最得力的左膀右臂、外交部長謝瓦爾德納澤率先作出反應。

「我可以負責任地說，獨裁正在來臨」

「誰都不知道是甚麼形式的獨裁，獨裁者會帶來甚麼，將實行甚麼樣的制度，但獨裁正在臨近。」

「民主派同志們，你們逃走吧，改革派已經溜掉了。」

「我辭職，以實際行動為獨裁作出貢獻，也抗議獨裁得勢。」

「但是，我仍然相信，獨裁沒有出路，未來屬於民主和自由！」

當著二千四百多名「人民代表」的面，在克里姆林宮，全球最迷人、最有魅力的外交部長悲壯地哀鳴。

戈巴契夫執政近六年最嚴重的政治地震發生了。

克里姆林宮，莫斯科，整個帝國，乃至全世界，都因此而震驚。

所有政治人物、高級議員、記者、學者，激進改革力量，以至與謝氏理念完全衝突的高級將領，都為謝氏掛冠求去而惋惜。

歐、美各大國的外交首腦、政府首腦，幾乎個個暫停手頭的工作，探討謝氏辭職事件及其連環反應和影響。

一個接一個地高度讚揚謝氏的巨大貢獻和歷史地位，極度遺憾戈巴契夫對外政策的奠基人半途引退。

直比半個世紀前，歐洲復興的設計師馬歇爾將軍辭去杜魯門政府的國務卿。

兩人都是半路出家，都是外交角鬥場上的生手，又都是審時度勢、開啟冷戰、結束冷戰的劃時代外交家、政治家。

謝氏任內，紅色帝國擁抱文明了，東歐自由了，冷戰結束了，德國統一了。

人類歷史上第一次，也是唯一的一次，當伊拉克狂人薩達姆入侵科威特的時候，帝國站在美國為首的正義聯盟一邊，迎頭痛擊挑釁世界秩序的邪惡力量。

二十世紀八十年代人類短暫的黃金歲月，戈巴契夫是第一主角，謝瓦爾德納澤是最佳配角。

擺脫列寧、史達林幽靈，馴服斧頭幫極權怪獸，擁抱歐、美文明，戈巴契夫是發動機，謝瓦爾德納澤是壓艙石。

雕塑般的面孔、銀白色的頭髮，出類拔萃的封疆大吏背景，集思想、行動和力量於一身，「有這麼一個人在旁邊，你幹甚麼事都覺得非常放心」。

戈巴契夫受到的震動和驚異不問可知。

改革最艱難的時刻，最有份量的改革大將離場，改革之舟如何前行？

沒有絲毫猶豫，立即出手制止，一方面求助最高蘇維埃的高級議員們，「不要批准謝瓦爾德納澤辭職」，一面大聲疾呼謝氏打消念頭，

提拔普戈當內務部長向左轉

改變主意。

並且不打自招、洩露天機，當眾回顧他與謝氏早年就息息相通、心心相印。

「十一年前，我們就得出共同結論，不能照舊生活下去。」

「我們志同道合，明白需要利用時機，才能改變現行的一切。」

十一年前，戈巴契夫是斯塔夫羅波爾邊疆區的小沙皇，謝瓦爾德納澤是格魯吉亞共和國的小沙皇。

兩個封疆大吏，以及利加喬夫、葉爾辛等，都是不甘心繼續走老路的少壯派。

但只有謝氏和戈氏目標最明確、理念最堅定、在權力階梯上最順風順水，不但早早先後進入政治局的權力核心，戈氏更是少年老成、扶搖直上，一路當上接班人，成為新沙皇。

都說權力是魔鬼，無人能抵禦其誘惑，就像吸食搖頭丸，吸過第一次，再也不想放棄。

同樣擁抱最高權力的東方第一夫人蔣宋美齡就斷言，嘗過權力的滋味，一定會被權力腐蝕。

但戈氏和謝氏，以實際行動打破魔咒，不光絲毫沒有被權力腐蝕，而且真正苟富貴、無相忘，將從前的改革理想和信念付諸實施，將權力還給蘇俄和東歐千百萬公眾。

改革尚未成功，同志豈能求去？！

戈巴契夫當下又專約謝氏第二天長談，在克宮單獨挽留謝氏「繼續革命」。

兩個親密戰友之間的談話開門見山。

戈氏關於經濟改革方案的選擇、以及當下採取的一系列措施、包括已經調整和準備調整的人事佈局，在謝氏看來都偏離了改革的航道，對擺脫陷入混亂的政治、經濟危機有害無益。

戈氏認為激進勢力走得過遠、分離主義肆無忌憚，經濟犯罪有增無減，有必要使用強硬手段恢復秩序、重振中央權威。

謝氏判斷，在權力已經轉移、民主化已經實現的條件下，使用傳統的行政命令、訴諸武力、警力不能解決問題，而需要重借民意，另闢蹊徑，重整權力機構，包括吸納一些有威望的激進人士進入聯盟權力機關，方為上策。

戈氏身為主帥，疲於應付各種危機，陷入決策焦慮症，眼見新措施都不湊效，意圖用老辦法穩住局面。

謝氏主管外交，而外交局面已經煥然一新，全世界都以友好熱情的態度歡迎帝國的新生，期待帝國穩步邁入文明世界。

謝氏一身輕鬆，又頭腦冷靜，旁觀者清，早年內政經驗豐富、足智多謀，眼看主帥應對失當，後果嚴重，「經過許多不眠之夜，做出痛苦的決定」（謝氏助理丘爾金當時描述），以政治生命作代價，有東方士大夫「死諫」的內涵。

戈氏首次固執己見，聽不進謝氏進言，又不能挽留謝氏留在團隊、甚至重用謝氏，在應對辦法和力量配備方面，鑄成雙重大錯。

在未能果斷放下身段、擁抱公眾，直接一人一票贏得總統寶座、夯實權力基座之後，再次自我閹割、自毀長城、自己拆毀自己的權力基石。

當時已經設想、要求增設一位副總統，以加強權力基礎，分擔總統的禮儀性工作，又是總統當然的繼任人。

沒有任何人比謝氏更合適，更有資格出任這一看似邊緣、實則異常關鍵的要角。

又準備向激進力量妥協，更換雷日科夫總理，謝氏又是最有力量的繼任人選。

讓雷日科夫擔任副總統，繼續借用其威望及其代表的專家治國力量，謝氏擔任總理，全力負責經濟改革，更是一著妙棋。

外交「新思維」成果累累，外交部長已經無足輕重，有個能說會道的銀樣蠟槍頭跑龍套就好。

在左右兩翼夾攻的困局當中，保持團隊的整體實力和最佳組合，才是最根本的致勝之道和本錢。

人們百思不得其解、大跌眼鏡，總統提名一位叫根納季 · 亞納耶夫的無名之輩，出任一人之下、萬上之上的副總統！

謝氏不可多得

副總統人選時年五十三歲，一九三七年生於高爾基州的一個農民家庭，曾任高爾基州共青團第一書記，後調至中央從事文化協會工作。

一九八六年轉入全蘇工會任中央理事會書記、第一副主席。

一九八九年，戈巴契夫擴大各級蘇維埃的權力、推行民主化，允許工會展現自己獨立性，提拔其為全蘇工會主席。

一九九零年二十八大，蘇共交出絕對權力，擔任政府和最高蘇維埃重要職務的要員全部不再擔任政治局委員，戈巴契夫提拔一批少壯派填補空白，其中的亞納耶夫進入政治局和中央書記處，主管國際事務。

身材高大，頭髮花白，腦袋、臉盤、鼻子和嘴巴闊大而勻稱，剛毅而粗獷，沒有任何拿得出手的資歷和政績，更沒有任何出類拔萃的思想和能力。

激進力量失望，保守力量失望，總統的基本盤更失望，朝野英才

濟濟，總統何以看中一個一無是處的小官僚？！

只會給總統團隊減分，不會給總統團隊加分，雖然只是總統的備胎，但萬一、萬一總統有什麼不測，備胎可就是總統了！

除了總統，所有人百思不得其解。

兩星期以後，戈巴契夫又更換雷日科夫內閣，提名時任財政部長瓦連京‧帕夫洛夫接替。

帕夫洛夫一九三八年生，畢業於莫斯科財經學院，經濟學博士，長期在蘇聯財政部機關任職，曾任第一副部長和價格委員會、經濟協會主席。

中等身材，膀大腰圓，精神飽滿，辦事幹練，留一個在政界人物當中不多見的小平頭，戴一副金絲邊方形眼鏡，形象分佔大便宜。

跟選擇亞納耶夫出任副總統一樣，戈巴契夫對巴浦洛夫出任總理充滿信心。

「今天需要一位有豐富經驗、有個性、願意承擔責任的大財政家、經濟學家擔任內閣首腦，而帕夫洛夫同志就是這樣一個人。"

跟所有極權體制下的「磚家」和經濟學家一樣，學歷、學術頭銜並不代表真才實學，在以往的歲月裏，帕夫洛夫也沒有表現出出眾的經常學造詣和管理才能。

政治上更是門外漢。

上任才半年，到一九九一年的六月，就原形畢露，鬧出笑話。

事先不跟戈巴契夫私下溝通商量，無知無畏，無本無據，眾目睽睽之下，在最高蘇維埃要求，把總統一部分權力轉移給總理！

背後捅戈巴契夫的刀子，接近窩裏反、爭奪戈巴契夫手中的權力！

而當時所需要的總理，既要有對市場經濟有充分的領悟力和堅定的信念，又要深孚眾望，以彌合對立兩派的分歧，挽救無藥可救的經濟，推進不討好的經濟改革。

選擇亞納耶夫鑄就大錯，選擇帕夫洛夫再犯更大的錯誤！

面對最高蘇維埃高級議員們的反對和否決，利用自己巨大的成就和威望，堅持己見，大發雷霆，把議員們的好心當作驢肝肺，把行使議員權力否決總統的提名說成挑戰總統的權威。

莫名其妙提拔亚纳耶夫

「總統需要一位信得過的人擔任副總統，總統有權力做出自己的選擇！」

內閣隸屬總統，總統就看中小平頭。

援引歐、美遊戲規則，給高級議員們普及 ABC。

懾於總統的巨大威望及其闡述理由的合情合理——總統就需要一件擺設、一位跟班，他人何必奪總統所愛。

高級議員們尊重總統的選擇，以三十三票的微弱多數，批准亞納耶夫出任副總統，同意帕夫洛夫出任總理。

成全總統、幫助總統，將總統的班底改造成最無能、最軟弱、最失眾望的團隊，為帝國局勢完全失控、總統最終葬送手中權力、終結政治生命，安插了重要掘墓人、準備了條件、創造了機會。

事後，戈巴契夫回憶他「在任用幹部方面犯的錯誤」。

「最初我本想推薦雷日科夫任副總統，但他甚至對這方面的暗示都感到勉為其難，緊接著就患上心肌梗塞，和雷日科夫的談話一直未能實現。

之後我選擇了謝瓦爾德納澤，但是，沒等我提起這個話題，他便提出了關於獨裁來臨的警告，只能作罷。

我又想到納紮爾巴耶夫，但我看不出當時誰能夠取代他在哈薩克斯坦的位置。

　　進一步考慮的時間沒有了，這時候亞納耶夫正好』出現在眼前』。

　　真是一大失誤。」

　　戈氏輕描淡寫，越描越黑。

　　就算雷日科夫罹患心肌炎，不算什麼重病，下年六月能與葉爾辛爭俄羅斯聯邦總統，當時住幾天醫院，步能康復。

　　至於謝瓦爾德納澤，就算公開發表「獨裁來臨」、辭去外長，出任副總統、甚至總理又何妨？

　　戈巴契夫要是跟兩個人都談過，雷、謝明拒、婉拒，另當別論，只有想法，沒有行動，多半是事後的追悔莫及。

　　且不說亞納耶夫、帕夫洛夫之流都是極權土壤下內卷出來的小政客，有奶便是娘，政治品格無從談起，一望可知，既無能力，又無威望，屬於混飯吃的平庸之輩。

　　將總統的備胎和執行機構交給他們，等於將總統以下最重要的權力託付給行屍走肉，行政權力完全虛懸，形成權力真空。

　　放棄了謝瓦爾德納澤、雷日科夫，不久又與雅科夫列夫分道揚鑣，又等於自我閹割、自我削弱中軍實力、自毀權力基礎，在與傳統保守力量和激進分離勢力的三軍對壘中，弄成戈巴契夫孤家寡人、孤掌難鳴的局面。

　　繼總統選舉不敢直接到位一人一票接受民意洗禮，鑄就第一個致命戰術性錯誤，識人、用人盲目輕率、專斷固執，再犯最後一個致命戰術性錯誤。

　　這種錯誤一個足夠自殘，兩個一定自我毀滅。

　　就像莎士比亞名劇中的李爾王，權力搖頭丸已經嚴重侵害、腐蝕

戈巴契夫的天才、智慧和本能，不見棺材不落淚，落淚糾錯已太晚。

要是有初主克里姆林宮的別出心裁和大刀闊斧，將權力舞臺不可能的藝術發揮到極致，就算處理經濟改革方案首鼠兩端，處理激進主義和分離主義進退失據，權力基礎不至於動搖，以總統為代表的改革力量不至於瓦解。

要是雷日科夫出任副總統，謝瓦爾德納澤出任總理、雅科夫列夫出任最高最蘇維埃主席，不僅將權力緊緊握在改革中堅力量手中，而且贏得占多數的中堅力量和日益強大的激進力量的高度認可。

要是能放下身段，延攬、招安贏得各種選舉的希望之星進入總統

看中帕夫洛夫真是鬼迷心竅

團隊，包括列寧格勒市長索布恰克，莫斯科市長波波夫，甚至葉爾辛，不僅能順應主流民意，賦予激進民主力量重要權力，又能將分離主義的頭號巨鯨收入囊中，為解決經濟危機鋪平道路。

尤其是葉爾辛，豪賭激進經濟改革，順水推舟，請君入甕當總理，任其發揮才幹，成則皆大歡喜，敗則自下地獄。

畫餅充飢易，做餅果腹難，當家才知柴米貴，屁股決定腦袋，自然腳踏實地。

就像後來葉爾辛使喚的多位總理，解決不了危機，辜負民意期待，貶下權位，再無翻身機會。

後來東方台灣的李登輝，就以弱勢總統之位，冒險任用兩個最危

險的政敵李煥和郝柏村當行政院長，反而將兩人套牢。

先為總統打工，然後卸磨殺驢。

與歐、美諺語，打不贏就參加進去，異曲同工。

J. 繼續混戰

入主克里姆林宮第六年，以當上總統為標誌，是戈巴契夫改革事業成功的珠穆朗瑪峰。

同樣，以選舉總統為起點，在入主克里姆林宮的第七年，是戈巴契夫一再錯失良機、無所作為、走下權力舞臺的轉折點。

包括對外政策，也遭遇新的難題。

一九九零年八月，伊拉克狂人海珊揮軍進入科威特，將科威特變成伊拉克的「一個省」。

海珊與伊朗的「血濃於水」中以弱勝強，成為波斯灣的新興霸權，將同為真主信徒的小兄弟科威特居為己有，續作中東霸主美夢。

總結二戰以來的國際秩序，類似事件，以蘇俄為首的美麗新世界從來偽裝中立、實際支持強權，伺機從中撈取好處，而以美國為首的民主陣營，空打口炮，聽之任之，被迫承認現實。

唯一沒有算計到，因為美麗新世界的全面潰敗，冷戰已經結束，北極熊已經擺脫史達林主義，洗心革面，擁抱歐、美文明。

科威特彈丸之地，既不是蘇俄的勢力範圍，又不是歐美的盟國，睎就國際社會無動於衷，只會動嘴、不會動手。

心存僥倖，小賭怡情，玩一票算一票。

中東火藥桶，再次在最酷熱的仲夏季，熱浪滾滾，火星四濺。

科威特是海珊的一個省事小，坐視海珊成長為中東霸權，肆意妄為事大。

東西交通大動脈蘇伊士運河的安全、猶太人家園以色列宿敵的壯大，都觸及二戰以來國際關係的主導者、領導者美利堅的 G 點。

中東和阿拉伯人的老親戚、殖民者英吉利、法蘭西和德意志同樣不願看到一個狂人成為中東地區的新霸主。

老布希登高一呼，全球三十五國遙相呼應，不把海珊的共和國衛隊趕出科威特不罷休。

先文後武，先禮後兵，在聯大理事會，發動各國投票，讓海珊識相。

擺脫流氓外交的新蘇俄，早在七十年代初就是海珊政權的最大靠山，不光是海珊政權軍火的頭號供應商，又是海珊共和國衛隊的師傅和教練。

不光在伊拉克有三百多個援建項目，有幾千名專家、顧問、技術人員和家屬，又從伊拉克每年進口一千多萬噸石油，是伊拉克六十多億美元的債權人。

一句話，伊拉克是蘇俄非常重要的利益想關國。

內政的「新思維」延伸到外交，邏輯上，必然以公平、正義作為對外政策基石，跟歐、美等國持同一立場，要是以蘇俄的利益及其與伊拉克的關係為先，就要跟歐、美等國對著幹、打對臺。

一邊是強權吞併弱小的國際公義，一邊是蘇俄與伊拉克關係的兩國間私利。

幾經權衡，義無反顧，戈巴契夫果斷拋棄沙俄近半個世紀乃至幾個世紀以來的流氓外交傳統。

一方面與歐、美同聲相氣，在聯大理事會投下正義的一票，支持將海珊趕出科威特的決議。

一方面居間協調，使出一切手段，包括派出特使普裡馬科夫前往巴格達，說服海珊從科威特撤軍。

經過四個多月各方奔走、文攻武備，海珊利令智昏，可能不相信美、英三十五國聯盟會玩真的，也可能相信自己的共和國衛隊戰無不勝，因此拒不撤軍。

而三十五國罰伊聯盟，以美邦為首，調兵譴將，陳兵海灣，只等布殊一聲令下，立即捲起「沙漠風暴」。

一九九一年一月十六日凌晨一時許，也就是戰火點燃的前一個小時，布殊打電話通知戈巴契夫，一小時後，聯軍即將開火。

戈巴契夫放下布殊的電話，立即打電話給蘇聯駐巴格達大使，命令其火速面見海珊，促其立即認慫，宣佈科威特撤軍。

波羅的海三國獨立之路

死馬當作活馬醫，努力到最後一分鐘，化干戈為玉帛。

海珊寧願吃聯軍的罰酒，不吃戈氏的敬酒，寧可被聯軍打得潰不成軍、望風而逃，也不願聽從戈氏的好言相勸、識時務者為俊傑。

人類歷史上第一次，國際社會集結在正義的旗幟下，以軍事行動，保護弱小國家，痛擊動武強權。

蘇俄更是史上頭一遭，躋身正義之師行列，成為文明國家俱樂部的一員。

正是國際社會價值理念前所未有的高度契合，不但引領了全球第三波民主浪潮，而且向一切獨夫暴君發出清晰訊號——槍桿子裏面出政權、奪領土，為人類文明所不容。

因此，整個九十年代，亞、非、拉此前此後經常發生的軍事政變、武裝侵略，完全絕跡，不再發生。

出乎所有人的意料，倒是戈巴契夫面對國內的分離主義走火入魔、轉身擁抱武力和暴力。

默許他的將軍們調兵遣將，向波羅的海三國開刀。

先後派出軍警佔領立陶宛邊疆保衛局、立陶宛廣播電視大樓和出版大樓，並向保衛大樓、阻擋軍隊進入大樓的群眾開槍。

造成十多人死亡，一百多人受傷。

又老譜新用，扶植反對立陶宛獨立的一些共產黨人組成「救國委員會」接管權力機關，向反叛的立陶宛當局挑戰。

事過十天，一月二十一日，頭戴黑色貝雷帽的蘇聯內務部隊又攻佔拉脫維亞員警總部，多人受傷。

軍人全副武裝在大街上巡邏，展示聯盟決心運用武力阻止獨立的強硬立場。

配合著「戰場上」的正面進攻，莫斯科當局延續過往傳統，把責

任推給立陶宛當局和民衆，把使用武力描繪成波羅的海三國公衆的呼聲和要求。

顛倒是非，賊喊捉「賊」，混淆視聽。

曾幾何時人人喜歡的戈爾比，也重彈立陶宛當局是肇事者的老調，而爲他的將軍們辯解開脫。

基於錯誤的信念、錯誤的判斷，在錯誤的時機，採取了錯誤的行動。

建立在暴力和奴役基礎上的國家，無論歌聲多麼好聽，儀式多麼莊嚴，法律多麼嚴厲，一定沒有凝聚力、生命力。

無論「加盟」，還是「共和」，解體、崩潰只是時間不同、形式不同。

東方三千多年的「分久必合、合久必分」，就是最好的歷史經驗和見證。

如同一個家庭、家族，野蠻暴戾的家長制，一定人心渙散，個個求去，自己過自己的小日子，溫馨、和諧的大家庭，一定父慈子孝、妯娌和睦，天長地久。

美利堅分權、限權、衆主、法治，不但把最初分分鐘不歡而散的十三個殖民地，牢固地凝聚在一起，而且從十三個州，擴展成五十一個州。

不但成功融解不同種族、民族和文化，而且成為人類文明進步的火車頭。

歐洲數不清的大補丁、小補丁，大家都和睦相處，有話好好說，個個繁榮富足、幸福指數遙遙領先。

好勇狠鬥，武力、奴役，不過是興家固邦的迷幻藥，通情達理，公平、正義，才是美滿生活的九陽經。

歸納為一句話，就是《聖經》裡的金句：「善使刀劍者，必死於

刀劍之下。」

他明明已經在準備分權制的新聯盟條約，並且已經通過法律，於三月十七日舉行全民投票，由公眾決定聯盟的存廢和形式。

將眾人之事交由眾人決定，順理而高明。

公眾贊成保留「革新後的聯盟」，聯盟採取任何措施、包括法律的、武力的，都將得到授權，任何批評都將軟弱無力。

公眾否決「保留革命後的聯盟「，等於同意波羅的海三國獨立，聯盟只需要順水人情，和平談判怎麼離婚。

就算離心力最強的波羅的海三國公眾，要有三分二的人群贊成獨立，並非一件易事。

一切以投票結果為前提，就算波羅的海三國當局，也只能俯首從命、無力抗衡。

火上澆油，退無可退，只好試試武力

只剩兩個月時間不能等、不能熬，偏要訴諸武力、使用大棒政策，讓坦克和子彈發言，戈巴契夫當局等於完全走上絕路。

古往今來的歷史證明，當一個政權公開赤裸裸用武力來對付公眾的時候，它也就給自己下了死亡判決書。

政權以此證明，它再也沒有別的招數和共同語言與它的人民共處了，它也得不到人民真誠的支持和承認了。

政權自己為了生存，必須讓不支持和不承認它的人民不生存，或者是強迫人民支持和承認，而武力，正是最有效的強迫手段。

戈巴契夫對波羅的海三國使用了武力，他因此將波羅的海三國推向分離主義的懷抱，與自己和大多數公眾的願望背道而馳、緣木求魚。

動武的結果，在立陶宛，高達百分之九十的公眾贊成獨立，在拉脫維亞和愛沙尼亞，贊成獨立的人數分別達百分之七十五和百分之九十三。

沒有全民公決，民意測驗就是最好的晴雨錶。

不光波羅的海三國，沙文主義情結極其深厚的俄羅斯民主力量也不答應。

他們從莫斯科當局動武的陰影中看到自己可能的遭遇和命運——今天能對民族主義、分離主義動手，明天就不會對民主主義、自由主義動粗？

唇亡齒寒，同病相憐，今日坐視不理，明日就可能輪到自己頭上。

莫斯科、基輔、第比利斯等城市，成千上萬公眾上街示威，譴責當局的暴行，要求立即停止用武力。

一些團體甚至開始組織全國總罷工，以阻止暴力升級。

葉爾辛領導的俄羅斯最高蘇維埃趁機火上澆油，表明「最大的加盟共和國決不會對莫斯科訴諸武力無動於衷」。

葉爾辛甚至專門飛往波羅的海三國，與當地領導人抱團取暖，並發表聯合聲明，抨擊中央動用武力的行徑。

又相互勾連——任何一方主權受到威脅，其他各方相互支持和援助。

甚至隸屬戈巴契夫的總統聯邦委員會，個個委員都要求立即停止軍事的行動，強烈抨擊使用武力解決民族問題。

尤其是六年來最息息相通的知識分子群體，一個個離他而去，匯集在葉爾辛的旗幟之下。

包括他的前經濟顧問彼得拉科夫和沙塔林、也包括著名的《莫斯科新聞》總編葉戈爾‧雅科夫列夫和列寧格勒市長索布恰克。

公開指責他領導著一個「垂死的政府」，作「最後的掙紮」，要求他放棄蘇共總書記職務，回到「五百天計劃」的經濟改革方案上來。

只有還留有人民代表頭銜的利加喬夫，讚賞戈巴契夫從過分自由化的立場，轉到了正確方向。

國際社會和輿論也不放過戈巴契夫。儘管美國領導的第一次海灣戰爭如火如荼，把一場真刀實槍的戰爭，打成玩鬧般的電子遊戲，

抗議和譴責鋪天蓋地而來，六年來戈爾比第一次千夫所指。

美國暫停實施先前給予的援助，歐洲共同體凍結成員國的金援，原訂三月美國總統布殊訪問莫斯科的計劃推遲舉行。

與一年前莫斯科當局在阿塞拜疆實行緊急狀態、在立陶宛出動軍隊維持秩序形成鮮明對照。

最初的如意算盤，借重武力和權力，壓制甚囂塵上的民族主義，擺脫迫在眉睫的危機，再作他圖。

師法列寧的招數，「進兩步，退一步」，用空間換時間。

結果弄巧成拙，偷雞不成反蝕一把米，既未能壓制分離主義，又

惹怒激進主義及整個文明世界，繼續在錯誤的道路上前行，只會越來越糟。

幾害相權取其輕，被迫下令停止動武，將派去的空降兵撤出波羅的海三國，答應通過對話解決問題。

所謂的對話，已無話可對，只有對抗。

民主力量一如大地剛解凍後冒出來的綠芽，年歲太幼，骨骼尚嫩，激情壓倒理智，學不會審時度勢妥協退讓、求大同存小異、有進有退、有張有馳。

以爲民主就是在所有問題上都與權力對抗，各執己見，互不相讓,越走極端，越有力量。

因爲動武開槍，進一步激發分離主義情緒蔓延，分離主義與激進主義完全合流。

而戈巴契夫既要自上而下推動權力平穩轉型，又要負責公眾安居樂業、又要維護帝國有序完整，又要壓制傳統勢力和官僚復辟威權、極權。

激進力量不理解戈巴契夫的處境和苦衷，戈巴契夫對激進力量和分離主義的得寸進尺失去耐心和好感。

提拔普戈當內務部長向左轉

直接訴諸武力投鼠忌器，動用國家機器，利用總統的權力和權威在法律、輿論領域做文章仍然大有可爲。

戈巴契夫轉而動用總統的行政權,要求最高蘇維埃通過一項法律，暫時中止保證新聞自由，禁止輿論工具聳人聽聞、煽風點火。

查封合資傳媒、獨立通訊社《國際文傳電訊》，撤換《消息報》一名副總編。

將一向保守的塔斯社社長列昂尼德 · 克拉夫琴科調任廣播電視委員會主席，又將另一名保守派人物斯皮裏多諾夫調任塔斯社社長。

由於最高蘇維埃不買帳、激進力量抵制，《國際文傳電訊》躲過查封一劫，但通過任命兩大傳媒首腦成功取消了一些走得太遠的政論節目，阻止了一些激進人物上電視露面發表政見機會。

一月二十六日，又發佈總統令，賦予克格勃和內務部更廣泛的權力，包括自由進入企業和機關檢查的權力，授權內務部長普戈和國防部長亞佐夫聯合發佈命令，在全國各大城市實行軍人和民警聯合巡邏。

二月一日，召開總統聯邦委員會會議，與各共和國首腦討論新聯盟條約的條款、中央和各加盟共和國之間的權力劃分，以及波海三國的局勢。

五日，針對立陶宛議會決議——根據民意測驗結果決定立陶宛未來前途，發佈總統令予以撤銷，要求其必須參加三月十七日的全民公決。

第二天，發表電視講話，許諾建立一個以共和國和聯邦爲主體的主權國家，呼籲所有公衆前往投票、並投出贊成票。

和著總統的聲音，聯盟權力機關、蘇共中央都披掛上陣，呼籲公衆配合。

總統軍事顧問阿赫羅梅耶夫元帥多次發表署名文章，聲稱軍隊將不會對混亂的秩序和瓦解聯盟的行爲無動於衷。

指責民主派的領袖們葉爾辛、波波夫、索布恰克等試圖毀滅聯盟。

「國家危機和不穩是誰之過？是誰在挑起群衆集會、示威和罷工？不許形勢正常化？不許人們從事創造性的工作？」

戈巴契夫總統，更多地回到戈巴契夫總書記的角色，常常用反對

黨、反對社會主義和顛覆祖國回敬激進主義和分離主義。

史達林——布里茲尼夫時代的政治生態死灰復燃。

激進主義的代表人物葉爾辛，更成為打擊圍毆的主要對象。

葉爾辛準備組建俄羅斯軍隊的言論首先招惹眾怒，一批高級將領、退伍軍人、「人民代表」爭相聲討。

蘇聯電視臺又派出記者「採訪」葉爾辛，引蛇出洞，葉爾辛不知就裡，大放厥詞。

不光一一反駁來自各方面的指責，而且批評經濟改革停步不前，譴責戈巴契夫屢屢背信棄義，要求戈巴契夫辭職。

「我要說，戈巴契夫骨子裡有一種個人專權的傾向」。

「我主張他立即辭職，把權力移交給一個集體領導機構——共和國聯邦委員會」。

戈巴契夫及其左右暗暗喝采，所有葉爾辛的反對者也高興得手舞足蹈，各自利用手中的權力和有利地形向葉爾辛發起攻擊。

《真理報》、《消息報》、《蘇維埃俄羅斯報》、《工人論壇報》、《莫斯科真理報》，一篇篇抨擊葉爾辛的文字鋪天蓋地。

總統的左膀右臂、議會議長盧基揚諾夫，總理帕夫洛夫，蘇共馬克思主義綱領派，蘇共莫斯科市委、監委，聯盟議員團等，一個接一個發表談話、決議和聲明，指責葉爾辛「唯恐天下不亂」、違反憲法。

葉爾辛不甘示弱，撇開中央，與烏克蘭、白俄羅斯和哈薩克三國首腦眉來眼去，討價還價，組成四方聯盟，準備私訂終身，然後邀請其他小共和國加入。

一度進展順利，成功在望，可望在白俄羅斯首都明斯克簽訂這一條約，只是由於各共和國最高蘇維埃反對，烏克蘭、白俄羅斯和哈薩克三國才中途溜掉。

葉爾辛的陽謀未能得逞。

葉爾辛擔任主席的俄羅斯最高蘇維埃部分高級議員也聯名發表聲明，要求召開非例行的人民代表大會，清算葉爾辛的活動。

其中兩位俄羅斯最高蘇維埃副主席、共和國和民族兩院主席和副主席，一共六位高級領導人在聲明上簽字。

另外二百七十名人民代表，也聯名提出同樣的要求。

俄羅斯最高蘇維埃甚至通過一項決議，定於三月二十八日召開人民代表大會，討論葉爾辛的問題。

烏克蘭首腦克拉夫朱克、哈薩克首腦納紮爾巴耶夫，都一改騎牆態度，急不可待地加入批評葉爾辛的行列。

正統派也撿起民主派們常用的武器，破天荒地組織了一次公眾集會，支持軍隊，反對「給軍隊抹黑」。

內務部長普戈、國防部長亞佐夫、克格勃主席克留奇科夫，都神氣活現地站在檢閱臺上觀看。

工人們收到組織發來的請柬，士兵們被要求穿上便衣，但目擊者估計，參加示威的人數充其量只有五萬，而官辦塔斯社報導有近三十萬人參加。

總統當然更不會閑著，不光一如既往、親自上陣，指責葉爾辛、波波夫（莫斯科市長）等激進人士，民主只是口號，奪權才是目的。

「他們置國家利益於不顧，與改革的目標背道而馳！」

又以退為進，在正在設計的新聯盟條約中，削減聯盟許多權力，給各加盟共和國大開空頭支票。

包括權力的命根子軍事政策和軍工企業，權力的支柱黃金和金礦等貴重資源，各加盟共和國都可以染指、與聯盟公平分享、一起控制。

而這些權力和甜頭，正是葉爾辛慫恿各共和國諸侯虎視耽耽、垂

涎三尺、拼命爭取的目標。

戈巴契夫居高臨下,主動拱手相讓,釜底抽薪,葉爾辛費力不討好。

各個諸侯,不費一刀一槍,坐收漁人之利,自然滿心歡喜,跟戈巴契夫打得火熱。

勾心鬥角,明爭暗鬥,從兩人的天賦和智慧,到兩人所處的地位和權力,葉爾辛都嚴重處於劣勢。

然而,紛紜複雜的社會局勢和情勢,變幻莫測的政治氣候和態勢,葉爾辛的天賦和智慧、地位和權力,又處於絕對優勢。

尤其是葉氏的政治直覺,能準確地捕捉到出手的時機,抓主關鍵和要害,又能大膽出擊、全力以赴,又用不著對社會社會動蕩和不滿負責任。

因而放開手腳,一個接一個地設置議題,猛攻戈巴契夫的軟肋。

魯茲科伊上校支持葉爾辛,
並成為俄聯邦副總統

戈巴契夫推出新聯盟條約草案第三天,葉爾辛立即悄悄轉移陣地,放棄討不到便宜的民族主義問題,轉而在民主問題上做文章。

聳人聽聞,「三月份和整個這一年將是決定性的,或是民主被扼殺,或是民主將獲勝」。

「一切民主力量團結起來」,「建立強大而有組織的政黨」,「共同走向勝利」。

新生的改革力量，民主俄羅斯，跨地區議會團，以及一切民主營壘的組織紛紛動員起來，支持葉爾辛，攻擊戈巴契夫。

莫斯科、列寧格勒、斯維爾德洛夫斯克、伊爾庫茨克、新西伯利亞城等十多個城市，數十萬人集會，示威，罷工，製造聲勢和混亂。

一邊反對戈巴契夫的新聯盟草案，呼籲公眾全民公決時投反對票，一邊打蛇順棍上，利用三月十七日全民公決聯盟前途的投票，說服俄羅斯最高蘇維埃通過一項決議，在俄羅斯共和國多加一個選項——投票人是否贊成俄羅斯設立總統？

搭全民公決的順車，彙集民意基礎，鋪設通往總統寶座的終南捷徑。

異常敏銳地意識到，權力不再來自克里姆林宮，而是千百萬選民的選票。

戈巴契夫將自己的絕對權力拱手相讓普羅大眾，遲遲不敢直接走到選民中，接受公眾投票授權，眼睜睜看著葉爾辛在新的權力遊戲規則中捷足先登。

在一九九一年頭四個月的無數次較量中，戈巴契夫極其官僚集團儘管表面上佔盡上風，實際上，權力基礎像海水落潮的沙子一樣，大片大片地在流失。

而葉爾辛代表的激進力量，表面上一直處於被動挨打的地位，但正利用戈巴契夫設計的公民公決、利用民眾初學當家作主的情趣和熱忱，實際上，一步步削弱戈巴契夫的權力基礎、夯實自己的權力寶座。

戈巴契夫指責葉爾辛代表的激進力量只盯著權力，已經成為改革進程中的有害力量，絕對對症，可惜，他動用的招數、開的藥方，已經固步自封、刻舟求劍，不但無力阻止激進力量的興風作浪，也一步一步處於守勢、陷於劣勢，走向窮途末路。

在他開始第七年執政生涯的時候，卻被自己釋放出來的魔鬼攪得

失去了耐心、智慧和魄力。

他完成了歷史上無與倫比的轉變，卻似乎無力鞏固這個轉變，他破壞得得心應手，才氣橫溢，卻似乎建設得力不從心，捉襟見肘。

他似乎快要變成一個曠世奇才、世界超人，卻似乎又難逃歷史的局限、快要變成上帝惡作劇中的弄臣。

總之，這位世界超級政治明星從未如此強大，也從未如此軟弱，使命從未這般具體，前景也從未這般迷茫。

他殷殷期待的三月十七日全民公決，到底能幫多少忙？

打不贏就參加進去 J

如今，戈巴契夫執政已經進入第七個年頭。

戈巴契夫總統已經就任一年，在歐、美三權分立的權力構架下，蹣跚學步。

雷根所說的「邪惡帝國」，已經脫胎換骨，進化成文明世界的一員，舉止行為、一招一式，都踏著文明的旋律起舞。

只剩招牌，殘存著斧頭幫的印記。

人類文明空前高度一致，只有政治民主、經濟自由，才是通向繁榮幸福的唯一路徑。

一如邱吉爾的曠世金句，民主不是什麼好制度，但人類文明發展到二十世紀，還沒有發現更好的制度。

自由經濟也是一樣，看不見的手確實導致這樣那樣的問題，但是，經過紅色帝國及其「小兄弟」七十年的慘烈實驗，沒有任何一隻手，比看不見的手更好。

國際關係，世界格局，徹底擺脫史達林主義的流氓嘴臉，回到雅爾塔體系的框架下，回到美、英兩強主導的和平、正義原則下。

早在前一年的十月，諾貝爾和平獎委員會就作出決定，將一九九零年度的諾貝爾和平獎授予蘇聯總統，表彰其「在當今國際社會和平進程中發揮的主導作用」。

人類歷史上，還沒有哪位政治人物，像戈巴契夫那樣，給腳下的普羅大眾帶來自由和權力，將帝國馴服得溫順而遵守規則。

　　戈巴契夫得知獲獎的消息，「喜憂參半」，既為國際社會肯定他的貢獻「引以為榮」，又為帝國各種政治力量「另眼相看」不敢高興。

　　甚至不敢「親自去參加 12 月 10 日在奧斯陸舉行的授獎典禮」。

　　與許多政治囚徒遭遇權力監禁不能前往挪威出席頒獎典禮一樣，戈巴契夫身為帝國總統，自己不敢給自己放行，來自野蠻、邪惡的力量多麼強大，可想而知。

　　從一九九一年一月一日起，作爲多黨制保證的《政黨社團法》生效，多黨政治受到法律的保護。

　　蘇共與幾年來成立的其他七百多個政黨和組織一樣，在政府有關部門登記註冊，而不是只寫在憲法裏。

硬漢形象，婦人心腸

向市場經濟過渡的步伐儘管彳亍，但一系列法規和命令一個接一個地頒布實施、推進。

傳統的共產黨人，包括手中已經沒有任何權力利加喬夫、波洛茲科夫等，雖然仍念念不忘社會主義，但只不過諸多信念和言論之一種。

三月十七日的全民公決更是一個象徵，普羅大眾真正當家做主，從戈巴契夫手裡接過決定自己命運的權力，表達自己的意願和生活方式。

列寧所說的「民族監獄」，從此邁向民族自決的文明時代。

投票結果，百分之七十六的公眾，贊成保留革新後的聯盟。

其中的政治涵意，一方面，戈巴契夫的頂層設計——聯盟不再享有絕對權力，而是與各加盟共和國分權的藍圖贏得公眾的信任和支持。

另一方面，根深蒂固的民族主義、大國沙文主義仍然十分強大，包括俄羅斯以外的一百多個民族，仍然希望與俄羅斯人一起，生涯在一個政治實體裏。

對於普羅大眾來說，民族主義的分離主義不是他們和願望和希望。

雖然已經遲了整整一年，戈巴契夫要是亡羊補牢，在全民公決聯盟去留的同時，直接一人一票總統，同樣能夠贏得勝利。

最悲觀的結果，就算不能取得壓倒性的勝利，贏得相對多數，仍然穩操勝券。

包括葉爾辛在內，就算在俄羅斯，仍然無人與戈巴契夫爭鋒。

可惜，戈巴契夫又一次錯失良機。

而葉爾辛見縫插針，贏得俄羅斯人的又一次授權——百分之七十一的俄羅斯人贊成為俄羅斯聯邦設立總統！

葉爾辛當時勝選俄羅斯聯邦最高蘇維埃主席才九個月，就算聯邦「人民代表」，支持率也不到百分之六十。

在俄羅斯聯邦設立總統，又是葉爾辛的提議，明擺著是葉爾辛通過公眾授權，為自己設置權力交椅。

來自公眾的支持，等於已經給葉爾辛總統、而不是葉爾辛主席，投下支持一票。

可惜，戈巴契夫仍然無視來自公眾選票的巨大力量，無視葉爾辛已經接過公眾授權的公開武器，步步為營，積累自己的權力基礎和威望。

不是利用帝國最高權力，放手一搏，直接擁抱選民，鞏固自己的權力基地，而是以全民公決結果為尚方寶劍，與以葉爾辛為代表的激進主義、分離主義糾纏。

俄羅斯聯邦共產黨議員團首先發難，倡議三月二十八日召開非例行的人民代表大會，將葉爾辛趕下臺。

「民主俄羅斯」針鋒相對，決定在同一天組織公眾示威，支持葉爾辛。

二十九名俄羅斯「人民代表」接招，公開呼籲戈巴契夫總統和帕夫洛夫總理採取措施，「爲代表大會的籌備和舉行創造必要的正常工作環境」。

總統貌似公允、煞有介事地「審閱了呼籲書，下達指示，授權蘇聯內閣採取一切必要措施，保證首都應有的社會秩序和安定」。

總理裝模作樣地、按部就班，召開內閣會議，研究總統的委託，決定於三月二十六日到四月十五日，二十天內「禁止在莫斯科舉行群眾集會、遊行示威。」

多此一舉，委託蘇聯內務部、克格勃和莫斯科政府執行此一禁令。

總統最信任的老同學、一手拉拔的聯盟最高蘇維埃主席盧基揚諾夫動員高級議員們作出決議，建議莫斯科市蘇維埃禁止三月二十八日的大示威。

已經處於擔任跑龍套角色的蘇共中央、及蘇共莫斯科市委員會跟著眾犬吠影，呼籲停止二十八日的示威活動，停止加劇政治對抗。

　　要是在斧頭幫掌權時代，往下的情節，該莫斯科市政當局上場，向總統和人民表決心，代表人民的願望和心聲，圓滿完成黨交給的光榮任務。

　　一九九一年的三月，事過境遷，物換星移，首都市政大權掌握在民眾選舉出來的民主派手裡。

　　波波夫市長不光手裡有選民的直接授權，又跟葉爾辛一樣，屬於激進派人物，不

擔不按老劇本演出，而且蓄意抵制和作對。

　　直截了當發佈聲明，蘇聯最高蘇維埃的建議不合法，而民主俄羅斯提出的申請恰恰在法律程式之內，沒有理由不予批准。

　　因為聯盟最高蘇維埃對整個帝國行使權力，沒有管理莫斯科市政的特殊權力，莫斯科市政當局對選民負責，不對中央負責，依法行政！

　　中央與地方開打法律戰。

　　趁中央與地方的權力邊界還處於從前的模糊狀態，戈巴契夫運用總統的行政權力，大筆一揮，改變莫斯科內務總局的隸屬。

　　剝奪莫斯科當局指揮本市員警的權力，命令直接由聯盟內務部管轄。

　　同時任命內務部第一副部長伊萬.希洛夫統帥指揮首都內務部隊。

總統本人照例親自上陣，向全國發表電視講話，誓言用強有力的法律保障民主。

內閣總理帕夫洛夫和內務總局的官員跟著唱白臉，嚇唬公眾不要捲入危險的政治遊戲，保證員警將「保持極大克制」。

被免職的內務部前部長、新任總統安全會議成員巴卡京也奉命出徵，專門舉行記者招待會，威脅莫斯科市政當局要對示威可能造成的後果負責。

蘇聯最高蘇維埃進一步通過法律，暫停礦工罷工權利兩個月，斷絕激進力量的強大後援。

到三月二十七日，高壓政策一一落實到具體行動上。

先是副總統亞納耶夫率內務部長普戈和克格勃主席克留奇科夫召見莫斯科副市長盧日科夫和民主俄羅斯兩位負責人阿法納西耶夫，「要他們無條件遵守蘇聯內閣的決定」。

接著，部署軍警清理跑馬廣場，封鎖紅場，並調進二十四輛裝甲車聽候待命，派出直升飛機在莫斯科市上空巡邏。

充當打手的莫斯科內務局（已屬蘇聯內務部管轄）也威脅他們將依法行事，使用除了槍械以外的一切手段，制止示威事件。

莫斯科黑雲壓城，以戈巴契夫為代表的權力機關，決心不惜一切代價，準備鎮壓反對派。

而激進力量信誓旦旦：「不管中央將是否採取行動，三月二十八日的集會示威將如期舉行。」

葉爾辛領導的俄羅斯最高蘇維埃和莫斯科市蘇維埃都通過決議，反擊戈巴契夫的命令為非法，威脅中央要對動武的一切後果負責。

集會組織者也繼續張貼傳單、號召人們不畏強暴，如期參加示威。

許多莫斯科居民也被中央動用武力的恫嚇所激怒，準備不惜流血

犧牲，一試戈巴契夫的淫威。

就像東方一句喻言，人爲刀俎，我爲魚肉。血肉之軀準備迎戰槍口和坦克。

脫胎換骨的權力機構，與日益壯大的激進力量，展開前所未有的激烈對抗和較量。

戈巴契夫推動改革以來第一次，帝國歷史上第一次。

全世界關心帝國命運的人們都屏住呼吸，準備接受「三‧二八紅場大屠殺」這一血淋淋的可能和結果。

已經擺脫極權統治的紅色帝國，命中註定逃不過武力、暴力結束政治對抗的劫難？

無數人深深地憂慮、痛苦地思索。

三月二十八日，扣人心弦的一天來臨。

始作俑者俄羅斯最高蘇維埃如期在議會大廈「白宮」舉行會議，九百多名「人民代表」出席這次並非例行的會議。

民主派的說法，共產黨議員團想通過會議搞掉葉爾辛，而共產黨人議員團只承認他們通過會議尋找俄羅斯擺脫危機的出路。

暴風眼中的葉爾辛，利用最高蘇維埃主席的權力，與激進力量合謀，先聲奪人，二百二十名代表聯署，要求首先撤銷蘇聯內閣關於禁止集會示威的決定。

提案遭到一些代表的喝倒采，但得到的掌聲更響、更多。

民族主義再次產生巨大影響力，包括斧頭幫議員團的一些代表，都臨陣站在對抗聯盟的立場一邊。

辯論幾乎一邊倒，發言者一致主張撤銷聯盟內閣的決定，對首都出現如臨大敵的軍警和裝備感到憤怒。

葉爾辛的戰術湊效，本來被動挨打的局面，成了旗開得勝的凱旋。

「白宮」以外，激進力量組織、鼓動的公眾，也紛紛離開工廠、機關、學校和自己的家，由一個到一群，由一群到一串，由一串到一片。

中午時分，數萬之眾已經匯集在特維爾大街的馬雅科夫斯基廣場和加裏寧大街的阿爾巴特廣場。

許多人高舉葉爾辛的畫像，高舉打倒蘇共和戈巴契夫的標語，高喊著蘇共可恥、戈巴契夫獨裁的口號，等待葉爾辛、波波夫、阿拉法西耶夫等著名人物的出現。

下午五點，示威人數已超過十五萬以上，一些示威者試圖向克里姆林宮方向遊行，但很快就遭到十九名騎著高頭大馬的員警堵截。

一些蘇聯人民代表、俄羅斯人民代表，以及莫斯科市蘇維埃領導人，手挽著手站在示威者的前列，並作出決定，只集會，不遊行，放棄前往跑馬廣場。

人們面前，身著防彈背心的軍人面無表情地站成兩排，他們的身後，威風凜凜的騎警端坐在馬背上肩並著肩，馬屁股後邊，防暴員警手持奇形怪狀的武器嚴陣以待，

最後面則是滿載著軍人的車輛、火炮和清潔車。

五萬名全副武裝的軍警早就部署停當，從人群匯集的地方到克里姆林宮，每一個路口都有四道防線形成縱深。

隨著人群越聚越大，直升飛機在最近的基地待命，傘兵部隊時刻準備著增援。

馬路敲打路面的響聲，士兵頭盔上的一道道寒光，都傳達著戈巴契夫當局當天的堅定決心——寸步不讓。

總統軍事顧問阿赫羅梅耶夫元帥、聯盟議員團領袖阿爾克斯尼斯上校道出其中的邏輯。

「如果我們今天讓步，明天示威者就會衝進克里姆林宮，而一個星期之後，他們就會來到這個大廳。」

隨著天空開始飄舞稀疏的雪花，激奮的群情隨著講演者的主張漸漸平靜，傍晚七時許，示威組織者宣佈活動結束，呼籲人們回家。

　　千鈞一髮之際，所有人都理智戰勝激情，只對抗而不衝突。

　　激進力量當初發動示威本來就矯情多於需要，如今見好就收，改變最初計劃，不再挑釁當局的底蘊。

　　戈巴契夫當局的一系列對應拙劣可笑，但最終以實際行動保持克制，將示威限制在一定範圍，息事寧人。

　　雙方同時表現出政治上的成熟，避免了流血事件，避免了所有人都不願意看到的局面。

　　戈巴契夫官僚體系和以葉爾辛代表的民主力量雙贏，全世界都跟著都鬆了一口氣。

　　歷史活劇中的情節和結局，比戲劇、電影更扣人心弦、更出人意料。

　　葉爾辛一計不成，又來一計，示威結束第二天，以守為攻，發出倡議，召開各加盟共和國和政治力量共同參加的圓桌會議，「建立人民信任和民族團結的聯合政府」。

　　一如年前八月主動提出與聯盟一起制定經濟改革計劃，既展示合作的姿態，又顯示激進主義和民族主義的力量。

　　戈巴契夫擁有的是權力、武力和暴力及運轉不良的國家機器，葉爾辛擁有的是戈巴契夫釋放、葉爾辛不斷彙集、聚集、步步進逼的地方勢力和民意基礎。

　　三月二八日的示威是一個測試和象徵，雙方都沒有壓倒對方的優勢，雙方對抗，兩敗俱傷，一事無成，雙方妥協，大家雙贏，創造看似不可能的可能。

　　總統顧問亞歷山大・雅科夫列夫旁觀者清：「除了和葉爾辛為首的俄羅斯合作，沒有別的出路。」

已經在野的前外長謝瓦爾德納澤、那個精明過人善於創造傳奇故事的美男一針見血：「中心問題是俄羅斯，戈巴契夫總統和葉爾辛主席必須就改革、民主化和改善經濟等問題取得一致意見」，

　　「我們能夠、必須更加信賴人民，其中包括民主運動在內」。

　　觀察家們的看法高度一致，「總統和社會都要穩定和秩序，而實現這一目標的唯一選擇只能是戈、葉攜手。」

　　雅科夫列夫與總統的辦公室只有一牆之隔，曾幾何時，他的智慧和遠見得到總統的高度認同。

　　謝瓦爾德納澤也一樣，與雅科夫列夫一起，被史家稱為戈巴契夫改革的三劍客。

　　尤其是他「能夠、必須更加信賴人民」的說法，道出戈巴契夫擺脫困境的關鍵和要害。

　　「信賴人民」，就是擁抱公眾、相信公眾、從公眾的選票中要授權、要權威、要力量，就像葉爾辛不屈不撓所做的那樣。

三月二十八大示威和平收場

無論個人魅力、領導帝國的能力，還是改革中形成的巨大威望和貢獻，葉爾辛都難望戈巴契夫的項背。

　　葉爾辛費盡九牛二虎之力贏得公眾的支持，戈巴契夫輕而易舉就能做到。

　　由民間改革力量彙聚形成的激進力量，緩慢、逐步彙集在葉爾辛的旗幟下，將葉爾辛作為象徵，而不是莫斯科市長波波夫、列寧格勒市長索布恰克，以及阿拉法西耶夫等。

　　正是葉爾辛擔任過的斧頭幫封疆大吏、莫斯科市委書記及政治局候補委員，賦予其領導能力、政治擔當、堅定有力的形象。

　　因為威權、極權統治及其文化意識使人們深信，只有實際掌握過權力、尤其是掌握過行政大權、軍事大權，一位政治人物才富有經驗、熟悉權力運作，才是他們心目當中的政治領袖，才值得寄予信任。

　　尤其是自上而下的權力轉型，初期的一人一票選舉最高領導人，都是正在權力舞臺上的政治人物獲勝，新興的反對力量落敗。

　　其次是從威權、極權體制內分化出來的政治人物，更富有反對原有體制的象徵意義，對原有統治集團具有影響力，又能贏得新興民主力量和公眾的信任。

　　葉爾辛的崛起，正是權力轉型過程中政治遊戲的典型案例，其所有的威信和光芒，集中折射著戈巴契夫自我革命、權力轉移的巨大威信和光芒。

　　戈巴契夫才是太陽，葉爾辛不過一輪月亮。

　　但是，從一年前開始，帝國動盪的局勢和各種政治力量發出的信號，尤其是戈巴契夫信任的總統辦公廳主任博爾金、克格勃頭子克留奇科夫，出於各自的政治信仰，都給戈巴契夫報送危言聳聽、扭曲失真的社會政治情報。

　　包括報送、中傷民主力量、激進力量頭面人物的「陰謀」和極端

主張，有意編造戈巴契夫最信任的謝瓦爾德納澤、雅科夫列夫等中堅人物的複雜背景和不良企圖。

逐漸使戈巴契夫失去對謝氏和雅氏的信任，反感、厭惡民主力量、激進力量，嚴重過高估計社會大眾的不滿情緒和反對傾向。

進而不可避免地，從潛意識到顯意識，失去自信，失去政治敏感，失去判斷力，嚴重低估自己的巨大威望和力量。

不但沒有敏銳地意識到謝瓦爾德納澤忠告中蘊含的重大政治資訊，主動走下神壇和權力舞臺，選擇良辰吉日，直接舉行總統大選，取得公眾的授權，亡羊補牢，未時未晚；

甚至半年之後，八‧一九政變之後，都應當當機立斷，絕地求生，邁出關鍵一步，冒險一試，首先鞏固權力根基，安排好後花園。

也沒有明智地聽取雅科夫列夫的忠告，接過葉爾辛伸出的橄欖枝，利用激進力量，與激進力量攜手，同時牽制激進力量。

而是固執地、盲目的，繼續在自己設定的軌道上走下坡路。

不屑一顧葉爾辛的提議，抄襲波蘭圓桌會議的做法。

波蘭當時的形勢，官逼民反，而且團結工會勢力強大，獲得大多數選民的支持，政府不得不坐上圓桌會議。

帝國的改革，是戈巴契夫一手推動，迅速而徹底，激進力量並沒有選民一人一票授權。

感情上，理智上，力量對比上，都不到接受的時候。

領導罷工運動的礦工代表請求總統接見，送上門來與總統接觸、溝通、表達訴求，本來是總統求之不得親身瞭解、把握第一手社情民意的大好機會，就像從前他經常所做的那樣。

而且是與工人們化干戈為玉帛、爭取工人們支持、建立政治同盟、分化激進力量的終南捷徑。

總統居然視而不見天下掉下來的餡餅，遲鈍、愚蠢到公然拒絕會見工人代表！

等到工人領袖發出哀的美敦書，再以罷工相逼，這才半推半就，願意放下身段。

會見的時候，又不是敞開心扉拉近與工人們的距離，全力捕捉工人們的想法、願望和心理狀態，跟工人代表推心置腹，擺困難，講道理，而是居高臨下，虛與委蛇，大唱高調，應付場面。

「出路不在於放棄社會主義思想，而在於始終不渝地實現並豐富這一思想。」

仿佛仍活在開始改革的年代，高談闊論「主義」，不直接面對問題，自絕於工人階級。

以總書記身份出席全軍黨代表會議，

大內總管博爾金窩裏反

不是靜心瞭解軍隊中的問題和傾向，發現軍隊中的改革力量、能臣驍將，反而高調批評「軍隊非黨化」主張。

黨指揮槍，本來就是斧頭幫極權體制的核心，正是以槍桿子為後盾，列寧、史達林才將國家政權騎在胯下，軍隊、員警和一切國家機器淪為黨的婢女和打手。

早在一年前，總書記的權杖已經改頭換面叫作總統，斧頭幫利用武力、暴力竊取的一切權力歸公眾、歸蘇維埃，行政、立法、司法三權分立，軍隊國家化當然是題中應有之義。

斧頭幫不過「多黨制」當中的一黨，領導武裝力量已經沒有法律、邏輯依據。

包括克格勃，一身兼任希特勒蓋世太保和黨衛軍的雙重要角，以「國家安全委員會」的名義，屢屢發動政變，殘殺無辜生靈，蛻變成斧頭幫權力體系、暴力集團中最野蠻、最頑固、最癡迷史達林主義的嗜血怪獸。

整整一年裏，戈巴契夫止步不前，不但沒有順勢推動軍隊和克格勃的非黨化，改革、改造、分解、分拆、分散軍隊和克格勃的權力構架和功能、職能，居然叫嚷固守斧頭幫領導軍隊、領導克格勃的陣地！

幻想以總書記和總統的雙重身份，統馭軍隊和克格勃繼續聽命於自己。

無論在改革的縱深層面，還是對軍隊和克格勃本性的判斷、信任層面，犯下又一致命錯誤。

正是這一錯誤，直接導致四個月之後的八・一九政變。

四月九日，戈巴契夫召集各共和國領導人以及內閣成員，舉行聯邦委員會會議，祭出所謂反危機計劃。

——停止中央和各共和國的法律戰，儘快修訂簽署新的聯盟條約。

——立即恢復行政機關自下而上的縱向隸屬關係，在年底以前暫停罷工、示威、集會等政治活動。

——嚴格預算，減少赤字，調整價格，堅挺盧布。

嚴重脫離社會現實，癡人說夢，東拼西湊，了無新意。

如同今天一個總統令，明天一個總統令一樣，頂多會引起檔案工作人員的興趣，於擺脫危機、渡過艱難的轉折，全無補益。

而以三月二十八日大示威為標誌，葉爾辛在威望和權力兩方面都日見增長，激進力量拉動中間力量，社會意識進一步右移。

在非例行的俄羅斯人民代表大會上，從前人多勢眾的共產黨人議員團，像做了虧心事似地，抬不起頭來，激進力量在葉爾辛領導下乘勝前進，將自己的意志和影響施加給大會。

大會第五天，共產黨人議員團甚至發生分裂，空軍上校亞歷山大‧魯茲柯伊率一百七十九名議員組成「共產黨人爭取民主」議員團陣前倒戈，與正統的俄羅斯共產黨人所奉行的方針決裂，而支持葉爾辛的路線。

俄羅斯聯邦最高蘇維埃正統的共產黨人成了少數派，與其旗鼓相當的激進力量獲得絕對優勢。

大會閉幕時，葉爾辛錦上添花，節節勝利，再下兩城。

——仿效帝國設置總統前的戈巴契夫，要求高級議員們授予「相當於總統的權力」，委任狀到手。

——抄襲戈巴契夫的總統制，五月二十一日開會修改憲法，制定俄聯邦的總統制法律，六月十二日全民直選總統。

民意測驗顯示，帝國百分之七十的公眾贊成俄羅斯「總統」擔任蘇聯總統，而贊成戈巴契夫的人只有百分之十四。

儘管戈巴契夫內閣已經妥協讓步，增加了礦工的工資，已持續四十多天的全國煤礦工人大罷工仍然持續。

至少四分之一的礦井停止生產，導致冶金業原料告罄，焦爐關閉，鋼鐵產量銳減，第一季度國民生產總值下降百分之十。

甚至總統的愛將寵臣，克格勃頭子克留奇科夫都按捺不住內心的不滿，鄭重其事地放風，如果戈巴契夫和葉爾辛持續不斷地爭權奪利，最高蘇維埃(說得具體些是最高蘇維埃主席阿納托利‧盧基揚諾夫)將會掌握權柄。

結果顯而易見，從年前十二月開始，五個月的向左轉無濟於事，所有努力都付諸東流，威望大幅滑落，權力基礎大為動搖。

所有人，觀察家列昂尼德·尼基京斯基，歷史學家阿列克謝·基瓦等，都越來越多地傾向雅科夫列夫和謝瓦爾德納澤的預見——戈、葉攜手。

《消息報》、《共青團真理報》、《文學報》、《獨立報》，包括戈巴契夫的助手巴卡京和阿赫納紮羅夫，都持相同見解。

「總統智庫得出結論，來自保守的復仇主義勢力威脅在不斷增長，惟一合理的應對之道是與中間派和民主派達成諒解。」

「那些天我不止一次地和我身邊的人商討，我堅信，只有反映各政治力量現實對比的機制才能夠確保繼續進行改革的可能。而改革也會進一步促進參與整合的各種傾向的團結。」（參見《戈巴契夫回憶錄》）

審時度勢，反復權衡，戈巴契夫又決定向右轉，捐棄前嫌、亡羊補牢，捨身成仁。

儘管感情上極度痛苦，內心深處極為抵觸，但要繼續玩下去，完

成未競的事業，只有委屈自己。

總統的政治事務助理阿赫納紮羅夫首先出場，送葉爾辛一頂無比榮耀的桂冠。

只有「俄羅斯領導人」能「敦促礦工復工」！

幾天之後，訪問日本途中，在遠東的哈巴羅夫斯克，總統猶抱琵琶，舊事重擔，首度開腔，回應半個月前葉爾辛在俄羅斯人代會上呼籲對話的主張。

「看到了積極合作的成分」。

「社會不希望我們在這種情況下爭鬥，我也認爲應該克制」。

預告從日本歸來，「打算會見各加盟共和國的領導人，討論一切當務之急，並使之付諸實施」。

四月二十三日，結束訪日，馬不停路，在莫斯科郊區的一幢別墅新奧加列沃如期與參加了全民公決的九個共和國領導人，討論帝國的前途和命運。

帝國權力的構成和支柱，內閣、最高蘇維埃、軍隊、內務部和克格勃，統統排除在外，帝國地方大員、封疆大吏，各州、邊疆區和自治共和國首腦，全部上不了臺面，無一到會。

法定政治實體的權力寡頭、一眾大沙皇、小沙皇，只有總統個人的小班底、以及擁有實權的哈薩克等小加盟共和國首領參加。

尤其是俄羅斯和烏克蘭，首次只有共和國首腦代表各州、邊疆區和自治共和國參加。

無論在實質上，還是在象徵意義上，都是一次沒有圓桌會議名稱的圓桌會議。

「我的態度感染了各位與會者。他們接二連三地，以自己的方式表示支援我的這種態度，擁護商量好的聲明。大家簡短的交換一下意

見—商量聲明中應該反映些什麼。

然後我宣佈暫時休息一會，走進自己的辦公室—列文科和沙赫納紮羅夫一直在辦公室內 -- 叫來速記員，開始口授檔。經過修改加工，把檔打出來，交給「十人團」。

戈巴契夫回憶。

事實上，總統過高估計了自己的「態度」。

長達九小時的討價還價，明爭暗鬥、決非個個通情達理、和氣一團，而是充滿算計爭吵、進逼妥協、幾害相權取其輕、幾利相權取其重的微妙平衡。

會議成果是一份聯合聲明，即所謂「九加一五點聲明」，或所謂的「新奧加列沃進程」，每個與會者鄭重其事在條約上簽名畫押。

一、採取果斷措施全面恢復憲法秩序，無條件地遵守現行法律。

二、根據全民公決結果簽訂新的聯盟條約，之後起草新憲法、選舉聯盟權力機關。

三、聯盟各機構和共和國無條件地執行一九九一年各項協議，聯合採取反危機措施。

四、中央零售價格措施考慮不周，將採取補充措施保護公民利益。

五、反對爲了政治目的而唆使公民不遵守法律和進行罷工，不允許號召推翻合法選舉的國家政權。

以葉爾辛爲代表的各共和國領導人在消除罷工等抗議活動，保持社會穩定，執行一九九一年經濟協議等問題上作出承諾。

戈巴契夫在共和國主權、聯盟條約的簽署程式和條件、以及中央政權的形成和選舉作出讓步，

政治遊戲規則中的實力原則，不客氣地當了仲裁師。

大多數人的感覺，「幾個月來第一次出現了一線希望，至少是半

年以來最重要的事件」。

輿論和克里姆林宮觀察家都歡欣鼓舞，認爲帝國最重要的政治力量，終於踏上了正確的道路。

事實上，外界觀感和戈巴契夫自己，以及總統身邊的小班底，不但過於樂觀，而且贏了面子，輸了裏子，而且輸得很慘。

為了挽救帝國於傾頹，總統不惜降尊紆貴，另闢蹊徑，固然值得稱道，但將總統地位和權力全數放在一個籃子裏，鋌而走險，過於簡單，風險太大。

此前幾個月向左轉，和權力、官僚體系打得火熱，賠上改革家的崇高威望，失去公眾和激進力量的信任和支持。

五個月過去又右滿舵，跟代表分離主義的各加盟共和國領導人以及激進力量私訂終身，又惹得中央和地方的官僚集團豬嫌狗不愛。

訪問日本，在東京迪士尼樂園

所有大權在握的親信重臣、將軍寡頭、以及地方大員、封疆大吏，不但大受冷落和忽視，而且強烈感受到出賣和屈辱。

就像從前夜夜侍寢在側的枕邊紅人，一夜間被拋棄在寒捨冷宮、孤意身單，必然咽不下這口氣，醋意大發，憤憤不平，居心叵測，以求一逞。

甚至已經邊緣化的斧頭幫中央委員會，都責難總書記讓步過多，國將不國，聯盟最高蘇維埃更是質疑總統背地裏幹了什麼見不得人的勾當。

直到戈氏再祭老把戲——以辭職要脅，才平息「同志們」的連天炮火。

「既然百分之七十的發言者對我提出批評，那我請求辭職」。

而克格勃頭子克留奇科夫、最高蘇維埃主席盧基揚諾夫、甚至戈巴契夫最信任的總統大內總管博爾金，已經心如死灰，棄絕對總統的一切希望。

總統已經拋棄他們，他們也決心拋棄總統。

總統已經與分離主義、激進力量沆瀣一氣，把帝國引入分崩離析的窮途末路，他們為什麼要替總統賣命、背書，當斷送帝國的罪人！

八・一九政變的感情、心理基礎，正是從這個時候開始形成，並一步步積聚、整合所有志同道合的力量。

總統再犯的致命戰術錯誤是：在分離主義甚囂塵上的危險關頭，沒來由地忽視、放棄與傳統上擁有實際權力的各州、邊疆區和自治共和國小沙皇攜手結盟。

列寧、史達林設計的地方權力構架，將各加盟共和國、尤其是將俄羅斯、烏克蘭等超大聯邦邊緣化、虛化，只有建製名義，沒有行政權力。

斧頭幫政治局自上而下，直接掌握加盟共和國之下的各州和邊疆

區、自治共和國，以及類似格魯吉亞、吉爾吉斯的小加盟共和國。

所以，各州、邊疆區和自治共和國，以及小加盟共和國，才享有統治地方的實際權力，才是中央在地方的權力基礎，而不是加盟共和國。

帝國七十三年間，進入權力中樞的所有寡頭，從總書記，到總理、到擁有大權的封疆大吏，沒有一個直接來自俄羅斯聯邦和烏克蘭黨、政機關，而基本都來自於各州、邊疆區和自治共和國。

戈巴契夫、葉爾辛、利加喬夫、此前的布里茲尼夫、赫魯雪夫，都出身州一級的小沙皇。

牽制、消解分離主義最有效的招數，其實是中央與各州、邊疆區和自治共和國直接勾手，擴大州、邊疆區和自治共和國的權力，從而使分離主義成為無源之水、無本之木，徒有虛名，有呼無應。

所謂的「新奧加列沃進程」，引狼入室，將九個加盟共和國的寡頭請入殿堂，而將各州、邊疆區和自治共和國的小沙皇排除在外，不僅自毀長城，徹底得罪了所有地方小沙皇，而且將各州、邊疆區和自治共和國的控制權，拱手相讓，推入各加盟共和國的懷抱。

不僅坐實俄羅斯、烏克蘭分離主義的控制權，而且喪失了中央對付、控制分離主義的最後手段和王牌。

李登輝後來在台灣推動權力轉型，就是吸取戈氏失敗的教訓，有計劃、有步驟地虛省、凍省，把「台灣省」由實變虛，消除尾大不掉的危險。

如果說，一九九〇年六月的蘇共二十八大是戈巴契夫權力和威望的頂峰，那麼，到一九九一年的四月，不到一年光景，曾經光芒萬丈的政治紅星，一天天開始走下坡路。

而一九九一年四月之前的五個月裏，戈巴契夫先左後右，既重創了總統的權力基礎和公眾擁戴，又賠上中央和地方權力寡頭的信任和

支持，製造出自己的掘墓人。

　　基本上輸光了權力舞臺所需要的全部威望和治國手段，剩下的只是總統頭銜和控制權力機器的合法性。

　　從公眾到官僚，從虎視耽耽的分離主義、激進主義，到頑冥不化的沙文主義、保守勢力，誰都不喜歡他，誰都抱怨他、詛咒他。

　　可眼下，誰都離不開他，誰都利用他。

　　他註定要作歷史喜劇和個人悲劇的雙重主角，他有力量只演出喜劇、化解悲劇，但他被自己的天真、單純和自信而俘虜，被他所處的環境、歷史和文化所左右。

　　在同樣的環境、背景和歷史進程中，沒有人比他做得更好、更勝任這個角色，沒有人。

新奧加列沃進程方向對了，但權力寡頭們急了

山雨欲來 J

　　戈巴契夫寄予無限希望的「新奧加列沃進程」，當下唯一的收獲是，平息了持續已久的煤礦工人大罷工，但是，功勞和榮耀都屬於葉爾辛。

　　正是葉爾辛，高大身影一出現在罷工礦區，罷工工人紛紛拜倒在腳下，毫不拖延地宣佈馬上復工。

　　戈巴契夫費盡九牛二虎之力解決不了的心頭大患，葉爾辛不費吹灰之力，點石成金。

　　又順手牽羊，大筆一揮，宣佈俄羅斯境內的煤田全歸俄羅斯管轄！

　　就是說，不但把罷工地區的煤田劃歸俄羅斯所有，沒有參與罷工的煤田，甚至尚未開發的煤田，都歸俄羅斯所有！

　　通過礦區之行，為登上俄羅斯總統拉回的無數選票又是看不到的紅利。

　　戈巴契夫押出、甚至透支手中所有權力、花費全部身家下的一局大棋，至少第一個回合，都為葉爾辛增加權力、在分離主義的道路上繼續前行作了嫁衣裳！

　　戈巴契夫甚至不計較葉爾辛「新奧加列沃進程」墨蹟未乾的法律戰，單方面信守承諾，指示克格勃主席克留奇科夫與葉爾辛會晤，討論成立俄羅斯聯邦國家安全委員會事宜。

　　從克格勃當中劃撥三、四百人，由維克托 · 伊萬年科少將領導，

成為俄羅斯聯邦的安全機關。

自挖總統及中央的墻角，獨肥俄羅斯和分離主義的力量。

葉爾辛的回報僅僅是，在公開場合讚揚戈巴契夫！

「戈巴契夫今天顯然是贊成這些改革的，這一點很重要，這使他成爲我們的盟友」。

……

拉拔老同學盧基揚諾夫充當最高
蘇維埃主席是又一個用人錯誤

一九九一年頭四個月結束時，經濟改革沒有任何進展，經濟形勢越發糟糕。

石油產量減少了一千七百五十萬公噸，鋼鐵產量減少了三千六百萬公噸，煤炭減少了三千二百萬公噸。

與公眾生活息息相關的肉、奶分別少收購五十萬公噸和二百八十萬公噸，雞蛋產量下降了百分之十四。

整個國民經濟產值下降百分之十，出口貿易下降百分之十八，進口則下降了百分之四十五。

所有經濟指標中，唯有人們最不希望增長的數字大幅增長——通貨膨脹率，增長率高達百分之六十以上！

面對經濟數字，所有人都笑不出來，包括等著收穫戈巴契夫失敗、謀取其權力和地位的政客，都只敢竊笑、偷笑、躲開公眾視線大笑。

最笑不出來的人當然是戈巴契夫，他百思不得其解，極權怪獸都能輕輕鬆鬆馴服，咋就玩不轉經濟改革的魔方？

從上臺的第一個月起，改變停滯不前的經濟就是新沙皇的頭等大事，六年來，花費巨大精力，付出巨大代價，制定了一個又一個計劃。

尤其是年前通過的最後一份改革計劃，雖然在改革進程和速度上，政治人物和專家的分歧很大，但改革的目標、路徑、方法、輕重緩急，徹底得不能再徹底，周詳得不能再周詳。

但是，激進派、穩健派、官僚集團、地方、企業首領，凡是手裡有權的人物，都視改革計劃為總統和許多不三不四的人物勾搭成奸的私生子。

不喜歡、不承認、不落實、不執行，最多是選擇性地各取所需。

總統本人和議會、政府頒發的所有法律、法令，都徒具其表，作用和影響，只停留在文字上。

當務之急，又需要制定計劃「反危機」！

又是事必躬親、親自介入，又不放過各路人馬、各色人等的主張和主意，一而再、再而三地召集各共和國領導人討論其內容。

最後再來個大雜燴，把亞夫林斯基和哈佛經濟學家薩克森提出的「希望計劃」與帕夫洛夫總理的反危機綱領嫁接一起。

「方案不光是一個政府的規劃方案，還是各加盟共和國政府的規劃方案。」

「規劃決定的責任太重大了，後果馬上就會在千百萬人的生活中反映出來。」

戈巴契夫回憶。

不明就裏的看客，心懷不滿的政敵，包括曾經担任駐美大使、斧頭幫中央書記的多勃雷寧，都嘲笑、指責戈巴契夫「輕率地、急功近利地」制定了一個又一個計劃。

事實是，所有計劃無一不針對當時整個政治、經濟形勢，無一不絞盡腦汁、反反復複、集中當時所有最有智慧的專家和政治人物共同制定。

儘管一個新計劃取代一個舊計劃，後一個計劃取代前一個計劃，制定、執行計劃的速度趕不上經濟惡化的速度。

活靈活現上演一齣「獅子掰玉米」的生動傳奇。

關鍵在於，所有人，包括戈巴契夫和全世界最優秀的經濟專家，有意無意、當時事後，都沒看中問題的要害——所謂的改革，需要權力推行落實，而掌握權力的各色人等，都忙於爭手中的權，奪他人的利，無人關心、過問每個計畫的落實，除了戈巴契夫。

就算上帝之手親自點化，紙上設計美輪美奐，都是紙上談兵。

六月十七日，蘇聯最高蘇維埃召開會議，審議帕夫洛夫內閣提出的反危機綱領。

向議員們解釋完關於綱領的制定和作用，總理附加一項要求，為「有效落實反危機綱領」，「總統每天的工作量爲十四小時，許多事情根本顧及不到」，請求最高蘇維埃授予政府本年度的「立法動議權」。

出席會議的內務部長普戈、克格勃主席克留奇科夫、國防部長亞佐夫，都表示支持帕夫洛夫的要求。

普戈說，民族衝突未平、社會犯罪率上升，乃政府過於軟弱。

克留奇科夫說，他有充分的情報表明，美國中央情報局在插手民族衝突，並正在擾亂蘇聯的經濟。

亞佐夫元帥補充，軍事方面，所謂「合理的足夠程度的防禦能力」不符合帝國的實際要求。

中心議題本來是審議通過反危機綱領，隨著帕夫洛夫索要權力，演變為發洩對總統經濟、安全、社會、軍事政策的不滿和質疑。

包括戈巴契夫最信任的老同學、最高蘇維埃主席盧基揚諾夫，都

偽裝寬厚，語藏機鋒，暗中幫忙。

傳統官僚和沙文主義的大雜燴「聯盟議員團」如獲至寶、高度贊同，呼籲議員們投下一票，給總理所需要的權力，滿足帕夫洛夫的要求。

一定意義上，總統內閣的主要成員，與最高蘇維埃的保守勢力，心心相印，不謀而合，背著總統，瓜分屬於總統的權力。

通過法定程式，演習兩個月後的八·一九政變。

完全可以肯定，這一過程給政變主腦克留奇科夫提供了非常精准的資訊，這些仁兄都對總統不滿，都是潛在的政治盟友和政變所需的「中流砥柱」。

總統最信任的要員，掌握帝國要害權力的寡頭，一個不剩，全在其中。

另一個要害人物，也是最危險的人物，總統辦公廳主作博爾金，人在戈巴契夫身邊，心與最高蘇維埃會場的寡頭們緊緊連在一起。

克留奇科夫以其情報頭子的嗅覺、訓練和偵察手段，早就對博爾金的內心世界瞭若指掌，與之共謀，拉其入夥，只是時間和時機問題。

戈巴契夫當時正在郊區的新奧加列沃別墅開會，與九個加盟共和國領導人討論新聯盟條約草案。

當天晚些時候，最高蘇維埃會場發生的一切通過媒體報導出來，他才獲悉大概情況，「吃驚和憤怒」立時通上心頭。

偷窺竊篡他權力的每個人，都是他一手拉拔、一手賦予手中的權杖，信任他們如信任自己的左膀右臂。

「在新奧加廖沃工作期間，聯盟協議和各種方案也都在政府裡討論過。」

「當然，首先是有關經濟的條款，但也不光是經濟。」

「總理帕夫洛夫和各部委領導人都提出過意見，這些意見反映了他們對這一檔和對未來聯盟國家實質的看法。」

「實際上是其他所有部門都打了詳細的報告，有的甚至是長篇大論，有資料報表，有扎實的論證。」

「當然，並非政府所提出的所有意見都被採納了，但是從整體上說，政府沒有提出反對協議的意見。」

「同樣重要的是，新聯盟協議不僅得到各共和國的贊同，而且也得到了各基本權力部門，首先是蘇聯最高蘇維埃的贊同。」

「盧基揚諾夫、尼沙諾夫實際上參加了新奧加廖沃的各次會晤，而且——順便說一句——還不止一次地加了些調和折中的言詞。」

「每次會議後，新的協議草案都要送給最高蘇維埃主席團，向代表們通報。他們在各

種委員會的討論中提出了不少的意見。」

「這些意見都轉達給了草案工作小組，小組考慮這些意見，跟考

克留奇科夫在行動

慮各共和國議會提出的建議一樣。」

「根據協定草案精神在保留和革新聯盟國家的情況下，這個問題的解決方式是最好的，它使我們得以避免衝突，在處理民族關係時通過法律手段，而不是訴諸武力作一些條件業已成熟的改變。」

「非常重要的是，經歷了各種風雨和錯綜複雜的政治權謀，對立各方的爭論與衝突」好不容易在新聯盟設計中找到共同語言，贏得求大同存小異的局面。

好不容易平息民族衝突、街頭抗爭、煤礦工人罷工，平息與分離主義的法律戰、輿論戰、權力戰，大家都渴望平靜和安定。

總統的班底、掌握帝國命脈的要員，背著總統搞小動作，謀取總統的權力！

一如所有權力不受約束的帝王、沙皇，誰觸碰他的權力，誰就死路一條。

但他身邊的人、他喜歡的人，他莫名其妙看中的人，包括太監、國戚、秘書、風水師、占星術師一眾偽裝巧妙的小人、奸佞，明明行為乖張、觸犯天條，旁觀者個個為他捏把汗，他就是渾然不覺、執迷不悟、一而再、再而三的原諒，沒有警覺、沒有理由的寬容。

「吃驚和憤怒」很快煙消雲散，信任和喜歡捲土重來。

第二天，當著最高蘇維埃議員們的面，戈巴契夫不但公開給總理打圓場，總理的要求「可以理解」，而且公開聲明，他和總理之間，「沒有甚麼問題」！

至於亞佐夫、克留奇科夫和普戈，總統只召見訓斥了事，恫嚇他們，要是再惹事生非、興風作浪，就權位不保、滾蛋拉倒。

外加在最高蘇維埃大會上將「聯盟議員團」的兩個代表人物阿爾克斯尼斯和布洛欣作靶子，劈頭蓋臉，聲色俱厲，大罵他們試圖動搖議會、內閣和總統之間的關係。

指桑罵槐，旁敲側擊，警告面色鐵青、灰溜溜坐在一旁的「四人邦」帕夫洛夫、亞佐夫、克留奇科夫和普戈。

「只要我是總統，我就將繼續奉行在世界範圍內進行合作的政策。」

「我將繼續做必須做的事情。」

就像以往對付斧頭幫的政治局，只要總書記、總統提高嗓門擺出進攻架勢，所有人──無論昔日的政治局委員，還是當今總統的班底、高級「人民代表」，立即偃旗息鼓、乖乖繳械。

也像當年的拿破崙大帝，哪怕從被流放地厄爾巴島歸來，只要他的灰色斗篷一出現，一定所向披靡。

只要他願意，一定是贏家。

帕夫洛夫垂頭喪氣，其他四人乖乖就範，都屈服於總統至高無上的淫威，只是，口服不等於心服，從後來的行動看，沒有一個人心服，而且積怨更深、裂痕更大，感情和政見都走向決裂。

歷史反復證明，人是靠不住的，人心不但難測，無法憑言行判斷其真實想法，而且隨著條件、環境和社會因素的變化，心理活動和想法都會發生變化。

尤其是威權、極權政治，最高權力壟斷一切資源，混跡於權力階梯的生靈要生存、要往上爬，終南捷徑，只有跟太監一樣，閹割自我，或者投上司所好，偽裝自我，君臣一心、絕對忠誠只有傻瓜才相信。

世上沒有兩片樹葉相同，任何兩個人的心思、想法也不可能完全相同，即使最親近的父母與子女之間。

戈巴契夫的智商、情商、人格、追求，出類拔萃，笑傲江湖，在權力階梯上少年得志、如魚得水，掌握最高權力自信十足、乾綱獨斷、無私無畏，必然過於相信自己的權威和魅力，君子之心度小人之腹，也過於相信他人的忠誠。

既沒覺察民主、分權、法治政體的細節和妙用，也沒關注極權怪獸尖牙利爪的致命危險和根由。

總統的資訊來源、情報來源仍然由總書記先前的大內總管和克格勃控制，克格勃不僅是帝國內外情報來源和總匯，又掌握最高領導人的安全保衛和最精銳的特種部隊阿爾法，武裝力量的指揮調動、軍政軍令的劃分制衡，仍然沿用史達林、布里茲尼夫時代的管理模式，權限不清，大而化之，形成一個個小金字塔。

六年多來，最重大、最複雜的意識形態及權力轉型、經濟轉型都一一輕舟強渡、攻克完成，最容易、最簡單的拆解武力、暴力機器、改變強力部門的職能和權限卻粗心大意、寸功未建。

從而給野心家、陰謀家和不安分守己的寡頭發動政變留足了空間、預備了條件，成為整個改革大業和工程無可挽回、不可原諒的致命疏失和大錯，直接導致幾個月後的政變發生，手中權力盡失、帝國解體。

如果像葉爾辛那樣，一入主克里姆林宮，首先拿克格勃開刀，一分為二，「國家安全局」的權力迴歸原本意義上的國家安全，類似美國聯邦調查局的角色，「對外情報局」專責國外情報和資訊，類似美國中央情報局的地位。

盧比揚卡是花崗巖鑄就的

乃至武裝力量的管理構架、最高領導人的特勤保衛，都模仿美國的做法。

早早斬斷極權怪獸的尖牙利爪，尤其是剝奪尖牙利爪的政治地位，打發其遠離權力中心，使其染指最高權力成為不可能，主導、密謀、發動政變的歷史一定劃上句號。

自始至終，戈巴契夫的全部精力和心思都投放在當面鑼、對面鼓的正面戰場上，絲毫沒有在意、留意、注意看不見的隱蔽戰場有什麼危險，需要什麼改革。

略施一記回馬槍，平息帕夫洛夫內閣茶杯裏的風波，注意力和神經興奮中樞又回到如何對付葉爾辛的挑戰上。

「戈爾比」傾盡心血開創的、把斯拉夫民族帶向歐美文明最具標誌、最具歷史意義和榮耀的盛典——一人一票選舉國家領導人，由葉爾辛主導、並為他自己量身訂制。

一路走來，導演、主演了人類歷史上最有膽識和智慧的大戲，在全劇的高潮、全劇最沒懸念、最有象徵意義的情節，「戈爾比」膽怯了、退縮了、放棄了，把自己定位於幕後操縱權力遊戲的教練，而不是親自上場的戰士。

不但放任葉爾辛在俄羅斯設立總統、選舉總統，坐實俄聯邦行政權力，掏空帝國主體，而且參與葉爾辛一步步拆除帝國最大、最關鍵支柱的分離主義權力遊戲。

明知葉爾辛的威望如日中天、不可爭鋒，整個政壇，只有謝瓦爾德納澤堪與葉爾辛棋逢對手，可惜，謝氏是格魯吉亞人，不是俄羅斯人，無法參加競爭。

其他任何人，就算把一月下臺的前總理雷日科夫，和燦燦升起的明星巴卡京捆綁，都沒有勝算，都是為一枝獨秀的葉爾辛當水靈靈的綠葉。

付出巨大精力、資源和威望，付出與另一對參選人雷日科夫徹底

分道揚鑣的代價，強推巴卡京出戰葉爾辛。

票選結果，五對候選人，巴卡京的支持票倒數第一。

葉爾辛一人獨得百分之五十七的選票，超過其他四對競選人的總和，頭頂斯拉夫史上第一位民選總統的桂冠。

深受全世界愛戴的戈巴契夫，不但失去全域的判斷力和駕馭能力，也失去局部的判斷力和駕馭能力。

不但失去權力構架、權力平衡的設計、控制能力，也失去政治力量、政治領袖能量和威望的洞察、使用能力。

唯一值得寬慰的，葉爾辛贏得的支持，等於改革力量贏得支持，戈巴契夫正與葉爾辛攜手、結盟，差強人意，勉強算戈氏的選擇和方向符合公眾期待、贏得公眾支持。

不僅出於禮節，多少苦澀地、酸楚地、懷有期待地，給葉爾辛打電話，祝賀葉氏擔任「極其重要」的職務。

在葉爾辛的就職典禮上，又「祝賀」葉氏「政治和國務活動開始一個新的階段」，寄予「支持」、友好和祝福。

又指示大內總管博爾金，給葉爾辛總統在克里姆林宮準備一間辦公室，討好葉爾辛，拉抬葉爾辛。

年前八、九月間戈葉第一次攜手那種令人鼓舞的局面再度出現，所有人又都恢復了對帝國的信心和期待。

認為戈巴契夫與葉爾辛合作，七大工業國的支持，都預示著帝國的危機，緩慢走出低谷，放射出希望的曙光。

莫斯科的政治氣候隨著季節的腳步，度過寒冷的冬天和乍暖還寒的春天，來到陽光燦爛、生機勃勃的夏天。

從一九七三年開始，全球最大的發達國家、也是民主國家，每年的七月，政府首腦聚集一起，討論世界事務，協調處理立場，因為有七個成員國，史稱七國峰會，或七國集團。

一九九一年的峰會在倫敦舉行，不光戈巴契夫，帝國有遠見的政要和經濟學家都不謀而合，希望能利用七國首腦峰會，爭取到改革經濟、結束經濟危機的重大支持。

五百天計劃的發起者、俄聯邦前副總理亞夫林斯基，不但沒計較戈巴契夫將自己的傑作改得面目全非，而且全力以赴，共赴國「難」（困難的難），為爭取國際貨幣基金組織、世界銀行、以及七國集團、尤其是美國的支持而奔走。

不但遠赴美國，同哈佛大學的經濟學家一起討論制訂帝國的經濟改革計劃，又在「七國集團」協商委員會上，督促「七國集團」首腦，邀請戈巴契夫參加本年度的峰會。

瓦連尼科夫與普丁

隨後，又正式作為戈巴契夫特使，與普裡馬科夫及政府副總理謝爾巴科夫，前往華盛頓，鄭重其事叩敲七國峰會大門，請求伸出援助之手。

又早在五月間，就與普裡馬科夫聯名致函七大工業國集團，請求提供財政援助，取消貿易壁壘……

前外長謝瓦爾德納澤也前往華盛頓、倫敦、巴黎，利用自己的崇高聲望，遊說一眾政客慷慨解囊，援助戈巴契夫的經濟改革。

總統本人早在一九八九年，就對來自歐美的援助、特別是美國的援助，寄予無限期望，只是歐美一眾政客，雷聲大，雨點小，姿態積極，行動遲緩。

尤其是財大氣粗的老布希，拒絕抄杜魯門－馬歇爾的作業，制定

「歐洲復興計劃 2.0 版，讓戈巴契夫很是失望。

既然舉國上下，官方，民間，學者，政客，都心往一處想、勁往一處使，明攻暗勸，艱苦卓絕，總統沒有理由消極應付。

在哈薩克共和國視察，赴挪威發表諾貝爾和平獎演說，只要有機會，總要赤膊上陣，連番聲請。

「希望七國領導人和其他國家瞭解這一進程。」

「七國集團有必要對此進行討論。」

……

到了六月，大家的努力如願以償，七國集團時任主席、英國首相馬卓安發出邀請函，「歡迎戈巴契夫總統閣下到倫敦作客，並會晤七國首腦」。

七月十五日，七國首腦會議如期開幕。

頭天晚上，戈巴契夫抵達倫敦。

開會之前，戈巴契夫先會晤法國總統密特朗、日本首相海部俊樹及美國總統布殊，下午，接受七國首腦的集體「面試」。

儘管和從前相比，戈巴契夫內外交困，權力和威望都大打折扣，所有單會、群會結束時，國際舞臺上最受人矚目的七大國領袖，仍然被戈爾比獨具的魅力、猶存的風韻所徵服，誇讚之詞流水般從每個人的嘴巴裡流淌出來。

「我看到了一個依然如故的戈巴契夫，他沉著鎮定、泰然自若，意識到了這一天的重要和賭注，他是一個很有思想但並不忽視現實的人。」

「這是歷史性的一天。它標誌著蘇聯全部併入世界經濟大家庭的第一步。」

「戈巴契夫的表現非常出色。」

「那是一篇歷史性講話。」

法蘭西總統密特朗，英國首相馬卓安，美國總統布殊，德國總理科爾眾口一詞。

英國首相馬卓安在貴賓如雲的送別宴會上當面讚美戈爾比：

「人類歷史上，經常會湧現出一些能決定歷史進程的人物，而您，戈巴契夫先生，就是其中的一位。」

「您具有能看到事態發展趨勢的英明，又有大膽放棄半個世紀傳統和教條的膽略，還有實現您意圖的政治藝術和決心。」

「對此以及由此而引起的國際形勢的變化怎麼評價也不算過分。」

「你領導了本世紀最傑出的革命。」

不但口惠，而且實至，七國集團集體制訂援蘇計劃一份。：

一、同意蘇聯成爲國際貨幣基金組織和世界銀行的聯繫國。

二、推動七國集團夥伴、國際貨幣基金組織、世界銀行、經濟合作與發展組織和復興銀行同蘇聯合作。

三、在能源、軍工企業轉向民用企業、食品分配和核安全與運輸方面提供技術援助。

四、鼓勵爲蘇聯的商品和勞務輸出開闢管道。

五、七國集團主席馬卓安年底前訪問蘇聯。

六、七國集團財長很快訪蘇。

姿態積極，項目繁多，花裏胡哨，難能可貴，只看場景和內容，後世一定以爲，還曾經勢不兩立、水火不容的一對冤家，不過四、五年功夫，已經琴瑟和諧，合作無間，你儂我儂。

殊不知，跟二戰後美利堅援歐的「馬歇爾計劃」相比，七國集團的行動，實在令人大失所望、扼腕嘆息。

面對滿目瘡痍，飢寒哭號的戰後世界，杜魯門、馬歇爾本能、質

樸地意識到，沒有美國伸出援手，就沒有歐洲的復興、民主和自由，就沒有美國未來的繁榮、安寧和世界和平。

以最純樸的動機、最真誠的心態，說服參眾兩院，再次動用納稅人的血汗錢，慷慨解囊，以一國之力，拯救歐洲免受貧困、奴役和極權主義威脅。

甚至「只要受援國需要哪些援助與美國取得一致意見」，美國就準備雙手送上真金白銀，包括已經在佔領區擴張極權主義的紅色帝國。

僅僅因為史達林嚴防死守美元「污染」、「經濟侵略」，寧肯千百萬勞動人民在生死線上掙扎，也不要「美國的救濟糧」。

而今，戈巴契夫不但將史達林的動物莊園以及東歐帶進資本主義港灣，而且使盡渾身解數，投懷送抱，夢寐以求七國金錢和資本進入昔日的鐵幕以東。

七國集團首腦，以喬治・布殊爲代表，集自由經濟成功和成果之大成，坐擁全球財富的百分之七十以上，視而不見冷戰全勝的巨大紅利和機會。

放著現成的馬歇爾計劃不抄襲、不複製，虛與委蛇，小裏小器，滴水不解大渴，遠水不解近渴，口惠而實不至，

眼睜睜看著民主政體、自由經濟遭受權力轉型、經濟轉型的雙重陣痛，社會大眾失望不滿、怨聲載道、醞成威權主義、民族主義借屍還魂的溫床和基礎。

甚而，對敵慈悲對友刃，對極權主義網開一面，輸血送氧。

不但親者痛，仇者快，失信失望於擺脫了極權主義的俄羅斯和東歐，而且模糊了是非標準，不良示範於全世界。

擁抱民主自由自生自滅，固守極權統治有奶有錢。

戈巴契夫的收獲，恢復國際舞臺上的高大形象，耳朵裏裝滿頂棚讚美和頌揚，與布殊達成又一項協議，各自削減百分之三十的戰略核

武器。

戈巴契夫自己沒想到，全世界所有人都沒想到，在邱吉爾的故鄉，在戈爾比王諸夫婦首次驚艷世界的地方，從高加索走出的普羅米修斯人間版最後一次登臺亮相、獻藝絕唱。

戈巴契夫返回莫斯科次日，有虛名、無實權的俄羅斯總統葉爾辛送出新一份大禮——兌現競選諾言，發佈命令，禁止所有政黨在俄羅斯境內的工廠、企業、學校和國家機關中發揮作用。

「所有政黨」中，沒有別的政黨，只有斧頭幫有這種特權，禁止「所有政黨」，就是禁止斧頭幫在工作時間和場所從事活動、發揮作用，就是進一步打擊斧頭幫。

儘管年前六月，戈巴契夫已經給斧頭幫致命一擊，將其從列寧史達林的旗幟下拉將出來，披上戈巴契夫的號衣，但百足之獸死而不僵，只要一息尚存，就可能千方百計顯示自己的存在，借屍還魂，重回權

力中心。

葉爾辛通過這些行動，一方面進一步削弱、羞辱、作死斧頭幫，一方面借此拉抬自己的威勢和權勢，但同時也進一步挑起政治爭鬥，把斧頭幫逼到墻角，困獸猶鬥，垂死反撲。

退出權力中心、不再大權獨攬，與其他政黨平等競爭，已經邊緣化成歐、美的議會黨、執政黨，禁止斧頭幫在權力機關、學校和廠礦發揮作用、停止活動，等於切斷斧頭幫七十多年寄生在國家、社會肌體上、利用全民財富經營一黨之權、一黨之私的無數血管和細胞，也就是切斷極權怪獸的生命線。

唯我獨尊、老子天下第一的世襲權力專業戶，不光咽不下窩囊氣，也是生死之戰、續命之戰。

政治局、書記處、監委、黨委、各級書記、重量級名魁，個個披掛上陣，憤怒聲討葉爾辛違反憲法，踐踏民主，要求顧全大局、收回成命。

在遙遠的西伯利亞，十一個州和邊疆區的黨魁聯名發表聲明，指控「蘇聯政治領導和國家領導機構越來越具反人民性」。

前外長謝瓦爾德納澤主張建立一個建設性的反對黨，蘇共中央監委馬上發出通知，要求審查其言行。

總統顧問雅科夫列夫主張戈巴契夫辭去斧頭幫總書記，讓斧頭幫成為在野黨，自生自滅，也受到黨的公開批評和譴責。

雅科夫列夫、謝瓦爾德納澤、莫斯科市長波波夫、列寧格勒市長索布恰克、科學工業聯盟主席沃爾斯基、著名經濟學家彼得拉科夫和沙塔林、俄羅斯副總統魯茲柯伊和總理西拉耶夫等主張改革的共產黨人，倡議組織一個「民主改革運動」，以聯合一切主張民主和改革的力量，協調行動，更遭到保守勢力和官僚集團的同聲反對和算帳。

戈巴契夫再次處於兩軍對壘的中心、處於左右拉扯的兩難境地和膭心。

「對黨來說十分沉重的階段開始了，它要尋找自己在革新中的社會裡處於怎樣的地位。廣大共產黨員面臨著實實在在要決定黨的命運的問題：它有沒有能力改革好？

能不能從一個與國家同生同在、在許多方面官僚氣十足的結構改變為群眾性的按民主作風組織起來的左派力量的政黨？

一場全黨範圍的大辯論自發地啟動了，矛頭針對領導的批判浪潮掀起來了，脫離黨的隊伍的人數急劇增長。」

「作為蘇聯總統，我根本不準備……讓黨聽憑命運擺佈……面對幾百萬共產黨員，對改革的命運，我應該負起責任，竭盡所能，使黨能經歷內部民主化的道路，并在新的政治結構裡具有應有的地位，也是我的責任。」

戈巴契夫回憶（參見《戈巴契夫回憶錄》）。

受任於斧頭幫的總書記，結果於將斧頭幫逐出權力中心，為著公眾的幸福、民族的命運，戈巴契夫理性再決絕、意志再堅定，感情、道德和責任所在，都不能斷然丟棄「仍然是惟一一支擁有全聯盟範圍組織規模的強大政治力量」（參見《戈巴契夫回憶錄》）。

況且，「黨不僅曾經是改革的發動機，而且事實上還在人民代表大會廢除蘇聯憲法第六條之前就已經同意放棄自己在社會上的壟斷地位。」（參見《戈巴契夫回憶錄》）

再走一步，甚至是半步，這個以權力為生命線，以武力、暴力為手段獲取權力、捍衛權力的極權黨，就可以脫胎換骨為一個真正的北歐式社會民主黨，黨的寵兒和掌門人戈巴契夫絕不願半途而廢、功虧一簣。

趁著國際舞臺上的順風順水和新奧加廖沃進程的順利推進，戈巴契夫再度傾注精力，在即將召開的中央全會上，為斧頭幫徹底洗心革面而戰。

五退其稿，在新章草案裏，幾乎整個拋棄馬列主義的學說和信條，

注入社會民主黨人的思想和主張，率領黨內具有新思維的改革派人物和原旨主義者進行最後搏鬥，與以往一刀兩斷。

一如歷次黨的重要會議，總書記再次先發制人，劈頭蓋臉抨擊黨內的保守力量，直言不諱，不少黨的各級負責人「把自己跟隨不上形勢、把握不住社會需求和人民期望的個人過錯一古腦兒全推在總書記頭上」。

也一如每次重要會議出現的結果，許多居於領導崗位的黨魁，對總書記的改革主張和措施「每一步都缺乏熱情，但卻是贊同的」。

預期非常激烈的爭論、爭鬥，甚至趕總書記下臺，又成為「狼來了」般的稻草人和一場虛驚，極權怪獸又一次乖乖馴服，總書記又一次出奇制勝。

不僅完全背叛馬列思想的新黨章草案順利通過，意料之外的收穫，以保守立場著稱的俄共第一書記波洛茲科夫主動發表聲明，辭去俄共第一書記，總書記前助手之一的瓦連京‧庫普佐夫，接掌全國最大的黨組織。

戈巴契夫一年前費了九牛二虎之力沒有辦到的事，突然不費吹灰之力，輕易得手。

至於葉爾辛總統將總書記的黨逐出權力機關、學校和廠礦的命令，戈巴契夫睜隻眼，閉隻眼，只打雷，不下雨，沒有使用聯盟總統的權力予以否決。

因為除了聯盟中央的權力還象徵性地操在斧頭幫的總書記手裡，其他各級政權大多都被公眾選票轉移到新興的民主派手裡。

戈巴契夫即使頒令否決，至少民主派把持的政權，多半隻認葉爾辛的命令，而不認戈巴契夫的命令。

J. 被囚克里米亞

一九九一年八月十八日，星期日，位於南國邊陲的克裏米亞半島一片靜謐。

墨綠的大海依依波動，灼熱的驕陽盡情揮灑，習習的海風慷慨地擁撫著美不勝收的山光水色。

置身其中消受大自然恩典的生靈，無不心曠神怡，讚歎這一得天獨厚的天上人間。

戈巴契夫總統一家，再一次在這裏消磨一年一度的假期。

下午四點多，一架銀灰色的飛機呼嘯著在鮮為人知的福羅斯鎮降落。

飛機剛一停穩，為首的四位乘客立即率領助手走下弦梯，坐上早已準備好的一隊轎車，向位於福羅斯角的總統別墅急馳而去。

一行神情緊張，行色匆匆，在國家安全保衛局局長普列漢諾夫的引導下，熟門熟路，逕自進入戒備森嚴的雷區禁地，直接進入別墅的候見廳。

「我們要見總統。」

頂頭上司發話，身後全是再也熟悉不過的總統班底要員，總統衛隊長梅德韋傑夫絲毫不敢怠慢，立即上樓進入辦公室向總統報告。

總統正在工作。

自從八月五日來到這裡休假，只剩今天最後一天，再過二十幾個小時，就會返回莫斯科，結束兩周的假期。

再過兩天，八月二十日，新與九個加盟共和國簽署新聯盟條約。

這是新奧加廖沃進程的重大成果，是參與各方都滿意、都希望結出的果實，將徹底消除中央和各加盟共和國的政治和法律對抗，消除各派政治力量之間的對抗，從而為迅速向市場經濟過渡形成前提和基礎。

甚至，將一勞永逸，避免帝國人心思散、分崩離析的惡夢，解決困擾帝國數十年乃至百年來的民族矛盾。

休假期間，總統已經同助手切爾尼亞耶夫起草好簽約儀式上將要發表的講演稿，又將關於其他問題的新想法，整理成一篇文章。

行前，七月二十九日，總統曾與葉爾辛、哈薩克總統納紮爾巴耶夫，在新奧加廖沃最後一次討論新聯盟條約的內容和簽署。

期間，葉爾辛將總統拉到陽臺上，直言不諱，如果總統寄希望於新聯盟條約，各個共和國只有在一種情況下才會加入其中，戈巴契夫必須擺脫他那些令人討厭的親信，其中有克格勃主席克留奇科夫、國防部長亞佐夫……

納紮爾巴耶夫要求更換內務部長普戈和國家廣播電視公司主席克拉夫琴科，對副總統亞納耶夫更不屑一顧——『亞納耶夫當什麼副總統？』」

三巨頭一致同意，簽署新條約後，讓總理帕夫洛夫也滾蛋，具體接替人選屆時討論。

總統的日程表根本沒有見客的安排，尤其是遠在福羅斯的別墅，任何客人前來一定事先有約、經過同意。

中午前後副總統根納季・亞納耶夫還來過電話，問總統次日什麼時候飛回莫斯科，表示將在十九點總統抵達時去迎接，但是，並未提及有什麼人要來克里米亞找他。

所以，聽到衛隊長報告，戈巴契夫幾乎是本能地、被冒犯地、不悅地脫口而出：

「什麼人？」

衛隊長一一說過來客的名字。

這幾個人湊在一起幹什麼？

博爾金怎麼會在其中？

戈巴契夫滿腹狐疑。

博爾金是克里姆林宮的大內總管，總統最信任的第一事務助理，隨時都可以跟戈巴契夫打電話，通消息，請示彙報，沒有電話，直接前來，怎麼回事？

戈氏親自提拔的軍工頭目巴克拉諾夫

久歷官場，見識過各種意外插曲，又滿腦子「新思維」，戈巴契夫仍然回不過神來，奇怪不速之客的來訪。

本能地抓起眼前的電話，首先打給克格勃頭子克留奇科夫：「弄清楚誰派這些人到這裏來」。

電話聽筒裏沒有任何聲音。

拿起第二個，沒有聲音，第三個，第四個，第五個，還有軍事專線，都沒有聲音。

真正無聲勝有聲，只有在場的衛隊長能夠證明，戈巴契夫一定大驚失色，刹那間意識到，自己與世隔絕了、被囚禁了，最可怕的事情發生了。

事後，戈巴契夫很快寫出一本小冊子，回憶當時整個過程，唯獨

沒有好意思透露，第一個電話是打給克格勃頭子克留奇科夫的。

因為克格勃是帝國的千裡眼、順風耳，掌握所有情報來源，克留奇科夫由總書記一手提拔並無限信任。

就像當年拿破崙駕前的秘密員警頭子富歇，只要世界上發生過什麼事、任何人說過什麼敏感、重要的言論，他都無所不知、無所不曉。

而戈爾比的富歇，正是不速之客的頭號幕後黑手、整個事件的主腦和始作俑者、組織者。

戈巴契夫當時要是透露出這個細節，一定讓全世界笑掉大牙。

一直到正式回憶錄《真相與自白》問世，才時過境遷，不打自招。

克留奇科夫一定算計得非常精準，派出的行刑隊到達總統別墅之時，就是切斷戈巴契夫與外界一切聯繫的準點，也是驚天政變發起的第一聲槍響。

震驚、絕望、憤怒、恐懼，一向掌握帝國命運、掌握別人命運的人，一瞬間，不光自己的命運操在別人手裡、操在野蠻凶惡的權力寡頭手裡，自己的性命和一家妻小的性命，都成為砧板上的魚肉，任人宰割！

自己的生命可以不顧，一家妻小的性命何辜？

毫無思想準備，突然五雷轟頂，從天堂直跌地獄，任何人處在戈巴契夫的境地，都心如死灰、瀕臨崩潰。

「我離開辦公室，來到涼臺上，賴莎‧馬克西莫夫娜在這裡看報紙，我告訴她，一些不速之客來到了別墅，很難說他們想幹什麼，要作最壞的打算。」

「她對這個消息大為震驚，但她控制住了自己，我們走進旁邊的臥室。」

「看來，要麼現在就將搞訛詐，要麼就將企圖進行逮捕、抓走，或者發生某種其他事情，總之，什麼事情都可能發生。如果將涉及到主要事情，涉及到政治方針，我將堅持自己的立場，並且堅持到底，

我也不會作出其他決定」。

戈巴契夫後來回憶（參見（戈巴契夫回憶錄》）。

之後，又與賴莎一起，將女兒、女婿以及還不大懂事的一對小外孫女兒叫在一起，告訴他們發生了什麼事情，下一步還可能發生什麼。

大約半個小時過去，通知家人有所準備，讓家人明白事情的嚴重程度，戈氏這才起身去辦公室，接見來客。

辦公室在別墅的二樓，戈巴契夫到達時，發現來客已經不請而入，自己闖了進來。

總統辦公廳主任博爾金打頭，其他三人是國防委員會副主席巴克拉諾夫、蘇共中央政治局委員舍寧和陸軍總司令瓦連尼科夫。

除了瓦連尼科夫，戈巴契夫沒有什麼印象，其他三人，都全靠戈巴契夫才有今天。

尤其是博爾金，在戈巴契夫當總書記之前，不過是蘇共中央一名高級工作人員。

全賴戈巴契夫，兩年間，一九八七年，就晉升為蘇共中央總務部長，接替已升任中央書記的盧基揚諾夫。

所謂的總務部，實際是斧頭幫的神經中樞，列寧時期叫書記處，由史達林負責，官名總書記。

正是通過掌握書記處，史達林由開幫元老中最沒本事、最委瑣的辦事機構負責人，一躍而操縱全黨，將所有驍勇善戰、功勳卓著的老革命打成反黨集團，要麼驅逐出境，要麼送上斷頭臺。

戈巴契夫的前任康斯坦丁‧契爾年科就是總務部長當得非常出色，深受布里茲尼夫賞識，最終扶上總書記寶座。

戈巴契夫當上總書記，也是第一時間調自己當年關係密切的老同學盧基揚諾夫掌管，深信因此高枕無憂，不怕任何風吹浪打。

總務部長不光掌管總書記的一切政治、行政、後勤事務，掌管總

書記與外界的一切聯繫，所有人要見總書記，都要經過總務部長同意，所有資訊（除了克格勃情報）要送到總書記桌上，都要經過總務部長同意。

中央各部長以上成員的待遇問題，比如坐什麼車，住什麼房，享受哪一級的特供等等，也由總務部負責。

盧基揚諾夫幹了兩年，戈巴契夫將最高蘇維埃主席的寶座讓給他。

博爾金幹了三年，戈巴契夫把帝國的權力從斧頭幫手裡奪過來，帶著新設的總統府把斧頭幫的總務部變成總統的辦公廳，博爾鑫搖身一變，成為辦公廳主任，並躍升總統委員會委員。

沒有戈巴契夫，博爾金一輩子都是契訶夫小說裏那個膽小如鼠的小公務員，沒人知道他是誰。

全靠戈巴契夫信任拉攏，他才出人頭地，成為大權在握的太監首領。

戈巴契夫公開承認：「他是我十分信任的一個人」。

現在，正是戈巴契夫「十分信任」的總統大管家、幕僚長，搖身一變，成了拉戈巴契夫下臺的首席劊子手！

不但赤裸裸地背叛老闆和大恩人，而且衝在陰謀家的最前列，恩將仇報，把老闆和大恩人當作待宰羔羊，親口宣判老闆和大恩人的政治死刑。

在權力角鬥場摸爬滾打一輩子，見過形形色色的醜惡嘴臉，類似博爾金的背叛、無恥、醜惡，只有最高蘇維埃主席盧基揚諾夫有過之而無不及。

聊以自慰的是，總統最信任的老同學、也是全靠總統一手提拔才飛黃騰達的老狐狸仍然隱身、仍然腳踩兩只船，仍然在做取代戈巴契夫的黃粱美夢，戈巴契夫還蒙在鼓裏。

東方詩人白居易早就注意到這一現象，權力之間的人際關係最靠

不住，所有人情、倫理和道德都軟弱無力。

周公恐懼流言日，王莽謙恭未篡時。

向使當初身便死，一生真偽復誰知？

權力魔鬼驅使父子相互殘殺、母子你死我活，夫妻之情、君臣之義、上下級之屬的恩惠算得了什麼？

戈巴契夫的痛心和懊悔可想而知，也不可能心平氣和、平等友善面對行刑者。

不等對方開口，就困獸猶鬥，居高臨下，企圖用自己的三寸不爛之舌先發制人，曉以大理，明以大義。

描述 9 + 1 聯盟條約簽署以後指日可待的美好前景，指出發動政變，擁抱武力、暴力的嚴重後果和危險......

既展示自己至高無上身份和鶴立雞群，又本能地發洩憤怒、洗刷屈辱。

幾個無恥之徒沒有水準、沒有膽識、沒有本錢、沒有底氣、也沒有興趣，跟能言善辯、威風八面老闆一辯高低、空費唇舌，能耐心聽完老闆的高談闊論已經很給面子。

戈氏提拔的又一干员、苏共中央书记舒舍宁

他們簡單明確，任務單純，就是執行政變團夥的浪漫構想，逼迫戈巴契夫辭職，並任命副總統亞納耶夫為代理總統，要麼就同意政變頭目成立「緊急狀態委員會」，以總統之尊當「緊急狀態委員會」的傀儡。

亮出的「緊急狀態委員會」名單，把戈巴契夫肺都氣炸了。

副總統根納季‧亞納耶夫。

總理瓦連京‧巴甫洛夫。

克格勃主席弗拉基米爾 · 克留奇科夫。

國防部長德米特裡 · 亞佐夫。

內政部長鮑裡斯 · 普戈。

國防會議副主席奧列格 · 德米特裡耶維奇 · 巴克拉諾夫。

總統辦公廳主任瓦列裡 · 伊萬諾維奇 · 博爾金。

蘇聯共產黨中央書記奧列格 · 西蒙諾維奇 · 舍寧。

......

總統班底，帝國最有權力的機構，政府、軍隊、員警、克格勃、斧頭幫，一個不缺！

總書記和總統近年一手拉拔、充分信任、並賦予手中大權的所有人物，一個不少！

前一天還俯首貼耳、唯命是從的大跟班、老臣屬，一夜間，大漲姿勢，「義無反顧」，反戈一擊，將仕途上的大恩人、大老闆送上權力斷頭臺。

「我堅決拒絕他們強加給我的要求，聲明任何命令我都不會簽署。」

「......我不同意你們的看法。必要時可以召開蘇聯最高蘇維埃會議和人民代表大會，既然一部分領導人懷疑政治方針的正確性，我們就來討論解決。」

「但只能在憲法和法律的框架內行事。其他方法不能接受。」

「至於你們，想要斷送自己，就見鬼去吧。」

「但是要知道，人民已經不是過去的樣子了，他們不會忍受你們的專政，同意失去自由，失去這些年所得到的一切。」

戈巴契夫回憶。

巴克拉諾夫扮演白臉，改革事業耗費了總統大量心血和精力，該

「好好休息了，髒活兒由我們來做，然後您再回來。」「您不想簽署實行緊急狀態的命令，那就授權給亞納耶夫，」

瓦連尼科夫扮演黑臉，「您辭職也行！」

軟硬兼施、威逼利誘戈巴契夫就範。

糾纏半天，沒有結果，預定目標落空，氣急敗壞，揚長而去。

順手帶走總統權力的象徵之一——裝有核按鍵的黑箱子，以及總統衛隊長梅德韋傑夫，將總統的權力和行使權力的手段悉數剝奪。

別墅周圍和海上方面設立兩道警衛線，禁止任何人離開別墅和進入別墅區，將總統牢牢軟禁在孤島。

總統別墅變成臨時監獄，總統外圍安全保衛力量變成監視、看守、禁止總統逃跑的武裝力量。

全世界注目的改革家，改變歐亞大陸，改變世界的戈爾比悄沒聲息地作了階下囚。

幾年來人們一直擔心的危險和可能應驗了，「狼」，終於來了。

只剩總統身邊工作人員、包括政治助理切爾尼亞耶夫和總統貼身侍衛，仍然效忠總統、聽命於總統。

以往所謂的安全保衛、防範危險和襲擊是假，顯排場、耍威風是真，從這一刻起，安全保衛才迴歸原始物語、才發揮真正意義上的作用。

「三十二個小夥子都準備迎接更可怕的時刻。」戈巴契夫回憶。

暗殺、下毒、秘密處決，武力進攻，送上法庭羞辱，婦女兒童無一倖免，在俄羅斯和斧頭幫歷史上反復上演。

神秘沙皇亞歷山大二世登基的前奏，就是默許其親信自作主張殺害父皇保羅一世。

風流女皇葉卡特琳娜二世正式宣佈登基的當晚，情夫兼政變主將奧爾洛夫的弟弟就投其所好，刺死剛剛廢黜並囚禁的女皇丈夫、彼得

大帝的外孫彼得三世。

彼得大帝的女兒伊莉莎白更狠，不但將兩歲的沙皇伊凡六世廢黜，而且將他關在整日不見陽光的地牢長達二十一年，最後祕密暗殺，身中數劍……

史達林送上斷頭臺的季諾維耶夫、加米涅夫和布哈林，哪怕是列寧的戰友，照樣在絞肉機面前痛哭流涕、自我作賤、沒罪認罪。

尼基塔‧赫魯雪夫的命運算最好，雖然被拉下總書記寶座，壽終正寢也算福份。

「三天拘禁對我來說是我一生中最嚴重的考驗，對我的親人們也造成了嚴重的後果。」

一夜難眠，「我很為丈夫擔心，為孩子和孫子們的命運擔心，真是苦不堪言。」

「我難以入睡……我為那些和米哈伊爾‧謝爾蓋耶夫一起共事的人的背叛行為感到痛心。」

戈巴契夫和夫人賴莎‧馬克西莫芙娜回憶。

享樂勝地變成無情囚室，幸福家庭淪落受難同伴，福羅斯的黑夜靜悄悄，安靜、沉重得可怕，沒有任何消息傳入，也沒有任何資訊傳出。

除了陰謀的策劃者和他們的同夥，全世界都被蒙在鼓裡。

無所不知的中央情報局、福摩薩和軍情六處都變得又聾又瞎，一無所知這一驚天陰謀和政變。

只有戈巴契夫曾經最為倚重的兩個重量級人物以其特有的政治嗅覺和智慧，幾天前發出過不祥警告。

雅科夫列夫公八月十七日公開發表聲明，警告官僚集團「正在為進行社會報復以及黨和國家的政變作準備」。

此前，謝瓦爾德納澤發表文章，憂心忡忡地提醒人們：「我擔心我們正在喪失關鍵的時機，毀滅性的進程正在得勢。」

一直到翌日早晨六點，也就是八月十九日，塔斯社、全蘇廣播電臺和電視臺才奉命向全世界公佈由代總統亞納耶夫簽署的聲明。

——戈巴契夫總統由於健康原因不能行使職責，根據憲法，副總統根納季‧亞納耶夫代行總統職權。

——為克服當前危機、結束無政府狀態、保護人民利益，從即日四點起在一些地方實施緊急狀態。

——成立國家緊急狀態委員會。

委員會的成員由以下人員組成：國防委員會副主席巴克拉諾夫、克格勃主席克留奇科夫、總理帕夫洛夫、內務部長普戈、農民聯盟主席斯塔羅布采夫、國營企業聯合會會長季賈科夫、國防部長亞佐夫、代總統亞納耶夫。

——蘇聯憲法和法律高於任何其他法律，所有人都必須絕對執行國家緊急狀態委員會的決定。

賴莎與女兒

政變登場了，陰謀家亮相了，但不是全部。

繼而，代總統亞納耶夫致函各國首腦和聯合國秘書長，保證信守戈巴契夫時代和以前承擔的所有國際義務，希望各國理解他們的「臨時性緊急措施」。

對內，則發表《告蘇聯人民書》，發表緊急狀態委員會的十六條決定。恩威並施，又拉又打，聲稱戈巴契夫發起的改革已「進入了死胡同」，許諾他們將採取措施使國家和社會擺脫危機。

跟著誘人的紅蘿蔔，是威力百

倍於大棒裝甲車、坦克開進莫斯科，並佔領廣場和交通要道，封鎖重要機關和電臺、報社及通訊社。

從莫斯科到帝國全境，從歐、美到全世界，所有間諜、政要、新聞記者和公眾只有一個感覺——目瞪口默，驚愕不已。

就算當年希特勒進攻波蘭、日本海軍轟炸珍珠港，以及這年一月多國部隊進攻伊拉克，都沒有克里姆林宮發生的事變富於戲劇性、都沒有戈爾比的命運及其改革大業更牽動人心、更引人憂慮。

尤其是莫斯科，已經呼吸了好幾年自由空氣的人們，一覺醒來，突然發現神兵天降，黑洞洞的槍口、炮口就在自己胸前頭頂，就對著當家作主的人民群眾，就遭遇武力、暴力侍候，禁錮，奴役，恐怖、流血又來了！

人們紛紛從雨後的莫斯科各條大街走出來，徒步奔向俄羅斯議會大廈，或者前往市中心的練馬廣場，以及莫斯科市蘇維埃門前。

一些人開始在毗連俄羅斯議會大廈的街道上用公共汽車、交通隔離墩等物品設置路障，阻止武裝力量的坦克開近。

一些人包圍了已開到練馬廣場的坦克，並爬上坦克的頂部，要求其中的軍人不要聽命於緊急狀態委員會。

上午十點，俄羅斯總統葉爾辛看到議會大廈白宮窗外一群市民圍著坦克與士兵交談，當即決定與同伴走出大廈，站在坦克上發表演說。

莫斯科時間接近十二點，葉爾辛在俄羅斯聯邦議會大廈舉行記者招待會，代表俄羅斯執政團隊和議會宣讀並散發《告俄羅斯公民書》，鄭重聲明：

「1991 年 8 月 19 日凌晨，合法選舉出的國家總統被解職了⋯⋯這是一次右派的、反動的、反憲法的政變。」

「儘管人民經歷各種困難和極其嚴峻的考驗，全國的民主進程仍具有深刻的規模和不可逆轉的性質。」

「我們過去和現在一直認為，武力不可接受，損害了蘇聯在世界面前的聲譽，破壞了我們在國際社會中的威信，使我們回到冷戰時代，使蘇聯與國際社會隔絕開來。」

「這個奪權的所謂委員會是非法的，其頒佈的一切決定和命令都是非法的。」

「我們呼籲俄羅斯公民對叛亂分子給予應有的回擊，要求使國家重新走上正常的合法的發展道路。」

「毫無疑問，必須保證戈巴契夫總統有機會對全國人民講話，並緊急召開蘇聯非常人民代表大會。」

「我們堅信，我們的同胞不會讓毫無廉恥的叛亂分子的專橫和違法行為得逞。我們呼籲軍人們表現出高度的公民責任感，不參與反動政變。」

「在這些要求得到實現之前，我們呼籲在俄羅斯全境內無限期總罷工。」

接著連發佈三道命令，宣佈緊急狀態委員會爲違憲組織，犯了「國事罪」。因此，賦予所有檢察機關、國家安全機關、內務機關和軍人採取行動的權利。

帝國最大的行政主體——占版圖七分之六的俄羅斯權力機關團結一致，公開跟緊急狀態委員會叫板，直接否定、挑戰緊急狀態委員會的合法外衣及其採取的政治、軍事行動。

幾乎同時，戈巴契夫六年來曾經倚重的兩個重要人物——前總統顧問雅科夫列夫、前外交部長謝瓦爾德納澤等發起成立的「民主改革運動」也散發聲明，指出所謂的緊急狀態委員會及其作為「是一項反憲法的政變」，「民主改革運動」堅決遣責那些本應維護憲法的政客以非法手段奪權的行徑。

呼籲「全國所有的民主力量，所有不希望回到極權主義、獨裁和恐怖時代的人都將反對那些自封為『國家領導』的反憲法行為」。

呼籲西方國家支持民主團體，抵抗非法的緊急狀態團委員會。

謝瓦爾德納澤還舉行記者招待會，支持葉爾辛關於在俄羅斯實行總罷工的呼籲。

最重要的是軍隊，大多數軍事首長按兵不動，服從命令停留在口頭上，不落實在具體行動上，並且制止有些下屬軍官躍躍一試的念頭。

包括曾競選俄羅斯總統的烏拉爾軍區司令馬卡紹夫將軍，一向以強硬保守著稱，但行動上拒絕執行緊急狀態委員會的命令。

許多高級將領乾脆明確拒絕服從亞佐夫的命令。

空軍司令沙波什尼科夫上將、海軍司令切爾納溫上將，以及遠東軍區司令諾沃吉洛夫上將，都拒不從命。

「亞佐夫元帥命令我任當地軍事首長，並關閉新聞機構，部署部隊控制在哈巴羅夫斯克市的戰略要點。我向莫斯科表示，這些任務不屬於我的職責，哈巴羅夫斯克局勢不需要採取這些措施」。

「我手下一些軍官採取了不同的態度，對政變領導人表示支持。作為個人，這是他們的權利，但他們在任何情況下都不能出動部隊，我親自打電話警告阿穆爾河畔共青城的部隊指揮官，他企圖對地方當局施加壓力和成立緊急狀態委員會。我警告他，如果不停止這類活動，他將立刻被撤職」。

遠東軍區司令諾沃吉洛夫上將後來回憶。

他估計，當時兩個陣營的支持者基本上旗鼓相當。「支持政變領導人的主要是軍隊的政治組織」。

空降兵司令格拉契夫中將走得更遠，公開表示支持葉爾辛領導集團。

在輿論機關，緊急狀態委員會獲准發行的蘇共機關報《真理報》消極應付，只登緊急狀態委員會的文告。

「對於直接支援國家緊急狀態委員會的消息和材料，我報全都未

登」

《真理報》第一副總編謝列卡尼奧夫事後說。

他們還派出記者前往「熱鬧」的地方採訪，儘量客觀地予以報導，但沒有成功。

塔斯社和蘇聯中央廣播電臺、電視臺被明令「禁止播發某些不利消息」，並不斷有人幹預，但從他們的報導看，裏面不僅有反面內容，包括最敏感的事件。

如國內各地的不安和抗議，一些地方政權宣佈不承認緊急狀態委員會，甚至一些地方的罷工，以及俄羅斯領導人的聲明、抵抗和反對。

各大國領導人、政治活動家、有影響的國際組織所發表的譴責聲明也都一一報導出去。

各加盟共和國和俄羅斯各州，也出現了態度截然不同的反應。

第二大加盟共和國烏克蘭，議會主席克拉夫朱克在汽車裏接到葉爾辛的電話，大吃一驚，並隨即表示反對，可是，一到辦公室，發現陸軍司令瓦連尼科夫已恭候多時，等到正式聲明發表，就幾近騎牆。

這張圖片成為軍民心照不宣的象徵

第三大加盟共和國哈薩克的領導人納紮爾巴耶夫以及其他多數共和國也都只委婉地表示堅持以前執行的立場和方針，聲稱自己所轄地區不實行緊急狀態。

吉爾吉斯、莫爾達瓦、格魯吉亞、阿塞拜疆、亞美尼亞則明確表示不服從緊急狀態委員會的命令。

只有俄羅斯聯邦的個別州和一些自治共和國明確表示支持緊急狀態委員會。

國際社會的反應不問可知，彷彿捅了馬蜂窩一般。

幾乎所有國家的政要，都趕忙中斷休假，回府商討對策，齊聲譴責克里姆林宮的新主人而支持葉爾辛，並要求他們心愛的戈爾比露面並行使權力。

他們還致悼詞似地，挑選那些最美好的語言，讚揚被消失的戈巴契夫總統。唯有利比亞的卡紮菲、伊拉克的薩達姆，以及曾經的東方兄弟國拍手稱快，表面上裝得不偏不倚。

經過兩天兩夜的對峙和較量，撲朔迷離的形勢漸漸明朗。

奉命包圍葉爾辛總部的軍人陣前倒戈，調轉炮口，宣佈支持俄羅斯總統，並在坦克車上掛上了俄羅斯三色國旗。

這支部隊包括一團步兵、一營裝甲兵和列別德少將指揮的空降師的一部分。

與此同時，一萬五千多人徹夜守在「白宮」外面，用他們的血肉之軀保衛這個反抗獨裁的中心。

絕大部分加盟共和國和州政府，越來越清晰地反對、並譴責政變集團，要求讓戈巴契夫重新出山。教會、名流也都大聲疾呼，站在葉爾辛一邊。

各種示威，罷工也陸續開始。

隨著一列坦克試圖衝破設在「白宮」附近的路障，守衛者用石塊

和燃燒瓶阻攔，致使三位青年倒在坦克的履帶和槍口之下。

政變流產，八月二十四日，繼二十二日慶祝勝利遊行之後，數十萬之眾又一次走出家門，為三位青年送別。

在克里姆林宮外的練馬廣場，戈巴契夫代表帝國政府發表演講，向死難者表示深切的悼念和敬意，稱讚犧牲者是自由的戰士，為蘇聯走向自由、走向民主而獻身，宣佈「聯盟」政府追認他們為「蘇聯英雄」。

這是後話。

當時，克留奇科夫一手打造並命令進攻「白宮」的特種部隊「阿爾法」，從將軍到士兵，不約而同，拒絕從命，臨陣不前，再演一齣東方唐人軍頭的逼宮戲。

「六軍不發無奈何，宛轉蛾眉馬前死」。

權力的起點是決策和發號施令，權力的終端才是運行規則和人頭落地。

政變力量表面上集合了總統所有班底，彙聚了帝國所有大權在握的機構，來勢兇猛，泰山壓頂，但從權力傳遞的第一個環節起，軍心、人心，萬眾一聲，都弱弱地、或大聲說不，政變力量手裡的坦克和監獄，就球都不頂。

從撲滅反對力量的「斬首行動」，到控制局面的「實行緊急狀態」，再到各級權力機關和社會大眾俯首貼耳、唯命是從，政變力量的權力鏈條不光無力運轉，甚至起點就是終端，根本形不成權力鏈條。

正是阿爾法所代表的將士們的覺醒和勇氣，權力體系、暴力集團整體的覺醒和勇氣，乃至整個社會大眾的覺醒和勇氣，證明瞭瓦茨拉夫‧哈維爾所說無權者的權力，只要大家都說不，只要說不，就無敵於天下，包括掌握所有權力的極權和威權。

政變主角之一、時任國防部長亞佐夫事後承認：「當人們做好不服從黨和國家指令準備的時候，恢復社會秩序已經是不容易的了。」

（俄羅斯《論據與事實》）

亞佐夫所說的「人們」，包括社會大眾、各級官兵、包括斧頭幫中下層成員、甚至邏輯上包括了政變力量自己——他們發動政變，不僅不聽「黨和國家」的化身戈巴契夫的指令，而且運用恐怖暴力手段，將戈巴契夫囚禁。

「人們」不再「服從黨和國家指令」的時候，就是人們不再恐懼斧頭幫運用武力和國家暴力機器製造恐懼的時候，就是製造恐懼的原始恐怖分子——掌握武力、暴力集團的權力寡頭們自己恐懼的時候。

一群陰謀家、冒險家，就像陽萎男，初試雲雨情一觸即潰，再舉難於上青天，終於明白冒死萬難，搶了一顆非常燙手的蕃薯，奪了一把沒有腿的交椅。

無力回天，一籌莫展，心灰意冷，垂頭喪氣。實際跟囚禁中的戈巴契夫沒有兩樣，比戈巴契夫更早很多個夜晚就難以入眠。

近三天更是夜夜不眠，個個一把老骨頭，早受不了這份熬煎，要麼煙不離口，要麼酒不離嘴，坐等政變流產，為一時的衝動和孟浪付出代價。

空降兵司令格拉乔夫

「代總統」亞納耶夫在記者招待會上手腳發抖、語無倫次，心虛恐懼暴露無遺。

開完內閣會議，帕夫洛夫總理心煩意亂，血壓猛升，幾乎血爆，平趟靜臥都無力改變精神上的巨大壓力，乾脆託病不出，退出八人委員會。

亞佐夫在位於莫斯科市中心的總參謀部大樓主持召開國防會議心

力交瘁、焦頭爛額。

參加會議的將軍們一致同意從莫斯科撤走一切軍隊，取消頭天晚上開始實行的宵禁。

淩晨三點，亞佐夫下達命令，要求所有軍隊撤出莫斯科。

除了內務部長普戈和其他一兩個同謀明白大錯鑄成、萬劫不復，其他老骨頭居然天真爛漫，幻想如何取得戈巴契夫的原諒和寬恕！

政變主腦克留奇科夫甚至邀請葉爾辛與他一起飛往克里米亞，把戈巴契夫接回莫斯科！

葉爾辛聽得一頭霧水，不知對方討好自己，還是請君入甕。

這一夜，三方都因為互不瞭解彼此底細，不約而同，捐棄前嫌，心往一處想，情往一起憂——假如明天來臨，自己的命運如何？

克留奇科夫等盤算戈巴契夫會如何發落自己，戈巴契夫一家耽心克留奇科夫們會如何結果他們的性命，葉爾辛團隊揣摸克留奇科夫們還可能動用什麼損招、毒招打垮反對力量。

有人甚至建議葉爾辛出逃美國大使館躲避，葉爾辛拒絕。

戈巴契夫一家度日如年，全靠一遍又一遍收聽美國之音、收看新聞節目打發時光。

「早間新聞：莫斯科發生了衝突。有犧牲，有人員傷亡。

難道最可怕的事情已經開始了……

戈巴契夫要求立即轉告亞納耶夫：停止動用軍隊，讓部隊返回兵營。

上午十時左右，海平線上出現兩組艦隻。有三艘『護衛艦』停泊在港灣的入口處。

新出現的艦隻有五艘，是氣墊登陸艦。它們徑直向岸邊開來，是沖著我們的。

它們想顯示什麼呢？是封鎖？是想逮捕我們？還是救我們出去？

我毫不懷疑，他們知道總統健康地活著。

奧列格‧阿納托利耶維奇和伯裡斯‧伊萬諾維奇勸我們家任何人都不要走出房門。

他們擔心有人可能會挑起交火事件，這將威脅到總統的生命安全。」

賴莎日記記錄當時的生活（轉引自《戈巴契夫回憶錄》）。

一家人心知肚明，緊急狀態委員失敗並不等於自己的命運會有好轉，因為在他們回到正常生活狀態以前，命運還是掌握在別人手裡。

而且，失敗者多會狗急跳牆。

上午就要過去，下午馬上來臨。

自從午夜克留奇科夫與葉爾辛通過電話，以亞納耶夫為首的緊急狀態委員會再也沒有任何動作。

不光克里姆林宮的黎明靜悄悄，克里姆林宮的上午也靜悄悄。

有限的情報顯示，亞佐夫和克留奇科夫上午以來再沒有給所屬部隊和單位下達過任務。

就像高手決鬥，越是不出招，越是神秘，越令對方摸不清來路，更加提心吊膽。

很多時候，暴風雨來臨之前，反而平靜異常。

不光莫斯科街頭數萬之眾百倍警惕、嚴陣以待。因為武裝部隊撤離，更多市民又走出家門，加入抗議人群。

「白宮」裡，葉爾辛團隊絲毫不敢鬆懈，忙著收集情況，制定對策，進一步發動壯大力量，對付緊急狀態委員會。

莫斯科衛戍區司令加裏寧上將發表通告：「八月二十一日凌晨，莫斯科發生了極端分子的嚴重挑釁事件，造成悲慘後果。」「遺憾的

是俄羅斯聯邦和莫斯科市蘇維埃的某些人民代表也參加了這些集會的發言，發出了向護法機關工作人員和軍人採取行動的直接號召。」

中午十二點，三天來一直保持沉默的斧頭幫二號人物弗拉基米爾．伊瓦什科突然發表聲明，受蘇共中央書記處委託，要求代總統根納季．亞納耶夫安排戈巴契夫同他本人會晤。

因為戈氏仍為蘇共中央書記，戈巴契夫不親自出面講話，書記處無法向全體黨員交代。

與政變力量切割，向政變團夥施壓，透露出微妙而意味深長的變化。

下午兩點，克里姆林宮傳出消息，克留奇科夫已同緊急狀態委員會其他成員一起前往莫斯科伏努科沃機場，去向不明。

葉爾辛獲悉，立即決定派員飛往克里米亞，見機行事。總理西拉耶夫建議由他和副總統魯茲柯伊前去，再邀請一些記者作見證人。葉爾辛提議再加十名俄羅斯人民代表同去。

戈巴契夫的兩位顧問普裏馬科夫和巴卡京也願意一同前往，又增加兩名醫務專家，以及法國駐蘇大使佩西克、哈薩克共和國駐莫斯科代表捷米爾巴耶夫。並安排三十六名全副武裝的內務部特種部隊官兵保衛。

一直隱身幕後的最高蘇維埃主席盧基場諾夫和按兵不動的斧頭幫二號人物伊瓦什科比葉爾辛團隊獲知的消息更為準確，聽說克留奇科夫和亞佐夫已經飛向克里米亞、已經奔向戈巴契夫身邊，立即再調專機，急忙趕往三天來「不知生死」的老同學、大恩人所在地福羅斯。

緊急狀態委員會名義上的頭號人物、「代總統」亞納耶夫和主將之一、內務部長普戈，各在自己辦公室裏形單影隻地坐著，沒有什麼事情可做，坐待命運之神降臨。

克里姆林宮紅牆之外，不是東方諺語所說的樹倒猢猻散，而是樹

散猢猻倒。

下午四點十分，蘇聯國防部舉行記者招待會，宣佈由於在蘇聯某些地方實行了緊急狀態而形成的局勢，通過決議，各部隊從實行緊急狀態的地區撤出並返回固定駐地。

五點零四分，塔斯社通告，前國家緊急狀態委員會八月十九日關於中央、莫斯科、市和州的社會政治出版物所規定的限制撤銷。

只在緊急狀態委員會前面加個「前」字，昭告公眾一個特大喜訊──政變已經失敗，一切重新開始。

十九點零八分，蘇聯外長別斯梅爾特內赫舉行記者招待會，宣佈緊急狀態委員會違反憲法。

十九點十三分，蘇共中央書記紮索霍夫舉行記者招待會，聲明蘇共不允許試圖建立專制制度。

十九點二十六分，莫斯科衛戌司令加裏寧上將發佈通告，宣佈繼續實行宵禁是不適宜的，予以取銷。

福羅斯小鎮，帝國領導人的最愛

十九點三十五分，蘇聯最高蘇維埃主席團會議作出結論：停止戈巴契夫的總統職務非法。

人們心頭的陰雲為之一掃，「白宮」周圍萬眾歡呼，籠罩在莫斯科以及廣袤歐亞大陸上空的緊張氣氛煙消雲散。

葉爾辛領導的俄羅斯權力機關勝利了，改革和民主力量勝利了，俄羅斯公眾勝利了。

政變一方，擁有四百萬人的龐大軍隊，無人不怕的克格勃特工，遍佈各地的內務部隊，統治歐亞大陸七十多年的斧頭幫。

社會公眾的力量、民主改革的力量，葉爾辛領導的俄聯邦政府和議會的力量，只有民心、民意和正義的力量，只有虛無飄渺的道義的力量。

硬實力懸殊巨大，決鬥的結果，處於絕對劣勢的一方大獲全勝，處於絕對優勢的一方倉促落幕。

從兇猛登場，到頹然下場，政變作亂總共四十小時。

重返克里姆林宮 J

「天哪，最可怕的事情看來已經過去了！」

「這時候，剎那間，我感到自己不能說話了，怎麼也說不出話來，一隻胳膊耷拉了下來……」

「我腦子裡閃過一個念頭，中風？！」

賴莎回憶。

可憐的第一夫人，戈巴契夫一生唯一的鐘愛，終於支撐不住三天來可怕的打擊和恐怖，聽到好消息，反而倒下去。

第一家庭遭受的痛苦和不幸，只有親身經歷才能感同身受。

一家人正為賴莎的中風緊張、忙亂，近身警衛進來報告，克留奇科夫、亞佐夫、巴克拉諾夫，以及季賈科夫請求接見，並準備接總統回莫斯科。

新聞報導的內容被證實，一群無恥之徒果然來了！

不多不少，又是四位，跟八月十八日博爾金一夥的人數一模一樣。

又是莫斯科時間十七點，跟三天前四位不速之客前來最後通碟的時間幾乎同時。

博爾金一夥離開之後，戈巴契夫一家就與世隔絕。

克留奇科夫、亞佐夫一夥前來，預示著戈巴契夫重新回到權力中心。

對戈巴契夫來說，失去權力、成為囚徒，整整七十二小時。

屈辱、緊張、憤怒、敵意，尤其是不知道來客的真正目的，戈巴契夫沒好氣地回應：

「讓他們坐進屋子，監護起來，並轉告我的話，在沒有接通與外界的聯繫以前，我不同他們當中的任何人談話。」

且不說根本不知道他們帶來的是福音，還是大禍，就憑他們膽敢把總統變囚徒，只要有可能，也不能說見就見。

七十二小時的囚徒生活，是好過的嗎？

恐懼、孤獨、屈辱和絕望，體驗了人生最可怕的經歷，體驗了生與死的感受，體驗了失去自由的困苦和煎熬。

七十二小時裡，戈巴契夫未曾合眼，夫人賴莎未曾合眼，他們的女兒和女婿也不曾合眼。

七十二小時裡，從高加索走出來的現代版普羅米修斯，為歐亞大陸、半個歐洲帶來自由民主之火，陪進去自己和一家人失去自由、自主，成為一夥冒險家的囚徒。

「三天裡我們經受了人類所能忍受的極限。但我保持住了心理平衡，並採取了行動。」戈巴契夫回憶。

戈巴契夫的人生道路，職業生涯，理想志趣，愛情家庭，太順當，太走運，太完美，太不可思議！

極權、威權恐怖統治下的眾生，哪怕是口含金鑰匙的二代、三代，都極少有戈巴契夫人生的精彩絕倫和福祿壽禧。

只要他喘氣，只要他願意，世界最廣袤的帝國就是他的，矗立在權力金字塔頂尖直到上西天。

猶太佬季辛吉就說，「他才五十四歲，瞧瞧他的道行，牛Ｘ之至，至少能幹三十年，美國至少要陪三位總統！」

他後來活過九十大壽，要是按照斧頭幫的幫規，「繼承光榮傳統，

爭取更大光榮」，踏著列寧、史達林、布里茲尼夫、安德羅波夫、契爾年科的足跡前進，老車不倒只管推，一直推到見上帝，美帝五位總統都陪不完。

生殺奪予，頤指氣使，想要誰的小命，就要誰的小命，想要誰跪舔，誰就乖乖跪舔，包括後來那個醜態百出、裝模作樣的小丑普丁。

天降大任於斯人，從高加索神山走入人間的戈巴契夫，不須揚鞭自奮路，大刀闊斧自我革命，領導一頭極權怪獸，駕馭一百多個民族，在面積全球第一、艱難險阻無邦能出其右的帝國，基本完成極權到分權的轉型，將手中的極權歸還給普羅大眾，將民主、自由還給歐亞大陸、東歐、中歐，演繹出人類栩栩如生的普羅米修斯神劇。

人類歷史上，沒有任何一位政治領袖，比戈巴契夫玩出傳奇、玩出高尚、玩出風姿、玩出絕唱、玩得更好、玩得令眾生心馳神往。

加拿大時任總理馬爾羅尼總結戈巴契夫的偉大功勳，七年裡對人類文明的貢獻，超過斧頭幫以往七十年的總合。

東到西伯利亞，西至加裡寧格勒，南達烏茲別克，北臨北冰洋沿岸，從蘇聯本土到東歐兄弟國，從西歐公眾到美國牛仔，戈巴契夫受歡迎的程度不亞於搖滾樂歌星。

包括所有對戈巴契夫失去權力和帝國的咒罵和抨擊，恰恰是對其還以公眾民主和自由的無限讚美和謳歌，因為黑暗只有詛咒謾罵光明，才能為自己續命。

以克留奇科夫、博爾金、盧基揚諾夫為代表的政變頭目，眼裏只有無恥的權力和邪惡的帝國，永遠不理解人類文明的許多本能和追求，一如黑暗永遠不能理解光明的五彩繽紛。

正確、錯誤，得意、失意，正義、邪惡，忠誠、背叛，遠見、近視，軟弱、豎強，勇敢、懦弱，文明、野蠻，真理、謬誤，人道、殘酷……

十七點四十五分，總統別墅中斷了七十三個小時的所有通訊設施完全恢復。

石頭終於落地，封鎖結束了，囚禁也結束了，危險完全過去。

「我開始給所有最重要的部門打電話，以便立即安排好一切。因為一切還都很危難，我有可能在途中或別的什麼地方被幹掉，我決定不回去。」

仍然驚魂未定的戈巴契夫回憶（參見《戈巴契夫回憶錄》）。

第一個電話當然打給葉爾辛，深深感激並衷心祝賀鮑裡斯‧尼古拉耶維奇擊敗政變的努力和成功，詢問莫斯科最新的局勢，通報克留奇科夫、亞佐夫在福羅斯的請求和自己的回應及態度。

葉爾辛告訴他，俄羅斯副總統魯茲柯伊和總理西拉耶夫已經乘飛機前往克里米亞途中，他們前去接他回莫斯科。

戈巴契夫當即表示，他將首先會見俄羅斯政府代表。

第二個電話打給仍在斯塔夫羅波爾生活的母親，遺憾的是沒有打通。

當時的技術手段非常落後，不僅沒有手機，就算市內電話，都很不普及，打次長途電話，很不容易。

直到回到莫斯科，「我同賴莎‧馬克西莫夫娜，同我們的兩位母親瑪麗亞‧潘捷列耶夫娜和亞曆山德拉‧彼得羅夫娜都通了電話」。

戈巴契夫回憶（參見《戈巴契夫回憶錄》）。

接著打電話給哈薩克共和國總統納紮爾巴耶夫、烏克蘭蘇維埃主席克拉夫朱克、白俄羅斯蘇維埃主席傑緬捷伊等地方長官，告知他目前的狀況」。

又打電話給總參謀長莫伊謝耶夫，命令他擔任國防部代理部長，把所有軍隊撤回駐地。

「亞佐夫被撤職，將被逮捕」，他說。

之後，就給老布希打電話「通風報信」：「政變已經失敗，合乎憲法的領導人重新回到自己的位置上，民主、自由和改革又一次占了上風。」

「感謝在尚未完全過去的危機當中，美國給予了有力的支持，感謝全世界人民的支持。」

曾經風靡世界、曾經消失三天的戈爾比又回到電視廣播裏，回到世界舞臺。

同樣受制於通訊手段的不發達，正飛往克里米亞的俄羅斯副總統魯茲柯伊、總理西拉耶夫、以及戈巴契夫的顧問普裏馬科夫、巴卡京一行，仍然對戈巴契夫一家的安危憂心忡忡。

擔心克留奇科夫、亞佐夫等政變頭目到克里米亞狗急跳墻下毒手。

又在飛機上給海軍司令切爾納溫去電，要他派海軍陸戰隊增援，並保證他們的座機安全降落，萬一政變頭目控制了離總統別墅最近的機場，就降落在附近的另一個軍用機場。

一行步下飛機，發現戈巴契夫已經派克里米亞自治共和國最高蘇維埃主席巴格羅夫前來接機，大家才放下心來。

進了別墅，被領到電影廳等候，才得知克留奇科夫和亞佐夫、巴克拉諾夫同機而來，盧基揚諾夫和蘇共中央副總書記伊瓦什科也接踵而至。

至少過了三十分鐘，眾人才被領到主樓戈巴契夫的辦公室。

戈巴契夫先同代表團一行所有人見面，稍事寒暄，再同魯茲柯伊、西拉耶夫、普裡馬科夫和巴卡京單獨交談。

七十多個小時與外界的隔絕，舉止神態留下掩飾不住的疲倦、憔悴和沉重。

經歷毫無防範的精神、體力「重創」（戈巴契夫語）之後，輕鬆自如、談笑風生的招牌雄姿遜色很多。

白色襯衣，淺灰色羊毛衫和便裝褲，襯衣的領口敞開著，完全一副在家賦閒的著裝。

以往公開場合西裝革履，整齊嚴謹的形象不見了，而代之以平易近人，和藹可親的長者風度。

與世隔絕七十多個小時之後，第一次與外界見面，也是八月四日休假以來第一次出現在媒體面前。

當著俄羅斯代表的面，接見了盧基揚諾夫和伊瓦什科。

當時在場的西拉耶夫描述，盧基揚諾夫臉色慘白，低聲下氣地為自己辯解，請求戈巴契夫原諒。

戈巴契夫只簡單地表示，他們兩個本來是能夠阻止政變的，或者，無論如何是能夠發現其罪惡性質的。

一個是最高蘇維埃主席，明知關於戈巴契夫病重的傳聞是謊言，然而在行動上卻另有打算，希望陰謀的果實能夠落進他的「籃子裡」，眼看自己就要當上總統了，因而走上了叛賣、政變的道路。

至於伊瓦什科，他本可以以黨的領導人的名義，和政變分子們的行為劃清界限，要求立刻和蘇共中央總書記見面，但他沒有這樣做。

　　相反，他以書記處的名義向各地方黨組織發佈命令，支持政變。

　　克留奇科夫和亞佐夫等政變頭目白跑一趟、白等半天，戈巴契夫沒有理睬。

　　「我不見他們，也不想見他們」，他後來表示。

　　接著，通過蘇聯中央電視臺發表聲明一份，大意是，由於一夥人的冒險行為，總統一度中斷了與國家的聯繫，現在已恢復聯繫，並陸續履行自己的職責。

在福羅斯與俄羅斯代表團一起會見記者

　　按照俄羅斯政府代表的安排，戈巴契夫一家先到達利別利克軍用機場，再登上魯茲柯伊和西拉耶夫乘坐的圖─134 客機。

　　魯茲柯伊沒有讓總統一家乘總統的專機伊柳辛─ 62，因為克留奇科夫、亞佐夫一夥來福羅斯時曾乘坐這架專機，擔心被作手腳。

　　而且把克留奇科夫分隔在俄羅斯政府飛機的後艙。與俄羅斯政府代表和戈巴契夫一家同乘一架飛機返回莫斯科，以防他搞鬼。

　　戈巴契夫移駕還朝，所有大小要員和前後不速之客都尾隨而去。

　　舉世注目的福羅斯小鎮經歷了三天的緊張不安、經歷了戈巴契夫恢復自由前後短暫的騷動和撲朔迷離，歸於一片寧靜。

　　隨著政變流產，莫斯科權力棋局悄悄發生巨大而深刻的裂變，幾近原子裂變的爆發力、衝擊力。

尤其葉爾辛，不光成為最大的贏家，而且將政變前妾身不明的虛職，一舉倒騰成呼風喚雨的實權。

以俄羅斯議會大廈白宮為象徵，不但風頭蓋過克里姆林宮、蓋過華盛頓白宮，而且成為帝國真正的權力中心。

政變力量不光將戈巴契夫手中的有限權力、也將戈巴契夫已經放棄的無限極力，悉數剝奪，拱手相讓葉爾辛。

此長彼消，主客易位，戈巴契夫的權力和力量經此一役，一蹶不振。

總統權力的運用，改革難題的解決，沒有葉爾辛的同意，一事無成。

不僅事事要看葉爾辛的臉色，而且要屈從葉爾辛的淫威。

不僅因為葉爾辛的實力和權力，而且因為葉爾辛的個性和理念。

戈巴契夫造就葉爾辛，葉爾辛拯救戈巴契夫。

戈巴契夫寬容葉爾辛，葉爾辛苛刻戈巴契夫。

戈巴契夫一門心思把帝國帶向政治民主和經濟自由，葉爾辛所有行動為著一個目標，證明自己正確。

得知戈巴契夫一家和俄羅斯副總統魯茲柯伊、總理西拉耶夫同乘一架飛機回莫斯科，葉爾辛委派莫斯科副市長、與他同屬激進派陣營的斯坦凱維奇前往機場迎接，又派俄羅斯內務部長巴蘭尼科夫帶著俄羅斯檢察院院長鑒發的逮捕令，以及特工人員一同前往機場，一來保衛總統的安全，二來就便捉拿同機歸來的克留奇科夫、亞佐夫等政變頭目。

帝國重要人物最為集中的飛機到達莫斯科伏努克沃二號機場，已經二十二日凌晨兩點十二分。

戈巴契夫出現在許多粉絲和接機大員面前的時候，穿著灰色便服，上套灰色茄克，神情、氣象淒楚而滄桑，跟先前精力充沛、精明強幹、魅力迷倒無數公眾的戈爾比判若兩人。

歐美記者筆下那個「美麗修長，機智聰穎，高貴迷人的俄國第一

夫人」，身穿一襲雪白的方領套裙，頸戴一條精緻的項鏈，牽扶著大外孫女，臉上皺紋清晰可見，兩眼滿含百感交集的淚花。

兩位莫斯科的寵兒，在莫斯科求學、相識、戀愛、結婚，再回莫斯科就直入克里姆林宮權力核心，直到坐上大位，叱吒風雲、風光無限，只有這一夜，以受難者、復活者、獲救者的姿態，踏上莫斯科的土地。

兩人的女兒、女婿緊隨身後，小外孫女已經甜甜地進入夢鄉，在媽媽溫暖的懷抱裏熟睡。

簡單回答記者提問，在機場大樓稍事休息，戈巴契夫一家坐上屬於總統的黑色「吉爾」牌特製轎車和附屬車，風馳電掣穿過一條條大街，回到安全、溫暖的總統官邸。

戈巴契夫會見記者的時候，魯茲科伊才準許克留奇科夫走下飛機。

執行逮捕令的俄羅斯內務部副部長杜納耶夫少將立即出示逮捕證，給簽發了一輩子逮捕證的秘密員警頭子戴上手銬。

亞佐夫和巴克拉諾夫、季賈科夫乘另一架飛機後來才到。亞佐夫走下飛機，俄羅斯內務部特工暗中護送他走進機場大樓，內務部長巴蘭尼科夫拍了拍亞佐夫貼身保鏢的肩膀說：「行了，你的任務完成了。」

亞佐夫這才意識到自己即將被捕，轉身對巴克拉諾夫說：「哎，好像是抓我咧……」

巴克拉諾夫是人民代表，受人身不受侵犯的赦免權保護，只遭監視居住，第二天，最高蘇維埃主席團會議取消他的代表資格，才遭到逮捕。

同一天上午，「代總統」亞納耶夫在自己的辦公室裏被帶走，到俄羅斯檢察院之後，再被送進監獄。

總理帕夫洛夫果然躺在醫院的病床上，當天受到監護，第三天出醫院、進監獄。

內務部長普戈呆在家裏接到電話，有人找他，部長平靜地說了聲，「請吧」，當即拿起早已準備好的手槍先朝妻子連開兩槍，再對準自己的喉嚨扣動扳擊。

兩天之後，蘇聯最高蘇維埃主席團討論了蘇聯總檢察長的報告，同意對具有人民代表身份的人追究刑事責任並加以逮捕。

前往克里米亞給戈巴契夫最後通牒的總統辦公廳主任博爾金、蘇共中央書記舍寧，陸軍司令瓦連尼科夫都被關進監獄。

克格勃保衛局局長普列漢諾夫，克格勃第一副主席格魯什科，以及所有馬前卒，都成了水兵監獄的服務對象。

老奸巨滑的最高蘇維埃主席盧基揚諾夫，表面騎墻、背後參與、夢想坐收漁人之利在先，看風使舵、急急轉身、使盡渾身解數洗白自己在後，甚至堅決否認參與政變、支援政變。

可惜，欲蓋彌彰，越蓋越黑，不打自招、自我暴露，所有人都蒙在鼓裏的時候，最高蘇維埃主席就知道政變分子在密謀。

而且知而不報、知而不宣，既不第一時間就通知無限信任自己的老同學戈巴契夫總統，也不向人民代表公開揭露政變分子的陰謀。

又在政變登場第一天，以最高蘇維埃主席名義，模棱兩可、貌似中立，宣佈八月二十六日舉行主席團會議，討論政變是否合法。

八月二十六日，最高蘇維埃非常會議決議：「暫停盧基揚諾夫蘇聯最高蘇維埃主席職務。」

三天之後，八月二十九日，俄羅斯檢察院逮捕老狐狸，比其他政變頭目多爭得一個星期的自由。

八月二十二日，莫斯科，連續三天的雨陰天氣隨著黑夜一起褪去，陽光燦爛，白雲藍天，晴空如洗。

上午九點開始，陸陸續續、三三兩兩，人們自發地來到白宮廣場。兩、三個小時以後，路邊的草坪都擠滿人潮，

中午十二點，葉爾辛出現在「白宮」陽臺上。民主自由的勝利、改革力量的勝利，濃縮為葉爾辛個人的凱旋。

三天前看上去成事不足、敗事有餘的冒失鬼，如今以自己的行動證明，智勇雙全、光彩奪目，領袖群倫，當之無愧。

「那幾天裏勇敢，堅定、沉著、果斷、戰術高明非凡。」不僅是個人一生最值得驕傲的三天，也是俄羅斯千年史上最輝煌的篇章。

觀察家評論，「在極端條件下，在眾目睽睽之下，在每個人都注視著誰更有價值的情況下，他表現出一名國務活動家的風采。」

無論是同他並肩戰鬥的人或他周圍的人，還是遠在世界各地的密切注視這場事態的各國政治家、記者和社會人士，人們都看到了這一點。

「正是依靠自己超凡的威望和堅定的信念，葉爾辛和他的戰友、助手和顧問，以及熱情的、忠實於他的選民，才戰勝了強大的敵人。」

葉爾辛冉冉升起

就是他的敵人，都心悅誠服地承認。

葉爾辛不光是拯救戈巴契夫及其改革偉業的英雄，也是拯救戰鬥民族民主和自由的勇士。

「葉爾辛給人留下深刻印象的高大身材在與時俱長。」「正是葉爾辛，而決不是戈巴契夫在決定著蘇聯的命運。」

「當戈巴契夫昨天早上步下飛機舷梯時，他顯得矮小，易於受到傷害，而葉爾辛周圍有一批事實證明是忠誠可靠的人。」

「我們必須認識到，戈巴契夫的時代已經快要結束了，葉爾辛的時代開始了。」

確實，戈巴契夫從福羅斯歸來，既沒有拿破崙從厄爾巴島歸來那樣一件灰色斗篷，也沒有重返巴黎的神威和雄風——吸引舊部將士紛紛調轉槍口，彙集一支大軍跟隨身後，長驅直入，直抵巴黎。

戈巴契夫孤苦伶仃、形單影隻，無論陪同歸來的大將要員，到機場迎接的官員粉絲，沒有一個是之前最親近、最信任、最倚重的人物。

謝瓦爾德納澤，雅科夫列夫、巴卡京，以及聲望卓著的彼得拉科夫院士、沙塔林院士、阿爾巴托夫院士，一個個先後離他而去。

早年的利加喬夫、雷日科夫、切布裡可夫、紫伊科夫等，一個個告老還鄉，遠離政治舞臺。

總理帕夫洛夫、議長盧基揚諾夫、副總統亞納耶夫、總統辦公廳主任博爾金、國防部長亞佐夫、克格勃主席克留奇科夫、內務部長普戈、總參謀長莫伊謝耶夫、蘇共中央副總書記伊瓦什科、外交部長別斯梅爾特內赫，一個不剩，全部背叛。

克里姆林宮的文臣武將全部出局，門庭冷落，門可羅雀。

能夠贏得公眾信賴、影響公眾判斷選擇的政治人物，沒有一個跟戈巴契夫志同道合，生死與共。

橫跨歐亞大陸的龐大帝國，沒有一寸淨土，願意聽命於戈巴契夫

總統。

以葉爾辛為代表的各加盟共和國領導人，一個個虎視眈眈，貌合神離。

百萬人的盛大慶典，人們看不到戈巴契夫的身影、不知道他回到莫斯科後忙些什麼。

戈巴契夫好象也不知道百萬公眾聚集白宮廣場慶祝勝利，慶祝粉碎政變，慶祝民主大捷。

不但沒有立即加入人群，成為公眾當中的一員，與公眾當面互動、親密接觸，感受公眾的心聲和力量、勇氣和熱情。

也沒有像初入克里姆林宮就走上大街、走入人群，感謝公眾眾志成城，擊敗政變勢力，拯救自己，拯救改革和民主進程。

更沒有第一時間與葉爾辛約見溝通、與被無情的事實證明智慧而正確的雅科夫列夫、謝瓦爾德納澤見面長談。

返回莫斯科

感謝葉爾辛的卓越領導和貢獻，感謝一切改革、民主派領袖的堅持和遠見，瞭解真實的莫斯科，瞭解真實的帝國和權力棋局。

「我從福羅斯來到了另外一個國家，我自己已經不是原來的我了，成了另外一個人。有許多事情我不瞭解，忽然湧來這麼多的資訊，我沒有一下子消化。」

戈巴契夫回憶（參見《戈巴契夫回憶錄》）

十幾天不在莫斯科，三天與世隔絕，福羅斯才三日，莫斯科、俄羅斯已千年。

「他不瞭解實際情況。」

「他沒有看到被發動起來的人民」。

戈巴契夫曾經非常信任的智者亞歷山大‧雅科夫列夫深為惋惜。

不光當時沒有看到六年改革釋放出來的民主自由的巨大力量，早在政變之前、甚至直到四個月後下臺，都沒有看到自己六年改革釋放出來的民主自由的巨大力量。

戈巴契夫所有失誤當中，最重大、最根本的失誤，就是這一條。

葉爾辛與戈巴契夫之爭、之勝，說到底，正是兩種判斷之爭、審時度勢之勝。

回到總統別墅稍事休息，又一頭紮進克里姆林宮，懵懵懂懂，急急忙忙，再度陷入害死自己的瑣碎事務和事必躬親。

批閱成箱成箱的公文，會見成群成群的記者，領導指揮不動、運轉不靈的帝國。

通過電視，顯示自己的存在，表達自己的立場。

仍然天真地宣稱自己「信仰社會主義」，斧頭幫需要改革也能夠改革，極力為斧頭幫開脫。

曾經是改革的發動機，民主自由的播火者，繼續自己出局、自己

Over，作繭自縛、臨淵驅魚，把改革、民主、自由的旗幟和力量雙手奉送葉爾辛。

帝國最重要的權力支柱克格勃、武裝力量和員警頭子統統自我暴露鋃鐺入獄，填補其留下的權力真空，不僅展示總統的用人標準、用人導向及新作為、新氣象，而且要通過新的團隊提升權力機構的威望、壯大中央政權的力量，不僅要獎勵粉碎政變的有功之臣，選擇具有改革和新思維的有識之士，而且要延攬、回報在粉碎政變過程中作出巨大貢獻的民主改革力量。

極度不可思議、莫名其妙，全世界政治家服膺的政治天才、權變高手戈爾比，既沒跟葉爾辛商量，也沒跟再次被事實證明具有遠見卓識的雅科夫列夫和謝瓦爾德納澤瞭解情況、交換意見、徵詢看法，盲人瞎馬，自作主張，匆匆忙忙，發表總統令一紙。

任命總參謀長米哈伊爾‧莫伊謝耶夫為臨時代理國防部長；

任命克格勃副主席列昂尼德‧舍巴爾申為克格勃臨時代理主席；

送別英雄，慶祝勝利

任命內務部第一副部長瓦西裏・特魯申為臨時代理內務部長。

......

且不說政變期間，特魯申和舍巴爾申在幹些什麼，到底支持政變，還是反對政變，都鮮為人知，而總參謀長米哈伊爾・莫伊謝耶夫，本來就是參與政變的積極分子和重要支持力量！

剛吃完用人不當苦頭的總統，瘡疤未好就忘痛，繼續隨心所欲，草率了事。

「他始終認為自己是無所不能的，只要自己大筆一揮，便可以阻止任何事情。」戈巴契夫的新聞秘書伊格納堅科回憶。

「他的表現令人失望，很令人失望。」智者雅科夫列夫感嘆。

從福羅斯歸來，戈巴契夫沒做對一件事，做一件，錯一件，件件錯。

而每做錯一件，權力和威望就流失一片，錯得越多，權力和威望就流失得越多。

連前纍計，曾經無所不能、無往不勝的新沙皇、曾經令無數行家裏手競折腰的權壇泰鬥，掌握最高權力六年多，已經在局勢判斷、改革戰術、決策方式、尤其是人事任用關鍵環節上，罹患嚴重權力綜合症、決策疲勞症，已經自毀長城、自掘墳墓，急速走向失敗、走向垮臺。

終結斧頭幫 J

　　戈巴契夫的短處，正是葉爾辛的長處。

　　戈巴契夫謀事不謀人，葉爾辛謀事先謀人。

　　戈巴契夫監守自盜，步步為營，把斧頭幫手中的公共權力掰還給公眾和民主力量。

　　葉爾辛正是利用改革、民主釋放出來的力量東山再起、節節勝利。

　　戈巴契夫從福羅斯歸來，人身已經獲得自由，心靈和意志仍然自我囚禁、與手中掌握的國家完全脫節。

　　葉爾辛則利用領導擊敗政變所獲得的威勢，繼續將自己與社會大眾、與改革力量、與權力機器，牢牢捆綁在一起，並且伺機從戈巴契夫手中奪取更多權力。

　　戈巴契夫重返克里姆林宮頭一天不找葉爾辛，頭天晚上深夜，已經到了八月二十三日淩晨，葉爾辛打上門來找戈巴契夫。

　　第二天上午，乾脆直入戈巴契夫辦公室，步步進逼，大發雷霆，要求戈巴契夫撤銷頭天發佈的人事任免命令。

　　「莫伊謝耶夫參加過叛亂，而舍巴爾申是克留奇科夫的人！」葉爾辛咆哮。

　　戈巴契夫休假之前，兩人在新奧加廖沃已經約定，怎樣改造帝國執政團隊，休假歸來，簽完新聯盟條約，將與葉爾辛商量人選。

政變的發生，不但完全證明葉爾辛對戈巴契夫班底的不滿、討厭無一不正確，而且充分證明戈巴契夫用人錯到無一正確。

在戈巴契夫，因為經歷政變的嚴酷打擊，可能早已忘記與葉爾辛有約，但在葉爾辛看來，戈巴契夫不但失約，而且敵我不分，胡亂任用。

因此，反客為主，以下令上，掏出一份早已擬定的新名單，要求戈巴契夫照本宣科。

國防部長，葉夫根尼・沙波什尼科夫；

小總統對大總統，震撼世界的一幕

克格勃主席；，瓦季姆・巴卡京；

內務部長，維克托・巴蘭尼科夫；

國防部第一副部長、武裝力量總參謀長，弗拉基米爾・洛博夫；

國防部副部長兼俄羅斯聯邦國防和安全委員會主席，帕維爾・格拉契夫；

……

無一例外，所有人都在政變中抵制緊急狀態委員會、或旗幟鮮明反對政變，都是粉碎政變的有功之臣。

其中沙波什尼科夫 49 歲，時任蘇聯空軍司令；

巴卡京 54 歲，前總統國家安全顧問，內務部長；

巴蘭尼科夫 46 歲，時任俄羅斯聯邦內務部長；

洛博夫 56 歲，前華約部隊參謀長，伏龍芝軍事學院院長，科學博士；

格拉契夫 43 歲，時任空降兵司令。

葉爾辛威脅，戈巴契夫不立即簽署這份任命名單，他就不離開總統辦公室。

「戈巴契夫盯著我，這是人被逼到牆角時絕望的目光，我當時別無選擇，形勢要求我必須採取果斷而堅定的立場。」。

葉爾辛回憶。

巴卡京證實：「8 月 23 日上午，我們被緊急召到克里姆林宮，我們知道，葉爾辛當時就坐在戈巴契夫的辦公室裡，新任命的官員都是葉爾辛的主意，葉爾辛同時提出，徹底改組克格勃。」

之後，又按葉爾辛的提議，免去外交部長別斯梅爾特內赫的職務，由於其在政變期間「表現消極」。

五天以後，任命駐捷克斯洛伐克大使鮑裡斯 · 潘金接任。

政變期間，潘金曾是第一個、也是唯一一個公開聲明不承認緊急狀態委員會的大使，其選擇和決定獲得應有報償。

隨著事態的進一步發展，又成立以俄羅斯總理伊萬 · 西拉耶夫為首的國家應急經濟委員會，管理新內閣成立前的國民經濟事務。

同時任命阿爾卡季 · 沃爾斯基、莫斯科副市長尤裏 · 盧日科夫和五百天計畫的起草者、39 歲的經濟學家亞夫林斯基為副主席。

又任命他的發言人 · 伊格納堅科為塔斯社社長，《莫斯科新聞主編雅科夫列夫為全蘇廣播公司總經理。

葉爾辛居功自傲、咄咄逼人，極大地超出自己權限和地位，僭越戈巴契夫的權力和地位，但必須承認，葉爾辛提出的人事名單，是當時形勢和權力格局下最好的名單、最符合公眾期待的名單，也是戈巴契夫最需要的名單。

戈巴契夫當時其實可以提出更加有創意、有魄力、有重大意義、令人耳目一新的機構改革方案和人事佈局。

比如，立即啟動一人一票選舉總統、副總統，立即成立看守內閣，立即改組克格勃和武裝力量的領導構架，立即請謝瓦爾德納澤、普裡馬科夫、葉爾辛或納紮爾巴耶夫出任、兼任臨時副總統、看守內閣總理，立即請出雅科夫列夫擔任臨時最高蘇維埃主席，等等。

尤其是，立即請抵制政變的加盟共和國首腦擔任內閣各部門要職，既將人才悉數裝入中央執政團隊的口袋，又調虎離山，釜底抽薪民族分離主義的中堅力量。

可惜，戈爾比已經擔驚受怕，疲憊緊張，身心交瘁，既失去往日的威風和雄才大略，又失去駕馭全域、識別人才、整合最佳主意的魄力和精明幹練。

作為個體生命，戈巴契夫確實值得尊敬同情，但作為政治領袖，戈巴契夫的政治直覺和敏銳與葉爾辛相比，立即相形見拙、黯然失色。

正像戈巴契夫自己說的，被囚克里米亞三天，莫斯科變得幾乎讓他認不出來。

經過六年的改革，人類最大的極權怪獸已經基本馴服，民主、自由取代武力、暴力，成為人們的熱烈追求。

政變力量重祭武力、暴力，企圖挽救恢復極權、威權，現身說法，極權怪獸陰魂不散、隨時借屍還魂、捲土重來。

而斧頭幫作為一個政黨，雖然已經邊緣化，政變頭目已經不再是斧頭幫權力核心的成員，但他們個個都是斧頭幫的遺老遺少，而斧頭幫各級組織，大多暗中支持政變，而不是抵制、反對政變。

七十三年來的新仇舊恨，大地震般地驚醒、警示人們，只要斧頭幫還在，魂不死，還要利用手中的權力，運用武力和暴力，扼殺民主和自由。

不把斧頭幫趕出權力舞臺、歷史舞臺，恐怖暴力統治永遠不會結束，民無寧日，國無寧日。

八月二十二日歡慶粉碎政變的口號中，「打倒蘇共」、「審判蘇

「共」分外搶眼，集中傳達出社會大眾的情緒和感受。

白宮廣場的歡慶勝利完畢，人們分頭轉向克里姆林宮牆外的紅場、轉向蘇共中央委員會所在的老廣場，轉向克格勃所在的盧比揚卡廣場。

在克格勃大樓的牆壁上塗寫標語，拉倒捷爾任斯基雕像，清除血腥恐怖統治的開山鼻祖。

第二天，立陶宛首都維爾紐斯和愛沙尼亞首都塔林的列寧塑像也遭到類似的厄運。

隨後遭到厄運的還有，在莫斯科的加裡寧塑像、斯維爾德洛夫塑像，在莫爾達瓦首都的馬克思、恩格斯塑像。

以及在阿塞拜疆首都，在烏克蘭，在其他自治共和國的列寧塑像。

在蘇共中央所在地老廣場、以及莫斯科市委所在地新廣場，憤怒的人群向大樓的窗戶投擲石塊，市政府管理人員查封了市委大樓的正門。

空軍司令沙波什尼科夫

莫斯科內務局奉市政府之命，查封了莫斯科市委和區委大樓。

俄羅斯內務部奉聯邦政變之命，查封了位於「老廣場」上的蘇共中央所在地。

當工作人員降落蘇共中央大樓頂端的錘子鐮刀紅旗、代之以俄羅斯的白藍紅三色旗時，大樓前的示威人群再度狂歡。

在帝國最高蘇維埃和莫斯科蘇維埃大會上，有代表直接提出取締蘇共和沒收其財產的建議。

民選市長加夫裡爾・波波夫不僅發佈了關於將莫斯科市黨委和

各區黨委的財產國有化的決定,立即取締共產黨和沒收其所有的資產;

而且提出「剷除一切共產主義的毒苗」, 建議禁止出版所有宣傳共產主義思想的報紙和雜誌, 包括《真理報》、《蘇維埃俄羅斯報》和《工人論壇》。

在哈薩克加盟共和國的首都阿拉木圖, 蘇共中央政治局委員會、哈薩克共產黨中共第一書記納紮爾巴耶夫 (也是該共和國總統) 宣佈, 退出蘇共中央政治局和中央委員會。

因為「8 月 19 日至 20 日哈薩克共產黨中央委員會收到來自蘇共中央的一系檔, 這些檔確鑿地證明蘇共中央書記處支持所謂的國家緊急狀態委員會的行動和決定。」

納紮爾巴耶夫又以總統身份發佈命令, 停止政黨、其他社會團體和群眾性社會運動組織在共和國檢察、國家安全、內務、司法和國家仲裁機關以及法院和海關活動。

同一天, 哈薩克毗鄰的吉爾吉斯共和國總統阿卡耶夫也頒佈了同樣性質的命令。

命令說, 不允許在國家機關中建立黨組織, 不允許政黨和其他社會團體就幹部政策作出決定, 不允許國家機關同政黨一起出版有政治傾向性的報紙和雜誌, 不允許在工作時間和地點舉行會議。

禁止把樓房、建築物、企業和其他國家財產無償轉成政黨的財產或交給他們使用。取消因參加黨的工作而提供的所有優惠。

同一天, 蘇共中央機關報《真理報》編輯部全體人員聲明, 鑒於《真理報》未能及時地刊登蘇共中央對緊急狀態委員會的明確立場,《真理報》不應再是蘇共中央機關報, 而應當改組為蘇共一般性政治報紙, 以便自由地表達全體共產黨員的意見。

政府機關報《消息報》的編輯部宣佈, 撤銷其總編葉菲莫夫的職務, 不再作政府機關報, 而成為獨立的報紙, 因為報紙曾同緊急狀態委員會合作。

包括軍隊、內務部和克格勃的一些軍人，致信葉爾辛，呼籲武裝力量、內務部、克格勃應該立即非黨化，他們的軍事政治結構應該廢除，否則我們不能保證將來不發生類似悲劇。」

　　葉爾辛當場大筆一揮，簽署命令，宣佈部署在俄羅斯領土軍隊其中的蘇共基層組織為非法。

　　過了一夜，頭天的所有喧鬧、所有「過火」行動，又都顯得太落後、太保守。

　　波羅的海沿岸的立陶宛，拉脫維亞、以及莫爾達瓦等共和國乾脆直接禁止共產黨活動，或宣佈其為非法，同時沒收其財產，停止其報刊。

　　克格勃新任主席和塔斯通訊社新任社長下令，在各自的機構裏立即停止蘇共的活動。

　　葉爾辛更不甘落於人後，不但暫停了蘇共六家報紙的出版，包括《真理報》、《蘇維埃俄羅斯報》、《公開性》、《工人論壇報》、《莫斯科真理報》和《列寧旗幟報》，又撤銷了塔斯社社長和蘇聯新聞社社長的職務。

　　又與哈斯布拉托夫聯手，邀請戈巴契夫到「白宮」，參加俄聯邦最高蘇維埃非常會議。

　　設下俄羅斯版鴻門宴，威逼戈巴契夫自宮。

　　在「白宮」門口迎接總統的不是葉爾辛或議員們的滿面笑容和畢恭畢敬，而是數千名示威者和非常不友好的公眾，以及一個接一個的口號。

　　「打倒共產黨！」

　　「戈巴契夫下臺！」

　　進入會議大廳，葉爾辛當仁不讓，大踏步走在前頭，戈巴契夫像一個犯錯誤的小學生，跟在高大威猛的老師身後。

走上主席臺的時候，葉爾辛逕自坐在中間的座位，而讓戈巴契夫直接站到講臺的話筒前面。

在葉爾辛居高臨下、咄咄逼人的氣勢映襯下，戈巴契夫顯得既矮小又軟弱、既單薄又容易受到傷害。

葉爾辛又先開場白，然後才輪到站了好一會兒的戈巴契夫。

大廳所有人等，都是粉碎政變的有功之臣和俄羅斯權力舞臺的主

拆除列寧雕像

人，帝國總統、戈巴契夫，不過是他們從政變勢力手中解救出來的戰利品。

葉爾辛不但肆意怠慢、冷落和羞辱自己的戰利品，而且強迫戰利品認可、批准俄羅斯總統八月十九日到二十一日簽署的所有命令，其中有些命令包含了蘇聯總統的職權。

「我特地準備了一個便條本，米哈依爾‧謝爾蓋耶維奇，這裏有我在被圍困的蘇維埃宮所頒布的命令和作出的決定。

跟著葉爾辛的話音，大廳裡掌聲、喧鬧聲、口哨聲、尖叫聲和嘲笑聲此起彼伏。

葉爾辛又交給戈巴契夫八月十九日傍晚帕夫洛夫內閣會議的記錄，扳著面孔，大聲命令：「現在就念。」

因為內閣成員除兩、三個人之外，其他人全部支援緊急狀態委員會。

而這些人都是戈巴契夫一手挑選、任命的，抖落出這些人的背叛和醜態，出戈巴契夫的醜，讓戈巴契夫傷心、尷尬、在眾人面前丟臉。

又讓戈巴契夫從頭到尾念完，就是讓戈巴契夫自己打自己的臉、自己審判自己。

一位議員帶著挖苦的口吻問，有證據表明蘇共支持推翻總統的政變，「總統是否認為，應當把社會主義從蘇聯土上驅逐出去，蘇共應當被當作一個犯罪組織予以解散。」

戈巴契夫表示反對這些極端的做法，但「如果發生什麼違法的事，我同意應當制止，採取措施。」

不等戈巴契夫說完。葉爾辛不失時機地接上話茬：「已採取措施，蘇共中央大樓已被查封。」

又變戲法似地拿出一份早已起草好的法令：「請允許我簽署關於中止俄羅斯共產黨活動的命令。」

戈巴契夫再度被葉爾辛逼到牆角，眾目睽睽之下，看著葉爾辛簽署斧頭幫的死刑判決書。

作為斧頭幫的總書記、作為相信「他的黨」能夠改革的社會主義信徒，他本能地、徒勞地試圖制止葉爾辛簽署自己的大名。

但他還未開口，議員們已經報以長時間的掌聲支持葉利的行動。

據說，戈巴契夫驚慌失措地喊道：「鮑裡斯‧尼古拉耶維奇……鮑裡斯‧尼古拉耶維奇！」

但葉爾辛裝作沒聽見，直到簽好大名，示威式的宣佈：「我已經簽署了！」

孤立無援的戈巴契夫仍然頑強地曉之以理，企圖說服高舉屠刀的葉爾辛回心轉意。

「俄羅斯最高蘇維埃未必應當支持我們尊敬的俄羅斯總統。」

「禁止共產黨——我要直截了當地說，將是如此民主的俄羅斯最

高蘇維埃和俄羅斯總統 的錯誤。」

葉爾辛反駁：「命令不是禁止，是中止俄共活動，直到司法機關弄清它參與的程度為止，這完全合乎法律。」

台下又響起掌聲。

一個月前，葉爾辛就發佈命令，在俄羅斯國家機關，護法機關和工礦企事業單位禁止政黨活動，矛頭直指斧頭幫。

如今，又將戈巴契夫「請」到俄羅斯議會，請到自己的地盤，利用粉碎政變的勝利，利用洶湧澎湃的民心民意，利用議員群體的聲勢壓力，宜將剩勇追窮寇——終結斧頭幫的所有特權和命脈，把斧頭幫寄生在社會大眾肌體上的臍帶、紐帶連根拔除，逼使戈巴契夫不再把公共權力當蘇共的保護傘。

戈巴契夫沒有意識到葉爾辛的企圖，很多局外人、觀察家也認為葉爾辛過於咄咄逼 人、無禮粗暴，多把葉爾辛的行為解釋成在廣庭大眾面前公開羞辱玩弄，批鬥審判，讓戈巴契夫一嘗當眾遭到有組織圍剿挨鬥的滋味，報當年戈巴契夫在蘇共中央全會上車輪戰術批判降服葉爾辛的一箭之仇。

尤其是不瞭解政變力量激發的整個社會對斧頭幫七十多年極權統治的憤懣和敵意，淡漠了斧頭幫七十多年殘暴血腥無恥統治積累的罪惡和仇恨。

只看到電視現場直播鏡頭裏的畫面，以點蓋面，以局部代全域，為戈巴契夫打抱不平，為斧頭幫叫屈。

就算戈巴契夫犯了許多錯誤，尤其是識人、 用人的錯誤，多麼嚴厲的批評追究都無可厚非，不批評政治人物、公眾人物的錯誤，公眾就要遭殃、 社會就要倒楣。

但是戈巴契夫自我革命、自我放棄無所不在的極權，還俄羅斯和東歐成千上萬公眾的民主和自由，包括把葉爾辛從封疆大吏提拔至莫斯科當黨魁、當政治局候補委員、進入權力中心，成為引人注目的政

治明星，造就葉爾辛利用改革進程和成果、打蛇順棍上、東山再起、一路高歌猛進、成為最有權勢的俄羅斯的主宰，戈巴契夫居功至偉，恩重如山，史上無人能出其右。

從人情人性的角度，從政治人物應有的風度、禮儀、胸懷和修養的標準，葉爾辛趁戈巴契夫大權旁落、落難失威，粗暴蠻橫，威風耍盡，有失厚道，的確超越了約定俗成的道德規範和政治倫理，得理不饒人，得志便倡狂，給自己的政治聲譽和公眾形象蒙上汙點，連同放縱自己酗酒，都成為人們詬病的致命缺點。

但葉爾辛仍然我行我素，繼續威逼、折磨戈巴契夫。

葉爾辛言聽計從的親密顧問布爾布利斯，上臺遞上一張紙條，上面寫著：

「蘇共中央正在加緊銷毀檔，總書記應立即下令暫停蘇共中央委員會的活動。盧日科夫已經切斷電力供應。將有人奉命執行蘇聯總統、蘇共中央總書記以及盧日科夫的指令。布爾布利斯。」

戈巴契夫只好簽上：「同意」。

公開「批鬥」完畢，葉爾辛邀請戈巴契夫來到自己的辦公室密談。

密談了些什麼，兩人在回憶錄裡都輕描淡寫。

「葉爾辛感到自己已經占了大便宜，想緩和一下氣氛，就說，對他們——這些代表們——應該給予理解，他們也是不得已而為之！

然後說：『我對您什麼也不用說。您自己去問問媒體，就會知道8月19日和8月20日誰是怎樣表現的了，包括那些您特別抱有好感的人。』」

「您知道，貓是如何整治逮住的老鼠吧：老鼠已經流血了，貓還在不斷折磨它，又不想馬上把它吃掉，只是想羞辱它。葉爾辛就是這樣對待我的。」

戈巴契夫回憶（參加《戈巴契夫回憶錄》）。

多年後，戈巴契夫回顧當時的情形，心頭仍在滴血！

八月二十三日這一天，是八月十八日到二十一日三天的繼續和延伸。

八月十八日與世隔絕、失去權力，政治生命已經終結，而八月二十三日，葉爾辛當眾發難、盡耍威風，將血淋淋的事實展示給全世界。

「針鋒相對而又讓人同情的對峙持續了一個半小時，完全是剝奪總統合法權力的過程，而不是實現總統權力的回歸。」

義大利記者朱利葉托 · 基葉紮的描述一針見血。

正是俄羅斯最高蘇維埃一天的磨難，戈巴契夫這才認清現實、知道手中的權力已經不再。

民主政治、選票政治，權力建立在民望和公眾認可的基石之上，有民望、有選票，就有權力；沒民望、沒選票，權力隨之消失。

政變分子手握強大的槍桿子，槍桿子不支持，登場兩天就玩不下去。

葉爾辛團隊全憑民意基礎和選票，不但玩得一呼百應，而且爭取到槍桿子的支持，摧枯拉朽，兩天大捷。

戈巴契夫手中的權力來自斧頭幫、來自權力中樞的擁戴，因此遲遲不理解民意和選票的巨大力量。

五個月前，全民公投帝國的存廢和去留，高達百分之七十三的公眾贊同保留革新後的聯盟。

不是包裝斧頭幫極權統治模式的「聯盟」本身有什麼吸引力、優越性，而是戈巴契夫的改革和民主進程給公眾帶來希望、贏得公眾的信任和贊同。

葉爾辛正是從這次公投中看到機會，決定六月十二日在俄羅斯由公眾直接選舉總統，並獲得近六成的選票。

相反，戈巴契夫穩坐百分之七十三保留「聯盟」的釣魚船，卻沒

有將公眾這一壓倒多數的支持因勢利導、明確轉化為公眾直接授權
——全民直接投票選舉總統。

　　要是戈巴契夫足夠理解公眾直接授權的巨大力量，借葉爾辛在俄
羅斯直接選舉總統之機，在整個「聯盟」舉行公眾直接投票選舉總統，
戈巴契夫一定比葉爾辛贏得更多、更輝煌。

　　如果再能利用公眾直接授權，徹底改組「聯盟」的權力結構和人
事任命，整合出一個深孚眾望、能徵善戰的內閣及各部門首腦組成的
班底。

　　不僅完全排除斧頭幫頑固派發動政變的任何可能，也壓倒葉爾
辛日益高漲的民望和權力欲。

　　葉爾辛的歷史、戈巴契夫的歷史和紅色帝國的歷史一定完全改寫。

　　戈巴契夫錯失良機、丟失的授權和力量，正是葉爾辛見縫插針、
撿來的授權和力量。

　　葉爾辛戰勝政變力量、與戈巴契夫權力、地位的消長，成為政治

模仿美利堅的《權利法案》，制定《人權自由宣言》

學權力與力量研究最生動、最經典的案例。

戈巴契夫不僅政變之前沒有理解這些關鍵，政變之後也沒有理解這些關鍵，直到被葉爾辛顛覆、失去帝國、下臺頤養天年，仍然沒有理解這些關鍵。

多年後，接受採訪反思政變起因、葉爾辛奪權，老壽星還是歸咎於細枝末節——不該去休假，不讓葉爾辛坐大……

落難歸來的戈爾比自我檢討，「我們學到了很多東西」，但還是沒有學到最重要、最關鍵的東西。

遭葉爾辛鴻門宴批鬥圍攻的第二天，也就是八月二十四日上午，戈爾巴喬被迫花時間與他最信得過的親信和助手討論黨的命運。

會議在著名的核桃廳舉行，也就是從前總書記與斧頭幫政治局委員小範圍商討最重大、最敏感問題的地方。

這一天，戈巴契夫總統、戈巴契夫總書記，與自己的小圈子在同一個地方討論斧頭幫的存廢和死亡。

雖然極度諷刺，反過來證明戈巴契夫將帝國權力從斧頭幫手中轉移、歸還給公眾，付出的成本有多低，取得的成就有多大。

總統從前最信任的智者雅科夫列夫、總統委員會成員瓦季姆．梅德韋傑夫、新寵普裡馬科夫、文膽切爾尼亞耶夫、法律顧問沙赫納紮羅夫、以及列文科、庫德裡亞夫采夫等助手在座。

「戈巴契夫的神色異常陰沉憂鬱，雙眼黯淡無光，與從前那雙炯炯有神的眼睛、談笑風生的表情、給人留下深刻印象的迷人魅力，形成巨大反差，使我深為震撼。」

戈巴契夫的新聞秘書格拉契夫回憶。

面對葉爾辛和俄羅斯眾多人民代表的圍攻，戈巴契夫頭天還負隅頑抗、誓死救黨，「取消社會主義、解散共產黨，是一種空想和迫害持不同政見者的行為。」

「要知道這就如同十字軍東征 …… 社會主義是一種信仰，我和你們一樣宣導思想自由和多元化，任何人都無權懷疑這種自由。」

在座的雅科夫列夫，正是在黨的前途和生命問題上，跟戈巴契夫分道揚鑣。

自始至終，戈巴契夫堅信，斧頭幫能夠洗心革面、重新做人，獲得公眾的支持，因此，努力到最後一刻保留黨、改革黨、為黨辯護。

無情的事實是，儘管如戈巴契夫所說，共產黨內有成千上萬正直的同志，不能把他們與叛亂分子混為一談。

但是，作為史上組織最嚴密、紀律最嚴明、最迷信暴力和權力的政黨和集團，反反復復，以實際行動證明，沒有權力、離開暴力，就失去生命，就活不下去。

不光政變分子脫胎於斧頭幫、企圖復辟斧頭幫失去的權力和天堂，斧頭幫大本營蘇共中央，全程參與配合政變。

公眾和各加盟共和國的權力機關群起而攻，不給斧頭幫繼續存在的機會。

十五個加盟共和國中的三分之二已經禁止或中止了斧頭幫的活動，百分之九十以上的黨組織成了非法團體。

總書記既沒有什麼黨組織可「總」，也沒什麼黨的事務可「書記」，幻想完全破滅。

「經過反復考慮，苦思冥想，最後搞出一個盡人皆知的決定，辭去蘇共中央總書記，建議中央委員會自行解散，讓各個黨組織獨立自主地決定自己的命運和以後活動的問題。」

「我無愧於自己的良心，是他們背叛了黨的總書記」。

戈巴契夫回憶（參見《戈巴契夫回憶錄》）。

跟以往的工作模式一樣，總書記親自主導，其他與會者獻計獻策，起草聲明兩份，交格拉契夫合二為一，送媒體發表。

「書記處和政治局沒有制止這場政變，中央委員會沒有採取堅決的立場譴責和對付政變。

中央委員會沒有敦促共產黨人起來同違背憲法的行為作鬥爭……但許多黨的領導人拒絕同陰謀分子合作——他們譴責了這場政變，並投入了反政變的鬥爭。

我作為總統認為有義務捍衛這些作為公民的共產黨人不受到毫無根據的指責，但共產黨中央委員會應該決定解散。

各共和國的共產黨和地方黨組織將決定他們自己的命運。

我不可能再行使蘇共總書記的職責，我放棄這些權力。」

聲明的最後一段透露出戈巴契夫從前一直幻想堅持努力的目標，是戈巴契夫對斧頭幫認知的總概括——「那些堅守憲法的合法性、忠實於社會復興進程的、一心想實行民主的共產黨人將要求在新的基礎上建立一個黨。」

政變力量企圖使用武力、暴力施行威權統治，偷雞不成，反蝕把米，連累已經洗心革面、可能蛻變為社會民主黨的權力黨、極權黨，成為過街老鼠。

葉爾辛及各級掌握政權的改革力量，連同社會大眾，乘政變失敗之際，不失時機將黨送上斷頭臺。

戈巴契夫總書記、戈巴契夫總統所有的「貢獻」，不過承認既定事實，給黨的遺體蓋上黨旗，送上悼詞。

8月25日蘇共中央書記處發表聲明，宣佈接受解散蘇共中央的決定。

同一天，葉爾辛發佈行政命令，將蘇聯共產黨在俄羅斯的資產國有化，不但包括政黨委員會總部，還包括教育機構、旅館等等。

11 月 6 日葉爾辛發佈行政命令，終止蘇聯共產黨和俄羅斯共產黨在俄羅斯的活動，並解散其組織機構。

在後來召開的蘇聯人民代表大會非常會議上，一些老深紅激烈批評戈巴契夫解散蘇共的決定，聲討葉爾辛禁止共產黨存在的法令。

包括布里茲尼夫時代遭受打壓的持不同政見者、歷史學家羅伊·麥德韋傑夫、一直猛烈批評戈巴契夫改革和民主化進程的列寧格勒大學女教師安德列耶娃。

當時和後來的事實都證明，老深紅的批評嚴重脫離社會現實，誤判黨的歷史使命和作用。

俄羅斯共產黨走議會道路，通過選票活躍在權力舞臺，但最多是發言權，支持者始終是「一小撮」，而且遠離武力和暴力，只有招牌與列寧、史達林的黨相同。

老深紅們深信當時「發生的悲劇是個暫時現象！」，意思是，黨將很快會東山再起，成為領導力量，結果，一「暫時」，歷時三十多年仍看不到悲劇落幕，也沒有喜劇上演。

J 帝國分崩離析

政變殃及斧頭幫，使其遭到滅頂之災。

政變殃及以戈巴契夫為象徵的「聯盟」權力喪盡，本來已經人心思散的帝國受到地震般的搖撼而分崩離析。

政變的直接導火索是戈巴契夫與葉爾辛等地方諸侯準備簽訂的 9 + 1 新聯盟條約，那不光是擺脫民族分離主義噩夢的關鍵一役，也是擺脫權力轉型引發的一切危機、包括危機的的前提和基礎。

為了早日度過轉型陣痛、最大限度吸引各共和國參加，戈巴契夫被迫作出許多重大讓步，釋出許多權力，滿足各共和國權力寡頭的慾望和勒索。

要是八月二十日各方一簽字，一切將會有一個新的起點。

然而，戈巴契夫的班底不接受，在他們眼裏，新的聯盟根本就不是聯盟，中央權力太小，而各加盟共和國權力太大。

飽嘗了擁有絕對權力的甜頭，普天之下莫非王權，絕不肯與他人共用，因而一百個不樂意，

節骨眼上，團結起來，發動政變，逼總統交權，把戈巴契夫的全部希望化為泡影。

既然帝國的權力寡頭仍然抱著武力、暴力不放，誰還願意留在恐怖主義統治下的大監獄作奴隸？

就算靠本能生存的低等動物，都會逃之夭夭，地方大員為什麼不

趁機自立門戶、當一個完全獨立自主的國家首腦呢？

「政變的結果激化了政治鬥爭，加劇了聯盟內的離心傾向，國民經濟危機日益嚴重。」

戈巴契夫最擔心的局面出現了！

八月二十一日，政變失敗的消息一傳開，位於中亞的哈薩克共和國總統納紮爾巴耶夫首先表示自己領導的共和國要成立獨立的武裝力量。

亞美尼亞最高蘇維埃主席則聲明「到了結束留在聯盟中的時候了，我們不相信留在這個國家會有好的未來。」

八月二十四日，一向安分守己的烏克蘭蘇維埃通過決議，宣佈獨立。

俄羅斯聯邦一些議員明確要求修改已達成的 9 + 1 聯盟條約，葉爾辛更隻字不提準備簽訂條約，甚至承認波羅的海三國獨立，並與之建立外交關係。

紅色帝國的邪惡超過希特勒的德意志

八月二十六日，哈薩克總統再進一步，明確表示，因為形勢發生重大變化，9 + 1 新聯盟條約不再適用。

烏克蘭與俄羅斯提出，各共和國可考慮簽訂一個「邦聯性質的聯盟條約。」而不是以前的聯邦。

全名叫「主權共和國自由聯盟」，相當於英聯邦的模式，帝國解體之後所用的「獨立國家聯合體」即源於此。

緊接著又有莫爾達瓦、阿塞拜疆、白俄羅斯、烏茲別克、吉爾吉斯和塔吉克共和國宣佈獨立。

他們都宣佈，本國是主權國家，都脫離原來的蘇聯，而新的蘇聯則必須具有邦聯性質。

帝國解體的危險迫在眉睫。

戈巴契夫急了，連忙找來葉爾辛、納紮爾巴耶夫和吉爾吉斯總統阿卡耶夫，使出以往歷次對付斧頭幫的招數以退為攻——辭職，如果他們繼續要求聯盟解體的話。

暫時地，這一招應驗了，蠢蠢欲動、但尚未做好準備自立門戶的分裂主義頭子，虛情假意地讓步了，一致答應，保留革新後的聯盟，不再癡心妄想。

葉爾辛甚至威脅，俄羅斯聯邦毫不懷疑每個國家和人民憲法自決的權力，但是，「一旦聯盟關係停止，俄羅斯聯邦保留提出修改邊界問題的權力。」

所謂蘇聯，不過俄羅斯的別名，蘇聯的版圖就是從前俄羅斯的版圖，十五個加盟共和國，除波羅的海三國以外，都是俄羅斯的一部分，都屬於俄羅斯。

葉爾辛要修改俄羅斯的邊界，援引斧頭幫奪權之前的法理，至少可以把十三個加盟共和國都居為俄羅斯所有。

各共和國聞聲，大驚失色，俄羅斯巨人保留修改邊界的權力，所有小共和國不都面臨消失的命運嗎？

俄羅斯政府，包括戈巴契夫，紛紛出面替葉爾辛的聲明打圓場，說葉的宣言意思是將來要標明邊界，一場虛驚才平息下來。

葉爾辛最能耐的招數，就是能夠集中眾人智慧，找出有縫的雞蛋，猛叮不放，叮出空間，叮出權力。

葉爾辛要是不想取代戈巴契夫，過把沙皇的癮，蘇聯帝國一定能保留下來。

可惜，葉爾辛不滿足於只當二級行政單位的元首，而是按捺不住

皇袍加身、入主克里姆林宮的野心。

他要堂堂正正，取戈巴契夫而代之，證明自己的能力在戈巴契夫之上，而不是屈居戈巴契夫之下。

戈巴契夫非常嫻熟的政治技巧之一，就是先發制人，使自己立於主動地位。

乘著有利時機，九月一日，居然邀請到十個加盟共和國的領導人，比先前的九個又多了一個亞美尼亞。

允諾「聯邦、邦聯或聯合」的各種形式都可以嘗試，只要保證聯盟繼續存在就行。

一上談判桌，戈巴契夫總是能得心應手駕馭形勢，搖唇鼓舌，達到自己的目的。

經過長達七個小時的反復討價還價，以戈巴契夫為代表的蘇聯中央，和以十個加盟共和國領導人為代表的地方分裂勢力達成共識，形成協議。

而且第二天就交當天召開的最高蘇維埃會議審議，挽救「聯盟」、對付危局的最後賭注在此一舉。

第二天，九月二日，會議一開始，10＋1的領導人便把原先預定的大會日程置於一旁，推舉哈薩克總統納紮爾巴耶夫代表十一方宣讀前一天形成的協議。

戈巴契夫不出場，避免中央強加各共和國之嫌，葉爾辛不出場，避免看上去架空中央之嫌。

納紮爾巴耶夫出場避開一切嫌疑，給議員們一個直觀印象，協議代表了各共和國的利益。

協議煥然一新，所有願意參加聯盟的共和國起草和簽署主權國家聯盟條約，而每個共和國可自主地確定其參與聯盟的形式，整個框架都在第一原則之下形成。

議員們聽了之後，一部分熱烈支持，認為這是最好的也是唯一的選擇，一部分強烈地反對，認為協議違反憲法。

經過激烈辯論，包括葉爾辛，發出「哀的美敦書」——蘇聯最高蘇維埃如果否決這個方案，俄羅斯將宣佈獨立。

強大壓力之下，議員們最終以三分之二的壓倒多數，贊同「違反憲法」的新協議。

協議主要條款如下：

1. 所有有願望的共和國起草並簽訂主權國家聯盟條約，其中每個主權國家都能獨立地確定自己加入聯盟的方式。

2. 呼籲不管是否宣佈了獨立地位的所有共和國刻不容緩地締結經濟聯盟，以便在統一的自由經濟區域範圍內相互協作，使國民經濟正常發揮作用，向居民提供生活保障和加快進行激進的經濟改革。

3. 在過渡時期：

——成立人民代表委員會，該委員會的建立要按照各加盟共和國代表權平等的原則，由得到蘇聯和共和國最高蘇維埃授權的蘇聯人民代表和共和國代表各 20 人組成；

——成立國務委員會，委員會由蘇聯總統和加盟共和國最高領導人組成，協商解決涉及共和國共同利益的內外政策問題；

一成立臨時共和國間經濟委員會，按照平等原則由所有共和國代表組成，負責協調國民經濟管理和協商一致地進行經濟改革。

此外，又通過過渡時期蘇聯國家政權和管理機關法，以及《人權和自由宣言》。

前者的主要內容基本抄襲美國：

——最高權力機關為由共和國院和聯盟院組成的蘇高蘇維埃。

共和國院議員由各加盟共和國派出或同意的蘇聯議員各二十人組成，每個共和國在表決中都只有一票，以體現各加盟共和國平等的原

則。

聯盟院代表則由直接選舉的議員組成。聯盟院通過的法律在共和國院贊同後才能生效。

——設立蘇聯國務委員會，解決對內對外政策問題。國務委員會由總統領導下的各加盟共和國最高領導人組成。

取消蘇聯副總統職務，如果總統因某種原因不能履行職責，由國務委員會選一名臨時總統代理。

——成立跨共和國經濟委員會，委員會主席由總統經蘇聯國務委員會同意任命。

國防、安全、法制和外事部門由蘇聯總統和國務委員會領導。

《人權和自由宣言》共31條，其基本思想如下：

「我們社會的最高價值就是人本身及其榮譽和尊嚴。」

哈薩克總統納紮爾巴耶夫

「任何集團的、政黨的或國家的利益都不能置

於人的利益之上。」

「每個人擁有自然的、不可剝奪的、不受侵犯的權利和自由。它們應得到法律的確認，這些法律應符合世界人權宣言、各種國際人權公約、其他國際準則和本宣言。」

宣言鄭重申明：「本宣言確認的全部權利和自由將受到司法保護。」

議會還通過決議，自行宣佈解散，新的議會將根據新的兩院蘇高蘇維埃制度在選民直接選舉的議員中選舉或選派產生。

所有檔在通過之日起生效。

戈巴契夫上臺後改造帝國的實驗幾乎接近完美地完成。

雖然一波三折，波詭雲譎，甚至發生震驚世界的政變，總算好事多磨，有驚有險，達到勝利的彼岸。

戈巴契夫和各加盟共和國領導人所作的一切努力，包括蘇聯議會所通過的三個重要法律，實際上都為這場實驗劃上完滿的句號。

或者，更客觀一點，是為戈巴契夫上臺六年多來的改革和民主進程劃上句號。

如果再客觀一些，這些構想和現實也為過去七十三年斧頭幫的極權統治劃上句號。

從此以後，蘇聯不再成為「蘇維埃社會主義共和國聯盟」，名稱和實際都發生了截然不同的變化。

被政變攪成一困亂麻的所有要事，總算理出了頭緒，尤其是避免了「聯盟」雪崩式的解體。

只要撐著改革、民主和自由的輕舟，揚起「10＋1」聲明的希望之帆，一路順流而下，局勢不算失控。

已經名大於實、表鮮於裏的戈巴契夫，儘管處境艱難、元氣大傷，但仍懷抱一線希望，強打精神，苦苦支撐。

全神貫注督促西拉耶夫領導的跨共和國經濟委員會馬不停路地起草「經濟聯盟條約」草案。

催促專家班子日夜兼程起草「主權國家聯盟條約」草案。

一有機會就苦口婆心勸說（他擁有的唯一辦法）那些得寸進尺、三心二意的各共和國首領堅定態度、信守承諾，參加新的聯盟。

九月中旬，激進的經濟學家亞夫林斯基起草的「經濟聯盟條約」出臺。

　　戈巴契夫主持各共和國首腦組成的國務委員會討論並認可條約可行。

　　十月一日，哈薩克總統納紮爾巴耶夫又邀請各共和國總理赴其首都阿拉木圖，就經濟條約進行討論。

　　事情進展得非常順利，八小時會談結束時，與會的十二國代表，其中八個同意在兩周內簽署這個條約，其餘四國表示，將回去討論以後再行參加。

　　第二天，會談結束時，所有與會者又鄭重其事地發表聯合公報一份，重申「一致主張簽訂經濟合作條約，為主權國家的經濟關係奠定嶄新的基礎。」

　　只是條約的名稱改為「經濟共同體」。

　　連一向穩健的西拉耶夫也抑制不住愉悅的心情，興沖沖地告訴記者，沒有想到成熟得這麼快，戈巴契夫總統一定會對今天的成就感到意外。

　　十天以後，十個共和國的首腦（比以前又多了兩個）再次確認，十月十五日之前簽署「經濟共同體條約」。

　　在此前後，俄羅斯許多政府要人，包括副總統魯茲柯伊，副總理，財政部長等人都反對簽署這一條約。

　　理由是該條約嚴重損害了俄羅斯的利益，但葉爾辛出面一錘定音，決定如期簽約。

　　所以，事關聯盟前途的關鍵一步眼看又要夢想成真，戈巴契夫殫精竭慮許多日日夜夜的大腦馬上就可以休息了，一再延誤了的經濟改革也據此可以正式開始了，萬事俱備，只等十月十五日到來了。

　　然而，到了十月十四日（又是簽約的前一天），臨時政府首腦西

拉耶夫突然宣佈，簽約日期推遲。

原因是，條約有關檔還沒準備好，其中包括巨大的預算赤字等問題。

技術性問題總歸好解決，謝天謝地。

「簽約儀式可望在十八日舉行」。

上帝保佑，往後的四天裏總算平安無事。

不僅戈巴契夫，所有人，包括葉爾辛、以及歐美公眾和政客，都期盼的結果終於達成了。

但是，等到簽約，烏克蘭和阿塞拜疆又出爾反爾，臨陣溜號。

簽約國只有八個，而不是十個，

尤其是烏克蘭，最高蘇維埃主席克拉夫朱克十月十七日發佈命令，將部署在烏境內的蘇聯鐵道兵和通訊兵劃歸烏共和國管轄。

二十一日，蘇聯新的最高蘇維埃會議開幕，烏克蘭沒有派代表團正式參加會議。

戈巴契夫和俄羅斯等七個共和國領導人聯名呼籲之後，才勉勉強強「以觀察員身份」派出一個議員團。

二十二日，烏克蘭最高蘇維埃又通過法案，決定組建陸、海、空三軍武裝力量。

……

這個條約草案於十月初起草完畢，已交給各共和國審議，草案從裏到外，徹底拋棄了列寧式蘇維埃帝國的遺產，設想新的聯盟為「主權共和國聯盟」。

除了外交和國防，所有權力都交給各共和國。

所有權慾薰心的各共和國首領都偷偷竊笑，新的聯盟條約滿足了所有人的胃口。

十一月十四日，在春天帶來好運的那個新奧加列沃別墅，戈巴契夫召集首領們試探口風，這次烏克蘭又沒有參加。

　　不參加的理由，「12月1日烏克蘭全民公決並直選總統以前，我沒有被授權參加聯盟條約的討論。」

　　烏克蘭議會主席克拉夫朱克告訴戈巴契夫。

　　戈巴契夫明明知道所有說法都是托詞，但他寧願安慰自己一切都是真的。

　　有什麼辦法呢？

　　民選的最高蘇維埃主席可不是共產黨的第一書記，或者名義上是選舉實際上是黨任命的議會首腦，稍不聽話，摘掉烏紗帽了事。

　　靠公眾投票上臺的領導人，就算戈巴契夫「面帶微笑而滿嘴鐵牙」，又奈他何？

　　不光克拉夫朱克，所有共和國的領導人如今都是選民的人質，都挾民意以令天子！

　　天子是小圈子選舉出來的，沒有足夠的民意授權，完全是只紙老虎。

烏克蘭總統克拉夫朱克

　　明明知道一群權力暴發戶撒謊，搪塞，我行我素，搶吃天子手中的肥肉。

　　誰都是英雄好漢，誰都可以一句話、一個念頭，又讓人們大吃一驚，唯有天子不行。

天子就像一個年老體衰的母親，哄騙、規勸、嚇唬、許諾，想盡辦法讓這些「民主自由之子」弟兄七八個，圍著柱子坐，好分家不如賴在家。

誰都不把天子放在眼裏，不拿天子當顆蔥，把天子的話當耳旁風。

他們唯一動心的是，這位老傢夥身上還有什麼油水可以榨取。

當他們在新的條約草案中看到再也沒有什麼東西可以瓜分的時候，這才同意簽署條約。

條約草案的聯合公告墨蹟未乾，葉爾辛已經迫不及待，連續發佈十道政令。

將聯盟財政部及其所屬許可權、駐外商務機構及其許可權、貨幣印製權、石油出口權等置於俄羅斯的管轄之下。

又宣佈接收被撤銷的八十個中央專業部委，提出削減改造聯盟外交部的「建議」。

曾經一度是一統天下的聯盟機構很快支離破碎、風雨飄搖。

戈巴契夫的權力座椅底下，大塊大塊的基座在崩塌，大量大量的權力在失落，只剩下克里姆林宮，尚算完好無損平靜如常，目前還能安然度日。

國際輿論驚呼，葉爾辛發動了一場「經濟與貨幣政變」。

實際主宰蘇聯命運的是葉爾辛，而不是戈巴契夫。

戈巴契夫再一次做出努力，試圖挽回頹勢。

重新啟用前外長謝瓦爾德納澤出任外長，寄希望於國內外都極具聲望的國務活動家再創新的傳奇，增加中央政府的活力和權威。

不遺餘力地勸告人們，要儘快簽署新聯盟條約，要聯合在一起過日子，否則將大難臨頭。

又一再用辭職作為籌碼，以嚇唬那些想徹底分家的冒險家。

到了烏克蘭全民公決前一天，一方面宣佈：「採取一切措施使烏克蘭加入新的聯盟，一方面又打電話給美國總統布希留下後路，聲稱「即使全民公決選擇獨立，那也不是要脫離聯盟」。

包括葉爾辛，現在也意識到烏克蘭不參加聯盟的巨大危險，和著戈巴契夫的呼聲，呼籲烏克蘭參加聯盟。

但是，人們所料不差，公投結果出籠，給戈巴契夫沉重的一擊。

百分之九十以上公眾贊成烏克蘭獨立，百分之六十的公眾贊成最高蘇維埃主席克拉夫朱克擔任總統。

烏克蘭參加戈巴契夫新聯盟的希望徹底破滅。烏克蘭臣服俄羅斯三百多年的統治從此結束。

時間是一九九一年十二月一日。

烏克蘭與俄羅斯，基輔羅斯與莫斯科大公國，聽聽地名就知道，兩兄弟「血濃於水」，血脈相連。

不光俄羅斯脫胎於莫斯科大公國，莫斯科大公國又血緣於基輔羅斯，基輔又是斯拉夫人的文明搖籃，有「俄羅斯城市之母」美譽 (Mother of Russian Cities)。

直到蒙古人征服基輔羅斯，基輔羅斯才分為俄羅斯、白俄羅斯和烏克蘭三大兄弟，十七世紀中葉，三兄弟又合三為一，以俄羅斯為共同名稱。

十八世紀，德國公主、俄羅斯女皇葉卡捷琳娜二世收復西烏克蘭，女皇的情夫波將金徵服烏克蘭東部的克里米亞半島，不光完全恢復古基輔羅斯的版圖，又將俄羅斯擴張為世界上面積最大的國家。

烏克蘭不僅是俄羅斯的西南大門，控制著漫長的黑海海岸，又是俄羅斯、甚至歐洲的天然糧倉。

列寧、史達林建立蘇聯，拋棄沙俄數百年的分封建制，將本是俄羅斯組成部分的烏克蘭、白俄羅斯和其他異族，弄成十五個「加盟」共和國，「加盟」共和國之下，又分出幾十個「自治共和國」。

憲法白紙黑字，所有「加盟共和國」加入蘇聯「自願」，退出蘇聯「自由」，都與俄羅斯平起平坐！

二次世界大戰結束，為在聯合國中增加蘇聯的票數，史達林又將烏克蘭和白俄羅斯提升為聯合國成員國，與蘇聯並列坐擁三席！

按照聯合國憲章，烏克蘭當時已經擁有主權，而直到蘇聯解體，俄羅斯才繼承蘇聯主權。

赫魯雪夫執政期間，又將俄羅斯的克里米亞半島劃歸烏克蘭，你中有我，我中有你。

面積第三、人口第二，在「聯盟」中處於非常重要的地位。

公開性和民主化釋放了被壓抑數百年的民族主義，但烏克蘭一直穩而不亂，規規矩矩做中央的順民(比俄羅斯還規矩)。

三月十七日的公投，有百分之七十一的投票人選擇保留「聯盟」。

没有烏克蘭，就沒有俄羅斯，何況蘇聯

前後九個月，從百分之七十一的公眾贊成保留「聯盟」，到百分之九十以上的公眾贊成獨立，民意、民心不但大反轉，而且幾近百分百！

其中的核裂變，無疑是政變力量企圖阻止帝國走向新的聯盟，企圖恢復極權恐怖主義統治，嚇怕了追求民主自由的社會大眾。

不光嚇怕烏克蘭人，也嚇怕所有俄羅斯人和其他加盟共和國公眾。

隨著政變流產，哈薩克、亞美尼亞、格魯吉亞，包括俄羅斯，各加盟共和國一個接一個，瓜分帝國權力和財產，爭先恐後逃出「聯盟」名聲狼籍的欄柵就是證明。

解體帝國最大的罪魁不是別人，正是斧頭幫的極權血腥統治和「民族自治」遮羞布，把原本統一的俄羅斯，弄出十五個「自願」「加盟」的共和國，播下七十三年後獨立的種子。

東方三千多年的「分久必合、合久必分」，正是威權統治製造分，武力徵服強迫合，循環往復。

歐洲彈丸之國林立，個個小國寡民、繁榮富足、平等博愛，幸福指數遙遙領先，所謂的大國，無論比例，還是排名，都難望其項背。

北美鬆散的民主、分權制度，不但把最初分分鐘南北分離的十三個殖民地牢固地凝聚在一起，而且從十三個州，擴展成五十一個州。

兩相對比，一條簡單而質樸的道理迎面撲來、放之四海而皆準。

由民作主選擇自己的生活家園、選擇公共權力的受託人、執行人，將權力關在籠子，無論小家、大家，家家和睦，天長地久。

由官作主綁架所有人的生活道路和選擇，權力不受限制，武力、暴力橫行，恐怖主義統治，無論大盟小邦，一定人心渙散，個個求去，爭過自己的小日子。

戈巴契夫以其傑出的天賦，準確認知把握到這一真理，無麼無畏，不惜犧牲個人權力和地位，將帝國引領到歐、美示範的康莊大道。

但他的同僚、他的同胞、他的對手、乃至歐、美社會，絕大部分

政客、輿論和所謂的知識精英，價值觀念和認知水準都停留在二十世紀初。

以民族分離主義、獨立自主劃分、綁架一切進步與落後、善良與醜惡，尤其是將殖民主義打入罪惡的深淵、貼上醜惡的標籤。

寬容、放任一切極權、威權政客任意使用武力、暴力壓迫公眾、發動戰爭，製造災難，尤其是慫恿、鼓勵殖民地人民爭取民族獨立、建成一個個奧威爾《動物莊園》的人類版，不但倒回野蠻殘酷的蒙昧時代，而且疊加現代極權、威權主義的恐怖統治和濫殺無辜。

只要是本民族的統治者掌握公共權力，所有禁錮、壓迫、屠殺和災難都理所當然！

維護自己的罪惡統治。

民族主義成為一切威權、極權和暴君的最後庇護所。

尤其是長期深受極權、威權統治的帝國，公眾深受其害，經驗極其痛苦，常常遭受民族主義裹脅，不明白誰來掌握權力並不重要，權力有沒有分割、有沒有受到限制才最重要。

這年八月，老喬治·布希訪問烏克蘭就語重心長告誡公眾：

「自由畢竟不同於獨立。美國人不會支持那些為了用地方專制取代一個遙遠的暴政而尋求獨立的人。」

「他們不會援助那些鼓動一種基於種族仇恨的民族主義」。

說出混跡政壇一輩子最具水準、最像美國總統的名言，蓋過四年總統任期所有乏善可陳的政績。

「不會援助」民族主義的說法，又暴露出布殊一類白左的虛偽和偽善，對待民族主義不是要不要「援助」的問題，而是必須明確「反對」、揭露其真面目的問題。

正是民族主義的洪流和濫殤模糊了人們的視線，掩蓋了極權、威權恐怖主義的巨大威脅和危害。

不僅將戈巴契夫玩斃極權怪獸的巨大功績毀於一旦，也讓全世界擺脫極權、威權恐怖主義統治的努力事倍功半、蒼白無力。

　　戈巴契夫的所有努力都是徒勞的、都於事無補，權力的寶庫裡，除了武力、暴力，已經找不出有效的武器對付民族分離主義。

　　據說，克拉夫朱克聽到戈巴契夫「將採取一切措施使烏克蘭簽署聯盟條約」這句話，輕蔑地評論道：

　　「我很難想像，能對人民採取什麼措施。對波羅的海共和國曾這樣講過，但卻毫無結果。採取措施反對千百萬人的運動──簡直荒謬絕倫」。

　　克拉夫朱克一語道破天機，看准戈巴契夫還權力與公眾，而公眾用來肢解一度屬於戈巴契夫的帝國，戈巴契夫已經一籌莫展。

　　烏克蘭公投第二天，戈巴契夫再次發表電視講話，極其沉重地列舉各種理由，呼籲議員們在緊接著的議會上批准新聯盟條約。

埋葬帝國三巨頭

十二月五日，「聯盟」新成立的議會兩院討論了條約草案，均表贊同，並致函各共和國最高蘇維埃，敦促儘快討論確定自己的立場。

　　同一天，戈巴契夫又把葉爾辛請到克里姆林宮自己的辦公室，借重這位實力人物的力量，商討讓烏克蘭參加聯盟的良策。

　　這兩位前盟友、同事、對頭、敵手，今天貌合神離的搭檔、同胞和蘇聯的主宰，具體談了些什麼不得而知。

　　葉爾辛從克里姆林宮出來只簡單地評論：「談話是非常不尋常的」、「是困難的」。

　　在戈巴契夫，一定是死馬當作活馬醫，寄希望予葉爾辛力挽狂瀾。

　　而面對烏克蘭出走已成定局，葉爾辛也束手無策，況且，葉爾辛本來也想走烏克蘭的道路。

　　帝國解體無可阻擋，只是時間和方式。

　　兩天之後，十二月七日，葉爾辛飛抵白俄羅斯首都明斯克。

　　不帶戈巴契夫玩，只同烏克蘭和白俄羅斯兩個斯拉夫共和國的領導人討論大家何去何從，包括烏克蘭是否參加新聯盟。

　　行程公開透明，在眾目睽睽之下進行，戈巴契夫、全蘇聯、以至全世界，因此都目不轉睛盯著三劍客的行蹤。

　　只過一天，十二月八日，會談結束，三巨頭從明斯克附近一座秘密莊園回到大庭廣眾面前。

　　白俄羅斯議會主席舒什克維奇代表三巨頭發佈新聞。

　　人們普遍預料，對「聯盟」來說，凶多吉少，但舒什克維奇告訴大家的新聞仍然驚呆全世界。

　　一個由葉爾辛、克拉夫朱克和舒什克維奇簽署的協議已經誕生。

　　「蘇聯作為國際法的主體和地緣政治現實將停止其存在」。

　　「前蘇聯各機構在聯合體成員國境內將停止活動」。

新的聯合體為「獨立國家聯合體」，「明斯克市為聯合體協調機構的正式所在地。」

　　三巨頭不光已經判處蘇維埃社會主義聯盟的死刑，而且已經親手行刑，洗乾淨血手。

　　所謂新的「獨立國家聯合體」，傻瓜都能看出，不過一塊遮羞布，藉以掩蓋肢解帝國的赤裸醜態。

　　紅色帝國消失了，曾經擁有兩千一百萬平方公里版圖的沙俄四分五裂了。

　　各自為王的十五個國家，包括新俄羅斯，都不但走上獨立自主的道路，而且走上民主自由的「主幹道」。

　　這塊遼闊廣袤、令人眼花繚亂的土地，這塊發生過奇跡、出現過巨人、改變過人類歷史的土地，這塊令人時而嚮往、時而恐懼、時而憐憫、時而感歎的土地，絕不會是充滿田園牧歌式的輕鬆和歡樂，痛苦的、有時是暴烈的事件還會出現，突然的、有時是充滿誘人情節的悲劇或者喜劇還會重演。

J 息影在聖誕

　　政變前，戈巴契夫錯失全民直接選舉總統的良機，政變後，要是第一時間抓住稍縱即逝的機會，在十二月一日烏克蘭公投日之前，舉行「聯盟」總統直接選舉。

　　就算在選票上敗於對手，失去手中的權力，帝國何去何從，完全可能是另一番光景。

　　因為屁股決定腦袋，接盤者會自覺放棄民族主義、分離主義立場，因勢利導，變相將民族主義、分離主義代表人物招安。

　　有民意直接授權，接盤者能夠全力以赴、大刀闊斧對付分離力量。

　　對戈巴契夫來說，以退為進，勝則可以繼續活躍在權力舞臺，哪怕鬆散維繫一個脫胎換骨的新帝國，當英聯邦式的女王。

　　敗則體面下臺，擺脫、轉嫁帝國解體的責任和名聲，避免承受分離主義、民族主義顛覆造成的屈辱。

　　雖敗猶榮，留得青山在，不怕沒柴燒。戰士失敗依舊是戰士。

　　戈巴契夫及其親信、團隊，沒有任何人透露曾經設想過這條路徑，做過這種努力。

　　最激烈的招數，就是辭職、辭職！

　　最悲壯、最徒勞無功的努力，就是說了也白說，白說也要說。

　　政變分子囚禁了戈巴契夫、篡奪了總統的權力。

葉爾辛三劍客埋藏了「聯盟」，將戈巴契夫變成無邦之君。

最後的希望破滅了，紅色帝國完蛋了，總統不過是辦公室和克里姆林宮的總統。

曾幾何時，戈巴契夫還是掌握億萬人命運的、無所不能的人間宙斯，如今，他的命運完全操在他人手裡。

不光喪失了人類最大的帝國，連第一個接到通報的角色都沒攤上。

從前他曾多次威脅說，「如果聯盟解體，我就辭職，我負不起這個責任，誰能負起這個責任誰來幹好了」。

現在，有人負起這個責任來了，並且負得那麼輕鬆、那麼當仁不讓，仿佛到了季節轉換，換件適季衣服，脫掉一件厚的，穿上一件薄的。

連看都沒有看他這個總統一眼，好像他這個總統根本不存在。

三人辦完大事，葉爾辛首先打電話給美帝總統老布殊......

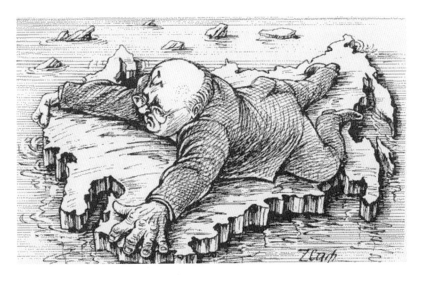

一张漫画胜过千言万语

到了晚上，舒什克維奇才代表葉爾辛和克拉夫朱克打電話給戈巴契夫。

「我請他把電話交給葉爾辛，我對葉爾辛說，你們背著我串通一氣幹的好事⁈

那是丟人現眼、奇恥大辱！」

戈巴契夫回憶（參見《戈巴契夫回憶錄》）。

到了這個份上，辭職吧，不辭也沒有多大意思了。

對個人來說，早辭比晚辭更好，甚至在政變結束的時候就應該辭。

政治家之於公眾一如一對戀人，在一起呆膩了，就趕快分開幾天。

如果還有一絲感情尚存，分開反而使人遺憾，使人更加懷戀。

一旦耗盡所有感情，分開，必定是永別。

戈巴契夫才六十歲，象他這樣年齡的政治家，通常才盯著一國之主的位子苦苦奮鬥，很少有人就坐上這把交椅。

至於已經創立驚天動地的大業，那就更少了，少得一個世紀差不多一兩個而已。

所以，為他自己東山再起也應當儘早脫身，養精蓄銳，讓人留下一點遺憾，一點惋惜，一點懷念。

以備將來的某一天公眾又想到他，覺得選他管理國家更合適，於是，命運之神翩然而至，曾轟動世界的戈爾比又出山了，就像邱吉爾和戴高樂那樣。

所以，戈巴契夫辭職看起來就要成為現實了，一切條件都具備了，悲劇式的英雄就要退出舞臺了。

所有人都作好了迎接他辭職的準備。

葉爾辛已宣佈蘇聯的軍隊由他來統管（這是戈巴契夫現在擁有的唯一財產）軍費。

各國領導人已準備好了讚美他的頌詞，新聞記者們則隨時準備用生花妙筆寫他下臺的過程和前前後後。

一切都準備好了，就等戈巴契夫自己或他的新聞發言人公開宣佈了。

然而，戈巴契夫沒有辭職，而且「無意辭職」。他還要看看，還要等等，還要顯示一下自己的存在。

三個暴發戶居然敢無視他的存在，敢一紙聲明就把帝國一筆勾銷了！

那麼好吧，咱們就較較勁。

三國領導人發表成立獨立國家聯合體協議的次日，也就是十二月九日，戈巴契夫發表聲明一份，肯定「那個協定有其積極的一面」。

但是，宣佈蘇聯停止存在不合乎憲法，這事要由人民代表大會決定，也可能需要全民公決。

戈巴契夫的法律顧問沙赫納紮羅夫明確指出，從法律的角度看，三巨頭的協議是「純粹的政變」。

事實上，說政變太輕鬆，奪江山、奪天下，才恰如其分。

議會聯盟院主席盧邊琴科主動發表聲明，指出「明斯克簽署的協議完全非法」。

哈薩克總統納紮爾巴耶夫立即呼籲，召開最高蘇維埃人民代表大會討論審議。

第三天下午，戈巴契夫又移駕國防部，會見他的高級將領。

與這些將軍們談了些什麼，沒有人向外界露一絲口風，但是，作為合法的蘇聯紅軍總司令，手中有權訴諸軍隊解決分崩離析的危局。

軍隊是「聯盟」的軍隊，面對「聯盟」的解體，至少當中的一部分人不會無動於衷。

只要總司令(戈巴契夫)一聲令下，不僅師出有名，沒準一呼百應。

畢竟，武裝力量存在的唯一理由就是維護國家主權，與政變分子調動軍隊「實行緊急狀態」，完全不同。

「虎死餘威在」。

戈巴契夫的姿勢一漲，挺起腰板一硬，三巨頭登時慌了手腳。

葉爾辛如法炮製，也前往國防部大樓尋求武裝力量支持。

又開記者招待會，闡述不能開人代會的理由。

普羅米修斯盜被掛
高加索山崖

又屈尊移駕，前往克里姆林宮向戈巴契夫彙報，解釋他為什麼變卦，用「獨立國家聯合體」取代「聯盟」。

「明斯克事件後，我會晤過葉爾辛、納紮爾巴耶夫、穆塔利波夫和納比耶夫，跟克拉夫朱克、舒什克維奇和阿卡耶夫談話。」

「我沒有權利用別的方式行事。違背一個共和國的決定——當時這些國家的最高蘇維埃已經表示贊同明斯克協議——那就意味著國內要出現一場血腥大屠殺，可能引發成全球性的災難。」

戈巴契夫回憶當時的心態和想法（參見《戈巴契夫回憶錄》）。

政變動用軍隊造成的後果記憶猶新，特別是南斯拉夫戰火蔓延，最終也未能阻止解體。

執意保留「聯盟」，意味著內戰，「聯盟」解體，只不過給很多人生活帶來困難。

兩害相權取其輕，「既然各共和國決定這麼做，我就不能夠，我也不認為，在目前這種極其複雜的情況下讓社會分裂。」

「既然我們已經走上民主之路，就應該按照民主的原則做事。」

寧要人民的民主和自由，而不要總統的江山和戰爭。

戈巴契夫做出最終抉擇（參見《戈巴契夫回憶錄》）。

許多局外人、當事人，都把戈巴契夫的選擇說成軟弱、說成退讓、說成背叛。

以小人之心度君子之腹，伸手不見五指的黑暗，不理解光明的五彩繽紛。

俄國歷史學家阿法納斯耶夫一直堅信，蘇聯的解體並非「一人之功」，「從當時蘇聯的狀況來看，它是沒有任何前途的，遲早要走上終結。只不過這個終結的方式可以有很多種：比如說我們看到的這種大崩潰。」

俄羅斯詩人葉夫圖申科寫道：「永別了，我們的紅旗。你曾經是敵人，也是兄弟。你曾是戰壕裡的同志，整個歐洲的希冀；但你也是一座紅色的鐵幕，那後面藏著可怕的勞改集中營。」

戈巴契夫還公眾民主自由的巨大犧牲和抱負最終化為泡影，民族主義的毒瘤，蒙蔽了許多人的眼睛，給普丁、盧卡申科等一眾小醜、政客、惡棍提供了遮羞布，「聰盟」終結了，帝國灰飛煙滅了，流氓統治又復辟了、回來了。

許多有遠見的政治家、政治學人當時耽心的結局不幸成了事實。

亞美尼亞、吉爾吉斯，以及中亞的哈薩克、塔吉克、土庫曼和烏茲別克，接二連三表示願意加入三巨頭設計的「獨聯體」。

再後來，阿塞拜疆和莫爾達瓦也參加進去。

「如果各共和國最高蘇維埃贊成建立獨立國家聯合體，我尊重這一決定。」

十二月二十一日，十一個加盟共和國（波羅的海三國在政變結束後被正式承認獨立，格魯吉亞不參加）首領在哈薩克首都阿拉木圖會晤，正式宣佈建立獨立國家聯合體，蘇聯從即日起停止存在。

作為對戈巴契夫的尊重，與會者把「蘇維埃社會主義共和國聯盟」的死亡證明書正式送給其總統。

蘇聯死了，蘇聯總統活著。

蘇聯總統的生命已經終結，只剩總統的化身戈巴契夫還在喘氣。

「總統」不願意給人以被迫下臺的印象，也不願意造成中途退場的感覺。

「總統」要按照自己的時間表、按照自己認為善始善終的時候，不慌不忙，有條有理地退場。

既然已經是悲劇角色了，就索性演到底，不管別人蜚短流長，也不管葉爾辛緊緊逼宮。

十二月二十三日，仍以「總統」身份，同葉爾辛討論安置他身邊工作人員和自己待遇的問題，討論他辭職前後的一些細節。

決定已經不存在的蘇聯總統在二十五日正式離職並向俄羅斯總統移交剩餘權力的儀式。

戈巴契夫下臺確定無疑、再也沒有懸念了。

十二月二十五日，聖誕節，文明世界仍沉浸在平安夜帶來的歡樂詳和之中。

戈巴契夫一如往常，一大早就來到克里姆林宮，開始「總統」最後一天的工作。

上午，接受美國電視記者史蒂夫‧赫斯特的採訪，下午打電話給美國總統喬治‧布殊，預告他將於兩小時以後正式離任。

晚上七點，克里姆林宮內一座黃色的三層建築裏，戈巴契夫孤身一人，坐在空曠的辦公室，通過電視，「最後一次以總統的身份」，

向「親愛的同胞們告別。

沒有眼淚，沒有悲傷，只有一縷淡淡的、對未來的憂愁，淡淡的。

隨後，沙波什尼科夫元帥進入辦公室，戈巴契夫簽署辭去軍隊最高統帥的文件，把核按鈕交給未來的掌管人葉爾辛。

葉爾辛不屑到場，還是不好意思到場，也許兼而有之。

七點三十八分，克里姆林宮樓頂的紅色旗幟在燈火輝映的夜色中徐徐降落，白藍紅三色旗接著升起。

存在了七十三年的帝國，成為歷史陳跡。

克里姆林宮第一次如此平靜、有序地將權力從一個統治者轉給另一個統治者。

第一次告別了陰謀、政變、暗殺、你死我活，記者們沒有緊張，政要們沒有火急火燎，股市平穩如常，人們的生活一如既往。

全世界破天荒地、坦然地注視著這一歷史性的時刻。

只有讚美和歌頌，直比平安夜。

離開克宮，最大的輸家是成千上萬公眾

歐美政要和領袖雪片般地電報和聲明，飛向戈巴契夫、傳遍全世界。

　　「世界上很少有人能改變歷史的進程，而戈巴契夫做到了這一點，無論今天出現什麼情況，他在歷史上地位都是無可比擬的。」

　　不列顛首相馬卓安的聲明，濃縮了文明世界的心聲。

　　從一九八五年三月十一日入主克里姆林宮，戈巴契夫掌握最高權力、絕對權力、甚至是極權，一共六年九個月零十四天。

　　從被囚克里米亞、失去權力，又在總統位置上混了四個月零四天。

　　這一次，戈巴契夫真真實實不再在臺上了，

　　戈巴契夫正式成了俄羅斯普通公民。

跋：誰的成功，誰的失敗？ J

　　西元九世紀，俄羅斯才擺脫原始物語，開始比較高級的文明和生活，十三世紀蒙古人野蠻入侵，進一步加深其自卑情結。

　　十七世紀開始向英、法學習，十九世紀廢除農奴制，野蠻落後，奴役壓迫，擴張掠奪，疆域遼闊、民族眾多，雙頭鷹注視的歐亞大陸不光是「各族人民的監獄」（列寧語），其光怪陸離和難以治理，任何一個國家都瞠乎其後。

一代天驕，無人能出其右

　　將近七十年「美麗新世界」的殘酷實驗，進一步將「各族人民的監獄」升級為各族人民的地獄，冰封雪凍，寸草不生，扼殺一切靈性和思想。

　　所有人的大腦被禁止正常思考，只能在規定的思路和教條之內，重複、讚美極權領袖的大腦，稍有異端，克格勃侍候。

　　戈巴契夫生長的年代，又正值社會主義思潮磅薄於全世界的大時代、正值第二次大戰摧毀人們正常生活、民族主義大氾濫的時代。

無論在高加索的普裡沃利諾耶初嘗落後、戰亂和貧窮，還是考取莫斯科大學學習法律、增長學識，無論是在等級森嚴的權力階梯上脫穎而出、大器早成，三十八歲當封疆大吏，四十七歲進權力中樞，還是一路與庫拉科夫、蘇斯洛夫、安德羅波夫等權力巨頭相識熟識、受到賞識、青睞和拉拔。

　　尤其是從眾多資深年長、大權在握的政治局同僚中突圍而出、衝天一擊，成為克里姆林宮的最高主宰，紅色基因、斧頭幫文化、權力就是一切，一切為了權力的環境、教育、浸潤、思想、觀念和價值標準，無一不充滿、滲透、佔據、左右無產階級革命事業接班人的每一滴血液和毛孔。

　　人類迄今為止發現、積累的一切總結、理論和學說，都註定戈巴契夫只能是一個從裏到外、從頭到腳都紅徹全身、紅得發紫的小深紅、老深紅。

　　成為列寧、史達林傳人的概率百分之百，成為其他任何一位類型政治人物的概率都是零，成為無私無畏、親手終結自己繼承的紅色江山、終結一千多年威權傳統英雄的概率，只能是神話和天方夜譚。

送別愛妻

自從權力來到人間，世間一切事物黯然失色。無所不能的金錢，在權力面前俯首貼耳。驚為天人的玉女，對權力投懷送抱。與生命同價的母子親情、兄弟之義，遇到權力，「血濃於水」、骨肉相殘。

尤其是絕對權力，點化一切所需所願，只怕想不到，就怕做不到。

職是之故，爭權奪位、不惜一切代價，成為人類文明史上的主旋律，自願放棄權力，將權力送還社會大眾，尤其是像戈巴契夫那樣，自願放棄手中的絕對權力，鳳毛麟角，前無古人。

政治成就、權力觀念，能力手腕，境界素養，智慧風采，執政七年所做的一切，刷新政治領袖的全新概念和定義，成為人類歷史上無與倫比的奇蹟和幸運。

德才兼備，外秀慧中，光芒四射，燦爛奪目，超越史上一切偉大政治人物，包括華盛頓、林肯、邱吉爾和羅斯福。

包括賴莎‧戈爾巴喬娃，高貴迷人，智慧優雅，與戈巴契夫珠聯璧合、相映生輝，完全是北美革命領袖約翰‧亞當斯太太艾碧該爾的當代版。

兩人的修養和品行，與其所在的社會背景和意識形態格格不入、毫無共同之處，兩人放棄的權力、犧牲的榮華富貴，就算古往今來最開明、最仁慈的帝王君主，都沒有第二例。

戈巴契夫傳奇和現象，不僅「終結歷史」，成為人類文明劃時代的經典，而且顛覆所有人文研究及其成規定律，成為人物賞析和諸多學科的永恆標本。

甚至謝瓦爾德納澤、雅科夫列夫、葉爾辛、普里馬科夫等一代叱吒風雲的人物，又如何、怎樣風雲際會、成為改變歷史的巨擘？

他們的思想是怎樣形成的、境界是怎樣昇華的、靈魂是怎麼修煉的？

追求又是怎樣保持、保鮮、不受極權腐蝕誘惑、出淤泥而不染的？

現成的政治學、哲學、歷史學、心理學、教育學、人類學……無

一給出答案！

　　本書著者大學專修馬克思學說，邊啃「三個組成部分」的「經典」，邊沿著「學說」的「三個來源」，研讀、比較歐洲古典哲學、經濟學及其流變。

整整三十年後，戈氏故去，人們才痛心送別
自由和希望

　　戈氏上臺刮起改革旋風，提供了政治學、經濟學、馬學和人物研究的鮮活案例，專業興趣和優勢促使一路關注跟蹤、總結研究，引以為最時尚的課題選項。

　　一九九二年冬完成全書，一九九四年初，香港繁榮出版社初版。

　　此後三十年，戈氏本人和周圍所有重要人物，都陸續撰寫出版回憶錄，坊間也出版不少專著，記敘探討戈氏改變世界的七年，所幸，本書的撰述與分析、事實與結論、情節與細節，都準確無誤，無一失實失準。

　　再版之際，進一步疏理、對比所有事件和進程，修訂已有事實和結論，潤色整個結構和文字，以其表達更凝練、更生動、更引人入勝。

　　張丹以其專業和細心，仔細審讀定稿，勘改許多錯誤，特別致謝。

著 者

二零二二年四月

终结一九八四

——俄羅斯的罪與罰

Terminator of Totalitarianism
Crime and Punishment of Russia

著　　者: 艾 倫

書　　號: 978-988-75309-3-0

出　　版: 愛閱會有限公司

郵　　箱: lilian19899999@gmail.com

發　　行: 泛華發行代理有限公司

印　　刷: e-print 公司

出版日期: 2024 年 7 月第一版第一次印刷

開　　門: 32 開, 150mm @ 215mm

裝　　幀: 平裝

頁　　數: 620

定　　價: HK$ 248　NT$ 890